Wo der Tag beginnt

Sarah Lark

Wo der Tag beginnt

Roman

Weltbild

Besuchen Sie uns im Internet:
www.weltbild.de

Genehmigte Lizenzausgabe für Weltbild GmbH & Co. KG,
Werner-von-Siemens-Straße 1, 86159 Augsburg

Umschlaggestaltung: www.buerosued.de
Umschlagmotiv: © www.buerosued.de; © Frederic Mouchet / ASK Images / Alamy
Satz: Datagroup int. SRL, Timisoara
Druck und Bindung: CPI Moravia Books s.r.o., Pohorelice
Printed in the EU
ISBN 978-3-96377-412-6

2023 2022 2021 2020
Die letzte Jahreszahl gibt die aktuelle Lizenzausgabe an.

Das Geheimnis der Kopi-Bäume

Wellington, Nordinsel Neuseeland
Chatham Island
Gegenwart

Prolog

»Danke, oh vielen Dank!« Sophie tanzte mit den Befunden der Genanalyse, die ihre Freundin Jenna ihr gerade gebracht hatte, durchs Zimmer. »Du glaubst nicht, wie erleichtert ich bin und wie ich mich freue!«

Jenna lachte. »Dann könnt ihr ja jetzt den Hochzeitstermin festlegen«, bemerkte sie und nahm auf Sophies Schreibtischstuhl Platz.

Das Büro ihrer Freundin an der Victoria-Universität in Wellington war winzig. Viel mehr als ein Schreibtisch für den Computer und zwei Stühle passten nicht hinein. Sophie hatte es allerdings sehr individuell dekoriert. Die Wände zierten ausdrucksvolle Reproduktionen von Höhlenmalereien aus aller Welt, entstanden vor vielen Tausend Jahren: galoppierende Pferde, Bisonherden, fliehend vor Raubtieren oder menschlichen Jägern, Abdrücke von Händen und geheimnisvolle Symbole. Sophie bemühte sich, die Sprache dieser Bilder zu entschlüsseln. Sie war Spezialistin für Parietalkunst und hatte zum Thema Höhlenzeichnungen in Carnarvon, Australien, promoviert. Seitdem arbeitete sie an der Universität – in der Forschung sowie als Dozentin.

»Also geheiratet hätten wir sowieso«, erklärte sie jetzt fast etwas beleidigt und warf ihr langes schwarzes Haar zurück. Eigentlich pflegte sie es bei der Arbeit im Nacken zusammenzubinden, bei ihrem wilden Freudentanz hatte sich das Haarband allerdings gelöst. »Das steht außer Frage. Aber ob wir uns getraut hätten, Kinder zu bekommen ...«

»Ihr hättet den Test auch ohne meine Hilfe machen können«, meinte Jenna. »Hätte wahrscheinlich sogar die Versicherung bezahlt. Schließlich gibt es Krankheitsfälle in beiden Familien ...«

Sophie hatte ihren Freund Norman ein halbes Jahr zuvor kennengelernt, und die beiden hatten sich praktisch auf den ersten

Blick ineinander verliebt. Dabei schienen sie gar nicht so viel gemeinsam zu haben: Sophie, die nüchterne Wissenschaftlerin, und der Webdesigner Norman, der für ein Unternehmen filmische Spezialeffekte, Außerirdische und Fabelwesen entwarf. Wahrscheinlich wären die beiden sich nie begegnet, hätte seine Firma keinen so großen Wert auf die Glaubwürdigkeit seiner Fantasiewelten gelegt. Sophie war als Beraterin hinzugezogen worden für die Gestaltung einer Steinzeithöhle. Norman hatte sie durch die virtuelle Berglandschaft geführt und sie ausgelacht, als sie ausführlich darüber doziert hatte, dass man so tief im Berg natürlich ganz andere Lichtverhältnisse und Felsstrukturen haben müsse als in seinem Film.

»Das ist Exanaplanatooch – ein nur entfernt erdähnlicher Planet«, hatte er unbekümmert erklärt. »Aber gut, wenn du unbedingt willst, installieren wir noch ein paar Glühwürmchen wie in Waitomo, die können das Ganze aufhellen. Vielleicht beißen sie ja! Das könnte die Texter auf ganz neue Ideen bringen …«

Sophie hatte mitgelacht und Normans strohblonde Rastalocken ebenso unwiderstehlich gefunden wie seine strahlenden grünen Augen und sein Gesicht, das immer etwas verknautscht wirkte, als wäre er gerade erst aus dem Bett gefallen.

Sehr schnell waren sie unzertrennlich gewesen. Das Glück war nur beim Kennenlernen der gegenseitigen Familien ein wenig getrübt worden: In den letzten Jahrzehnten waren in beiden Familien Fälle von Mukoviszidose aufgetreten. Es war gut möglich, dass sowohl Sophie als auch Norman den Gendefekt aufwiesen, der die Erbkrankheit verursachte. Das Risiko, gemeinsam Kinder zu haben, erschien also groß.

Norman sah das gelassen. Er hatte den Gedanken an Gentests und andere Komplikationen des gemeinsamen Lebens erst mal weggeschoben. Sophie war jedoch nicht zur Ruhe gekommen, und schließlich hatte sie sich Jenna anvertraut. »Komm schon, Sophie, wenn's weiter nichts ist …«, hatte ihre Freundin gesagt. »Ich schick jede Woche Genmaterial von irgendwelchen Moriori-Abkömmlingen ins Labor für diese große Studie, du weißt schon.

Ob wir da ein oder zwei Proben mehr untersuchen lassen, merkt kein Mensch.«

Jenna war forensische Anthropologin und beschäftigte sich zurzeit mit Erbgut und Herkunft eines fast ausgestorbenen Volkes. Die Moriori hatten bis zum Anfang des 19. Jahrhunderts weitgehend abgeschottet von der sonstigen Welt auf den Chatham-Inseln gelebt und eine einzigartige Kultur entwickelt. Dann waren sie jedoch in der Folge einer Maori-Invasion fast ausgerottet worden, und erst jetzt erwachte wieder größeres allgemeines Interesse an ihrer Herkunft und ihrem Brauchtum. Besonders die Abkommen der Moriori selbst wollten möglichst viel dokumentiert haben – einschließlich einer Erfassung des noch bestehenden Erbguts.

Sophie hatte also mit etwas schlechtem Gewissen ein Haar von Norman aus seiner Bürste stibitzt und selbst eine Blutprobe abgegeben. An diesem Tag war das Ergebnis gekommen: Weder sie noch Norman trugen das verhängnisvolle Gen in sich.

»Ich bin jedenfalls total glücklich, dass ich jetzt Bescheid weiß«, wiederholte Sophie. »Jetzt gleich, nicht irgendwann. Und sonst haben sie auch nichts gefunden, oder?« Sie blickte die Freundin erneut ängstlich an. Bei Licht betrachtet war es seltsam, dass Jenna persönlich herübergekommen war, um ihr das Ergebnis mitzuteilen. Telefonisch wäre das schneller gegangen, zumal sie ihr Büro in einem ganz anderen Bereich der Universität hatte. »Wir sind doch in ... äh ... jeder Hinsicht kompatibel?«

Jenna lachte wieder. »Wenn du das so nennen willst«, neckte sie Sophie. »Also medizinisch gibt es jedenfalls keine Einwände gegen eure Hochzeit. Ich würde mir höchstens Gedanken darüber machen, dass Norman immer ein bisschen in den Wolken schwebt. Aber gut, vielleicht passt das ja ...« Sie machte eine kleine Pause und spielte mit einem bunten Kugelschreiber in Form eines der Zwerge, die in Normans letztem Filmprojekt die Höhlen von Exanaplanatooch bewohnt hatten. »Vielleicht hast du deine Spiritualität einfach noch nicht entdeckt ...«

»Wie meinst du das?« Sophie setzte sich ihr gegenüber. »Weshalb sollte ich plötzlich anfangen, Geister zu sehen? Natürlich ist es manchmal gespenstisch in den Höhlen, aber …«

Jenna biss sich auf die Lippen. »Ich dachte, wegen deiner Abstammung …«, murmelte sie dann und straffte sich. »Da ist … da ist nämlich schon noch was, das ich dir sagen muss, Sophie … Du weißt ja, dass ich die DNA-Proben für eine Moriori-Studie eingesandt habe. Die Genanalyse in Bezug auf Erbkrankheiten hat mir die Laborantin als kleinen Gefallen dazugemacht. Aber sie hat eben auch getestet, ob einer von euch vielleicht von den Moriori abstammt. Und … Sophie, bei dir ist das der Fall.«

Sophie runzelte die Stirn. »Unmöglich«, sagte sie. »Meine Familie kommt aus Australien, und sie hat irische Wurzeln … Ich weiß das nicht genau, Ahnenforschung war bei uns nie ein Thema. Aber meine Großmutter war eine regelrechte englische Rose: rotblond, blauäugig …«

»Du dagegen bist ein dunkler Typ«, bemerkte Jenna.

Sophie stand auf und warf einen Blick in den Spiegel, der zwischen all den Höhlenzeichnungen ein bisschen deplatziert wirkte. Prüfend betrachtete sie ihren tatsächlich relativ dunklen Teint und ihr schwarzes Haar, konnte in ihren ebenmäßigen Zügen allerdings nichts erkennen, das auf eine andere Ethnie hinwies als die europäische.

»Aber ich hab blaue Augen …« Sie lächelte schief. »Und das Mukoviszidose-Gen in der Familie. Das gibt's nur bei Europäern …«

»Und was ist das hier?«, fragte Jenna und wies auf ein weiteres kleines Kunstwerk auf Sophies Schreibtisch. Im Gegensatz zu den Postern an der Wand keine Reproduktion, sondern die Bleistiftzeichnung einer jungen Frau, eindeutig polynesischer Abstammung. »Ein Familienerbstück, hast du mal gesagt.«

Sophie nickte nachdenklich. »Ja«, sagte sie. »Das hab ich gefunden. In einer Mappe mit ausschließlich naturkundlichen Zeichnungen. Mein Ururgroßvater soll mit Ludwig Leichhardt gereist sein, diesem Naturforscher. Die anderen Zeichnungen zeigen Australiens Flora und Fauna.«

»Diese junge Frau war sicher keine Aborigine«, bemerkte Jenna. »Könnte es nicht sein, dass dies die Verbindung ist?«

Sophie zuckte mit den Schultern. »Ich weiß es nicht. Es ist im Grunde auch egal. Hab ich eben ein bisschen Erbgut von den Moriori. Kann ja sein und ist nichts Schlimmes.«

Jenna schüttelte den Kopf. »Im Gegenteil. Es ist etwas Besonderes. Es macht dich zum Teil eines ganz außergewöhnlichen Volkes. Und ... und ich dachte ... Also, du könntest mir da einen Gefallen tun ...«

»Auf die Chatham-Inseln? Eine Expedition?« Norman spielte mit seinem Sektglas. An diesem Abend hatte ihm seine Freundin einige Dinge zu schlucken gegeben. Die Sache mit dem heimlichen Gentest war schon ein starkes Stück! Aber andererseits – hätte er gewusst, wie sehr die Sache Sophie zusetzte, hätte er sich dem Test natürlich freiwillig unterzogen. Mitunter irritierte ihn ihre Verschlossenheit. Er war ein Mensch, der sein Herz auf der Zunge trug und die Widrigkeiten des Lebens nicht allzu schwer nahm. Sophies Neigung zum Grübeln verstand er nicht immer, sie tat ihm sogar oft leid, wenn sie sich in irgendetwas verrannte. Auch jetzt war er nicht böse geworden, sondern hatte sich einfach entschlossen, sich mit ihr über das Ergebnis zu freuen und eine Flasche Sekt zu öffnen. Als sie ihm von ihrer Moriori-Abstammung erzählte, reagierte er gelassen. »Dann wundern wir uns wenigstens nicht, wenn unsere Kinder ein bisschen exotisch aussehen«, sagte er lachend. »Eine kleine Südseeschönheit ... oder ein Junge, der aussieht wie Bob Marley.«

»Also karibische Wurzeln habe ich nicht«, wehrte Sophie ab. »Die Moriori kamen ursprünglich wohl aus Hawaiki, genau wie die Maori, aber dann lebten sie auf den Chatham-Inseln ...«

»Wo genau liegen die noch?«

Sophie überlegte kurz. »Im Südpazifik. Ungefähr achthundert Kilometer südöstlich von hier. Ein bisschen abgelegen, aber sie gehören zu Neuseeland. Und ... ich denke, ich werde sie bald kennenlernen.« Gleich darauf kam sie mit der dritten Eröffnung des Abends heraus: Sie würde sich einer Forschungsexpedition der Universität auf die Chatham Islands anschließen. »Die Moriori sind berühmt für das sogenannte Tree Carving. Sie haben Bilder und Symbole in die Rinde von Bäumen geschnitten. Außerdem gibt es Höhlenmalereien an einem Ort namens Nunuku's Cave, Ta-Whanga-Lagune«, berichtete Sophie. »Jedenfalls hätte Jenna gern eine Expertin für Parietalkunst dabei, und ganz ehrlich, es interessiert mich. Diese Moriori – sie haben jahrhundertelang auf den Chathams gelebt. Aber hast du jemals was von ihnen gehört? Dabei sollen sie eine ganz spezielle Kultur gehabt haben. Und sehr friedlich waren sie – weshalb sie fast ausgerottet worden wären. Jedenfalls gibt es da eine Menge Dinge, die wiederentdeckt und erhalten werden müssen. Das mit den Bäumen zum Beispiel – kein Mensch weiß, warum sie da diese Zeichen reingeritzt haben. Sie sind einmalig, genau wie die Höhlenmalereien. Die Petroglyphen, diese in Stein gearbeiteten Felsbilder, die Vogelzeichnungen, Reliefs ... das findet sich nirgendwo sonst in Polynesien ...«

»Schon gut, schon gut!« Norman hob die Hände und gebot ihr lachend Einhalt. »So genau wollte ich es gar nicht wissen. Ich merke schon, du bist angefixt. Wie lange soll die Reise denn dauern? Und wann gehts los?«

Sophie biss sich auf die Lippen. Nun begann der schwierigere Teil der Geschichte.

»Im ... im Januar«, gab sie zu. »Weil ... da ist das Wetter auf den Chathams einfach am besten. Es ist sonst nämlich eher kalt da, weißt du ...«

Norman runzelte die Stirn. »Dir ist schon klar, dass ich mir im Januar Urlaub genommen habe?«, fragte er. »Und dass wir nach Australien wollten? Zum Tauchen?«

Norman hatte seit Langem seinen Tauchschein, und Sophie hatte vorgehabt, ihn in diesen Ferien zu machen und mit ihm das Great Barrier Reef zu erforschen.

Sie nickte schuldbewusst. »Ich kann mir das bloß nicht aussuchen«, meinte sie. »Die Termine stehen fest. Und Jenna ... ich konnte ihr das auch nicht gut abschlagen nach der Sache mit dem Test ...«

Norman seufzte. »Also schön«, bemerkte er. »Dann hast du jetzt ...« Er sah auf die Uhr. »Exakt drei Minuten Zeit, mich von der touristischen Attraktivität der Chatham-Inseln zu überzeugen. Warum sollte ich da meinen Jahresurlaub verbringen, anstatt meinen Bauch in die Sonne Australiens zu halten und das schönste Tauchgebiet der Welt zu genießen, solange es das noch gibt?«

Sophie strahlte. »Du würdest mitkommen?«, fragte sie.

»Die Zeit läuft«, erwiderte er nur.

Sophie überlegte kurz. »Na ja, es ist ... also, die Landschaft ist ziemlich unberührt ...«

»Also keine Viersternehotels mit Beach Bar«, kommentierte Norman.

»Und es gibt ... hm ... seltene Vögel wie die ... Chatham-Taube oder die Black Robins ... die sind vom Aussterben bedroht, und ...«

»Keine leckeren Geflügelgerichte ...«, bemerkte Norman.

»Aber versteinerte Haifischzähne!«, versuchte Sophie, ihn zu begeistern.

»Wird immer besser«, meinte Norman feixend. »Und wie sagtest du noch, war das Klima? Sommerhöchsttemperatur achtzehn Grad?«

Sophie rieb sich die Stirn. »Okay, ich gebe zu, dass die Chathams für den Durchschnittstouristen wenig reizvoll sind. Allerdings für dich, mein Liebster ...«, sie lächelte, » ... sollten sie in speziell diesem Januar geradezu unwiderstehlich sein ...« Sie machte eine Pause, um die Situation zu dramatisieren, bevor sie ihr ultimatives Argument vorbrachte. »Denn dann bin ich dort!«

Norman sagte nichts mehr. Er zog sie nur in die Arme und küsste sie.

Der Flug von Wellington, der Hauptstadt Neuseelands, die am südlichen Ende der Nordinsel lag, nach Chatham Island, der Hauptinsel der Inselgruppe, war kurz, aber turbulent. Die berüchtigten Westwinde, die das Wetter in der Region der Chathams bestimmten, machten ihrem Namen alle Ehre. Jenna, die ohnehin ungern flog, kämpfte permanent mit der Übelkeit, während Norman das ständige Auf und Ab des kleinen Flugzeugs aufregend fand. Die anderen Teilnehmer der Expedition ertrugen die Turbulenzen stoisch. Außer Jenna und Sophie gehörten noch ein Linguist sowie fünf Studenten zu der Forschergruppe, die sich intensiv mit der Moriori-Kultur auseinandersetzen wollte. Die letzten Forschungen hatten in den Siebzigerjahren stattgefunden. Sophie plauderte mit einer ihrer Studentinnen, einem blonden Mädchen aus Auckland. Kirsty war als Einzige schon einmal auf den Chathams gewesen.

»Mit meinem Freund«, berichtete die junge Frau. »Der studiert Friedens- und Konfliktforschung, und die Fakultät arbeitet mit dem Hokotehi Moriori Trust zusammen. Sie veranstalten gemeinsam Seminare und Workshops – in der Anlage, in der wir wohnen werden. Kopinga Marae hat ein nettes Gästehaus und ist schön gelegen.«

Sophie wusste inzwischen, dass der Hokotehi Moriori Trust die Interessen der Nachfahren der Moriori vertrat. Er hatte einiges an Ausgleichszahlungen erhalten, nachdem das Waitangi-Tribunal die Ansprüche der Moriori auf ihr Erbe endlich anerkannt hatte. Das Geld war unter anderem in den Bau des Gästehauses geflossen, in Versammlungsräume, Seminarräume und ein Museum. Für die Moriori war es vor allem ein spirituelles Zentrum.

»Ist es weit vom Flughafen?«, fragte Sophie. Sie fühlte sich nach dem unruhigen Flug wie gerädert.

Kirsty schüttelte den Kopf. »Nur ein paar Minuten mit dem Auto. Sie holen uns ab. An sich ist gar nichts weit weg auf Chatham Island. Die Insel hat ja nur knapp neunhundert Quadratkilometer, und fast ein Drittel davon ist Lagune. Jedenfalls können wir uns gleich ausruhen.

Sie haben sogar Zimmer in der Lodge gemietet, oder? Die sind total gemütlich. Im Versammlungshaus selbst ist es eher ... hm ... rustikal. Aber auch schön.«

Kirsty schien allgemein genügsam zu sein. Norman hatte für sich und Sophie allerdings ein Zimmer in der Henga Lodge gebucht, ein dem Kopinga Marae angeschlossenes Hotel, das ebenfalls vom Moriori Trust betrieben wurde. »Schließlich verbringe ich hier meinen Jahresurlaub«, hatte er lachend gesagt. Im Hotel musste man seine Betten nicht eigenhändig beziehen und sich nicht selbst verpflegen wie im Gästehaus, in dem das Expeditionsteam dafür kostenlos willkommen geheißen wurde.

Das Flugzeug näherte sich jetzt Chatham, und Sophie erkannte schroffe, felsige Strände, fahlgrünes Weideland und bewaldete Hänge. Die Insel war hügelig, aber nicht gebirgig. Auf den Ebenen grasten Schafe wie überall in Neuseeland. Sophie wusste, dass die Tiere in der Mitte des 19. Jahrhunderts importiert worden waren. Auf die Wollproduktion wirkte sich das Wetter positiv aus. Es war kalt und unwirtlich auf den Inseln, und es regnete auch, als das Flugzeug schließlich auf der Landebahn des winzigen Tuuta Airport zum Stehen kam. Norman schüttelte sich beim Aussteigen, während Jenna den Eindruck erweckte, den Boden küssen zu wollen. Sophies zierliche blonde Freundin war immer noch kreidebleich.

»Auf dem Rückweg nehme ich die Fähre«, behauptete sie.

Sophie schüttelte den Kopf. »Bis zum Rückflug hast du die Turbulenzen vergessen«, tröstete sie.

Es war möglich, die Chathams per Schiff zu erreichen, doch die Reise war lang und unbequem, und der Seegang setzte den Passagieren sicher ebenso zu wie der Flug.

Da die Chathams zu Neuseeland gehörten, gab es keinerlei Einreiseformalitäten, und tatsächlich erwartete die Forscher bereits ein Kleinbus des Hokotehi Moriori Trust. Der Fahrer begrüßte sie herzlich auf Rekohu, wie die Moriori die größte der Chatham-Inseln nannten.

»Der erste bewohnte Ort der Welt, an dem man am Morgen die Sonne aufgehen sieht«, erläuterte er stolz.

Norman blickte überrascht in den bedeckten Himmel. »Im Ernst?«, fragte er.

Der freundliche Mann lachte. »Das bezieht sich auf die Datumsgrenze«, erklärte er. »Die Chathams liegen nahe dran. Insofern beginnt hier früher als überall sonst auf der Welt ein neuer Tag. Im Alltag unwichtig, aber in der Silvesternacht lassen wir es richtig krachen!«

Sophie erinnerte sich jetzt an rauschende Feiern zur Jahrtausendwende. Damals hatten Menschen Höchstpreise dafür bezahlt, den ersten Sonnenaufgang des 21.Jahrhunderts auf diesem unwirtlichen Eiland erleben zu dürfen.

Der Fahrer hielt seinen Gästen nun die Türen zum Kleinbus auf und chauffierte sie dann tatsächlich in nur zehn Minuten über weitgehend unbefahrene Straßen nach Westen.

»Viel los ist hier ja nicht«, bemerkte Tonga, der Linguist. Er war wie ihr Fahrer maoristämmig.

Der junge Mann zuckte mit den Schultern. »Es leben nur ungefähr sechshundert Leute ständig auf den Chathams.« Er grinste. »Da haben wir selten Probleme mit Staus.«

Das Kopinga Marae war sehr schön gelegen, inmitten von Grasland, nicht allzu weit vom Strand entfernt. Es bestand aus einem großen und mehreren kleinen weißen Holzhäusern, zum Teil mit Spitz-, zum Teil mit Flachdächern. Der Baustil wirkte eher modern als traditionell. Mit den typischen Maori-Häusern auf Neuseeland hatte dieses Anwesen nichts gemein. Es gab keine aufwendigen Schnitzereien und keine riesigen Götterstatuen. Lediglich den Dachfirst zierte eine kleine Figur, die im Gegensatz zu den Maori-*tiki* nicht bedrohlich wirkte.

Jenna und die meisten anderen Expeditionsmitglieder stiegen hier aus, Norman und Sophie brachte ihr freundlicher Fahrer noch bis zur Lodge.

»Man kann aber auch zu Fuß gehen«, meinte er. »Es sind nur ein paar Hundert Meter.«

Sophie nickte und verabredete sich mit Jenna und den anderen zu einer Vorbesprechung am nächsten Vormittag.

»Aber bloß nicht zu früh«, bat Jenna. »Von dem Flug muss ich mich erst erholen. Was meint ihr? Elf Uhr?«

»Fein, dann können wir vorher noch an den Strand«, sagte Norman optimistisch.

Die Lodge lag nah am Meer, und es sollte sogar einen Sandstrand geben. Wenn der Wind und der Regen allerdings anhielten, verspürte zumindest Sophie keine große Lust auf Strandspaziergänge.

An der Rezeption begrüßte sie eine junge Frau. Sie war sehr hübsch und wies typische Maori-Gesichtszüge auf.

»Darf ich fragen, ob Sie Moriori oder Maori sind?«, erkundigte Norman sich mit freundlichem Lächeln. »Und kann man das irgendwie optisch unterscheiden?«

Die Frau erwiderte das Lächeln offen. »Ich betrachte mich als Moriori«, erklärte sie würdevoll. »Aber ganz reinblütige Mitglieder unseres Volkes gibt es leider nicht mehr. Der letzte, Tame Horomona Rehe, Tommy Solomon, ist 1933 gestorben. Es gibt ein Denkmal, Sie können es sich ansehen, und sein Grab ... Aber es kommt ja sowieso nicht so sehr auf die Abstammung an wie auf die Einstellung«, befand die junge Frau. Ihr Name war Marara, wie ein Schild an ihrer Jacke verriet. »Wir haben unsere eigene Kultur, und die muss erhalten bleiben. Beziehungsweise wiederbelebt.«

Norman hob die Brauen. »So gesehen könnte sich natürlich jeder einfach als Moriori bezeichnen ...«, bemerkte er.

Marara lachte. »Man muss es schon in sich spüren. Aber grundsätzlich laden wir jeden ein, unser Denken und unseren Glauben zu teilen. Die Welt wäre sehr viel friedlicher, wenn mehr Menschen nach unseren Traditionen und nach unseren kulturellen Vorstellungen leben würden.« Damit händigte sie den beiden ihre Schlüssel aus und wies ihnen den Weg zu ihrem wirklich sehr behaglich eingerichteten Zimmer. »In der Cafeteria gibt es auch noch was zu essen«, erklärte sie.

Sophie nickte. »Danach geht's aber sofort ins Bett«, bestimmte sie.

Norman lächelte. »Und morgen spüren wir dann die Geister.«

Sophie und Norman gingen tatsächlich früh schlafen und waren am nächsten Tag entsprechend zeitig wach.

»Schau mal, die Sonne scheint«, verkündete Norman nach einem Blick aus dem Fenster. Tatsächlich schien der Tag zwar nicht strahlend zu werden, doch zumindest herrschte kein solches Weltuntergangswetter wie am Tag zuvor.

Sophie schlüpfte unternehmungslustig in Jeans, T-Shirt und ein warmes Holzfällerhemd. Gleich würde sie noch eine dicke Outdoorjacke darüberziehen.

»Dann lass uns mal frühstücken gehen und sehen, was der Morgen so bringt«, meinte sie. »Bis elf ist es ja noch lange hin. Da können wir uns irgendwas ansehen. Die Bäume zum Beispiel ...«

»Du willst jetzt schon arbeiten?«, fragte Norman.

Sophie schüttelte den Kopf. »Nicht arbeiten. Nur gucken. Und besser Bäume als Gräber, oder?«

Norman lachte. »Wenn du es so siehst ... Okay, machen wir Tommy Solomon also später unsere Aufwartung. Und was die Bäume angeht ... vielleicht lässt sich Strand und Wald sogar verbinden. Wir fragen einfach an der Rezeption.«

Die junge Angestellte an der Rezeption – diesmal eine andere, die sich als Riria vorstellte – zeigte sich begeistert über Sophies und Normans Interesse an der Kunst ihres Volkes.

»Natürlich müssen Sie die Bäume sehen«, bemerkte sie strahlend. »Und es ist auch gar nicht so weit bis zum nächsten Hain. Wenden Sie sich einfach am Meer entlang nach Norden. Es gibt da einen Pfad mit zum Teil spektakulären Ausblicken über die Küste. Die Bäume können Sie dann kaum verfehlen.«

Norman sah Sophie an. »Na dann ... Kleine Wanderung vor dem Treffen?«

Hin und zurück sollte der Spaziergang vielleicht eine Stunde dauern, und es war gerade mal halb neun. Sophie war einverstanden, das Frühstück abzukürzen.

»Drüben beim Treffen kriegen wir sowieso noch mal Kaffee«, meinte sie. »Wo Jenna ist, gibt's immer Kaffee.«

Auf den Klippen oberhalb der Küste wehte erneut ein frischer Wind. Er zerrte an Normans Dreadlocks, die er im Nacken zu einer Art Pferdeschwanz zusammengefasst hatte. Sophie fand, dass ihn das sehr verwegen aussehen ließ – wie einen Seemann oder Piraten. Sie selbst hatte ihr glattes schwarzes Haar geflochten, es hing ihr als dicker Zopf über den Rücken. Darüber hatte sie eine Wollmütze gezogen. Auch Norman war warm eingepackt, sodass beiden der Wind nichts ausmachte. Hand in Hand liefen sie über den Höhenweg, atmeten die frische Luft tief ein und genossen die grandiose Landschaft.

»Hier leben möchte ich allerdings nicht«, meinte Norman. »Es ist schön, trotzdem scheint mir die Natur eher feindlich gesinnt zu sein. Es war sicher nicht leicht für die Moriori.«

Sophie zuckte mit den Schultern. »Es war ihre Heimat«, sagte sie. »Sie kannten es nicht anders. Und ich glaube nicht, dass sie die Natur als feindlich empfanden. Im Gegenteil, sie lebten im Einklang mit ihr und ihren Göttern. Und sie schienen ein feines Gespür dafür gehabt zu haben, wie weit sie eingreifen konnten und wie weit nicht. Sie jagten zum Beispiel nur männliche und ältere Seehunde. Insofern hielten sich die Bestände hier jahrhundertelang – bis die weißen Seehundsjäger kamen.«

»Die deine Vorfahren unverständlicherweise nicht vertrieben, bevor sie einen Teil ihrer Nahrungsgrundlage zerstören konnten.« Norman spähte über die Klippe, konnte allerdings keine neue Seehundkolonie entdecken.

Sophie seufzte. »Sie waren sehr friedlich. Du hast das Mädchen gestern doch gehört. Sie nahmen jeden Besucher gastlich auf.«

»Trotzdem haben sie gejagt?«, fragte Norman. »Ich meine ... allgemein scheinen sie Blutvergießen nicht gescheut zu haben.«

Sophie lachte. »Also für Vegetarier wären die Chathams wirklich kein Paradies. Pflanzliche Nahrung wächst nicht gerade im Überfluss. Die Moriori haben Flachswurzeln gekaut, Karaka-Kerne gesammelt und die Sprossen des Adlerfarns geröstet – was ihrer Gesundheit nicht zuträglich gewesen sein dürfte. Das Zeug enthält krebserregende Stoffe. Landwirtschaft haben sie nicht betrieben, was daran lag, dass hier keine der Pflanzen wuchs, die sie vormals aus der Südsee mitgebracht hatten. In Neuseeland gedeiht ja immerhin die Süßkartoffel, aber auf den Chathams ist es schlicht zu kalt. Also entwickelten die Bewohner sich zu Jägern und Sammlern. Natürlich wurde auch viel Fisch gegessen. Und du hast schon recht, es war ein hartes Leben.«

Ein Wäldchen kam in Sicht, Sophie und Norman wanderten ins Landesinnere. Die Karaka-Bäume standen relativ eng zusammen, als wollten sie sich gegenseitig vor dem Wind schützen. Sie waren um die fünfzehn Meter hoch und verfügten über dichte Laubkronen. Sophie interessierte sich allerdings mehr für die Stämme.

»Da, schau«, rief sie aufgeregt und wies auf ein gut sichtbares Motiv in der glatten Rinde eines der Bäume. »Die erste Schnitzerei.«

Das Kunstwerk zeigte ein Männchen mit herzförmigem Gesicht, es glich einer Kinderzeichnung. Das Wesen schien zu tanzen.

»Wirkt eigentlich ganz fröhlich«, meinte Norman. »Hast du nicht gesagt, es hätte vielleicht was mit Totenkult zu tun?«

Sophie zuckte mit den Schultern und sah sich die Schnitzerei näher an. »Das habe ich angenommen«, relativierte sie. »Und schau mal, die Brust des Kerlchens. Da sieht man die Rippen. Könnte also ein Skelett sein.«

»Sieht mehr aus wie Fischgräten«, bemerkte Norman. »Vielleicht irgendwelche Mischwesen? Wie alt sind die Schnitzarbeiten? Kann man das bestimmen?«

Sophie hatte inzwischen weitere Bäume mit Schnitzereien entdeckt und wanderte von einem zum anderen. Die meisten zeigten vergleichbare Figuren, nur gelegentlich waren die Umrisse von Tieren zu erkennen, die man als Vögel oder Seehunde deuten konnte.

»Die Altersbestimmung ist leider schwierig, da der Karaka-Baum keine Jahresringe ausbildet«, dozierte sie. »Allerdings ... eins kann ich schon mal sagen ... die Motive wurden alle mehr oder weniger zur gleichen Zeit eingeschnitzt. Es sieht so aus, als hätte ein einziger Schnitzer fast alle Bäume bearbeitet. Schau sie dir doch an, die Männchen sind immer im selben Stil gehalten, nur wenige fallen aus dem Rahmen. Das kann natürlich Zufall sein – ich werde diese Arbeiten ja noch mit anderen vergleichen, aber es fällt auf. Auch die Führung des Schnitzmessers ist charakteristisch. Die Linien sind nicht mal tiefer, mal weniger tief eingeritzt, sondern immer ziemlich gleich. Und es können keine großen Zeitabstände zwischen den einzelnen Arbeiten gelegen haben. Also vielleicht drei oder vier Jahre, eventuell zehn. Man muss mal sehen, wie schnell die Bäume hier wachsen.«

Norman fasste sich an die Stirn. »Ich verstehe«, sagte er. »Weil die Bilder alle mehr oder weniger auf gleicher Höhe liegen. Die Bäume wachsen schließlich. Wären die Zeichnungen in Abständen von mehreren Hundert Jahren entstanden, könnte man sie in unterschiedlicher Höhe bewundern. Nur was sagt uns das jetzt? War das ein Friedhof, der zu einer nahe gelegenen Ansiedlung gehörte? Wurden die Leute unter den Bäumen beigesetzt? Hat ein Totengräber die Motive eingeritzt?«

Sophie zog ihre Kamera aus der Tasche und machte Fotos. »Ein Friedhof war der Hain nicht«, erklärte sie. »Die Moriori hatten sehr eigenwillige Begräbnisriten. Sie haben ihre Leute am Strand begraben, allerdings nicht ganz, sie wurden sitzend beigesetzt, mit Blick aufs Meer. Der Kopf blieb also frei.«

»Und die Hinterbliebenen mussten mit ansehen, wie ihre Angehörigen verwesten?« Norman begann, zwischen den Bäumen herumzuwandern.

»Ein bisschen morbid, zugegeben«, bemerkte Sophie. »Ich denke, der Wind hat die Leichen ausgetrocknet – und die Vögel werden das Ihre dazu getan haben. Wahrscheinlich war sehr schnell nur noch ein Skelett übrig. Jedenfalls wurden die Toten nicht im Wald begraben. Dies hier könnte höchstens eine Art Erinnerungsstätte sein. Ein Weiterleben der Ahnen im Baum ...«

»Sieh mal, es gibt doch einen Hoffnungsschimmer«, rief Norman plötzlich und wies auf einen etwas abseits des Hains stehenden Baum. In gut zwei Metern Höhe war ein Herz eingeritzt, in dem zwei Namen standen.

Sophie stellte sich auf die Zehenspitzen, um sie genauer in Augenschein zu nehmen. »Kim und Bran ...on?«, versuchte sie zu entziffern. »Scheint mir allerdings neueren Datums zu sein. Wahrscheinlich Touristen. Die Leute müssen sich ja überall verewigen. Und das ist auch kein Karaka-Baum. Das ist ein Chatham Island Grass Tree. Die Moriori haben da meines Wissens nie was reingeschnitten.«

»Touristen? Noch dazu verliebte? Honeymoon auf den Chathams? Das hatten wir doch schon, in der Beziehung sind wir einmalig.« Er lächelte sie an. »Und wie sollen sie das so hoch oben eingeritzt haben? Ist er ihr auf die Schultern geklettert oder umgekehrt?« Er lachte. »Nein, seit das eingeschnitzt wurde, ist der Baum zweifellos beträchtlich gewachsen.«

Sophie musste ihm recht geben. »Stimmt«, sagte sie. »Die Schrift ist auch schon ziemlich verwittert. Man kann die Namen ja kaum lesen. Also ein weiteres Rätsel ...«

»Das du kaum mittels Dendrochronologie lösen wirst«, meinte Norman und strich fast zärtlich über die Rinde des Baumes. »Selbst wenn diese Sorte Baum Jahresringe zeigt. Warum machst du es nicht wie die Maori? Umarm den Baum, und lass ihn zu dir reden.«

Sophie sah ihn strafend an. »Ich glaube nicht an Geister«, sagte sie mit gespielter Strenge.

Norman lächelte. »Aber deine Vorfahren, die Moriori, haben ganz sicher an sie geglaubt.«

Er griff sanft nach Sophies Händen, legte sie an den Baumstamm und seine eigenen Hände darüber. »Wenn wir uns darauf einlassen ... Vielleicht schlagen die Geister für uns ja eine Brücke über Zeit und Raum ... von einem Liebespaar zum anderen ...«

Sophie wollte die Hände erst wegziehen, doch dann spürte sie die Wärme der Rinde, die Lebendigkeit des Baumes ... und schließlich tat sie genau das Gegenteil – sie ließ auch ihre Stirn gegen den Stamm sinken. Gleich spürte sie Normans Atem in ihrem Nacken.

»Lass dich einfach fallen«, flüsterte er. »Du hast das Blut der Moriori, werde Teil von ihnen ...«

Sophie wusste nicht, ob die Liebe und Zärtlichkeit, die sie plötzlich in eine unwirkliche Umarmung zog, nur von Norman ausging, oder ob sie tatsächlich den Nachhall der Gefühle spürte, die die beiden Verliebten füreinander gehegt hatten.

»Das wäre dann aber der falsche Baum«, bemerkte sie in einer letzten Aufwallung von Realismus. »Die Moriori haben doch nur in die Karaka geschnitzt. Die sie übrigens nicht so nannten. Sie nannten sie Kopi.«

Norman küsste ihren Nacken. »Vergiss das doch mal«, wisperte er. »Nenn den Baum einfach Baum ...«

Sophie lächelte. Tröstlich umfasst von Norman ließ sie ihren Geist mit der Geschichte ihres Volkes verschmelzen.

Die Härte des Gesetzes

Whangaroa – Chatham Island
Kororareka – Nordinsel Neuseeland
1835–1836

Kapitel 1

»Hier, ich blute!« Nakahu hielt anklagend ihren Arm in die Luft, auf dem sich tatsächlich Kratzspuren abzeichneten. Ihre kleine Schwester Whano hatte ihr kurzerhand die Fingernägel in die Haut gerammt, als der Streit der Mädchen eskaliert war. »Damit hast du gegen Nunukus Gesetz verstoßen«, erklärte Nakahu wichtig und wies mit dem Finger auf Whano, die sie erschrocken ansah. »Und jetzt werden deine Därme verfaulen ...«

Whano, gerade mal fünf Jahre alt, schmeckte das in Honig getauchte Stück Flachswurzel, um das sie eben noch so erbittert gekämpft hatte, plötzlich nicht mehr.

»Stimmt das, *matahine*?«, fragte sie ängstlich, doch ihre Mutter schien sie nicht zu hören. Pourou, die Weise Frau der Moriori von Whangaroa, war in tiefer Trance versunken. Sie sprach mit den Bienen, deren Honigvorräte die Frauen und Mädchen gerade plünderten. Ihre Anrufungen sollten die Tiere gnädig stimmen.

»Kimi?«

Ungeduldig wandte sich das verunsicherte Kind gleich darauf an das älteste der Mädchen. Die vierzehnjährige Kimi war der Zauberin behilflich, indem sie ein Feuer in Gang hielt und Kräuter verbrannte, deren Rauch die Bienen betäubte.

»Ach was, Whano, bei so kleinen Kindern üben die Götter noch Nachsicht.« Kimi, ein zierliches Mädchen mit langem schwarzem Haar, einem großflächigen Gesicht, gerader Nase und für ihr Volk sehr hellen, mandelförmigen Augen, die fast die Farbe des Flachsblütenhonigs aufwiesen, beruhigte das Kind beiläufig. Sie war ganz auf die Zeremonie konzentriert – nicht nur aus Hingabe an die Geister der Bienen, sondern auch, um die über den Raub erbosten Tiere am Stechen zu hindern. »Zumal Nakahu doch wohl angefangen hat. Ich habe das gesehen! Und nun haltet Frieden und lasst uns arbeiten. Dann gibt es bald genug Honig für alle.«

Geschickt näherte sie sich dem Bienenstock und holte mit einem speziellen Werkzeug blitzschnell ein paar Waben heraus, die vor Honig nur so troffen. Es war die Zeit, in der die Moriori den Honig der Flachsblüten tranken – ein Fest für die sonst nicht mit Leckereien verwöhnten Menschen auf den eher unwirtlichen Inseln.

Die Bienen verhielten sich tatsächlich ruhig, aber das hatte Kimi nicht anders erwartet. Pourou war *tohunga ahurewa,* eine mächtige Zauberin. Sie verstand es, mit den Tieren zu reden, und Kimi war sehr stolz darauf, dass sie nicht nur ihre eigenen Töchter, sondern auch sie selbst in dieser Kunst unterrichtete.

Nun packte sie ihre Beute rasch in Körbe, während Pourou langsam aus ihrer Trance erwachte und nur noch einige abschließende *karakia* sang, bevor sie sich alle langsam und vorsichtig von den Bienen entfernten. Schließlich würden diese bald aus ihrem Rausch erwachen und den Moriori den Honig vielleicht doch missgönnen.

Whano schien den Streit mit ihrer Schwester schon vergessen zu haben, aber die drei Jahre ältere Nakahu war längst noch nicht davon überzeugt, dass die Götter die kleine Kratzbürste ungeschoren lassen würden. Sobald Pourous gesamte Aufmerksamkeit wieder dem Diesseits zugewandt war, trug sie ihr Anliegen ihrer Mutter vor.

»Matahine, das kann doch nicht sein, dass Nunukus Gesetz für Kinder nicht gilt! Und es hat überhaupt nichts damit zu tun, wer angefangen hat!«

Pourou, eine hochgewachsene, kräftige Frau mit einer scharfen, fast hakenförmigen Nase und fleischigen Lippen, verzog das Gesicht. Sie hatte von dem Streit ihrer Töchter nichts mitbekommen, schien allerdings nicht daran interessiert, die Schuldfrage zu klären. Stattdessen wandte sie sich mit strafendem Blick an Whano.

»Tochter, wie konntest du! Du hast Blut vergossen, und obendrein im Angesicht der Geister!«

Whanos Gesicht spiegelte erneut ihre Angst. »Meine ... meine Därme werden verfaulen?«, fragte sie entsetzt.

Pourou seufzte. »Das nun nicht gleich, Whano. Wir sollten dennoch eine Reinigungszeremonie durchführen, und du musst deine Schwester und den Geist des Häuptlings Nunuku um Verzeihung bitten. Und selbstverständlich darfst du es nie wieder tun!«

»Aber sie hat angefangen!« Whano wies noch einmal anklagend auf Nakahu, die selbstgerecht lächelte.

»Das stimmt, *tohunga*«, kam ihr Kimi zu Hilfe. »Nakahu wollte ihr den Honig wegnehmen, und ...«

Pourous strafender Blick traf nun auch Kimi.

»Kimi, meine Schülerin, du solltest es besser wissen«, tadelte sie. »Du kennst die Geschichte, aber vielleicht solltest du sie mir und den Mädchen noch einmal vortragen ...«

Kimi nickte ergeben. Es gehörte zu ihren künftigen Aufgaben als *tohunga*, die Legenden ihres Volkes zu bewahren. Die Moriori schrieben nichts auf, sie behielten die Geschichten in ihren Herzen. Um all das zu behalten, musste die künftige Zauberin die Erzählungen oft wiederholen.

»Es war in Karewa, an der Westseite der Te-Whanga-Lagune«, berichtete Kimi nun mit klingender Stimme. »Die Stämme der Wheteina, der Rauru und der Hamata waren nicht lange zuvor aus Hawaiki nach Rekohu gekommen. Und sie verstanden es nicht, Frieden zu halten. Sie schlugen sich, sie kämpften – sie schreckten nicht einmal davor zurück, die Köpfe ihrer Gegner zu räuchern und ihr Fleisch zu essen.« Kimi bemerkte, dass die beiden kleinen Mädchen sich bei dieser Schilderung erwartungsgemäß gruselten. Die Schwestern hatten ihren Streit vergessen und schmiegten sich schutzsuchend aneinander. Die vier hatten inzwischen an einem Bach angehalten, um zu rasten. Kimi erzählte ihre Geschichte, während Pourou die am Morgen im Wasser ausgelegten Reusen daraufhin überprüfte, ob ihnen ein Fisch in die Falle gegangen war. »Und so führten die Stämme Krieg gegeneinander, und Blut floss und Feuer brannten, bis Nunuku Whenua, der Häuptling der Hamata, zwischen die Kämpfenden trat.« Die kleinen Mädchen lauschten mit offenen Mündern, obwohl zumindest Nakahu die Geschichte sicher schon oft genug gehört hatte, um sie selbst wiedergeben zu können. »Der Häuptling ragte zwischen den Kriegern auf, und ihn erfüllte die Weisheit und die Kraft der Götter, als er mit lauter Stimme zu ihnen sprach: ›Haltet ein! Steckt eure Messer weg, und legt eure Kriegsäxte und Keulen nieder. Es muss ein Ende haben mit den Kämpfen. Nie wieder soll Krieg sein, wie ihn der heutige Tag gesehen hat. Nie wieder sollt ihr das Blut eurer Brüder vergießen. Und vergesst den Geschmack von Menschenfleisch. Seid ihr Fische, die ihre Jungen fressen? Von heute an sollt ihr es besser wissen. Ihr sollt Frieden halten, gemeinsam jagen, gemeinsam fischen – das Land und das Meer bieten Nahrung für alle.‹«

»Aber wenn doch einer dem anderen was wegnimmt?«, wandte Whano ein. Sie mochte immer noch nicht anerkennen, dass ihre Mutter allein sie für den Vorfall tadelte.

»Dann spricht man darüber, und die Ältesten schlichten den Streit«, erklärte Kimi, wozu sie ihre Erzählung unterbrechen musste. Nunuku hatte zumindest in seiner ersten aufrüttelnden Rede keine Gerichtsbarkeit eingesetzt.

»Natürlich wollten die Männer zuerst nicht hören«, fuhr sie schließlich fort. »Es sah fast aus, als wollten sie den Häuptling verlachen. Doch dann rief Nunuku den Zorn der Götter auf alle herab, die seinen Worten zuwiderhandeln würden: *Mögen eure Därme verfaulen an dem Tag, an dem ihr nicht gehorcht!* Seine Stimme verband dabei Himmel und Erde, und die Krieger waren so erschrocken, dass sie ihre Waffen sinken ließen und sich vor dem Häuptling verbeugten. Seitdem ist der Kampf geächtet beim Volk der Moriori. Sobald auch nur ein Tropfen Blut fließt, greift Nunukus Gesetz. Niemand darf einen anderen verletzen oder gar töten.«

»Und das lernen wir von Kindheit an«, fügte Pourou hinzu, die eben, zwei silberne Fische in einem Korb, vom Bach zurückkam. »Es gilt für Mädchen und Jungen, Mann und Frau. Also bitte deine Schwester um Entschuldigung, Whano, und gib ihr später deinen Teil des Honigs als *utu.* Dann werden die Götter wohl nicht allzu streng über dich urteilen, sofern du dich nie wieder dazu hinreißen lässt, Blut zu vergießen.«

Whano nickte resigniert, obwohl es sie sicher hart ankam, ihrer Schwester auch noch eine Wiedergutmachung zahlen zu müssen. Kimi wusste nicht, ob ihre Mutter das kleine Mädchen überzeugt hatte, aber es würde nicht weiter widersprechen.

Nakahu blickte triumphierend, nahm die Entschuldigung der Jüngeren jedoch huldvoll an. Kimi beschloss im Stillen, der Kleinen von ihrer eigenen Honigration etwas abzugeben, wenn die Leckereien später verteilt wurden. Sie hatte Verständnis für Whano. Natürlich hätte das Kind warten müssen, bis seine Mutter Recht sprach. Bis dahin hätte Nakahu den Honig allerdings längst gegessen gehabt, und wenn es Kimi und Pourou nun nicht gelungen wäre, weiteren zu erbeuten, wäre Whano leer ausgegangen.

»Aber Tiere dürfen wir töten?«, fragte Whano und wies, wohl mit letztem Aufblitzen von Trotz, auf die toten Fische in Pourous Korb.

Die Weise Frau seufzte. »Tiere müssen wir töten, Tochter, sonst könnten wir selbst nicht überleben. Genau wie wir der Flachspflanze ihre Wurzeln rauben müssen und die Sprossen des Adlerfarns abschneiden und den Vögeln ihre Eier stehlen. Doch wir fragen um Erlaubnis und bitten die Geister um Verzeihung, bevor wir Leben nehmen.«

»Und wenn sie Nein sagen?«, erkundigte sich Whano.

Pourou lächelte. »Das tun sie nicht, solange wir nicht unersättlich sind. Die Götter lieben ihre Geschöpfe, sie wollen, dass wir alle leben. Wenn wir es allerdings übertreiben ...«

Pourous Gesicht nahm einen traurigen Ausdruck an, und Kimi wusste, dass sie an die Seehunde dachte, die noch bis vor wenigen Jahren zu Tausenden die Strände von Rekohu bevölkert hatten. Die Moriori hatten sie regelmäßig gejagt, doch stets darauf geachtet, nur ältere männliche Tiere zu erlegen und die

Kadaver gleich vom Strand zu entfernen, um die anderen Seehunde nicht zu verschrecken. Dann waren jedoch die Seehundsfänger gekommen, große, seltsame Männer mit weißer Haut und oft hellem Haar. Die Moriori hatten sie willkommen geheißen, wie sie es mit allen Besuchern taten, aber wie die Neuankömmlinge unter den Seehunden gewütet hatten, um ihrer Felle habhaft zu werden, hatte sie aufgebracht. Die Seehunde hatten sich sehr bald andere Plätze gesucht, um ihre Jungen aufzuziehen, die Strände von Rekohu waren nun fast verwaist.

»Heute brauchen wir aber viele tote Tiere, um all die Gäste zu bewirten«, mischte sich jetzt Nakahu ein.

Am frühen Morgen war ein Schiff eingetroffen, bis zum Bersten gefüllt mit Menschen vom Festland, dem fernen Aotearoa. Alle waren in schlechtem Zustand gewesen, hungrig und halb verdurstet nach der Reise. Die Moriori hatten sie in ihr Dorf gebeten, ihre spärlichen Vorräte mit ihnen geteilt, und dann waren ihre Jäger und Sammler ausgeschwärmt, um etwas zu essen heranzuschaffen, mit dem alle Gäste satt gemacht werden konnten. Am Abend würde die Dorfgemeinschaft sie förmlich willkommen heißen.

Pourou nickte. »Ja, heute müssen wir auf die Großmut der Götter und Geister vertrauen«, bestätigte sie. »Und nun sollten wir zurück ins Dorf gehen. Das Essen muss vorbereitet werden und die Zeremonien. Sicher wird man uns schon erwarten.«

Whano und Nakahu brachen bereitwillig auf, doch Kimi zögerte.

»Brauchst du mich bei der Vorbereitung, *tohunga*?«, fragte sie. »Also jetzt gleich? Ich würde gern ...«

Pourou lächelte. »Du würdest gern noch zu dem sonnenhaarigen Mann gehen, der in den Wäldern lebt, und ihm etwas von deinem Honig bringen?«, vervollständigte sie Kimis Satz, bevor das Mädchen noch auf die Idee kam, irgendeine Ausrede zu suchen.

Kimi rieb sich die Stirn. »Er ... bringt mir dafür seine Sprache bei«, erklärte sie. »Und lehrt mich, wie man Kartoffeln pflanzt.«

Kartoffelpflanzen gab es noch nicht lange auf den Inseln. Die Seehundsjäger hatten den Moriori Saatkartoffeln geschenkt. In gewisser Weise ein Ausgleich für die Ausrottung und Vertreibung der Seehunde ...

Pourou machte eine wegwerfende Handbewegung. Sie interessierte sich wohl nicht für Kimis Erklärungen. »Er ist willkommen«, sagte sie gelassen. »Ich habe in sein Herz gesehen, er ist von sanftem Wesen. Ich fürchte nicht um dich, wenn du Zeit mit ihm verbringst. Und ich habe auch keine Angst, er könnte dir die Seele rauben, wenn er ... auf dünne Blätter graue Farbe zaubert, bis man meint, dein Antlitz zu erkennen.«

Jetzt war es an Kimi zu lächeln. »Zeichnen«, sagte sie in der Sprache der Weißen. »Man nennt das Zeichnen. Und die dünnen Blätter nennt man Papier. Es wird jedoch tatsächlich aus dem Holz der Bäume gewonnen. Insofern ist es gar nicht so viel anders als das, was wir tun, wenn wir Zeichen in die Rinde der Kopi-Bäume schnitzen.«

Pourou runzelte die Stirn. »Er beschwört damit die Geister?«, fragte sie.

Kimi zuckte mit den Schultern. »Ich glaube ja, aber er meint, nein. Er hat kein Gespür für die Geister. Das haben die Weißen alle nicht.«

»Solange ihm die Geister nicht zürnen, ist das nicht wichtig«, meinte Pourou. »Vielleicht kannst du sie ja dennoch eines Tages für ihn sichtbar machen. Also geh, doch sei nicht zu spät zurück. Du wirst ja übersetzen müssen. Außerdem wäre es unseren Gästen gegenüber nicht höflich, wenn die Tochter des Häuptlings der Zeremonie fernbliebe. Du weißt, in deren Volk hat sie eine besondere Stellung.«

Bei den Moriori war das nicht so. Kimis Vater war der gewählte Häuptling. Er stand der Dorfgemeinschaft vor, weil er klug war und sich als Jäger ausgezeichnet hatte. Kimi selbst war deshalb nicht von hohem Rang. Sie verdankte ihr Privileg als Schülerin der Weisen Frau nur ihren eigenen Talenten – Kimi lernte sehr schnell, in fremden Zungen zu reden. Sie hatte die

Sprache der Walfänger und Seehundsjäger genauso selbstverständlich aufgefangen wie die der Maori aus Aotearoa, die in Wharekauri im Norden der Insel eine eigene Siedlung hatten. Auch die Gäste, die am Morgen gekommen waren, sprachen diese Sprache. Sie ähnelte dem Idiom der Moriori sehr, aber es würde doch hilfreich sein, wenn Kimi den Ältesten im Gespräch mit den Besuchern zur Seite stünde.

»Ich werde da sein«, versprach Kimi, bevor sie sich von Pourou und ihren Töchtern trennte und verschlungenen, kaum sichtbaren Pfaden in den Wald folgte, in dem ihr Freund Brandon seine Hütte gebaut hatte. Der Wald bot noch weiteren Weißen Zuflucht. Es kam mitunter vor, dass ein Besatzungsmitglied der Walfangschiffe, die in der Bucht von Whangaroa im Nordwesten von Rekohu anlegten, bei seinem Kapitän nicht mehr bleiben wollte. Meistens behagte den Männern der raue Ton an Bord nicht, ebenso wenig wie das harte Leben auf See. Und manchmal, wie bei Brandon, widerte sie auch die Arbeit an – das Töten und Ausweiden der Wale.

Brandon Halloran war ein noch sehr junger Mann, kam von einer Insel, die man Irland nannte und die am anderen Ende der Welt liegen sollte. Er war von dort aus nach Amerika gegangen – noch ein Land in weiter Ferne – und hatte auf einem Walfänger angeheuert. Brandon hatte das Leben an Bord allerdings vom ersten Tag an gehasst, noch nach dem vierten oder fünften Fang hatte es ihm Übelkeit bereitet, die Wale zerlegen und ihr Fett auskochen zu müssen. Lieber hatte er die majestätischen Tiere gezeichnet. Kimi konnte kaum glauben, wie lebensecht sie auf dem Papier aussahen. »Fast, als würden sie gleich herausspringen«, hatte sie einmal beinahe ehrfürchtig bemerkt, doch Brandon hatte nur gelacht. Und dann hatte er Kimi gezeichnet – unter seinen geschickten Händen war das Abbild eines zarten Moriori-Mädchens mit ernstem Gesicht und hüftlangem, glattem Haar entstanden. Kimi hatte es erstaunt angeblickt.

»Wer ist das?«, hatte sie gefragt, was Brandon noch mehr erheitert hatte.

»Das bist du«, hatte er erklärt. »Jedenfalls ist es ein Abbild von dir. So wie die Zeichnungen der Wale nur Abbilder der Tiere sind.«

Als er ihr die Zeichnung dann geschenkt hatte, hatten die Menschen im Dorf verblüfft bestätigt, dass das Mädchen darauf ihr aufs Haar glich. Einige hatten befürchtet, Brandon hätte ihr damit die Seele geraubt, doch Pourou hatte den jungen Mann besucht und die Stammesmitglieder anschließend beruhigt. »Der junge Mann ist von den Göttern gesegnet«, hatte sie erklärt. »Sie haben ihm eine besondere Gabe gegeben – wobei ich nicht sagen kann, wozu sie nützlich sein soll. Er nutzt die Abbildungen nicht für Zauber und erst recht nicht für Verwünschungen. Er sagt, sie dienten der Erinnerung. Er hält die Erinnerung damit lebendig. Daran ist nichts Böses.«

Kapitel 2

Kimi dachte dankbar an Pourous Worte, als sie den Weg zu Brandons Hütte nahm. Hätte die Weise Frau ihn nicht anerkannt, hätte sie Brandon nicht wiedersehen dürfen. Gegen ein Verbot Pourous hätte sie nicht verstoßen. Dabei hatte sie den jungen Mann sehr gern – nicht nur, weil sie sich mit ihm in seiner Sprache üben konnte, sondern auch, weil er gern redete und ebenso gut zuhörte. Brandon erzählte Geschichten aus seinem Land, das so gänzlich anders sein musste als das ihre, obwohl die Felsen und Bäume natürlich ebenso von Geistern bewohnt wurden. Man nannte sie dort Feen und Leprechauns.

Kimi musste lachen, wenn er sie für sie zeichnete. Von ihren eigenen Geistern hatte sie keine Bilder, die konnte sie allenfalls spüren oder ihre Stimmen hören, die der Wind verwehte. Allerdings manifestierten sie sich oft in Tieren, und deren Abbildungen schnitzten die Moriori dann in die Rinde der Kopi-Bäume, wenn einer der Ihren gestorben war. Sie hofften, dass die Geister darin über seine Seele wachten.

Brandon saß vor seiner Hütte und arbeitete an einer Vogelfalle, als Kimi aus dem Wald trat. Sie hatte ihm vor einiger Zeit erklärt, wie man diese Fallen baute, und seitdem experimentierte er herum. Bislang ohne Erfolg, ihm war leider noch kein Taiko ins Netz gegangen, und so legte er die Arbeit ganz bereitwillig beiseite, als er ihrer ansichtig wurde. Er schenkte ihr ein Lächeln, das sie sofort erwiderte. Brandons Lächeln war ansteckend, seine Augen leuchteten, und auf seinen Wangen wurden kleine Einkerbungen sichtbar, die man in seiner Sprache Grübchen nannte.

»Kimi, wie schön! Komm, setz dich zu mir! Du kannst mir gleich noch mal zeigen, wie man diese Schlinge knüpft. Aus irgendeinem Grund verfängt sich nie ein Vogel in meinen Fallen, obwohl die Bäume voll von den Viechern sind. Manchmal meine ich, sie über mich lachen zu hören.«

Kimi grüßte ihn ebenfalls und näherte sich dann etwas schüchtern der grob gezimmerten Bank, auf die er sie einlud. Sie war Sitzmöbel nicht gewohnt, die Moriori saßen auf dem Boden. Auch auf den Bau ihrer Hütten verwandten sie wenig Anstrengung. Sie waren sehr einfach. Brandon dagegen bewohnte ein recht stabiles Blockhaus. Für dessen Bau hatten allerdings mehr Bäume sterben müssen als für eine Behausung der Moriori. Die anderen Weißen, die versteckt im Wald lebten, hatten ihm geholfen, eine kleine Lichtung zu roden und die Bäume zuzusägen, sie hatten ihn zudem darauf aufmerksam gemacht, die Moriori vorher um Erlaubnis zu fragen. Die Weißen, die in den Wäldern lebten, hatten ein gutes Verhältnis zum Stamm, sie teilten mit den Moriori die Jagdbeute und die Erzeugnisse ihrer Gärten. Kimi hatte übersetzt, als Brandon eines Tages mit einem Korb voller Kartoffeln als Geschenk ins Dorf gekommen war, und sich darüber mit dem jungen Mann angefreundet.

Brandon sprach ein sehr klares Englisch, wie man die Sprache der Weißen nannte. Die meisten anderen Iren – es gab viele von ihnen unter den Walfängern und Seehundsjägern – konnte Kimi dagegen nur mühsam verstehen. Brandon war nach eigenen Angaben gern zur Schule gegangen, was immer man darunter zu verstehen hatte. Er sprach von Dingen wie Büchern, denen man angeblich Geschichten entnehmen konnte, und er vermochte weiter zu zählen, als Kimi auch nur denken konnte. Sie lernte von ihm und er von ihr. Sie brachte ihm bei, wie man Vögel und Fische fing, welche Wurzeln und Beeren essbar waren, und viele andere Dinge über das Leben auf Rekohu, wobei er den Moriori-Namen der Insel erst lernen musste. In Brandons Sprache nannte man Rekohu und seine Nachbarinseln Chathams.

»Die Chatham-Inseln«, hatte er Kimi langsam vorgesprochen, bis sie es akzentfrei hatte wiederholen können. »Der erste Engländer, der hier vorbeikam, hat sie nach seinem Schiff getauft.«

»Sie hatten aber doch schon Namen«, hatte sie protestierend eingewandt. Offenbar war es eine Eigenheit der Weißen, allen Ländern, in die sie kamen, neue Bezeichnungen zu geben. Allerdings hatten die Maori das auch nicht anders gemacht. Die Zuwanderer aus Aotearoa nannten nicht nur ihr eigenes Dorf im Norden, sondern Kimis ganze Heimat Wharekauri.

»Ich habe dir Honig mitgebracht«, sagte Kimi nun, ohne weiter auf die Vogelfalle einzugehen, und zeigte Brandon die Waben in ihrem Korb. Sie freute sich und empfand Stolz, als er über ihre Ausbeute staunte.

»Wie hast du das geschafft, ohne zerstochen zu werden?«, fragte er verwundert und schleckte seinen Finger ab, nachdem er ein Stück Bienenwabe in eine selbst geschnitzte Schüssel gelegt hatte.

Kimi lächelte geheimnisvoll und berichtete von Pourou und ihrer Fähigkeit, die Geister der Bienen zu bannen. Wie immer lauschte Brandon interessiert, wenn auch etwas befremdet.

»Und das ist nun alles für ein Festmahl, das ihr für die Leute von diesem Schiff bereiten wollt«, fasste er dann zusammen, was Kimi ihm von den Neuankömmlingen erzählt hatte. Er hatte das Schiff von den Hügeln aus kommen sehen. »Es sind Maori, sagst du, aus Neuseeland?« Neuseeland war das Wort der Weißen für Aotearoa. »Was wollen die hier?«

Kimi zuckte mit den Schultern. »Das wissen wir noch nicht. Sie waren so ausgehungert und schwach, da wollten wir sie nicht gleich mit Fragen belästigen. Sicher werden sie es uns heute Abend verraten. Jedenfalls sind es viele. In den Zahlen aus deinem Land ...«, sie bemühte sich angestrengt, sich zu erinnern, » ... um die vierhundert.«

»Was?« Brandon wirkte alarmiert. Die Besorgnis spiegelte sich in seinem Gesicht wider. Seine freundlichen blauen Augen schienen sich zu umfloren, seine Stirn warf Falten, und er strich nervös sein lockiges sonnengelbes Haar glatt. »Vierhundert Leute? Macht euch das keine Angst, Kimi? Was sind das überhaupt für Menschen? Männer, Frauen, Familien?«

»Vor allem Männer«, gab Kimi Auskunft. »Aber auch Frauen und Kinder. Wir denken, dass sie hier siedeln wollen.«

»Hier?«, wunderte sich Brandon. »Wo denn? Auf wessen Land? Gibt es so viel Niemandsland auf den Chathams, dass ihr vierhundert Leute aufnehmen könnt? Und wovon sollen sie leben, bevor sie selbst ihre Dörfer gebaut und ihre Äcker bestellt haben? Werdet ihr sie durchfüttern?« Kimi biss sich auf die Lippen. So weit hatte sie noch gar nicht gedacht. Es gehörte eben zu den Gesetzen ihres Volkes, Fremde freundlich aufzunehmen. Natürlich würden die Ältesten irgendwann Fragen stellen – aber Argwohn hegten sie nicht. »Und wie sind sie hergekommen?«, fragte Brandon gleich weiter. »Das war doch ein englisches Schiff, oder? Sie sind nicht mit Kanus gekommen.«

Kimi schüttelte den Kopf. »Nein. Sie sagten, ein englischer Kapitän habe sie übergesetzt. Ich hab ihn nur kurz gesehen, er ist gleich wieder abgesegelt.«

Brandon rieb sich die Stirn. »Du hättest ihn fragen können, wo die Leute her sind und was sie hier wollen. Er muss etwas gewusst haben. Ich finde das jedenfalls sehr merkwürdig, Kimi, und ich denke, ihr geht ein bisschen zu sorglos damit um. Diese Maori … Tom Peterson, du weißt schon, der Rothaarige, der auf dem Hügel lebt, der war in Neuseeland auf einer Walfangstation. Und er meint, das seien ziemlich ruppige Kerle. Menschenfresser, sagt er. Wie weit man das glauben kann …«

Kimi verzog das Gesicht. »Früher waren die Moriori auch Kannibalen«, erklärte sie ihrem verblüfften Freund und erzählte zum zweiten Mal an diesem Tag die Geschichte von Nunukus Gesetz.

Brandon lauschte fasziniert. »Und daran habt ihr euch tatsächlich jahrhundertelang gehalten? Unglaublich. Na ja, hoffen wir mal, dass eure Gäste genauso friedlich sind.«

Kimi nickte zuversichtlich. »Pourou wird die Stämme heute Abend rituell verbinden«, sagte sie. »Ihre Geister und unsere Geister werden sich vereinigen. Dann können sie nichts anderes mehr als Frieden halten.« Sie blickte ihren Freund an, schien jedoch zu merken, dass er davon nicht überzeugt war.

»Komm einfach mit«, lud sie ihn ein. »Du kannst mit uns essen und feiern und dir die neuen Leute selbst ansehen. Vielleicht sprechen sie ja sogar Englisch. Da drüben in Aotearoa sind doch mehr Weiße als hier, oder?«

Brandon nickte. »Neuseeland ist länger von Europäern besiedelt als die Chathams, es bietet den Zuwanderern mehr Möglichkeiten – unter anderem ein weniger raues Klima.« Auch die Maori, die eigentlich seit Jahrhunderten wissen mussten, wo die Chathams lagen, hatten es bislang größtenteils vorgezogen, in Neuseeland zu leben. Wenn sie nun so zahlreich herüberkamen, konnte das kaum etwas Gutes bedeuten. Brandon teilte seine Gedanken mit Kimi. »Womöglich fliehen diese Menschen vor irgendetwas«, endete er besorgt.

Kimi hob die Schultern. »Mag ja sein. Vielleicht haben sie ihr Land an die Weißen oder an andere Stämme verloren. Es ist möglich, dass sie geradewegs aus dem Krieg kommen und nun den Frieden suchen.«

Brandon rieb sich die Stirn. Er kommentierte ihre Überlegungen nicht, doch Kimi spürte, dass er eine gewisse Skepsis hegte.

Schließlich folgte er Kimi tatsächlich in Richtung Meer zu ihrem Dorf und brachte einen Sack Kartoffeln und andere Feldfrüchte mit, um das Festmahl zu bereichern. Was Ackerbau anging, waren die weißen Siedler dem Stamm weit überlegen, die Moriori waren traditionell keine Bauern. Sie versorgten Brandon und die Männer in den Wäldern dafür mit Fisch und Meeresfrüchten. Die geflohenen Walfänger ließen sich ungern an den Stränden sehen.

»Was ist eigentlich genau der Unterschied?«, fragte Brandon. »Also zwischen Maori und Moriori. Für mich klingt der Name fast gleich ...«

Kimi zuckte mit den Schultern. »Wir haben verschiedene Sprachen und verschiedene Bräuche«, erwiderte sie. »Aber du hast recht, die Sprachen ähneln sich, und beide Völker sind keine Ureinwohner, sondern mit Kanus aus Hawaiki gekommen, viele

Menschenalter zuvor. Die einen haben auf Aotearoa gesiedelt, und wir eben hier. Wir sehen auch ein bisschen anders aus. Unsere Haut ist dunkler, viele von uns sind größer und dünner ...« Sie lachte. »Und unsere Nasen sind spitzer und manchmal ein bisschen hakenförmig. Das ist mir selbst zwar noch nicht aufgefallen, aber die Seehundsjäger und Walfänger behaupten es. Wir hätten Nasen wie Juden, sagen sie. Keine Ahnung, was Juden sind.«

Brandon konnte das nicht so schnell erklären, er ging darüber hinweg. Den Hauptunterschied im Erscheinungsbild zwischen Moriori und Maori erkannte er gleich selbst, als er Kimis Dorf betrat, in dem bereits geschäftiges Treiben herrschte. Besonders im Kochbereich, im Zentrum der Siedlung, wurde eifrig gearbeitet. Die Moriori-Frauen versenkten Speisen in traditionellen Erdöfen, die Männer bereiteten Feuerstellen vor und hoben Kochgruben aus.

Die Gäste hielten sich dagegen eher abseits, sie standen oder saßen in Grüppchen herum und beobachteten ihre Gastgeber – und sie waren auf den ersten Blick als Maori zu erkennen, zierten ihre Gesichter doch zum Teil martialische Tätowierungen. Bei vielen Männern durchzogen bläuliche Linien das ganze Gesicht. Die Frauen trugen die meist spiralförmigen Tattoos lediglich um die Mund- und Kinnpartie.

Brandon hatte nie etwas Vergleichbares gesehen und bat Kimi um eine Erklärung.

»Das ist bei ihnen so Brauch«, meinte Kimi gelassen, als er sie danach fragte. »Ich glaube, die *moko*, so nennt man die Einkerbungen auf der Haut, bedeuten auch etwas, aber genau weiß ich das nicht. Und warum wir es nicht machen? Vielleicht, weil dabei zwangsläufig Blut fließt. Ich hab dir doch von Nunukus Gesetz erzählt ... Jedenfalls gefällt es mir nicht. Dir etwa?«

Brandon schüttelte den Kopf. Er gab zu, dass er die tätowierten Gesichter fast beängstigend fand, hätte sie aber nichtsdestotrotz gern gezeichnet.

Schließlich half er beim Aufschichten von Feuerholz, während

Kimi sich beim Kochen und bei der Vorbereitung Pourous auf die Zeremonien nützlich machte.

Die Moriori versammelten sich und ihre Gäste bei Sonnenuntergang auf dem Dorfplatz. Brandon registrierte, dass die Gruppen der Gäste und Gastgeber sich nicht mischten, sondern sich gegenübersaßen, aber vielleicht gehörte das ja zu ihren Bräuchen. Er selbst gesellte sich zu den Moriori-Männern, Kimi begab sich zu ihrer Familie. Ihr Vater stand vor seinem Stamm, hinter ihm saßen seine Kinder. Kimis Mutter war bereits vor Jahren verstorben, doch sie hatte noch zwei Brüder. Festkleidung hatten die Moriori nicht angelegt. Die Männer trugen schlichte Flachsgürtel, um die Scham zu verhüllen, die Frauen Röcke, dazu Umhänge aus gewebtem Flachs oder Seehundfelle um Schultern und Hüften. Die Moriori-Würdenträger hatten sich Albatrosfedern in die Bärte geflochten.

Die Kleidung der Maori war deutlich aufwendiger. Ihre Flachsröcke waren länger und komplizierter gearbeitet, die Frauen trugen gewebte Oberteile. Um die Schultern des Anführers – Brandon ging jedenfalls davon aus, dass es sich bei dem noch relativ jungen, kräftigen und stark tätowierten Mann, der sich jetzt in ähnlicher Manier wie Kimis Vater vor seinen Leuten aufbaute, um den Häuptling handelte – lag ein voluminöser Mantel, in den Vogelfedern eingewebt waren.

Kurz bevor die Zeremonie begann, entdeckte Brandon einen weiteren Weißen unter den Moriori. Tom Peterson, ebenfalls ein ehemaliger Walfänger, stand neben einer jungen Frau namens Raukura, mit der er, wie Brandon wusste, häufig das Lager teilte.

Als er Brandon sah, richtete er ein paar Worte an Raukura und kam dann zu ihm hinüber.

»Na, auch mal ein Auge werfen auf diese Invasion?«, fragte er Brandon. »Oder locken dich nur das kostenlose Essen und die hübsche Häuptlingstochter?« Sein Blick wanderte zu Kimi. Natürlich war den anderen Weißen nicht entgangen, dass Brandon sich häufig mit ihr traf. »Bei denen da …«, Tom wies auf die

Maori, » ... würdest du übrigens mindestens gevierteilt, wenn nur der Schatten einer solchen Prinzessin auf dich fiele.«

Tom hatte vor seiner Ankunft auf den Chathams eine Zeit lang auf Neuseeland gelebt und die Maori ein wenig kennengelernt.

»Also, wenn man dich so hört, haben die Einheimischen von Neuseeland nichts als Mord und Todschlag im Sinn«, meinte Brandon unwillig. Zwar war auch sein Eindruck von den Neuankömmlingen nicht der beste, aber er wollte doch gern an Kimis friedliche Vision glauben.

Tom schüttelte den Kopf. »Keinesfalls. Im Allgemeinen sind sie ganz umgänglich. Nur gänzlich anders als die Moriori. Geschäftstüchtig zum Beispiel. Die verschenken ihr Land nicht, die verkaufen es. Und kriegen immer schneller mit, was es wert ist. Wobei sie sehr ungemütlich werden können, wenn sie merken, dass sie betrogen worden sind.«

»Hast du eine Vorstellung davon, was sie hier wollen?«, fragte Brandon.

Tom verneinte. »Nur ein ungutes Gefühl. Jedenfalls werde ich Raukura nachher mitnehmen. Bei mir in der Hütte ist sie sicher.«

»Du meinst im Ernst, sie hätten kriegerische Absichten?« Brandons Besorgnis verstärkte sich.

Tom zuckte mit den Schultern. »Ich weiß es nicht, aber ich lasse es nicht drauf ankommen. Nicht dass die mein Mädchen am Ende auf den Grill legen ...«

»Nun hör aber auf«, wollte Brandon protestieren, doch jetzt trat Takaroa, Kimis Vater, vor und richtete das Wort an sein Volk und die Gäste. Kimi stellte sich hinter ihn und übersetzte für die Maori.

»Zu dumm, dass man nichts versteht«, ärgerte sich Brandon. »Oder kannst du Maori?«

Tom hob die Schultern. »Ein paar Worte«, meinte er dann. »Wobei das hier ja nicht schwierig ist. Der Häuptling stellt sich vor, fragt die Gäste nach ihrem Namen und ihrem Begehr und regt an, ein gemeinsames Gebet an die Götter zu richten. So ähnlich läuft das immer. Allerdings machen die Maori mehr einen Kult draus als die Moriori. Raukura meint, das powhiri dauere bei ihnen höchstens eine Stunde, während die Stämme aus Neuseeland ganze Singspiele aufführen mit Tänzen und Liedern und Pantomime ...«

Bei den Maori schob sich jetzt der junge Mann in dem Federmantel vor und begann, für sein Volk zu sprechen. Tatsächlich sprach er sehr viel länger als Takaroa.

»Er heißt Anewa«, übersetzte Tom. »Und ist angeblich Häuptling der Ngati Tama. Dafür scheint er mir zwar noch reichlich jung zu sein, aber er stellt sich zumindest als solcher vor. Die Ngati Tama kommen aus der Taranaki-Region im Westen der Nordinsel, und jetzt erzählt er was über Berge und Flüsse und die Kanus, mit denen sein Volk irgendwann nach Aotearoa gekommen ist.«

»Warum er hier ist, sagt er nicht?«, erkundigte sich Brandon.

Tom schüttelte den Kopf.

Dafür warf der junge Häuptling nun seinen Federmantel ab, stieß einen gellenden Schrei aus und trat in die Mitte zwischen die beiden Stämme. Erschrocken erkannte Brandon einen Speer und eine Art Hantel in seiner Hand. Er befürchtete einen Angriff auf Takaroa, doch tatsächlich begann Anewa nur zu tanzen. Während einige der Frauen unter den Maori Flöten spielten und Trommeln schlugen, wirbelte der junge Krieger seine Waffen und seinen Körper in faszinierenden Bewegungen herum, deutete Angriffe an, drehte sich und verzog das tätowierte Gesicht zu grauenerregenden Grimassen.

Auf die Moriori wirkte das anscheinend ebenso erschreckend wie auf Brandon, Tom dagegen sah gelassen zu.

»Es fängt immer damit an, dass ein Krieger tanzt, um dem anderen Stamm seine Stärke zu zeigen«, erklärte er. »Die Stämme wollen sich gegenseitig abschätzen. Selbst wenn die Gäste ausdrücklich in Frieden kommen.«

Anewa und seine Leute schienen darauf zu warten, dass die

Moriori nun ihrerseits einen Mann auf den Tanzplatz schickten, doch Takaroa machte dazu keine Anstalten. Stattdessen intonierte er ein Lied, in das seine Stammesmitglieder einfielen. Wohl eine Anrufung der Götter. Am Ende trat Pourou in die Mitte und sprach ihrerseits einige Worte, die Kimi übersetzte.

»Sie sagt mehr oder weniger das Gleiche, was der Häuptling vorhin erzählt hat«, meinte Tom. »Sie heißt die Gäste willkommen und beschwört den Frieden. Und das will sie jetzt untermauern, indem sie die Götter anruft und ein Band knüpft zwischen den Stämmen. Wappne dich schon mal, denn gleich beginnt sie zu schreien. Ich hab das in Neuseeland schon mal gehört, sie nennen es *karanga*. Bei den Maori findet es aber erst ganz am Ende der Zeremonie statt, wenn der letzte Krieger seinen Speer geschwungen hat.«

»Die Moriori haben gar keine Speere«, bemerkte Brandon.

Tom nickte. »Das verkürzt die Angelegenheit«, erklärte er zufrieden.

Pourou holte tief Atem und setzte tatsächlich zu einem Schrei an, der die Erde scheinbar erbeben ließ. Wenn es irgendwo Götter gibt, dachte Brandon respektlos, können sie das zumindest nicht überhören.

Nachdem der Schrei verklungen war, erhob sich zunächst Stille, doch dann trat wieder Anewa vor. Sein tätowiertes Gesicht verzog sich zu einem Lächeln, aber es war kein herzliches Lächeln.

Brandon sah, wie Kimi erschrak, als er zu sprechen begann. Sie schien um Worte zu ringen, als sie an der Reihe war, zu übersetzen.

»Was sagt sie?«, drängte Brandon Tom.

Der ehemalige Walfänger schüttelte den Kopf. »Ich verstehe nicht alles«, gab er zu. »Dieser Anewa hat sich wohl für die Verbindung zwischen den Stämmen bedankt, aber es scheint ironisch gemeint zu sein. Wenn die Götter ihn segneten und die Moriori entschlossen seien, nicht gegen ihn zu kämpfen, dann sei es für ihn viel leichter, seine Mission zu erfüllen. Denn von jetzt an würden die Ngati Tama das Land der Moriori übernehmen. Die Chatham-Inseln gehörten ab heute ihnen, und die Moriori seien ihnen untertan.« Er stand auf, während unter den Moriori Gemurmel ausbrach. »Ich werde mich jetzt entschuldigen. Ich nehme meine Frau und verschwinde von hier. Für den Fall, dass die Moriori das doch nicht so ernst meinen mit ihrem ewigen Frieden.«

Kapitel 3

Die Menschen vom Stamm der Moriori reagierten wie versteinert auf Kimis Übersetzung. Fassungslos blickten sie abwechselnd auf ihren Häuptling und ihre Weise Frau, denen ebenso die Worte fehlten. Ein paar andere, vor allem jüngere Moriori, begannen, Anewas Rede zu diskutieren, und äußerten Unmut, allerdings auf seltsam verhaltene Weise. Von einem Sturm der Entrüstung, wie Brandon ihn eigentlich erwartet hätte, waren sie weit entfernt, und sie reagierten auch nicht, als der Maori-Anführer Anewa seine Leute jetzt in aller Gemütsruhe aufforderte, die Kochgruben zu öffnen und das Essen zu servieren. Erst als die Frauen sich daran bereits zu schaffen machten, fand sich Takaroa bereit zu einer Erwiderung.

Tom hatte inzwischen Raukura geholt und sich mit ihr noch einmal kurz zu Brandon gesellt, um zu übersetzen. Würdevoll erhob sich der Häuptling und fand zu Brandons größter Verwunderung versöhnliche Worte.

»Anewa, Freund, du hast recht. Durch den *karanga* sind wir ein Volk geworden, es soll keine Zwietracht zwischen uns herrschen. Deshalb wollen wir unser Land gern mit euch teilen. Niemand spricht von Kampf, doch bitte, sprecht nicht von Knechtschaft und Herrschaft! Lasst uns gemeinsam essen und trinken und in den nächsten Tagen darüber sprechen, wie wir alle unter diesem Himmel leben können – unter dem Schutz unserer Götter und Geister und unserer Gesetze. Ich heiße euch alle nochmals willkommen!«

Damit wies er seine Leute mit einer Handbewegung an, den Maori bei der Öffnung der Kochgruben zur Hand zu gehen. Die Menschen scheuten allerdings davor zurück, sich den Gästen zu nähern, deren Männer sich mit Speeren und Kriegskeulen zwischen ihnen und ihren Frauen platziert hatten. Schließlich öffneten die Moriori eine der Kochgruben, die Maori leerten die anderen und dachten gar nicht daran, ihren Inhalt mit den Moriori zu teilen. Pourou dagegen versuchte noch einmal eine Brücke zu schlagen, indem sie die besten Fleischstücke auf einer Platte arrangierte und sie Anewa anbot. Der grinste sie an und sagte ein paar Worte, bevor er die Speisen annahm. Brandon sah, wie Pourou erbleichte.

»Mir wird es jetzt endgültig zu heiß hier«, sagte Tom und zog Raukura mit sich in Richtung Wald.

Brandon beschloss, sich zu Kimi und ihrer Familie zu gesellen, auch wenn das vielleicht ein Bruch der Etikette war.

»Was hat er zu der *tohunga* gesagt?«, fragte er Kimi, die angespannt bei den Ältesten saß und deren Gespräch lauschte. Sie war nicht befugt, sich einzumischen, aber man duldete sie. Die Stammesführer waren wohl zu aufgewühlt, um die Anwesenheit des jungen Mädchens und weißen Fremden zu bemerken.

»Er hat sie gelobt«, sagte Kimi bedrückt. »Er sagt, er freue sich, dass sie verstanden habe. Die Moriori hätten den Ngati Tama in Zukunft zu dienen. Und nicht nur dieses Dorf, sondern alle Moriori auf den Inseln. Morgen wollen seine Männer ausschwärmen, um die Bewohner der anderen Dörfer über die neuen Anführer in Kenntnis zu setzen.«

»Das kann er doch nicht einfach so machen!«, erregte sich Brandon. »Vor allem könnt ihr das nicht so gelassen hinnehmen. Gut, wenn es nur um diesen Stamm ginge – da wären die Männer den Maori wohl schon zahlenmäßig unterlegen. Aber die gesamte Bevölkerung der Inseln? Kimi, die Kerle werft ihr mit einem Handstreich zurück ins Meer!«

Kimi biss sich auf die Lippen. »Nunukus Gesetz«, sagte sie nur.

Brandon blickte sie fassungslos an. »Das kannst du nicht ernst meinen! In so einer Situation ...«

Kimi hob die Schultern. »Darüber reden sie gerade, mein Vater, Pourou und die anderen Ältesten. Ob Nunukus Gesetz hier gilt oder nicht. Man wird darüber beraten müssen ...«

»Bis dahin hat dieser Anewa die ganze Insel eingenommen!«, wandte Brandon ein.

Kimi blickte ihn hilflos an. »Ich kann das nicht entscheiden«, erklärte sie. »Wahrscheinlich auch nicht allein mein Vater. Man wird sehen, wie es weitergeht. Möchtest du ... möchtest du etwas essen?«

Brandon schüttelte den Kopf. Selbst der Honig hätte ihm jetzt bitter geschmeckt.

Immerhin schien an diesem Abend keine Gefahr für Kimi und die anderen Moriori zu bestehen. Tom Peterson hatte mit seiner spontanen Flucht sicher überreagiert. Die Maori waren nicht daran interessiert, ihre Ansprüche mit Gewalt durchzusetzen. Als Brandon das Dorf schließlich verließ, um zu seiner Hütte zurückzukehren, schmausten die Maori zufrieden, die Moriori aßen ebenfalls, wenn auch sichtlich angespannt. Kimi versprach, am nächsten Tag bei Brandon vorbeizuschauen, falls es etwas Neues gab.

»Mein Vater will morgen auf jeden Fall noch mit Anewa reden«, meinte sie. »Vielleicht ... vielleicht ist das ja alles ein Missverständnis.«

Brandon glaubte das nicht, und in Kimis Augen las er ebenfalls, dass sie keine große Hoffnung auf Verständigung hegte. Wahrscheinlich ging es ihr ähnlich wie ihm: Sie konnte Anewas martialischen Tanz nicht vergessen. Es war keine friedliche Darbietung gewesen, sondern hatte einer Drohung geglichen.

Brandon jedenfalls konnte nicht schlafen, und er hielt es auch nur bis zum Nachmittag des folgenden Tages aus, bis er sich wieder auf den Weg zum Dorf machte, um nach dem Rechten zu sehen. Wieder irritierte ihn die Ruhe, die dort herrschte. Die Moriori hatten sich größtenteils in ihre Hütten zurückgezogen und schienen zu warten. Dabei hatte sich ihre Position in Bezug auf einen möglichen Kampf entschieden verbessert. Anewa hatte seine Ankündigung wahr gemacht und war mit den meisten Männern seiner Invasionsarmee ins Inland gezogen, um weitere

Moriori-Dörfer zu unterwerfen. Nur wenige Krieger wachten in Whangaroa über die Frauen und Kinder der Maori, die einige Hütten an der Nordseite des Dorfes requiriert hatten, unter anderem die des Häuptlings.

»Und das habt ihr einfach so mit euch machen lassen?«, fragte Brandon Kimi, die ihren Brüdern beim Bau einer neuen primitiven Hütte half. Die Moriori bauten stets einfach. Ihre rechteckigen Behausungen aus Holz und Schilf waren schnell errichtet.

Kimi zuckte mit den Schultern. »Gastfreundschaft ist das oberste Gebot«, beschied sie ihn, womit sie zweifellos die Worte ihres Vaters wiedergab.

»Aber diese Leute sind …« Brandon brach ab. Es hatte sowieso keinen Zweck, auf Kimi einzureden. Dann nahm er sich jedoch zusammen. »Kimi, falls ihr euch entschließt zu kämpfen«, sagte er ernst, »werden Tom und Rich und ich euch natürlich zu Hilfe kommen. Tom und Rich haben Schusswaffen, die habe ich bei den Maori nicht gesehen. Wir wären ihnen damit überlegen. Sag das deinem Vater, bitte. Ihr könnt euch nicht einfach so ergeben, ihr müsst etwas tun!«

»Pourou ruft die Geister an«, sagte Kimi. »Und fleht um Beistand.«

Brandon konnte sich kaum bezähmen, die Augen zu verdrehen.

»Habt ihr denn einen Kriegsgott?«, fragte er verzweifelt.

Kimi schüttelte den Kopf.

»Die Maori haben einen«, bemerkte Tom Peterson, als Brandon ihn wenig später in seiner Hütte besuchte und von der Lage im Dorf erzählte. »Das ist eine ganz andere Kultur, sage ich dir.« Er entkorkte eine Flasche Whiskey und schenkte Brandon ein.

»Kannst du dir vorstellen, die Moriori im Falle eines Krieges zu unterstützen?«, fragte er.

Tom schürzte die Lippen. »Wenn die wirklich kämpfen, müsste ich mich schon einmischen, schließlich bin ich ja bald mit ihnen verwandt.« Er wies auf Raukura, die bislang nicht zu ihrem Stamm zurückgekehrt war. Sie hatte Brandon bei seiner Ankunft kurz begrüßt, um dann weiter in Toms Garten zu arbeiten. Brandon fragte sich, ob sie sich darüber freute, dass Tom sie heiraten wollte, oder ob sie einfach alles nur hinnahm, wie das typisch war für ihr Volk. »Ich sehe das allerdings noch nicht. Tut mir leid, Bran, bis auf Weiteres können wir nur abwarten. Unsere Moriori können die Kerle ja auch erst mal in Sicherheit wiegen und dann in ein, zwei Wochen angreifen. Sie müssten sich vielleicht Speere schnitzen, verlieren dürften sie einen Kampf jedoch nicht. Da entscheidet die schiere Übermacht.«

Was die Übermacht der Moriori anging, so sollte sich das Bild bald verändern. Einige Tage später sahen Brandon und die anderen Männer erneut ein Schiff in die Bucht von Whangaroa einfahren.

Kimi war gerade bei ihnen. Sie hatte Raukura besuchen wollen, und Brandon hatte sie zu Toms Hütte auf dem Hügel begleitet.

»Das gleiche Schiff wie neulich«, rief Brandon entsetzt.

Gleich darauf bewahrheiteten sich seine Befürchtungen. Der Segler setzte erneut Maori an Land, wieder um die vierhundert Menschen. Tom zählte einige Frauen und Kinder, doch die überwiegende Mehrheit waren Krieger.

»Sie meinen es ernst mit der Invasion«, meinte Tom resigniert. »Bisher hatte ich ja gedacht, das sind vielleicht ein paar versprengte Kerle – womöglich aus irgendwelchen Gründen ausgestoßen aus ihrer Dorfgemeinschaft. Dieser Anewa war sicher auch in Neuseeland ein Unruhestifter. Aber jetzt …«

Kimi biss sich auf die Lippen. »Sie meinen es sehr ernst«, sagte sie leise. »Wir haben Nachricht erhalten von den anderen Stämmen, zu denen Anewa seine Leute geschickt hat. Sie sind weit gekommen, bis Waitangi, und eine Gruppe bis nach Kaingaroa …« Kaingaroa lag im Nordosten der Insel, Waitangi im Westen. »Und sie … es war dort sehr viel schlimmer als bei uns. Die Männer sind einfach in die Dörfer gegangen, haben erklärt, das Land gehöre jetzt ihnen, und die Moriori hätten ihnen zu dienen. Einige unserer Leute haben dagegen aufbegehrt. Ich meine ... da hat es ja vorher kein Begrüßungsritual gegeben und keinen *karanga* ... Und dann haben ...«, sie schluckte, » ... dann haben die Maori sie einfach erschlagen. Ohne irgendwas zu sagen, wie ... wie Fliegen ...«

»Es hat also Tote gegeben?«, fragte Brandon alarmiert. »Himmel, Kimi, ihr müsst euch wehren! Ihr müsst etwas tun!«

Kimi rang hilflos die Hände.

Tom stand auf. »Ich werde jetzt erst mal da runtergehen und mit dem Kapitän von diesem Schiff reden«, erklärte er. »Herausfinden, was der sich dabei denkt, hier eine ganze Invasionsarmee abzusetzen. Kommt jemand mit? Brandon? Kimi?«

Raukura fragte er gar nicht erst. Sie hätte den Kapitän ohnehin nicht verstanden.

Brandon schloss sich sofort an, Kimi nach kurzem Zögern. Sie fürchtete sich davor, an den Strand zu gehen – eigentlich fürchtete sie sich sogar vor der Rückkehr in ihr Dorf. Die Atmosphäre dort war erdrückend, seit die Maori eingetroffen waren, und die Berichte aus den anderen Siedlungen hatten ihre Angst noch verstärkt. Jetzt folgte sie den Männern an die Küste, von Toms Blockhaus ein Marsch von einer guten halben Stunde. Die Maori hatten das Schiff inzwischen verlassen und sich direkt zu Kimis Heimatdorf aufgemacht. Nur zwei Kanus, die sie mitgebracht hatten, lagen am Strand, und in der Bucht ankerte die Brigg *Lord Rodney.* Der Kapitän beaufsichtigte seine Männer bei der Reinigung der Laderäume. Er ließ sich bereitwillig an Land rudern, als Tom ihn auf Englisch anrief.

»John Harewood«, stellte er sich höflich vor. »Kann ich Ihnen irgendwie helfen?«

»Helfen?«, fragte Tom empört. »So, wie Sie den Maori geholfen haben, die hier eingebrochen sind und friedliche Völker bedrohen? Wie kommen Sie dazu, eine ganze Armee hierherzutransportieren? Hat man Sie dafür bezahlt? Wo kommen Sie überhaupt her?«

»Gemach, gemach ...« Captain Harewood hob beschwichtigend die Hände. »Ich will Ihnen ja gern antworten, aber bleiben wir sachlich. Also, wo die Leute herkommen, weiß ich auch nicht genau. Jemand sagte etwas von Taranaki, das ist anscheinend eine Gegend im Inland von Neuseeland. Ich kenne mich da nicht so aus, ich bin aus Sydney. Jedenfalls haben die Kerle am Strand von Port Nicholson herumgelungert und die Siedler bedroht ... Als wir aus Sydney eintrafen und unser Zweiter Offizier mit einem Teil der Mannschaft an Land ging, haben sie ihn kurzerhand gekidnappt und danach mein Schiff geentert. Für uns kam das völlig überraschend, wir haben uns kaum gewehrt – zumal sie dann anfingen zu verhandeln. Sie wollten auf die Chathams, sagten sie. Land nehmen. Und sie würden für die Überfahrt bezahlen. Wohl war mir nicht dabei, aber sollte ich mich mit vierhundert bis an die Zähne bewaffneten Kriegern anlegen? Und das sind keine Waisenknaben, das sage ich Ihnen! Wenn ich nur an die Reise denke ... Eigentlich hätte man die Leute in drei Etappen herbringen müssen. Sie hingegen wollten so schnell wie möglich alle übersetzen. Also haben sie ihre Frauen und Kinder in die Laderäume gepfercht, die Enge war erdrückend. Und wir hatten nicht genug Wasser und Lebensmittel an Bord. In drei Tagen Reise verhungert natürlich keiner, trotzdem war es hart. Besonders für die kleinen Kinder und schwangeren Frauen. Meine Crew wollte sie bevorzugt mit Wasser versorgen, wofür die Krieger uns fast umgebracht hätten. Rücksichtnahme kennen die nicht, bei denen herrscht gnadenlos das Recht des Stärkeren. Ich bin jedenfalls froh, dass ich sie jetzt los bin.«

»Die Moriori müssen sich dafür mit ihnen herumschlagen«, bemerkte Tom.

Der Kapitän zuckte mit den Schultern. »Die sollten doch in der Übermacht sein, oder? Und der Zustand, in dem die alle sind nach der Reise ... halb verhungert und verdurstet – mit denen müssten die Einheimischen leicht fertigwerden. Aber gut, ich bleibe noch in der Bucht, bis die Instandsetzungsarbeiten abgeschlossen sind. Wenn eure Freunde sie also hier an den Strand treiben, nehme ich sie wieder mit.«

»Sehr freundlich ...« Brandon seufzte. »Du hast es gehört, Kimi. Die Leute sind brandgefährlich. Also sag deinem Vater, seine Männer müssen sich bewaffnen. Lasst euch nicht überrennen!«

»Die Männer versammeln sich in Te Awapatiki«, berichtete Kimi am nächsten Tag. Sie war wieder schon früh am Morgen aus ihrem Dorf geflohen, wo es inzwischen zu ersten Ausschreitungen gekommen war. Besonders die Neuankömmlinge unter den Maori bedienten sich hemmungslos an den Vorräten und Besitztümern der Moriori, und sie machten auch vor ihren Frauen nicht halt. Ein Mann, der seine Tochter beschützen wollte, war getötet worden. Und aus den anderen Dörfern waren Gerüchte gedrungen, dass die Eindringlinge Menschen geschlachtet und gegessen hätten. »Das ist ein heiliger Ort, ein Versammlungsort. Sie werden dort erörtern, was weiter zu tun ist. Ob Nunukus Gesetz immer noch gilt oder ob sie kämpfen dürfen.«

»Te Awapatiki ist ein Hochplateau in der Inselmitte, oder?«, fragte Tom. »Also ganz schön weit. Bis eure Männer von dort aus zurück sind, haben die Maori sich erholt und hier festgesetzt. Sagtest du nicht, sie hätten angefangen, ein Fort zu bauen?«

Kimi nickte. »Ein *pa*«, berichtigte sie. »Sie fällen Bäume ... viel mehr, als die Geister es eigentlich gestatten. Ihre Götter sind wohl großzügiger. Pourou weiß über den Frevel nicht ein noch aus. Sie haben Saatkartoffeln mitgebracht. Wir hätten mit ihnen alles geteilt, wir ...« Sie kämpfte mit den Tränen.

Tom und Brandon sahen sich an.

»Denkst du, es würde irgendetwas nützen, wenn wir da auch hingingen, nach ... Te Awapatiki?«, fragte Brandon. »Wenn wir mit den Leuten reden würden? Ich meine ... also das ist ja gut und schön, dass ihr Gesetze habt und die Götter ehrt. Aber wir haben ebenfalls Gebote, und das fünfte besagt: Du sollst nicht töten. Es hindert uns dennoch nicht daran, uns im Zweifelsfall unserer Haut zu wehren!«

Tom zuckte mit den Schultern. »Bislang weiß allerdings keiner, ob wir dafür nicht doch in die Hölle kommen«, bemerkte er trocken. »Vergiss es, Bran! Die hören nicht auf Fremde. Wir können nur auf die Vernunft der Häuptlinge hoffen. Und du, Kimi ... geh nicht zurück ins Dorf! Bleib hier, bleib bei Bran oder bei mir und Raukura. Da bist du in Sicherheit. Wer weiß, was noch geschieht ...«

Kimi schüttelte den Kopf. »Das geht nicht, das kann ich nicht. Ich kann meine Leute nicht im Stich lassen. Ich muss übersetzen, wenn es zu Verhandlungen kommt. Und Pourou ... wir sprechen *karakia,* wir versuchen, die Geister zu versöhnen ...«

Tom seufzte.

»Wofür wird dein Vater bei dieser Versammlung eintreten?«, fragte Brandon. »Für Unterwerfung oder Krieg?«

Kimi senkte den Blick. »Für Frieden«, sagte sie leise. »Für Nunukus Gesetz.«

Kapitel 4

Kimi sollte erst viel später erfahren, wie sich die männlichen Stammesangehörigen in Te Awapatiki entschieden hatten. Denn während die rund tausend Wehrfähigen, darunter hundertsechzig Häuptlinge, versuchten, den Willen der Geister zu ergründen, setzten die Maori ihr Vorhaben, die Insel zu unterwerfen, gnadenlos um. Was den Anstoß dazu gab, die bislang eher gewaltlos verlaufene Invasion plötzlich in Blut zu tauchen, sollten die Moriori niemals erfahren. Wahrscheinlich war Anewa und den anderen Häuptlingen zu Ohren gekommen, dass die Moriori sich in Te Awapatiki versammelten, und sie gedachten auf keinen Fall zu warten, bis die Männer sich erhoben und doch noch gegen sie kämpften.

Immerhin warteten die Krieger mit dem Angriff, bis die Moriori-Männer zurückkehrten – vielleicht widersprach es ihrer Ehre, nur Frauen und Kinder zu töten. Aber als Pourou und die anderen Frauen davon hörten, dass ihre Männer auf dem Weg zurück ins Dorf waren, und ihnen freudig entgegenzogen, ertönte der Kriegsruf der Maori.

Kimi, die vorn neben Pourou gegangen war und mit ihr ein Begrüßungslied für die Männer angestimmt hatte, wusste nicht, wie ihr geschah, als plötzlich von allen Seiten Krieger auf ihr Volk einstürzten. Sie erkannte Anewas Männer. Die Maori mussten sich lautlos formiert haben, und jetzt schrien sie und schlugen mit ihren Äxten und Keulen wahllos auf die Menschen ein. Kimi beobachtete entsetzt, wie ein Speer die Brust ihres Vaters durchbohrte und wie ein Krieger die kleine Nakahu packte und gegen einen Baum schleuderte.

Einer ihrer Brüder wurde von einer Axt erschlagen, eine Frau blickte fassungslos auf ihr von einem Speer getroffenes Kind. Männer fielen unter gewaltigen Hieben mit den Keulen der

Krieger. Für kurze Zeit verlor sich Kimi völlig in einem Inferno aus Schreien und Blut, Gebeten und Angst. Die Maori schienen aus purer Lust auf ihre Opfer einzuschlagen und einzustechen, während die Moriori keinerlei Gegenwehr leisteten. Insbesondere die Männer senkten ergeben die Köpfe, wenn ihre Angreifer die Äxte schwangen, fast als hätten sie sich auf dieses Szenario vorbereitet.

Kimi konnte all das kaum fassen, sie vermochte nicht mehr zu denken, zu schreien oder irgendetwas zu tun, und beinahe hätte sie sich dem Tod ebenso bereitwillig ergeben wie die meisten anderen Moriori. Dann sah sie jedoch, dass zumindest ein Teil der Menschen ihres Stammes sein Heil in der Flucht suchte, und schließlich kam sie so weit wieder zu sich, dass ihr Lebenswille sich regte. Sie zwang sich, nicht zurückzuschauen, und rannte in den Wald. Verzweifelt hastete sie durch das vom letzten Regen triefend nasse Unterholz. Sie nahm sich nicht die Zeit, den ausgetretenen Pfaden zu folgen, sondern strebte auf direktem Wege dem Hügel zu, auf dem Toms Blockhaus lag. Brandons Hütte, ihr eigentliches Ziel, befand sich am Fuß der Anhöhe. Der Weg war nicht weit, doch Kimi erschien er an diesem Tag wie eine Ewigkeit.

Sie schluchzte und rang nach Atem, als sie die Lichtung endlich erreichte und Brandon sah. Er hängte eben Wäsche auf eine zwischen zwei Bäumen gespannte Leine, und die friedliche Szene raubte Kimi den Rest ihrer Fassung. Wimmernd und am ganzen Körper zitternd brach sie zusammen. Sie schluchzte hysterisch, als Brandon erschrocken zu ihr lief und neben ihr niederkniete.

»Sie ... sie töten uns ...«, stieß sie mühsam hervor, zuerst in ihrer eigenen Sprache, dann auf Englisch. »Sie bringen uns alle um.«

Später wusste Kimi nicht mehr, wie sie es geschafft hatte, Brandon in die Hütte zu folgen, wo sie sich auf seinem Bett zusammenrollte, die Decke über den Kopf gezogen, und verzweifelt weiterweinte. Brandon flößte ihr schließlich etwas Whiskey ein – und erschrak zu Tode, als es an der Tür zu seiner Hütte klopfte. Kimi schrie entsetzt auf, beruhigte sich aber schnell, da im nächsten Moment Tom und Raukura die Tür öffneten und hereinstürmten. Raukura wirkte genauso erschüttert wie Kimi. Sie lief sofort zu ihr, um sie in die Arme zu nehmen.

Tom war aschfahl geworden. »Whiskey«, sagte er tonlos und griff nach der Flasche. Brandon hatte für Kimi einen Becher gefüllt. Tom nahm einen großen Schluck aus der Flasche.

»Tut mir leid, Bran, aber das brauchte ich jetzt ...«, sagte er erschüttert.

»Ihr wart im Dorf?«, fragte Brandon. Andere Schlüsse ließ der Zustand der beiden nicht zu.

»Nicht ganz«, erwiderte Tom. »Sonst wären wir womöglich auch tot. Aber wir waren auf dem Weg dorthin. Die Männer hatten ihre Rückkehr ja angekündigt, und wir wollten natürlich wissen, wie sie entschieden hatten, da oben in Te Awapatiki. Als wir die Kriegsschreie hörten, hat sich Raukura in einer Erdhöhle versteckt, und ich bin auf einen Baum geklettert. Brandon, ich hab ... ich hab Dinge gesehen ...« Er nahm einen weiteren Schluck Whiskey.

»Kimi sagt, sie hätten die Moriori wahllos abgeschlachtet«, sagte Brandon.

»Darauf haben sie sich nicht beschränkt«, sagte Tom tonlos. »Einen Teil der Leute haben sie sofort erschlagen, wahrscheinlich noch das Beste, was ihnen passieren konnte. Die anderen haben sie zusammengetrieben wie Vieh ... und jetzt lassen sie die Männer Kochgruben ausheben ...«

Kimi setzte sich auf. »Sie ... sie wollen ...?«

»Ehrlich, ich hab das bisher auch nicht geglaubt«, sagte Tom. »Gut, auf Neuseeland wurde schon mal davon geredet, dass sie früher Menschenfresser waren und ... gelegentlich ... Also wenn ein Häuptling einen anderen besiegt hat, dann wird wohl schon mal sein Herz geröstet und sein Kopf geräuchert und als Trophäe aufbewahrt. Aber diese Wilden dort ... sie bereiten ein Festmahl vor! Sie garen das Fleisch der Erschlagenen, und wer weiß, was sie mit denen vorhaben, die sie vorerst nur eingesperrt haben. Es ist grauenhaft! Das Blut, das Wehklagen und die Triumphgesänge der Krieger. Da regiert der pure Irrsinn! Wir sollten alle fort von hier.«

»Denkst du denn, sie werden vor weißen Siedlern nicht haltmachen?«, fragte Brandon. »Ich meine ... ihr habt Musketen ...«

»Die haben auch Musketen«, erklärte Tom. »Und sonst ... Wir mit unseren zwei Musketen gegen drei- oder vierhundert Krieger im Blutrausch?«

Raukura sagte etwas, und Kimi rang um Fassung, um zu übersetzen.

»Die paar Weißen, die hier siedeln, werden sie ungeschoren lassen«, sagte sie. »Sie wissen aus Aotearoa, dass die zurückschlagen. Sie haben ja auch kaum Land. Gerade mal ein paar Farmen am Meer – und eure drei Hütten. Den Maori geht es um Land und um Sklaven. Sie wollen sich hier ansiedeln.«

Tom nickte. »Und mit den Weißen Handel treiben. Das machen sie ja auf Neuseeland ebenso. Ich bleibe trotzdem dabei, dass wir fliehen sollten. Zumindest vorerst. Bis sich die Lage beruhigt hat.«

»Beruhigt?«, fragten Brandon und Kimi wie aus einem Mund.

Tom nickte. »Was schlagt ihr stattdessen vor? Sollen wir meine zwei Musketen holen – vielleicht noch Rich fragen, ob er mitmacht, und versuchen, damit vier- oder fünfhundert Krieger zurück ins Meer zu treiben? Wir können den Moriori nicht helfen. Die Chance ist verwirkt.«

»Nunukus Gesetz ...«, sagte Kimi leise.

Tom verzog den Mund. »Du siehst, Bran, sie würden das obendrein als Frevel ansehen. Die Männer hatten sich übrigens gegen einen Aufstand entschieden. Wir haben auf dem Rückweg zwei getroffen, die fliehen konnten, die haben es uns erzählt. Ein paar jüngere Häuptlinge haben sich zwar dafür eingesetzt zu kämpfen, doch die Ältesten haben sich durchgesetzt: Der Plan sah vor, noch einmal mit den Maori zu verhandeln und sich gegebenenfalls zurückzuziehen. Wahrscheinlich hätten sie sich auch ohne Gegenwehr versklaven lassen. Das Massaker im Dorf war also eigentlich überflüssig.«

Kimi weinte wieder. Raukura hatte sich inzwischen gefasst.

»Ich gehen Hütte, Sachen holen?«, fragte sie in gebrochenem Englisch.

Tom nickte. »Ja, Raukura, wir sollten packen. Aber ich lasse dich nicht allein. Ich komme mit. Und ihr packt ebenfalls zusammen, Bran! Keine Widerrede, wir bringen uns und die Frauen in Sicherheit.« Damit stellte er die Whiskeyflasche entschieden ab und legte die Hand auf Raukuras Schulter. Die junge Frau drückte noch einmal Kimis Hand, die sie die ganze Zeit gehalten hatte, und folgte ihm dann.

»Wir sehen uns gleich!«, raunte sie Kimi zu und wandte sich dann auf Englisch an die Männer. »Wir zu Strand, ja?«

»Ja, wir treffen uns am Strand«, bestimmte Tom. »So schnell wie möglich. Ich hoffe bloß, dass Rich auch noch kommt. Zurzeit sollte hier niemand allein bleiben.«

Richard O'Connor wohnte etwas weiter westlich, in der Nähe einer anderen Moriori-Siedlung. Kimi fragte sich benommen, ob dort noch Frieden herrschte, oder ob die Maori überall auf Rekohu die Macht übernommen und ihr Volk in Blut getaucht hatten.

Brandon hatte nicht viel zu packen. Seine wenigen Habseligkeiten in einen Seesack zu werfen dauerte nur wenige Augenblicke. Kimi beobachtete ihn dabei unglücklich.

»Ich kann doch nicht weg«, sagte sie leise. »Ich gehöre hierher ... ich spreche mit den Geistern ... Wer wird mit den Geistern sprechen, wenn ich nicht mehr hier bin?«

Brandon zuckte mit den Schultern. »Deine Lehrerin, wie immer bisher. Sofern sie noch lebt. Aber wenn du dich jetzt töten lässt, hilft das niemandem. Komm mit, Kimi! Bleib erst mal am Leben. Später können wir sehen, ob wir zurückkehren können oder nicht.«

»Aber mein Baum ist hier ...«, flüsterte sie. »Mein Vater hat einen Baum für mich gepflanzt im Kopi-Hain ... und für meine Brüder. Tutai ist tot, sie haben ihn erschlagen. Und mein Vater ...« Sie schluchzte auf, als sie sich die schrecklichen Bilder erneut vergegenwärtigte. »Wer wird die Geister für sie bannen?«

Brandon wusste, dass sie von den Baumschnitzereien sprach, die für ihr Volk typisch zu sein schienen. Es gab ganze Haine von Kopi-Bäumen, in die Symbole oder Menschen- und Tiergestalten eingeschnitten waren.

»Kimi ...« Er versuchte es mit Vernunft. »Heute sind Dutzende deiner Leute gestorben. Kein Mensch weiß, wer für sie die Bäume bearbeiten wird – erst mal müssten sie überhaupt begraben werden ... Aber darum können wir uns im Moment nicht kümmern. Wir müssen weg, Kimi, bevor sie die Wälder nach Geflüchteten durchkämmen. Es sind ja wohl mehrere Männer entkommen, nach dem, was Tom erzählt hat. Und dieser Anewa wird nicht riskieren, dass sie sich zusammenrotten und ihn doch noch überfallen. Schließlich kennen eure Leute diese Wälder, sie könnten den Maori durchaus Schaden zufügen ...«

»Und Nunukus Gesetz ...?«, wandte Kimi erneut ein.

Brandon griff sich an die Stirn. »So versteh doch! Das ist den Maori völlig gleichgültig. Sie werden kein Risiko eingehen. Also fliehen wir. Wenn es sein muss, Kimi, dann zerre ich dich an den Haaren zum Strand, ich lasse dich nicht hier zurück!« Kimi schniefte. Dann stand sie auf. Brandon fiel ein Stein vom Herzen. »Komm, lass uns draußen auf die anderen beiden warten. Versteckt im Wald. Ich habe ein ungutes Gefühl, ich ...«

Er öffnete die Tür – und brach abrupt ab. Kimi begann zu schreien. Der Mann, der davorstand, war Anewa, noch in der Kleidung des Kriegers, den Rock aus Flachsfasern und die nackte Brust blutbefleckt. Er hatte die Kriegsaxt erhoben, wohl um sich mit Gewalt Einlass zu verschaffen.

Brandon wich instinktiv zurück. Er dachte an eine Waffe, doch er selbst besaß keine und hätte auch kaum schnell genug reagieren können, um den Krieger zu überwältigen. Anewa blinzelte, er musste seine Augen erst an das Halbdunkel in der Hütte gewöhnen. Brandon überlegte fieberhaft, wie er den Mann wenigstens so weit ablenken konnte, dass er Kimi nicht erkannte.

»Was willst du?«, fragte er mit fester Stimme.

Anewa hielt ihn mit seiner Axt in Schach. »Die Häuptlingstochter«, sagte er, zunächst in seiner Sprache, dann in gebrochenem Englisch. »Wo ist die Häuptlingstochter?«

Kimi wimmerte – und jetzt wurde Anewa ihrer auch gewahr.

»Ah! Ich wissen, hier finden.« Er wandte sich an Kimi. »Du gehen mit mir.«

»Damit ihr sie abschlachtet?«, fragte Brandon. Er hob seinen Seesack in dem verzweifelten Versuch, sich zu schützen, und bewegte sich gleichzeitig von der Tür weg. »Wenn du sie mitnehmen willst, musst du an mir vorbei!« Die Provokation mochte den Krieger ablenken.

Der Maori ließ sich jedoch nicht beirren. Er hob die Axt und schlug mit dem stumpfen Ende zu. Brandon duckte sich weg, dennoch traf Anewa ihn an der Schläfe, und er ging zu Boden, gefällt wie ein Baum.

Anewa stieß ihn mit seinem Fuß beiseite. »Komm mit!«, befahl er Kimi.

Kimi war wie gelähmt. Sie wollte Brandon nicht verlassen. Wenn Anewa sie töten wollte, dann konnte er es ebenso gut gleich tun.

Der Krieger schlug ihr brutal ins Gesicht. »Komm mit!«, forderte er erneut.

Kimi schmeckte Blut, ihre Lippe war aufgeplatzt. »Damit du mich auch abschlachten kannst?«, spie sie ihm entgegen. »Und essen?«

Anewa lachte. »Unsinn«, blaffte er. »Du bist eine Häuptlingstochter. Es wäre *tapu,* dich zu essen. Und wozu auch? Dein ganzes Dorf ist voller Schlachtvieh.« Er packte ihren Arm. »Du bist jetzt meine Sklavin«, erklärte er. »Ich nahm das Land nach unseren Bräuchen in Besitz, und ich nehme die Tochter des *ariki.* Du wirst mir fürderhin dienen.« Damit zerrte er sie aus der Hütte.

Kimi sah sich um. Ihre letzte Chance wären jetzt Tom und Raukura gewesen. Tom hatte Waffen. Und er war verwegener als der sanfte Brandon. Doch dann schalt sie sich für ihre Gedanken. Sie wollte kein Blutvergießen. Sie musste sich dem Gesetz beugen, wie all die anderen in ihrem Dorf es an diesem Tag getan hatten. Wahrscheinlich hatte sie sowieso schon gesündigt. Wäre sie nicht geflohen, wäre Brandon jetzt noch am Leben. Sie warf einen letzten Blick auf seinen reglosen Körper. Um seinen Kopf hatte sich eine Blutlache gebildet.

Anewa zerrte sie mit sich.

»Ich kann allein gehen«, sagte sie leise. »Ich ... ich werde dir folgen.«

Anewa grinste diabolisch. »Eine brave Frau«, erklärte er zufrieden. »Ich werde sehr zufrieden mit dir sein, meine kleine Moriori ...«

Kapitel 5

Das Dorf Whangaroa, das an diesem Morgen noch friedlich und anheimelnd gewirkt hatte, bot ein Bild des Schreckens. Um die Kochgruben herum lagen Leichenteile, Hunde balgten sich um die abgeschnittenen Köpfe der Männer und Frauen, deren Arme und Beine die Maori auf offenen Feuern rösteten. Etliche Leichen hatten sie an den Strand gezerrt. Kimi zählte entsetzt um die hundert Opfer, auch ihr anderer Bruder war darunter.

Die Überlebenden waren in einem Pferch eingesperrt und blickten völlig paralysiert, weinend und wehklagend auf die Vorbereitungen für das grausame Festmahl in der Mitte ihres Dorfes. Kimi sah, dass Pourou noch lebte, die kleine Whano hatte sich hinter ihr versteckt.

»Was ... was wird aus ihnen?«, fragte sie verzweifelt, als sie Anewa vorbei an ihren Leuten folgte.

Er zuckte mit den Schultern. »Man wird sehen. Wir brauchen Arbeiter, wir haben Saatkartoffeln mitgebracht. Es müssen also Wälder gerodet und Äcker angelegt werden. Und das *pa* muss weitergebaut werden. Wir können nicht in diesen Hütten leben.« Damit wies er auf die Behausungen, mit denen sich die Moriori stets begnügt hatten. Er stieß Kimi in die Hütte des Häuptlings, die er gleich am Anfang für sich requiriert hatte. »Du wirst hier warten«, sagte er. »Und versuch nicht zu fliehen. Ich würde dich überall finden. Denk daran, dass du jetzt mir gehörst!«

Kimi setzte sich auf die Flachsmatte, die auf dem Boden lag, und dachte an ihren Vater und ihre Brüder, die in der Hütte gelebt hatten. Sie versuchte, ein Gebet für sie zu sprechen, doch die Worte blieben ihr im Halse stecken. Die Geister würden ohnehin nicht zuhören. Anewa und seine Leute hatten sie sicher aus dem Dorf verbannt. Wie erstarrt saß sie da und hörte auf das Lachen und Singen der Maori, die auf dem Dorfplatz ihren Sieg feierten. Der Geruch nach gebratenem Fleisch und verbranntem Fett war widerwärtig. Kimi hatte das Gefühl, nie wieder etwas essen zu können. »Aber Tiere dürfen wir töten?« Sie dachte an die Worte der kleinen Whano. Das Mädchen war immerhin noch am Leben. Kimi überlegte, ob Tiere leichter starben.

Irgendwann schläferten der Trommelschlag und der monotone Gesang von draußen sie ein. Die Erschöpfung triumphierte über ihre Angst. Sie schreckte erst auf, als Anewa in die Hütte kam.

»Ein guter Kampf, ein gutes Essen und eine Frau ...« Er lachte und riss Kimi ihre leichte Kleidung vom Körper.

Kimi krümmte sich zusammen. »Ich ... ich bin erst vierzehn«, flüsterte sie. »Ich hab noch nie ...«

Erneut lachte der Maori auf. »Natürlich bist du unberührt. Eine Häuptlingstochter ...« Kimi wusste nicht recht, was das eine mit dem anderen zu tun hatte, doch bei den Maori schien es da Regeln zu geben. »Und nun nehme ich dich, wie ich dein Land genommen habe!« Anewa stieß die Tür der Hütte auf. »Ihr alle seid Zeuge, Männer der Ngati Mutunga und Ngati Tama!«, brüllte er hinaus. »Ich pflanze meinen Samen in die Tochter des *ariki!*«

Damit stürzte er sich auf Kimi. Er war viel größer als sie, ihr Gesicht lag unter seiner Brust. Er stank nach Blut und Schweiß, Kimi hatte das Gefühl, sich übergeben zu müssen – und schrie dann auf vor Schmerz, als er sein Geschlecht in ihren Schoß stieß, wieder und immer wieder. Es tat so weh, sie hatte das Gefühl, innerlich zu zerreißen. Anewa hielt sie brutal an den Oberarmen fest. Als sie kurz die Augen öffnete, sah sie sein tätowiertes, verzerrtes Gesicht.

Es schien Stunden zu dauern, bis Anewa endlich von ihr abließ. Kimi wusste nicht mehr, ob sie weinte oder nur wimmerte und stöhnte. Sie hatte ihr Selbst verloren, sie spürte nur noch Schmerz und Ekel. Ihr Körper war besudelt, zwischen ihren Schenkeln vermischten sich Blut und Schleim.

»Meine Sklavin!«, sagte Anewa noch einmal zufrieden, bevor er sich von ihr wegdrehte. »Mein Land!«

Er schlief sofort ein.

Kimi tat in dieser Nacht kein Auge zu. Anewas Gestank ließ sie nicht atmen, und durch sein Schnarchen schreckte sie immer wieder hoch, wenn sie doch einmal einzudösen meinte.

Am nächsten Morgen setzte sich dann das Grauen fort. Kimi meinte, erbrechen zu müssen, als sie aufstand und der Reste des vorabendlichen Gelages ansichtig wurde. Ihre entsetzten Landsleute hatten von ihrem Pferch aus alles mit ansehen müssen. Am liebsten hätte sie sich gleich wieder in der Hütte ihres Vaters, die der Anführer der Maori jetzt als sein Eigentum betrachtete, verkrochen – sosehr es darin auch stank und so dringend sie das Bedürfnis verspürte, zum Bach zu gehen und sich zu reinigen.

Anewa, der vor der Hütte saß und mit seinen Gefolgsleuten weitere Pläne schmiedete, wies sie allerdings mit rüden Worten an, ihm etwas zu essen zu bringen. Kimi wankte mit schmerzendem Unterleib zu den Feuerstellen, auch ihr Magen rebellierte. Sie würde dringend selbst etwas essen müssen, um ihn zu beruhigen, konnte sich jedoch nicht vorstellen, irgendetwas herunterzubringen. Schließlich zwang sie sich, ein Stück Fladenbrot zu schlucken, das sie am Feuer für Anewa buk. Ihrem Peiniger brachte sie dazu etwas Fisch – und hoffte, er würde sie nicht zwingen, ihm kaltes Fleisch vom Vorabend zu holen. Sie hätte es nicht über sich gebracht, es von den Knochen der gerösteten Leichenteile zu schneiden.

Anewa schien vorerst zufrieden, und Kimi schleppte sich zur Badestelle am Bach. Niemand beaufsichtigte sie, und sie überlegte erneut zu fliehen, doch sie wusste nicht, wohin. Auf der Insel würden die Maori sie finden, und Schiffe lagen nicht in der Bucht. Auch die Brigg von Captain Harewood war inzwischen abgesegelt. Zudem fühlte sie sich zu elend, um irgendetwas zu unternehmen. Ihr blieb nichts übrig, als sich jetzt Blut, Schweiß und Gestank vom Körper zu waschen. Ihre Kleidung wusch sie gleich mit, würde das Oberteil jedoch flicken müssen. Anewa hatte es ihr mit Gewalt vom Körper gerissen.

Nach dem Bad blieb Kimi noch etwas am Ufer sitzen, um ihr Haar in der Sonne zu trocknen. Hier, zwischen Bäumen und Schilf war es friedlich, als hätte es den Albtraum in ihrem Dorf nicht gegeben. Kimi versuchte, zu den Geistern sprechen. Sie würde versuchen müssen, sie zu trösten und zur Ruhe zu bringen, doch vorerst konnte sie nur mit ihnen trauern.

Die Sonne stand noch nicht im Zenit, als einer von Anewas Kriegern plötzlich am Bach auftauchte und sie zurück ins Dorf befahl.

»Komm mit, der *ariki* braucht dich!«, erklärte er knapp.

Kimi erschauderte. Wollte Anewa sie erneut missbrauchen? Jetzt, mitten am Tag? Voller Angst folgte sie dem Mann, wurde jedoch nicht in die Hütte geführt, sondern zu dem Pferch, in dem ihre Verwandten und Freunde sich ihrem Schicksals fügten. Die meisten von ihnen starrten dumpf vor sich hin, einige weinten. Die wenigen Kinder versteckten sich hinter ihren Müttern oder anderen Überlebenden. Anewa redete laut und wortreich auf die Moriori ein, die offenbar kaum etwas verstanden und denen sicher auch nicht der Sinn danach stand, sich auf das, was ihr Peiniger sagte, zu konzentrieren.

»Du wirst übersetzen!«, befahl Anewa. Kimi fing einen mitleidigen Blick von Pourou auf. Die *tohunga* spürte wohl, was ihr widerfahren war. »Sag ihnen, dass wir sie jetzt rauslassen. Sie sollen arbeiten, sie sind unsere Sklaven. Und sie sollen gar nicht erst daran denken, zu fliehen. Die gesamte Insel ist bereits in unserer Hand. Wie ich haben auch die anderen Häuptlinge unseres Volkes das Land genommen nach unseren Bräuchen und Gesetzen ... Widerstand wird euch nicht helfen.«

Kimi übersetzte – und Pourou näherte sich würdevoll dem Zaun des Pferches. Ihre Augen waren vom Weinen gerötet, sie trauerte um ihre Tochter Nakahu und all ihre anderen Schutzbefohlenen. Ob die Geister wohl zu ihr sprachen?

»Was sollen wir tun?«, fragte die *tohunga.*

Anewa schürzte die Lippen. »Zuerst könnt ihr hier mal Ordnung machen ...« Mit einer Handbewegung umfasste er den Dorfplatz. »Und dann werdet ihr Felder anlegen. Zudem muss das *pa* fertiggestellt werden ...«

»Und werdet ihr uns zu essen geben?«, fragte Pourou.

Kimi konnte sich kaum vorstellen, dass sie hungrig war, aber sie musste natürlich an die Kinder denken.

Anewa lachte. »Es sind genug Reste da«, höhnte er.

Pourou warf ihm einen Blick zu, der ihn wie ein Fluch zu treffen schien. Er senkte kurz den Blick.

»Erst arbeiten, danach könnt ihr fischen gehen«, erklärte er dann. »Und jetzt macht sauber ...«

Kimi half mit, die Knochen der Opfer des grässlichen Festschmauses zu sammeln und zum Strand zu bringen, wo die Männer der Moriori sie vergruben. Die Leichen, die hier aufgereiht lagen und an deren Anblick sich die Krieger sicherlich ergötzt hatten, bestatteten sie nach traditionellem Ritus. Das Volk der Chatham-Inseln setzte seine Toten im Sitzen bei, den Blick aufs Meer gerichtet. Pourou begann dazu die alten Gebete und Lieder zu intonieren, doch dem machten die Maori-Wachen schnell ein Ende.

»Verscharren!«, befahl der Krieger, der die Aufsicht führte. »Und ich will kein Wort von dieser komischen Sprache mehr hören. Dieses Zischen ... das ist unerträglich. Sag ihnen, Häuptlingstochter, dass sie von nun an Maori sprechen müssen.«

»Aber das können sie nicht«, wandte Kimi ein.

Der Mann schnaubte. »Dann sollen sie es lernen. Oder schweigen. Sklaven sollten sowieso schweigen.«

Kimi übersetzte und versuchte, die verschreckten Menschen gleich in die Sprache einzuweisen. »Es ist hauptsächlich die Aussprache, die sich unterscheidet«, erklärte sie und hoffte, die Dörfler damit trösten zu können. »Sagt einfach ›tsch‹ statt ›t‹. Und sprecht die Worte deutlich aus, lasst die Enden nicht weg.«

Keiner versuchte es. Die Männer, Frauen und Kinder arbeiteten schweigend und mit gesenkten Köpfen. Kimi blutete das Herz, als sie die kleine Whano Knochen im Sand vergraben sah, und konnte sich vor Ekel kaum halten, als ihre Peiniger einige der Leichen für ein weiteres abendliches Mahl ins Dorf schleppten.

Die Moriori-Frauen brieten schließlich ein paar Fische am Strand und gruben Farnwurzeln aus, um sie zu kauen. Kimi empfand es erschreckend, wie schnell sie genug für alle gesammelt hatten.

In der Nacht wiederholte sich Kimis Martyrium in der ehemaligen Hütte ihres Vaters. Anewa hatte sich gewaschen, dafür schmerzten seine Stöße in ihren Unterleib noch heftiger, obwohl sie sich mit einer lindernden Salbe behandelt hatte, mit der Pourou Wunden versorgte.

Kimi weinte sich lautlos in den Schlaf. Sie musste zur Ruhe kommen – dieser Albtraum würde in absehbarer Zeit nicht enden. Ein Teil der Sklaven würde sicher nicht mehr lange leben. Anewa hatte keinen Zweifel daran gelassen, dass man sie als »Schlachtvieh« hielt. Bei besonderen Anlässen oder wenn die Jäger nicht genug erbeutet hatten, würden weitere Moriori sterben. Für Kimi würde es jedoch keinen schnellen Tod geben. Anewa brauchte sie und wollte sie – er würde vielleicht nie von seiner Sklavin lassen.

Es gab nur noch eine einzige Hoffnung: die wenigen weißen Siedler auf der Insel, die Farmen betrieben. Sie beackerten Land, einer züchtete Schweine – die Moriori hatten mitunter entlaufene Tiere erbeutet, was stets ein Festmahl zur Folge gehabt hatte.

Wenn diese Siedler sich nun von den Maori bedroht fühlten, konnten sie Partei ergreifen und die Invasoren bekämpfen. Gewiss würden sie Hilfe aus Aotearoa bekommen, Brandon hatte gesagt, dass die Engländer dort Truppen stationiert hatten, was immer das genau heißen sollte. Jedenfalls hatten die *pakeha,* wie man die Weißen auf Maori nannte, eindeutig die Oberhoheit auf Aotearoa. Sie konnten auch auf Rekohu zugreifen, wenn sie es nur wollten.

Leider zerschlug sich Kimis letzte Hoffnung schnell. Ganz offensichtlich waren die Weißen entschlossen, die Streitigkeiten unter den Eingeborenen schlichtweg zu ignorieren. Als die Maori erst einmal Kartoffeln ernteten und andere Feldfrüchte anbauten, begannen die Siedler und die Männer von den Walfangschiffen, mit ihnen Handel zu treiben. Dabei mussten sie sehen, wie grausam die neuen Herren ihre Moriori-Sklaven behandelten. Kimi und ihre Leidensgenossen erhielten nie genug zu essen, sie wurden geschmäht und geschlagen. Kimi erschien es so, als hätten die Maori Spaß daran auszutesten, ob sich nicht doch einmal jemand wehrte. Immer wieder kam es zu Tötungen, allerdings führten die Ngati Tama ihre Schlachtfeste nicht mehr auf dem Dorfplatz durch, sondern ließen ihre Opfer anderswo Kochgruben ausheben, an deren Rand sie dann mit einem Schlag der Kriegskeule getötet wurden. Die abgenagten Knochen ließen sie einfach liegen.

Für die Moriori war das kaum zu ertragen, allerdings wurden ihnen mit der Zeit mehr Freiräume zugestanden. Eine Flucht war ja nicht möglich, und die meisten Menschen waren obendrein zu eingeschüchtert und erschöpft von der harten Arbeit auf den Feldern, um sich weit vom Dorf zu entfernen. Kimi war die Einzige, die nach einigen Wochen Mut zu einem Alleingang fasste. Es ging ihr seit einiger Zeit besser. Obwohl es immer noch schmerzte, wenn Anewa gewaltsam in sie eindrang, so schien sich der Eingang in ihren Körper doch geweitet zu haben. Sie blutete nicht mehr, und wenn sie die Salbe auftrug, war der körperliche Schmerz erträglich. Ekel und Widerwillen empfand sie allerdings immer noch, oft schlich sie sich nach dem Akt nach draußen, um sich zu erbrechen, und wenn das Wetter es gestattete, schlief sie danach im Freien. Unter den Sternen fand sie am ehesten Ruhe.

Manchmal schaffte Kimi es sogar, die ständigen Gedanken an Blut und Tod dem Wind zu überantworten und sich an schöne Zeiten zu erinnern. Sie dachte an ihren Vater und wie stolz er darauf gewesen war, dass Pourou sie als Schülerin angenommen hatte, an ihre Brüder und an Brandon – vor allem an ihn. Seit ihrer Gefangennahme fragte sie sich, ob die anderen Weißen ihn gefunden und bestattet hatten. Oder hatte sein Tod sie zur sofortigen Flucht getrieben? Kimi, von Schuldgefühlen geplagt, hatte den Wunsch, wenigstens *karakia* für den irischen Freund zu sprechen und seine Seele den Geistern zu empfehlen. Auch wenn es nicht seine Götter waren, und obwohl bei seiner Geburt kein Baum für ihn auf Rekohu gepflanzt worden war.

Als Anewa im Hochsommer in den Osten der Insel reiste, um sich mit anderen Häuptlingen zu beraten, machte sie sich auf den Weg zu Brandons Hütte – und war überrascht, die Lichtung aufgeräumt vorzufinden. Die Tür zur Hütte war ordentlich verschlossen, der Raum selbst genau so, wie Kimi und Brandon ihn am Tag des Massakers verlassen hatten. Brandons Seesack fehlte, ebenso seine Leiche. Kimi sah sich nach einem frisch ausgehobenen Grab um, wurde jedoch nicht fündig. Ob die Männer ihn mitgenommen hatten?

Kimi mochte sich den Gedanken nicht gestatten, ihr Freund könnte noch am Leben sein. Dann wäre sie wenigstens nicht für seinen Tod verantwortlich, müsste seinen Geist nicht irgendwann befrieden. Andererseits hatte sie das Bedürfnis, ebendies gleich anzugehen. Sie hatte bisher nichts für die Toten im Dorf tun können – die Maori ließen nicht zu, dass Pourou die alten Zeremonien durchführte, und nach der Arbeit hatte auch niemand mehr die Kraft, Bilder in die Rinde der Bäume zu ritzen. Hier auf der Lichtung stand ein Kopi-Baum, sie und Brandon hatten oft daruntergesessen. Er hatte sie gezeichnet und die Abbildungen »Porträts« genannt. Kimi beschloss, dass dieser Baum eine gute Heimstatt für Brandons Geist werden könnte, und sie machte sich gleich daran, Symbole für ihn einzuritzen. Einen Albatros vielleicht, einen Vogel, der seine Seele zurück nach Irland tragen konnte, wenn Brandon das wünschte …

Kimi brauchte mehrere Stunden, um ihr Bild in den Baum zu schnitzen, wobei sie Lieder sang und Gebete intonierte. Zum ersten Mal seit dem schrecklichen Tag des Massakers war sie dabei von Frieden erfüllt. Sie meinte fast, Brandons Präsenz zu spüren. Schließlich kam ihr eine Idee. Sie ging noch einmal in die Hütte, schaute in die primitiv gezimmerten Schränke und wurde schnell fündig. Aufgeregt förderte sie etliche Zeichnungen zutage – ein Bild von ihr, dann die Wale, Pinguine, ein Taiko-Vogel ... Kimi lächelte. Sie hatte ihm geholfen, das Tier aufzustöbern, und damals hatte sie nicht begreifen können, warum er es lieber zeichnen wollte, als es zu jagen. Inzwischen war ihr jede Jagd zuwider, sie schaffte es nicht mehr, die Geister der Tiere um Erlaubnis zu bitten, sie zu töten – zu groß war dieses Anliegen, sie konnte ein solches Opfer nicht mehr verlangen.

Nun nahm sie die Zeichnungen an sich und versteckte sie nahe dem Dorf in einem ausgehöhlten Baum. Hier waren sie sicher, sie konnte immer wieder herkommen, sie ansehen und sich Brandon nahe fühlen. Zum ersten Mal, seit das Unglück über ihre Heimat gekommen war, fühlte Kimi sich ein wenig getröstet.

Kapitel 6

Brandon Halloran erwachte ein paar Stunden nach dem Massaker in Whangaroa auf dem Deck eines Schiffes. Der Seegang war hoch, die Planken unter ihm erzitterten, und ab und zu schwappte eine Welle über die Reling. Ein solcher Guss war es schließlich, der ihn zurück in die Realität brachte.

Tom Peterson, der neben ihm saß, atmete auf. »Da bist du ja wieder«, rief er erfreut. »Wir hatten uns schon größte Sorgen gemacht, aber der Schiffszimmermann meinte, du wirst wieder.«

»Der Schiffs ...« Benommen fasste Brandon nach seinem schmerzenden Kopf. Rief man nach einer Verletzung nicht eher nach einem Arzt als nach einem Schreiner?

Tom lachte. »Der ist hier der Quacksalber. Und er meint, du hättest einen harten Schädel. Auf den ersten Blick haben wir allerdings gedacht ...«

»Wo bin ich?«, fragte Brandon. Die Situation erschien ihm unwirklich. War er vorhin nicht noch im Wald gewesen? Mit ... mit Kimi? Er fuhr auf. »Kimi! Was ist mit Kimi geschehen? Tom, habt ihr sie ... habt ihr sie gefunden? Dieser Maori ...«

Tom drückte ihn zurück auf die Decke, auf der er lag. »Ruhig, lieg ruhig, sonst bricht die Wunde wieder auf. Und Blut hast du schon genug verloren, das hat uns ja solche Angst gemacht. Kimi haben wir leider nicht gefunden. Nur dich, mit eingeschlagenem Kopf, bewusstlos. Wir konnten uns denken, was passiert ist.«

»Und da habt ihr nichts unternommen?«, fragte Brandon aufgebracht. »Ihr habt nicht versucht, sie zu finden, ihr ...«

Tom verzog das Gesicht und schüttelte den Kopf. »Nein, tut mir leid, aber wir haben nicht versucht, das Dorf anzugreifen, wo sie sicher sein wird. Wenn die Kerle sie hätten töten wollen, hätten sie das gleich in deiner Hütte erledigt.«

»Einer, es war nur einer ...«, fiel ihm Brandon ins Wort.

Tom schnaubte. »Einer, den du gesehen hast«, erklärte er. »In den Wäldern waren Dutzende. Sie haben die ganze Gegend nach Flüchtlingen durchgekämmt. Ich bin sicher, dass sie uns gesehen haben, aber sie haben uns ziehen lassen.«

»Ihr hättet ihm folgen sollen!«, beharrte Brandon. Sein Kopf schmerzte heftig, aber die Angst um Kimi ließ das nebensächlich erscheinen.

Tom reichte ihm eine Whiskeyflasche. Der Schiffszimmermann schien Alkohol als Medizin zu verordnen. »Trink einen ordentlichen Schluck, dann kannst du vielleicht wieder denken. Und verstehen, dass Rich und ich nicht lebensmüde sind …«

»Rich?«, fragte Brandon.

Tom hielt ihm die Flasche an die Lippen. »Ja, Richard ist auch hier«, berichtete er. »Wir haben ihn bei meiner Hütte getroffen, er ist abgehauen, als das Moriori-Dorf in seiner Nachbarschaft brannte. Da haben sie ähnlich gewütet wie in Whangaroa. Er ist gekommen, um uns zu warnen. Das war ein Glück, allein hätte ich dich den ganzen Weg zum Strand kaum schleppen können.«

»Hättet ihr mich bloß dagelassen!« Brandon hustete, was den Schmerz in seinem Kopf noch einmal explodieren ließ. »Dann hätte ich versuchen können, Kimi zu befreien, ich …«

»Du allein gegen vierhundert Maori-Krieger, Brandon? Das hatten wir doch schon! Wir konnten nichts für die Leute tun. Allenfalls können wir auf Neuseeland die Behörden davon in Kenntnis setzen, was auf den Chathams passiert ist. Vielleicht unternehmen die ja was, die Inseln sollen schließlich bald zu Neuseeland gehören. Aber deine Kimi, die musst du vergessen. Die wird sich einer der Kerle als Sklavin nehmen, so hübsch, wie sie ist. Vielleicht heiratet er sie sogar – dann wär's womöglich gar nicht so schlimm.«

»Gar nicht so schlimm?« Brandon hatte nur noch den Wunsch, irgendjemanden zu schlagen, aber natürlich sagte ihm sein Verstand, dass Tom seinen Zorn nicht verdient hatte. Im Gegenteil, die beiden früheren Walfänger hatten ihm das Leben gerettet. Wer wusste schon, ob er seine Verletzung allein in der Hütte überlebt hätte. Ganz abgesehen von einem Befreiungsversuch im Moriori-Dorf. »Es muss die Hölle sein«, sagte er leise.

Tom seufzte. »Da will ich dir nicht widersprechen«, meinte er. »Immerhin habe ich Raukura gerettet. Sie ist mit Rich unter Deck.«

»Wo sind wir überhaupt?«, fragte Brandon noch einmal.

Tom hob die Arme. »Versprich mir, dass du mich nicht erschlägst, wenn ich es dir sage«, forderte er. »Ich weiß, dir muss es wie ein Verrat vorkommen, und mir gefällt es auch nicht. Aber wir mussten weg von der Insel, und dies war das einzige Schiff.«

»Die *Lord Rodney*?«, fragte Brandon.

Tom nickte. »Ja. Captain Harewood hatte die Freundlichkeit, uns an Bord zu nehmen. Im letzten Moment, er hatte gerade fluchtartig die Segel gesetzt, als wir den Strand erreichten. Das schreckliche Gemetzel war eben zu ihm durchgedrungen, und er fürchtete, die Maori könnten sein Schiff noch einmal kapern. Ich weiß ja nicht, inwieweit das alles stimmt, was er da sagt – so ganz kann ich die Geschichte nicht glauben. Nachdem er die ersten Krieger hier abgeliefert hatte, hätte er sich ja absetzen können. Aber wie auch immer. Jetzt sind wir an Bord, und in ein paar Tagen sind wir in Kororareka. Das ist in der Bay of Islands, bislang die größte englische Ansiedlung auf der Nordinsel Neuseelands. Und du ruhst dich jetzt aus und denkst nicht mehr an das Mädchen. Du hast getan, was du konntest, die Kerle hätten dich beinahe erschlagen. Kimi hat wahrscheinlich bis zum letzten Moment Nunukus Gesetz rezitiert. Vergiss die Moriori. Es sind nette Leute, aber auch ein bisschen einfältig …«

Brandon verbrachte die meiste Zeit der dreitägigen Überfahrt an Deck. Im Schiffsinnenraum wäre es wärmer und trockener gewesen, aber trotz der Reinigung auf Chatham Island stank es dort noch immer nach den Ausdünstungen der vielen Menschen, die das Schiff vorher befördert hatte, und die hier auch ohne Hemmungen ihre Notdurft verrichtet hatten. Brandon verursachte die stickige Luft Kopfschmerzen, unter freiem Himmel ging es ihm besser. Ab dem zweiten Tag schmerzte sein Schädel kaum noch, allerdings war ihm schwindlig, wenn er versuchte aufzustehen, und er musste sich mehrmals übergeben. Ihn wunderte das, war er bislang doch niemals seekrank geworden. Der Schiffszimmermann behauptete, das hinge mit dem Schlag auf den Kopf zusammen.

»Es dauert einige Tage«, bemerkte der Mann gelassen, als er Brandons Verband wechselte. »Aber insgesamt hast du Glück gehabt. Wenn diese Wilden mit ihren Keulen zuschlagen ... es hätte nicht viel gefehlt, und du wärst nicht mehr aufgewacht.«

Brandon war das klar, obwohl er keine besonderen Glücks-, sondern eher Schuldgefühle empfand. Hätte es nicht doch irgendeine Möglichkeit gegeben, Kimi zu retten? Wenn sie nun mit Tom und Raukura gegangen wären, statt allein in der Hütte zu bleiben? Tom und Rich besaßen immerhin Schusswaffen. Zu dritt hätten sie die Krieger schon überwältigt ...

Brandon konnte nicht aufhören zu grübeln, sosehr Tom und Rich auch versuchten, ihn aufzuheitern. Raukura bekam er nicht viel zu Gesicht. Sie war seekrank und fürchtete sich obendrein vor all dem Neuen, das sie in der Welt der *pakeha* erwarten würde. Kimi hätte sicher weniger Angst gehabt. Im Gegenteil, unter glücklicheren Umständen hätte sie die Reise vielleicht sogar genossen.

Brandon kam erst auf andere Gedanken, als sie Kororareka endlich erreichten. Die kleine Stadt war wunderschön gelegen, erbaut auf einer Landzunge, die in die Bay of Islands hineinreichte. Das Meer in der Bucht war sattblau, die *Lord Rodney* passierte auf dem Weg zum Hafen viele kleine Inseln, die der Gegend ihren Namen gegeben hatten. Einige waren felsig, andere grün und bewaldet, und jetzt im Frühjahr blühten Bäume und Büsche in bunten Farben. Brandon empfand den Anblick der zum Teil vollständig mit violetten oder roten Blüten bedeckten Rata-Büsche und Turutu-Pflanzen als atemberaubend und wünschte sich, die Pracht zeichnen oder noch besser malen zu können. Wenn es ihm gelänge, etwas Geld zu verdienen, würde er Farben kaufen – vorerst musste er sich damit begnügen, die seltsamen Formen der zarten Blüten und Beeren mit dem Bleistift abzubilden.

Hingerissen beobachtete er die Delfine, die das Schiff begleiteten, und wieder dachte Brandon schmerzlich an Kimi. Diesen Anblick hätte sie geliebt. Selbst Raukura traute sich jetzt an Deck und sah den spielenden Meeressäugern zu. Es waren Hunderte.

Kororareka selbst begeisterte Brandon allerdings weniger. Das Städtchen war als Handelszentrum bekannt, doch es bildete sich erst langsam ein echter Stadtkern, in dem ehrliche Kaufleute Bäckereien und Fleischereien, Kramläden und Geschäfte für Jagd- und Angelbedarf betrieben. Der Ort war von Walfängern und Seehundsjägern, geflohenen Sträflingen aus Australien und desertierten Seeleuten geprägt. Besonders rund um den Hafen wimmelte es von Schenken und Freudenhäusern, meist primitiv gebaut, schmutzig und heruntergekommen. Raukura starrte fassungslos auf die grell geschminkten Huren, die sich den Seeleuten sofort anboten, als die *Lord Rodney* geankert hatte. Maori von martialischem Äußeren forderten Anlegegebühren. Als Raukura ihrer ansichtig wurde, wollte sie am liebsten gar nicht erst an Land gehen.

»Was machen wir jetzt bloß?«, fragte Brandon mutlos, als er und die drei anderen Chatham-Flüchtlinge schließlich am Kai standen.

Richard grinste ihn an. »Erst mal einen heben«, erklärte er und wies auf die nächste Hafenspelunke. »Ich lad euch ein, ich hab noch ein paar Shilling. Und da können wir gleich nach Arbeit fragen. Hier muss es was zu tun geben, selbst wenn wir nicht auf einem Schiff anheuern wollen.«

Brandon wollte das auf keinen Fall, Tom ebenso wenig. Richard war dagegen ein alter Seemann. Ihm hatte der Walfang nicht behagt, aber grundsätzlich mochte er das Leben auf See, er hatte sich auch auf der *Lord Rodney* nützlich gemacht. Vielleicht hätte Captain Harewood ihn sogar angeheuert, doch Rich wollte nicht bleiben. Wie Tom war der Mann ihm suspekt. Er argwöhnte, dass der Kapitän die Maori nicht unter Zwang, sondern gegen eine ordentliche Vergütung auf die Chathams gebracht hatte.

Lediglich die Aussicht, dass der Wirt bei der Suche nach Arbeit helfen könnte, ließ Brandon und Tom nachgeben. Sie warteten ungeduldig ab, bis ein Pint Starkbier vor ihnen stand. Gleich darauf richtete Brandon seine Fragen an den Mann, der auf einen Gast wies.

»Der Hafenmeister«, meinte er gelassen. »Wenn's hier Jobs zu vergeben gibt, dann weiß der Bescheid.«

Brandon nahm sein Bier und gesellte sich zu dem schon stark angeheiterten vierschrötigen Mann, der sich den Whiskey schmecken ließ. Trotzdem schien er den Betrieb halbwegs im Griff zu haben. Am nächsten Tag, so meinte er, treffe ein mit diversen Waren aus Europa beladenes Schiff ein. Wenn Rich, Brandon und Tom pünktlich am Hafen wären, könnten sie sich beim Entladen ein paar Shilling verdienen.

»Und ein Zimmer?«, fragte Brandon und dachte dabei vor allem an Tom und Raukura. Die junge Frau konnte nicht auf der Straße nächtigen.

Der Hafenmeister lachte. »Die werden hier nur stundenweise vermietet«, scherzte er. »Aber ich will mal nicht so sein, von mir aus könnt ihr in meinem Schuppen übernachten. Hinter der Hafenmeisterei – liegt voller Tauwerk und Kram, aber ein Eckchen könnt ihr euch bestimmt freiräumen.«

Brandon und Tom gingen das direkt an, während Rich in der Schenke blieb und weitere Kontakte knüpfte. Brandon hatte keine Zweifel daran, dass der alte Seebär sehr bald wieder auf dem Meer sein würde. Er schien sich darauf zu freuen, wahrscheinlich hatte er sich auf Chatham Island schon längst gelangweilt.

Tom versetzte gleich eine seiner Musketen, was ihnen wenigstens genug einbrachte, um sich satt zu essen, bevor sie den Schuppen des Hafenmeisters in Augenschein nahmen. Der war wie erwartet schmutzig und feucht, aber für eine Nacht würde es gehen.

»Wenn wir morgen was verdienen, suchen wir uns was Besseres«, wandte sich Tom tröstend an Raukura.

Die störte sich an der unwirtlichen Unterkunft allerdings gar nicht. Sie war nur froh, den Blicken der Männer auf den Straßen entronnen zu sein, den für sie fremdartigen Häusern und der lauten Musik aus den Schenken. Für eine Moriori musste all das verwirrend sein. Nachdem sie etwas Brot und Käse heruntergeschlungen hatte – auch das Essen war neu für sie, auf Rekohu hatten sie nur sehr selten Getreide gehabt –, verkroch sie sich unter einer Decke, die Tom ihr gab, und schlief sofort ein.

»Morgen musst du ihr ein Kleid besorgen und ein Haarband oder was ehrbare Frauen sonst so brauchen«, gab Brandon Tom zu bedenken, als auch sie sich schlafen legten. »So halb nackt, wie sie bis jetzt rumläuft, hält jeder sie für eine Hure. Und was machen wir bloß mit ihr, wenn wir morgen im Hafen arbeiten?«

Raukura war auf keinen Fall bereit, allein in der Hafenmeisterei zu bleiben. Sie folgte Brandon und Tom am nächsten Tag in aller Frühe zum Hafen und wartete am Kai auf die Männer, während diese das europäische Schiff entluden. Dabei schlang sie die Decke um ihre traditionelle Kleidung und bemühte sich, nicht aufzufallen. Trotzdem wurde sie immer wieder von Seeleuten angesprochen. Tom und Brandon versuchten, sie im Auge zu behalten, aber ganz gelang das nicht. Schließlich mussten sie zwangsläufig immer mal wieder im Schiffsbauch verschwinden. Brandon machte sich Sorgen.

Um die Mittagszeit lud er die Seekisten einiger gut gekleideter Passagiere aus. Einer von ihnen, ein distinguierter bärtiger Mann in mittleren Jahren, gekleidet in Gehrock und Zylinder, überwachte die Arbeit und interessierte sich auffällig für Raukura. Als Brandon mit dem Gepäck über die Gangway kam, sah er ihn bei der jungen Frau stehen und sie ansprechen. Er ging sofort dazwischen.

»Mister, bitte lassen Sie die Frau in Frieden«, bat er leidlich höflich. »Wenn Sie eine ... äh ... Bekanntschaft suchen ... es gibt ausreichend … hm … Damen, die …« Er wies auf die Huren, die vor den Schenken auf Freier warteten.

Der Mann, Brandon sah jetzt erst, dass er eine Art Arzttasche mit sich führte, blickte ihn befremdet an. »Ich muss doch sehr bitten!«, empörte er sich, fasste sich dann jedoch gleich. »Entschuldigen Sie, natürlich hätte ich Ihre … Freundin … nicht einfach ansprechen dürfen, aber selbstverständlich hege ich keinerlei unehrenhafte Absichten. Mein Name ist Ernst Dieffenbach … aus Deutschland. Ich bin Arzt und Naturforscher. Und die Physiognomie dieser jungen Dame … sie gehört zu den Eingeborenen hier, oder? Sie ist Maori?«

Raukura fuhr zusammen, als sie das Wort Maori verstand.

»Nicht wirklich, Sir.« Brandon fand den Mann seltsam, befleißigte sich nun allerdings etwas mehr Ehrerbietung. »Sie gehört zum Volk der Moriori. Die leben drüben auf den Chathams.«

»Ach?«, bemerkte Dieffenbach. »Es gibt mehrere Eingeborenenstämme? Das wusste ich gar nicht. Jedenfalls … ihre Physiognomie ist äußerst interessant, und ich habe sie einfach nur gefragt, ob mein Zeichner eine Skizze von ihr anfertigen darf. Sie scheint mich allerdings nicht zu verstehen. Könnten Sie vielleicht für mich übersetzen?«

Brandon wusste mit dem Wort »Physiognomie« nicht viel anzufangen, entdeckte jetzt allerdings einen jungen Mann, der etwas abseits von Dieffenbach stand und Zeichenutensilien bereithielt. Er begleitete den Wissenschaftler anscheinend, um die Ergebnisse seiner Forschungen zu dokumentieren. Im Grunde war dagegen nichts einzuwenden, und vielleicht würde er Raukuras Einverständnis ja sogar mit ein paar Shilling belohnen. Allerdings war es mit Brandons Moriori nicht weit her. Mit Kimi hatte er ausschließlich Englisch gesprochen.

»So gut kann ich die Sprache nicht«, gab er zu. »Aber vielleicht …« Er wandte sich an den Zeichner. »Könnte ich ein Fetzchen Papier bekommen, Sir?«

Der Mann riss bereitwillig ein Blatt von seinem Skizzenblock, und einen Bleistift hatte Brandon wie immer bei sich. Nun lächelte er Raukura beruhigend zu.

»Raukura, der Herr würde dich gern zeichnen«, sagte er langsam, von Gesten begleitet. Ein wenig Englisch hatte ja auch sie von Tom gelernt. »Ein Abbild von dir machen wie ich von Kimi.«

Dabei warf er rasch eine Skizze vom Gesicht der jungen Frau aufs Papier.

Raukura lugte neugierig unter ihrer Decke hervor und lächelte schüchtern. »Das ich?«, fragte sie. Auch sie hatte sich noch nie im Spiegel gesehen.

Brandon nickte. »Ja. Und das ist für dich.« Er drückte ihr die Zeichnung in die Hand. »Aber der Herr hier möchte gern eine Skizze von dir und die dann behalten. Um sich immer zu erinnern, wie eine Moriori aussieht.«

Raukura schaute etwas verwirrt, nickte jedoch zustimmend. Dabei schaute sie hingerissen auf Brandons kleine Zeichnung. Die hatte inzwischen auch Dieffenbachs Aufmerksamkeit geweckt.

»Das ist gut, junger Mann«, erklärte er. »Sie haben Talent. Gucken Sie, Baumeester, da hätten Sie gar nicht unbedingt mitreisen müssen …« Die letzten Worte richteten sich an den jungen Zeichner, der sich jetzt in Positur setzte und Zeichenkohle auspackte. »Ich konnte ja nicht wissen … Hören Sie, junger Mann …« Er wandte sich wieder an Brandon. »Vielleicht geben Sie mir einfach mal Ihren Namen und Ihre Adresse. Mein Herr Baumeester hier hat Deutschland nämlich nur sehr ungern verlassen. Frisch verheiratet, Sie wissen schon. Falls sich meine Reise also hinzieht, während er sie vielleicht abkürzen will …«

Brandon konnte kaum glauben, was er hörte. Ergab sich da tatsächlich die Möglichkeit, mit dem Zeichnen Geld zu verdienen? Bisher hatte er das eher als Steckenpferd betrachtet – seine Mutter hatte es als nichtsnützig abgetan und über jedes Blatt Papier geschimpft, das er irgendwie an sich bringen konnte und umgehend zum Zeichnen gebraucht hatte. Aber wenn er sich jetzt das Ergebnis von Mr. Baumeesters Bemühungen ansah:

Seine eigenen Zeichnungen waren keineswegs schlechter als die des professionellen Künstlers. Allerdings verfügte Brandon natürlich noch über keine Adresse in Kororareka.

Der Forscher verzog den Mund, als er ihm seinen Namen aufschrieb, wobei er das Problem schilderte.

»Hm ... wie kann ich Sie dann erreichen? Beim Hafenmeister? Der hat Ihnen doch wohl den Job hier gegeben, oder?« Brandon nickte, befand den Mann allerdings nicht als sehr vertrauenswürdig. Er war gegen Mittag schon wieder betrunken gewesen. »Oder vielleicht eine Kirche? Ein Pfarrer?«, schlug Dieffenbach vor.

Brandon hob die Schultern. »Ich bin Ire, Sir. Römischkatholisch.« Auf Neuseeland dominierten anglikanische Kirchen.

»Dann fragen wir doch einfach mal nach dem nächsten Pfarrer!«

Dieffenbach war äußerst beharrlich. Er schaute sich kurz um und wandte sich dann an den Hafenmeister, der sich gerade schwankend näherte. Er wollte wohl sehen, was die Verzögerung beim Entladen des Schiffes verursachte. Zunächst schien er den etwas rauen Akzent des Naturforschers nicht zu verstehen – Dieffenbach sprach gut Englisch, aber es war ja nicht seine Muttersprache –, doch dann hellte sich seine Miene auf.

»Sie meinen die Mission! Bischof Pompallier und seine Leute. Die haben Hütten am Südende der Bucht. Wollen da ein Haus bauen ... Kann allerdings sein, dass sie unterwegs sind – anderswo missionieren ...«

Dieffenbach zuckte mit den Schultern. »Die finde ich dann schon«, erklärte er optimistisch und warf einen wohlgefälligen Blick auf Baumeesters Zeichnung von Raukura, die inzwischen fast vollendet war. Er nahm seine Tasche wieder auf.

»Sehr schön, Mr. Halloran. Hat mich gefreut, Ihre Bekanntschaft zu machen. Sowie auch die Ihrer jungen Freundin ... Wie war noch ihr Name und ihr Stamm?«

Baumeester notierte »Raukura vom Stamm der Moriori auf den Chatham-Inseln« gewissenhaft am Rande seiner Zeichnung und verabschiedete sich dann ebenfalls.

Brandon nahm die Arbeit wieder auf und traf im Schiffsbauch Tom, der gerade dabei war, sich mit Werkzeugen an zwei Fässern zu schaffen zu machen. Ihre eisernen Reifen waren offenbar gebrochen. Erstaunlich geschickt reparierte Tom die Fässer, ohne dass viel vom Inhalt verloren ging.

»Hab ich mal gelernt«, erklärte er dem verwunderten Brandon sowie den Seeleuten, die sich schon um ihre Ladung gesorgt hatten. »Böttcher. In London, vor langer Zeit ...« Er grinste. »War mir damals bloß nicht abenteuerlich genug, also hab ich auf 'nem Walfänger angeheuert und mich da um die Fässer gekümmert.« Der Kapitän war sicher froh darüber gewesen. Schließlich wurde der Tran der Wale in Fässer gefüllt.

Brandon war beeindruckt. Er selbst hatte in Irland keinen Beruf erlernen können. Seine Eltern hatten das Land eines Adligen bearbeitet, und für ihre Kinder hatte es keine andere Perspektive gegeben außer der Flucht in irgendein fernes Land.

Jetzt berichtete er Tom jedoch erst mal von seiner Begegnung mit Dieffenbach und erwähnte dabei die katholische Mission.

»Vielleicht könnten wir da ja mit Raukura unterkommen«, überlegte er. »Der Bischof könnte euch trauen, und ...«

»Ich bin Anglikaner«, unterbrach Tom ihn. »Soweit ich überhaupt was bin. War schon Ewigkeiten in keiner Kirche mehr ...«

Das ging Brandon nicht anders, allerdings schien Tom es im Unterschied zu ihm selbst nicht zu bedauern. Brandon war stets gern zur Sonntagsmesse gegangen.

»Die Anglikaner haben auch eine Mission«, bemerkte einer der Männer, der das eben von Tom reparierte Fass nun vorsichtig herausrollte. »Te Waimate. Liegt ein bisschen außerhalb, im Norden. Ist aber größer als die anderen Missionen. Und sie nehmen Maori auf ... He, vielleicht brauchen die sogar einen Böttcher! Sie haben da Werkstätten. Wollen die Wilden zivilisieren. Sie sollen mit Hammer und Säge arbeiten statt mit Äxten und Keulen kämpfen ...«

Brandon und Tom sahen sich an.

»Versuchen wir's!«, meinte Tom.

Ein paar Stunden später hatte Tom einen Job und eine Unterkunft in der Te-Waimate-Mission. Sie entpuppte sich als eine Art Dorf mit einer Getreidemühle, einer Tischlerei und Ziegelei, einer Schmiede, einer Schule und einer Kirche. Britische Fachleute unterrichteten interessierte Maori in ihren Handwerkskünsten, und an den Kenntnissen eines Böttchers war man sehr interessiert. Die Station sollte sich möglichst selbst finanzieren und sogar Profit abwerfen. Die Missionare trieben eifrig Handel mit den Kapitänen europäischer Schiffe. Fässer zum Transport von Sauerkraut, Bier und natürlich Rum oder Gin wurden immer gebraucht.

Für Brandon hatten die Missionare weniger Verwendung.

»Gezeichnet wird hier nicht«, erklärte Reverend Williams, der Leiter der Mission. »Das sind brotlose Künste, junger Mann ...«

Brandon wandte sich also in Richtung der katholischen Mission, die bislang nur provisorisch mit zwei Maristenbrüdern besetzt war. Er hatte von dem Orden noch nie etwas gehört, aber die beiden erklärten ihm freundlich, dass er schon vor einiger Zeit gegründet worden war. Zunächst hatten sich die Brüder und später auch Schwestern schwerpunktmäßig um die religiöse Unterweisung von Kindern auf dem Lande gekümmert, doch in der letzten Zeit konzentrierte sich die Bruderschaft auf die Mission. In Neuseeland weilten die ersten von ihnen seit einigen Monaten.

»Wir sind hier noch ganz am Anfang«, erklärte Bruder Gerome eifrig. Alle Mönche kamen aus Frankreich, der Orden hatte dort sein Mutterhaus. »Der Bischof ist gerade erst ernannt worden, er schaut sich erst um im Land. Aber auf Dauer wollen wir das Evangelium verkünden, man hat uns sogar eine Druckerpresse zugesagt.«

»Und dann wollen Sie die Maori zu Druckern ausbilden?«, erkundigte sich Brandon befremdet.

Das Konzept der Protestanten schien ihm da sinniger, Neuseeland brauchte sicher eher Tischler und Ziegler als Buchdrucker.

Bruder Francois, der zweite Mönch, lachte. »Nein, nein, da lassen wir keine Anfänger ran. Wir sehen das anders mit der Mission als die Anglikaner. Die meinen, wenn sie den Maori beibrächten, auf ehrliche Weise ihr Brot zu verdienen, dann kämen sie anschließend zur Kirche. Als ob jeder Handwerker gläubig wäre. Uns dagegen geht es um das geistige Brot. Wir wollen den Heiden Gott bringen, Gottes Wort. Deshalb ist die Bibel jetzt auch in die Sprache der Maori übersetzt, und wir wollen hier damit fortfahren, geistige Nahrung zu erzeugen und unter das Volk zu bringen.«

»Also Gebetbücher übersetzen und drucken?«, verstand Brandon und hatte einen Geistesblitz. »Pater?«, fragte er. »Wäre es für die Wilden nicht einfacher, die Geschichten der Bibel zu verstehen, wenn es dazu Bilder gäbe? Illustrationen? Zeichnungen?«

Brandon hatte gleich darauf einen Schlafplatz in Kororareka, wenn auch keinen festen Job. Schließlich war die Übersetzungswerkstatt und Druckerei der Maristenbrüder noch Zukunftsmusik. Bis es so weit war, konnte er sich jedoch mit Gelegenheitsarbeiten durchschlagen, und sehr bald würde an der Missionsstation gebaut werden. Dabei gab es sicher für ihn etwas zu tun.

Die Zukunft auf Neuseeland ließ sich jedenfalls gut an für Brandon Halloran. Am Abend erstand er einen Skizzenblock und etwas Zeichenkohle. Eigentlich wollte er die Maristenbrüder mit einigen Heiligenbildern für ihren improvisierten Andachtsraum erfreuen, aber dann zeichnete er doch als Erstes Kimis Gesicht und pinnte das Bild über seine Pritsche. Weder wollte noch konnte er sie vergessen.

Die Berufung

Berlin
Neuseeland
1838–1840

Kapitel 1

Es wurde langsam Zeit, sich für den Kirchgang anzukleiden, doch Ruth konnte sich nicht entscheiden. Sollte sie ihr Lieblingskleid wählen, ein helles, blumenbedrucktes Kleid mit weiten Ärmeln und einem Dreieckstuch über den Schultern? Dazu das mit Seidenblumen besetzte haubenförmige Hütchen, das ihr rotbraunes Haar betonte und ihren hellen Teint vor der Sonne schützte? Oder griff sie besser zu einem dunklen Rock und einer Bluse unter einer schlichten Mantille? David lehnte eitlen Tand im Allgemeinen ab, er verurteilte Putzsüchtigkeit. Andererseits war Sonntag, und es sollte ein besonderer Tag werden! Ruths Herz schlug höher, wenn sie daran dachte, was David ihr zugeraunt hatte, als sie am Tag zuvor in der Schmiede vorbeigeschaut hatte.

»Begleite mich morgen zum Kirchgang. Ich muss dir etwas sagen, etwas Bedeutsames!«

Davids klare blaue Augen hatten dabei verheißungsvoll gefunkelt, was für Ruth eigentlich nur eines bedeuten konnte: Er hatte vor, sich ihr endlich zu erklären!

Der Zeitpunkt dafür war günstig. David hatte seine Gesellenprüfung in der vergangenen Woche abgelegt, er konnte eine Familie ernähren. Und seine Eltern würden ihm keine Steine in den Weg legen. Hermann Mühlen hatte mehrmals angedeutet, dass ihm die hübsche Bäckerstochter Ruth als Schwiegertochter durchaus genehm sei, und Davids Mutter mochte die junge Frau ebenfalls. Sie war mit Ruths Mutter eng befreundet. Der Gedanke, demnächst verwandtschaftliche Bindungen zu schließen, erfreute die Frauen.

Ruths Überlegungen führten zu dem Ergebnis, dass sie Davids Antrag auf keinen Fall in Rock und Bluse erwarten konnte. Vielleicht einfach ein etwas schlichteres Kleid? Letztendlich entschied sie sich für ein blau und dunkelrot kariertes Ausgehkleid mit etwas weiteren Ärmeln, allerdings sehr schmaler Taille. Sie musste sich fest schnüren, um hineinzupassen. Der Ausschnitt war vielleicht ein wenig tief ... Ruth beschloss, noch einen Kaschmirschal dazu anzulegen. Sie liebte das federleichte Gespinst dieses sehr modischen Accessoires, auch wenn es sündhaft teuer gewesen war. Tatsächlich hatte sogar ihre Mutter ein wenig mit ihren Vater geschimpft, als er seiner Tochter diesen Wunsch zum siebzehnten Geburtstag erfüllt hatte. Roland Helwig konnte sich das jedoch leisten. Seine Bäckerei in Berlin-Pankow lief gut. Die Helwigs häuften zwar keine Reichtümer an, führten aber ein solides, bürgerliches Leben, das mitunter etwas Luxus zuließ.

Bei den Mühlens sah es ähnlich aus, Davids Vater betrieb die örtliche Schmiede. Die Umstände, unter denen Ruth in Zukunft zu leben hoffte, würden sich also nicht sehr von den Bedingungen ihrer Mädchenzeit unterscheiden. Zumindest solange sie Davids Hang zur Sparsamkeit bis zur Selbstkasteiung unter Kontrolle behielt. Ruths künftiger Gatte war sehr gläubig. Er spendete großzügig, besonders für Missionsvorhaben. Ruth traute sich allerdings zu, das in gemäßigten Bahnen zu halten. Sie kannte David lange genug, um zu wissen, wie man auf ihn Einfluss nahm.

Nun warf sie einen letzten Blick in den Spiegel. Von unten aus der Wohnstube klangen schon Stimmen zu ihr in den ersten Stock hinauf.

»So früh, David?«, hörte sie die Stimme ihrer Mutter.

Die Helwigs pflegten eigentlich erst eine halbe Stunde später zum sonntäglichen Kirchgang aufzubrechen. Sie beteten gewöhnlich in der nächstgelegenen protestantischen Kirche, während David vorhatte, mit Ruth die Bethlehemskirche in Berlin-Mitte aufzusuchen. Er hatte irgendetwas von einem Prediger gesagt, Ruth hatte nicht genau hingehört. In welche Kirche sie ging, war ihr eigentlich egal.

Nun kaute sie rasch noch etwas an ihren Lippen herum und kniff sich in die Wangen, damit sie ein wenig Röte bekamen. Allgemein gefiel ihr, was ihr der Spiegel zeigte. Unter der haubenartigen Schute – kariert wie das Kleid, doch ohne Blumenschmuck – schaute sie ein ovales, zartes Gesicht an, beherrscht von wachen veilchenblauen Augen, langen Wimpern und kräftigen Brauen. Ruth war schlank, aber doch an den richtigen Stellen gerundet – das Korsett verhalf ihr zu einer Wespentaille, die Hüften waren etwas üppiger. Sie trug ihr Haar in der Mitte gescheitelt und im Nacken zu einem Knoten gewunden. Seitlich herabhängende Korkenzieherlocken ließen die Frisur weniger streng aussehen.

Ihre Mutter und David plauderten noch miteinander, als sie die Treppe hinunterlief. Befangenheit bestand nicht zwischen den beiden, Klara Helwig kannte David schließlich von Kindheit an und duzte ihn, während er einige Jahre zuvor begonnen hatte, das vertraute »Tante Klara« durch ein förmliches »Frau Helwig« oder »Gnädige Frau« zu ersetzen. Gesellschaftliche Formen und Höflichkeit waren dem jungen Mann wichtig, und so verbeugte er sich jetzt auch nach allen Regeln der Etikette vor Ruth – so tief, dass sie nicht gleich erkennen konnte, ob seine Augen bei ihrem Anblick aufleuchteten. Ruth selbst strahlte dagegen, als sie ihm nun gegenüberstand. David war unwiderstehlich gut aussehend mit seinem strohblonden krausen Haar und seinen feinen Zügen. Er trug sein Haar kurz, die modischen Koteletten nur angedeutet. Auf keinen Fall wollte er stutzerhaft wirken. Sein Gehrock war schmal geschnitten, der Kragen eng und die Krawatte schlicht schwarz, ebenso wie seine Weste. Niemals hätte er zu einer gestreiften oder gar geblümten Weste gegriffen, wie die Mode sie zurzeit vorgab. Seinen Zylinder trug er im Haus unter dem Arm.

Ruth dachte im Stillen, dass er nicht im Entferntesten nach einem Schmied aussah. Die meisten Vertreter seiner Zunft waren vierschrötige muskelbepackte Männer. David wirkte gerade jetzt in seiner Sonntagskleidung eher wie ein Student denn wie ein Handwerker.

»Gut siehst du aus«, bemerkte sie, in der Hoffnung, auch er würde sich ein Kompliment abringen.

David schien von dem Lob allerdings peinlich berührt. »Es geziemt sich, angemessen festliche Kleidung zu tragen, wenn man die Messe besucht, um den Herrn zu ehren«, erklärte er.

Ruths Mutter lächelte. »Ihr seid jedenfalls ein schönes Paar«, sagte sie freundlich. »Dann geht mal und lasst euren Pastor Goßner nicht warten!«

David wünschte noch förmlich einen schönen Sonntag, bevor er mit Ruth das Haus verließ. Er führte Ruth durch die sonntäglich leeren Straßen, und sie genoss den Spaziergang durch die fahle Herbstsonne. Eigentlich genoss sie jedes Zusammensein mit David, und jedes Mal wenn sie sich bei ihm unterhaken konnte wie jetzt auf diesem Kirchgang, klopfte ihr Herz höher. Sie sehnte sich danach, von ihm umarmt und geküsst zu werden, doch so weit hatte David sich bislang nicht hinreißen lassen.

»Wie war denn dein Fest?«, erkundigte sie sich nun.

Nach der bestandenen Gesellenprüfung pflegten junge Handwerker ihre Freisprechung mit einem ausgelassenen Umtrunk zu feiern. Meister Mühlen hatte sich nicht lumpen lassen und nicht nur die Zunftgenossen, sondern die halbe Innung eingeladen. Die Bäckerei Helwig hatte Pasteten geliefert, und sicher waren Schnaps und Bier in Strömen geflossen.

David hob desinteressiert die Schultern. »Zu viel Schnaps, zu viel Bier und allgemeine Völlerei«, bemerkte er. »Das Geld hätte man sinnvoller verwenden können. Aber mein Vater war zufrieden.«

David selbst schien seine Feier nicht genossen zu haben. Ruth wusste längst, dass er kein Freund von Festivitäten war. Er war eher ruhig, hatte mit den meisten gleichaltrigen Handwerkern wenig gemein. Hätte er wählen dürfen, so hätte er auch kaum den Beruf seines Vaters ergriffen. Schon als Junge hatte er gern gelesen, in der Schule war er strebsam gewesen und immer der Beste. Er hätte den Unterricht gern länger besucht, um dann auf eine Universität zu wechseln. Am liebsten hätte er den Priesterberuf ergriffen, doch mit solchen Wünschen durfte er seinem Vater nicht kommen. Die Mühlens beschlugen seit Generationen

Pferde. Die Schmiede in Pankow war seit fünfzig Jahren ein Familienbetrieb, und David sollte das Geschäft nun weiterführen.

»Stellt dein Vater dich jetzt an, oder sollst du gleich Teilhaber werden?«, erkundigte sich Ruth. Sie sah das Schild HUFSCHMIEDE – HERMANN UND DAVID MÜHLEN schon vor sich.

David hob erneut die Schultern. »Ich ... Also das ... das gehört zu dem, was ich dir sagen wollte. Zu der Überraschung ...« Er lächelte ihr zu. »Aber warten wir damit doch bis nach dem Kirchgang. Bis du ... bis du Pastor Goßner hast reden hören.«

Ruth runzelte die Stirn. Was hatte dieser Pastor mit der Schmiede und mit Davids Werbung um sie zu tun? Immerhin klang die Sache vielversprechend. Gut möglich, dass Hermann Mühlen seinen Sohn gleich an seinem Geschäft beteiligte – wenn David tatsächlich vorhatte, bald eine Familie zu gründen.

Die Bethlehemskirche war eine hübsche Rundkirche, deren Kuppel eine Laterne krönte. David und Ruth betraten sie durch den Haupteingang im Westen, und David lief sofort auf Plätze unterhalb der Kanzel zu. Er grüßte zwei schlicht gekleidete junge Männer, die anscheinend ohne Anhang gekommen waren. Ruth fragte sich, woher er sie kannte, doch nun setzte bereits Orgelspiel ein, und sie griff nach ihrem Gesangbuch. David intonierte mit großem Ernst das Kirchenlied. Ruth wusste aus Erfahrung, dass es wenig Sinn ergab, ihm während der Messe irgendeinen Kommentar oder gar eine Frage zuzuraunen. David war ganz in seine Andacht versunken.

Pastor Goßner, der die Messe zelebrierte, war ein kleiner, untersetzter Mann mit dunklem, schon leicht ergrautem Haar. Er hatte es sich in die Stirn gebürstet wie weiland Martin Luther. Sein Antlitz war faltig und wirkte gütig, die tief liegenden dunklen Augen strahlten Mitgefühl und Freundlichkeit aus. Zu Ruths Überraschung erwies er sich allerdings nicht als besonders mitreißender Prediger, einen großen Unterschied zu ihrem Pastor in Pankow erkannte sie nicht. Ruth bemühte sich um Konzentration, was ihr nicht ganz leichtfiel. Sie war eine gute Christin, aber dass der Kirchgang sie derart beflügelte und spirituell bereicherte wie David, konnte sie nicht sagen. Die meisten Predigten fand sie langweilig. Sie war nicht grüblerisch veranlagt. Längere Erklärungen oder Bibelinterpretationen empfand sie als Zeitverschwendung.

Nun lauschte sie allerdings aufmerksam, wie Pastor Goßner eine Stelle aus der Apostelgeschichte als Ausgangspunkt nahm, all seine Zuhörer zur stetigen Verkündung des Evangeliums im Alltag aufzurufen.

»Mission – das bedeutet nicht nur, den Glauben in die Ferne zu heidnischen Völkern zu tragen. Nein, Zeugnis abzulegen für den Herrn sollte uns allen ein ständiges Bedürfnis, eine gern erfüllte Pflicht sein. Doch ist sie das wirklich? Wie oft beten wir miteinander, meine lieben Gemeindemitglieder? Die meisten von euch mögen mit der Familie ein Tischgebet sprechen – vielleicht auch ein Nachtgebet mit den Kindern. Aber wie sieht es in der Werkstatt aus, im Kontor, an der Arbeitsstelle? Wäre es nicht schön, würden sich hier ebenso Gebetskreise bilden zum Lob unseres Herrn? Und fände nicht so mancher oder so manche unter uns die Zeit, Krankenhäuser und Siechenanstalten zu besuchen, um dort mit den Menschen tätige Nächstenliebe zu leisten?

Mit tätiger Nächstenliebe, meine Freunde, bringen wir Gott näher an die Menschen, gewinnen ihre Seelen für Christus. Mission, liebe Gemeinde, ist zu verstehen wie ein warmer Mantel, den wir gemeinsam mit Gott über die ganze Welt legen. Wir senden Gottes Vertreter zu den Heiden. Wir legen Zeugnis ab vor Familie und Freunden. Wir erfreuen Bedürftige mit Gottes Wort. Ich fordere euch alle auf, euch unter diesem Mantel der Mission zusammenzufinden. Lasst uns Jesus folgen! Lasst uns zusammenstehen in Gott!«

Ruth fragte sich, ob sie den Mantel nun anderen überlegen oder selbst darunterkriechen sollte, doch sie wusste, dass David solche rhetorischen Spitzfindigkeiten fremd waren. Er wirkte beseelt nach der Predigt. Ruth sah, dass neben seinem Gesangbuch eine Zeitschrift auf der Kirchenbank lag: *Die Biene auf dem Missionsfelde.* Ruth schoss sofort das Bild einer Biene unter einem Mantel durch den Kopf, die sich in Panik in die Freiheit zu stechen versuchte. Sie konnte sich das Kichern kaum verkneifen. Allerdings hätte sie nur zu gern einen Blick in diese Zeitschrift geworfen, die David offenbar in Ehren hielt. Die Mission lag ihrem Freund von jeher am Herzen. Wäre er Priester geworden, so hatte er Ruth einmal anvertraut, wäre er selbst in alle Welt gereist, um den Heiden das Licht zu bringen.

Nun wurde allerdings erst mal gesungen, Jesu Abendmahl wurde nachempfunden. Der letzte Teil der Messe gefiel Ruth immer am besten, weil sie dann wenigstens beschäftigt war. Schließlich sang man ein Schlusslied. Der Pastor erteilte den Segen und verließ die Kirche, um die Gläubigen vor der Tür persönlich zu verabschieden. Zu Ruths größter Verwunderung begrüßte er David mit Namen und schenkte ihr selbst ein gütiges Lächeln.

»Das ist also die junge Dame, der du so herzlich zugewandt bist, David?«, fragte er freundlich.

Ruth errötete. Hatte David mit diesem Pastor über seine Heiratspläne gesprochen? Wollte er vielleicht, dass Goßner sie in dieser Kirche traute? Sie selbst hätte nichts dagegen gehabt, konnte sich aber vorstellen, dass ihre Eltern ziemlich befremdet reagieren würden und ihr Hausgeistlicher, der David und Ruth getauft und konfirmiert hatte, vielleicht sogar etwas beleidigt.

»Ich bin Ruth Helwig«, stellte sie sich befangen vor.

Pastor Goßner nickte ihr zu. »Wir sehen uns nachher beim Mittagsgebet«, meinte er beiläufig und wandte sich seinem nächsten Pfarrkind zu.

Ruth folgte dem eifrig zustimmenden David die Treppen hinunter auf den Platz vor der Kirche. Sie selbst war wenig begeistert.

»Noch mehr beten?«, fragte sie. »Ich dachte ... also eine Sonntagsmesse reicht mir.« Sie hatte eigentlich an einen romantischen Spaziergang im Anschluss an den Kirchgang gehofft. Es war nicht weit bis zum Tiergarten, und jetzt schien die Sonne ganz warm. Das Laub der Bäume leuchtete in allen Farben des Herbstes.

»Nur eine kleine Andacht«, beschwichtigte David. »Für ausgesuchte Gemeindemitglieder. Der Pastor lädt persönlich dazu ein, und anschließend wird noch ein wenig geplaudert. Es ist sehr ... erbauend. Wir haben noch eine Stunde Zeit für ...«

» ... für einen Spaziergang«, bestimmte Ruth. Sicher wollte ihr David jetzt seinen Antrag machen, und der sonnige Park erschien ihr ein äußerst geeignetes Umfeld für romantische Anliegen.

David nickte und nahm erneut ihren Arm. Ruth genoss die Berührung und wartete darauf, dass er seine Werbung endlich einleitete, doch David sprach nur über Pastor Goßners Predigt und die Schönheit des Gedankens der Mission im Alltag.

»Du solltest dich da ebenfalls einbringen ... vielleicht in der Krankenpflege. Dann wärest auch du Teil dieses Mantels, von dem der Pastor sprach ...« Er lächelte. »Vielleicht so etwas wie ein Stück des wärmenden Futters, während wir Männer der Teil sind, der Wind und Regen trotzt.«

Ruth begann, die Geduld zu verlieren. Was faselte er da für einen Unsinn über Textilien, statt endlich zur Sache zu kommen? Ob er zu schüchtern war?

Beim Eintritt in den Tiergarten schmiegte sie sich ein bisschen näher an ihn. »Was wolltest du mir denn jetzt sagen, David?«, fragte sie mit sanfter Stimme. »Also über uns ... und die Schmiede?«

David runzelte die Stirn. »Die Schmiede? Ach so ... ja, sicher, die betrifft es natürlich auch. Mein Vater wird ausgesprochen böse sein. Aber ich ... also für mich ist es einfach ein Segen, ein wahr gewordener Traum, und ich hoffe so sehr, dass du dich mit mir freust. Du bist die Erste, der ich es verrate, ich ...«

In Ruths Magen schien sich ein Knoten zu bilden. Das klang nicht nach einem Heiratsantrag.

»Was willst du mir verraten?«, fragte sie ungeduldig.

»Also, ich gehe in die Mission«, brachte David endlich heraus. »Du wirst es nicht glauben, ich konnte es ja selbst kaum fassen. Es gibt da ein ganz neues Konzept. Pastor Goßner hat es sich ausgedacht, und es ist ... es ist ... Ruth, ich brauche kein Theologiestudium und keine Priesterweihe, um Gottes Wort zu verkünden! Es hat mit der tätigen Nächstenliebe zu tun, es ...«

Ruth rieb sich die Schläfe. »Du ... du willst also in Krankenhäusern und Gefängnissen ... predigen?«, fragte sie.

Sie war nicht gerade erbaut von der Idee, aber im Prinzip stand dem natürlich nichts im Wege. Gut, er würde weniger Zeit für die Familie haben – vielleicht auch das eine oder andere Pferd weniger beschlagen. Wenn ihn das glücklich machte ...

David schüttelte den Kopf. »Nein, nein, ich gehe nach Übersee! Ich werde Missionar, Ruth! Die Goßner-Mission schickt mich hinaus in die Welt!« Er sah sie Beifall heischend an.

Ruth schluckte und konnte die Mittagsandacht plötzlich kaum erwarten. Vor allem das anschließende Plaudern. Wenn es sein musste, war sie bereit, mit diesem Pastor Goßner um David zu kämpfen!

Kapitel 2

Die Mittagsgebete beschäftigten sich noch weit konkreter mit dem Missionsauftrag, der Pastor Goßner und die um ihn versammelten Gläubigen so offensichtlich umtrieb. David und Ruth hatten die beiden ernsthaften jungen Männer, die David in der Kirche gegrüßt hatte, wiedergetroffen, und nachdem die Gebete gesprochen waren, stellte David sie vor. Heinrich Bauer, seines Zeichens Glaser in Schönefeld, und Franz Feldmann, ein Musiker. Bruder Heinrich und Bruder Franz, wie David sie ansprach, gehörten wie er selbst zu den schon erklärten künftigen Missionaren. Auch sie, wie Ruth vermerkte, waren keine geweihten Priester.

Ruth nutzte die Gelegenheit, das zur Sprache zu bringen. »Wie sollen diese Missionare denn Leute bekehren und taufen und verheiraten ohne jede Ausbildung?«, platzte sie heraus. »Wird man zum Priester nicht geweiht?«

»Ordiniert«, berichtigte Pastor Goßner sanft. Er schien sich über ihr kritisches Interesse zu freuen. »Aber sehen Sie, Fräulein Helwig, das ist gar nicht mal so entscheidend. Für mich ist es viel wichtiger, dass die jungen Männer, die wir da zu den Heiden senden, mit den Herzen dabei sind. Man bekehrt einen Menschen ja nicht allein mit dem Wort. Nein, meine Missionare sollen die Seelen der Menschen gewinnen, ihnen durch tätiges Wirken die Überlegenheit unseres Herrn gegen ihre Götzen beweisen ...«

Ruth konnte nicht an sich halten. »David soll die Heiden bekehren, indem er ihre Pferde besser beschlägt als der örtliche Geisterbeschwörer?«

Bruder Heinrich und Bruder Franz schauten missbilligend drein, während Goßner erneut milde lächelte.

»In gewisser Weise«, meinte er. »Nun werden sie wahrscheinlich gar keine Pferde haben ... Aber indem Bruder David ihnen zum Beispiel zeigt, wie man Pflugscharen schmiedet, Werkzeuge herstellt, die ihnen dann ein leichteres Arbeiten und ein besseres Leben ermöglichen – dann werden sie Respekt vor ihm und seinem Gott haben und ihm gern zuhören, wenn er von ihm spricht.«

»Und eine Ausbildung bekommen wir ja noch«, fiel David ein. »Pastor Goßner wird uns unterweisen. In abendlichen Gesprächsrunden. Wir brauchen also kein Priesterseminar zu besuchen ...«

Ruth wusste, dass David sich nichts sehnlicher wünschte als den Besuch eines solchen Seminars, doch Goßners Angebot würde seinem Vater den Wind aus den Segeln nehmen. Gegen eine Predigerausbildung neben seinem eigentlichen Beruf als Schmied konnte Hermann Mühlen nichts haben. Die Sache mit der Entsendung nach Übersee gedachte er ihm wohl erst später zu erzählen.

»Und wer bezahlt euch?«, fragte sie provokant. »Wovon wollt ihr leben da in ... Übersee?« Bislang schienen Goßner und seine Schützlinge noch keine genaue Vorstellung davon zu haben, in welchem Teil der Welt sie sich der Heiden annehmen wollten.

»Ich will doch kein Geld«, erregte sich David.

Goßner hob beschwichtigend die Hände. »Nun, die Mission finanziert sich aus Spenden«, erklärte er. »Unter anderem von unseren Freunden hier ...« Er wies auf die weiteren Gäste, zwei Ehepaare in mittleren Jahren. Einer der Herren hatte sich als Ferdinand Spring, Fabrikant, vorgestellt, der andere als Paul Schirrmacher, Kaufmann. »Und natürlich werden unsere Gesandten bescheiden leben. Sicher auch weiterhin von ihrer eigenen Hände Arbeit ...«

Die Männer nickten eifrig. Ruth fragte sich, ob sie ernstlich erwarteten, von den Heiden für die tätige Nächstenliebe bezahlt zu werden. Inzwischen wusste sie nicht mehr, ob sie lachen oder weinen sollte. Das Missionsprojekt erschien ihr seltsam und unausgegoren, aber David war fest entschlossen, sich einzubringen.

Ruth wurde schlagartig klar, was ihr Vater gemeint hatte, als er ihren Freund einmal abfällig als guten, jedoch etwas lebensuntüchtigen Kerl bezeichnet hatte. Ruth hatte ihre Eltern belauscht, als sie sich über Davids Eignung zum Schwiegersohn unterhalten hatten. Roland Helwig war der Meinung gewesen, dass David ohne die führende Hand seines Vaters nicht viel zustande brachte. Nun disqualifizierte ihn das in den Augen von Klara Helwig keineswegs als Ehemann für Ruth, im Gegenteil. »Dann muss eben Ruth die Zügel übernehmen, wenn Meister Hermann einmal nicht mehr ist«, hatte sie lächelnd gesagt. »Sicher macht sie das ganz gern.«

Ruth war im Stillen empört gewesen, doch wenn sie jetzt über die Unterhaltung nachdachte, musste sie ihren Eltern recht geben. Sie war tatkräftiger als David, und wenn sie von ihrem Lebenstraum, ihn zu heiraten und an seiner Seite alt zu werden, noch etwas retten wollte, so musste sie jetzt handeln.

»Nehmen Sie auch Frauen?«, erkundigte sie sich unvermittelt. »Also, wenn man nicht unbedingt Priester sein muss und keine Weihe braucht, dann könnten Sie doch ebenso weibliche Missionare entsenden.«

Bruder Heinrich und Bruder Franz lachten herzlich, David gestattete sich nur ein leicht überlegenes Lächeln.

Pastor Goßner blieb ernst. »Natürlich, Fräulein Helwig, benötigt unsere Mission auch Frauen«, erklärte er überraschend. »Wenn auch noch nicht in Übersee. Doch wie ich es schon in der Predigt heute sagte: Das Feld der Mission ist unendlich groß, die Möglichkeiten zur tätigen Nächstenliebe sind unbegrenzt. Die Innere und Äußere Mission sind die Zwillingsschwestern und Lieblingstöchter Jesu. Es erfreut ihn ebenso, wenn christliche Frauen sich in ihrem näheren Umfeld engagieren.« Ruth biss die Zähne zusammen. Wenn sie sich zu den Zwillingsschwestern und Lieblingstöchtern äußerte, konnte sie ihr Anliegen gleich vergessen. Der Pastor sprach derweil weiter. »Jedenfalls beginnen wir in dem kleinen Krankenhaus, dessen Pflegeverein ich vorstehe, in Kürze mit der Ausbildung von Schwesternschülerinnen. Wenn Sie also Interesse hätten ...«

Ruth überlegte. Bis jetzt hatte sie sich zwar nie zur Pflegerin berufen gesehen, doch dies wäre zweifellos ein erster Schritt auf dem Weg zu ihrem Ziel. Sie straffte sich.

»Es kommt etwas plötzlich, aber ja, ich kann es mir durchaus vorstellen«, sagte sie dann. »Gottes Wege sind unergründlich. Und die … äh … Nachfolge … äh … Jesu läge mir wirklich sehr am Herzen.«

Ruths Eltern zeigten sich von ihren Plänen überrascht, standen ihnen jedoch nicht ablehnend gegenüber. Im Gegenteil, Meister Helwig war der Meinung, dass seine Tochter etwas lernen und sich nützlich machen sollte – zumal David, der erhoffte künftige Gatte, sich ja wohl noch zierte mit dem Heiratsantrag. Eine Ausbildung in Krankenpflege konnte ihr später als Mutter zugutekommen, und ein Problem mit der Schicklichkeit sah er auch nicht. Die Krankenbewahranstalten, die Goßners Pflegeverein unter der Sponsorenschaft Elisabeth von Preußens betrieb, betreuten nur Frauen und Kinder.

Klara Helwig war ebenfalls weit davon entfernt, Ruth die Ausbildung zu verbieten, zeigte sich jedoch hellsichtiger als ihr Mann und durchschaute die Hintergründe ihres plötzlichen Bedürfnisses, tätige Nächstenliebe zu praktizieren.

»Es geht dabei doch um David«, sprach sie das Thema direkt an. »Komm, Ruth, ich kann mir nicht vorstellen, dass du durch eine einzige Predigt so plötzlich erleuchtet wurdest. Was hat der Junge vor? Will er mit den Leuten beten, während du ihre Verbände wechselst?«

Ruth errötete und berichtete ihrer Mutter unter dem Siegel der Verschwiegenheit von Davids Missionsabsichten. Davids Eltern durften keinesfalls etwas davon erfahren.

»Irgendwann wird Pastor Goßner auch Frauen schicken«, erklärte sie im Brustton der Überzeugung. »Spätestens, wenn da ein richtiges Missionshaus entstehen soll. Dann brauchen sie eine Krankenstation …«

Klara Helwig biss sich auf die Lippen und seufzte. »Kind …

Ich wünschte, du hättest mich nicht eingeweiht. Mechthild Mühlen ist meine beste Freundin … und jetzt so etwas vor ihr geheim zu halten … Vielleicht müsste David da doch vor sich selbst geschützt werden …«

Ruth hob die Schultern. »David ist volljährig und hatte seine Freisprechung. Er ist Schmiedegeselle. Kein Mensch kann ihn hindern, zum Beispiel auf die Walz zu gehen. Und wenn die ihn nun nach Afrika führt oder wo immer die Heiden wohnen, dann ist das allein seine Sache.«

»Seiner Mutter wird es das Herz brechen«, sorgte sich Klara Helwig. »Und was dich angeht … Liebst du ihn denn so sehr, Kind? Genug, um dich für ihn in ein solches Abenteuer zu stürzen?«

»Ich hab ihn mir ausgesucht«, sagte Ruth trotzig. »Ich will ihn heiraten und keinen sonst. Und so abenteuerlich geht es bislang ja noch nicht zu in dieser Mission. Ich arbeite im Krankenhaus, und David liest abends die Bibel, oder was man sonst so tut in der Ausbildung zum Missionar. Was später daraus wird, muss man sehen.«

Im Stillen hegte Ruth die Hoffnung, dass sich das Projekt schon im Vorfeld der Mission in Wohlgefallen auflöste. Solange nicht einmal ein Zielland feststand, keine Schiffspassage gebucht war und kein solider Finanzierungsplan vorlag, konnte David von seiner Entsendung nach Übersee nur träumen.

Ruth ihrerseits träumte weiter von einer ganz normalen Ehe und freute sich daran, wie viel inniger ihr Verhältnis zu David dadurch wurde, dass sie zumindest vorgeblich die gleichen Ziele verfolgte wie er.

Das folgende Jahr verging ohne besondere Vorkommnisse. Ruth wurde eine der angemieteten Wohnungen zugeteilt, in denen der Pflegeverein Pastor Goßners Kranke betreute, und fand zu ihrer eigenen Überraschung großes Interesse an der Medizin. Sie liebte es, den Ärzten über die Schulter zu schauen, und bewies eine rasche Auffassungsgabe. Oft reichte sie den Medizinern schon Instrumente und Verbandmaterial an, bevor sie danach fragten. Sie merkte sich die Medikation und Dosierung der Mittel und verwechselte nie etwas, zudem tat sie sich in der Pflege der kleinen und großen Patienten und Patientinnen hervor. Ruth ging freundlich und selbstverständlich mit Kindern um und zeigte Verständnis, wenn die Frauen ihr das Herz ausschütteten.

Die meisten Patienten kamen aus ärmlichen und mitunter desaströsen Verhältnissen. Mit Frömmigkeit hatten sie nicht viel zu tun. Das Angebot, mit ihnen zu beten, nahmen sie nur deshalb an, weil sie sich dazu verpflichtet fühlten. Ruth reduzierte die Andachten deshalb bald auf das Minimum. Lieber zeigte sie den Frauen und Mädchen, wie man ein schlichtes Kinderkleidchen nähte, einen Strumpf stopfte und eine Mütze strickte. Sie selbst war von ihrer Mutter schon als Kind zu Handarbeiten angeleitet worden, und sie gab ihr Wissen nun gern weiter. Zudem brachte sie täglich einen Korb Brot und Kuchen vom Vortag mit in die Krankenwohnungen. Die Patienten wurden dort zwar verpflegt, aber ihre Besucher freuten sich außerordentlich über die Zuwendungen aus der Bäckerei. Ruth hatte den Verdacht, dass viele der Kinder, deren Mütter sich hier oft genug von einer weiteren schweren Geburt erholten, Hunger leiden mussten, und die Erkenntnis ließ sie Goßners Missionsanstrengungen noch skeptischer beurteilen. Wäre es nicht sinnvoller, das Geld der großzügigen Spender gleich auf der Krankenstation für Almosen auszugeben, statt Missionare in abgelegene Teile der Welt zu schicken?

»Es geht auch um geistige Nahrung«, widersprach ihr David, als sie diesen Gedanken mit ihm teilte. »Und die Heiden hungern ja zweifellos ebenso.«

Ruth fragte sich, ob Götzenanbetung zwangsläufig dazu führte, dass man unfähig war, Land zu bebauen, zu jagen oder Nutztiere zu züchten. Wenn sie ehrlich sein sollte, so wusste sie gar nichts über die Heiden, von denen in Pastor Goßners Unterweisungen so oft die Rede war, und bei der Überlegung, wen sie wohl um Rat bitten könnte, fiel ihr nur ihr alter Schullehrer ein. Seit Anfang des Jahrhunderts gab es in Berlin die Schulpflicht, und Ruth hatte ebenso wie David eine öffentliche Schule besucht. Nun nutzte sie den freien Vormittag nach einer Nachtschicht, um dort noch einmal vorbeizuschauen und Lehrer Hohmann zu befragen.

Fast ein bisschen wehmütig durchschritt sie die Korridore vor den Klassen und roch den charakteristischen Geruch nach Bohnerwachs, Kinderschweiß und nasser Kleidung. Die Jacken und Mäntel der Kinder waren vor den Klassenzimmern aufgehängt. Als es zur Pause klingelte, betrat sie mit Herzklopfen den Raum der sechsten Klasse, in dem Lehrer Hohmann gerade die Tafel reinigte. Ihre Befangenheit war vollkommen unnötig. Herr Hohmann freute sich sehr über ihren Besuch und nickte, als sie bald zur Sache kam.

»Der David ... ja ... du hast immer ein Faible für ihn gehabt, nicht? Er ist ja auch ein guter und kluger Junge – allenfalls ein bisschen verträumt. Nun will er also die Heiden bekehren ...«

Lehrer Hohmann war ein großer schlanker Mann, der seinen verschlissenen Gehrock mit Würde trug. Sehr gut bezahlt wurden Pädagogen nicht.

Ruth nickte. »Ehrlich gesagt habe ich keine Vorstellung davon, wie das alles vor sich gehen soll, und ich fürchte, er weiß das selbst nicht genau. Was habe ich unter den Heiden überhaupt zu verstehen?«

Hohmann sah sie streng an. »Nun, Ruth, das sollte ich dir aber beigebracht haben! Ein Heide ist ein Mensch, der nicht an unseren Herrn Jesus Christus glaubt, nicht an Gottvater und den Heiligen Geist. Stattdessen huldigt er irgendwelchen Götzen oder Geistern. Teilweise sind das furchterregende Gestalten, und oft werden ihnen grässliche Opfer dargebracht. Es ist schon gut und richtig, dass die Kirche mutige Männer aussendet, um den Menschen Erlösung zu bringen.«

Ruth nickte ungeduldig. Diese Erklärung hatte sie auch von David schon mehrmals gehört. Sie erschien ihr allerdings etwas vage.

»Und wo findet man sie?«, fragte sie weiter. »Wie leben sie?

Vielleicht ... Gibt es nicht ein Buch, Herr Hohmann, oder eine Broschüre, die irgendwas über die Heiden und ihre Götter verrät?«

»Hm ...«, murmelte Lehrer Hohmann, griff dann jedoch in eines der Bücherregale im hinteren Bereich des Klassenraums und förderte ein dickes Buch zutage: *Griechische Götter- und Heldensagen.* »Hier«, sagte er. »Also das sagt jetzt natürlich nichts über die Heiden in Afrika und Indien oder wohin man David schicken mag. Doch heidnisch waren die alten Griechen allemal. Vielleicht versuchst du es also erst mal damit. Es ist recht ansprechend zu lesen.«

Ruth bedankte sich mehrmals und nahm den Schmöker an sich, um sich gleich während der langen Stunden ihrer nächsten Nachtschicht darin zu vertiefen. Die Lektüre gab ihr allerlei Rätsel auf. Die Griechen waren anscheinend ein Volk gewesen, das vor oder während der Römerzeit gelebt hatte. Von den Römern hatte sie im Geschichtsunterricht gehört, sie schienen recht zivilisiert gewesen zu sein. Nun las Ruth von erschreckenden Götterfiguren wie Hades und Poseidon, aber einen Teil der Göttinnen fand sie durchaus aufregend. Athene zum Beispiel sprach sie an, ebenso Artemis, und für Heras Ärger über ihren untreuen Gatten Zeus brachte sie Verständnis auf. Sie fand es seltsam, dass man diesen Göttern opferte – dennoch dünkten ihr die Griechen nicht als gänzlich ungezügelte Wilde. Gehungert hatten sie offensichtlich auch nicht, und es las sich nicht so, als hätte ihnen die geistige Nahrung gefehlt. Es gab ausreichend weise Männer unter ihnen wie Mentor und Teiresias. Was sie wohl gesagt hätten, wenn David, Bruder Heinrich und Bruder Franz dort in Sparta oder Ithaka erschienen wären, um ihnen das Licht zu bringen? Sie hätte beinahe gelacht, als sie sich ihren Freund im Gespräch mit dem listenreichen Odysseus vorstellte oder einem König wie Agamemnon von Mykene.

Schließlich beendete sie die kurzweilige Lektüre, ohne dass sie ihr viel weitergeholfen hätte. David schmetterte jeden Versuch, darüber ein Gespräch zu führen, mit dem Argument ab, die

Griechen seien eigentlich keine richtigen Heiden gewesen, weil Jesus Christus zu ihrer Zeit noch gar nicht auf die Welt gesandt worden war. Sie hätten dem Licht also beim besten Willen nicht folgen können.

Ruth fragte sich, warum Gott sich nicht früher offenbart hatte, und ob die Menschen, die vor Jesu Geburt gelebt hatten, alle verdammt gewesen waren oder nicht. Eins war ihr jedenfalls klar: Die Sache mit der Mission war komplizierter, als David es sich vorstellte.

Kapitel 3

David war von solchen Zweifeln weit entfernt. Er besuchte die Unterweisungen Pastor Goßners mit Feuereifer, und der erwies sich tatsächlich als sehr guter Lehrer und Theologe. Das war kein Wunder, hatte er die nötigen Examina zur Erlangung der Priesterwürde doch gleich zweimal abgelegt. Er war zunächst katholischer Priester gewesen und dann konvertiert, wobei die Lutherische Kirche von ihm verlangt hatte, sämtliche Prüfungen zu wiederholen. Nun übte er mit seinen künftigen Missionaren die Auslegung der Bibel, lehrte sie Gebete, ließ sie Predigten schreiben und vortragen. Mitunter nahm er sie mit zu Hausbesuchen, damit sie lernten, sich der Menschen und ihrer Nöte anzunehmen. Das war das Einzige, was David nicht besonders gefiel. Er wusste nie, was er sagen sollte, wenn ihm irgendjemand sein Leid klagte, die Sorgen der meist alten, armen oder geistesschwachen Menschen waren ihm fremd. Dafür tat er sich bei der Exegese hervor. Er liebte das Studium der Bibel und spürte ihren Geheimnissen voller Freude nach. Auch seine Predigten waren schön, er hatte stets gern Aufsätze geschrieben und brachte nun bald anrührende Predigttexte zustande. Selbst Ruth fand sie herzerwärmend. Nachdem sie Davids Predigt über den verlorenen Sohn gelesen und in den höchsten Tönen gelobt hatte, stellte sich ihr allerdings eine Frage.

»Werden dich die Heiden denn überhaupt verstehen?«, erkundigte sie sich. »Ich meine ... sprechen die Deutsch, da in Afrika oder Indien oder ...«

David wurde nachdenklich. Die Frage schien er sich noch nie gestellt zu haben, und auch Goßner war nicht auf den Gedanken gekommen, seine Schüler in Fremdsprachen zu unterrichten. Inzwischen waren es fünf künftige Missionare. Ein Bruder Gottfried, seines Zeichens Tischler, und ein Bruder Oskar, Kürschner, hatten sich der Gruppe zugesellt.

»Die Sprache lernt man dann schon«, behauptete David schließlich. »Mit Gottes Hilfe … Wie er die Apostel zu Pfingsten gesegnet hat …« Mit leuchtenden Augen begann er vom Heiligen Geist zu schwärmen, der die Jünger mit dem Verständnis fremder Sprachen beschenkt hatte.

Ruth war da weniger optimistisch. »Du glaubst nicht wirklich, euch würden Zungen wie von Feuer erscheinen, sobald ihr in einem dieser fremden Länder an Land geht, und dann verstündet ihr … hm … Heidnisch?«

So genau wollte David das anscheinend nicht wissen. »Das fügt sich dann schon«, behauptete er. »Wie ist es, magst du am Sonntag wieder einmal zur Mittagsandacht kommen und die Brüder Gottfried und Oskar kennenlernen?«

Ruth nickte, doch sie verspürte keine große Lust. Tatsächlich mochte sie schon Bruder Heinrich und Bruder Franz nicht besonders. Beide waren bigotte Frömmler, und vor allem Franz Feldmann zeigte eine von Grund auf düstere Lebenseinstellung, die alles Weltliche verdammte. Davids Begeisterungsfähigkeit schien beiden fremd zu sein. Es ging ihnen wohl weniger darum, den Heiden das Licht zu bringen, als sie der Dunkelheit zu entreißen, wie David dies nachsichtig ausdrückte. Ruth sah da keinen großen Unterschied, aber sie hielt sich mit Kommentaren zurück. Schließlich war es David, der mit seinen »Brüdern« monate-, vielleicht jahrelang würde auskommen und zusammenarbeiten müssen. Umso besser, wenn er Verständnis für ihre Eigenheiten aufbrachte.

Bruder Gottfried und Bruder Oskar erwiesen sich als etwas weniger weltfremd, doch ähnlich langweilig wie Heinrich und Franz. Sie stürzten sich verbissen in das Studium, das ihnen offenbar nicht leichtfiel. Als sie Pastor Goßner am Morgen in der Messe assistierten, fiel selbst Ruth auf, dass sie sich mit der Liturgie schwertaten.

»Sie haben ja noch Zeit zum Üben«, kommentierte David seufzend. Es gab immer noch keine konkreten Planungen zur Abreise der Missionare. »Ach, Ruth, manchmal glaube ich, es wird nie was mit Übersee ... Gott hat uns berufen, aber es sieht aus, als scheiterte alles am schnöden Mammon und an mangelnden Gelegenheiten ...«

Ruth hakte sich bei ihm unter und schlug den Weg zum Tiergarten ein. Zumindest einen kleinen Spaziergang vor der Mittagsandacht hatte sie sich ihrer Ansicht nach verdient, obwohl die kühle Luft an diesem trüben Vorfrühlingstag nicht in die Natur lockte.

»Wenn Gott euch in Übersee haben will, dann bringt er euch schon irgendwie hin«, sprach sie ihrem deprimierten Freund Mut zu. »Und wenn nicht, dann war es eben doch nicht sein Wille. Vielleicht musst du einfach ein bisschen mehr Vertrauen haben.«

David lächelte. »Du bist so aufmunternd, Ruth, so optimistisch und hoffnungsfroh. Mitunter denke ich ... mitunter denke ich, die Heiden würden sich sehr viel leichter zu Gott bekennen, wenn sie deine fröhliche Stimme hörten, als wenn Bruder Franz das Höllenfeuer beschwört.«

Ruth erwiderte das Lächeln geschmeichelt. »Sag's Pastor Goßner«, schlug sie vor. »Vielleicht schickt er mich dann sofort mit.«

Im Stillen hoffte sie immer noch, dass die Missionsreise ihres Liebsten nie zustande kommen würde, doch wie sie an diesem Tag feststellen musste, hatte sie Gott – oder Pastor Goßner – in dieser Beziehung unterschätzt.

Der Pastor strahlte jedenfalls über das ganze Gesicht, als die Teilnehmer der Andacht sich gegen halb eins in seinem Pfarrhaus versammelten. »Wie ich eben erfahren habe«, erklärte er, »haben wir Gott heute nicht nur für einen schönen Sonntag zu danken, sondern dafür, dass er endlich die Gebete erhört hat, die wir alle seit Monaten nicht müde werden, zu ihm zu senden. Denkt euch, in seiner unendlichen Güte, Gnade und Weisheit hat er unserem Gönner Paul Schirrmacher ...«, er wies auf den Kaufmann, der schon bei Ruths erster Mittagsandacht dabei gewesen war und nun geschmeichelt lächelte, » ... einen Gast ins Haus geschickt, der uns helfen wird, unser Missionsprojekt endlich in

Angriff zu nehmen. Wir dürfen ihn heute hier unter uns begrüßen: August Fritze.« Der beleibte, rotgesichtige Mann, der neben Schirrmacher stand, nickte leutselig allen zu. »Herr Fritze kommt aus Bremen und führt dort eine erfolgreiche Reederei«, sprach Goßner weiter. »Und nun hat er sich bereit erklärt, unsere fünf tapferen jungen Missionare auf einem seiner Schiffe nach Übersee zu bringen.«

»Gott sei Lob und Dank«, brach es aus David heraus, ein Ruf, in den alle anderen Missionare – eine Ausnahme bildete lediglich der sauertöpfische Bruder Franz – gleich begeistert einfielen.

»Und wo soll es nun hingehen?« Ruth stellte die Frage bewusst provokativ. Ihr war völlig unverständlich, dass die Männer nicht als Erstes nach dem Ziel der Expedition fragten.

»Nach Neuseeland!«, erwiderte Goßner freudig. »Herr Fritze entsendet dorthin im kommenden Monat ein Walfangschiff und lädt unsere Männer zur Mitreise ein – wofür er natürlich tätige Mithilfe auf dem Segler und bei der Jagd auf die Wale erwartet.«

David und die anderen stimmten eifrig zu, Ruth interpretierte, dass damit weniger eine Einladung als eine Anstellung gemeint war. Die Männer sollten sich die Überfahrt eindeutig verdienen. Dabei hatte sie nicht die geringste Ahnung, wie lange die Reise dauern würde. Sie hatte von Neuseeland noch nie etwas gehört.

»Das klingt ja gar nicht so heidnisch«, bemerkte sie. An diesem Tag fiel es ihr wirklich schwer, ihre spitze Zunge zu beherrschen. »Wer ... wer lebt denn in diesem Land? Und was spricht man für eine Sprache?«

Goßner schien das nicht zu wissen, doch jetzt übernahm Reeder Fritze das Wort, er konnte die Fragen beantworten. »Neuseeland besteht aus zwei Inseln, gnädiges Fräulein, in Polynesien. Am anderen Ende der Welt sozusagen, es ist eine lange Reise. Das Land wurde durch Großbritannien kolonialisiert, man spricht also Englisch. Zumindest die zivilisierten Teile der Bevölkerung, die Wilden werden ihre eigene Sprache haben. Man nennt sie Maori, wie ich hörte, und bei ihnen ist sicher noch Missionsarbeit zu leisten. Die Kerle sollen noch bis vor nicht allzu langer Zeit Menschenfresser gewesen sein ...« Durch die Gebetsversammlung ging ein Raunen. »Inzwischen hat man ihnen das wohl abgewöhnt«, beschwichtigte Fritze. »Doch sicher ist hier noch ein weites Feld für Gott und Jesus Christus zu beackern. Ich bin sehr glücklich, dass ich hierzu meinen Beitrag leisten kann.«

Die Missionare und sonstigen Anwesenden feierten ihn dafür mit frenetischem Applaus, überhaupt war die Andacht fast von Ausgelassenheit geprägt. Die Gläubigen intonierten Dankeslieder und überboten sich dabei, Gott zu loben und zu preisen. Lediglich Ruth konnte sich nicht an den Neuigkeiten erfreuen. Nun würde sie David also doch verlieren – zumindest vorerst. Auf dem Walfangschiff jedenfalls würde keine Frau mitfahren dürfen, da war jede Intervention aussichtslos.

Ruth beschloss, Lehrer Hohmann noch einmal aufzusuchen und ihn zu bitten, Neuseeland auf dem Globus suchen zu dürfen. Außerdem musste sie jemanden finden, der die englische Sprache unterrichtete. David würde ein vierwöchiger Kurs zwar nicht viel helfen, aber wenn er wenigstens ein paar Grundlagen erlernte, war das besser als nichts.

Herr Hohmann wusste genauso wenig über Neuseeland wie alle anderen, die Ruth fragte, fand das Land jedoch immerhin auf dem Globus. Ruth war entsetzt darüber, dass es tatsächlich ziemlich genau auf der anderen Seite der Erde lag, sie konnte kaum glauben, dass man so weit reisen sollte, um Wale zu jagen.

»O doch, Walfang ist ein lukratives Geschäft«, erklärte Lehrer Hohmann. »All der Tran für die Lampen muss ja irgendwo herkommen. Aus Walrat gewinnt man Parfüm, aus Fischbein, das heißt aus den Barten der Wale, fertigt man Korsetts. Das alles wird teuer bezahlt. Es soll allerdings eine sehr schwierige und schmutzige Arbeit sein und nicht ungefährlich. Allein die lange Zeit auf See, die Stürme ...«

Herr Hohmann ließ keinen Zweifel daran, dass er seine

schlecht bezahlte Lehrerstelle in Berlin dem Abenteuerleben auf einem Walfangschiff jederzeit vorziehen würde.

»Und da in Neuseeland gibt es besonders viele Wale?«, fragte Ruth. »So viele, dass sich die lange Reise lohnt?«

Der Lehrer zuckte mit den Schultern. »Ich weiß es nicht, Ruth. Ich habe nie etwas von Neuseeland gehört oder gelesen, doch ganz sicher wird es Bücher darüber geben. Wenn du magst, sehe ich mich gern für dich danach um. Es würde mich auch selbst interessieren, jetzt, da ich einen früheren Schüler auf die andere Seite der Erde schicke. Ob ich innerhalb von vier Wochen ausreichend Lesestoff finde, um deinen David ein wenig auf seine Mission vorzubereiten, wage ich allerdings zu bezweifeln. So leid es mir tut, du wirst ihn wohl ins Ungewisse reisen lassen müssen. Ich bewundere seinen Mut. Sag ihm beste Grüße von mir und viel Glück.«

Letzteres war Ruth immerhin hold, als sie sich auf die Suche nach Englischunterricht machte. Kaufmann Schirrmacher hatte bei der Mittagsandacht berichtet, seine Töchter hätten eine englische Gouvernante, und als Ruth höflich nachfragte, erklärte Miss Barden sich sofort bereit, sie neben ihrer Tätigkeit für die Schirrmachers in ihrer Sprache zu unterrichten. Leider hatte sie nur einen freien Nachmittag in der Woche, was Ruth zu wenig fand. Vor allem David würde in nur vier Unterrichtsstunden kaum etwas lernen. Die anscheinend sehr praktische und vernünftige Engländerin machte daraufhin den Vorschlag, ihren Dienstherrn ganz offiziell darum zu bitten, sie für den Unterricht der Missionare freizustellen, und Schirrmacher stimmte bereitwillig zu.

Bei den Gottesmännern traf das Angebot allerdings auf wenig Gegenliebe. Alle hatten ihre Arbeit sehr kurzfristig gekündigt, und ihre Meister erwarteten nun wenigstens vollen Einsatz bis zum letzten Tag. Anschließend noch die Schulbank zu drücken behagte ihnen nicht. So nahm lediglich David regelmäßig am Unterricht teil und bewies die rasche Auffassungsgabe, die ihm schon in der Schule zu eigen gewesen war. Er machte gute Fortschritte und schien fest entschlossen, auf dem Schiff während der

Reise allein weiter an der Sprache zu arbeiten. Miss Barden stattete ihn dazu mit einem Buch aus, in dem er schon vor der Abreise täglich gewissenhaft schmökerte. Meister Mühlen schimpfte natürlich, weil seine Arbeit darunter litt.

»Vater ist mir ohnehin böse«, kommentierte David traurig. »Er versteht so gar nicht, was mir der Missionsdienst bedeutet. Und er meint, mich umstimmen zu können, indem er droht, mich zu enterben. Als ob es mir darauf ankäme ...«

»Du könntest mit Geld viel Gutes tun«, gab Ruth zu bedenken und führte erneut die Bedürftigkeit vieler ihrer Patientinnen an. »Wenn du, sagen wir mal, ein Zehntel der Einnahmen der Schmiede als Almosen gäbest ...«

David schüttelte den Kopf. »Nein, Ruth«, sagte er ernst. »Ich werde mich nicht freikaufen. Ich habe gelobt, mein Leben Gott zu weihen und sein Feld zu beackern. Das ist ein schönes Bild, das Herr Fritze da angeführt hat, nicht wahr? Wir werden Liebe säen und Glauben, auf dass die ... die ...«

»Maori«, half Ruth.

» ... die Maori das ewige Licht ernten können«, erklärte David. »Ach, ich freue mich auf diese Menschen, Ruth! Wie hungrig nach Hoffnung und Glauben müssen sie sein! Ich sehe schon das Leuchten auf ihren Gesichtern, wenn wir ihnen das Sakrament der Taufe spenden.«

Ruth hoffte, dass er damit wenigstens im Ansatz recht behalten würde. Der Gedanke an Menschenfresserei ging ihr nicht aus dem Kopf, und das erste Büchlein, das Lehrer Hohmann für sie gefunden hatte – es handelte von der Entdeckung der Inseln durch einen Captain Cook 1769 –, stellte die Einheimischen Neuseelands auch nicht gerade als Friedensengel dar.

»Sei bloß vorsichtig«, murmelte Ruth, wohl wissend, dass ihre Bedenken nicht zu David durchdrangen.

An einem trüben Junitag im Jahr 1839 bestiegen die fünf jungen Männer dann endlich den Zug nach Bremen. Dort sollte der Walfänger ablegen. Die Brüder Heinrich, Franz und Gottfried kamen allein zum Bahnhof, Bruder Oskar in Begleitung einer fülligen Frau, die Rotz und Wasser heulte, wie Bruder Franz unwillig bemerkte.

»Meine Vermieterin«, murmelte Bruder Oskar betreten. »Das hat man davon, wenn man freundlich ist.«

Die Männer blickten missbilligend, doch Ruth drängte sich die Überlegung auf, ob Oskar Meyer der Frau nicht in aller Unschuld Hoffnung auf eine Eheschließung gemacht hatte. David hatte schließlich auch nie registriert, dass Ruth sich längst mehr von ihm erhofft hatte als Freundschaft in Jesu.

Ruth begleitete ihren Freund dennoch, und Davids Mutter hatte es sich ebenfalls nicht nehmen lassen, ihren Sohn auf dem Bahnsteig zu verabschieden. Sie weinte, denn David ging in Unfrieden mit seinem Vater. Meister Mühlen hatte bis zuletzt versucht, ihn umzustimmen – mal mit Drohungen, mal mit Versprechungen. David hatte resigniert geschwiegen – oder gebetet, was sein Vater als Provokation empfand. Ruth wusste, dass David es nicht so meinte. Er flehte Gott wohl wirklich ganz naiv um Einsicht bei seinem Vater an, der sich letztlich dazu hatte hinreißen lassen, seinen Sohn einen bigotten Dummkopf zu nennen.

»Ich schreibe euch!«, versprach er sowohl Ruth als auch seiner Mutter. »Wann immer es mir möglich ist!«

Ruth bemühte sich um ein tapferes Lächeln, Mechthild Mühlen dagegen schluchzte, als der Zug abfuhr.

»Werden wir ihn jemals wiedersehen?«, fragte sie unglücklich.

Ruth nickte entschlossen. »Ich schon!«, erklärte sie.

Kapitel 4

Meine geliebte Freundin in Jesus!

Ruths Herz klopfte heftig, als sie endlich Davids ersten Brief öffnete. Sie hatte schon nicht mehr daran geglaubt, je wieder etwas von ihm zu hören – seit seiner Abreise war beinahe ein Jahr vergangen. Nun hatte sie natürlich gewusst, dass die Reise lang werden würde, doch dass die Männer sieben Monate unterwegs sein würden, hätte sie nicht vermutet. Der Brief war auf den 30. Januar 1840 datiert, David schien ihn in einem Ort namens Otago Harbour geschrieben zu haben.

Ich hoffe, dieser Brief befindet dich froh im Glauben und bei guter Gesundheit, wie ich das auch für meine lieben Eltern sowie all unsere anderen Bekannten in Berlin täglich von Gott erbitte.

Wir sind nun eingetroffen auf der südlichen der beiden Inseln, aus denen die Kolonie Neuseeland besteht, und wir alle haben Gott gedankt, als wir nach einer Reise um die halbe Welt endlich wieder festen Boden unter den Füßen hatten. Dabei ist der Anblick der Hügel und Wälder rund um die Walfangstation, in der wir an Land gegangen sind, gar nicht so befremdlich – wenn man davon absieht, dass hier jetzt alles in Blüte steht, während in Berlin sicher Schnee liegt. Gott hat es in seiner unerschöpflichen Weisheit gefügt, dass in diesem Land Sommer herrscht, während die Heimat unter Winterstürmen leidet. Lässt man den Kalender jedoch außer Acht, so könnte sich die hiesige Landschaft auch irgendwo in Deutschland befinden. Erst auf den zweiten Blick wird ersichtlich, dass hier keine Eichen und Linden stehen, sondern fremdartige Büsche und Bäume. Außerdem gibt es kein Wild, wie wir es kennen, keine Hasen und Kaninchen, kein Rotwild und keine Wildschweine. Lediglich Vögel werden in den Wäldern gejagt, und sie sind zum Teil recht seltsam. Der Kiwi zum Beispiel ist ungeschickt und plump und so dumm, dass man ihn mit Händen fangen kann. Der Kea dagegen ist eine Art Papagei und völlig furchtlos, er stiehlt alles, was glänzt und glitzert, und natürlich jede Art von Nahrung. Ich denke mir, Gott muss bei seiner Schöpfung geschmunzelt haben, doch mit meinen Brüdern im Herrn teile ich solche Einfälle lieber nicht – dafür sind sie zu ernst und streng im Glauben.

Ruth fand es ermutigend, dass David zumindest dies inzwischen klar geworden war. Sieben Monate auf See mit den Brüdern mussten nervenaufreibend gewesen sein – auch wenn man noch so fest entschlossen war, ihre Eigenheiten duldsam hinzunehmen. Sie las weiter.

Ich weiß, liebste Ruth, dass du darauf brennen wirst, alles über unsere Reise zu erfahren, doch wenn ich ehrlich sein soll, erinnere ich mich nicht gern an die Überfahrt. Selbstverständlich habe ich mich fleißig und demütig an jeder Arbeit beteiligt, die uns als Entgelt für die Passage auferlegt wurde, doch das Leben auf See ist das meine nicht. Allein die Unbilden des Wetters: Oft stürmte und regnete es, und unser Schiff, die Juliane, bockte wie ein ungebärdiges Pferd. Wir mussten die Segel dann einziehen, alle Gegenstände an Deck sichern, wobei wir aufgepasst haben, nicht selbst über Bord gespült zu werden. Unser Leben lag in Gottes Hand, wir konnten nur auf die erfahrenen Hände unseres Steuermanns und Kapitäns hoffen. Nächtelang verbrachten wir so bangend und betend in den Holzverschlägen, in denen wir mit der Mannschaft hausten, die Brüder Franz und Gottfried litten zudem schwer an Seekrankheit. Ich habe Gott selten inbrünstiger für etwas gedankt als für den Sonnenaufgang am Tag nachdem sich das Meer beruhigte und wir wussten, dass wir auch diesen Sturm überlebt hatten.

An anderen Tagen strahlte die Sonne brütend heiß vom Himmel, und einmal herrschte tagelang Flaute – das heißt, es wehte kein Wind. Wir konnten nur tatenlos darauf hoffen, dass er irgendwann wieder einsetzen und unsere Segel blähen würde, bevor all unsere Nahrungsmittel aufgebraucht waren.

Wir beteten inbrünstig und luden dazu auch den Kapitän und seine Mannschaft ein. Doch diese Walfänger sind ein gottloser und gefühlloser Haufen. Sie haben unsere Anstrengungen verlacht und sich lustig über unsere Furcht gemacht – mitunter wurde mir himmelangst, weil sie Gott so häufig mit ihren Flüchen und ihrem sündigen Tun in den Häfen versuchten. Muss er dieses Schiff nicht irgendwann untergehen lassen, um sie zu strafen?, dachte ich.

Doch wie so oft verhielt er sich duldsam in seiner unendlichen Güte, wie er auch meist darauf verzichtete, mit Feuer und Schwert in die Häfen zu fahren, in denen wir gelegentlich anlegten, um Proviant an Bord zu nehmen. Stets waren es von der Sonne verwöhnte, vom Meer aus gesehen gesegnete Eilande, doch es regierte die Sünde: Trunksucht, Hurerei und Völlerei.

Ruth hätte trotzdem gern die Namen dieser gesegneten Eilande erfahren, ebenso, wie sie gern gewusst hätte, wo auf dieser Reise mit Stürmen und wo mit Flaute zu rechnen gewesen war. Inzwischen hatte sie alle Bücher über Neuseeland und die Fahrt dorthin gelesen, deren sie habhaft werden konnte, und nahm an, dass die Stürme vor allem im Atlantik tobten, während es sich bei der Windstillezone um die berüchtigten Rossbreiten handelte. Wenn der Wind zu lange ausblieb und die Nahrung knapp wurde, hatte man hier mitunter mitgeführte Pferde geschlachtet und das Fleisch gegessen oder sie über Bord geworfen, daher sollte der Name kommen. Ruth fand all das interessant, doch David machte keine genauen geografischen Angaben.

Als Männer Gottes zogen wir es natürlich vor, uns nicht in diese Sündenpfuhle hinabzubegeben, sondern verbrachten die kurze Zeit des Aufenthalts im Bauch unseres Schiffes, wo wir für die Männer und Frauen beteten, die sich in den Häfen tagtäglich versündigten und der ewigen Verdammnis so näher und näher rückten.

Ruth fragte sich, wo hier der Missionseifer der Brüder geblieben war. Hätten sie nicht eigentlich aussteigen und in den Häfen predigen müssen, um vielleicht doch noch ein paar Seelen zu retten? Sie verstand, dass die Zustände in den Häfen sie abgestoßen und geängstigt hatten, aber wie sollte es erst werden, wenn sie einmal den Wilden gegenüberstanden, deren Sitten sie vielleicht noch mehr erschrecken würden? Ruth ging die Menschenfresserei nicht aus dem Kopf.

Dies alles schweißte uns Brüder in Jesu sehr eng zusammen, auch wenn der eine oder andere mitunter Befremden erregte. Bruder Franz zum Beispiel dauerte mich oft, da er so gar keine Freude an der trotz aller Beschwernisse doch nicht zu leugnenden Schönheit des Meeres empfinden konnte. Er ist Geiger, und anfänglich baten ihn die Matrosen oft um etwas Musik, um dem tristen Alltag auf dem Schiff für einige Stunden entfliehen zu können. Fröhliche Weisen hätten die Herzen der rauen Kerle vielleicht öffnen können, sodass sie dann auch in unsere Andachten und unsere Lieder zum Gotteslob eingestimmt hätten. Doch Bruder Franz spielt allein getragene, traurige Weisen und begleitet höchstens Lieder, die von reuigen Sündern oder Christi Passion handeln.

Bitte versteh mich nicht falsch, dies ist durchaus erbaulich, und er beherrscht sein Instrument virtuos. Bruder Heinrich, den gefühlvollsten unter uns, rührte seine Musik oft zu Tränen. Die Besatzung der Juliane konnte den Wert der Vorträge allerdings nicht nachempfinden, und als das Schiff in der Flaute tagelang stilllag und sich die Stimmung allgemein verdüsterte, verbot der Kapitän Bruder Franz gar ganz das Spielen, um seine Mannschaft nicht weiter zu demoralisieren.

Bruder Heinrich ist mir selbst in Gott am nächsten. Auch er versenkt sich gern in die Schrift und verliert sich im Gebet, wir haben in den langen Stunden auf See viele gute Gespräche geführt. Bruder Gottfried und Bruder Oskar wurden vom Kapitän am meisten geschätzt, da sie zupacken können und sich bei der Arbeit an Deck und später beim Walfang auszeichneten. Beide sind harte Männer und unerschütterlich im Glauben, doch oft aufbrausend – manchmal denke ich, sie würden Gottes Flammenschwert gern selbst führen, um die Erde von unverbesserlichen Sündern zu reinigen. Sie ließen es sich nicht nehmen, den Seeleuten ihre Unmoral und Gottlosigkeit immer wieder vorzuwerfen, was häufig zu bösem Blut führte. Meist ging es dabei um den Alkohol an Bord – die Juliane führte Fässer voller Rum mit sich, und besonders, wenn der Walfang erfolgreich war, ließ der Kapitän großzügig ausschenken. Tatsächlich ist das Töten und Ausnehmen der Wale eine so schmutzige und blutige

Arbeit, dass ich mitunter fast selbst den Wunsch nach einem tröstlichen Schluck verspürt hätte – schon um den Magen zu beruhigen. Der Geruch ausgekochten Walfleisches ist bestialisch, doch nur so kann der Tran gewonnen werden, der den Fang dieser Tiere so profitabel macht.

Kapitän und Mannschaft der Juliane widmeten sich dieser blutigen Jagd mehrere Wochen lang, bevor wir in Neuseeland an Land gingen. Wir Missionare hatten natürlich gehofft, man würde uns vielleicht vorher in irgendeinem Hafen absetzen, doch der Kapitän weigerte sich, damit Zeit zu verschwenden.

Ruth überlegte, dass es ihm wahrscheinlich auch um die Verstärkung für seine Mannschaft gegangen war. Bei der Überfahrt selbst waren David und die anderen sicher nur begrenzt von Nutzen gewesen. Schließlich verstanden sie nichts vom Segeln, hatten nur zu Hilfsarbeiten eingesetzt werden können. Walfleisch in riesige Töpfe wuchten und auskochen konnte dagegen jeder, und auch das Rudern war sicher schnell gelernt. Sie hatte gelesen, dass auf Walfangschiffen selbst Leute wie der Schiffskoch und der Schiffszimmermann dazu herangezogen wurden. Wenn ein Wal in Sicht kam, wurde seinem Fang alles andere untergeordnet.

So sahen wir denn vor der Küste der Südinsel zum ersten Mal Wale – ein beeindruckender Anblick! Ich muss gestehen, liebste Ruth, dass mir die Geschichte von Jonas stets etwas unwirklich erschienen ist. Wie konnte ein Fisch so groß sein, dass er einen Mann mit einem Happs verschlucken und dann tagelang in seinem Bauch zu beherbergen vermochte, bevor Gott in seiner unendlichen Güte entschied, ihn wieder zu befreien? Doch wahrlich, ich sage dir, Ruth, jedes Wort der Bibel ist wahr. Diese Giganten der Meere könnten drei Männer und mehr in sich aufnehmen, zum Teil waren sie kaum kürzer als unser ganzes Schiff, und es fordert nicht geringen Mut von der Mannschaft, es mit ihnen aufzunehmen. Doch die Männer rudern ihnen beherzt entgegen, bewaffnet mit Speeren, und es scheint, als kämpfte hier David gegen Goliath. Allerdings sind die Tiere nicht sehr wehrhaft. Gott schuf sie friedlich, sie ergeben sich in ihr Schicksal, dem Menschen untertan zu sein.

Ruth runzelte die Stirn. Nach dem, was sie gelesen hatte, ergaben sich die Wale eher der schieren Übermacht ihrer Jäger. Zwar wirkten die Harpunen der Männer nur wie Nadelstiche, doch über Stunden hinweg schwächten sie die Tiere, und schließlich war es dann möglich, sie längsseits des Walfangschiffes zu schleppen, zu töten und abzuspecken.

Obwohl ihr Fang zweifellos gottgewollt ist, empfand ich es doch als ekelerregend, wie diese Riesen geschlachtet und ausgenommen werden. Am Ende ist das gesamte Schiff voller Blut, Schleim und Fett – es dauert Stunden, es zu reinigen, und Tage, bevor der Gestank der Kessel verflogen ist. Mitunter erfolgt dann gleich der nächste Fang. Es vergingen Monate, bis die Fässer an Bord der Juliane endlich gefüllt waren, doch zweifellos gehörte auch diese Verzögerung unserer Reise zu Gottes Plan. Es stießen nämlich zwei Männer zu uns, die unser Schiff mit einem Kanu erreichten. Und denk dir, liebste Ruth, sie entpuppten sich als Maori – also Angehörige des heidnischen Stammes –, den zu bekehren wir keine Mühen gescheut haben.

Allerdings waren sie bereits getauft, auf die Namen Paul und Michael, die sie seltsam aussprachen. Auf meine Frage nach dem Warum erklärten sie mir, dass dies eine Übersetzung ihrer englischen Taufnamen auf Maori sei, ihre Sprache, und da sie beide gute Christen waren und unseren Eifer zu schätzen wussten, begannen sie in der Folgezeit, uns in ihrem Idiom zu unterrichten.

Die Sprache der Maori ist nicht einfach, liebste Ruth, weit schwieriger als Englisch, das ich während der Überfahrt weiter gewissenhaft studiert habe. Doch ich denke, wenn es erst so weit ist, dass wir den Menschen in ihren Dörfern gegenüberstehen, dann werden wir auch die richtigen Worte finden, um ihnen zu predigen.

Ruth dachte sich das nicht ganz so einfach, doch sie würdigte zumindest die Anstrengungen, sich nun ernsthaft mit der Aufgabe auseinanderzusetzen, die vor den Missionaren lag. Sie selbst hatte weiterhin Stunden bei Miss Barden genommen und sprach nach einem Jahr des eifrigen Studiums schon recht gut Englisch. Ob sie sich allerdings zugetraut hätte, in der Sprache zu predigen? Ruth bezweifelte es, tröstete sich jedoch mit der Einsicht, dass Predigen ihr ohnehin nicht besonders lag.

Und dann endlich war der Frachtraum der Juliane bis zum Bersten mit Tran und Fischbein gefüllt, und der Kapitän erklärte, dass dem Anlegen auf Neuseeland nichts mehr im Wege stünde. Der Proviant des Schiffes werde aufgefüllt und ein paar Reparaturen würden durchgeführt, dann könne sich die Mannschaft auf den Heimweg nach Bremen machen.

So sind wir nun hier gestrandet, in einer Walfangstation in Otago Harbour, im Südosten der Südinsel. Ihr angeschlossen ist eine kleine Mission, zwei Geistliche bemühen sich um die Betreuung der Walfänger und – weitaus erfolgreicher – um die Missionierung des örtlichen Maori-Stammes. Beide gehören der Church of England an, doch letztlich sind ja auch deren Anhänger Lutheraner, und sie haben uns gleich gastlich aufgenommen. Verstärkung brauchen sie allerdings nicht. Der Stamm, der die Siedlung Otakou bewohnt und mit den Walfängern Handel treibt, ist längst christianisiert, und die Missionare meinen, die Wilden seien willig und stark im Glauben.

Überhaupt scheint die Mission auf der gesamten Südinsel bereits weit fortgeschritten. Eventuell werden wir uns im nördlichen Bereich der Inseln umsehen müssen, um ein noch unbeackertes Feld Gottes zu finden. Doch erst einmal sind wir wieder an Land, liebste Ruth, Gott hat uns bislang vortrefflich geleitet und wird das sicher auch weiterhin tun.

Ich muss diesen Brief nun beenden, der Kapitän wartet darauf. Er wird ihn gleich morgen mit auf die Rückreise nehmen, und ich hoffe, er wird dich bald erreichen.

Mit besten Grüßen, fest verhaftet in der Liebe zu Gott, dein David

Ruth seufzte und verwahrte den Brief sorglich in einem besonders hübschen Holzkästchen, um ihn später noch einmal und wieder und wieder zu lesen.

Liebste Ruth … Allein die Anrede wärmte ihr Herz.

Ansonsten empfand sie Davids Nachrichten jedoch als nicht

allzu vielversprechend. Wie es aussah, hatte man die Missionare auf ein längst bestelltes Feld beordert, die Konkurrenz schien bereits Fuß gefasst zu haben. Es bestand sicher kaum eine Chance darauf, dass die fünf Goßner-Missionare in absehbarer Zeit ihre eigene Mission aufbauen würden, die dann bald vergrößert und vielleicht um eine Krankenstation erweitert werden musste.

Ruth überlegte, ob es in Berlin eine Möglichkeit gab, Maori zu lernen, war jedoch wenig optimistisch.

Nach wie vor konnte sie nicht mehr tun, als zu warten.

Kapitel 5

Davids nächster Brief ließ nicht gar so lange auf sich warten. Nur einige Wochen nachdem Ruth seine erste Nachricht mit großer Freundlichkeit und Verständnis beantwortet hatte, und natürlich auch Mechthild Mühlen und Pastor Goßner ihre Freude über die gelungene Überfahrt und gesunde Ankunft der jungen Missionare brieflich geäußert hatten, erhielt sie erneut Post. Nach Ruths Gefühl hatte sich die Wartezeit dennoch endlos hingezogen. Sie hatte ihre Ausbildung zur Krankenpflegerin nun bald beendet und empfand weiterhin viel Freude an der Arbeit mit ihren Patienten. In den kommenden Jahren war der Bau eines richtigen Hospitals geplant, mit Stationen für Männer, Frauen und Kinder, das Elisabeth-Krankenhaus heißen sollte. Ruth hätte sich hier gern eingebracht. Vielleicht hätte man ihr irgendwann sogar zugetraut, eine Station zu leiten. Doch bei allem Reiz, den die Arbeit auf sie ausübte, träumte sie doch von einem Leben mit David. Sie lechzte nach neuen Nachrichten darüber, wie es den Missionaren am anderen Ende der Welt erging, und mitunter konnte sie ihre Ungeduld kaum zügeln. Vorerst lernte sie weiter fleißig Englisch und besuchte die Gottesdienste und Andachten – das allerdings mit weit weniger Begeisterung.

Pastor Goßner zeigte sich trotz der entmutigenden Nachrichten aus Otago optimistisch, was die Suche nach einem geeigneten Betätigungsfeld für seine Männer anging. »Neuseeland ist groß«, erklärte er gelassen.

Ruth musste wieder einmal an sich halten, um ihm nicht zu widersprechen. Tatsächlich war das Land ja eher klein und von jeher bevölkerungsarm. Wie sie aus den englischen Zeitungen wusste, die sie inzwischen gern mit Miss Barden las, gab es auf der Südinsel bereits mehr europäische Einwanderer als Maori.

Die Nordinsel sollte etwas weniger erschlossen und von Maori dichter besiedelt sein. Vielleicht war es also wirklich keine schlechte Idee, wenn David und die anderen sich noch einmal einschifften. Allgemein empfand Ruth die verzweifelte Suche der Missionare nach Heiden allerdings komisch, wenn nicht beschämend. Sie sah jeden Tag so viel Elend in den Krankenwohnungen und in den armen Stadtbezirken Berlins. Für tätige Nächstenliebe jeder Form gab es hier ein reiches Feld. Es war unnötig, am anderen Ende der Welt um Bekehrungswillige zu konkurrieren. Ruth hatte inzwischen erfahren, dass es auf Neuseeland anglikanische Missionen, Methodisten, Presbyterianer, Katholiken sowie lutheranische Splittergruppen gab, die um Gläubige buhlten.

Hastig öffnete sie den Brief. Er war wieder in einem Hafen abgefasst worden, in Hokianga Harbour.

Meine geliebte Vertraute in Christus, Ruth, las sie. *Zunächst meinen herzlichsten Dank für deinen schönen Brief. Es tut so gut, von den Lieben daheim zu hören, und ich freue mich sehr über die große Befriedigung, die du aus der Arbeit für die Armen und Kranken in unserer Heimatstadt ziehen darfst. Gott hat uns wahrlich beide gesegnet – obwohl meine Brüder und ich in den letzten Monaten mitunter ein wenig zweifelten ob all der Irrwege, die wir in diesem neuen Land gehen mussten, bevor wir nun hoffentlich endlich zu unserer Bestimmung gefunden haben.*

Ruth merkte auf. Das klang vielversprechend.

Mein letzter Brief erreichte dich aus Otago auf der Südinsel, wo wir, du erinnerst dich, für kurze Zeit Aufnahme bei zwei Missionaren der Kirche von England fanden. Dort durften wir auch erstmalig ein Dorf der Eingeborenen besuchen und fanden die Maori sehr freundlich, fromm und aufgeschlossen für den wahren Glauben und die europäische Lebensart. Praktisch alle Männer, Frauen und Kinder sind dort bereits züchtig bekleidet, statt halb nackt herumzulaufen, wie man es auf Abbildungen noch sieht. Sie eifern den europäischen Einwanderern in allem nach, und es ist fast rührend mit anzusehen, wie sie von den milden Gaben der Missionare – Töpfe,

Pfannen, warme Decken und andere Dinge, die für uns ganz selbstverständlich sind – profitieren.

Wir feierten einen Gottesdienst mit ihnen, den wir als sehr tröstlich und erbaulich empfanden, doch mussten wir einsehen, dass die kleine Mission, die diesen braven Stamm betreut, keine weiteren fünf Gottesdiener braucht. Wir mussten uns also nach einem anderen Betätigungsfeld umsehen und wandten uns zunächst auf der Südinsel nach Norden. Dazu muss man wissen, dass dieses Eiland bislang noch eher wenig besiedelt ist. Es gibt kaum Familien, die hierher auswandern, die meisten Weißen, die es nach Neuseeland verschlägt, sind Männer – Walfänger, Seehundsjäger neben so manchem Gottesmann.

Wenn man überhaupt von Ortschaften sprechen kann, so befinden sich die Ansiedlungen meist rund um Walfangstationen. Die Tiere werden nicht nur von Schiffen, sondern auch vom Lande aus bejagt. Die Eingeborenen siedeln ebenso bevorzugt in Küstennähe. Wir beschlossen also, der Küste nach Norden zu folgen, und fanden schnell ein Schiff, das uns mitnahm. Der in den Walfangstationen erzeugte Tran muss schließlich nach Europa geschafft werden, die Stationen werden regelmäßig von Frachtschiffen angefahren.

In den nächsten Wochen erkundeten wir so die gesamte Ostküste der Südinsel, doch einen Wirkungsbereich fanden wir nicht. Im Grunde ist das ja erfreulich: Auch dich wird es als Christin froh stimmen zu hören, dass die Maori fast alle bereits den wahren Glauben angenommen haben. Die sie betreuenden Missionare empfingen uns stolz und glücklich, doch zu tun gab es nichts für uns. Letzteres bezog sich leider nicht nur auf unseren Auftrag, die Heiden zu bekehren, sondern ebenso auf Arbeit allgemein. Das wenige Geld, mit dem unsere Gönner in Berlin uns ausgestattet hatten, war nämlich bald verbraucht, obwohl wir beileibe nicht prassten. Lebensmittel sind teuer am anderen Ende der Welt – kein Wunder, sie müssen ja oft von weit her auf diese Inseln geschafft werden. Bislang betreiben nur sehr wenige Siedler Landwirtschaft und Viehzucht, vieles wird bei den örtlichen Maori-Stämmen gekauft oder eingetauscht, und die haben schnell gelernt, was ihre Erzeugnisse wert sind.

Nun sind wir jung und gesund und bereit, für unseren Lebensunterhalt zu arbeiten, doch das gestaltete sich als schwierig. Es gibt hier bislang kaum Pferde – und folglich keine Arbeit für einen Schmied, zumal mir auch die Werkzeuge fehlen. Die Handwerkskünste der Brüder würden vielleicht eher gebraucht, doch weiterhin sprechen sie kaum Englisch, sodass die Verständigung schwierig ist. Deutsche Siedler haben wir noch nicht kennengelernt.

Als wir schließlich die nördlichste Ansiedlung der Südinsel erreichten, beschlossen wir, es nicht auch noch an der Westküste zu versuchen, sondern unser letztes Geld für die Überfahrt auf die Nordinsel auszugeben. Dort sollte es mehr Eingeborene geben, mehr Siedler und mit den Orten Kororareka und Auckland sogar kleine Städte. Mit Gottes Hilfe, so hofften wir, würden wir in Port Nicholson, wo unser Schiff anlegte, zunächst etwas Geld verdienen und dann weiter nach Norden reisen können, um bislang christlich noch nicht betreute Maori-Stämme zu finden. Im Gegensatz zur Südinsel, auf der die Eingeborenen eigentlich alle demselben Stamm angehören, gibt es auf der Nordinsel viele verschiedene Stämme, die sich zum Teil sogar bekriegen.

Ruth fand, dass sich das weniger hoffnungsvoll als gefährlich anhörte. Sie sah ihren Freund ungern mitten in einem Konflikt zwischen zwei oder drei Stämmen Eingeborener.

Gespannt las sie weiter.

Die Überfahrt über die sogenannte Cookstraße, so nennt man die Meerenge zwischen den beiden Inseln Neuseelands, dauerte nicht lang, es war jedoch stürmisch. Wieder hatten Bruder Heinrich und Bruder Oskar schwer unter der Seekrankheit zu leiden. In Port Nicholson trafen wir dann auf wenige erste Siedler sowie einen Maori-Stamm, der tatsächlich einen viel kämpferischeren Eindruck machte als die braven Ngai Tahu auf der Südinsel. Es hieß, sie verhandelten mit einer englischen Siedlergemeinschaft darüber, ihnen Land gegen Waffen einzutauschen, mit denen sie sich gegen Nachbarstämme zur Wehr setzen konnten. Die Verhandlungen führten anglikanische Missionare – auch hier war man uns also bereits zuvorgekommen. Die Eingeborenen erschienen uns weniger fromm als ihre Brüder auf der Südinsel, doch sie waren durchweg getauft.

Ruth schwankte mal wieder zwischen Lachen und Weinen. Auf jeden Fall bezweifelte sie inzwischen schwer, dass tatsächlich Gott die Schritte der Goßner-Missionare nach Neuseeland gelenkt hatte. Einen so katastrophalen Fehlgriff mochte sie dem Allmächtigen nicht zuordnen.

Die schon bei den Stämmen tätigen Missionare erklärten uns, dass es im Inland der Insel durchaus noch Maori-Stämme gebe, die den Trost des Glaubens bislang nicht gefunden hätten. Sie hätten bisher allerdings wenig Kontakt mit englischen Siedlern gehabt, also könne man sie lediglich in ihrer eigenen Sprache missionieren. Zudem seien sie nicht sehr freundlich. Aus dieser Auskunft ergab sich ein Zwist in unserer Brüdergemeinschaft. Bruder Franz und Bruder Gottfried meinten, dass wir als wahre Männer Gottes auch bereit sein müssten, im Zweifelsfall den Märtyrertod zu sterben, um das Licht zu den Wilden zu bringen. Wir sollten uns ganz in Gottes Hand begeben und uns darauf verlassen, dass er uns die rechten Worte schon eingeben würde, wenn wir erst vor den Wilden stünden.

Ruth meinte sich zu erinnern, von David noch ein Jahr zuvor ganz ähnliche Ansichten gehört zu haben. Inzwischen musste er allerdings am eigenen Leibe erfahren haben, wie hilflos die Brüder selbst Europäern gegenüberstanden, wenn sie die Landessprache nicht beherrschten. Wenigstens bestand dabei keine Gefahr, versehentlich als Feind angesehen und erschlagen zu werden. David jedenfalls schien sich nicht für eine Märtyrermission starkgemacht zu haben.

Wir anderen vertraten dagegen die Ansicht, es sei klüger und gottgefälliger, uns zunächst hoch oben in den Norden, in dichter besiedelte Gegenden zu begeben. In Kororareka, so wurde uns gesagt, und in Hokianga Harbour bestünden größere Missionen. Wir hofften, dass es möglich war, dort zunächst Hilfsdienste zu leisten und unsere Kenntnisse der Maori-Sprache zu vervollkommnen, damit wir danach das Wagnis eingehen könnten, uns geführt von Gottes Hand in die noch unerschlossenen Wälder im Inland zu begeben.

Gott traf die Entscheidung schließlich für uns, indem er ein Schiff in Port Nicholson anlegen ließ, das in den nächsten Tagen nach

Hokianga Harbour weitersegeln sollte. Wie es das Schicksal wollte, war der Schiffszimmermann vor Kurzem einer Krankheit erlegen, und so erklärte sich der Kapitän bereit, uns die Passage zu ermöglichen, wenn wir unter der Anleitung von Bruder Gottfried die dringend notwendigen Reparaturen an seinem Schiff vornehmen würden. Natürlich gingen wir die Arbeit voller Eifer an, und nach einigen Tagen frohen Schaffens konnten wir erneut in See stechen. Nun schien uns das Glück endlich hold.

Hokianga Harbour liegt an einem Meeresarm. Das Land ist gebirgig und bewaldet, doch wird es auch landwirtschaftlich genutzt. Unter der Anleitung der Missionare um den Methodisten Samuel Ironside wird dort Flachs angebaut. Reverend Ironside betreibt seine Station seit fünf Jahren, und er hat Gottes Acker wahrlich trefflich bestellt! Die Eingeborenen sind friedlich und arbeitsam, der Reverend berichtete uns, dass ihre Häuptlinge gerade eben im Begriff seien, einen Vertrag zu unterschreiben, mit dem sie sich bereit erklären, ihr gesamtes Land der Krone zu übereignen. Sie werden sich dazu in einem Flecken namens Waitangi oben auf der Nordinsel Neuseelands versammeln. Reverend Ironside gedenkt, für die Vertreter der Briten zu übersetzen.

Die Missionsstation des Reverends ist groß. Er lud uns ein, uns einige Wochen oder Monate lang nützlich zu machen, und derweil fleißig die Sprache der Maori zu studieren. Er selbst, erklärte er, habe nur fünf Monate gebraucht, um sie fließend zu sprechen, was uns natürlich Mut machte. Allerdings riet er uns davon ab, anschließend auf gut Glück ins Inland zu ziehen. Die dort lebenden Stämme sind anscheinend oft mit den in Küstennähe lebenden Stämmen verfeindet, wie es überhaupt viel Unfrieden gibt unter den Maori der Nordinsel. Reverend Ironside hofft sehr auf die einigende Kraft des Christentums, um die Menschen zusammenzuführen. Was die noch nicht missionierten Stämme angeht, so muss man wohl abwarten.

Ruth fuhr durch den Kopf, dass der gemeinsame Glaube in Europa bislang noch keinen Krieg verhindert hatte, aber immerhin konnte sie vorerst aufatmen. In Hokianga Harbour waren David und die anderen sicher nicht in Gefahr – allerdings immer noch weit entfernt vom Aufbau einer eigenen Missionsstation. Oder? Rasch überflog sie den nächsten Teil des Briefes.

Auf die Dauer, so erklärte der Reverend weiter, würde die New Zealand Company – so nennt sich eine Gesellschaft zur Erschließung des Landes für Siedler aus England – ganz sicher ins Inland der Nordinsel vorstoßen. Man würde sich mit den Maori verständigen, und sicher würden auch sie sich aufgeschlossen für die Mission erweisen. Bisher haben die Stämme das wohl immer und überall getan. Sie sind, so Reverend Ironside, sehr auf ihren Vorteil bedacht.

Ruth wunderte sich. Das klang eigentlich nicht nach Hunger auf Gottes Wort, sondern eher, als versprächen die Maori sich Licht durch die Einführung von Tranlampen. Und hatte David nicht im letzten Brief von »Almosen« in Form von Kleidung und Kochgerät gesprochen, die von den Missionaren freigebig verteilt wurden? Für die Stämme schien das ein starker Anreiz zu sein, sich bekehren zu lassen. Ruth wollte darüber moralisch nicht urteilen. Allerdings fragte sie sich, was die Goßner-Missionare verschenken wollten, wenn sie endlich einen eigenen Wirkungskreis fanden. Schließlich waren sie jetzt schon mittellos. Ruth fuhr gespannt zu lesen fort.

Dann jedoch kam die Wende. Als wir uns allzu betrübt darüber zeigten, dass sich auf Neuseeland so gar kein dauerhaftes Wirkungsfeld für uns finden wollte, wies uns Reverend Ironside auf eine Inselgruppe hin, die zwar bald zu Neuseeland gehört, jedoch bislang noch kaum von Weißen besiedelt ist. Zumindest gebe es dort ganz sicher noch keine Missionsstation, sagte er. Die Eilande heißen Chatham-Inseln, und besonders auf der größten, Chatham Island, leben Stämme, die noch nie mit dem Christentum in Berührung gekommen sind. Feindlich gesinnt sollen sie uns allerdings nicht sein. Sie haben Kontakte zu Weißen, es gibt Walfangstationen und Seehundsjäger.

Laut Reverend Ironside liegen die Chathams ungefähr fünfhundert Meilen südöstlich der Nordinsel. Das Wetter soll stürmisch sein, das Land nicht sehr fruchtbar und ziemlich unwirtlich. Das Leben dort würde uns also sicher einiges abverlangen. Selbstverständlich er-

klärten wir sofort, dies könne uns nicht schrecken. Wir würden auch größte Unbilden auf uns nehmen, um Gottes Wort im letzten Winkel der Welt zu verkünden. Reverend Ironside versprach uns daraufhin, eine Überfahrt für uns zu organisieren, sobald wir dazu bereit seien – und natürlich würden wir lieber heute als morgen aufbrechen. Er konnte jedoch selbst die Eifrigsten von uns dazu überreden, noch einige Zeit zu bleiben und das Idiom unserer künftigen Pfarrkinder zu studieren sowie das Englische. Ich kann mich in dieser Sprache inzwischen recht flüssig ausdrücken – was ich zum Teil dir verdanke, meine liebste Ruth, und deiner klugen Vorausschau. Den anderen fällt es nach wie vor schwer, selbst einfache Unterhaltungen zu führen. Das muss besser werden, bevor wir uns auf den Weg in unsere neue Heimat machen.

Du siehst also, meine geliebte Freundin, dass wir geschäftig sind und letztlich bestimmt erfolgreich. Gott zeigt uns eben selten den direkten Weg zu unseren Zielen. Mitunter müssen wir Irrwege beschreiten und Zweifel überwinden. In den letzten Monaten haben wir das lernen müssen, und es wird uns helfen, uns unseren künftigen Aufgaben mit noch mehr Demut und Eifer zu widmen. Im nächsten Brief, liebste Ruth, kann ich dir hoffentlich bereits vom Aufbau unserer eigenen Station – und womöglich von der Taufe unserer ersten Pfarrkinder – berichten.

So lange verbleibe ich dein treuer Freund in Jesus, David

Ruth lächelte und las den letzten Absatz des Briefes noch einmal.

Meine geliebte Freundin Ruth …

Gegenüber der *geliebten Freundin in Jesus* aus dem letzten Brief machte David Fortschritte. Zweifellos vermisste er sie – vielleicht nicht gar so schmerzlich wie sie ihn, schließlich hatte er ausreichend Ablenkung, doch er dachte an sie. Und falls es nun wirklich ernst wurde mit der Station auf den Chatham-Inseln, konnte sie vielleicht bald den nächsten Teil ihres Plans in Angriff nehmen. Nur schade, dass es David nun wohl an einen noch kälteren und unwirtlicheren Ort verschlagen würde als Neuseeland. Eigentlich hatte Ruth schon die regenreiche Südinsel etwas enttäuschend gefunden – beim Wort Mission dachte man ja eher an warme Länder wie Afrika oder Indien. Dafür hatte sie sich mit der üppigen Vegetation und der allgemeinen Ähnlichkeit mit Europa getröstet. Und jetzt ein felsiges, sturmumtobtes Inselchen ...

Ruth seufzte und suchte ihrerseits Trost in der Bibel: *Wo du hingehst, da will auch ich hingehen.*

Sie hätte das gern als Motto über ihren nächsten Brief gesetzt, doch dazu war es noch zu früh. Erst musste David auf den Chathams Fuß fassen. Ob es Bücher über diese Inseln gab? Und ob sie auf dem Globus zu finden waren?

Am nächsten Tag würde sie Lehrer Hohmann ein weiteres Mal aufsuchen.

Mission

Chatham Island
Kororareka
1840–1842

Kapitel 1

»Wahine!«

Frau! Warum nur nannte er sie nie bei ihrem Namen?

Kimi fuhr auf. Selbst nach fünf Jahren als Anewas Sklavin genügte der Klang seiner Stimme, um sie in Angst und Schrecken zu versetzen. Jetzt richtete sie sich mit schmerzendem Rücken auf, zusammen mit anderen Moriori-Sklaven hatte sie Unkraut gejätet. Ihr Status als Häuptlingstochter und Anewas Privatbesitz bewahrte sie nicht davor, auch zu den schmutzigsten und härtesten Arbeiten herangezogen zu werden. Die schwere Arbeit auf den Feldern brachte sie oft an ihre Grenzen, zumal sie ständig unterernährt war, aber sie hätte gern doppelt so viel davon verrichtet, würden ihr nur Anewas nächtliche Übergriffe erspart bleiben. Nach wie vor fand er Freude daran, Kimi zu quälen und zu erniedrigen. Sie würde sich nie an seine Schmähungen gewöhnen, sein böses Lachen und seine Launen. Auch jetzt empfand sie Angst und Widerwillen, als er sie rief.

»Anewa?« Kimi hielt den Kopf demütig gesenkt. Wenigstens verlangte er nicht, ihn »Herr« zu nennen.

»Ariki!«, verbesserte er dieses Mal. Dabei klang seine Stimme allerdings nicht, als hätte er besonders schlechte Laune und suchte nur nach einem Grund, sie zu züchtigen. Er wirkte aufgeregt. »In Zukunft wirst du mich ›Häuptling‹ nennen. Vergiss das bloß nicht, drüben in Aotearoa.«

»In Aotearoa?«, fragte Kimi. »Willst du ... willst du zurück?«

Konnte sich irgendetwas ergeben haben, das Anewa dazu brachte, Rekohu zu verlassen? Womöglich für immer und mit seinem gesamten Stamm? Er schien Kimi mitnehmen zu wollen, aber die meisten Moriori würde er sicher zurücklassen. Kimis Herz klopfte heftig. Eigentlich hatte sie nicht mehr an Freiheit für ihr Volk geglaubt. Die Herrschaft der Maori war gefestigt, und selbst wenn es jetzt noch zu einem Aufstand gekommen wäre – Anewa und seine Krieger hätten ihn mühelos niedergeschlagen. Kimis Volk war geschwächt und demoralisiert. Die neuen Herren hatten den Moriori verboten, ihre Sprache zu sprechen und untereinander zu heiraten. Es wurden kaum noch Kinder geboren. Selbst Frauen wie Kimi, die ein Maori-Krieger zum Beischlaf zwang, wurden selten schwanger. Die harte Arbeit und permanente Mangelernährung forderten ihren Tribut.

In den ersten Monaten nach der Invasion war die Anzahl der Moriori auch durch den anhaltenden Kannibalismus ihrer Peiniger weiter dezimiert worden. Inzwischen lebten nur noch einige Hundert auf Chatham Island, von den Kindern in Whangaroa hatten nur zwölf überlebt, darunter die kleine Whano. Letzteres hätte das Volk eigentlich optimistisch stimmen müssen, denn mit Whanos Überleben war zumindest die Nachfolge der Weisen Frau des Stammes gesichert. Allerdings war Pourou seit der Invasion und Nakahus Tod nicht mehr sie selbst. Die *tohunga* beschwor die Götter nicht mehr. Sie erklärte, die Geister der Moriori seien dem Morden ebenso zum Opfer gefallen wie die Menschen, die sie angebetet hatten.

Kimi glaubte das nicht. Sie wollte es nicht glauben. Ohne den Trost der Geister, die sie im Hain der Kopi-Bäume anrief, sooft sie sich davonstehlen konnte, wäre sie gänzlich verzweifelt. Unter den Kopi-Bäumen meinte sie ihre Präsenz zu spüren. Sie rief ihre ermordeten Freunde und Familienangehörigen zurück, indem sie Bilder in die Bäume schnitzte. Sie bannte und beruhigte ihre Geister, und manchmal überbrachte sie untröstlichen Angehörigen Botschaften ihrer Toten.

Kimi hielt, so gut es ihr möglich war, an den alten Bräuchen fest und versuchte, Whano ihr Wissen zu vermitteln. Deshalb verehrte ein Teil der Menschen sie als *tohunga.* Doch vielen Moriori war es inzwischen gleichgültig, ob *karakia* in der Sprache ihres Volkes gesungen wurden, ob die alten Speisevorschriften noch eingehalten wurden und ob man die Pflanzen und Tiere angemessen um Verzeihung bat, bevor man sie verzehrte.

Hauptsache, es gab überhaupt etwas zu essen. Vieles, für das man den Göttern noch danken konnte, gab es nicht mehr.

Kimi war es peinlich, wenn man sie ehrfürchtig *tohunga makutu,* Zauberin, nannte – schließlich war ihre Ausbildung längst nicht abgeschlossen gewesen, als die Maori gekommen waren. Sie wusste nicht viel, doch sie hatte das Gefühl, verrückt zu werden, wenn sie auch das noch vergaß. Und nun sprach Anewa plötzlich von einer Rückkehr nach Aotearoa.

Er lachte sein hässliches Lachen. »Zurück? Das könnte dir so passen, *wahine*, wenn wir abzögen und euch *paraiwhara* das Land wieder überließen.« *Paraiwhara* – schwarze Leute – gehörte zu den liebsten Schmähungen der Maori für ihre Moriori-Sklaven. »Das Gegenteil ist wahr. Dieses Land wird unser sein – mein sein – für alle Zeit. Ich werde die Hand darauflegen vor meinem Volk und vor dem Volk der *pakeha* ...«

Kimi stutzte. Was interessierten Anewa plötzlich die weißen Einwanderer? Hier auf Rekohu hatte er sich kaum um sie geschert, und den Weißen schien es auch egal zu sein, dass in den Dörfern der Moriori plötzlich Maori herrschten. Die wenigen Siedler auf den Chathams und die ankernden Schiffe machten Geschäfte mit den neuen Herren der Insel. Die Kartoffeln, die Kimi und ihr Volk im Schweiße ihres Angesichtes anbauten, verkauften sich gut. Als Proviant auf den Schiffen waren sie sehr geschätzt.

»Es heißt, es gibt viele *pakeha* auf Aotearoa ...«, bemerkte Kimi vorsichtig. Eine direkte Frage wollte sie nicht stellen.

Anewa nickte. »Ja. Und sie wollen nun einen Vertrag schließen mit den Häuptlingen der Maori. Es kommen Vertreter ihrer Königin, um den *ariki* zu huldigen. Sie buhlen darum, dass wir sie in unserem Land dulden ...« Kimi wurde nachdenklich. Bisher war sie der Meinung gewesen, die *pakeha* wären den Eingeborenen überlegen. Sie besaßen Waffen, Güter, brachten neue Nutzpflanzen und Tiere mit auf die Inseln. Verglichen mit den Moriori waren die Siedler auf den Chathams immer reich gewesen. »Man hat uns eingeladen«, sprach Anewa wichtigtuerisch weiter. »Alle *ariki* von Aotearoa, in einen Ort namens Waitangi.«

»Unser Waitangi?«, fragte Kimi ungläubig. Es gab eine Siedlung dieses Namens südlich von Whangaroa.

Anewa schüttelte den Kopf. »Nein, ein Waitangi in Aotearoa. Im Land der Ngati Miru. Dort lebt ein *pakeha* namens James Busby, auf dessen Anwesen soll das Treffen stattfinden. Und ich werde unser Volk und unser Land dabei vertreten!«

Großspurig baute er sich vor ihr auf und vor den anderen arbeitenden Sklaven, die ihre Unterhaltung sicher zumindest teilweise mitbekamen. Sie reagierten allerdings nicht darauf, sondern hielten die Köpfe mutlos gesenkt.

»Ihr seid doch gar kein Stamm«, brach es aus Kimi heraus.

Sie wusste inzwischen, dass Anewa und die anderen Invasoren verschiedenen Stämmen aus der Taranaki-Region angehört hatten. Natürlich sahen sie sich immer noch als Ngati Tama, Ngati Mutunga oder Ngati Wai, aber es handelte sich keineswegs um wandernde Stämme, die aufgebrochen waren, um neues Land zu erschließen. Eher waren es Versprengte, Ausgestoßene, die sich gesammelt hatten, um in aller Brutalität einen Neuanfang zu wagen. Dabei zogen sie längst nicht mehr am selben Strang wie zu Anfang der Invasion, als sie die Moriori noch gefürchtet und gegen sie zusammengehalten hatten. Es gab diverse Streitigkeiten, die oft sogar in Kämpfe ausarteten. Zwischen den Ngati Mutunga und den Ngati Tama drohte sogar ein Krieg.

Anewa ahndete Kimis respektlose Bemerkung mit einem weiteren festen Schlag ins Gesicht. Noch immer war er so schnell, dass sie es nicht schaffte, ihm auszuweichen. Ihre Wange begann sofort anzuschwellen.

»Wag es nicht, mir zu sagen, was ich bin und was ich nicht bin«, fuhr er sie an. »Ich bin der Häuptling der Ngati Tama von Wharekauri, und als solcher werde ich in Waitangi auftreten. Die Weißen werden meinen Anspruch ebenso anerkennen wie die *ariki* der anderen Stämme.«

»Du möchtest *ieriki* von ganz Rekohu sein?«, fragte Kimi provokativ. Die Moriori nannten ihre Häuptlinge *ieriki*.

Dieses Mal war sie auf die Ohrfeige gefasst, die sie prompt traf.

»*Ariki* von Wharekauri«, verbesserte er. »Du weißt, ich will dieses Genuschel und Gezische, das ihr eure Sprache nennt, nicht hören! Erst recht nicht euren dummen Namen für diese Insel. Und was ist falsch daran, wenn sich hier einer an die Spitze seines Volkes stellt? Wharekauri ist zu klein für drei oder vier Stämme. Es ist besser, sie zu einen – unter einem starken Häuptling. Ich werde das den *pakeha* in Waitangi vortragen und der Versammlung der *ariki* von Aotearoa. Und du wirst für mich übersetzen.«

Kimi seufzte und hielt sich die Wange. »Es werden Übersetzer da sein«, vermutete sie.

Anewa schnaubte. »Ja, zweifellos. Aber die können mir viel erzählen. Ich bin nicht dumm, *wahine*. Ich werde es nicht dulden, dass ein Dritter vermittelt zwischen mir und dem Vertreter der weißen Königin. Ich spreche mit ihm von Mann zu Mann, das wird mein *mana* stärken.«

Mana, das Ansehen eines Mannes oder einer Frau in seinem oder ihrem Stamm hatte einen großen Stellenwert bei den Maori. Möglicherweise stieg es wirklich durch den Besitz einer Sklavin, die obendrein sprachkundig war.

Kimi nickte mutlos. »Wie kommen wir nach Aotearoa?«, fragte sie ergeben. »Für ... für ein Kanu ist es zu weit, oder?«

Anewa warf sich in die Brust. »*Wahine*, mein Volk ist in seinen Kanus von Hawaiki bis nach Aotearoa gereist. Da sollte es möglich sein, von Wharekauri nach Waitangi zu kommen.« Kimi verschluckte die Frage, wozu die Invasoren dann die Brigg *Lord Rodney* hatten kapern müssen, um ihre Insel zu erreichen. »Es wird allerdings nicht nötig sein, Kanus zu bauen«, sprach Anewa weiter. »Eins der Walfangschiffe fährt morgen aus, der Kapitän will auf die Nordinsel, nach Kororareka. Er nimmt uns mit.«

Kimi war bislang nicht oft auf dem Meer gewesen, lediglich ein paarmal mit ihrem Bruder auf einem der Boote aus aufgeblasenem Seetang und gebundenem Schilfrohr, wie die Moriori sie benutzten. Sie glichen mehr Flößen als Kanus, waren jedoch sehr sicher. Selbst bei rauer See kenterten sie selten. Sehr lange Fahrten hatten die Moriori in diesen *korari* allerdings nicht unternommen. Der Seegang um Rekohu machte jede Reise gefährlich, und so galt es als Mutprobe bei den jungen Leuten, zu einer der vorgelagerten Inseln zu fahren, um Albatroseier zu sammeln. Kimi dachte wehmütig daran, dass die Moriori ihr *mana* durch geschicktes Navigieren bei schwerer See mehrten sowie durch Tauchkünste. Sie wusste noch, wie sie damals Beifall geklatscht hatten, als ihr Bruder nach Langusten getaucht war. Er war mit einem Tier in jeder Hand und einem dritten im Mund wieder hochgekommen. Im Sommer nach dem Massaker wäre er zum ersten Mal zum Albatrosfang aufgebrochen und dadurch zum Mann geworden.

Das Walfangschiff der *pakeha* bestieg Kimi nun mit einem beklemmenden Gefühl. Es war weit nach Aotearoa, sicher riskierte sie mit der Reise ihr Leben. Ein Matrose, der sie dabei ertappte, wie sie ängstlich *karakia* sprach und den Geistern ihrer Heimat Lebewohl sagte, als sie ablegten, lachte allerdings über ihre Bedenken.

»Das ist doch ein Katzensprung rüber nach Neuseeland«, erklärte er, nachdem sie ihm ihre Ängste gestanden hatte. »Dagegen von England nach Polynesien – da ist man drei Monate unterwegs, und auf dem Atlantik stürmt es nicht schlecht! Ein Schiff wie unseres hält so was leicht aus, kleine Frau. Da musst du dich nicht sorgen.«

Anewa und sein Gefolge – er nahm noch zwei Krieger mit, die ihm die zeremoniellen Ritualwaffen eines Häuptlings voraustragen sollten – fürchteten sich nicht im Geringsten vor der See. Sie mochten nur nicht im Schiffsinneren sein, die Reise auf der *Lord Rodney* stand ihnen wohl noch zu genau vor Augen. Das Innere der *Princess Victoria* hatte für Kimi allerdings auch keinen Reiz. Sie fühlte sich unwohl auf dem Walfänger, obwohl sie bald selbst merkte, dass Wind und Sturm dem Schiff kaum etwas anhaben konnten. Allerdings war ein Teil des Frachtraums bereits mit Fässern voll frischem Tran und stinkendem Walrat gefüllt – kurz vor dem Ankern vor den Chathams hatte die Besatzung einen Wal erlegt. Die empfindsame Kimi roch zudem noch das Blut. Sie empfand Mitleid für das majestätische Tier, das hier gestorben war, und spürte seinen noch nicht befriedeten Geist. Schließlich sprach sie *karakia* für den Giganten der Meere und nahm sich vor, sein Bild in einen Baum zu schnitzen, wenn sie nach Rekohu zurückkam. Für ihr eigenes Volk brauchte Kimi sich bei dem Geist des Wales nicht zu entschuldigen. Die Moriori hatten Großwale nie gejagt.

Von Gestank und Wetter abgesehen, empfand Kimi die Reise jedoch fast als erholsam. Anewa ließ sie während der Überfahrt ungeschoren. Sie hatte also Zeit, aufs Meer hinauszusehen, sich an den Delfinen zu freuen, die das Schiff begleiteten, und über die Mission nachzusinnen, auf die Anewa sie mitnahm. Eine Einladung der *pakeha* an die Häuptlinge, um ihnen zu huldigen? Eigentlich suchte man jemanden, dem man Verehrung entgegenbringen wollte, doch eher selbst auf. Und hatten die Weißen es nötig, sich anzubiedern? Die Reise auf der *Princess Victoria* überzeugte Kimi weiter von der Überlegenheit der *pakeha* gegenüber Maori und Moriori. Die Kanus der Stämme waren zwar durchaus seetüchtig, doch sehr viel kleiner als der Walfänger. Niemals hätte man in einem traditionell gebauten Kanu Dutzende von Fässern oder mehrere Hundert Menschen transportieren können.

Je näher sie Aotearoa kamen, desto ruhiger wurde die See und desto besser das Wetter. Am Ende tat sich ein wahres Märchenland vor Kimi auf. Das Schiff durchfuhr eine Bucht, in der es Hunderte von kleineren und größeren Inseln gab. Teils felsig, teils sattgrün und bewaldet lagen sie inmitten eines azurblauen Meeres, beschienen von der Sonne.

»Die Bay of Islands«, erklärte ihr der freundliche Matrose. »Da legen wir an.«

»Kororareka ist eine Insel?«, fragte Kimi. »Und Waitangi?«

Der Mann lachte. »Weder noch. Waitangi ist in der Nähe des Städtchens Paihia. Kororareka liegt auf einer Halbinsel, Waitangi praktisch gegenüber. Da müsst ihr noch jemanden finden, der euch übersetzt, oder ganz darum herumlaufen. Übers Wasser ist es nicht weit, da verkehren jeden Tag Boote.«

Kororareka kam bald in Sicht. Für Kimi war es der erste Blick auf eine größere Ansiedlung der Weißen. Sie empfand die Ansammlung von Bauten als einschüchternd. Schon die Häuser der Maori, die Walfangstationen und Farmen auf Chatham Island und die Hütten, die sich Brandon und seine Freunde gebaut hatten, waren größer, komfortabler und robuster gewesen als die Behausungen der Moriori. Die Häuser, die sie nun bestaunte, waren mitunter höher als drei übereinanderstehende Männer, und weit oben gab es noch Fenster. Man schien im Inneren der Häuser hinaufklettern zu können. Um die Häuser herum zogen sich zum Teil Holzpodeste, versehen mit Geländern. Die *pakeha* verweilten anscheinend gern dort, sie hatten Tische und Stühle aufgestellt. Alles war zudem bunt, die Farben waren so viel leuchtender als die pflanzlichen Mittel, die Kimi verwandte, um ihre Schnitzereien besser hervorzuheben oder um Flachsfasern zu färben. Kimi hielt sich ängstlich hinter Anewa, als sie schließlich an Land gingen. Die Maori schreckte all das Neue nicht. Also gab es Ansiedlungen wie diese in ganz Aotearoa.

Auch an Nahrung schienen die *pakeha* keinen Mangel zu leiden. Am Hafen liefen Männer und Frauen herum, die gebratene Fische und Muscheln anboten sowie Backwerk, wie Kimi es noch nie gesehen hatte. Es roch verführerisch. Während die Männer die Schiffe in Augenschein nahmen, die sie eventuell nach Paihia übersetzen konnten, wagte sie es, sich einer Frau in einem schwarzen Kleid zu nähern. Scheu zeigte sie auf etwas, das wie ein aufgeplusterter Fladen aussah.

»Einen Krapfen willst du?«, fragte die Frau, deren Alter Kimi nur schwer schätzen konnte, schließlich hatte sie noch nie eine *pakeha*-Frau gesehen. Die Weiße schaute Kimi unter ihrer steifen Kopfbedeckung, die ihre Haarpracht verbarg, misstrauisch an. Eine exotisch anmutende junge Frau in einem verwaschenen, viel zu großen *pakeha*-Kleid war ihr wohl suspekt. Dabei hatte

Anewa sehr viel Aufhebens um dieses Kleid gemacht. Seine Sklavin sollte sprechen und aussehen wie eine Weiße, damit die *pakeha* ihm Respekt zollten. »Macht einen Penny.«

Kimi zog enttäuscht die Stirn kraus. »Dann nicht, tut mir leid. Ich habe kein Geld.«

Die Frau sah sich offensichtlich in ihrer Einschätzung bestätigt. Irgendetwas mit dieser westlich gekleideten Eingeborenen im Gefolge dreier martialisch wirkender Krieger stimmte nicht. Es schien allerdings an ihr Herz zu rühren, als sie Kimi so korrekt und selbstverständlich Englisch sprechen hörte.

»Ohne Geld wirst du nicht weit kommen«, gab sie besorgt zurück. »Und deine Begleiter auch nicht. Ich denke, sie wollen nach Waitangi, zu diesem Treffen der Häuptlinge mit dem Gouverneur. Aber ohne Geld wird sie keiner übersetzen.«

Kimi fuhr durch den Kopf, dass Anewa und seine Männer immer Mittel und Wege gefunden hatten, um hinzukommen, wohin sie wollten. Die Maori auf Rekohu nahmen reichlich Geld ein, wenn sie Handel mit den Walfängern trieben.

»Die haben Geld«, gab sie Auskunft. »Nur ich habe keines. Ich bin eine Sklavin.«

Kimi sagte das ganz beiläufig, ihr Status war ihr inzwischen selbstverständlich. Auf das verblüffte und mitleidige Gesicht, das die Frau daraufhin aufsetzte, war sie nicht gefasst.

»Eine Sklavin? Will heißen, diese Wilden halten dich für ihren ... Besitz? Davon habe ich bislang nie gehört. Bin gespannt, was Lieutenant Governor Hobson dazu sagen wird, wenn die bei ihm mit Leibeigenen auftauchen.«

Rasch nahm sie ein Stück weiches Papier aus einem Seitenfach des Traggestells, auf dem sie ihre Ware feilbot, wickelte es um einen der »Krapfen« und drückte ihn Kimi in die Hand.

»Hier, Mädchen, ist geschenkt. Lass es dir schmecken! Aussehen tust du ja, als hättest du seit Wochen nichts Rechtes zwischen die Zähne bekommen.«

Kimi dankte errötend. Sie hatte kein Mitleid erregen wollen – erst recht nicht, um sich damit einen Krapfen zu erschleichen.

Dann biss sie jedoch herzhaft in das Gebäck und fand, dass es das Beste war, das sie je gegessen hatte. Weich und süß, es zerging fast auf der Zunge. Sie lächelte der Frau zu.

»Das ist sehr gut«, hauchte sie.

Die Frau nickte. »Geh mit Gott, Mädchen«, wünschte sie ihr noch, als Anewa Kimi jetzt herrisch heranwinkte.

Kimi duckte sich und eilte dienstbeflissen zu ihm. Dabei schob sie sich rasch den Rest des Krapfens in den Mund.

»Was hast du da mit den *pakeha*-Weibern zu tratschen!«, fuhr Anewa sie an. »Sprich lieber für uns mit den Fischern. Der da will uns nicht übersetzen.« Er wies auf einen älteren Mann, der eben eilig sein kleines Boot vom Steg abstieß. Die Angst vor den Kriegern stand ihm ins Gesicht geschrieben. »Sag dem da ...«, Anewa hatte bereits einen anderen Fischer im Visier, » ... der *ariki* der Ngati Tama von Wharekauri verlangt, nach Waitangi gebracht zu werden.«

Kimi biss sich auf die Lippen. Sie würde sich vor dem Mann lächerlich machen, wenn sie das übersetzte – schließlich wusste sie ja schon von der freundlichen Frau, dass diese Fischer freie Männer waren, die für die Überfahrt entlohnt werden wollten.

Anewa stieß sie unwirsch an.

Kimi näherte sich dem Fischer, der sich immerhin nicht vor Maori zu fürchten schien, mit gesenktem Kopf und brachte leise ihr Anliegen vor. Wie sie erwartet hatte, lachte der Mann.

»Dann sag mal dem großen Häuptling, er möchte artig ›Bitte‹ sagen, wenn er was von mir will. Dann fahr ich euch vielleicht rüber – für einen Shilling pro Person.«

Kimi übersetzte für Anewa, ließ die Sache mit der Bitte jedoch aus.

Anewa schnaubte. »Der Gouverneur soll ihn bezahlen«, forderte er.

Der Fischer lachte wieder, als Kimi die Worte in seiner Sprache wiederholte.

»Der wird den Teufel tun«, erklärte er. »Also, Geld her oder die Versammlung von Waitangi tagt ohne den großen Krieger. Er kann den Gouverneur ja fragen, ob er's ihm zurückgibt. Und die Kerle sollen die Waffen sinken lassen. Ja, ich weiß, das sind nur so Beile, die der Häuptling vor sich hertragen lässt, wie die Queen die Fahne. Aber auch damit kann man Leuten die Köpfe einschlagen.«

Kimi übersetzte vorsichtig und schaffte es tatsächlich, dass Anewa und der Fischer handelseinig wurden. Zuerst befürchtete sie zwar, die Maori könnten doch noch einen Versuch machen, den Mann ins Meer zu werfen und sich ihre Münzen zurückzuholen, sobald sie auf See waren. Zu der Besatzung des kleinen Kutters gehörten allerdings noch zwei weitere kräftige *pakeha*-Männer. Sie geboten den Maori, am Heck des Schiffchens Platz zu nehmen. So verlief die Überfahrt ohne Zwischenfälle.

Kapitel 2

»Ein beeindruckender Anblick, nicht wahr?«

Dr. Ernst Dieffenbach näherte sich Brandon, der mit aufgeschlagenem Zeichenblock etwas abseits des Maori-Lagers hockte und erste Skizzen zu Papier brachte. Der Naturforscher war zu Besuch im Hause Busby, während der Gouverneur mit den Häuptlingen verhandelte, und hatte Brandon gebeten, das Treffen bildlich zu dokumentieren.

Tatsächlich bot sich ihm ein buntes Panorama von Menschengruppen, die sich um Zelte und Lagerfeuer versammelt hatten. Häuptlinge in prächtigem Staat, in Röcken aus gehärtetem Flachs, traditionelle Waffen und Musketen an ledernen Gürteln, posierten vor ihren Kriegskanus. Sie trugen kostbare bunte Mäntel, in die Kiwifedern eingenäht waren, ihre Haare waren zu Kriegerknoten gewunden, ihre Gesichter mit martialischen Tätowierungen bedeckt.

Dazwischen bewegten sich die Vertreter der Krone in Gehröcken oder farbenprächtigen Galauniformen sowie schwarz gekleidete Priester und Missionare, die Protestanten erkennbar an ihren Priesterkragen, die Katholiken an langen Soutanen. Die Kirchenvertreter sprachen gut Maori und sollten als Vermittler und Übersetzer fungieren.

Die Kulisse der Versammlung bildete ein großes Stück Grasland am Ufer, das hellblaue Meer vor dem Hintergrund einer lang gezogenen Insel und über allem ein leuchtend blauer Himmel, über den wattige weiße Wolken zogen.

»Auf mich wirkt die Szene eher bedrohlich«, gab Brandon zu. »All diese bis an die Zähne bewaffneten Krieger …«

»Ach, die sind ganz friedlich«, tat Dieffenbach seine Bedenken ab. »Das ist alles nur Schau. Kennen wir doch schon …«

»Ich weiß nicht …«

Brandon war in den letzten Jahren häufig mit dem Naturforscher unterwegs gewesen. Dieffenbach hatte ihn tatsächlich ein halbes Jahr nach seiner Ankunft in Kororareka kontaktiert. Sein Zeichner wollte nach Deutschland zurück, und Brandon ersetzte ihn nur zu gern, zumal der Forscher gut zahlte. Brandon zeichnete also die Pflanzen- und Tierwelt Neuseelands akribisch genau ab, dokumentierte aber auch Dieffenbachs Abenteuer beim Bergsteigen oder beim Besuch von Maori-Dörfern. So wusste er, dass Waffenklirren dazugehörte, wenn die Stämme sich einander vorstellten. Er fuhr nicht mehr unwillkürlich zusammen, wenn er einem tätowierten Mann mit einem Speer in der Hand gegenüberstand. Trotzdem bewahrte er sich gewisse Ressentiments.

»Sie können die Chathams nicht vergessen, stimmt's?«, fragte Dieffenbach nun hellsichtig. »Diese Sache mit den Moriori steckt Ihnen noch in den Knochen. Und Sie haben ja recht. Was da mit den Menschen geschehen ist …«

Die Begegnung mit Raukura am Kai von Kororareka hatte Dieffenbachs Aufmerksamkeit auf das Volk der Moriori gelenkt, und als er nirgendwo auf Neuseeland befriedigende Auskünfte über sie erhielt, hatte er die Chathams noch mit seinem deutschen Zeichner bereist. Er war von den Zuständen schockiert gewesen – obwohl die Phase des Kannibalismus bei seiner Ankunft bereits vorbei war.

»Es liegen immer noch überall Knochen herum«, hatte er Brandon später berichtet. »Den Angehörigen wurde wohl verboten, diese letzten Überreste zu bestatten. Überhaupt gebärden sich die Maori furchtbar gegenüber ihren Sklaven. Jedes Kind darf ihnen befehlen, darf sie schlagen, anspucken und schmähen. Sie nennen sie *blackfellas, paraiwhara* in ihrer Sprache. Dabei sind sie von kaum dunklerer Hautfarbe als die Maori.« Die Moriori hatte Dieffenbach als unterwürfig und demoralisiert geschildert. »Sie sind ganz sicher das schwächere Volk. Vielleicht nicht körperlich, aber mental, es scheint mir, sie denken langsam und haben kaum eine eigene Kultur. Das rechtfertigt natürlich nicht, sie auszurotten! Es ist schändlich, was da geschieht!«

Brandon hätte seinem Arbeitgeber gern widersprochen, was den Verstand der Moriori anging, doch er wusste, dass der sonst ziemlich umgängliche Doktor abweichende Meinungen ungern hörte. Also hatte er ihn nur nach Kimi gefragt – es wäre ja möglich gewesen, dass sie für ihn übersetzt hatte. Dieffenbach war jedoch nicht in Whangaroa an Land gegangen, sondern in der Gegend um Waitangi. Er war bei weißen Farmern zu Gast gewesen. Mit Anewa und den wenigen Überlebenden von Kimis Stamm war er nicht in Berührung gekommen.

»Ich weiß jedenfalls«, gab Brandon nun Antwort, »wozu diese Männer fähig sind. Sie haben zwei Gesichter – und nicht nur, weil das eine tätowiert ist.«

Dieffenbach lachte. »Hier werden sie sich sicher gut benehmen«, hoffte er. »Sie wollen ja wohl was vom Gouverneur. Und sie sind nicht die Einzigen, die bewaffnet sind. Der Gouverneur hat eine Leibgarde, verlassen Sie sich drauf. Außerdem wären nicht all die Pfaffen dabei, wenn's gefährlich wäre ...«

Er wies auf die Geistlichen. Einer von ihnen, ein fleischiger Mann mit langem, in der Mitte gescheiteltem Haar, gekleidet in ein langes Gewand, sprach mit mehreren Häuptlingen und gestikulierte heftig.

»Bischof Pompallier«, bemerkte Dieffenbach. »Nicht allzu gern gesehen von unserem Freund Busby und dem Gouverneur. Es heißt, er beeinflusse die Maori dahingehend, den Vertrag mit der Krone nicht zu unterschreiben. Letztlich seien die Vereinbarungen darin nicht in ihrem Interesse ...«

»Was steht denn überhaupt genau drin?«, fragte Brandon und zeichnete den Fahnenmast, an dem der Union Jack im leichten Wind tanzte.

Dieffenbach zuckte mit den Schultern. »Das wird noch verhandelt«, meinte er. »Aber es soll wohl darum gehen, dass die britische Krone die allgemeine Verwaltung der Kolonie übernimmt, um Sicherheit und Ordnung aufrechtzuerhalten. Wir wissen beide, wie dringend nötig das ist.«

Brandon nickte. Bei vielen Einwanderern handelte es sich um schwierige, wenig angepasste Menschen, oft gewalttätig. Nicht selten waren es geflohene Sträflinge aus Australien oder Gauner, die sich mit der Auswanderung gerade noch der gerechten Strafe in ihren Heimatländern hatten entziehen können. In Siedlungen wie Kororareka wagten sich unbescholtene Bürger nach Einbruch der Nacht kaum auf die Straße, und auch die Maori litten unter Übergriffen gesetzloser Weißer.

»Nun geht das nach Ansicht der Krone nur, wenn im Gegenzug die Maori die Souveränität der Königin über Neuseeland anerkennen«, sprach Dieffenbach weiter. »Die Häuptlinge geben ihre eigene Macht also zumindest ein Stück weit auf.«

»Wird man ihnen das so erklären?«, fragte Brandon mit schiefem Lächeln.

Dieffenbach hob die Schultern. »Das wird von der Integrität der Übersetzer abhängen«, bemerkte er. »Dann soll auch noch was über Landbesitz im Vertrag stehen – den Maori wird ihr Recht garantiert, über ihre Ländereien zu verfügen. Wenn sie allerdings verkaufen wollen, hat die Krone Vorkaufsrecht. Ob das nun zu ihrem Vorteil oder ihrem Nachteil gereicht ... Ich weiß es nicht. Ich bin Wissenschaftler, kein Kaufmann. Was ist denn da hinten los?«

Hinter dem Lager der Häuptlinge legten immer noch Kanus und Boote an, die weitere Teilnehmer des Treffens auf Busbys Grundstück brachten. Die Häuptlinge begrüßten einander mal freundlich, mal frostig – sie gehörten anscheinend teilweise befreundeten, teilweise eher verfeindeten Stämmen an.

Dem jungen *ariki,* der eben einem Fischerboot entstiegen war, woraufhin sich zwei seiner Krieger mit den Kriegsbeilen seines Stammes vor ihm formierten, während eine Frau ihm folgte, stellten sich gleich zwei andere Häuptlinge entgegen. Es schien eine Meinungsverschiedenheit zu geben. Die Krieger standen sichtlich feindselig neben ihrem *ariki,* die Frau hielt sich scheu hinter ihnen. Sie war westlich gekleidet, trug ihr langes schwarzes Haar jedoch offen wie die Maori-Mädchen.

Brandon überkam ein seltsames Gefühl. Irgendetwas an ihr erregte seine Aufmerksamkeit.

Die Häuptlinge verhandelten miteinander in raschem Maori. Sie wurden laut, was die Aufmerksamkeit der Geistlichen sowie der englischen Gastgeber des Treffens auf sich zog.

James Busby, ein erfahrener Vermittler in Streitigkeiten mit und zwischen Maori, wandte sich den Streitenden zu, ebenso der Gouverneur und einer der Missionare. Der junge Häuptling wurde dessen sehr schnell gewahr. Er spie noch ein paar Worte in Richtung der anderen *ariki* aus und führte seine kleine Eskorte dann zielgerichtet auf die Weißen zu.

»Du Gouverneur?«, fragte er Hobson mit lauter, fast bedrohlich klingender Stimme.

Der Missionar mischte sich ein. »Ja, *ariki.* Dies ist Lieutenant Governor William Hobson, und mein Name ist Samuel Ironside. Ich leite eine Missionsstation in Hokianga, spreche gut Maori und biete mich gern an, für Sie zu übersetzen.«

Ironside war ein schmaler Mann mit länglichem Gesicht, schon ergrauendem Haar, Koteletten und Spitzbart. Er wirkte freundlich und distinguiert.

Der Häuptling beachtete ihn gar nicht, sondern sprach weiter direkt zu Hobson. »Ich *ariki* Anewa, von Stamm Ngati Tama in Wharekauri. Und ich eigene Frau sprechen mit mich. *Wahine!*« Seine donnernde Stimme befahl die junge Frau nach vorn.

Sie sagte etwas, allerdings so leise, dass Dieffenbach und Brandon es nicht verstehen konnten. Sie schlenderten unauffällig näher – auch andere *pakeha* waren aufmerksam geworden.

»Was sagst du, Mädchen?«, fragte Busby gütig.

Die junge Frau hob den Kopf. »Wenn Sie gestatten ... Mein Herr wünscht, dass ich für ihn übersetze.«

Brandon war schon zusammengezuckt, als er Anewas Stimme vernommen hatte, doch nun fuhr es ihm durch Mark und Bein. Er griff nach Dieffenbachs Arm.

»Das ist Kimi!«, brach es aus ihm heraus. »Barmherziger Gott, das ist Kimi.«

Kimi ließ durch nichts erkennen, ob sie Brandons Ausruf vernommen und ihn erkannt hatte oder nicht. Anewa hatte sicher nichts gehört. Seine Aufmerksamkeit konzentrierte sich ganz auf Busby und Hobson sowie die beiden älteren Häuptlinge, die sich würdigen Schrittes näherten. Es waren die Männer, die Anewa eben aufgehalten hatten. Jetzt wandte sich einer von ihnen an Hobson. Er sprach mit ruhiger Stimme.

Samuel Ironside übersetzte, während Anewa immer wieder versuchte, dem Häuptling ins Wort zu fallen.

»Es spricht Te Parininihi, *ariki* der Ngati Tama – das ist ein Stamm, der in Taranaki beheimatet ist, allerdings auch Ansiedlungen im Süden besitzt. Über diese herrscht Te Puohu ...« Der Missionar wies auf den zweiten Maori-Häuptling. »Beide bestreiten energisch die Ansprüche des Mannes, der sich hier als *ariki* Anewa vorgestellt hat. Anewa ist kein Häuptling der Ngati Tama, obwohl durchaus von hoher Geburt. Er wäre jedoch nie zum Häuptling gewählt worden, da es ihm an *mana* mangelt, an Weitsicht und Würde ...« An dieser Stelle hatte Anewa wohl aufbegehrt, doch Kimis schüchterner Versuch, seinen Einwurf zu übersetzen, verhallte ungehört. »Tatsächlich galt der junge Mann von jeher als Unruhestifter«, übersetzte Ironside jetzt freier. »Zwar ein großer Krieger, doch unwillig, sich dem Rat der Ältesten zu beugen. Sein Aufbruch nach Wharekauri – das ist das Maori-Wort für die Chatham-Inseln – war nicht von den Stammesältesten autorisiert. Häuptling Te Puohu verurteilt es aufs Schärfste, dass dazu ein *pakeha*-Schiff gekapert wurde. Die Eroberung der Inseln ...«

Wieder mischte sich Anewa ein.

»Der *ariki* sagt«, übersetzte Kimi mit leiser Stimme, die Brandon nur hörte, weil Ironside kurz stockte, »er habe das Land der Moriori genommen – nach den Bräuchen und Gesetzen seines Volkes.«

Brandon konnte nicht mehr an sich halten. »Er hat dort gewütet wie ein Tier!«, rief er.

Kimi wandte sich nach ihm um und schien zu schwanken, als

sie ihn erkannte. Über ihr breitflächiges Gesicht flogen Erschrecken und Freude, Hoffnung, doch auch Angst. Sie hob fast unmerklich die Hände.

»Die Eroberung der Chatham Islands«, fuhr Ironside fort, »erfolgte durch Vertreter mehrerer Stämme, die sich zusammentaten, weil es Konflikte mit der Führung ihrer Sippen gab. Die Häuptlinge drücken sich vorsichtig aus, aber es scheinen größtenteils Außenseiter und Gesetzlose gewesen zu sein, die sich da zusammentaten, um sich der traditionellen Herrschaft der Ältesten zu entziehen. Anewa mag einer der Anführer gewesen sein, doch das macht ihn nicht zum *ariki.* Nach Ansicht von Te Parininihi und Te Puohu ist er nicht befugt, für die Ngati Tama zu sprechen und den Vertrag zu unterschreiben. Es soll ein Friedensvertrag sein, meint Te Parininihi, und Anewa Te Tokumaro hält keinen Frieden.«

Anewa reagierte auf die Erklärung der Häuptlinge mit einem Wortschwall, allerdings machte Kimi keine Anstalten zu übersetzen. Sie blickte immer noch wie erstarrt zu Brandon.

Ironside übersetzte Anewas Geschrei ebenfalls nicht, er schien peinlich berührt zu sein und fand wohl nicht gleich die Worte, um halbwegs höflich zu formulieren.

Nun ergriff jedoch Hobson die Initiative. »So kommen wir nicht weiter«, erklärte er an Busby und an die Häuptlinge gewandt. »Und das Ganze sollte auch nicht in aller Öffentlichkeit diskutiert werden. Ich muss gestehen, dass ich von den Vorfällen auf den Chatham-Inseln – sie gehören offiziell noch gar nicht zu Neuseeland, glaube ich, wenngleich die Krone durchaus Ansprüche erhebt – noch nie etwas gehört habe. Vielleicht ist ja ein Vertreter unserer Geistlichkeit besser informiert, und ...«

»Ich!« Brandon riss sich von Kimis Anblick los und mischte sich genauso impulsiv ein wie einen Moment zuvor. »Ich kann Ihnen Auskunft geben, Gouverneur oder ... Eure Exzellenz ...« Er hatte keine Ahnung, wie man einen Lieutenant Governor korrekt ansprach. »Ich war dort ...«

Anewa wurde seiner jetzt gewahr, sein Gesicht verzog sich vor Wut, und er spie ein paar Maori-Worte aus.

»Das ist der Mann, den ich getötet habe«, übersetzte Kimi mechanisch.

Hobson und Busby warfen verwirrte Blicke auf Ironside, der ihre Übersetzung mit einem Nicken bestätigte.

»Vielleicht stellen Sie sich erst mal vor, junger Mann«, meinte Busby. »Sofern Sie einen Namen haben und wir hier nicht mit einem Geist sprechen.«

Brandon war kurz aus dem Konzept gebracht, doch nun übernahm Ernst Dieffenbach.

»Gouverneur, Mr. Busby, Mr. Hobson – bitte entschuldigen Sie meinen jungen Angestellten, er ist ... nun, er ist etwas aufgewühlt. Nicht unverständlich angesichts der Missetaten am Volk der Moriori auf den Chathams, deren er im Jahre 1835 Zeuge wurde. Der hier anwesende Anewa war ganz offensichtlich daran beteiligt ...«

Hobson straffte sich. »Gut«, sagte er. »Dann würde ich vorschlagen, wir ziehen uns gemeinsam mit Dr. Dieffenbach und Mr. ...«

»Brandon Halloran«, brachte Brandon endlich heraus.

» ... ins Haus zurück und hören uns an, was sie zu sagen haben. Reverend Ironside, bitte danken Sie doch den Häuptlingen Te Parininihi und Te Puohu in meinem Namen. Wir werden versuchen, den Konflikt zur allseitigen Zufriedenheit aus der Welt zu räumen. Der *ariki* oder Mister Anewa und sein Gefolge mögen solange hier warten. Reverend Williams ...« Hobson wandte sich an den Missionsleiter, der, wie inzwischen auch die meisten anderen Anwesenden, der Auseinandersetzung gefolgt war. Williams sollte die ehrenvolle Aufgabe zukommen, das Vertragswerk, das in Waitangi ausgearbeitet wurde, in die Sprache der Maori zu übersetzen. »Bitte stellen Sie doch sicher, dass es zu keinen weiteren Streitigkeiten oder gar Ausschreitungen kommt. Rufen Sie Ordnungskräfte der Krone hinzu, auch wenn die Herren Maori ja gewillt scheinen, die Konfliktparteien ihrerseits unter Kontrolle zu halten.«

Ein paar Krieger aus dem Gefolge der Häuptlinge aus Taranaki hatten sich demonstrativ zwischen ihre *ariki* und Anewa geschoben, und ihre Speere waren keineswegs Zeremonialwaffen.

Williams nickte kurz in die Runde und machte damit unmissverständlich klar, dass die Aufregung vorbei war und das Publikum sich möglichst wieder zerstreuen sollte.

Brandon warf Kimi einen letzten Blick zu, bevor er ihm folgte. Ihr Ausdruck war herzzerreißend – einerseits voller Hoffnung, dass seine Aussage vor dem Gouverneur ihrem Volk helfen könnte, andererseits voller Angst davor, wie Anewa das ahnden würde.

»Es wird alles gut!« Seine Lippen formten die tröstenden Worte, doch er glaubte nicht, dass Kimi ihn verstand.

Kapitel 3

Hobson wandte sich Busbys Haus zu, einem schmucken, doch keineswegs protzigen Anwesen. Das einstöckige weiße Holzhaus mit grauem Satteldach wirkte anheimelnd, James Busby lebte dort mit Frau und Kindern. Ein Anbau war bereits zum Empfangsraum für die Häuptlinge und zum Büro für die Schreiber und Übersetzer umgestaltet. Der Saal war mit bunten Fahnen und Ehrenzeichen der Krone und der Stämme geschmückt. Die Unterzeichnung des Vertrages würde sicher sehr feierlich zelebriert werden.

Busby führte Hobson, Dieffenbach und Brandon nun allerdings in sein eigenes Büro, das deutlich kleiner war. Samuel Ironside hatte sich ihnen angeschlossen, und niemand wies ihn ab.

»Dann erzählen Sie mal, junger Mann!«, forderte Busby Brandon auf.

Brandon holte tief Luft. Er musste jetzt gefasst und mit fester Stimme Zeugnis ablegen. Ausführlich berichtete er von den Moriori, ihren seltsamen Gesetzen und der Brutalität, mit der die Maori ihre Freundlichkeit und Hilflosigkeit ausgenutzt hatten. Als er die Massaker an Frauen und Kindern sowie die kannibalistischen Auswüchse der Invasion schilderte, zog ein Ausdruck von Abscheu über die Gesichter von Hobson und Busby.

»Und das versteht dieser Anewa als Landnahme nach Maori-Brauch und -Gesetz?«, fragte Hobson ungläubig und blickte dabei auf Ironside.

Der Missionar hob die Schultern. »Kannibalismus war in Polynesien durchaus üblich«, bemerkte er. »Und wir würden uns Sand in die Augen streuen, wollten wir leugnen, dass es unter den Maori auf Neuseeland ebenfalls zu solchen Ausschreitungen gekommen ist. Ich denke allerdings, dass es sich zumindest in den letzten hundert oder zweihundert Jahren eher um die Ausnahme als um die Regel gehandelt hat. In den Geschichten der Eingeborenen ist schon mal davon die Rede, dass ein Häuptling das Herz eines anderen aß, um Anteil an seinem *mana* zu bekommen, oder dass man die Köpfe der Feinde als Trophäen räucherte ... Aber in solchen Ausmaßen, wie Mr. Halloran das schildert ... Es scheint mir mehr das Werk marodierender Horden gewesen zu sein als das einer geordneten Invasionsarmee.«

Busby nickte. »Das entspricht ja auch den Aussagen der Ngati-Tama-Häuptlinge«, bemerkte er. »Eine Armee von Unruhestiftern ohne rechte Führung, die unglücklicherweise auf ein mehr als friedliebendes Volk stießen ... Sie haben diese Moriori erforscht, Dr. Dieffenbach? Was stimmt nicht mit denen? Ich meine ... wie kann jemand sich wie ein Schaf zur Schlachtbank führen lassen, im wahrsten Sinne des Wortes, ohne sich zu wehren? Sind sie ein bisschen beschränkt?«

Brandon wollte auffahren, aber Dieffenbach gebot ihm mit einer Handbewegung Schweigen. Er führte aus, dass er die Moriori einige Zeit nach der Invasion erlebt hatte. »Da waren sie völlig eingeschüchtert, verkommen, schmutzig, unterernährt, krank, die Rücken mit Geschwüren bedeckt. Die Maori hielten sie als Sklaven und behandelten sie völlig menschenunwürdig – deshalb erschienen sie mir zunächst auch als etwas ... nun, schwachsinnig. Wenn man allerdings erst mal ihr Vertrauen gewonnen hat, zeigen sie sich als durchaus ansprechbar. Sie sind zweifellos nicht so vital wie ihre Maori-Gegenspieler, zeigen vielleicht einen allgemeinen Hang zum Fatalismus. Dumm sind sie jedoch keinesfalls – wie man ja auch an der jungen Frau erkennen kann, die Anewa mit sich führt. Sie spricht doch ein veritables Englisch, und Mr. Halloran zufolge beherrscht sie Maori ebenso fließend.«

Busby runzelte die Stirn. »Die junge Frau in dem blauen Kleid ist also eine Moriori?«

Brandon nickte. »Und wir müssen etwas für sie tun!«, forderte er. »Sie können nicht zulassen, dass sie in den Händen dieses ... dieses Mörders bleibt, sie ...«

»Sie scheint ihm doch ganz freiwillig zu folgen«, meinte Hobson.

»Freiwillig?« Brandon fuhr auf. »Haben Sie ihr nicht ins Gesicht gesehen? Sie ist abgehärmt, mager, sie duckt sich unter jedem Wort ihres Peinigers, sie ist starr vor Angst ...«

»Sie ist seine Sklavin«, bemerkte Samuel Ironside etwas milder. »Wie Mr. Halloran uns ja berichtet hat, wurden die überlebenden Moriori von den Maori versklavt. Die Frau wird diesen Status akzeptiert haben, was bleibt ihr anderes übrig? Sklaven, zumal weibliche, die ihren Herren körperlich weit unterlegen sind, begehren selten auf.«

Hobson seufzte. »Sie könnte nicht auch so etwas sein wie ... hm ... seine Gattin?«, fragte er.

Ironside verzog strafend den Mund. »Lieutenant Governor, Maori-Frauen sind durchaus selbstbewusst. Und die Ehefrau eines Häuptlings – und als solcher sieht sich dieser Anewa schließlich – würde nicht mit zu einer Versammlung wie dieser geschleppt und in aller Öffentlichkeit gedemütigt werden. Diese junge Frau ist seine Sklavin.«

»Und Sklaverei ist im britischen Kolonialreich verboten«, warf Brandon ein. »Wir müssen etwas tun.«

Hobson rieb sich die Stirn. »Mr. Halloran«, meinte er dann, »wir alle haben verstanden, dass Ihnen die junge Frau sehr am Herzen liegt. Und wir alle verdammen die Taten der Maori auf den Chathams. Selbstverständlich werden wir die Häuptlingswürde dieses Anewa nicht anerkennen, er wird umgehend der Anlage verwiesen. Allerdings müssen wir realistisch bleiben. Mr. Ironside – wird Sklaverei unter den Maori geduldet?«

Der Missionar schürzte die Lippen. »In gewisser Weise«, gab er zu. »Es ist allerdings im Allgemeinen nicht üblich, Sklaven, meist Kriegsgefangene, zu misshandeln und Zwängen zu unterwerfen. Sie müssen verstehen ... Wer sich ergibt, statt im Kampf zu sterben, verliert sein *mana*, also sein Ansehen bei seinem Stamm. Er würde nicht mal zu seinen Leuten zurückkehren, wenn er dürfte. Also ...«

»Schon gut.« Hobson unterbrach seine Ausführungen. »Wir

haben verstanden, es ist kompliziert. Aber Tatsache ist, dass die Maori das Konzept der Sklaverei kennen und akzeptieren. Es könnte insofern zu Unstimmigkeiten kommen, wenn wir Anewa seine Sklavin jetzt mit dem Verweis auf englisches Recht abnehmen.«

Brandon sah ihn fassungslos an. »Sie meinen …«

»Ich meine, dass es zu massiven Komplikationen kommen könnte, was die Akzeptanz der Souveränität der britischen Krone und des britischen Rechts durch die Maori-Häuptlinge angeht«, führte Hobson ungerührt weiter aus. »Sie würden unter Umständen weiter verhandeln wollen.«

»Nicht zu Unrecht«, bemerkte Dieffenbach. »Es gibt da ja auch Widersprüche. Wenn Sie den Maori ihr Recht auf ihr Land und ihren Besitz zugestehen, gehören die Sklaven nach ihrem Rechtsempfinden zweifellos dazu.«

»Aber das ist doch …« Busby hob die Hände. »Meine Herren, wir wollen das Gelingen dieses Treffens doch nicht von solchen Haarspaltereien abhängig machen.«

»Es sind Menschen, Sir«, sagte Brandon. »Wir sprechen über eine junge Frau von neunzehn Jahren, die seit fünf Jahren die Hölle erlebt. Und ihr Volk …« Letzteres meinte er, hinzusetzen zu müssen, obwohl er sich selbstverständlich darüber im Klaren war, dass Hobson keine Befreiungsarmee für die Moriori in Gang setzen würde.

Dieffenbach sah ihn mitleidig an. »Vielleicht …«, meinte er, » … sollten Sie die junge Frau einmal selbst dazu hören. Sie könnte Mr. Hallorans Berichte bestätigen …«

»Ich habe die Wahrheit gesagt«, fuhr Brandon auf.

Dieffenbach machte eine Geste der Beschwichtigung. »Natürlich, Brandon, und trotzdem …«

Samuel Ironside – als Priester schon von Berufs wegen ein Menschenkenner – verstand. »Ich halte das für einen sehr guten Vorschlag«, sprang er in die Bresche. »Zumal es der jungen Frau und Mr. Halloran die Möglichkeit gäbe, sich ohne Aufsicht ihres Herrn kurz miteinander auszutauschen. Ganz abgesehen von den weiteren Fakten, die wir dadurch sammeln könnten, wäre es ein Akt der ... hm ... Menschlichkeit.«

Busby und Hobson sahen einander an, dann nickten sie.

»Gehen Sie das Mädchen schon holen«, meinte Hobson gönnerhaft. »Nehmen Sie zwei Soldaten mit – falls Anewa Schwierigkeiten macht.«

Kurz darauf traf Brandon Kimi in dem improvisierten Versammlungsraum – und die Militärposten hatten sich an den Ausgängen postiert. Brandon verstand die Botschaft. Er durfte mit Kimi reden, aber er würde keine Möglichkeit haben, mit ihr zu fliehen.

Doch nun stand er ihr erst einmal gegenüber, und der bunt geschmückte Raum um sie herum verblasste, wurde zu der Lichtung vor seiner Hütte auf Rekohu – bevor Anewa und seine Leute ihr Paradies in eine Hölle verwandelt hatten.

Kimi trat auf Brandon zu und nahm seine Hände.

Er blickte in ihre sanften dunklen Augen, hätte sie so viel fragen, ihr so viel erzählen wollen. Er vermochte jedoch nur sein Versagen einzugestehen.

»Kimi ...«, flüsterte er. »Sie sagen ... sie sagen, sie könnten nichts für dich tun. Ich konnte damals nichts tun, und jetzt ...«

Kimi legte ganz sanft ihr Gesicht an das seine, eine flüchtige, rührende Bewegung.

»Das weiß ich doch, Brandon«, sagte sie. »Niemand kommt an gegen Anewa ... Aber ich ... ich bin so glücklich, dass du lebst! Ich hatte es gehofft, weißt du, weil ich keine Leiche fand. Sicher war ich nicht. Ich habe um dich getrauert und gute Geister für dich in einen Baum gebannt.«

Brandon lächelte. »Sie haben mich beschützt und geleitet«, erklärte er. »Es geht mir gut, Kimi. Ich ... ich verdiene Geld, indem ich zeichne.«

Kimi nickte. »Du zeichnest gut. Ich habe deine Delfine noch. Die hast du für mich gebannt. Meine Schutzgeister. Als wir auf

See waren, haben sie unser Schiff umkreist. Und Anewa hat mich nicht berührt.«

»Ich wünschte, ich hätte mehr tun können.« Brandon zog sie näher an sich. »Bist du … seine Frau?«, fragte er leise.

Sie blitzte ihn an. »Ich bin seine Sklavin«, sagte sie. »Ihm gehören mein Geist und mein Körper. Und ja, er benutzt mich. Doch um seine Frau zu werden, müsste ich ihm meine Seele geben. Und die wird er niemals erhalten! Ich hasse und fürchte ihn, Brandon, trotzdem wahre ich Nunukus Gesetz.«

Brandon seufzte. »Du wirst nicht versuchen zu fliehen? Sie werden Anewa wegschicken. Er muss also ein Schiff finden, in Paihia oder in Kororareka. Ich könnte am Hafen warten …«

Kimi schüttelte den Kopf. »Er würde dich ein zweites Mal zu Boden schlagen«, sagte sie. »Und dieses Mal würdest du nicht wieder aufstehen. Ich habe mich jetzt fünf Jahre lang schuldig gefühlt an deinem ersten Tod. Versuch dein Schicksal nicht wieder. Du wirst hierbleiben und zeichnen. Und ich werde zurückgehen und tun, was ich kann für mein Volk.«

Damit befreite sie ihre Hände aus den seinen und sah sich suchend um. »Wo treffe ich nun die Herren? Oder war das nur ein Vorwand?«

Busby und Hobson legten anscheinend keinen großen Wert darauf, sich Kimis Aussage anzuhören, aber sowohl Dieffenbach als auch Ironside bestanden darauf, sie sprechen zu lassen.

Kimi gab ihren Bericht mit gesenktem Kopf ab. Scheinbar emotionslos berichtete sie von dem Tag der Invasion und den Monaten danach. Sie schilderte die kannibalistischen Gelage ihrer Peiniger, die Einschränkungen und Bosheiten, die das Dasein der Überlebenden immer noch überschatteten.

Die Männer hörten schweigend zu, und Brandon zeichnete. Während ihrer Aussage entstand ein Porträt, das ihre zarte Schönheit, ihr Leiden, doch auch ihre Entschlossenheit erkennen ließ.

»Mein Volk nennt mich *tohunga*«, endete Kimi. »Weil ich versuche, an den alten Bräuchen festzuhalten. Unsere Weise Frau sagt, unsere Götter wären gestorben, doch das sind sie nicht. Und ich bete, dass wir eines Tages unser Land wieder nehmen werden, nach unserem Gesetz. Das nicht mit Blut besiegelt ist wie Anewas.«

»Eine bemerkenswerte Frau«, sagte Dieffenbach, als die Militärposten Kimi schließlich hinausbegleiteten, um sie Anewa wieder zuzuführen und ihn gleichzeitig des Geländes zu verweisen. »Es tut mir sehr leid für Sie, Brandon.«

Brandon antwortete nicht, er hielt nur die Zeichnung fest. Wenn es wahr war, was Kimi glaubte, dass er die Geister der Delfine zu ihrem Schutz gebannt hatte, als er sie gezeichnet hatte, dann mochte er mit diesem Bild einen kleinen Teil der Seele Kimis besitzen. Und eines Tages würden sie wieder zusammenfinden.

Am 6. Februar des Jahres 1840 unterzeichneten fünfundvierzig Häuptlinge der Nordinsel Neuseelands den Vertrag von Waitangi. Sie übertrugen damit alle Souveränität auf die britische Krone und wurden zu Untertanen Ihrer Majestät, der Königin Victoria.

Brandon war Zeuge der Zeremonie und bildete das Ereignis für die Nachwelt in bunten Farben ab.

Kimi saß an Deck eines Schiffes, das sie zurück auf die Chathams brachte, und verband ihren Geist mit dem der Delfine, die es umspielten. Sie brauchte allen Schutz, den sie bekommen konnte.

Kapitel 4

»Wahine!«

Wie immer ließ Anewas Stimme Kimi zusammenfahren. Sie ließ das Messer sinken, mit dem sie Gemüse putzte, und erhob sich mühsam. Ihr Rücken und ihre Rippen schmerzten, sie waren mit Blutergüssen übersät. Seit der Rückkehr von seiner erfolglosen Reise suchte Anewa ständig nach Gründen, sie zu schlagen und anderweitig zu strafen. Irgendwie war er zu dem Schluss gekommen, dass allein Kimi für die Schmähung in Waitangi verantwortlich war und damit für den massiven Verlust an *mana*, den seine Kumpane ihn deutlich spüren ließen.

Auf Chatham Island hatte es sich schnell herumgesprochen, dass weder die Nordinsel-Maori noch der *pakeha*-Gouverneur Anewas Herrschaft über die Insel anerkannt hatten. Die Folge war, dass die Krieger über ihn lachten, während sich die Anführer der anderen Siedlungen auf Chatham darüber empörten, dass er überhaupt einen solchen Vorstoß versucht hatte. Mit den Vertretern der Ngati Mutunga in Kaingaroa hätte es darüber beinahe Krieg gegeben, aber ein paar *pakeha*-Seeleute hatten wohl geschlichtet. Genau wusste Kimi das nicht, sie war nur froh gewesen, als Anewa mit seinen Kriegern nach Nordosten zog.

Und nun erfolgte wieder sein Ruf an sie – ganz ähnlich wie vor der Reise nach Aotearoa. Kimi konnte nur hoffen, dass Anewa keine weiteren Abenteuer plante. So schnell es ihr schmerzender Körper erlaubte, schleppte sie sich zu seiner Hütte, der früheren Wohnstatt ihres Vaters. Als – wenn auch selbst ernannter – Häuptling stand ihm ein eigenes Haus zu, er musste das Gemeinschaftshaus nicht mit allen anderen Stammesmitgliedern teilen. Mit diesem Brauch der Maori hatten allerdings auch etliche andere Krieger auf Rekohu gebrochen. Schließlich standen genug Behausungen leer, die Moriori hatte man inzwischen weiter im Inland, zwischen den Feldern und dem Hain der Kopi-Bäume untergebracht. Sofern die Männer ihre eigenen Hütten besaßen, störte es die Allgemeinheit nicht, wenn sie Moriori-Frauen auf ihr Lager zwangen, die dann vielleicht schrien und weinten.

Kimi ließ den Blick über den Dorfplatz schweifen. Sehr viel hatte sich seit der Invasion in Whangaroa nicht verändert. Die Maori hatten ihre Sklaven lediglich ein Gemeinschaftshaus bauen lassen und dafür gesorgt, dass der Ort befestigt wurde. Es gab nun Zäune und Gräben rund um das Dorf, um mögliche Angreifer fernzuhalten. Die Maori nannten eine solche Wehrsiedlung ein *pa.* Um seine Ausschmückung hatten sie sich nicht sonderlich bemüht. Kimi wusste von Weißen, die auf Aotearoa Maori-Siedlungen besucht hatten, dass die Häuser dort oft mit Schnitzereien verziert waren und von kunstvoll gestalteten Götterfiguren bewacht. Auch hier standen je zwei rot gestrichene *tiki* rechts und links des Eingangs zum Dorf und zum Versammlungshaus. Sie waren allerdings nur grob geschnitzt und wirkten nicht sehr lebendig. Anewa und seine Leute hatten offensichtlich weder Künstler noch Baumeister aus Aotearoa mitgebracht.

Kimi stellte fest, dass Anewas Ruf nicht aus der Hütte erfolgt war. Er saß vor dem Versammlungshaus zwischen den Götterstatuen, umgeben von einigen schwer bewaffneten Kriegern, und hielt Hof. Vor ihm standen fünf *pakeha,* die einerseits wie Bittsteller wirkten, andererseits missbilligende Blicke auf die *tiki* warfen. Sie wirkten dabei alles andere als duckmäuserisch.

Einer von ihnen, ein nicht sehr großer, doch wuchtiger Mann mit üppigem dunklem Haar und Schnauzbart, redete mit großen Gesten auf Anewa ein.

Kimi grüßte schüchtern.

Anewa fuhr sie direkt an. »Du brauchst dich vor einem *pakeha* nicht zu verbeugen«, wies er sie an. »Dein Herr bin allein ich! Die fünf sind heute angekommen, mit einem Walfänger aus Aotearoa. Sie sprechen kaum mehr als drei Worte Maori, aber es scheint, als wollten sie für uns arbeiten. Und dann wollen sie noch irgendetwas, aber das kriegen sie nur auf Englisch heraus. Ich verstehe kein Wort von dem, was sie sagen.«

Ein bisschen wunderte Kimi das. Anewas Englisch war zwar schlecht, doch immerhin handelte er mit den Kapitänen der Schiffe, die auf Rekohu anlandeten. Ein paar Grundlagen sollte er also verstehen.

Als sie dem schnauzbärtigen Mann nun zuhörte, stellte sie allerdings schnell fest, dass es ihr genauso erging. Der Wortschwall des Neuankömmlings war ihr völlig unverständlich. Auch als ein zweiter, sehr großer, dünner Mann mit eingefallenen Wangen, doch fast gefährlich leuchtenden Augen etwas hinzufügte, verstand sie nichts.

»Es ... es tut mir leid, Anewa, ich ... ich weiß nicht, was sie wollen ...«

Anewas Reaktion auf Kimis Geständnis erfolgte sofort. Er hob die Hand und gab ihr eine schallende Ohrfeige.

Die *pakeha* erschienen darüber aufgebracht. Ein kräftiger Braunhaariger wollte dazwischengehen. Der vierte *pakeha,* dunkelblond, hager und das grobe Gesicht missmutig verzogen, hielt ihn davon ab.

»Du wirst jetzt übersetzen, und zwar sofort«, donnerte Anewa. »Seit wann wagst du es, dich mir zu widersetzen? Glaubst du, die da helfen dir?«

Er lachte spöttisch und wies auf die ungebetenen Gäste. Der Braunhaarige hatte nach wie vor die Fäuste geballt, und der Schnauzbärtige wirkte wütend wie ein gereizter Hund.

»Ich widersetze mich nicht, ich verstehe es nur einfach nicht«, wagte Kimi verzweifelt, sich zu verteidigen. »Sie reden nicht so wie *pakeha,* also wie die *pakeha* auf Aotearoa ... oder ... oder Irland.«

Sie duckte sich aus Angst vor einem weiteren Schlag, als sich plötzlich der fünfte der Neuankömmlinge zu Wort meldete.

»Verzeihung«, sagte er mit wohlklingender Stimme. »Verstehst du vielleicht diese Sprache?«

Er sprach Englisch. Wie Brandon und die *pakeha* auf den Walfangstationen und in Aotearoa. Kimi empfand überwältigende Erleichterung. Dazu wirkte ihr Retter freundlich. Er war blond wie Brandon, aber sein Haar war kraus und an den Seiten wuchs es bis in sein Gesicht hinein. Seine Augen waren blau, sehr hell.

»Ja«, hauchte Kimi. »Ja, das ... das verstehe ich. Aber wieso ...?«

»Du musst meine Brüder entschuldigen«, sagte der Mann. »Und der Häuptling möge bitte auch Nachsicht üben. Bruder Gottfried spricht noch nicht sehr gut Englisch, und wir alle sind der Sprache der Maori nur in Bruchstücken mächtig.«

Anewa gab eine Art Brummen von sich. Er verstand jetzt wohl ein paar Worte.

»Der Häuptling möchte wissen, wer Sie sind und was Sie wollen«, sagte Kimi jetzt auf Englisch. »Und was ... was ist das für eine Sprache?« Die letzte Frage brach aus purem Interesse aus ihr heraus. Anewa wäre die Sprache wahrscheinlich egal gewesen, für Kimi war es eine Überraschung, dass offensichtlich nicht alle *pakeha* das gleiche Idiom hatten.

»Deutsch«, gab der junge Mann Auskunft. »Wir sind Deutsche. Der Herr hat uns aus dem fernen Berlin hierhergeführt, um auf den Chathams die Frohe Botschaft zu verkünden.«

»Ihr habt einen Herrn?«, fragte Kimi. »Ihr seid Sklaven? Aber wenn er euch geführt hat, wo ist er dann?«

Der junge Mann lächelte. »Der Herr, unser Gott hat uns geführt«, präzisierte er. »Ausgesandt von seinen Anhängern und seinen Priestern in Berlin, um euch von ihm Kunde zu bringen. Um euch den Frieden und die Liebe im Herrn zu offenbaren ...«

Kimi war der Verzweiflung nahe. Sie konnte die Worte des Mannes zwar verstehen, sie ergaben jedoch keinen Sinn für sie. Und sie wusste nicht recht, wie sie all das für Anewa übersetzen sollte.

»Sie ... sie kommen von irgendeinem Gott«, versuchte sie es schließlich. »Ein *tohunga* hat sie geschickt, mit einer Nachricht. Einer ... einer frohen Botschaft.«

Irritiert sah sie von einem zum anderen und atmete erleichtert auf, als ein Anflug von Begreifen über Anewas tätowiertes Gesicht huschte.

»Sind das solche wie dieser Aldred? Reverend Aldred?«, erkundigte er sich.

Kimi zuckte mit den Schultern. Sie hatte den Namen nie gehört. Der blonde junge Mann dagegen lächelte.

»Ja!«, rief er. »Ich bin Bruder David Mühlen, und das sind die Brüder Oskar Meyer, Gottfried Stute, Franz Feldmann und Heinrich Bauer.« Er wandte sich direkt an Anewa und versuchte es jetzt noch einmal auf Maori. »Wir Missionare, gelernt Maori in Hokianga-Mission. Nun hier zu bringen Botschaft aus Bibel, erzählen von Gott, retten eure Seelen!«

Kimi sah Anewa Hilfe suchend an. »Was wollen sie?«, fragte sie.

Der Häuptling grinste. »Die wollen, dass wir an ihren Gott glauben. Der ist angeblich stärker, als unsere Götter es sind, jedenfalls ist er reicher. Dieser Reverend Aldred ist vor ein paar Monden aus Aotearoa gekommen. Nach Kaingaroa. Zusammen mit zwei Maori und ihrem heiligen Buch. Daraus lesen sie vor, und wer mit ihnen *karakia* spricht und sich Wasser über den Kopf schütten lässt, der kriegt Decken und Kochgeschirr und *pakeha*-Kleidung. Frag sie, ob sie wollen, dass wir das auch machen lassen, und was sie uns dafür geben.«

Der blonde junge Mann reagierte auf Kimis Übersetzung mit einem aufgeregten Wortschwall. Für Kimi war er nicht leicht zu verstehen. David Mühlen sprach mit einem harten Akzent, und sein Englisch war noch nicht perfekt. Immerhin meinte sie zu begreifen, dass die neuen Missionare, so nannten sie sich, nicht gewusst hatten, dass schon andere »Christen« auf den Chathams weilten. Zudem könnten sie Anewa nichts geben, sie seien selbst arm.

»Aber sie verstehen sich darauf, Häuser zu bauen und Felle zu gerben und Pferde zu beschlagen«, übersetzte Kimi.

»Wir haben keine Pferde«, fiel ihr Anewa ins Wort.

Das nagte ein wenig an ihm. Er hatte die Weißen auf Aotearoa reiten sehen und bewunderte die Tiere. Auf Rekohu gab es bisher allerdings nur wenige, und die gehörten *pakeha*-Farmern. Anewa und einige andere Häuptlinge hatten versucht, sie ihnen abzuhandeln, aber sie wollten nicht verkaufen, und sie hüteten die Tiere wie ihre Augäpfel, sodass auch nicht daran zu denken war, sie zu stehlen.

Der Blonde schien seinen Einwurf verstanden zu haben. Er nickte und strahlte. »Wir dich können helfen, kaufen Pferde«, erklärte er auf Maori. »Missionar Ironside in Hokianga. Hat Pferde, wird dich verkaufen, wenn wir bitten.«

Anewa wirkte zum ersten Mal ernstlich interessiert.

»Jedenfalls wollen sie uns zeigen, wie es geht – Häuser zu bauen und Felle zu gerben und ...« Kimi versuchte, mit ihrer Übersetzung fortzufahren.

»Sie sollen das den Sklaven zeigen«, fiel Anewa ihr erneut ins Wort. »Ich will Pferde. Vielleicht auch anderes Vieh. Schweine, Schafe ... Die Kapitäne fragen immer nach Fleisch. Frag sie, ob sie den Sklaven zeigen können, wie man dieses Vieh hält.«

Die Moriori hatten niemals Nutzvieh gehalten, und auch die Maori auf Aotearoa lernten es erst von den Weißen. Auf Rekohu gab es bislang einige Schafe und nur den einen *pakeha*-Schweinezüchter. Die Moriori hatten allerdings nie genug Geld gehabt, ihm die kleinen schwarzen Tiere abzukaufen.

Der blonde junge Mann konnte all diese Fragen bejahen. Es war ohne Weiteres möglich, sich aus Neuseeland Tiere schicken zu lassen, Reverend Ironside würde ihnen dabei sicher helfen. In Schaf- und Schweinehaltung hatte er selbst zwar keine Erfahrung, doch sowohl Bruder Oskar als auch Bruder Heinrich stammten vom Land.

»Und was wollen sie dafür?«, fragte Anewa noch einmal streng.

Kimi kam mit dem Übersetzen kaum nach, als Bruder David – das Wort »Mühlen« auszusprechen fiel ihr schwer, und die Namen der anderen Missionare hatte sie gar nicht behalten – nun erneut weit ausholte.

»Sie wollen sich ein Haus bauen«, begann sie schließlich mit dem Konkreten, das sie sicher verstanden hatte und nachvollziehen konnte. »Und noch ein Haus, für ... für ihren Gott. Und dann wollen sie eben ... hm ... reden ... uns erzählen von ihrem Gott. Der sehr gut sein soll, sagen sie. Und dass er uns alle liebt ...«

Anewa winkte ab. »Genau wie die anderen drüben in Kaingaroa. Nur dass man die wenigstens versteht. Der *pakeha* spricht gut Maori und die anderen ... Na ja, es sind Ngai Tahu ... von der Südinsel ... genau hinhören muss man da auch.« Die Dialekte der Stämme unterschieden sich ein wenig. »Immerhin sind es Maori. Also sag ihnen ... sag ihnen, sie können uns gern was erzählen, das stört uns nicht, wenn sie dafür arbeiten. Es darf nur nicht dieses Kauderwelsch sein, das der Bärtige redet.«

»Ihr dürft auf Maori predigen oder auf Englisch«, erläuterte Kimi Bruder David die Lage. »Aber wenn ihr Englisch sprecht, werden die Leute euch nicht folgen können. Ich bin die Einzige hier, die es wirklich gut spricht und versteht, die Maori können höchstens ein paar Worte und die Moriori gar nichts.«

»Wer sind die Moriori?«, fragte der Missionar.

Kimi seufzte. »Das ist eine lange Geschichte. Ich kann sie Ihnen irgendwann erzählen, aber jetzt ...« Sie wusste nicht, warum ihr daran gelegen war, dass dieser Mann sein Anliegen durchsetzen konnte, wahrscheinlich, weil sie gern etwas von seinen Göttern hören würde. Er hatte von Frieden gesprochen. Vielleicht hatte ihm sein Gott ja auch so etwas auferlegt wie Nunukus Gesetz, war jedoch mächtiger als die Götter der Moriori.

Der junge Missionar beriet sich jetzt kurz mit den anderen *pakeha* in ihrer Sprache – und Kimi spürte fast körperlich, wie Wut in Anewa aufwallte.

»Der Häuptling will diese Sprache nicht hören!«, wiederholte sie dringlich.

Dem Blonden schien nun jedoch ein Einfall zu kommen. »Könntest du nicht übersetzen?«, fragte er. »Wir predigen auf Englisch, und du gibst es für deine Leute wieder?«

Einer der *pakeha,* der Hagere mit der missmutigen Miene, warf etwas ein.

Der Blonde antwortete mit kaum verborgener Ungeduld. Auf

Englisch, damit Kimi verstand. »Natürlich nicht für immer, Bruder Franz, nur als Übergangslösung. Es ist mir klar, dass sie eine Frau ist und dass Gott sie nicht für das Priesteramt erwählt hat oder erwählen wird. Doch wenn wir hier etwas ausrichten wollen, müssen wir besser Maori lernen!«

Plötzlich mischte sich der Braunhaarige ein, der eben fast bereit gewesen war, Kimi vor Anewa in Schutz zu nehmen. Er wandte sich an Kimi.

»Du nicht kannst uns lernen?«, fragte er. »Maori? Und Englisch?«

Kimi senkte den Kopf. An sich hätte sie nichts lieber getan, als gelegentlich mit den *pakeha* zusammen zu sein – vor allem mit dem Kraushaarigen. Doch ob Anewa das erlauben würde?

Bruder David schien ihren Gedanken folgen zu können. »Hör zu, *ariki*«, wandte er sich direkt an den Häuptling. Nicht nur sein Englisch war besser als das seiner Freunde, sein Maori ebenso. »Wir machen Tausch. Ich kaufen Pferde in Neuseeland. Gute Pferde – beste Pferde hier für Insel. Sicher. Ich *tohunga!*« Er warf sich in die Brust.

Anewa lachte. »*Tohunga* für Pferde?« *Tohunga* war nicht nur das Maori-Wort für einen Priester oder eine Zauberin, auch das für »Spezialist«.

Der Missionar nickte ernst. »*Tohunga* für Pferde«, wiederholte er. »Und deine *wahine tohunga* für Sprechen. Tausch ist: Ich zeigen, wie halten Pferde, sie zeigen uns, wie sprechen dein Sprache. Du einverstanden?«

Anewa überlegte kurz. »Erst die Pferde«, verlangte er. »Dann kannst du die Sklavin haben. Bei Tag. Nicht bei Nacht.«

Auf die letzte Bemerkung reagierten die Missionare konsterniert. Bruder David begann mit einer längeren Rede, mittels derer er unmissverständlich klarzumachen wünschte, dass er selbstverständlich niemals der Frau des Häuptlings zu nahe treten würde, ebenso wenig wie irgendeiner anderen Frau unter seinen Pfarrkindern. Und natürlich, so beeilte er sich fortzufahren, wollte er das auch keineswegs über den Kopf der jungen Frau hinweg entscheiden. Kimi sollte die Missionare nur unterrichten, wenn sie selbst das wollte.

Zumindest Letzteres hatte Anewa verstanden. Er verzog das Gesicht zu einer Grimasse.

»Ist Sklavin!«, spie er dem Missionar auf Englisch entgegen. »Nichts wollen, müssen.«

Kimi ließ seinen Ausbruch mit gesenktem Kopf über sich ergehen. »Ich will sehr gern für Sie arbeiten«, sagte sie dann leise.

»Erst die Pferde!«, beharrte Anewa.

Kapitel 5

Am nächsten Tag legte ein Schiff mit dem Ziel Kororareka ab, und der blonde Missionar ging an Bord, begleitet von zwei Kriegern Anewas, denen das Geld für den Kauf der Pferde anvertraut war. Der Stamm litt keinen Mangel an Zahlungsmitteln. Der Handel, den die Maori mit den Seeleuten und Walfängern betrieben, beschränkte sich nicht allein auf Tausch, oft wechselten auch Münzen oder Geldscheine den Besitzer. Die Maori auf den Chathams hatten allerdings selten Gelegenheit, sie auszugeben. Die Häuptlinge sammelten das Geld – und Bruder David äußerte sich erstaunt darüber, dass ihm ein kleines Vermögen zur Verfügung stand.

»Dann soll er auch gleich Schafe und Schweine kaufen«, blaffte Anewa. »Und er soll nicht versuchen, sich aus dem Staub zu machen. Sag ihm, wir haben seine Brüder hier ...«

Kimi bemühte sich, die Drohung so diplomatisch wie möglich zu formulieren. Sie wunderte sich ein wenig darüber, dass diese fünf Männer Brüder sein sollten, schließlich sahen sie sich nicht im Entferntesten ähnlich.

Bruder David reagierte beleidigt.

»Ich würde euch nie betrügen«, erklärte er. Kimi wusste nicht, warum die Formulierung sie so glücklich machte. Aber es war schön, dass er sie so selbstverständlich einbezog. Fast als wüsste er, dass es zweifellos auch für Kimi Konsequenzen haben würde, wenn er Anewa betrog. Er schien ihre Gedanken zu lesen. »Unser Gott verbietet Lüge und Arglist!«

Kimi wiederholte das für Anewa, der es unkommentiert ließ. Sie selbst meinte jedoch, etwas antworten zu müssen.

»Es scheint ein guter Gott zu sein«, sagte sie.

Bruder David blieb lange aus, doch das lag in der Natur der Sache. Anewa wusste selbst, wie lang die Reise nach Aotearoa dauern konnte, und dann musste der Missionar den nächsten Viehmarkt ausfindig machen oder sonst eine Möglichkeit finden, Tiere zu erstehen. Zuletzt brauchte er eine Transportmöglichkeit zurück auf die Chathams. All das konnte sich über Wochen hinziehen.

Die vier anderen Missionare nutzten die Zeit, um mit dem Bau ihres Hauses zu beginnen. Mit Eifer und ungeheurem Fleiß machten sie sich an das Fällen von Bäumen und die Vorbereitung des Grundstücks. Anewa hatte ihnen erlaubt, auf einer Anhöhe, etwas oberhalb des Dorfes Whangaroa zu bauen. Am ersten Tag kam es dabei jedoch zu einem Zwischenfall. Der missmutig wirkende Missionar, der wohl neben Bruder David am besten Englisch und Maori sprach, erschien aufgebracht im Dorf.

»Warum du nicht sagen, ist Friedhof?«, fuhr er Anewa an, was durchaus mutig war. Der Häuptling übte sich eben gemeinsam mit seinen Kriegern im Kampf mit der Kriegshantel. Kimi hätte ihn dabei nicht mit irgendeinem Anliegen behelligt, das womöglich seinen Unmut erregte. »Nicht kann bauen Mission auf Friedhof! Friedhof heilige Ort.«

Kimi schob sich vorsichtig näher, um eventuell ihre Übersetzerdienste anzubieten, aber Anewa und seine Krieger brachen schon in Gelächter aus.

»Ach ja, sicher. Ihr habt Knochen gefunden auf euerm Bauplatz«, bemerkte der Häuptling. »Das war kein Friedhof, keine Sorge. Nur ein *hangi*.«

Der Missionar runzelte die Stirn. »*Hangi* bedeutet ... Ofen?« Er wandte sich an Kimi. Anscheinend traute er seinen Vokabelkenntnissen nicht. Anewa und seine Männer lachten noch ausgelassener, während Kimi übel wurde. In den Monaten nach der Invasion hatten die Maori-Krieger an den verschiedensten Orten ihre grausamen Feste gefeiert. Unter anderem wohl auch auf der Anhöhe, auf der jetzt die Mission entstehen sollte. »Knochen von Menschen«, versuchte der Missionar es noch einmal. »Wir gefunden. Das Friedhof!«

Anewa lachte. »Nein, weißer Mann. Das Essen.« Er nagte an einem imaginären Knochen.

Der Missionar schien zu verstehen, zumindest die Worte. Er blickte Kimi zutiefst verstört an.

»Ihr esst Menschen?«, fragte er auf Englisch.

Kimi seufzte. »Wir nicht«, sagte sie leise. »Ihr wolltet wissen, was der Unterschied zwischen Maori und Moriori ist. Jetzt wisst ihr es. Sie sind die Schlachter, wir sind das Vieh.«

Später am Nachmittag hatte sie Zeit, am Bauplatz der Missionare vorbeizuschauen. Sie fand die Baustelle stillgelegt und die Männer verunsichert und verängstigt, zum Teil betend, zum Teil schreibend vor.

»Ist richtig, was gesagt Bruder Franz?«, fragte der Mann, der Kimi am Tag zuvor hatte beistehen wollen. Die anderen Missionare nannten ihn Bruder Gottfried. »Wir ... die uns essen?«

Kimi schüttelte den Kopf. »Euch nicht«, beruhigte sie die Männer. »Sie hätten viel zu viel Angst, einen *pakeha* umzubringen und obendrein zu essen ... Da würden die Leute von der Walfangstation einschreiten und die *pakeha*-Farmer. Zumindest würde keiner mehr mit ihnen handeln.«

Sie sah an den verständnislosen Mienen der Missionare, dass sie sich einfacher ausdrücken musste. Kimi seufzte.

»Sie essen keine Weißen«, wiederholte sie und versuchte dann, das Verhängnis ihres Volkes in so schlichten Worten wie möglich zu schildern. Schließlich ließ sie sich von den Männern die Knochenfunde zeigen und begann, die Überreste der Opfer einzusammeln. Der schnauzbärtige Missionar brachte ein großes Tuch, in das sie die Knochen einschlugen. Dann halfen die Männer Kimi, sie an den Strand zu bringen, um sie zu begraben.

Bruder Gottfried warf einen Blick über Strand und Meer. »Das Friedhof?«, fragte er ungläubig und wenig begeistert.

Kimi nickte. »Wir begraben unsere Toten am Strand – mit Blick auf das Meer«, sagte sie und begann, eine Grube auszuheben.

Bruder Oskar und Bruder Gottfried hatten Spaten mitgebracht und halfen ihr. Bruder Heinrich sprach *karakia* der Christen, als sie die Knochen in der Grube versenkten. Kimi selbst sprach ebenfalls *karakia* – und dann überraschte Bruder Franz sie mit einem Gebet auf Maori: dem *Vaterunser.* Kimi entnahm dem Text, dass der Gott der Christen Rangi glich, dem Gott des Himmels und Vater aller anderen Götter außer der Erdgöttin Papa. Er sollte seinen Kindern zu essen geben und sie von allem Bösen erlösen. Die anderen Missionare wiederholten es, Kimi korrigierte ihre Aussprache. Am Ende konnte sie es auswendig hersagen. Die Missionare waren mehr als zufrieden.

Da die versprochenen Pferde noch nicht da waren, stellte Anewa Kimi nicht offiziell frei, um für die Missionare zu übersetzen, doch wann immer sie Zeit fand, machte sie einen Abstecher in die zukünftige Mission. Dabei staunte sie, wie schnell das Haus Formen annahm, es würde ein recht großes Gebäude werden. Die Sprachkenntnisse der Männer entwickelten sich nicht im gleichen Tempo, doch das würde sich bessern, wenn Kimi wirklich jeden Tag mit ihnen übte. Vorerst lernte eher sie selbst. Die Männer trugen ihr die Gebete vor, die sie in der Mission auf Aotearoa gelernt hatten. Sie hatten dort wohl ein paar Wochen verbracht, bevor sie nach Rekohu gekommen waren. Kimi verbesserte ihre Aussprache, versuchte, den Ursprungstext zu erraten, wenn die Männer etwas verballhornt hatten, und begriff immer mehr von ihrem Glauben. Die Rolle, die der Frieden dabei zu spielen schien, faszinierte sie. Der Sohn ihres Gottes hatte seine Jünger aufgefordert, einem Feind, der einen auf die rechte Wange schlug, auch die linke hinzuhalten. Das entsprach genau dem Sinn von Nunukus Gesetz!

Sie begann, den Moriori davon zu erzählen, wenn sie gemeinsam auf den Feldern arbeiteten, und freute sich, dass ihr Volk Hoffnung schöpfte. Ihre eigenen Götter mochten tot oder doch zumindest stark geschwächt sein. Mit den Missionaren jedoch war ein Gott über den Ozean gekommen, der bereit war, die Moriori zu verstehen und womöglich von allem Bösen zu befreien!

Fast einen Mond nach seinem Aufbruch kehrte Bruder David aus Aotearoa zurück – und mit ihm zwei prächtige Pferde, acht Schweine und zehn Schafe. Die Tiere stolperten aus dem Bauch eines Frachtschiffes, das auf der Walfangstation auf Rekohu Tran laden wollte. Sie wirkten etwas angeschlagen nach der mehrtägigen Reise bei starkem Seegang, doch Bruder David versicherte, sie seien gesund und stark.

»Ein Hengst und eine Stute, ein Eber und sieben Säue, ein Widder und neun Schafe«, erklärte er stolz, womit er Kimis Vokabular etwas überforderte. Die Worte für die verschiedenen Geschlechter von Nutztieren hatte sie nie gelernt. Allerdings verstand sie das Prinzip.

»Ihr dürft sie nicht schlachten«, erklärte sie Anewa und seinen Kriegern, die gleich über ein Fest nachdachten. Bei so vielen Tieren würde es sicher nichts ausmachen, ein oder zwei gleich zu essen. »Es sind Zuchttiere. Wenn ihr sie vorerst unbehelligt lasst, habt ihr übers Jahr doppelt und dreifach so viele.«

Bruder David verstand nicht, warum seine Freunde bei dem Wort »schlachten« erblassten. Kimi nahm an, dass sie ihm gleich anschließend auf Deutsch vom Kannibalismus der Maori erzählten. Danach wirkte auch er besorgt, doch wie Kimi vorausgesagt hatte, war Anewa im Umgang mit *pakeha* stets gewillt, Vereinbarungen einzuhalten. Er nickte gönnerhaft und wies den Missionaren eine Gruppe von Moriori-Sklaven zu, mit deren Hilfe sie Pferche und Ställe für die Tiere errichten sollten. Sie taten das bereitwillig. Kimi beobachtete verwirrt, wie demütig sie den Maori zu Willen waren.

»Warum macht ihr das?«, fragte sie David eines Tages. Anewa hatte die Männer gerade mit rüden Worten herumkommandiert. Hier sollte noch ein Stall entstehen, da das Versammlungshaus repariert werden. »Ihr schuftet für ihn wie Sklaven!«

David lächelte, was Kimi freute. Er hatte ein herzerwärmendes Lächeln, und er schien sie nie zu verspotten wie die Maori-Krieger, sondern jede Frage und jeden Zweifel, den sie äußerte, ernst zu nehmen.

»Das ist das Prinzip unserer Missionsarbeit«, erklärte er nun.

Seit Kimi mehrere Stunden am Tag mit den Männern verbrachte, hatten sich deren Sprachkenntnisse rasch verbessert. Vor allem David und Franz machten Fortschritte. Die anderen Missionare hatten es ganz offensichtlich eher in den Händen als im Kopf. Sie schufteten stundenlang auf den Baustellen und waren überaus geschickt. Worte merkten sie sich dagegen nur langsam.

»Wir stellen uns nicht auf eine Kanzel und predigen, sondern wir arbeiten mit den Menschen, die wir bekehren wollen. Wir leben ihnen ein gottgefälliges Dasein vor und verbessern durch unsere Arbeit erst einmal ihr Leben im Diesseits, bevor wir ihren Seelen dann den Weg zu Gott weisen.« Davids helle Augen leuchteten auf, wie immer, wenn er von seiner Mission sprach.

Kimi erfreute sich daran, musste jedoch trotzdem widersprechen.

»Ihr arbeitet aber nicht mit den Maori, sondern mit den Moriori. Wie Sklaven mit Sklaven. Das ... das kann euer *mana* nicht stärken. Anewa wird dadurch eher auf euch herabschauen.«

David lachte. »O nein, Kimi, das siehst du völlig falsch. Tatsächlich haben sich schon vier oder fünf Männer gemeldet, die getauft werden wollen. Gleich nach der ersten Sonntagsandacht.«

An einem der letzten Tage hatten David und die anderen zum ersten Mal einen großen Gottesdienst abgehalten, und die Dorfbewohner waren praktisch alle gekommen, um ihnen zuzuhören. David hatte auf Englisch gepredigt, und Kimi hatte übersetzt. Außerdem waren Gebete auf Maori gesprochen worden – inzwischen schafften die Missionare das fast fehlerfrei.

»Getauft zu werden bedeutet ...?« Kimi hatte das Prinzip noch nicht ganz verstanden, obwohl David es ihr schon mehrmals erklärt hatte.

»Mit der Taufe tritt der Heide zum christlichen Glauben über«, begeisterte sich David. »Er wählt das Licht anstelle der Dunkelheit, das ewige Leben anstelle des Todes. Mit der Taufe ist seine Seele gerettet.«

»Anewa sagt, Reverend Aldred gibt jedem, der sich taufen lässt, Werkzeug aus Eisen und jeder Frau ein Kochgeschirr«, bemerkte Kimi. »Haben die Krieger euch nicht nach Geschenken gefragt?«

David biss sich auf die Lippen. »Wir ... Also ich habe es schon mal gesagt, wir kaufen keine Seelen! Wir hätten auch gar nichts zu verschenken. Und wir haben bislang niemanden getauft. Wir sind ... uns da noch ein wenig uneins, wie wir es mit der Taufe und der Einweisung in ein christliches Leben halten wollen. Bruder Franz meint, wir müssten die Täuflinge erst ausführlich unterweisen, ihnen alles von Gott und seinem Sohn Jesus Christus erzählen ... die Geheimnisse des Glaubens ...«

»Wie das mit dem ewigen Leben?«, fragte Kimi. »Die Krieger haben mich gefragt, ob sie unverwundbar sind nach der Taufe ...«

David lachte. »Genau solche Dinge. Bruder Franz meint, die Menschen müssten lernen, dass sich dies auf das Jenseits bezieht, auf das ewige Leben nach dem Tod. Während die anderen Brüder meinen, wir sollten die Menschen erst mal taufen und dann mit der Unterweisung beginnen.« Er seufzte. »Bruder Franz ist sowieso sehr streng.«

Bruder Franz blickte nach wie vor meist missmutig in die Welt, doch Kimi hatte seinen unbestechlichen Blick auf die Zustände in ihrem Dorf zu schätzen gelernt. Alle Missionare waren schockiert über das Verhalten der Maori gegenüber ihren Sklaven und ihren Frauen und über ihre ständigen Streitigkeiten untereinander. Bruder Franz war jedoch der Einzige, der das offen aussprach und die Maori mitunter sogar dafür rügte. Natürlich traute er sich nicht an Anewa und seine Krieger heran, aber er maßregelte zum Beispiel Kinder, die sich einen Spaß daraus machten, die Sklaven zu quälen oder ihnen ihr Essen zu rauben. Die anderen Missionare sahen über so etwas meist hinweg – peinlich berührt und ein bisschen schuldbewusst, doch sie wagten keinen offenen Widerspruch.

»Aber er sagt die Wahrheit«, bemerkte Kimi.

»Wenn wir zu deutlich werden, und der Häuptling verbietet

uns, zu predigen und mit den Menschen zu reden, sind uns vollständig die Hände gebunden«, erklärte David die Zurückhaltung. »Durch stetiges Vorleben christlicher Nächstenliebe lassen wir die Seelen der Menschen dagegen wachsen. Sie werden ganz von selbst aufhören, sich so schlecht zu benehmen, wenn sie erst einmal begriffen haben, dass wir alle Brüder sind.«

Kimi war davon überzeugt, dass es Anewa völlig gleichgültig war, was die Missionare predigten. Solange sie für ihn arbeiteten, konnten sie verkündigen, was sie wollten. Als Brüder betrachten würde er sie ganz sicher nie – und die Moriori erst recht nicht. Sie bezweifelte auch die Wirkung des guten Beispiels. Was war schließlich der Unterschied zwischen Davids Vorleben christlicher Lebensweise und dem Festhalten der Moriori an Nunukus Gesetz? Auf Anewa und seine Krieger machte beides keinerlei Eindruck.

Nichtsdestotrotz kam es schon bald zu ersten Taufen. Die Brüder David und Oskar hatten einen Ausflug nach Kaingaroa ganz im Nordosten von Chatham Island gemacht und dabei Missionar Aldred und seine Maori-Katecheten kennengelernt. Die vier hatten schon fast die gesamte Ansiedlung getauft und freuten sich über jeden neu gewonnenen Christen. Großzügig bedachten sie die deutschen Missionare mit zwei Bibeln in der Sprache der Maori, die David von da an jeden Tag fleißig mit Kimi studierte. Dabei wuchsen seine Sprachkenntnisse und ihre Bewunderung für Jesus Christus. Sie beschwor nun mitunter den Heiland statt ihrer heimischen Götter, wenn sie im Hain der Kopi-Bäume betete. Er lächelte dann zu ihr herab, wobei sein Lächeln David Mühlens Lächeln ähnelte, und sprach zu ihr mit Davids warmer, tiefer Stimme.

»Du bist dem Herrn sehr nahe«, erklärte David, als sie ihm einmal von diesen Begegnungen erzählte. »Wann wirst du ihn endlich ganz in dir aufnehmen? Auch du solltest dich taufen lassen.«

Kimi war bislang davor zurückgeschreckt, nachdem Bruder

Franz im Rahmen einer Predigt eindringlich klargemacht hatte, dass sein Gott keine anderen Götter neben sich duldete. Wenn sie sich taufen ließ, müsste sie all den Geistern entsagen, die sie von Kindheit an jeden Tag begleitet hatten. Sie sollte auch nicht unter den Kopi-Bäumen beten, verlangte David, sondern im neu erbauten Gotteshaus, bei den Christen Kirche genannt. Das Haus flößte Kimi großen Respekt ein. Weder die Maori noch die Moriori bauten ihren Göttern Häuser. Sie fühlte sich dort geborgen, vor allem, wenn David predigte. Inzwischen brauchte er dazu keine Übersetzerin mehr, was gut war, denn laut der Bibel sollten Frauen in der Gemeinde schweigen.

Dazu hielten die Missionare in ihrer Kirche auf Frieden. Im Gotteshaus setzten sie tatsächlich durch, dass kein Maori einen Moriori beschimpfte oder schlug. Die Volksgruppen saßen zwar getrennt, besuchten den Gottesdienst jedoch gemeinsam. Kimi war sich nur nicht sicher, ob die Menschen ihres Stammes viel von den Predigten und Gebeten verstanden. Besonders die Älteren sprachen nicht gut Maori, der starke Akzent, der David und seinen Brüdern immer noch zu eigen war, erleichterte das auch nicht gerade. Dennoch besuchten die Moriori gern die Gottesdienste, und immer mehr ließen sich taufen. Lediglich Pourou blieb der Kirche und den Missionaren fern. Sie glaubte nicht daran, dass Davids Gott stärker war als die Geister, die sich von den Maori-Invasoren hatten töten lassen.

»Wenn er uns von dem Bösen erlösen wollte, könnte er es einfach tun«, sagte sie knapp, nachdem Kimi ihr das *Vaterunser* vorgesprochen hatte. »Mit Versprechungen ist keinem gedient. Und Frieden ... Wenn die Christen Nunukus Gesetz achten – wozu brauchen sie dann Musketen? Und warum ist jedes Frachtschiff mit Kanonen bestückt?«

»Bruder David hat keine Muskete«, trumpfte Kimi auf.

Pourou sah sie mitleidig an. »Deshalb katzbuckelt er ja auch vor Anewa«, bemerkte sie. »Und schließt seinen Gott in ein Haus ein, damit die Krieger ihn nicht erschlagen wie unsere Geister.«

Kapitel 6

Kimis Leben hatte sich durch die Ankunft der Missionare zwar verbessert, doch bei Nacht legte Anewa nach wie vor Hand an sie. Er hatte inzwischen den Whiskey für sich entdeckt. Die Kapitäne der Schiffe, an die er Feldfrüchte und neuerdings auch Schweinefleisch und Lammfleisch verkaufte, zahlten gern mit ein paar Fässern hochprozentigem Alkohol. Anewa machte der Whiskey noch selbstbewusster und gewalttätiger. Er schwadronierte wütend über die Ngati Mutunga auf der anderen Seite der Insel, die Taranaki-Maori auf Aotearoa und die Weißen, die seinem Volk seiner Ansicht nach weit unterlegen waren.

»Du siehst doch an unseren Missionaren, wie brav sie für uns Häuser bauen und den Mist von unseren Tieren wegkehren.« Er lachte. »Die sind noch dümmer als ihr *paraiwhara, wahine*. Die brauchten wir nicht zu versklaven, die versklaven sich von ganz allein.«

Kimi konnte Letzterem zwar kaum widersprechen, sah die weißen Einwanderer jedoch in einem gänzlich anderen Licht. Das Verhalten der Missionare gab ihr zwar in vieler Hinsicht Rätsel auf, doch sie hatte größten Respekt vor ihren Kenntnissen und Möglichkeiten. Es war erstaunlich, wie viel Bruder Oskar von der Schafzucht verstand, wie er die Klauen der Tiere behandelte, wenn sie lahmten, wusste, wann es Zeit für sie war zu werfen, und wie geschickt er ihnen beim Ablammen half. Bruder Gottfried hatte den Moriori aus Holz Hacken und Schubkarren gebaut, die ihnen die Kartoffelernte erheblich erleichterten – wie die Kartoffeln überhaupt besser wuchsen, seit man auf Bruder Heinrichs Anweisung den Mist der Tiere auf die Felder brachte.

Unter Davids geschickten Händen wurden die riesigen Pferde, die Kimi immer noch etwas fürchtete, zu sanften Lämmchen. Selbst der oft ungebärdige Hengst, mit dem Anewa seine liebe

Not hatte, wenn er versuchte, ihn zu reiten, unterwarf sich David ohne jedes Aufbegehren. Zu all dem, was eigentlich auch Anewa hätte bestaunen müssen, kamen Fertigkeiten, die der Maori und seine Leute nicht würdigen konnten, weil sie das Ausmaß ihrer Möglichkeiten nicht begriffen. Kimi empfand es immer wieder als faszinierend, dass die Bibel zu David zu sprechen schien. Sie kannte das Prinzip von Lesen und Schreiben schon von Brandon, er hatte ihr damals ein paar Buchstaben beigebracht. Allerdings hatte er kein Buch besessen, und er hatte auch zugegeben, kein sehr guter Leser zu sein. Dafür, so meinte er, habe er nicht lange genug die Schule besucht, was immer das sein mochte.

David und die anderen Missionare konnten dagegen fließend lesen und schreiben. Jeder von ihnen besaß mehrere Bücher, in denen Gebete und Bibelauslegungen niedergeschrieben waren, leider durchweg auf Deutsch. Aber anscheinend gab es nicht nur religiöse Bücher, sondern auch Bücher über Tiere und Landwirtschaft – wer das Lesen beherrschte, konnte selbst zum *tohunga* werden, ohne jahrelang einen der Ältesten zu begleiten und sich jedes Wort seines Lehrers genau zu merken. Wenn man etwas vergaß, konnte man es leicht nachlesen. Auch machte es Sinn, einen Vertrag schriftlich niederzulegen, wie den von Waitangi. Die Schrift ermöglichte es den *pakeha* sogar, über weite Entfernungen miteinander zu sprechen. David zeigte ihr eng beschriebenes Papier, das er Briefe nannte. Er konnte so seinen Eltern und Freunden am anderen Ende der Welt Grüße und Neuigkeiten übermitteln.

Als Kimi sich davon überaus beeindruckt zeigte, begann er, sie in der Kunst des Lesens zu unterrichten. Kimi war unsäglich stolz darauf, dass sie die ersten Sätze in der Maori-Bibel inzwischen buchstabieren konnte.

Und dann die Musik! Wenn Bruder Franz seine Geige auspackte und Musik zu Gottes Lob spielte, meinte Kimi vor Ergriffenheit weinen zu müssen. Das Singen der *karakia,* das Pourou sie selbst zum Beschwören der Geister gelehrt hatte, konnte damit nicht konkurrieren.

Kimi war davon überzeugt, dass die Weißen Anewa und seine Männer hätten bezwingen können, wenn sie es nur gewollt hätten – und obwohl sie damit Nunukus Gesetz achteten, was Kimi eigentlich hätte bewundern sollen, musste sie mitunter die Wut darüber niederkämpfen, dass sie es nicht taten.

Überhaupt kämpfte Kimi seit der Ankunft der Missionare mit aufrührerischem Gedankengut. Nachdem sie nun nicht mehr den ganzen Tag unter Anewas Knute niederste Arbeiten verrichtete, sondern immer mehr Zeit mit den Missionaren verbrachte, wagte sie, sich ein anderes Leben zu erträumen.

Wie wäre es, wenn sie zum Beispiel fliehen würde? Sich auf irgendeinem Schiff verstecken und Anewa damit entkommen? Nach Aotearoa oder gleich nach Europa! Sie stellte David tausend Fragen zu Deutschland und England, und wenn er wie stets freundlich und geduldig antwortete, regten sich mitunter noch ganz andere Wünsche und Vorstellungen in ihr. David sprach viel von Liebe, und natürlich ging es da vor allem um die Liebe zu Gott oder zum Nächsten. Doch wenn Kimi selbst an David dachte, so hatte sie eher die Liebe zwischen Mann und Frau vor Augen. Sie hatte mit Brandon einen Anflug von ihrer Macht erlebt, damals war sie allerdings fast noch ein Kind gewesen. Sie hatten Zuneigung füreinander gespürt, sich jedoch nicht einmal berührt. Ihre bittersüße Begegnung in Waitangi war dann ein Traum gewesen, eine flüchtige Tändelei mit dem Unmöglichen. Unter keinen Umständen konnte Anewa dazu gebracht werden, seine Sklavin Brandon zu überlassen.

Aber was wäre, wenn David ihn darum bäte? Ihm vielleicht irgendeine Gegenleistung dafür anbot? Die Missionare waren nützlich für Anewas Stamm – weit nützlicher als Kimi. Auf Anewas Lager war sie leicht ersetzbar, und als Übersetzerin würde sie dem Dorf auch erhalten bleiben, wenn sie David heiratete. Gut möglich also, dass Anewa sie freigab, wenn David um sie warb.

Nachdem Bruder Gottfried – ein *tohunga* im Umgang mit Holz, was die *pakeha* Tischler nannten – Möbel für ihr Haus gezimmert hatte, zogen die Missionare ein. Kimi betrachtete fasziniert die Schränke, Tische, Stühle und Truhen. Die Moriori kannten nichts Vergleichbares. Begeistert fuhr sie über die glatten Oberflächen. Wie konnte man Holz nur so schimmern lassen?

»Gefällt es dir?«, fragte Bruder Gottfried, der ihre Begeisterung bemerkte.

Kimi nickte. Bruder Gottfried war neben David immer noch ihr Liebling unter den Missionaren. Sie würde nie vergessen, wie selbstverständlich er am ersten Tag bereit gewesen war, Anewa in den Arm zu fallen, als er Kimi geschlagen hatte. Inzwischen hatte er sich allerdings den »Schafen« zugesellt, wie Kimi die Duckmäuser heimlich für sich nannte. Nur von Franz hörte man wirklich strenge Worte gegen die Maori.

»Hättest du dann vielleicht Lust, hier regelmäßig für uns sauber zu machen?«, erkundigte sich der Missionar. »Wir brauchen eine Frau, die uns den Haushalt führt. Aber ihr … ihr versteht euch ja wohl alle nicht sehr auf Putzen und Kochen …«

Gesäubert wurde in Moriori-Häusern tatsächlich wenig, allenfalls fegte man mal und schlug die Schlafmatte aus. Gekocht wurde allerdings regelmäßig. Kimi fragte sich, was »Haushalt führen« sonst noch bedeutete.

»Mit dir kann man wenigstens reden«, fuhr der Missionar fort. »Vielleicht könnte ich uns ein Kochbuch schicken lassen. Du lernst doch zu lesen.«

Kimi wusste nicht, was ein Kochbuch war, aber dass die Männer sich über das Essen der Einheimischen beklagten, war ihr schon oft aufgefallen. In Deutschland schien man andere Gerichte auf den Tisch zu bringen als Fisch und Kartoffeln, gegart in Kochgruben oder über offenem Feuer gebraten.

»Wenn ihr mir sagt, was ich machen soll und wie, will ich das gern tun«, erklärte sie. »Und wenn der Häuptling zustimmt.«

Jede Tätigkeit für die Missionare hielt sie mehr Stunden am Tag von Anewa und seiner Schreckensherrschaft im Dorf fern. Kimi hätte dafür so ziemlich alles getan.

David zeigte sich begeistert von der Idee, Kimi im Missionshaus zu beschäftigen, und auch davon, dass sie lernte, für sie auf die Art zu kochen, wie sie es aus ihrer Heimat gewohnt waren.

»Das könnte die Stimmung ein bisschen heben«, erklärte er. »Zurzeit ... na ja, du weißt ja, es ist alles ein bisschen schwierig.«

Tatsächlich gab es Unstimmigkeiten. Die Missionare zeigten sich gereizt, wobei sich ihr Zorn hauptsächlich auf Bruder Franz richtete. Kimi hörte, wie Bruder Gottfried und Bruder Oskar darüber schimpften, Bruder Franz drücke sich vor der Arbeit. Der Musiker hatte ganz offensichtlich keine Lust, Ställe auszumisten und Pferde anzuspannen, um Felder zu pflügen. Er glaubte nicht mehr daran, dass dies die Maori für den christlichen Glauben gewinnen konnte, und setzte in seinen Predigten mehr auf Abschreckung statt auf Verheißung. Kimi lauschte gebannt seinen Ausführungen über das Höllenfeuer, das jedem drohte, der so verderbt und boshaft war wie Anewa und seine Männer. Nur die Taufe könne die Menschen davor retten, doch die müssten sich die Maori zunächst verdienen, sagte Bruder Franz. Er verlangte Beichten und Bußgebete, bevor er sich bereit erklärte, einen von ihnen in die Gemeinschaft der Christen aufzunehmen.

Die Anzahl der Taufen in der Siedlung stagnierte seitdem, was ihm die anderen Missionare übel nahmen. Kimi bezweifelte allerdings, dass dies an Bruder Franz' Predigten lag. Einige Wochen zuvor hatte es wieder einmal Streitigkeiten zwischen den Ngati Tama und den Ngati Mutunga gegeben, und dieses Mal war Blut geflossen. Tatsächlich kam auf jeder Seite ein Krieger ums Leben – auf der Anewas einer von Bruder Heinrichs Täuflingen, der fest davon überzeugt gewesen war, die Kriegsaxt des Gegners könnte ihn nicht treffen und verletzen. Schließlich habe er durch die Taufe den Tod besiegt. Es hatte Davids ganzer Redegewandtheit bedurft, seine empörten Freunde davon abzuhalten, Bruder Heinrich aus Enttäuschung darüber zu lynchen, dass Paura immer noch sterblich gewesen war. An das ewige Leben durch Taufe glaubte danach in Anewas Lager niemand mehr. Der Kirchgang hatte zudem den Reiz des Neuen verloren, und Davids Friedensmission sprach die Maori ohnehin nicht an.

Kimi, die schon festgestellt hatte, dass die Bibel auch blutrünstige Geschichten erzählte, schlug vor, doch mal über solche aus dem Alten Testament zu predigen. Das würde den Maori sicher besser gefallen.

»Ich weiß nicht …« David war sichtlich frustriert. »Es muss ja zu der Botschaft passen, zu Gottes allumfassender Liebe und Jesus als Friedensfürst. Aber ich hab die Hintergründe nie studiert …« Umständlich erklärte er Kimi, welchen Kummer es ihm bereitet hatte, kein Priesterseminar besuchen zu dürfen. Goßners Kurzausbildung, das wusste er inzwischen, hatte die Missionare nur unzureichend auf ihre Arbeit vorbereitet.

»Du bist also gar kein richtiger *tohunga*?«, bemühte sich Kimi zu verstehen. »Genau wie ich … Pourou hat mir einiges beigebracht über die Geister, doch es gibt noch so vieles, was ich nicht weiß …«

Sie verstand nicht, warum David niedergeschlagen auflachte. »Da bin ich nun schon so lange hier, doch nicht einmal dir konnte ich die Geister bislang austreiben«, sagte er unglücklich.

Auch die Brüder Heinrich, Gottfried und Oskar waren nicht zufrieden. Kimi hörte sie immer öfter über ihre alte Heimat sprechen. Sie schienen sich zurück zu ihren Familien zu sehnen – besonders Gottfried und Oskar wurden wohl auch von fleischlichen Bedürfnissen geplagt. Mitunter folgten ihre Blicke den Frauen aus dem Dorf, besonders den traditionell gekleideten Moriori. Während die Maori-Frauen westliche Kleider trugen – auch die Männer zogen Breeches und Lederjacken den Flachsröcken vor, weil die Sachen einfach wärmer und trockener hielten –, waren die Sklaven halb nackt. Bruder Oskar empörte sich über die Verderbtheit der leicht bekleideten Frauen.

»Vielleicht solltet ihr Missionare einfach heiraten«, schlug Kimi eines Tages mit Herzklopfen vor, als David sich über die lüsternen Blicke seiner Mitbrüder beklagte. »Steht nicht sogar in der Bibel, dass der Mensch nicht allein sein soll?«

David seufzte. »Ja, du hast nicht unrecht. Gott gesellte Adam Eva bei, auf dass die Menschen sich mehren und sich die Erde untertan machen. Wir Gottesmänner in weiter Ferne von der Heimat können nur nicht damit rechnen, dass er uns allen demnächst Rippen entnimmt und daraus die rechten Weiber für uns schafft. Nein, Kimi, von uns erwartet der Herr Enthaltsamkeit – sofern sich nicht etwas anderes fügt.«

Er sah Kimi bedauernd an, ein Blick, der ihr einen Stich gab. David hielt es offenbar für ausgeschlossen, dass Gott ihm eine Moriori-Frau an die Seite stellen wollte, egal, wie vertraut er mit Kimi geworden war.

Anewa hatte nichts dagegen, dass Kimi im Haus der Missionare arbeitete, verlangte dafür jedoch weitere Anstrengungen der Gottesmänner auf den Feldern und in den Ställen. Die Missionare waren schon fast zwei Jahre auf Rekohu, und die Tiere hatten sich vermehrt. Gleichzeitig ging die Zahl der Moriori-Sklaven weiter zurück. Die Menschen starben an Überarbeitung, Unterernährung und Hoffnungslosigkeit. Anewa und seine Männer zogen daraus allerdings keineswegs den Schluss, die verbleibenden Sklaven besser zu behandeln oder sich gar selbst an den Arbeiten zu beteiligen. Stattdessen setzten sie die Missionare unter Druck: Dieses Feld musste gepflügt, jener Schafpferch gebaut werden – oder sie würden den Predigten am nächsten Sonntag fernbleiben. Bruder Gottfried geriet darüber irgendwann so in Zorn, dass er sich Anewas Wünschen ärgerlich verweigerte, dann aber trotzdem predigte. Er tat es vor leeren Kirchenbänken. Wenn der Häuptling es verbot, fügten sich die Maori bereitwillig, und die Moriori wagten es nicht, das Dorf zu verlassen.

Kimi beobachtete unglücklich, wie David litt. Durch ihre Arbeit im Haushalt der Missionare war sie nun noch häufiger mit ihm zusammen und brachte ihm immer wärmere Gefühle entgegen. Während die anderen Missionare sie oft rügten und mitunter sogar aufgebracht schalten, wenn sie etwas falsch machte, bemühte sich David mit großer Geduld, ihr *pakeha*-Haushaltsführung nahezubringen. Sie lernte, nach *pakeha*-Art zu putzen und zu waschen, die Hemden der Missionare zu glätten und den gusseisernen Ofen zu benutzen, den die Männer aus Aotearoa hatten kommen lassen. Das Anheizen der Feuerstelle, die man im Haus aufstellen konnte, machte ihr besonderen Spaß. Es war fast unglaublich, wie man mit ein bisschen Reisig und Holz so schnell dafür sorgen konnte, dass sich wohlige Wärme in einem geschlossenen Raum verbreitete! Die Maori und Moriori kannten nur offene Feuer.

Die Missionare erlaubten ihr obendrein, sich nach getaner Arbeit an den Ofen zu setzen und zu lesen. Sie konnte das nun immer flüssiger, hätte sich jedoch mehr und andere Bücher gewünscht. Die Bibel enthielt interessante Geschichten, die sie jedoch bald alle kannte. Daneben gab es lediglich die Gebetbücher der Brüder, die Kimi rasch langweilten. Im Mittelpunkt der meisten *pakeha-karakia* stand die Vergebung von Sünden, was Kimi nicht recht verstand. Die christliche Lebensführung zielte schließlich auf Vermeidung von Schandtaten hin, und sie beobachtete David und seine Mitstreiter auch nie bei nennenswerten Verfehlungen. Die getauften Maori vergingen sich dagegen nach wie vor an ihren Sklaven, ohne die geringste Reue zu zeigen. Ob Davids Gott ihnen das so einfach vergab, wenn sie Gebete sprachen? Und ob ihnen das überhaupt wichtig war?

Kimi fragte sich, ob David nicht langsam dieselben Zweifel an der erfolgreichen Bekehrung seiner Maori-Pfarrkinder hegte wie sie selbst. Die optimistischen Erwartungen, allein die Taufe und das Beispiel der Missionare würden die Menschen zum wahren Christentum führen, hatten sich jedenfalls nicht erfüllt. Vielleicht war auch das ein Grund für die Entfremdung zwischen Bruder Franz und seinen Brüdern. Der hatte schließlich gleich an ihrem Bekehrungskonzept gezweifelt.

David jedenfalls verlor erkennbar die Freude an seiner Mission. Er strahlte nicht mehr von innen, wenn er predigte, sondern richtete eher verzweifelte als leidenschaftliche Appelle an seine Zuhörer, das Christentum endlich mit Leben zu füllen. Und während die Gottesmänner anfänglich noch frohe Lieder zum Lob des Herrn angestimmt hatten, wenn sie die Arbeit mit den Tieren oder auf dem Feld angingen, so erfüllten sie ihre Aufgaben jetzt schweigend und verbissen.

Kimi tat das leid – und es erfüllte sie mit immer mehr Furcht. Irgendwann, so vermutete sie, würden David und die anderen aufgeben. Sie hatte Davids Berichten über die Goßner-Mission entnommen, dass es noch viele andere Länder gab, in denen Heiden bekehrt werden mussten. Der Pastor hatte inzwischen Missionare nach Indien geschickt. Was wurde aus ihr, wenn David und die anderen sich irgendwann entschlossen, sich ein anderes Wirkungsgebiet zu suchen? Dann würden sie das Missionshaus schließen, und Kimi ihrer friedlichen Zuflucht berauben. Es würde keine ruhigen Stunden am Ofen mehr geben, keine Bücher und keine freundlichen Worte von David.

Alles in ihr sträubte sich bei dem Gedanken, Anewa wieder ohne jeglichen Trost ausgeliefert zu sein.

Kapitel 7

An einem der wenigen wirklich strahlenden Sonnentage auf Rekohu machte Kimi sich schließlich auf, Trost und Rat bei den alten Göttern zu suchen. Anewa war mit einigen seiner Krieger in den Südwesten von Chatham Island aufgebrochen, um sich mit den Maori in Waitangi über irgendetwas zu beraten – oder zu streiten. Kimi wusste nie, ob sie sich wünschen sollte, dass er in den Krieg zog, weil dann immerhin die Möglichkeit bestand, dass jemand ihn tötete, oder ob sie schon mit dieser Vorstellung gegen Nunukus Gesetz und die Gebote der Christen verstieß. Im Hain der Kopi-Bäume hoffte sie, Frieden zu finden, und tatsächlich schienen die Götterfiguren, die sie in all ihren einsamen Jahren in die Rinden geritzt hatte, ihr freundlich zuzuwinken. Kimi setzte sich in den Schatten des Baumes, den sie dem Geist ihres Vaters gewidmet hatte, und sang *karakia.* Auch das *Vaterunser,* fand sie, passte ganz gut. Vielleicht würde sich Jesus wieder zu ihren Geistern gesellen, wenn sie ihn damit rief. Kimi träumte von ihm, und wieder trug er Davids Gesicht ... Dann ertönte auch noch seine Stimme.

»Kimi, was machst du denn hier? Dies erscheint mir ein recht heidnischer Ort, um das Gebet zu sprechen, das Jesus uns gelehrt hat.« Verwundert öffnete Kimi die Augen und sah sich dem wirklichen David gegenüber. Er stand zwischen den Bäumen und schaute streng auf sie herunter. »Was sind das überhaupt für Bäume? Wer hat die Zeichen hineingeschnitzt?« Er wies auf die Schnitzereien.

Kimi lächelte ihm entschuldigend zu. »Ich wusste nicht, dass es Orte gibt, an die Jesus nicht kommen mag«, sagte sie. »Ich dachte, er käme gern, um meine Ahnen zu segnen. Sie waren natürlich keine Christen, ihre Seelen konnten nicht in den Himmel kommen. Also leben sie hier in den Bäumen ...«

David runzelte die Stirn. »Und … und du hast das geschnitzt?«, fragte er fassungslos.

Kimi schüttelte den Kopf. »Nicht alle Bilder. Aber viele. Weil es sonst ja niemand mehr tut. All die Geister der Menschen, die Anewa und seine Leute getötet haben … keiner hat sich um sie gekümmert.«

David lächelte nun auch, doch es war ein trauriges Lächeln. »Ach, Kimi, du bist so eine gute Seele. Um alle sorgst du dich … Doch ich bin ein schlechter Hirte. Nach all der Zeit, nach all den Unterweisungen im christlichen Glauben finde ich dich immer noch hier beim Götzendienst. Ich habe versagt, Kimi …« Er lehnte sich an einen der Bäume und legte die Stirn an die Rinde.

Die Geister haben ihn gerufen, um ihn zu trösten, dachte Kimi.

»Du hast nicht versagt«, sagte sie. »Du hast so viele Menschen getauft. Von mir aus …«, sie musste sich überwinden, aber sie wollte David jetzt etwas Gutes tun, » … von mir aus kannst du mich auch taufen …«

David hob den Kopf und sah sie an. »Kimi … die Taufe ist kein Gefallen, den du mir schuldest«, sagte er unglücklich. »Ich dachte, das hättest du verstanden. Du sollst dich nur taufen lassen, wenn du dich wahrlich Gott schenken willst.«

Kimi stand auf und legte ihm die Hand an die Wange. »Dir möchte ich mich schenken«, sagte sie gänzlich unschuldig, sie dachte an ihr Herz und ihre Seele.

Darauf, dass David sie im nächsten Moment in verzweifelter Leidenschaft an sich zog, war sie nicht vorbereitet.

»Durften wir das?«, fragte Kimi leise, nachdem sie sich geliebt hatten.

Nach dem ersten Erschrecken hatte sie die Vereinigung mit ihm durchaus genossen – es war das erste Mal, dass sie etwas anderes spürte als Ekel und Schmerz. Vor allem das Küssen hatte ihr gefallen. Davids Zunge in ihrem Mund zu spüren war wie ein Streicheln gewesen, das ihren ganzen Körper erfasste und wohlig wärmte. Etwas, das Anewa nie mit ihr gemacht hatte. Weder die

Maori noch die Moriori küssten sich. Und selbst als David schließlich in sie eingedrungen war, hatte es sich gänzlich anders angefühlt als bei Anewa. David war langsam vorgegangen, zärtlich – allerdings auch etwas ungeschickt. Wahrscheinlich hatte er es selbst noch nie oder jedenfalls nicht oft getan. Kimi freute das, bedeutete es doch, dass sie etwas Besonderes für ihn war und womöglich immer sein würde. Dafür sprach ebenfalls, dass er sich anschließend nicht umgedreht hatte oder gar fortgegangen war. Er lag neben ihr, hielt sie in seinen Armen und schien die Nähe ihres Körpers zu genießen. Kimi wäre glücklich gewesen, hätten Davids Predigten nur keine Zweifel in ihr gesät. Der Gott der Christen, so meinte sie verstanden zu haben, missbilligte die körperliche Vereinigung zwischen Mann und Frau, sofern sie vorher kein Ehegelöbnis abgelegt hatten.

»Nein«, sagte David. »Das durften wir nicht. Es war ... eigentlich war es eine schwere Sünde.« Trotz der harten Worte klang seine Stimme sanft, eher resignierend, und er machte auch keine Anstalten, sich aus der Umarmung zu lösen. »Ich denke, ich hoffe nur, dass ... Gottes Güte ist unendlich, Kimi, vielleicht kann er uns verzeihen. Vielleicht ... vielleicht hat er mir dich sogar geschickt, um neuen Mut in mich zu säen. Ich hatte keine Kraft mehr, doch jetzt ... Dies war ein Erlebnis ... Ich meinte ... ich meinte, den Himmel zu sehen.«

Kimi lächelte. »Ich möchte gern immer der Himmel für dich sein«, sagte sie zärtlich.

David schüttelte den Kopf. »Nach dem Himmel auf Erden sollten wir nicht streben«, erklärte er streng. »Es gilt, das ewige Leben zu gewinnen – für uns und für andere. Indem Gott mich einen Zipfel des Himmels schauen ließ, erinnerte er mich an diese Pflicht. Ich muss es weiter versuchen. Ich muss weiter meine ganze Kraft einsetzen, um die Heiden zu bekehren, um ihre unsterblichen Seelen zu retten. Auch die deine, Kimi, ja, ich werde dich taufen!« Dabei sah er sie an, als machte er ihr ein besonderes Geschenk. Kimi nickte. »Und nun werde ich in die Kirche gehen und um Vergebung bitten«, sagte David.

Kimi löste sich unwillig aus seiner Umarmung. »Soll ich das auch machen?«, erkundigte sie sich. »Jetzt? Mit dir?«

Das versprach immerhin weiteres Zusammensein.

David schüttelte den Kopf. »Nein, nein, das muss ich mit mir selbst ausmachen – und mit Gott. Ich muss wissen, ob du ... ob du sein Werkzeug warst, oder ob ich einer bösen Versuchung nachgegeben habe ...«

Kimi fühlte sich verletzt. »Ich bin nicht böse!«, sagte sie.

David stand auf. »Nein ... nein, natürlich bist du nicht böse. Du bist ein gutes Mädchen, nur ... du bist nach wie vor eine Heidin. Wenn du erst fühlst wie eine Christin, wirst du mich verstehen.«

Kimi sah ihm nach, als er sich in Richtung Dorf entfernte. Sie fühlte sich allein und zurückgewiesen, doch da waren immer noch die Geister. Kimi sprach *karakia* und spürte ihre tröstende Präsenz. Jesus Christus zeigte sich ihr nicht wieder.

Am nächsten Tag ging Kimi erst gegen Mittag zum Haus der Missionare. Vorher musste sie mit einem von Anewas Stellvertretern zum Hafen. In der Nacht hatte ein Frachtschiff angelegt, und die Maori hätten dem Kapitän gern Proviant verkauft. Gewöhnlich führte Anewa diese Verhandlungen, sein Englisch reichte dazu aus. Sein Handlanger Tane brauchte Kimi als Übersetzerin.

»Ihr habt hier doch ein paar deutsche Missionare, nicht?«, fragte der Kapitän sie, nachdem man sich über die Lieferung von Kartoffeln und Schweinefleisch geeinigt hatte. »Ich hab Briefe für sie. Und ein Päckchen. Kannst du mir sagen, wo ich sie finde?«

Kimi bejahte und bot sich an, die Post für David und die anderen mitzunehmen. Fast ehrfürchtig nahm sie die Briefe in Empfang. Es hatte etwas Magisches, dass Menschen miteinander sprachen, die Tausende von Meilen voneinander entfernt lebten.

Sie wollte sich gleich auf den Weg zum Missionshaus machen, doch Tane interessierte sich für das Päckchen.

»Das will ich sehen«, bestimmte er. »Womöglich können wir brauchen, was darin verpackt ist.«

»Aber es gehört Bruder David!«, begehrte Kimi auf. »Du darfst es nicht einfach öffnen.«

Tane lachte. »Und wer will mich daran hindern? Diese Missionare oder du?« Er nahm ihr das Päckchen aus der Hand und riss das Papier kurzerhand auf. Heraus fiel ein Buch.

Margaret Jones' Feines Kochbuch. Den Umschlag zierten Zeichnungen von schön dekorierten Speisen.

»Das ist für mich«, brach es aus Kimi heraus. »Das ist ... da drin ist beschrieben, wie *pakeha* kochen.«

»So?« Tane blickte mit gerunzelter Stirn auf das ziemlich dicke Buch. »Und wie kochen sie?« Er grinste. »Und was? Die besten Sachen stehen sicher nicht drin.«

Er machte eine Bewegung, als wollte er Kimi den Hals abschneiden. Ihr drehte sich der Magen um. Trotzdem musste sie Anewas Stellvertreter milde stimmen.

»Tane, ich weiß noch nicht, was drin steht«, sagte sie unterwürfig. »Ich muss es erst lesen. Dann kann ich ... dann kann ich gern auch im Dorf mal kochen. Nach Art der *pakeha.* Ihr könnt selbst sehen, ob es gut ist oder schlecht. Nur gib es mir bitte wieder. Du kannst doch nichts damit anfangen.«

Der Krieger verzog das Gesicht. »Ich denk nicht, dass wir essen sollten wie die *pakeha.* Nicht dass wir dann auch zu solchen Weichlingen werden!« Er schien nachzudenken, was er mit dem Buch machen sollte, doch dann warf er es Kimi zu.

»Hier«, sagte er großzügig. »Bevor ich mir Sonntag wieder eine Predigt dazu anhören muss, was nach Ansicht dieser Gottesmänner mein und dein ist ... Nimm's und bring's zu deinem Missionar.«

Kimi dankte ihm atemlos und machte sich dann schnell davon. Nicht dass Tane es sich noch anders überlegte und womöglich gar die Briefe forderte.

Sie traf die Missionare bei der Mittagsandacht. Bruder Gottfried las aus einem der Gebetbücher vor, David hielt den Kopf demütig gesenkt. Kimis Herz schlug bei seinem Anblick schneller. Sie spürte seinen Küssen nach und freute sich unbändig über das

Geschenk, das er ihr mit dem Buch gemacht hatte. Wie freundlich von seiner Familie, ihm den Wunsch zu erfüllen, es ihm zu schicken – für eine junge Frau, die sie gar nicht kannte. Kimi warf einen Blick auf den zerrissenen Umschlag, in dem das Buch gesteckt hatte. Als Absender zeichnete eine Ruth Helwig. Kimi brachte ihr sofort warme Gefühle entgegen.

Aufgeregt wartete sie, bis die Andacht vorbei war, und händigte den Männern dann ihre Briefe aus. Für Bruder Franz war nichts dabei, doch der schien sich darüber nicht zu grämen. David dagegen empfing gleich drei Briefe. Genau wie die anderen zog er sich hocherfreut damit zurück, um sie zu lesen. Kimi machte sich derweil an die Reinigung des Hauses und die Wäsche. Sie war eben dabei, die Hemden der Missionare zum Trocknen auf die Leine zu hängen, als David aus dem Haus stürmte.

»Kimi! Gott ist so voller unendlicher Gnade! Nicht nur, dass er meinen Fehltritt verzeiht, nein, er weist mir und den anderen auch den rechten Weg! Die Mission wird aufblühen, Kimi, sie wird wachsen. Die Frauen werden ihr ein neues Gesicht geben.«

»Frauen?«, fragte Kimi. »Kommen ... kommen noch mehr Missionare?« Das war auch die Antwort auf ihre Gebete. Offenbar wollte dieser Pastor Goßner seine Missionare nicht abziehen. Nein, er schickte im Gegenteil Verstärkung. »Wir werden eine Krankenstation haben ... eine Schule!« David konnte sich vor Freude über die neuen Entwicklungen kaum halten. »Eine lebendige christliche Gemeinde wird sich entwickeln. Gott ist großmütig, Kimi, er wird auch dir vergeben. Was meinst du ... Sollen wir dich am Sonntag taufen?«

Kimi fragte sich nach wie vor, was Gott ihr zu vergeben hatte, besonders, wenn sie nur sein Werkzeug gewesen sein sollte. Sie bereute nicht, was im Hain der Kopi-Bäume geschehen war. Im Gegenteil, sie hätte es sehr gern wiederholt, und sie hätte auch gar nichts dagegen, das Ehegelöbnis vorher abzulegen. Im Notfall sogar heimlich, wenn David sich vor Anewa fürchtete. Aber sicher mussten beide Partner getauft sein.

Kimi nickte. »Sonntag ist gut«, sagte sie.

Und Adam erkannte sein Weib …

Berlin
Chatham Island
1842–1843

Kapitel 1

Ruth, meine innigste Vertraute in Christus!

Wie sehr danke ich dir für deine freundlichen Zeilen, in denen du mir die Eröffnung des neuen Elisabeth-Krankenhauses so lebhaft schilderst. Fast hatte ich das Gefühl, dem Festakt an deiner Seite beizuwohnen. Ich freue mich unendlich, dass du dort nicht nur eine gottwohlgefällige Wirkungsstätte gefunden hast, die deiner Berufung gerecht wird, sondern obendrein eine Arbeit, die dich zutiefst befriedigt. Fast, liebste Ruth, empfinde ich etwas Neid, wenn ich deine Berichte lese, denn obwohl auch wir hier mit Gottes Hilfe Fortschritte erzielen, ist unsere Stimmung in der letzten Zeit nicht selten gedrückt. Selbst nach so langer unermüdlicher Arbeit zur Bekehrung der hiesigen Heiden können wir uns über kein wahrhaft blühendes Gemeindewesen freuen. Ja, fast bin ich geneigt zuzugeben, dass auf jeden zweiten Schritt nach vorn, den wir mit Mühe beschreiten, erneut ein Rückschlag folgt.

Da ist zum Beispiel unser Missionshaus, das nun endlich fertiggestellt ist. Es ist recht geräumig, wir müssten uns eigentlich dafür schämen, derart komfortabel zu wohnen. Wir verfügen über Möbel, sogar einen Küchenofen, eine großherzige Spende der Anglikanischen Kirche in Kororareka, deren Bischof uns kürzlich mit einem Besuch beehrte. Tatsächlich könnten wir in unserem neuen Haus Schulunterricht für die Kinder der Maori und Moriori anbieten, vielleicht Frauengebetskreise und Bibelstudien – all das, was Gemeindearbeit lebendig macht. Doch leider besteht vonseiten unserer Pfarrkinder nicht das geringste Interesse – sie wagen es zumindest nicht zu zeigen. Wie ich dir in meinen letzten Briefen schon berichtet habe, ist ja ein Teil der Bevölkerung versklavt, es kam vor einigen Jahren zu einer Invasion der ursprünglichen Moriori-Bevölkerung durch Maori-Stämme aus Neuseeland. Seitdem können diese armen Menschen nicht mehr selbst über ihr Leben bestimmen, und auch bei den

Maori ordnen allein die Krieger an, was ihre Frauen und Kinder zu tun haben.

Bei den Einheimischen, die auf Neuseeland leben, soll das anders sein, das verriet uns der Bischof, doch unsere Häuptlinge hier auf den Chathams sind wohl weniger verständig und zivilisiert als ihre Brüder auf dem Festland. Besonders in dem Dorf Whangaroa, in dem wir unseren Missionsdienst begonnen haben, herrscht ein Häuptling, der allein auf seinen materiellen Vorteil bedacht ist. Jede Missionsanstrengung, die er uns erlaubt, ist mit Auflagen verbunden. Meist verlangt er von uns, Arbeiten für ihn und die anderen Maori zu verrichten. Nun taten wir das anfänglich gern, und wir betrachten es nach wie vor als Freude und Christenpflicht, den Heiden nicht nur ein gottgefälliges Dasein vorzuleben, sondern sie auch an den Errungenschaften europäischer Technik und Landwirtschaft teilhaben zu lassen. Mit der Zeit schleicht sich jedoch immer mehr das Gefühl ein, ausgenutzt zu werden – Bruder Franz geht sogar so weit, uns vorzuwerfen, Gott die Seelen und Herzen der Heiden mit den Früchten unserer Hände Arbeit erkaufen zu wollen.

Nun würden wir vielleicht sogar das freudig tun. Wer kennt schon die Wege des Herrn, und was ist Geld oder eine geldwerte Anstrengung gegen die Rettung einer Seele? Doch nicht nur mir drängt sich mitunter der hässliche Verdacht auf, dass diese Männer und Frauen sich nicht wahrhaft hingeben, dass ihre Gebete und sogar ihre Bereitschaft zur Taufe nur Lippenbekenntnisse sind. Sie schmeicheln uns und machen Zugeständnisse, damit wir ihre Häuser bauen und ihr Vieh versorgen – doch denk nur nicht, dass auch nur ein Pfund von dem damit erzielten Geldgewinn den Weg in unsere Spendensammlung für die Ärmsten findet.

Meinen Brüdern und mir raubt der Zweifel am Sinn unseres Tuns immer mehr die Freude an unserer Arbeit. Manchmal möchte ich fast verzweifeln, wenn da nicht mitunter kleine Lichtblicke wären – wie etwa die Freundlichkeit und Gelehrigkeit der jungen Kimi, die sich uns zutraulich angeschlossen hat und recht fleißig und geschickt unseren Männerhaushalt in Ordnung hält. Kimi muss um die zwanzig Jahre alt sein – vielleicht auch älter. Wie alle

Moriori-Frauen ist sie unterernährt und zierlich, man kann ihr Alter schlecht schätzen. Mit der Invasion ihres Dorfes durch die Maori widerfuhr ihr ein schweres Schicksal. Der Häuptling des Dorfes hat sie versklavt und macht ... Ich weiß nicht, wie ich es züchtig ausdrücken soll, doch ich befürchte, er bedient sich nicht nur ihrer Arbeitskraft, sondern ebenso auf widerliche Weise ihres Körpers. Dabei ist Kimi ein aufgewecktes Kind, was man schon daran erkennt, dass sie als Einzige ihres Stammes gut Englisch spricht. Tatsächlich hat sie bereits ein paar Brocken Deutsch aufgeschnappt, da Bruder Heinrich und Bruder Oskar ja beharrlich Schwierigkeiten haben, Englisch zu lernen, und sich nicht nur miteinander in unserem heimatlichen Idiom unterhalten, sondern auch das Hausmädchen damit ansprechen.

Kimi hilft uns weiterhin, die Sprache der Maori zu verstehen und zu sprechen. Mir selbst fällt das überraschend leicht, und ich revanchiere mich bei meiner fleißigen kleinen Lehrerin, indem ich Kimi im Lesen und Schreiben unterrichte. Du solltest sehen, wie eifrig sie die Bibel in ihrer Sprache studiert, und wie beflissen sie unsere Bräuche annimmt. Denk dir, als Bruder Gottfried neulich ein von Bruder Oskar etwas ungelenk gemaltes Bild rahmte und als Wandschmuck in unserem Andachtsraum aufhing, erschien am Tag darauf Kimi mit einem Stapel äußerst ansprechender Zeichnungen. Anscheinend hat ein Walfänger, der hier kurze Zeit ansässig war, sie angefertigt. Sie zeigen hauptsächlich Exemplare der hiesigen Tierwelt – Delfine, Wale, Vögel. Kimi muss sie wie ihren Augapfel gehütet haben, der Häuptling hätte sie ihr sicher fortgenommen, hätte er davon gewusst. Hübsch gerahmt könnte man sie sicher zu Geld machen.

Kimi bedeutete uns nun, sie an uns zu nehmen und unsere Wände damit zu schmücken, was wir natürlich gern taten. Es schien sie sehr glücklich zu machen – im Gegensatz zu den meisten anderen Vertretern ihres Volkes scheint sie Sinn für Ästhetik zu entwickeln. Hätten wir nur mehr Menschen wie sie unter unseren Pfarrkindern, dann müssten wir nicht zagen und zweifeln, sondern könnten uns an der Arbeit freuen, den Acker ihrer Seelen für Gott zu bestellen.

Ruth Helwig verzog das Gesicht und unterbrach ihre Lektüre. Schwärmte David da wirklich über eine ganze Seite seines Briefes hinweg von einem »aufgeweckten Kind« namens Kimi, das um die zwanzig Jahre alt war und keinesfalls mehr Jungfrau? Sosehr Davids offensichtliche Enttäuschung über die Undankbarkeit seiner Pfarrkinder sie dauerte – bei seinem Lobgesang auf Kimi rührte sich der Stachel der Eifersucht! Wer wusste, ob sich da nicht eine durchtriebene junge Frau in der Maske des geistig verarmten Heidenkindes in das Herz ihres Auserwählten schlich? David würde die Heimtücke sicher nicht bemerken. Wenn das Mädchen brav betete und willig die Bibel las, würde er nichts Schlechtes von ihm denken.

Ruth las den Brief noch einmal. Natürlich klang er teilweise deprimierend. Die Heiden hatten wohl nicht gerade auf Bekehrung gewartet – aber vielleicht gaben die Missionare ihnen nicht wirklich, was sie brauchten. Wäre es nicht besser gewesen, eine Schule und eine Krankenstation einzurichten und sich so die Menschen gewogen zu machen, statt Arbeiten zu übernehmen, für die der Häuptling und seine Krieger sich anscheinend zu gut waren? Wie sollten die Wilden zu ihren Priestern aufschauen, wenn diese sich von ihnen befehlen ließen, welches Haus sie zu bauen und welches Pferd sie zu beschlagen hatten? Davon abgesehen schienen sich die Verhältnisse auf den Chathams jedoch gebessert zu haben. Das Missionshaus stand, die Kirche war gebaut, Felder waren bestellt, es gab Nutzvieh – und es hingen sogar Bilder an den Wänden der Wohnräume. Die Zivilisation war eingekehrt, und somit sprach nichts dagegen, dass Ruth Anstalten machte, ihren lang gehegten Plan in die Tat umzusetzen.

Rasch las sie die letzten Zeilen des Briefes – gegen Ende bat David sie tatsächlich um ein Kochbuch, mittels dessen er Kimi in die deutsche Küche einweisen wollte –, bevor sie ihn sorglich zusammenfaltete und in ihre Tasche steckte. Am Sonntag würde sie Pastor Goßners Gottesdienst und die Mittagsandacht besuchen.

»Bitte tragen Sie mir nicht nach, dass ich offen spreche, Herr Pastor«, sagte Ruth artig, als die Andacht vorbei war und die Gäste noch ein wenig im Pfarrhaus zusammensaßen, Kaffee tranken und Plätzchen knabberten, mit denen die rührigen Damen vom Bibelkreis ihren Pastor zu verwöhnen pflegten. »Doch ich muss gestehen, ich sorge mich um das Seelenheil unserer Missionare auf Chatham Island.«

Pastor Goßner wandte sich ihr zu und lächelte das nachsichtige Lächeln, das sie anfänglich sympathisch gefunden hatte, während es sie inzwischen oft bis zur Weißglut reizte. Ruth wusste längst, dass er es allein dann aufsetzte, wenn er mit Frauen sprach – oft Patientinnen des Krankenhauses, aber auch Krankenschwestern und Frauen vom Bibelkreis, deren Vorschlägen und Ansichten er zwar freundlich lauschte, die er jedoch nie richtig ernst nahm.

»Aber, aber, Fräulein Ruth!«, erklärte er jetzt auch mit sanfter Stimme – keineswegs alarmiert. »Das sind harte Worte! Was veranlasst Sie zu Ihren Zweifeln am gottgefälligen Leben unserer Brüder?«

Ruth holte Davids Brief aus der Tasche. »Ich zweifle keineswegs an ihrem gottgefälligen Leben«, stellte sie richtig. »Ich sehe ihr Seelenheil nur in Gefahr. Wie es aussieht, schleicht sich da gerade eine durchtriebene kleine Eva in Adams Garten. Wenn ich Ihnen eine Stelle aus dem letzten Brief Bruder Mühlens vorlesen darf …«

»Selbstverständlich.« Pastor Goßner nickte eifrig. Seine Neugier war geweckt.

Ruth entfaltete den Brief und trug eine Zusammenfassung der Lobeshymnen auf Kimi vor. »Das klingt natürlich alles unschuldig«, sagte sie dann, »und ich bin ganz sicher, dass Bruder David bislang noch keinerlei unkeusche Gedanken gegenüber der jungen Frau hegt. Dennoch haben wir mit kühlem Blick betrachtet eine keineswegs ... hm ... unerfahrene Person«, Ruth schaffte es zu erröten, »die mit fünf Männern vielleicht nicht zusammenlebt, aber doch viele Stunden mit ihnen verbringt. Der Häuptling scheint sie als eine Art Leihgabe an die Missionare zu betrachten. In gewisser Weise lässt er sich von ihnen dafür entlohnen, dass seine Sklavin ihnen im Haushalt behilflich ist. Wissen wir ...«, sie räusperte sich, » ... welche Dienste das womöglich einschließt?«

Pastor Goßner blickte sie betroffen an. Er wollte etwas sagen, doch bevor er die rechten Worte fand, bekam Ruth Schützenhilfe von Frau Schirrmacher, der Gattin des Kaufmanns, dessen Spenden die Mission zum Teil finanzierte.

»Ich finde, Fräulein Helwig hat da vollkommen recht«, erklärte die resolute Matrone. »Es ist unschicklich, dass eine junge Frau fünf Männern den Haushalt führt. Hierfür sollte eher eine ältere, erfahrene Person herangezogen werden, vielleicht eine Witwe. Und dem Haushalt eines guten lutherischen Pastors steht am besten ohnehin eine fleißige Ehefrau vor, die ihn zudem in seinen Pflichten in der Gemeinde unterstützt.«

Pastor Goßner schürzte die Lippen. Er selbst war unverheiratet, hatte er seinen Dienst für Gott doch als katholischer Priester begonnen und sich dabei wohl mit einem ehelosen Leben abgefunden. Grundsätzlich mochte er Frau Schirrmacher jedoch nicht widersprechen.

»Es scheint auf Chatham Island nicht einfach zu sein, willige Eingeborene zur Hilfe im Haushalt der Missionare zu finden«, meinte er schließlich. »Ich bin mir sicher, dass die Brüder unsere Bedenken teilen und nur in einer Notsituation auf die Dienste dieser jungen Frau zurückgegriffen haben. Ich werde sie anschreiben und noch einmal ausdrücklich davor warnen, diesem jungen Ding ihre Herzen zu öffnen.«

Ruth holte tief Luft. »Verzeihung, Herr Pastor«, sagte sie. »Aber ich ... ich glaube, das reicht nicht. Wie Frau Schirrmacher schon sagte – vonnöten wären ein paar im Glauben gefestigte und im praktischen Einsatz geschulte Frauen, die den Missionaren zur Seite stehen.«

Frau Schirrmacher schenkte ihr ein knappes verschwörerisches Lächeln. Sie schien zu begreifen, worauf Ruth hinauswollte. Bevor sie das Wort ergriff, stieß sie ihren Mann kurz an.

»Fräulein Helwig bringt es auf den Punkt«, erklärte sie. »Also denken wir doch einmal darüber nach, wo sich solche jungen Frauen am besten finden lassen. Wie wäre es mit einem Aufruf in diesem ... Neuseeland. Das ist ja wohl die nächstgelegene Kolonie. Dort besteht bereits ein Bistum. Vielleicht ...«

»Aber Bruder Bauer und Bruder Meyer sprechen kein Englisch«, brach es aus Ruth heraus. Das Gespräch begann eine Wendung zu nehmen, die ihr nicht gefiel.

»Und in Neuseeland mangelt es ebenfalls an weißen Frauen«, bemerkte Herr Schirrmacher. Er trieb Handel mit Neuseeland und kannte sich etwas aus. »Es ist schon für die dort ansässigen seriösen Kaufleute und Viehzüchter schwierig, die rechte Gattin zu finden. Oft nutzen sie geschäftliche Aufenthalte in England oder Irland, um sich im Mutterland nach einer Ehefrau für sich oder ihre Söhne umzusehen. Bei genauer Betrachtung ist das ganz verständlich: Bislang wandern nur wenige Familien in diesen Teil der Welt aus. Die meisten Weißen auf den Inseln sind Männer. Glücksritter und Abenteurer. Die wenigen Frauen ... Nun, ich muss hier niemandem erklären, dass sich eine achtbare junge Dame aus guter Familie kaum allein auf eine Seereise um die halbe Welt begibt. Zumal wenn dort kein versprochener Gatte oder irgendein Familienmitglied auf sie wartet ...«

»Oder eine Aufgabe in der Mission«, wagte Ruth anzumerken. »Die ... die katholische Kirche versendet auch Nonnen.«

Frau Schirrmacher lächelte noch einmal. Wieder streifte das Lächeln zuerst ihren Mann, dann Ruth und den Pastor.

»Du meinst also, lieber Paul, und Sie, liebes Fräulein Helwig, dass es ratsam wäre, unsere künftigen Pfarrfrauen in Deutschland anzuwerben und zunächst als Missionshelferinnen nach Übersee zu schicken. Gott wird die Paare dann zusammenfügen, wie es ihm gefällt.« Sie faltete beflissen die Hände.

Pastor Goßner rieb sich die Stirn. »Das wäre bestimmt eine sehr schöne Lösung«, räumte er ein. »Doch die Reise ist teuer ...«

Frau Schirrmacher stieß ihren Mann erneut an. »Ich denke, da wird mein Gatte etwas richten können«, erklärte sie. »Auf einem

Frachtschiff mag sich eine Mitfahrgelegenheit finden, zumindest bis nach London. Und von da aus gehen Passagierschiffe. So teuer wird die Passage nicht sein. Die größere Aufgabe wird sein, fünf junge Frauen zu finden, die opferwillig und mutig genug sind, eine solche Reise anzutreten, sich für Gott und die Mission ins Ungewisse zu begeben ... Mir persönlich scheint das fast unvorstellbar. Wie sieht es bei Ihnen aus, Fräulein Helwig? Könnten Sie sich einer solchen Berufung stellen?«

Am Abend schrieb Ruth ihren Brief an David. Sie hatte es bislang noch nicht gewagt, ihn von den neuesten Ereignissen in Kenntnis zu setzen. Bis jetzt hatte sie selbst noch kaum glauben können, dass ihr Plan wirklich dabei war aufzugehen. Nun aber schilderte sie ihm ihre Pläne in bunten Farben. Sie sprach sehr deutlich aus, wie sehr sie sich nach ihm sehnte, erinnerte ihn an gemeinsame Spaziergänge, Picknicks am Havelstrand – um dann alles wieder auszustreichen und den letzten Teil des Briefes noch einmal neu zu schreiben.

Endlich, endlich, David, werden wir uns wiedersehen! Ich kann es kaum erwarten, dir nach all dieser Zeit gegenüberzustehen. Ist es nicht eine glückliche Fügung, dass Gott uns wieder zusammenführt? Beweist es nicht, dass er Pläne hat – für dich und mich?

Sie setzte einen Gruß darunter und sandte den Brief zusammen mit dem Kochbuch, das sie mithilfe ihrer Englischlehrerin für Kimi bestellt hatte. So einfach, wie David sich das vorgestellt hatte, als er sie beiläufig darum bat, war dies nicht gewesen – aber er hatte wahrscheinlich gar nicht daran gedacht, dass es in Berliner Buchhandlungen nicht gerade vor englischsprachigen Kochbüchern wimmelte. Oder hatte er geglaubt, Kimi würde lernen, Deutsch zu lesen, bis sein Brief zunächst Ruth und dann ihre Antwort die Chathams erreichten? Ruth hielt das für ziemlich unmöglich. Ein Eingeborenenmädchen konnte so klug nicht sein.

Pastor Goßner machte schließlich ganz von selbst den Vorschlag, die künftigen Missionshelferinnen wenn möglich unter den Krankenschwestern zu rekrutieren, die seine Krankenpflegevereine in den letzten Jahren ausgebildet hatten. Er würde zudem über die Absicht predigen, künftig Frauen in den Missionsdienst zu senden, und schauen, ob sich in der Gemeinde Interessentinnen fänden. Ruth atmete auf, dass sie ihm nicht auch das noch in den Mund legen musste. Pastor Goßner leistete zweifellos Großes, wenn es um die Organisation von Armenfürsorge und Krankenpflege ging, doch in Bezug auf die Mission fehlte es ihm mitunter an praktischem Denken und Weitblick.

Sie selbst wunderte sich gar nicht darüber, dass sich schon kurz nach dem ersten Aufruf zwei junge Frauen fanden, die bereit waren, gemeinsam mit ihr auf die Chathams zu reisen. Sie kannte beide flüchtig vom Dienst im Krankenhaus, sie hatten sich ebenfalls zu Schwestern ausbilden lassen. Eine von ihnen, Wilma Krüger, vermutlich mit ähnlichen Hintergedanken wie Ruth. Allerdings zog es Wilma nicht an die Seite eines bestimmten Mannes, sie war mit ganzem Herzen dem Missionsgedanken verfallen. Wilma war zweiundzwanzig Jahre alt und träumte von Kindheit an von einem Leben im Dienste der Kirche, von der Bekehrung der Heiden, der Rettung ihrer Seelen und auch ihrer Zivilisierung.

Gleich beim ersten Gespräch mit Pastor Goßner hatte sie unzählige Vorschläge zur Verbesserung der Lage auf Chatham Island. Als Erstes würde sie eine Schule gründen und natürlich eine Krankenstation gemeinsam mit Schwester Ruth. In Berlin hielt sie nicht viel. Sie stammte aus einer Arbeiterfamilie, die wenig Verständnis dafür aufbrachte, dass Wilma in die Krankenpflege gegangen war, obwohl sie in der Fabrik viel mehr hätte verdienen können. Sie hatte zwischen ihrem dreizehnten und achtzehnten Lebensjahr in einer Weberei gearbeitet und nebenbei ihre jüngeren Geschwister versorgt. Wilma war versiert darin, einen Haushalt auch mit geringen Mitteln zu führen. Sie verstand sich auf kleine Näharbeiten, konnte kochen und waschen – selbst unter einfachsten Bedingungen. Dazu war sie fest im Glauben und einigermaßen belesen – obwohl es nicht so leicht für sie gewesen war, an Bücher heranzukommen und sich über ein paar Jahre

Schule hinaus weiterzubilden, wie für die Handwerkertochter Ruth.

»Ich werde mir sicher noch viel aneignen«, versprach sie Pastor Goßner. »Auch mithilfe von Schwester Ruth. Sie hat eingewilligt, mich im Englischen zu unterrichten. Wenn Sie mich also auswählen, Herr Pastor – es gäbe nichts, was mich glücklicher machte, als mein Leben Gott zu weihen.«

Der Pastor lächelte und musterte Wilmas schlanke Gestalt – sie war blond und leidlich hübsch. »Und vielleicht auch einen der bereits auf den Chathams angesiedelten Missionare zu lieben und zu ehelichen?«, fragte er mit seinem berühmten nachsichtigen Lächeln.

Wilma nickte und bekreuzigte sich. »Wie Gott es will!«, bestätigte sie.

Die Dritte im Bunde war Hilde Lehmann, eine unscheinbare dickliche junge Frau mit schlechter Haut und kräftigem, dunklem Haar. Hilde war keine große Kirchgängerin. Genau wie Ruth betete sie nur so viel mit den ihr anvertrauten Kranken, wie sie unbedingt musste. Überhaupt verrichtete sie ihren Dienst zwar fleißig, doch ohne große Leidenschaft. Hilde war im Waisenhaus aufgewachsen, dort von Pastor Goßner als anstellig und brav erkannt und zur Ausbildung zur Krankenschwester bestimmt worden. Sie war ihm dankbar dafür, ansonsten hätte ihre Zukunft düster ausgesehen. Hilde hasste den Gedanken, ihr Leben lang hart zu arbeiten, dazu als Schlafmädel in irgendeiner Arbeiterfamilie unterzukommen, wo ihr keinerlei Raum für private Freuden blieb. Die bestanden in ihrem Fall im Lesen von Magazinen und Groschenheftchen. Sie liebte Liebesgeschichten und träumte sich in die Rolle der Heldin – auch gern in fernen Ländern.

Hildes größter Wunsch bestand darin, einen Mann zu finden und eine Familie zu gründen, doch sie wusste genau, dass es schlecht für sie aussah. Niemand würde sich aufgrund ihres Aussehens in sie verlieben – erst recht kein Mann, der allein für seine

Familie sorgen konnte. Allenfalls konnte sie auf einen einfachen Arbeiter hoffen und eine Stelle in einer Fabrik – neben der Sorge für die Familie und die Kinder. Hilde hatte genug kranke, hoffnungslose Arbeiterfrauen gepflegt, um zu wissen, wie sich ein solches Leben auswirkte. Es war das Letzte, was sie wollte, und bisher hatte sie sich mit einem Leben als Blaustrumpf abgefunden. Als Krankenschwester hatte sie einen Schlafplatz im Hospital und ihr Auskommen. An Heirat und Kinder war jedoch nicht zu denken gewesen – bis Pastor Goßners Aufruf, als Missionshelferin auf die Chathams zu gehen, erfolgt war. Hilde hatte keine Minute gezögert, sich zu bewerben, und vonseiten Pastor Goßners sprach nichts dagegen, die junge Frau ziehen zu lassen.

Natürlich konnte auch Hilde kein Wort Englisch, und geistige Schriften hatte sie erst recht nicht studiert. Ruth bot sich deshalb an, schon während der Vorbereitungen der Reise und später auf dem Schiff mit ihr zu lernen wie mit Wilma. Sie selbst sprach inzwischen sehr gut Englisch. Sie war entschlossen, sich, sobald sie die Chathams erreichte, in das Studium der Sprache der Maori zu stürzen.

Kapitel 2

Nach Wilmas und Hildes schnellen Bewerbungen stockte es allerdings mit der Rekrutierung von Missionshelferinnen. Die anderen jungen Krankenschwestern zeigten kein Interesse, und auch die Familien in Goßners Gemeinde wollten ihre Töchter nicht ins Ungewisse schicken. Die Bewerbungen zweier schwärmerischer Siebzehnjähriger lehnte Goßner schweren Herzens ab, da die Eltern der Mädchen entschlossen protestierten.

Schließlich blieb es bei den drei jungen Frauen, Wilma, Hilde und Ruth, als Herr Schirrmacher eines Sonntags bei der Mittagsandacht verkündete, er hätte nun eine Passage für die Missionshelferinnen organisiert. Die Frauen würden mit einem neuseeländischen Geschäftspartner reisen, der mit seiner Familie Deutschland besucht hatte. Seine Gattin hatte sich bereit erklärt, ein Auge auf die jungen Damen zu halten, die Kabinen der Reisenden waren auch ausreichend weit von den Mannschaftsunterkünften entfernt, sodass kaum eine Gefahr für die Tugend der Frauen bestand. Weitere Passagiere gab es nicht. Das Schiff war ein Frachter und gehörte dem mitreisenden Kaufmann. Mr. Schuman – er war mit seiner Familie einige Jahre zuvor nach Neuseeland ausgewandert, um dort einen Handelsstützpunkt für das Geschäft seiner Familie zu errichten – beförderte die Missionshelferinnen für Gotteslohn.

»Wir brauchen also keine Wale zu jagen und Tran auszukochen wie David!«, berichtete Ruth betont launig ihren Eltern, die sie ein paar Wochen vor der Abreise endlich in ihr Vorhaben einweihte. Sie hatte das lange vor sich hergeschoben, schließlich erwartete sie nicht gerade Begeisterung und Unterstützung.

Ihr Vater verzog denn auch das Gesicht, ihre Mutter zeigte sich nicht überrascht.

»Ich hab mir schon so was gedacht«, meinte Frau Helwig. »Gleich, als David abreiste und du plötzlich deine Leidenschaft für Krankenpflege entdecktest. Und alle fünf Minuten zu den Andachten von diesem Goßner ranntest, nachdem du den Predigten von unserem lieben Pastor Schüle bislang nie größeres Interesse entgegengebracht hast. Gib es zu, Ruth, das alles ist lange geplant. Doch ist es auch gut überlegt?« Sie sah ihre Tochter prüfend an.

»Selbstverständlich ist es völlig unüberlegt«, polterte Ruths Vater. »Missionshelferin am anderen Ende der Welt! Um einem Mann nachzurennen, der vielleicht gar nichts von dir wissen will …«

Ruth blitzte ihn empört an. »Natürlich will David etwas von mir wissen«, erklärte sie im Brustton der Überzeugung. »Er schreibt so wunderschöne Briefe …«

»Aber hat er dir einen Antrag gemacht?«, fragte Herr Helwig. »Hat er dich aufgefordert, vielleicht sogar angefleht, an seine Seite zu eilen? Wohl eher nicht, oder?«

Ruth errötete ein wenig. »Das wagt er nicht«, behauptete sie. »Er ist in diesen Dingen … hm … zurückhaltend. Doch bevor ihn dieser Ruf in die Mission erreichte, da war er ganz nah daran. Und du hattest nichts dagegen, Papa.«

Meister Helwig gab einen Grunzton von sich. »Es ist ein bisschen was anderes, ob die Tochter den etwas lebensuntüchtigen Nachbarsburschen heiratet, oder ob sie sich allein ins Ungewisse begibt, um sich einem mittellosen, verträumten Prediger an den Hals zu werfen.«

»David schreibt mir seit zwei Jahren«, erklärte Ruth. »Ich weiß, was mich in seiner Gemeinde auf Chatham Island erwartet. Und ich werfe mich ihm nicht an den Hals, ich …«

Frau Helwig seufzte. »Kind, du kennst ihn kaum. Nein, sag nichts, natürlich habt ihr schon im Sandkasten miteinander gespielt. Und er hat dir seine Wünsche und Träume offenbart. Aber hast du das ernst genommen, all das Gerede um das Priesterseminar und seine Berufung und Hinwendung zu Gott? Ich habe da vor Kurzem noch mal mit Mechthild darüber gesprochen ...« Mechthild Mühlen und Klara Helwig waren nach wie vor eng befreundet. »Er hat immer wieder davon geredet, aber wir haben alle darüber hinweggehört! David Mühlen würde die Schmiede seines Vaters übernehmen, das stand fest wie das Amen in der Kirche. Und er war ja auch ganz willig, bis dieser Goßner mit seiner Mission kam. Gib es zu, Ruth, du warst genauso überrascht wie wir alle. Du hättest nie erwartet, dass er seine Pläne wahr macht.«

»Es war ja auch nicht mit so einer Gelegenheit zu rechnen«, warf Ruth ein.

Ihre Mutter nickte. »Dennoch kam es überraschend, als er sie tatsächlich ergriff. Ruth, wir haben ihn immer als einen Träumer gesehen ...«

»Ja, und er würde Wachs in meinen Händen sein. Das hast du selbst gesagt«, trumpfte Ruth auf.

Frau Helwig lächelte. »Da hat aber mal eine gelauscht, nicht? Schäm dich, Ruth! Ich erinnere mich, dass ich das deinem Vater gegenüber erwähnte, für deine Ohren war es nicht bestimmt. Nun will ich es nicht leugnen, ich habe das wirklich geglaubt. Ich dachte, er würde fürderhin nach deiner Pfeife tanzen, wie er vorher genau das tat, was sein Vater von ihm wollte. Aber ich habe mich getäuscht. Wir haben uns alle getäuscht. Sein Vater konnte ihn nicht halten. Du konntest ihn nicht halten. Was ist, Ruth, wenn hinter unserem liebenswerten Träumer ein stahlharter Fanatiker steckt? Wenn dies nicht die letzte Station ist, Ruth? Wer weiß, wohin es ihn zieht, wenn der letzte Heide auf dieser Insel getauft ist – die ja nicht groß ist, wenn ich das recht verstanden habe, und spärlich besiedelt?«

Ruth senkte den Kopf. »Ich liebe ihn«, beharrte sie. »Und die Bibel sagt: *Wo du hingehst, da will auch ich hingehen ...* Das Buch ›Ruth‹, wenn ich mich recht erinnere.«

Frau Helwig seufzte noch einmal. »Vielleicht hätten wir dich besser Deborah nennen sollen. Die war Prophetin, nicht? Ich wünschte dir ein bisschen mehr Weitsicht.«

»Klara, nun hör mal auf mit diesem Unsinn! Sie braucht keine Weitsicht. Sie ist jung und dumm und verrannt in eine verrückte Idee«, erregte sich Meister Helwig. Er war noch nicht bereit aufzugeben. »Wir werden es dir verbieten, Ruth. Mit uns kannst du bei dieser Geschichte nicht rechnen, wir ...«

Seine Frau legte ihm die Hand auf den Arm. »Hermann, du kennst ihren Dickkopf. Wenn wir es ihr verbieten, wird sie heimlich gehen. Du hörst es doch, sie ist fest entschlossen. Also lass uns im Guten auseinandergehen. Und wir werden dir etwas Geld geben, Ruth – Geld, das nicht für David bestimmt ist, das musst du uns versprechen. Es soll deine persönliche Rücklage und Absicherung sein. Du wirst es nicht in diese hoffnungslose Mission stecken. Wenn du irgendwann zurückkehren willst, wenn du keinen Ausweg mehr siehst, hast du hier immer ein Zuhause. Deine Brüder und wir ... wir sind da für dich.«

Ruth schmiegte sich in die Arme ihrer Mutter und war erleichtert, als schließlich auch ihr Vater etwas bärentatzig die Arme um sie legte.

»Mut hast du immerhin«, brummte er. »Dein seltsamer Missionar weiß gar nicht zu schätzen, was er bekommt.«

Das Schiff legte in Hamburg ab. Nach einem tränenreichen Abschied von ihren Eltern und Brüdern teilte Ruth ein Bahnabteil mit Wilma und Hilde. Sie fühlte sich den beiden gegenüber fast ein bisschen schuldig. Wilmas Familie war nicht am Bahnhof erschienen, um sie zu verabschieden, und Hilde hatte ohnehin keine Angehörigen. Alle waren jedoch guten Mutes. Ruth und Hilde freuten sich auf die Reise. Sie hatten das Meer bislang nie gesehen und erwarteten nun Wunderdinge an fremden Stränden. Wilma betete und freute sich vor allem auf die Mission. Sie waren kaum losgefahren, da öffnete sie ihr Englischbuch. Sie studierte mit Feuereifer. Bis sie auf Neuseeland ankamen, wollte sie sich verständigen können.

Hilde dagegen sah interessiert aus dem Fenster und unterhielt sich dann mit Ruth. Sie hatte erst vor Kurzem gehört, dass Ruth die Missionare auf Chatham Island bereits kannte, und konnte nun nicht genug davon hören, wie sie aussahen, was sie gelernt hatten und wie sie Ruth allgemein gefallen hatten.

»Man könnte meinen, wir reisten zu einem Heiratsmarkt«, bemerkte Wilma spitz in einer Redepause.

Hilde und Ruth sahen sich an und kicherten.

»Du solltest akzeptieren«, erklärte Ruth, »dass es genau so ist.«

Die Schiffsreise ließ sich hervorragend an. Die Wohnverhältnisse waren zwar recht beengt – die drei jungen Frauen mussten sich eine Kabine teilen, und die Pritschen, auf denen sie schliefen, waren schmal und hart. Wilma und Hilde waren es gewohnt, mit anderen Mädchen auf engem Raum zu leben, und erwiesen sich als verträglich. Für Ruth war die Enge neu, und auch an die Schlafgeräusche der anderen musste sie sich erst gewöhnen, doch sie sagte sich, dass sie bald mit David ein Zimmer würde teilen müssen. Sie konnte ruhig schon lernen, über gelegentliches Schnarchen und Sprechen im Schlaf hinwegzuhören.

So war die Stimmung gut, zumal die Reise unter einem guten Stern zu stehen schien. Mr. Schuman, ihr Gastgeber, wurde nicht müde, sich darüber zu begeistern, wie gut es das Wetter mit ihnen meinte. Der Atlantik war ruhig. Sie gelangten ohne größere Stürme in wärmere Gewässer, und es wurde auch keine der jungen Frauen seekrank. Die Eheleute Schuman erwiesen sich als höfliche und angenehme Reisebegleiter. Frau Schuman schlug vor, während der Reise mit den jungen Frauen Englisch zu sprechen, damit sie sich gleich daran gewöhnten. Ruth brachte den beiden anderen bei, die fremde Sprache zu schreiben und zu lesen. Das Experiment erwies sich als erfolgreich, obwohl es Wilma und Hilde am Anfang natürlich hart ankam. Die eine war jedoch beharrlich und die andere klug. Ruth staunte, wie schnell die unscheinbare Hilde die Sprache erlernte. Nach den ersten vier Wochen auf See traf Ruth sie schon mit einem englischen Frauenmagazin an Deck an. Sie versuchte, so viele Wörter wie möglich aus einer romantischen Kurzgeschichte zu entziffern.

»Liest du mir die vor? Ich lese so was einfach gern, ich wünschte, ich könnte es schon allein«, gab sie entschuldigend zu. Frau Schuman schien ihre Leidenschaft für romantische Geschichten zu teilen. Sie besaß stapelweise Magazine und rührselige Romane, die sie den jungen Frauen gern lieh.

Ruth nickte gelassen und lachte. »Wir brauchen Wilma ja nichts davon zu erzählen«, sagte sie verschwörerisch. »Hauptsache, du lernst Englisch. Pass nur auf, wie du dann die Missionare ansprichst ...«

Sie griff nach der Zeitschrift und las ein paar Sätze vor: »*Peter, mein Herz fliegt dir zu. Wie rasend es pocht, wenn ich deine Stimme höre. Wenn ein Lächeln dein Gesicht erhellt, so strahlt es bis in meine Seele* ... Das könnte Bruder Oskar oder Bruder Gottfried ein bisschen überfordern.«

Hilde lachte mit. »Ich dachte, die können gar kein Englisch«, meinte sie.

Ruth und Hilde waren längst Freundinnen, als das Schiff den Golf von Biskaya erreichte.

»Von nun an wird es wärmer«, erklärte Mrs. Schuman. Bis jetzt hatten die Frauen bei ihren Deckspaziergängen häufig gefroren. »Denken Sie an meine Worte, bald packen Sie Ihre Sommerkleidung aus.«

Auch sonst begannen die Frauen den Aufenthalt auf Deck vermehrt zu genießen. Schließlich sah man jetzt gelegentlich Wale, und ganze Gruppen von Delfinen umkreisten das Schiff. Ruth wurde nicht müde, sie zu beobachten, und wartete eigentlich jeden Tag darauf, dass Wilma die Geschichte von Jonas bestätigt fand wie damals David. Tatsächlich war es allerdings Hilde, die sich daran erinnerte – woraufhin Wilma sie auslachte.

»Diese Wale können es nicht gewesen sein«, meinte sie. »Sie haben nicht mal Zähne, sondern so fedriges Zeug – Fischbein. Daraus macht man Korsetts. Stimmt's, Ruth? Jedenfalls wäre Jonas dem Wal beim Verschlucken im Hals stecken geblieben.«

Ruth erinnerte sich dunkel, so etwas gehört zu haben – und empfand großen Respekt vor Wilmas Wissen und der Leichtigkeit, mit der sie darüber hinwegging, dass Bibelgeschichten vielleicht nicht immer wörtlich zu nehmen waren. Wilma war sicher sehr gläubig, doch bigott und fanatisch war sie nicht.

Nach einigen Wochen auf See informierte Mr. Schuman die jungen Frauen über einen bevorstehenden Landgang. Man würde in Salvador de Bahia in Brasilien die Vorräte ergänzen. In Begleitung ihres Gönners und seiner Frau konnten die künftigen Missionshelferinnen sich ungefährdet in dem exotischen Ort ein wenig umsehen.

Zum ersten Mal trafen sie dunkelhäutige Menschen, die allerdings keineswegs Heiden waren, wie Hilde vermutete, sondern getauft, wenn auch katholisch.

»Da sind uns die papistischen Missionare zuvorgekommen«, meinte Wilma bedauernd. »Aber die hatten es auch leichter. Die Leute hier sprechen ja Spanisch, und viele Papisten sind Spanier.«

»Portugiesisch«, korrigierte allerdings Mr. Schuman. »Brasilien war mal eine portugiesische Kolonie. Die Eingeborenen wurden unterjocht, das Land von Portugiesen und anderen Landsleuten besiedelt – Bedingung für die Einwanderung war der katholische Glaube. Man holte Sklaven aus Afrika, die man zwangsweise taufte. Da gibt es wirklich nichts für Sie zu missionieren, Fräulein Krüger.«

Wilma nahm das gelassen hin und freute sich ebenso wie Ruth und Hilde an den exotischen Früchten, die es zu kosten gab, an den traumhaften Stränden und dem warmen Klima.

»Wie schade, dass wir nicht in Afrika missionieren oder in einem anderen warmen Land«, sprach Hilde schließlich aus, was Ruth nur zu denken wagte. »Es wäre so schön, immer die Sonne zu spüren.«

»Wir müssen dorthin gehen, wo Gott uns sehen will«, rügte Wilma sogleich.

Ruth nickte demütig und dachte daran, dass ihre Sonne immer David geheißen hatte. Mit ihm würde sie überall glücklich sein.

Insgesamt dauerte die Reise der *Emma Laura* – Schuman hatte das Schiff nach seiner Frau getauft – lediglich halb so lange wie die des Walfängers, auf dem David nach Neuseeland gereist war.

Bereits nach dreieinhalb Monaten traf das Schiff in Kororareka ein, und an Sonne mangelte es nicht, als es die Bay of Islands durchfuhr. Tatsächlich war Ruth entzückt von der Landschaft, die sich vor ihr auftat, es gefiel ihr fast besser als im tropischen Bahia. Allerdings war es kalt – in Neuseeland herrschte zur Zeit ihrer Ankunft Frühling. Wilma und Hilde waren ganz verwirrt gewesen, als Ruth ihnen auf dem Schiff erklärt hatte, dass die Jahreszeiten genau entgegengesetzt zu denen in Deutschland waren.

»Wie kommen wir denn jetzt nach Chatham Island?«, fragte Wilma ungeduldig, kaum dass sie das Schiff verlassen hatten. Die Schumans planten, umgehend nach Auckland weiterzureisen, wo ihr Handelshaus angesiedelt war.

»Wir müssen eine Passage auf einem Frachtschiff oder Walfänger für Sie finden«, erklärte Mr. Schuman. »Und bis dahin müssen Sie irgendwo unterkommen. Aber ich denke, das wird nicht schwierig sein. Hier in der Gegend gibt es eine Missionsstation, Te Waimate. Sicher wird man Sie dort gern aufnehmen. Ich denke, Bischof Selwyn oder die Missionare können die Weiterfahrt organisieren. Sie treiben viel Handel mit den Walfängern. Bestimmt wird es nicht lange dauern.«

Die Schumans ließen sich nicht nehmen, die jungen Frauen nach Te Waimate zu begleiten. Kororareka, so erklärte ihr Gönner, sei nicht sicher für sie, der Ort werde nicht zu Unrecht als Höllenloch bezeichnet. Es wimmle darin vor zwielichtigen Gestalten.

Die Mission in Te Waimate machte dagegen einen sehr guten Eindruck. Wie in einem kleinen Dorf gab es hübsche Holzhäuser für die Familien der Missionare, Unterkünfte für Gäste und verschiedene Handwerksbetriebe, in denen die missionierten Maori sich in europäischen Kulturtechniken üben konnten. Das Konzept, befand Ruth, war den Plänen von Pastor Goßner sehr ähnlich, sie fasste erneut Mut für die Mission auf Chatham Island. Vielleicht waren David und die anderen nur ungeschickt vorgegangen. Sie nahm sich vor, die Zeit in Te Waimate zu nutzen, um sich so viel wie möglich bei den erfolgreichen Missionaren abzugucken. Wilma sah das ähnlich und überraschte die anderen Frauen gleich am ersten Tag in der Station mit einem Gruß auf Maori.

»*Kia ora* heißt Guten Tag! Und man muss es ganz schnell aussprechen. Sie sprechen allgemein ziemlich schnell, die Maori.«

Ruth und Hilde wollten sich gern auf der Krankenstation nützlich machen, stellten jedoch überrascht fest, dass es keine gab.

»Bislang hat man uns leider noch keine tüchtigen Krankenschwestern aus Berlin geschickt.« Reverend Williams, der Leiter der Station, lächelte nachsichtig. Bischof Selwyn war auf Reisen. »Ihre Brüder auf Chatham Island sind zu beneiden. Immerhin gibt es in Kororareka einen tüchtigen Arzt.«

»Auf der Insel gibt es keinen Arzt?«, fragte Ruth.

Der Reverend schüttelte den Kopf. »Nein. Dort wird man besser nicht krank. Die traditionelle Maori-Medizin ist zwar gar nicht so schlecht – die alten *tohunga* haben ein profundes Wissen über Heilpflanzen –, ich befürchte nur, dass sich keiner von ihnen der Invasion auf die Chathams angeschlossen hat. Die sind ja in ihren Stämmen hoch angesehen, und ganz sicher hätte sie niemand des Landes verwiesen.«

Im Folgenden erklärte Reverend Williams den interessiert lauschenden Frauen, wie er die Lage auf den Chathams beurteilte. Er war der Ansicht, dass die Chatham-Maori ihre Stämme in Taranaki nicht ganz freiwillig verlassen hatten.

»Man weiß das natürlich nicht so genau«, schränkte er ein, als Wilma nachfragte. »Aber als in Waitangi der Vertrag zwischen den Briten und den Maori unterzeichnet werden sollte, in dem festgelegt wurde, wie die Rechte und das Eigentum der Maori geschützt und Sicherheit und Ordnung aufrechterhalten werden sollten, gab es einen Vorfall, der mich nachdenklich gemacht hat. Ein Chatham-Maori, angeblich ein Häuptling, wollte an den Beratungen teilnehmen, wurde jedoch von den Maori, die hier auf Neuseeland leben, abgewiesen. Man betrachtete ihn eher als Unruhestifter denn als Stammesfürst, und das spricht meiner Ansicht nach Bände. Eine typische Stammesstruktur und -kultur, wie die Maori sie hier bei uns haben – sie sind ja keine Wilden, sondern haben ihre Bräuche, ihre Kunst –, werden Sie auf den Chathams nicht finden.«

»Mein ... äh ... einer der Missionare auf Chatham Island schrieb mir, die Maori wären auf der Insel ... eingebrochen?«, fragte Ruth nach.

Reverend Williams nickte. »Es heißt, die Invasion sei sehr blutig gewesen«, führte er aus. »Die dort lebenden Einheimischen, die Moriori, müssen sehr gelitten haben und noch leiden. Aber da werden Ihre Glaubensbrüder Ihnen Genaueres berichten können.«

Ruth nickte und fragte sich, warum David das in seinen Briefen nicht längst getan hatte. Er hatte einige Andeutungen über die Versklavung der Moriori gemacht, doch über extreme Ausschreitungen während der Invasion hatte er nichts geschrieben. Nun würden sie ja bald selbst erfahren, wie es um die Einheimischen auf den Inseln stand. Reverend Williams eröffnete ihnen, dass sie schon in der kommenden Woche mit einem Frachtschiff übersetzen konnten.

»Es wird sogar morgen schon ein Walfänger abgehen, aber der Kapitän ist ein harter Hund und seine Mannschaft eine wilde Horde. Denen möchte ich Sie nicht anvertrauen. Allerdings werde ich ihnen einen Brief für die Brüder in Whangaroa mitgeben, in dem ich ihnen Ihre Ankunft avisiere. Das ist doch sicher in Ihrem Sinne?«

Ruth nickte eifrig. Wie schön es war, dass sich die Männer so auf ihre Ankunft vorbereiten konnten. Sie wusste ja bisher nicht einmal, ob David ihren letzten Brief und das Kochbuch bereits erhalten hatte. Nur ein paar Wochen später war sie abgereist. Ob es möglich war, dass die *Emma Laura* das Postschiff überholt hatte?

Kapitel 3

Die drei jungen Frauen sprachen bereits ihre ersten paar Sätze Maori, als das Frachtschiff schließlich ablegte. Sie teilten sich eine winzige Kabine – einer der Schiffsoffiziere stellte seine Unterkunft ritterlich zur Verfügung – und hofften, den größten Teil der Reise an Deck verbringen zu können. Dann bekamen sie jedoch die volle Wut der Roaring Forties zu spüren. Gleich am zweiten Tag der Reise stürmte es heftig. Das Schiff wurde von den Wellen hin und her geworfen, die Segel mussten eingeholt werden, damit die Winde sie nicht zerfetzten. Ruth und die anderen zitterten um ihr Leben, obwohl der Kapitän und die Offiziere sie davon zu überzeugen versuchten, dass keine Gefahr bestand.

»Es ist hier immer so stürmisch«, meinte der Skipper gelassen. »Gut, jetzt im Frühling besonders, aber die meisten Passagiere haben auch zu den anderen Jahreszeiten mit der Seekrankheit zu kämpfen. Auf den Inseln selbst ist das Wetter genauso bescheiden. Viel Wind, viel Regen, karge Vegetation ... Also den schönsten Ort der Welt haben Sie sich da nicht ausgesucht zum Missionieren, meine Damen. Ich hätt mir ja anderswo Heiden gesucht ...«

Tatsächlich erinnerte nichts an die leuchtenden Strände Bahias, als nach Tagen der turbulenten Reise endlich die Chathams in Sicht kamen. Ruth und die anderen schauten einerseits erleichtert, andererseits besorgt auf die rauen Klippen, die schmalen Strände und die windgebeutelten Bäume auf den Höhen. Sie würden glücklich sein, endlich an Land gehen zu können, doch besonders verlockend wirkte diese Küste nicht.

Immerhin regnete es nicht, als das Schiff in einer Bucht ankerte, und der Sturm hatte sich gelegt. Das war wichtig, denn die Seeleute mussten die jungen Frauen in kleinen Booten an Land rudern.

»Von hier aus haben Sie es nicht mehr weit«, tröstete der Kapitän. »Das ist die Bucht von Whangaroa, Ihre Brüder leben ganz in der Nähe, nur ein Stück landeinwärts. Da ist auch das Maori-Dorf. Direkt am Strand siedelt niemand. Ist zu stürmisch.«

Ruth erkundigte sich mit klopfendem Herzen, ob es wohl möglich wäre, einen Boten zu den Missionaren zu schicken und sie von ihrer Ankunft zu informieren. Der Kapitän bejahte das, erklärte es jedoch für unnötig.

»Die wissen, dass ein Schiff kommt. Die Maori haben ihre Späher, und sie sind ganz scharf darauf, mit uns Geschäfte zu machen. In spätestens einer Stunde sind sie da – und Ihre Brüder werden das auch erfahren. Wenn sie die Küste nicht selbst im Auge behalten, wird Kimi sie benachrichtigen.«

Ruth horchte auf. »Sie kennen … Kimi?«, fragte sie.

Der Kapitän nickte. »Natürlich. Jeder kennt Kimi. Sie übersetzt für die Maori. Sie ist die Einzige hier, die richtig Englisch spricht – vielleicht mal abgesehen von Bruder David Mühlen, aber den lassen sie nicht übersetzen. Liegt wohl nicht in ihrem Interesse, wenn der Missionar erfährt, wie sie die Skipper übers Ohr hauen.« Er lachte. »Die Stämme verkaufen uns Proviant, und wenn ein Captain in einer Notlage ist, dann nehmen die's von den Lebendigen.«

»Und Kimi stört das nicht?«, fragte Ruth.

»Kimi hat nichts zu melden, das arme Ding«, meinte der Kapitän. »Die tut, was sie von ihr verlangen. Ein Jammer eigentlich, da hat's wohl den ganzen Stamm hart getroffen, als die Maori einmarschiert sind. Na ja, Sie werden es ja sehen – in ein paar Tagen wissen Sie das alles besser als ich.«

Tatsächlich hatten die Seeleute ihr Schiff kaum richtig vertäut und begonnen, ein Ruderboot zu Wasser zu lassen, als sich am Strand etwas tat. Ruth erkannte stämmige Männer in Breeches und Lederjacken, wahrscheinlich Maori. Sie war erleichtert, dass sie nicht in Flachsröcken und mit Speeren bewaffnet auftraten, sondern eigentlich nicht anders wirkten als die Maori-Männer in der Te-Waimate-Mission. Und dann tat ihr Herz einen Sprung, als fünf dunkel gekleidete Männer den Strand betraten – alle mit den typischen breitkrempigen Hüten der Missionare. Hinter ihnen, in gebührendem Abstand, kam ein Mädchen oder eine Frau. Ruth erkannte auf diese Entfernung nur, dass sie ein Kleid trug – ein langes, züchtiges immerhin. Ob das Kimi war?

Plötzlich konnte sie es kaum erwarten, das wacklige Ruderboot zu besteigen. Endlich, endlich war sie am Ziel!

Die Maori am Strand hatten inzwischen begonnen, Kanus zum Wasser zu ziehen. Beim Näherkommen erkannte Ruth die martialischen Tätowierungen auf ihren Gesichtern. Ganz so schlimm hatten die Maori in Te Waimate nicht ausgesehen, wenn sie sich richtig erinnerte. Ihr Haar war auch nicht zu einem seltsamen Knoten aufgesteckt gewesen wie das dieser Männer. Sie hatten es kurz getragen wie weiße Arbeiter.

Hilde starrte die Männer fasziniert an – auch sie schien die latente Bedrohung zu spüren, die von ihnen ausging –, und die Männer gafften genauso verwundert zurück. Weiße Frauen mochten sie hier noch nie gesehen haben.

Die Missionare warteten im Hintergrund und machten keine Anstalten einzuschreiten, als einer der Maori sofort auf das Ruderboot zutrat, das die Seeleute an Land zogen, damit Ruth und die anderen trockenen Fußes aussteigen konnten. Der Mann baute sich provozierend vor ihnen auf.

»Ich Anewa«, sagte der Mann auf Englisch. »Häuptling. Wer ihr? Wer euch gibt Erlaubnis, kommen an meine Strand?«

Ruth suchte nach Worten, allerdings schob sich nun direkt Wilma nach vorn.

»Kia ora, ariki«, grüßte sie in ihren ersten paar Worten Maori und fuhr dann auf Englisch fort, so gut es ihr bisheriges Wissen erlaubte. »Ich bin Schwester Wilma Krüger, und das sind die Schwestern Ruth Helwig und Hilde Lehmann. Wir kommen, um unsere Brüder von der Goßner-Mission darin zu unterstützen, deinem Volk das Heil zu bringen. Unsere Erlaubnis dazu

stammt von Gott, dem im Übrigen auch dieser Strand gehört, wie jedes andere Stück Land auf dieser schönen Erde. Er mag es dir und deinem Volk zur Nutzung gegeben haben, doch er gab dir sicher nicht das Recht, seine Dienerinnen davon zu vertreiben.«

Damit verbeugte sie sich kurz und kletterte in so hoheitsvoller Haltung wie nur möglich aus dem Boot. Ruth und Hilde taten es ihr gleich. Der Häuptling musterte sie sichtlich verwirrt. Ruth wusste nicht, ob er Wilmas Predigt verstanden hatte, aber sie hatte zumindest für Verblüffung gesorgt. Der Häuptling war es sicher nicht gewohnt, so selbstbewusst von einer Frau abgekanzelt zu werden.

Wilma ließ ihn einfach stehen und wandte sich nun den Missionaren zu, die sich immer noch nicht gerührt hatten.

»Brüder!«, rief sie ihnen zu. »Seid gegrüßt! Gott hat uns sicher hergeführt. Wollen wir nicht ein Gebet sprechen, um ihm von Herzen dafür zu danken?«

Die Blicke der Männer wanderten zu David, den Ruth nun in ihrer Mitte entdeckte. Sein Anblick ließ ihr Herz stürmisch schlagen. Wie gut er aussah! Noch besser als damals in Berlin. Er wirkte hagerer, doch auch männlicher. Sein Gesicht war kantiger und gebräunt von Wind und Sonne. Die blonden Locken lugten unter dem breitkrempigen Hut hervor, er trug das Haar länger als in Berlin. Ruth fand, dass er aussah wie ein Prinz, der sich nur in die schwarze, nüchterne Kleidung verirrt hatte, die obendrein verschlissen wirkte. Natürlich, mehr als einen Anzug, der zur Würde eines Gottesmannes passte, hatte er nicht gehabt, und den hatte er nun drei Jahre lang getragen.

Nun schienen die Brüder zu erwarten, dass er das Wort nahm und die Frauen in ihrem Namen begrüßte. David hatte jedoch nur Augen für Ruth, die sich sofort ängstlich fragte, wie sie auf ihn wirken musste. Früher hatte sie sich für ihre Treffen meist bunt und fröhlich gekleidet, doch als Missionarshelferin musste sie sich auf formelle Kleidung beschränken. Wie die anderen Frauen trug sie einen schwarzen Rock und eine weiße Bluse, darüber eine taillierte schwarze Jacke. Ihr volles langes Haar war unter einem schwarzen Kapotthut versteckt.

Schließlich war es Bruder Heinrich, der die ersten Worte sprach.

Salbungsvoll hieß er die Frauen auf Chatham Island willkommen und lobte Gott für ihre sichere Ankunft – bis sich der Häuptling, Anewa, erneut einschaltete. Er schien sich von seiner Verblüffung erholt zu haben, trat nun auf die Gruppe der Weißen zu und schleuderte ihnen ein paar scharfe Worte entgegen. Ruth verstand kein Wort, Wilma sicher ebenso wenig. Der Häuptling schien dessen schnell gewahr zu werden.

»*Wahine!*«

Der Ruf galt der blau gekleideten Frau hinter den Missionaren. Ruth riss sich von Davids Anblick los und schaute sie genauer an, als sie jetzt mit gesenktem Kopf näher trat. Sie sah, dass ihr westliches Kleid verschlissen und mehrfach geflickt war. Es war ihr deutlich zu groß und schlackerte um ihren schmalen Körper. Für eine Moriori-Frau war sie außerordentlich zierlich, Ruth erinnerte sich daran, dass David von Unterernährung gesprochen hatte. Allerdings hatte sie prächtiges Haar, das ihr offen über den Rücken fiel. Von ihren Zügen konnte Ruth nicht viel erkennen, solange sie nicht wagte aufzublicken.

Der Häuptling überschüttete sie nun mit einem Wortschwall, woraufhin sie endlich ein wenig den Kopf hob und die Frauen ansprach.

»Mein Name ist Kimi«, begann sie zögernd in fließendem Englisch. »Der große Häuptling Anewa bittet mich, euch in seinem Namen herzlich bei uns willkommen zu heißen. Er möchte euch einladen, morgen in sein Dorf zu kommen, um ihm genauer zu berichten, woher ihr kommt und was euer Begehr ist. Ihr solltet allerdings in seinem Beisein nicht Deutsch miteinander sprechen, weil er es nicht mag, wenn er nicht versteht, was die Menschen in seiner Umgebung reden. Jetzt gerade hat er wenig Zeit, er will zum Schiff übersetzen, um mit dem Kapitän Handel zu treiben.«

So höflich sollte Anewa gesprochen haben? Für Ruth hatte sein Sermon eher wie eine Vorladung geklungen. Er wollte die Frauen sprechen, doch willkommen hieß er sie ganz bestimmt nicht.

Wilma nickte. »Sag ihm, wir werden uns morgen mit ihm treffen, uns förmlich vorstellen – vielleicht erst mal eine gemeinsame Andacht halten. Er ist doch Christ, oder?« Kimi bejahte. »Und dann werden wir gern unsere weiteren Pläne für die Mission mit ihm besprechen, so Gott will.« Wilma sah den Häuptling offen an, während Kimi übersetzte.

Anewa gab ein Schnauben von sich, verzog das Gesicht zu einer bedrohlich wirkenden Grimasse und spie zwei scharfe Worte aus.

»Er freut sich darauf«, sagte Kimi.

David Mühlen schien sich endlich gefasst zu haben. Er forderte die Missionare und Missionshelferinnen auf, sich in den Sand zu knien und Gott mit einem ausführlichen Gebet zu danken. Ruth fand das eigentlich übertrieben, sie ließ sich jedoch wie die anderen brav nieder. Kimi blieb stehen. Ruth sah ihr kurz ins Gesicht und registrierte dunkle Haut und sehr große, lang bewimperte Augen unter kräftigen Brauen. Die Nase war vielleicht etwas breit, die Lippen sehr voll, doch von der jungen Frau ging eine ruhige Würde aus – sie mochte Schweres erlebt haben, aber ließ sich davon nicht niederringen. Jetzt bemerkte sie Ruths Blick und erwiderte ihn scheu. In ihren Augen stand etwas wie Neugier, doch auch Resignation. Was mochte das bedeuten?

Der Wind lebte plötzlich wieder auf, und es hatte zu nieseln begonnen. Ruth wünschte sich weg vom Strand und war erleichtert, als David mit seinem Gebet endlich zum Ende kam.

»Wir gehen jetzt zum Missionshaus«, sagte er. »Keine Sorge, da ist es warm und trocken. Ihr habt aber viel Gepäck ...« Er warf einen Blick auf die Reisetaschen und Kisten, die von den Seeleuten ausgeladen worden waren. »Ich fürchte, wir werden zweimal gehen müssen ... Bruder Franz, würdest du hierbleiben und die Sachen bewachen?«

Bruder Franz war der schmalste der fünf Männer. Ruth erinnerte sich, dass David in seinen Briefen erwähnt hatte, dass er sich nur ungern handwerklich betätigte. Davids Entscheidung, die kräftigeren Männer die schweren Kisten tragen zu lassen und ihm die Wache zu überlassen, war sicher richtig.

»Können wir die Sachen nicht einfach später abholen lassen?«, fragte Ruth. »Es gibt in der Mission doch sicher Männer ...«

Sie dachte an Te Waimate, wo ihr Gepäck ganz selbstverständlich von Maori-Helfern ins Haus gebracht worden war. Es war im Übrigen keineswegs viel, was ihnen persönlich gehörte. Die bescheidene persönliche Habe der Missionarshelferinnen umfasste nicht mehr als drei kleine Reisetaschen. Allerdings hatte die rührige Wilma vor der Abfahrt Spenden gesammelt, die drei voluminöse Kisten füllten. Ruth wusste, dass sie Kleidung, Spielzeug und Kochutensilien enthielten, alles, um sich die Frauen und Kinder der Heiden gewogen zu machen.

Bruder Franz warf ihr einen spöttischen Blick zu. »Wenn Sie das hier stehen lassen, Schwester Ruth, dann hat es sich schneller in Luft aufgelöst, als Sie *Du sollst nicht stehlen* sagen können. Einen Satz, den wir im Übrigen häufig vor unseren Pfarrkindern wiederholen, der allerdings weitgehend ungehört verhallt. Rund um dieses Dorf gibt es genau fünf Männer, denen Sie trauen können – und das sind wir.«

»Das stimmt nicht.« Der leise Einwand kam von Kimi, der die Worte wohl herausgerutscht waren. Sie schien ihre Worte auch schon zu bereuen und senkte erneut den Kopf. Dabei fiel ihr ein Haarvorhang vors Gesicht. Sie strich die Strähnen nicht zurück, sondern schien sich darunter zu verstecken. »Es gibt noch ein paar Moriori-Männer«, sprach sie dann trotzdem weiter. »Und wir stehlen nicht.«

David streifte sie mit einem freundlichen Blick, der Ruth wachsam werden ließ. »Da hat sie recht, Bruder Franz, die Moriori sind brave Christen«, unterstützte er Kimis Rede.

Bruder Franz schlug die Augen gen Himmel. »Denen bleibt

auch nichts anderes übrig«, spottete er. »Die Maori würden sie grün und blau schlagen, wenn sie sich irgendwas aneignen würden, das der Häuptling selbst gern hätte.«

Wilma ergriff das Wort. »Nun, die Dinge in den Kisten sind ohnehin für unsere Maori und Moriori gedacht – irgendjemand muss mir da mal den Unterschied genauer erklären. Allerdings sollten sie sich nicht selbst bedienen. Also vielen Dank, Bruder Franz, für die Aufklärung und die Wache. Wir werden uns weiterhin mühen, den Menschen in der Gemeinde die christlichen Gebote näherzubringen.«

Bruder Heinrich, Bruder Gottfried und Bruder Oskar hatten sich inzwischen je eine Kiste auf die Schultern geladen, David griff nach zwei Reisetaschen. Er ging neben Ruth – Kimi blieb bei Bruder Franz.

»Tut mir leid, dass ihr hier gleich in diese kleinen internen Streitigkeiten hineingeraten seid«, wandte David sich an sie. Sie wanderten über einen Waldweg. Die Bäume hielten Wind und Nässe ein wenig ab. »Bruder Franz hält nichts von den Maori, und die Moriori sind ihm ebenso suspekt, obwohl das brave Menschen sind, die das Christentum wirklich leben. Wenn ein Volk das Gebot verinnerlicht hat, demjenigen, der einem auf die linke Wange schlägt, auch die rechte hinzuhalten, dann sind sie es. Nur scheinen sie nicht die Klügsten zu sein. Kimi ist eine Ausnahme.« Er lächelte, was Ruths Argwohn verstärkte. Unzweifelhaft brachte er Kimi starke Sympathie entgegen. »Denk dir, sie hat sogar für euch gekocht. Als die Späher der Maori das Schiff kommen sahen, ist sie direkt zur Mission gekommen. Das Kochbuch von dir enthält leider nur englische Rezepte. Sie sind etwas ungewohnt, doch Kimi gibt sich redlich Mühe. Heute gibt es Irish Stew.«

Ruth nickte freundlich. Sie hatte natürlich ein englisches Buch gewählt, weil sie davon ausging, dass Kimi kein Deutsch verstand. Doch egal, wer wie etwas für sie zubereitet hatte, sie würde froh sein, in absehbarer Zeit überhaupt etwas Warmes in den Magen zu bekommen. Diese Kimi fing es zweifellos schlau an.

Das aufwendige Essen diente sicher vor allem dazu, sich die Missionshelferinnen gewogen zu machen. Wahrscheinlich hoffte die junge Frau, ihre Stellung im Missionshaus behalten zu können.

Der Weg zur Missionsstation war tatsächlich nicht weit, und das stabile Holzhaus mit Veranda und Stallanbauten sowie die kleine, aber sehr anheimelnd wirkende Kirche versöhnten Ruth und die anderen Frauen mit dem schlammigen Pfad zwischen Haus und Strand, den sie trotz ihres festen Schuhwerks kaum hatten bewältigen können. Mehrmals war Ruth kurz davor gewesen, nach Davids Arm zu greifen, wie sie es früher auf gemeinsamen Spaziergängen getan hatte. Jetzt rief sie sich jedoch zur Ordnung. Tändeleien und Spielchen dieser Art waren einer Missionshelferin nicht würdig. In den letzten Monaten hatte sie Davids Briefe wieder und wieder studiert, und sie meinte nun zu wissen, wie sie es angehen musste, ihm näherzukommen. Der Weg zu David führte nur über den Glauben. Da halfen keine Stolpersteine. Sie würde Gott bemühen müssen, um David auf die Sprünge zu helfen.

Nun betrat sie jedoch erst mal an seiner Seite das Haus und war erneut angenehm überrascht. Die Möbel waren einfach, doch gut gearbeitet. In einem gusseisernen Ofen brannte ein Feuer, an dem die Frauen sich trocknen und wärmen konnten. Der Tisch in dem großen Wohnraum neben der Küche war bereits gedeckt, mit irdenem, schlichtem Geschirr und Besteck. Es war nicht ganz korrekt ausgerichtet, der Umgang mit Messer und Gabel war Kimi wohl noch nicht vertraut.

»Was für hübsche Bilder an den Wänden«, bemerkte Hilde. »Hat einer der Brüder die gemalt?«

Ruth richtete ihre Aufmerksamkeit nun auch auf den Wandschmuck und konnte nicht umhin, die Zeichnungen zu bewundern. Es mussten die sein, die Kimi den Missionaren geschenkt hatte.

David erklärte den Frauen, dass lediglich eines der Werke von Bruder Heinrich war.

»Ich zeige euch jetzt kurz eure Kammer, und dann gehen wir noch mal zum Strand und holen die restlichen Sachen«, sagte er. Mit Letzterem hatten die Männer es erkennbar eilig. »Solange könnt ihr euch einrichten.«

Ruth, Wilma und Hilde bezogen ein schlichtes Zimmer in einem Anbau – zweifelsfrei weit entfernt von den Räumen der Missionare. Erneut mussten sie es teilen. Privatsphäre würde es erst wieder geben, wenn sich Paare fanden.

Hilde war das nur zu bewusst, und sie hatte sich die Männer natürlich gleich angesehen. »Bruder Franz gefällt mir am besten«, erklärte sie. »Also jetzt mal abgesehen von Bruder David, aber den bekommt ja Ruth.« Ruth errötete. Sie hatte der Freundin nie explizit anvertraut, dass sie all dies nur organisiert hatte, um David Mühlens Herz endlich zu erobern. Aber Hilde war ja alles andere als dumm. »Er scheint mir allerdings recht streng und sauertöpfisch. Bruder Gottfried und Bruder Oskar sind wohl lustiger. Und wen magst du bislang am liebsten, Wilma?«

Wilma warf ihr einen ihrer strengen Blicke zu. »Es geht wohl kaum darum, sich den Mann zu erwählen, mit dem man sich am besten amüsiert! Aber ... wenn ihr es unbedingt wissen wollt ...« Auch sie errötete. »Mir hat Bruder Heinrichs Stimme gefallen. Wie seelenvoll er die Gebete gesprochen hat, und er hat uns so warm willkommen geheißen.«

»Es ist jedenfalls schade, dass wir nur zu dritt sind«, meinte Ruth. »Egal, für wen wir uns entscheiden, zwei der Brüder werden ohne Frau bleiben.«

Ihr Vater hatte sich zu dem Umstand, fünf Männern lediglich drei Frauen zu schicken, viel drastischer geäußert. »Darauf kann auch nur ein ehemaliger Papist kommen«, hatte Hermann Helwig lachend gesagt, als Ruth davon erzählte. »Völlig weltfremd und unbedacht. Es wird unweigerlich zu Eifersüchteleien und Streit kommen. Hoffen wir mal, dass sich die frommen Brüder nicht gleich gegenseitig an die Gurgel gehen.«

Ruth konnte das nicht gänzlich verleugnen. Es wäre zweifellos besser gewesen, erst weitere junge Frauen anzuwerben, die bereit waren, das Abenteuer zu wagen. Sie hatte die Angelegenheit aber wohlweislich nicht angesprochen. Gewartet hatte sie lange genug.

David und die anderen Missionare waren bald wieder da. Die Frauen hatten gerade genug Zeit gehabt, sich darüber zu verständigen, wer welches Bett wollte, und das obligatorische Dankgebet zu sprechen, als sie im Haupthaus Stimmen hörten und der aromatische Duft von Fleisch und Gemüse zu ihnen herüberwaberte.

Rasch gingen sie zurück in den Wohnraum, Kimi stand in der Küche nebenan am Herd und erwärmte einen Eintopf. Sie hatte die Missionare also ins Haus begleitet. Ruth fragte sich, ob sie auch mit ihnen essen würde, doch sie schüttelte den Kopf, als David sie freundlich dazu einlud.

»Besser nicht, Da ... Bruder David. Anewa würde ... er könnte mich vermissen. Der Kapitän hat ihm ein Schwein abgekauft und zwei Säcke Kartoffeln. Das hat er sicher mit Whiskey bezahlt ...«

Sie sprach nicht weiter, und David fragte nicht nach.

Ruth und die anderen Frauen wechselten alarmierte Blicke. Durch ihre Erfahrungen in der Krankenpflege und Frauen- und Familienfürsorge kannten sie die Zusammenhänge zwischen Alkohol, Gewalt und Missbrauch nur zu genau.

»Du kannst gern hierbleiben, Kimi, wenn du dich vor deinem Mann ängstigst«, sagte Wilma ruhig. Sie selbst schien völlig furchtlos. »Hier in der Kirche bist du sicher.«

Die Missionare blickten betreten, Bruder Franz schien ein bitteres Lachen zu unterdrücken.

Kimi sah Wilma an, als wäre sie nicht bei Trost. »Es ist besser, wenn ich gehe«, sagte sie dann nur.

Wilma biss sich auf die Lippen. Wie Ruth und Hilde dachte sie wohl an die vielen Frauen in Berlin, die unbedingt zu ihren Männern hatten zurückkehren wollen, die sie bei jeder Gelegenheit grün und blau schlugen.

»Du wirst aber morgen für uns übersetzen, nicht wahr?«, fragte sie freundlich. »Ich denke, ich werde deinem Mann ein bisschen den Kopf zurechtsetzen. Er scheint die christlichen Werte noch nicht gänzlich verinnerlicht zu haben.«

Kimi blickte auf, und ihre Augen blitzten. Ruth fand nicht, dass sie aussah wie eine der schicksalsergebenen und immer noch liebenden Berliner Arbeiterfrauen. Offensichtlich brodelte unterdrückter Zorn in ihr.

»Er ist nicht mein Mann!«, stieß Kimi hervor. Dabei sah sie David an. Anscheinend erwartete sie von ihm, den Frauen ihre tatsächliche Beziehung zu Anewa zu erklären. Als er schwieg, drehte sie sich um und ging.

Es war Bruder Franz, der danach das Schweigen brach. »Sie ist nicht seine Frau, sie ist sein Besitz.«

Kapitel 4

Wilma schäumte immer noch vor Wut, als die Frauen sich am nächsten Tag zum Dorf der Maori aufmachten, begleitet von David und Bruder Oskar, dem wohl mutigsten der fünf Missionare. Alle anderen hatten auf den Feldern zu tun. Die Stimmung war etwas gedrückt. Der erste Abend in der Mission, der eigentlich dem Dank an Gott und dem Kennenlernen der Missionare und Missionshelferinnen hatte dienen sollen, war von Wilmas bohrenden Fragen und ihren anschließenden Vorwürfen überschattet worden.

»Wie könnt ihr zulassen, dass sie diese Moriori als Sklaven halten? Und sich ihrer ja offensichtlich in einer Form bedienen, die einem Christenmenschen zutiefst zuwider sein sollte. Ist dieser Häuptling nicht getauft? Hat er dem Bösen nicht widersagt? Und ihr schickt diese junge Frau immer wieder zu ihm zurück, wohl wissend, was er ihr antut?« David und die anderen hatten natürlich mit Engelszungen geredet und tausend Entschuldigungen für ihre Duldsamkeit vorgebracht. Wie hätten sie christliche Werte gegenüber einem bewaffneten Krieger durchsetzen sollen? »Ihr sollt sie ja nicht durchsetzen. Wir bekehren die Heiden schließlich nicht mehr mit Feuer und Schwert«, hatte Wilma beharrt. »Eure Aufgabe war es und ist es, die Leute davon zu überzeugen. Getauft ist hier offenbar nicht das Gleiche wie bekehrt. Und das ist schändlich. Glaubt ihr wirklich, das bisschen Wasser auf dem Kopf garantiere diesen Menschen das ewige Leben, obwohl ihre Seelen im Bösen verhaftet bleiben?«

Wilma war fest entschlossen, die Sache mit der Mission von nun an selbst in die Hand zu nehmen. Mit der Bibel und ihrem Regenschirm unter dem Arm, das Haar fest aufgesteckt unter ihrem schwarzen Kapotthut und auch ansonsten züchtig schwarz gewandet, marschierte sie den anderen Frauen voraus in Richtung Dorf. Davids vorsichtige Hinweise zum richtigen Umgang mit dem Häuptling – sie sollten darauf achten, dass sein Schatten möglichst nicht auf sie fiel, was als Beleidigung seiner Majestät galt – quittierte sie mit einem verächtlichen Blick.

»Vor Gott, Bruder David, sind wir alle gleich«, beschied sie ihn jetzt selbstbewusst. »Und er allein lässt die Sonne scheinen. Weder ihr Licht noch ihren Schatten müssen wir fürchten.«

Ruth fand das sehr tapfer, war aber dennoch froh, dass die Sonne an diesem Morgen nicht schien auf den Chathams. Es war grau und regnerisch wie am Tag zuvor, und ihr war schon wieder kalt.

Der Anblick des Dorfes trug nicht dazu bei, ihre Stimmung zu heben. Im Umkreis der Te-Waimate-Mission hatte sie typische Maori-Häuser gesehen, und auch wenn die großen, gruseligen Götterstatuen, die bei den noch nicht bekehrten Maori die Eingänge bewachten, ziemlich bedrohlich auf sie gewirkt hatten, so waren die Häuser in ihren Augen doch schön. Stabil und mit Schnitzereien versehen, bunt bemalt – Ruth hatten sie gefallen. Obwohl Reverend Williams sie schon in Te Waimate darauf vorbereitet hatte, dass es auf den Chathams nicht so idyllisch aussah, überraschten und deprimierten sie die windschiefen Hütten der Sklaven und die schmucklosen Blockhäuser der Maori, an deren Bau die Missionare sicher den größten Anteil gehabt hatten. Vor einem von ihnen hielt Anewa Hof, hinter ihm aufgestellt eine Gruppe schwer bewaffneter Krieger – und Kimi, die sich gegen Regen und Kälte eine Decke über die Schultern gehängt hatte. Weitere Frauen und Kinder versammelten sich neugierig auf dem Dorfplatz. Sie trugen durchweg westliche Kleidung und wirkten wohlgenährt.

»Das sind alles Maori«, verriet David Ruth, bevor er sich zu den Ställen begab, um nach den Pferden zu sehen. »Die Moriori sind auf den Feldern, arbeiten. Die bekommt man kaum zu Gesicht. Wenn sie freihaben, verkriechen sie sich in ihren Hütten.«

»Aber darin müssen sie jämmerlich frieren«, gab Ruth zu bedenken.

David zuckte mit den Schultern. »Wir schenken ihnen Decken zur Taufe. Aber oft nehmen ihre Herren sie ihnen wieder weg.«

Wilma schnaubte, als sie das hörte, verharrte kurz auf dem Dorfplatz und rief den Frauen und Kindern ein herzliches *kia ora* zu, bevor sie sich Anewa mit festem Schritt näherte.

»*Kia ora, ariki, kia ora,* Kimi«, sagte sie mit fester Stimme. »Wie schön, dass sich so viele von eurem Volk hier versammelt haben, um uns willkommen zu heißen. Wie wäre es, wenn wir unsere Bekanntschaft mit einem gemeinsamen Lied beginnen? Ein paar unserer schönsten Kirchenlieder sind doch schon in eure Sprache übersetzt.«

Wilma hatte sie natürlich in Te Waimate auswendig gelernt. Mit voller, lauter Stimme intonierte sie *So nimm denn meine Hände.* Ruth und Hilde und schließlich Bruder Oskar fielen ein – dann mischten sich tatsächlich auch die Stimmen der Maori-Frauen in den Gesang. Ruth hatte gehört, dass Gesang und Tanz in ihrer Kultur sehr wichtig waren. Wilma schien alles instinktiv richtig zu machen, sie verblüffte Ruth und Hilde auch dahingehend, dass sie bei Anewa nicht mit der Tür ins Haus fiel. So wütend es sie machte, dass die Maori Sklaven hielten und misshandelten – sie blieb diplomatisch.

Mit ruhiger Stimme erläuterte sie dem Häuptling, Gott habe sie und die anderen beiden weißen Frauen zur Unterstützung der Missionare nach Chatham Island geschickt. Selbst als Anewa die höhnische Frage einwarf, ob sich denn zwei Männer je eine von ihnen teilen sollten, blieb sie gelassen.

»Brüderlich!« Er wollte sich ausschütten vor Lachen, als Kimi, die ganz unglücklich wirkte, übersetzte.

»Du hast recht, Häuptling, das Verhältnis von Missionaren und Missionshelferinnen wird von brüderlicher und schwesterlicher Liebe getragen«, meinte Wilma. »Ob sich später Mann und Weib erkennen werden, ist Gottes Ratschluss unterworfen. Unsere Pfarrkinder, Häuptling, geht das mit Verlaub nichts an.« Ruth hoffte, dass Kimi ähnlich diplomatisch übersetzen würde wie am Vortag. Bislang wirkte der Häuptling jedenfalls nicht erzürnt, sondern eher amüsiert von der resoluten Person, die da so selbstbewusst vor ihm stand. »Wir sind jedenfalls nicht hier, um mit den Brüdern zu tändeln, sondern um uns einzubringen in die Arbeit in der Mission«, sprach Wilma weiter. »Schwester Ruth und Schwester Hilde werden eine Krankenstation gründen. Sie steht jedem offen, der krank oder verletzt ist. Die Frauen sollen nicht zögern, ihre Kinder vorbeizubringen, wenn sie irgendeinen Zweifel an ihrem Gedeihen hegen. Ich werde eine Schule eröffnen, in der eure Kinder nicht nur im christlichen Glauben unterwiesen werden, sondern auch Englisch lernen sowie schreiben und lesen. Ich denke, ihr seht alle an Kimi, wie nützlich das sein kann.«

Kimi ließ ihre Haare erneut vors Gesicht fallen und übersetzte. Die Erwähnung ihrer eigenen Person schien ihr äußerst unangenehm zu sein.

»Kimi ist eine Sklavin«, warf der Häuptling ein. »Sie tut all das für mich. Und eine wie sie reicht. Die anderen brauchen wir auf den Feldern.«

Wilma blitzte ihn an. »Ach so, dem großen Häuptling gefällt es, bei so wichtigen Dingen wie Verhandlungen mit Seeleuten und Walfängern auf die Vermittlung einer Sklavin angewiesen zu sein. Einer jungen Frau, die keiner ernst nimmt. Wäre es nicht viel besser, dein eigener Sohn könnte diese Verhandlungen führen? In Würde und auf Augenhöhe mit den Weißen?«

»Der Häuptling hat keinen Sohn«, sagte Kimi leise.

»Nun, dann ein Neffe oder er selbst. Ich hätte nichts dagegen, wenn auch Erwachsene in meine Schule kämen. Die Erfahrung zeigt nur, dass Kinder leichter lernen.«

Anewa sagte etwas.

»Was bekommt er dafür, wenn er die Kinder in die Schule schickt?«, fragte Kimi in seinem Namen. »Und die Kranken in die Station?«

Auch dies war der jungen Frau sichtlich peinlich.

»Bildung und Gesundheit für sein Volk«, erklärte Wilma. »Es

muss niemand geschickt werden. Die Kinder sollen freiwillig kommen. Und sie werden kommen.« Damit wandte sie sich gelassen von Anewa ab und den Frauen und Kindern zu. Vor einem kleinen Mädchen ging sie in die Hocke und zog plötzlich wie aus Zauberhand eine bunte Handpuppe aus dem Ärmel, stülpte sie über die Hand und ließ sie vor dem faszinierten Gesicht der Kleinen tanzen.

»*Kia ora*, ich bin Emma«, sagte sie mit verstellter Stimme. »Und ich habe viele Freunde in der Missionsschule. Du kannst da mit uns spielen. Wie heißt du?«

Die Kleine fasste schüchtern nach der Puppe. »Ich bin Marama«, antwortete sie.

Wilma lächelte. »Und willst du wissen, wie man das auf Englisch sagt? Willst du lernen zu reden wie die Weißen?«

Marama strahlte sie an. »Me, Marama«, prahlte sie dann schon mit ersten Englischkenntnissen. Die Kinder schnappten bei Verhandlungen mit den Seefahrern und *pakeha*-Farmern etliches auf.

»Bist du ein kluges Mädchen!«

Wilma hatte Marama und ihre Freundinnen in kürzester Zeit davon überzeugt, wie viel Spaß es machen würde, zur Schule zu gehen.

Anewa schäumte. »Sie haben nichts zu wollen«, ließ er Kimi übersetzen. »Ob sie in die Mission gehen oder nicht, bestimme ich, nur ich!«

Wilma hob die Schultern. »Dann eben nicht. Stattdessen werden wir kommen und Marama und ihre Freunde hier besuchen. Uns ist das egal, wo wir die Schultafel aufstellen und die Kranken behandeln.«

Ruth standen Bilder aus Missionen im afrikanischen Busch vor Augen, wo die Schwestern und Brüder unter Palmen unterrichteten. Hier dagegen ... es begann schon wieder zu nieseln.

»Aber das heißt natürlich nicht, dass wir nicht auch Geschenke bringen«, lenkte Wilma jetzt ein. »Du hast die Kisten gesehen, die wir mitgebracht haben. Sie sind voller Kleidung und anderen nützlichen Dinge für die Frauen und Kinder. Wer in die Missionsstation kommt, mag beschenkt werden. Doch er wird nicht bezahlt!«

Die Frauen und Kinder hatten inzwischen aufgeregt miteinander zu schwatzen begonnen. Sie schienen Wilmas Angebot durchaus attraktiv zu finden. Und nun packten auch Ruth und Hilde kleine Geschenke aus, die ihnen die Herzen der Frauen und Kinder öffnen sollten. Lächelnd verteilten sie Püppchen und Bälle an die Kinder sowie bunte Holzperlenarmbänder an die Frauen. Anewa beobachtete das mit verächtlichen Blicken. Er trieb lange genug Handel mit den Weißen, um zu wissen, dass all dies nicht viel wert war. Allerdings erfreute es sein Volk.

Ruth sah, dass er zögerte.

»Die Frauen und Mädchen können in die Mission gehen«, übersetzte Kimi schließlich. »Sie haben ja sonst nichts zu tun. Unsere jungen Krieger werden allerdings weiterhin von ihrem Waffenmeister unterrichtet. Mehr als die Kriegskunst müssen sie nicht erlernen.« Das klang würdevoll, doch eigentlich reichte ein Blick auf die umstehenden Leute, um zu wissen, dass es nicht viele Halbwüchsige im Stamm gab. Die überwiegende Mehrheit bestand aus erwachsenen Männern. Es gab vielleicht ein Dutzend Maori-Frauen. Fast alle Kinder waren noch sehr klein, wahrscheinlich erst auf den Chathams geboren.

Wilma nahm die Entscheidung des Häuptlings ohne Widerspruch hin. Sie war allerdings nicht bereit, sich damit zufriedenzugeben.

»Und die Moriori?«, fragte sie. »Eure ... Sklaven? Auch sie sind in der Mission willkommen.«

»Die Sklaven arbeiten auf den Feldern«, sagte Anewa.

»Selbst die Kinder?«, erkundigte sich Wilma ungläubig.

»Es gibt nicht viele Kinder ...«, flüsterte Kimi.

Wilma straffte sich. Ruth fand es faszinierend, wie ihre Rede sie wachsen ließ.

»Wenn wir die Moriori-Kinder auf den Feldern aufsuchen

müssen, dann gehen wir eben auf die Felder. Wir sind von weit hergekommen, um deinen Leuten Gott zu bringen, Häuptling. Da soll uns der Weg auf den Acker nicht schrecken.«

Sie schaute noch einmal in die Runde, bevor sie Anewa förmlich für seine Aufmerksamkeit und seine Zugeständnisse dankte.

»Und nun singen wir noch ein Lied. Dieses ... dieses englische ...«

Ruth hatte Wilma und Hilde auf dem Schiff *Amazing Grace* beigebracht, und auch das war bereits auf Maori übersetzt. Die Frauen intonierten es laut und inbrünstig.

Der Häuptling sagte irgendetwas zu seinen Kriegern, Ruth verstand die Worte Frau, *wahine*, und *mana*. Sie würde Kimi fragen müssen, was Letzteres bedeutete.

Kapitel 5

Wilma eröffnete ihre Schule umgehend, und tatsächlich war sie gut besucht. Die Maori-Frauen kamen mit ihren Kindern, und alle erwiesen sich als interessiert und lernwillig – die Kleinen allerdings als ziemlich ungehorsam. Die Missionshelferinnen stellten sehr schnell fest, dass sie nicht den geringsten Respekt vor den Brüdern hatten – und sie waren entsetzt darüber, wie sie Kimi behandelten, die zumindest in der ersten Zeit als Übersetzerin dabei war. Die Kinder hatten keinerlei Hemmungen, nach ihr zu schlagen oder zu treten, wenn ihnen irgendetwas nicht passte, und die Mütter riefen sie nicht zur Ordnung.

»Das ist im Dorf noch schlimmer«, berichtete Hilde, die dort, begleitet von Kimi, die Runde machte, um ihre Hilfe als Krankenschwester und Geburtshelferin anzubieten. »Die Frauen beschimpfen sie, schlagen sie. Es scheint ihnen Spaß zu machen, sie zu demütigen. Eifersucht, nehme ich an. Solange der Häuptling die Hütte mit Kimi teilt, nimmt er schließlich keine andere zur Frau.«

Ruth erinnerte sich an Davids Briefe. »Oder einfach, weil sie Moriori ist«, überlegte sie. »Ihr habt doch gehört, wie der Häuptling über die Leute gesprochen hat, David hat mal geschrieben, sie würden sehr schlecht behandelt. Wir müssen uns da unbedingt kümmern. Habt ihr außer Kimi überhaupt schon einen Moriori gesehen, solange wir hier sind?«

Die anderen Frauen verneinten, wobei Hilde zu bedenken gab, dass sie wahrscheinlich keinen Unterschied zwischen Maori und Moriori erkennen würde. »Oder findet ihr, dass Kimi so anders aussieht als die anderen Frauen? Dünner natürlich, das ja, und die Haut vielleicht ein wenig dunkler. Aber doch alles andere als schwarz. Wie sieht es aus, Ruth, gehen wir morgen mal auf die Felder?«

Die Krankenstation war bislang kein sehr großer Erfolg, die Maori vertrauten wohl mehr auf traditionelle Medizin. Hilde versuchte, ihr Vertrauen zu gewinnen, indem sie ihrerseits ins Dorf ging und Frauen ansprach, deren Kinder krank zu sein schienen. Ruth beschäftigte sich derweil mit der Herrichtung der Räume im Missionshaus, die der Krankenpflege gewidmet werden sollten. Außerdem hatte sie die Haushaltsführung für die Männer übernommen. Kimi wurde nicht mehr gebraucht, was die junge Frau zu betrüben schien, von ihr jedoch klaglos hingenommen wurde.

Das gab Ruth nach wie vor Rätsel auf. Sie war eigentlich entschlossen gewesen, Kimi nicht zu mögen, und hatte ihr Durchtriebenheit und Arglist unterstellt. Tatsächlich fand sie diesen Verdacht jedoch nicht bestätigt. Die Moriori war freundlich und demütig, sie strahlte keine Verführungskraft aus, sondern eher eine große Traurigkeit. Was David anging, so suchte sie zweifellos seine Nähe, doch sie sah ihn nicht lüstern an, und ihr Verhalten war nicht aufreizend.

»Weniger wie eine Schlange als wie ein junger Hund, der um Aufmerksamkeit bettelt«, drückte Ruth es gegenüber Hilde aus, mit der sie jetzt recht offen über ihre Beziehung zu David sprach.

Die Freundin hatte akzeptiert, dass dieser junge Mann für sie tabu war – sie konzentrierte ihr Interesse auf Oskar und Gottfried, zwischen denen sie sich bislang nicht recht entscheiden konnte. Bruder Franz hatte sie als zu miesepetrig abgetan.

»Junge Hunde können durchaus an ein Herz rühren«, bemerkte Hilde dazu. »Das sieht man ja an dir.«

Ruth hatte gleich bei ihrem zweiten Besuch im Maori-Dorf einen Welpen adoptiert, der keinen Besitzer zu haben schien und von den Dörflern getreten und geschlagen wurde. Als Kimi anmerkte, er werde wahrscheinlich bald in einem Eintopf enden – wenn die Jagd nicht erfolgreich war, aßen die Maori schon mal Hunde –, nahm Ruth ihn kurzerhand mit. Das Tierchen war klein, schwarz-weiß und struppig, und Ruth nannte es Jonas. »Schließlich wäre er beinahe verschluckt worden«, hatte sie die

Namenswahl begründet. »Wenn auch nicht von einem Wal. Und besonders gehorsam ist er ebenfalls nicht.« Letzteres hoffte sie natürlich noch ändern zu können.

»Denkst du denn, David ist für so etwas anfällig?«, fragte Ruth jetzt besorgt. »Für diesen Welpenblick?«

Hilde hob die Schultern. »Er ist ein Mann«, meinte sie prosaisch. »Und die junge Frau ist bildhübsch. Gerade dieser melancholische Ausdruck ... den sie auf dem Bild übrigens noch nicht hatte. Ist dir das aufgefallen? Da sieht sie eher unternehmungslustig und verwegen aus.«

Die Frauen hatten Brandon Hallorans Zeichnungen an den Wänden der Missionsstation ausgiebig bewundert, woraufhin Kimi ihnen auch die einzige gezeigt hatte, das sie behalten hatte. Ihr Porträt, das ein glückliches junges Mädchen zeigte.

»Das war zweifellos vor Anewa ...« Ruth seufzte.

Was Kimis Beziehung zu Anewa anging, so empfand sie ehrliches Mitleid. Kimi wies oft Spuren von Schlägen auf und schien sich morgens manchmal kaum bewegen zu können – meist nach Nächten, in denen unter den Kriegern die Whiskeyflasche gekreist war. Ruth konnte sich vorstellen, was die junge Frau nach den Gelagen zu erdulden hatte.

»Jedenfalls schaut sie deinen David anders an als die anderen Brüder«, sprach Hilde weiter. »Das ist nicht zu übersehen. Sie ist sicher verliebt in ihn. Und er ... Nun, also so ganz unbeteiligt scheint er mir nicht zu sein. Einerseits ist er stolz auf sie, weil sie für die Mission sicher ein Erfolg ist. Andererseits geht er ihr aus dem Weg.«

Letzteres war Ruth noch nicht aufgefallen, aber als sie in der Folge darauf achtete, meinte sie subtile Botschaften zwischen David und Kimi zu erahnen. Kimi fand zweifellos Trost bei ihm und blickte zu ihm auf – wobei er sie keinesfalls wie das aufgeweckte Kind behandelte, das er Ruth mit so viel Wärme geschildert hatte. Väterliche Gefühle schien er nicht zu hegen. Eher wirkte er wachsam – und er suchte fast demonstrativ die Nähe zu Ruth, wenn Kimi im Missionshaus war.

Ruth freute das. Schließlich war sie mit ihrer Beziehung zu David noch nicht wesentlich weitergekommen, seit sie auf den Chathams weilte. Natürlich behandelte er sie freundlich und wurde bald wieder sehr vertraut mit ihr. Er trug ihr seine Sorgen und Zweifel im Bezug auf die Missionsarbeit vor, fragte nach ihrem Rat und las ihr seine Predigten vor. Doch Anstalten, sie zu küssen, sie in den Arm zu nehmen oder ihr gar seine Liebe zu erklären, machte er nicht.

»Es ist vielleicht einfach noch zu früh«, tröstete Hilde. »Vielleicht will er warten, bis ein anderer Bruder den Anfang macht. Was meinst du, wann wird sich Heinrich Wilma erklären? Die beiden scheinen doch wie füreinander bestimmt.«

Zwischen Wilma und Heinrich bahnte sich tatsächlich etwas an, wobei sie wohl weniger Leidenschaft verband als gemeinsame Ziele und eine sehr ähnliche Art, sie anzugehen. Heinrich war nicht so resolut und optimistisch wie Wilma, stand jedoch genauso fest im Glauben und verbiss sich in seine Aufgabe, die Maori auf den rechten Weg zu führen. Dabei schien er fasziniert von Wilmas Elan. Zweifellos würde er Wachs sein in ihren Händen.

»Das wird auch noch dauern«, unkte Ruth. »Bevor der sich traut, wirklich deutlich zu werden, können Monate vergehen. Und Wilma wird es nicht überstürzen. Du kennst sie doch: Sie ist nicht zum Heiraten gekommen, ihr geht es um die Mission. Einen Mann zu nehmen ist für sie ein Mittel zum Zweck.«

Das Ackerland der Maori lag nicht direkt beim Dorf, sondern etwas weiter im Inland. Kimi führte Hilde und Ruth über ausgetretene Pfade durch den Wald. Sie hatten sie gebeten, bei den Moriori für sie zu übersetzen.

»Ich habe das doch richtig verstanden, dass die wieder eine andere Sprache sprechen, ja?«, fragte Ruth etwas unglücklich. Sie fand es schon schwierig genug, Maori zu lernen, und Wilma und Hilde studierten auch immer noch fleißig Englisch.

Kimi nickte. »Ja, aber sie unterscheidet sich nicht sehr vom Maori. Hauptsächlich in der Aussprache. Die meisten von uns verstehen die Maori inzwischen gut – nur mit dem Sprechen tun sie sich schwer. Wir ... wir sprechen alle nicht gern Maori.«

Ruth überlegte, ob sie einmal genauer nach den Umständen der Invasion durch Anewa und die anderen Maori-Krieger fragen sollte. Wilmas inquisitorische Fragen am ersten Abend hatten den Missionaren zwar bereits einige Fakten entlockt, doch womöglich hatte es Gräueltaten gegeben, über die Kimi auch mit ihnen nicht gesprochen hatte – oder die sie aus Zartgefühl den Frauen gegenüber geheim hielten.

Bevor sie das jedoch wahr machen konnte, kamen die ersten Felder in Sicht. Ruth hatte gehört, auf den Chathams würden hauptsächlich Kartoffeln angebaut, doch zurzeit wuchs hier Gemüse wie Kohl und Steckrüben. Obwohl die natürliche Vegetation auf den Chathams eher spärlich war, schien der Boden äußerst fruchtbar, zumindest sofern man die Pflanzen düngte und Unkrautbewuchs in Grenzen hielt. Tatsächlich waren die Felder akkurat angelegt und hervorragend gepflegt. An Arbeitskräften mangelte es ja nicht, und die nötigen landwirtschaftlichen Kenntnisse hatten die Missionare eingebracht.

Auf einem Feld trafen sie die ersten Moriori, und Ruth wurde schlagartig klar, warum man sie nicht mit den Maori verwechseln konnte. Diese gebeugten, in Lumpen gekleideten Menschen, die fast alle barfuß im Schlamm standen und mit primitivsten Werkzeugen Rüben aus der Erde zogen, hatten mit Anewas stolzen Kriegern nichts gemeinsam.

»Mein Gott«, sagte Hilde, als sie auch Kinder auf den Feldern entdeckte.

Kimi rief eins davon zu sich. »Dies ist Whano«, stellte sie das magere Mädchen vor, das unter einem verfilzten schwarzen Haarschopf zu den Frauen aufsah.

Hilde förderte eins der Püppchen zutage, die Wilma unter den Maori-Kindern verteilt hatte.

»*Kia ora*, Whano«, sagte sie freundlich und hielt es dem Kind entgegen.

Whano betrachtete das Spielzeug misstrauisch und sagte dann ein paar Worte, die Ruth nicht verstand.

»Sie fragt, ob man es essen könnte«, sagte Kimi traurig und holte einen Kanten Brot aus ihrer Tasche.

Whano ergriff ihn gierig und stopfte ihn sich in den Mund, bevor noch ein anderer der Feldarbeiter aufmerksam werden konnte.

»Whano war wie eine Schwester für mich«, sprach Kimi weiter. Ihre Stimme klang seltsam tonlos. »Mit ihrer Mutter Pourou sprachen einst die Geister. Doch sie tun es nicht mehr. Sie sagt, sie seien gestorben.«

Ruth wusste, dass Wilma den Tod der heidnischen Götter jetzt zweifellos bestätigt und eine kleine Predigt über den wahren Glauben angeschlossen hätte. Doch ihr blieben die Worte im Hals stecken. Hilde fühlte sich ebenfalls nicht bemüßigt zu missionieren.

»Sag ihr, sie soll sich nicht grämen«, meinte sie immerhin. »Gott ist zweifellos sehr lebendig, auch wenn er uns Prüfungen unterzieht. Lieber Himmel, wie mager die Kleine ist! Und was hast du denn hier für einen Ausschlag, Kind ...«

Unter den misstrauischen Blicken eines Maori-Aufsehers, der allerdings nicht eingriff, untersuchte Hilde das Mädchen und strich seinen Rücken mit Salbe ein, während Ruth sich den anderen Arbeitern zuwandte. Kimi stellte sie vor und wies auf diverse gesundheitliche Probleme hin. Sie griff demonstrativ nach dem Werkzeug der zu untersuchenden Personen und übernahm ihre Arbeit, während Ruth und Hilde die Menschen abtasteten, abhörten, Salben und Hustensaft verteilten. Der Wächter ließ sie deshalb wohl gewähren.

»Das hilft nur alles nichts, solange sie nichts Anständiges zu essen bekommen«, meinte Ruth schließlich, als Kimi sie zu weiteren Feldern führte, auf denen Sklaven schufteten. Insgesamt mussten es um die fünfzig Menschen sein, darunter sieben Kinder.

»Ich verstehe nicht, wie die Männer das mit ansehen konnten, ohne einzugreifen. Morgen eröffnen wir eine Armenküche.«

»Das müsste Anewa gestatten«, bemerkte Kimi besorgt, aber Ruth winkte ab.

»Das wird er schon, Kimi, da mach dir mal keine Gedanken. Der ist doch froh, wenn andere seine Sklaven füttern. Ich fürchte nur, wir werden das Gemüse dafür bei ihm kaufen müssen ...«

Wilma führte harte Verhandlungen mit Anewa über den Erwerb von Kartoffeln und Kohl für ihre Armenspeisung. Langfristig wollte sie das Gemüse selbst anbauen. Sie brachte Bruder Heinrich dazu, sich der Arbeit für die Maori ein paar Tage zu entziehen und dafür Beete rund um die Missionsgebäude anzulegen.

Anewa tobte, und die Kirche blieb am nächsten Sonntag wieder einmal leer. Wilma ließ sich davon jedoch nicht aufhalten. Sie zog mit den anderen beiden Missionshelferinnen und Bruder Heinrich ins Dorf der Moriori und hielt vor den Sklavenquartieren eine Abendandacht, während der viel gesungen wurde. Das rief die Frauen und Kinder ins Freie.

Wilma verteilte Zuckerzeug. »Weil Sonntag ist«, sagte sie, »da beschenkt Gott uns besonders reich.«

Anewas Drohungen zum Trotz war ihre Schule am Montag wieder gut besucht.

In der nächsten Zeit pendelte sich das Missionsleben in Whangaroa ein. Wilma hielt am Morgen Schule für die Maori-Kinder, und Ruth und Hilde hielten die Krankenstation offen. Wenn es dort nichts zu tun gab, unterrichteten sie die Frauen, die mit ihren Kindern gekommen waren, im Nähen einfacher Kleider. Der Stoff dafür fand sich im scheinbar unerschöpflichen Inhalt der Überseekisten. Um die Mittagszeit machten sich die Frauen dann auf den Weg zu den Feldern, auf denen sie die Moriori-Sklaven und meist auch die Missionare antrafen. Ruth hatte dem Kapitän eines der Walfangschiffe einen großen Kessel abgekauft, in dem sie nun täglich einen nahrhaften Eintopf für die Sklaven zubereiteten. Leider bestand er fast nur aus pflanzlicher Kost. Mit Fleisch und Fisch sah es nicht so gut aus, bis Ruth feststellte, dass sich Kimi aufs Fischen und Fallenstellen verstand.

»Wieso hast du das denn den Missionaren nicht gezeigt?«, fragte sie, während sie nach den Anweisungen der jungen Frau Reusen aus Flachs flocht.

Die Missionare holten sich ihr Gemüse von den Feldern. Fleisch aßen sie selten, und wenn, dann stammte es von den Schweinen, die sie für die Maori aufzogen und schlachteten.

»Die haben keine Zeit dazu«, sagte Kimi leise.

Anscheinend hatten sie auch kein Interesse gezeigt. Ruth fand zwar ebenso wenig Freude an der Jagd, doch wie Wilma und Hilde überwand sie sich schließlich, Fische auszunehmen und gefangenen Vögeln den Hals umzudrehen. Sie untersagten Kimi streng, vorher *karakia* zu singen, um die Geister der Tiere zu befrieden. Kimi blieb der Jagd daraufhin fern und aß nichts von dem Fleisch.

»Sie ist immer noch im Heidentum verankert«, meinte David bedauernd, als Ruth ihm davon berichtete. »Ich muss mich wieder mehr um sie kümmern, sie braucht eine Stütze, um im Glauben fest zu werden.«

Gleich am nächsten Tag bot er Kimi an, gemeinsam mit ihr die Bibel zu lesen. Zu Ruths Überraschung lehnte sie ab.

»Sie sei zu müde, behauptet sie«, berichtete Ruth Hilde zwischen Erleichterung und Empörung. »David meint, dass sie krank sei. Wir sollten mal ein Auge auf sie haben. Sie ist blass und übergibt sich.«

Wilma, die auf ihrem Bett gelegen und ein Psalmenbuch studiert hatte, mischte sich beiläufig ein. »Sie ist schwanger«, bemerkte sie.

»Was?« Ruth fuhr auf. »Aber das ... das ...«

Ihr wurde schwindlig, wenn sie an die viele Zeit dachte, die Kimi vor ihrer Ankunft mit David verbracht hatte.

»Das ist nicht zu übersehen«, meinte Wilma. »Ihr seid mir

schöne Krankenschwestern, dass es euch bislang nicht aufgefallen ist. Schaut sie euch doch nur mal an: größere Brüste, ständige Müdigkeit und Hunger, Überempfindlichkeit gegen Gerüche. Als ich gestern Fleischbrühe aufgesetzt habe, wurde sie grün im Gesicht und verzog sich in die Büsche. Ich würde mal sagen, dritter, vierter Monat ...«

Seit gut zwei Monaten waren die Missionshelferinnen auf Chatham Island tätig.

Hilde griff sich an die Stirn. »Du hast recht. Es spricht alles dafür. Was ... was machen wir jetzt bloß? Wir können sie doch nicht mit diesem Anewa zusammenlassen. Der prügelt das Kind in ihrem Leib noch tot, wenn er seine Anwandlungen hat. Können wir sie nicht hier aufnehmen?«

Ruth biss sich auf die Lippen. Ihr Mitgefühl mit der jungen Frau kämpfte mit ihrem Argwohn.

»Wir werden mit den Brüdern darüber sprechen müssen«, sagte sie erstickt. »Ohne ihre Unterstützung geht das nicht. Und wie ihr wisst, fürchten sie Anewa ...«

Wilma brachte das Thema gleich nach der Abendandacht zur Sprache. Die Missionare hatten es sich zur Gewohnheit gemacht, danach noch zusammenzusitzen und Missionsangelegenheiten zu besprechen oder einfach zu plaudern. Wilma gesellte sich meist zu Heinrich, Ruth zu David – und Hilde teilte ihre Aufmerksamkeit unter Gottfried und Oskar auf. Bruder Franz blieb meist für sich.

Jetzt allerdings hatte Wilma ihrer aller Aufmerksamkeit, wobei sich Ruth besonders für Davids Reaktion auf die Nachricht interessierte. Ihre Befürchtungen bewahrheiteten sich. Als Wilma von Kimis Schwangerschaft sprach, erblasste er, seine Finger krampften sich um seine Teetasse.

»Ist ... ist das sicher?«, fragte er tonlos.

Wilma zuckte mit den Schultern. »Wir müssten sie noch mal genau untersuchen. Aber ja, eigentlich sind wir uns sicher. Also was tun wir?«

»Was sollen wir da tun?«, fragte Bruder Franz unwillig.

»Wir müssten dem Häuptling nahelegen, sie zu heiraten«, meinte Gottfried. »Und eine christliche Ehe mit ihr zu führen.«

Hilde sah ihn an, als wäre er nicht recht bei Trost. »Das meinst du nicht wirklich«, brach es aus ihr heraus. Trotz ihrer eigenen Sorgen dachte Ruth belustigt, dass sich die Waagschale an diesem Tag wohl zugunsten von Bruder Oskar senkte. »Du willst sie mit diesem skrupellosen Mörder verheiraten? Ich dachte eher an so was wie ... Kirchenasyl.«

Bruder Franz fasste sich an die Stirn. »Unser Freund Anewa«, sagte er spöttisch, »würde sie bei nächster Gelegenheit an den Haaren aus dem Gotteshaus ziehen, und dann, meine Lieben, haben wir auch noch das letzte *mana* verloren, das sie uns bislang zugestehen.«

Ruth hatte inzwischen gelernt, dass *mana* für das Ansehen stand, das die Maori einem Stammesmitglied zuschrieben.

»Wir können doch nicht einfach gar nichts tun«, erregte sich Wilma.

»Ich werde mit Kimi sprechen«, sagte David mit schmalen Lippen. »Wir ... wir müssen ja auch herausfinden, was sie zu all dem sagt. Ob sie es überhaupt schon weiß ...«

»Tu das«, beschied Ruth ihn knapp. »Dir wird sie sich wahrscheinlich am ehesten öffnen.«

Es traf sie bis ins Mark, als David daraufhin errötete.

Kapitel 6

Ruth erfuhr nie, was zwischen David und Kimi besprochen worden war. Er berichtete der Versammlung der Missionare nur, dass sie von der Schwangerschaft wisse. Pourou, die Weise Frau des Dorfes, habe sie untersucht, sie würde Kimi beistehen, wenn das Kind zur Welt kam, sofern die junge Frau es austrug.

»Sie denkt doch nicht an … an einen Abbruch?«, fragte Wilma entsetzt. »Sie ist getauft. Hast du ihr nicht gesagt, dass …«

David wehrte ab. »Sie weiß vermutlich gar nicht, was das ist. Jedes Moriori-Kind ist willkommen. Allerdings wird kaum eines geboren, viele … Schwangerschaften enden mit einer Fehlgeburt. Jedenfalls möchte sie das Ganze in Gottes Hand legen. Sie wird ihr Schicksal willig annehmen als Magd des Herrn.« Damit schien er die Unterhaltung beenden zu wollen. Das offene Gespräch war ihm erkennbar peinlich.

»Wohl eher als Magd ihres Sklavenhalters«, höhnte Hilde. »Was sagt denn der Häuptling dazu? Ist sie sich überhaupt sicher, dass er der Vater ist?«

»Was willst du denn damit sagen?« David fuhr auf.

»Wer sollte sonst Hand an sie gelegt haben?«, fragte Bruder Oskar. »Sie ist ein gutes Mädchen. Sie hurt nicht herum.«

David errötete wieder. Ob Oskars Wortwahl, oder steckte etwas anderes dahinter? Ruth war sich nicht mehr sicher, inwieweit sie ihrem Auserwählten trauen konnte.

»Natürlich ist es von Anewa!«, meinte auch Bruder Gottfried. »Und ich finde immer noch, dass eine christliche Ehe die beste Lösung wäre. Vielleicht sollte jemand mit ihm sprechen.«

Keiner der Missionare meldete sich zu Wort – allerdings rutschte Bruder Heinrich unruhig auf seinem Stuhl herum.

»Brüder … Schwestern … Könnten wir das Thema Kimi jetzt einmal auf sich beruhen lassen? Sicher ist das eine ernste Sache, doch letztlich ist es der Häuptling, der sich ihr erklären muss … Ich … äh … also wir … Schwester Wilma und ich …« Er druckste herum, sein Gesicht nahm die Farbe einer reifen Tomate an. »Also, wir haben uns entschieden … Was … was eine christliche Ehe angeht …«

»Wir sind einander zugetan und möchten vor Gottes Angesicht Zeugnis ablegen«, fiel ihm Wilma salbungsvoll ins Wort. »Ich möchte Heinrich Bauer zu meinem angetrauten Gatten nehmen, und er empfindet das Gleiche für mich. Wir würden uns freuen, wenn einer von euch uns nach einer angemessenen Verlobungszeit in unserer Kirche hier auf Chatham Island trauen würde!« Sie legte Heinrich die Hand auf den Arm – vermutlich das Äußerste an Zärtlichkeit, das Missionaren in der Verlobungszeit zugestanden wurde.

Abgesehen von Ruth – und zweifellos David – vergaßen über diese Ankündigung alle in der Runde Kimis Problem. Wilma und Heinrich wurden beglückwünscht, man beriet über die Länge einer angemessenen Verlobungszeit, und dann suchte David unversehens Ruths Blick. Sie erwiderte ihn besorgt.

»Ruth …«, sagte er schließlich, als die Runde sich schon auflöste, » … würdest du … ich meine … es ist eine so schöne Nacht. Würdest du kurz mit mir nach draußen gehen? Auf ein … auf ein Gespräch?«

»Aber natürlich«, erwiderte sie, doch ihr schwante nichts Gutes.

Wollte er ihr jetzt seine Beziehung zu Kimi beichten? Ihr womöglich eröffnen, dass er selbst daran dachte, die junge Frau um ihre Hand zu bitten, um sein Kind zu legitimieren?

Beklommen folgte sie ihm nach draußen unter den tatsächlich einmal völlig klaren Sternenhimmel. Obendrein war Vollmond, die Nacht war perfekt für romantische Enthüllungen. Ruth schalt sich für ihren Kleinmut. Warum nur erwartete sie neue Enttäuschungen, statt sich an der Zweisamkeit zu freuen?

David trat ihr ernst gegenüber und sah ihr in die Augen. »Ruth«, sagte er mit fester Stimme. »Wir … wir kennen uns von

Kindheit an, und ich war dir immer herzlich zugetan. Du warst mir stets die liebste Freundin, und ich denke, dass auch du stets deinen engsten Vertrauten in mir gesehen hast.«

Ruth nickte verwundert. »Sicher ... sicher ... ich ...«

»Und nun, wie du selbst es neulich gesagt hast, hat Gott uns in seiner großen Güte hier am anderen Ende der Welt zusammengeführt. Du meintest, er könnte Pläne mit uns haben, und in der letzten Zeit habe ich viel darüber gebetet und nachgedacht. Liebe Ruth, denkst nicht auch du, es wäre Gottes Wille, wenn wir uns als Ehepaar zusammenfinden würden? Willst du deinen künftigen Lebensweg mit mir teilen? Willst du hingehen, wo auch ich hingehe?«

»David ...«

Ruth hätte nie gedacht, dass sie sein Heiratsantrag einmal überraschen würde. Sie war so oft darauf vorbereitet gewesen, hatte sich so oft ausgemalt, welche Worte er finden würde und wie sie darauf antworten sollte. Doch nun war sie wie erstarrt. Sie stand mit dem Mann, den sie liebte, unter dem Stern des Südens. Er hatte sich ihr endlich erklärt – und sie wusste nichts zu sagen als seinen Namen.

David biss sich auf die Lippen. »Ich sehe natürlich ein, dass es ... für dich überraschend kommt.« Ruth hätte fast gelacht. »Und wenn du noch Zeit brauchst, darüber nachzudenken, dann ...«

»Nein!«, brach es aus ihr heraus. Um Himmels willen keine weiteren Verzögerungen. Sie erschrak, als sich in Davids Zügen Enttäuschung zeigte, und zwang sich zu einem Lächeln. »Nein, also das heißt ... Ja. Nein, ich brauche keine Bedenkzeit, und ja, ja, ich will dich heiraten!«

Jetzt endlich spürte sie Wärme in sich aufsteigen und überwältigende Erleichterung. Sie hatte es geschafft, all ihre Anstrengungen hatten sich gelohnt!

In Davids Gesicht ging die Sonne auf. Das Strahlen, das sie sich immer gewünscht hatte. »Ja ... ja dann ... Also ich ... ich freue mich, ich ...«

Ruth sah zu ihm auf. »Du solltest mich jetzt küssen«, sagte sie.
Sie explodierte fast vor Glück, als er es tat.

»Da bleibt aber immer noch die Sache mit Kimi«, meinte Hilde, als Ruth ihr am Morgen in der Krankenstation von Davids Antrag erzählte. Vor Wilma war sie am Abend vorher noch nicht damit herausgeplatzt. Sie war mit David übereingekommen, den anderen Missionaren am nächsten Tag nach der Abendandacht ihre Heiratsabsicht mitzuteilen, genau wie Heinrich und Wilma es getan hatten. »Irgendetwas war da zwischen ihr und deinem David. Versteh mich richtig, ich will nicht herumunken, er könnte der Vater des Kindes sein. Aber irgendwie hat er ein schlechtes Gewissen ...«

Ruth seufzte. »Das ist ja passiert, bevor ich nach Chatham Island kam«, meinte sie. »Also, falls da wirklich etwas war. Vielleicht hat er ihr Hoffnungen gemacht, vielleicht hat er darüber nachgedacht, sie zu heiraten. Und dann kam ich – und sie stellte fest, dass sie von Anewa schwanger war.«

»Alles möglich«, gestand Hilde ihr zu. »Vielleicht werden wir es nie erfahren. Allerdings bleibt die Tatsache, dass sie hier ist und David weiterhin ansehen wird wie ein waidwundes Reh. Und wenn sie das Kind tatsächlich austrägt, woran ich eigentlich nicht zweifle, wir füttern sie ja ganz gut durch, dann ... Mensch, Ruth, wenn auch nur die kleinste Möglichkeit besteht, dass es von David ist ... wenn es sich als Mischlingskind entpuppt ... Dann wird dieser Anewa sie umbringen. Und David womöglich gleich mit.«

Ruth rieb sich die Stirn. »Du meinst, wir sollten noch mal mit ihr reden? Und mit ihm? Sie ... sie zwingen, es zuzugeben, wenn da etwas war?«

Hilde zuckte mit den Schultern. »Ich weiß es nicht, Ruth. Besser wäre natürlich, es würde dabei keiner das Gesicht verlieren. Lass dir irgendetwas einfallen. Bis jetzt hast du Gottes Hilfe schließlich immer perfekt zu nutzen gewusst. Irgendeine ›Fügung‹ muss sich jetzt auch für Kimi finden, um alles zum Guten zu wenden.«

»Ich will der Frau nichts Böses«, beteuerte Ruth.

Hilde nickte. »Dann denk dir was aus …«

Ruth bat Kimi, sie zum Fischen zu begleiten. Sie wollte die Reusen kontrollieren, die sie am Tag zuvor ausgelegt hatte.

»Ich werde auch nicht schimpfen, wenn du für die Fische singst«, versprach sie der jungen Frau.

Kimi nickte ergeben. Sie wirkte in den letzten Tagen noch niedergedrückter als zuvor. Es sah nicht aus, als ob sie sich auf ihr Kind freute.

Mit gesenktem Kopf folgte sie Ruth über die Waldpfade zu den Bächen. Sie hob den Blick erst, als Ruth ihre Schwangerschaft ansprach.

»Hast du es Anewa schon gesagt?«, fragte sie. Kimi verneinte. »Weil du Angst vor ihm hast?«, fragte Ruth weiter. Kimi seufzte. »Denkst du, er könnte dich vielleicht um deine Hand bitten?« Ruth musste herausfinden, ob Kimi eine solche Möglichkeit als wünschenswert oder eher beängstigend betrachtete.

»Vielleicht«, sagte Kimi. »Ich bin eine Häuptlingstochter, bei den Maori ist das wichtig. Es kann also sein, dass dieses Kind sein *mana* stärken würde. Falls ich es zur Welt bringe. Was ja nicht sicher ist.«

»Also wegen Unterernährung wirst du es nicht verlieren«, erklärte Ruth. »Wenn er dich allerdings weiterhin schlägt, könnte es in dir sterben.«

Kimi nickte. »Und ich gleich mit«, sagte sie gleichmütig. »Wenn sie die Kinder in einem umbringen, dann verblutet man meistens. Das haben sie damals getan – bei fast allen Frauen, die schwanger waren.«

»Absichtlich?«, fragte Ruth entsetzt, um sich dann energisch zur Ordnung zu rufen. Es ging nicht um ein Massaker vor über sieben Jahren. Sie musste ein konkretes Problem lösen. »Kimi, hast du jemals daran gedacht, vor ihm zu fliehen?«

Kimi warf ihr einen verzweifelten Blick zu. »Einmal?«, fragte sie spöttisch. »Schwester Ruth, es gibt seit damals keinen Tag, an dem ich nicht daran gedacht habe. Es geht bloß nicht. Wo sollte ich denn hin? Wie sollte ich von hier wegkommen? Obwohl, das wäre wohl das geringste Problem, irgendein Schiff würde mich schon mitnehmen. Aber dann?« Sie lachte. »Nach Europa?«

»Nach Neuseeland«, sagte Ruth. »Hör zu, es gibt eine Missionsstation bei Kororareka. Te Waimate ...«

»Da sind auch lauter Maori«, meinte Kimi.

»Ja. Aber sie sind getauft, also, richtig getauft, richtig bekehrt. Und du stündest unter dem Schutz der Kirche. Es gibt einen Bischof, er hat viel Einfluss ... Und die Kirche und die Krone verbieten beide die Sklaverei.«

»Das hat mir in Waitangi nichts genützt«, sagte Kimi bitter. »Da haben sie Anewa weggeschickt, doch seine Sklavin haben sie ihm gelassen.«

Ruth kannte die Geschichte. »Das war eine andere Situation«, behauptete sie. »In Te Waimate wirst du in den Mauern der Station sein, Anewa wird nichts davon erfahren. Du kannst in Frieden dein Kind zur Welt bringen und dann überlegen, wie es weitergehen soll. Ich ... ich kann dir etwas Geld geben.«

Sie sagte das widerstrebend, wohl wissend, dass sie damit das Versprechen brechen würde, das sie ihren Eltern gegeben hatte. Das Geld sollte ihre Versicherung sein – nicht Kimis. Andererseits war Kimis Verschwinden im Moment die beste Investition in Ruths eigene Zukunft.

Kimi sah sie an. »Ich möchte eigentlich nicht sterben«, sagte sie leise.

Ruth nahm ihre Hand. »Dann nimm das Geld und geh nach Te Waimate. Versuch es, Kimi! Etwas Besseres als das hier findest du überall.«

Kimi lächelte. »Das ist aus einem Märchen, nicht? Das hat Schwester Wilma den Kindern vorgelesen.«

Ruth nickte. »Es ist die Wahrheit«, beteuerte sie. »Versuch es, Kimi. Geh!«

Zwei Tage später begab sich Anewa wieder einmal zu einem Besuch oder einer Auseinandersetzung zu den Ngati Mutunga in Kaingaroa. Kimi schlich sich in der Nacht aus dem Dorf und ging an Bord eines Walfängers mit Kurs auf Kororareka. Der Kapitän wurde gut dafür bezahlt, sie mitzunehmen. Er würde Anewa kein Wort davon verraten.

Einen Monat später traute Bruder Gottfried Stute Heinrich Bauer und Wilma Krüger, Oskar Meyer und Hilde Lehmann und natürlich David Mühlen und Ruth Helwig. Es war eine schlichte, doch sehr schöne Feier. Ruth war am Ziel ihrer Wünsche.

Neue Wege

Te Waimate, Nordinsel Neuseeland Kororareka
Preservation Inlet, Südinsel Neuseeland
1843–1844

Kapitel 1

Beim letzten Blick auf die nebelumwobene Insel Rekohu schwankten Kimis Gefühle zwischen Trauer um den Verlust ihrer Heimat und ihres Volkes, Hoffnung auf Freiheit und lähmende Angst davor, dass Anewa ihre Flucht doch noch entdecken und sie zurückholen würde, bevor sie den rettenden Hafen der Te-Waimate-Mission erreichte. Sofern das überhaupt ein rettender Hafen war. Die Schwestern Ruth, Wilma und Hilde waren zwar davon überzeugt, aber sie hatten Anewa und seine Krieger nicht unter den Moriori wüten sehen. Keine von ihnen konnte sich vorstellen, wozu die Maori fähig waren. Die Missionare schafften das schon eher, schließlich hatten sie die Knochen bei den Kochgruben gefunden.

Kimi konnte es David nicht übel nehmen, dass er nicht gewagt hatte, eine Flucht für sie zu organisieren. Die Unterredung mit ihr, die er erkennbar widerstrebend gesucht hatte, war enttäuschend verlaufen. David hatte sich bei ihr und seinem Gott erneut entschuldigt, dass er damals im Kopi-Hain »Unzucht« mit ihr getrieben hatte, und Gott gebeten, sie nicht für diese Sünde zu strafen. Andere Lösungen als das Gebet hatte er nicht anzubieten gehabt, und er hatte Kimi gelobt und die Bibel zitiert, als sie erklärte, sich einfach in ihr Schicksal fügen zu wollen – auch wenn das letztlich bedeuten sollte, gemeinsam mit ihrem Kind zu sterben.

Die Schwestern gaben dagegen nicht so schnell auf, und sie schienen allgemein über mehr *mana* zu verfügen als die Brüder. Wilma imponierte selbst Anewa. Und Ruth ... Vom anderen Ende der Welt aus hatte sie es geschafft, dass David sich von ihr, Kimi, abwandte. Kimi konnte nicht glauben, dass dies Gottes Werk gewesen war. Die Götter, davon war sie fest überzeugt, hatten die Verbindung zwischen ihr und David im Hain der

Kopi-Bäume gesegnet, und obwohl dies eigentlich unwahrscheinlich war – Anewa hatte sie unzählige Male besessen und David nur ein einziges Mal –, glaubte sie doch, dabei ihr Kind empfangen zu haben. Die Verbindung zwischen David und Ruth dagegen war das Werk der jungen Frau, und eigentlich war Kimi entschlossen gewesen, sie deswegen zu hassen.

Dann jedoch waren die Missionshelferinnen eingetroffen, hatten sich freundlich gezeigt, Anewa die Stirn geboten, die Armenküche für die Sklaven eingerichtet ... und jetzt verhalf ausgerechnet Ruth ihr zur Flucht.

Kimi tastete nach der Börse in ihrer Tasche. Zum ersten Mal im Leben besaß sie etwas Geld. Wie viel es genau wert war, wusste sie nicht, aber es war etwa der Betrag, den die Kapitäne der Walfänger den Maori für ein Schwein bezahlten. Außerdem hatte Ruth den Kapitän entlohnt, auf dessen Schiff Kimi sich jetzt befand, und sie hatte ihr ein Schreiben an Reverend Williams mitgegeben, den Leiter der Missionsstation Te Waimate. Kimi war ihr für all das unendlich dankbar und entschlossen, ihr Davids Liebe nicht zu neiden. Im Gegenteil, sie wünschte ihr Glück. Vielleicht reichte ihr *mana* aus, um ihn wirklich zu binden. Vielleicht stand er zu ihr und würde nicht von Sünde sprechen, wenn er das Zusammensein mit ihr genoss.

Die Überfahrt nach Aotearoa verlief stürmisch wie eigentlich immer, aber dieses Mal fror Kimi nicht so erbärmlich wie damals auf dem Weg nach Waitangi. Der Kapitän hatte ihr einen windgeschützten Verschlag zum Schlafen angewiesen, und sie hatte zwei Decken aus Wilmas Vorrat. Außerdem trug sie einen warmen Wollrock, der Hilde gehört hatte. Die junge Frau hatte ihn eigenhändig für sie enger genäht, und wenn die Schwangerschaft fortschritt, konnte Kimi ihn weiter stellen. Ihre Bluse und ihr Mantel stammten von Ruth. Sie hatte Letzteren kaum annehmen wollen. Es war Ruths einziges wirklich warmes Kleidungsstück, sie würde frieren. Allerdings hatte sie Kimi erklärt, dass jetzt ja Sommer war und dass sie sich bis zum Winter aus Deutschland einen neuen Mantel schicken lassen würde.

Brandons Zeichnungen hatte Kimi blutigen Herzens auf Chatham Island gelassen. Lediglich ihr Porträt steckte in ihrer Tasche. Sie wünschte sich nicht zum ersten Mal, auch ein Bild von Brandon zu besitzen. In der letzten Zeit war die Erinnerung an ihn verblasst, die Gedanken an David waren an ihre Stelle getreten. Jetzt jedoch fühlte sie sich ihm wieder näher. Wenn sie sich nachts in ihre Decken kuschelte, dachte sie an die lange vergangene Zeit vor der Invasion, an die sonnigen Nachmittage, an denen er sie gezeichnet hatte, an ihre Gespräche und sein Lachen.

Der Anblick der vielen kleinen Inseln der sonnenverwöhnten Bay of Islands erfreute Kimi genauso wie bei ihrem ersten Besuch mit Anewa. Dieses Mal musste sie allerdings nicht ängstlich hinter ihm Aufstellung nehmen und sich ein Stück Backwerk schenken lassen, sondern hätte der Frau am Kai einen Krapfen abkaufen können, wäre sie denn dort gewesen. Ruth hatte sie angewiesen, eine »Droschke« nach Te Waimate zu nehmen, doch Kimi wusste nicht, was das war, und hatte sich nicht getraut, zu fragen. So erkundigte sie sich nach dem Weg, der sich als ziemlich weit entpuppte. Die Station lag einige Meilen entfernt, doch Kimi machte es nichts aus zu laufen. Sie zog die Schuhe aus, die Wilma ihr gegeben hatte und die nach Ansicht der Missionshelferinnen gut passten, Kimi allerdings ziemlich drückten, und machte sich auf den Weg.

Die Straße nach Te Waimate war gut ausgebaut. Sie führte mitunter durch lichten Wald, meist jedoch zwischen Feldern und Weiden hindurch, auf denen Schafe grasten. Kimi empfand die Wanderung als erholsam. Sie war überrascht von der Weitläufigkeit der Anlage, die zudem voller Leben war. Maori und *pakeha* gingen ein und aus, in den Werkstätten wurde gearbeitet, in einem Anbau offensichtlich gekocht. Kimi wandte sich dem unwillkürlich zu. Nach dem langen Weg war sie hungrig. Ob die Frauen ihr etwas von dem Eintopf abgeben würden, der über einem großen Feuer köchelte?

Es waren durchweg Maori-Frauen, die hier tätig waren, und Kimi war unschlüssig, ob sie es wagen sollte, sie anzusprechen. Doch dann wollte sie ihren Augen nicht trauen, als sie plötzlich ein bekanntes Gesicht unter ihnen entdeckte: Raukura, die Moriori-Frau, die damals mit Tom Peterson auf Rekohu gelebt hatte und mit ihm geflohen war. Raukura musterte Kimi genauso ungläubig – in den Jahren seit der Invasion hatten sich natürlich beide sehr verändert.

Raukura hatte zugenommen und wirkte mütterlich. Sie trug *pakeha*-Kleidung und hatte ihr Haar wie die Weißen aufgesteckt und unter einer Haube verborgen. Kimi trug das ihre zu einem dicken Zopf geflochten, nicht mehr offen wie früher, und sie war kein Mädchen mehr.

»Kimi, bist du das?«, fragte Raukura fassungslos – auf Maori, die Sprache war ihr wohl in Fleisch und Blut übergegangen. Als Kimi in Moriori antwortete, brach sie in Tränen aus. »Ich hätte nie gedacht, meine Sprache noch einmal zu hören«, sagte sie schluchzend. »Und ich wähnte dich tot, Kimi. Wie die anderen im Stamm. Stimmt es, dass sie alle vernichtet haben?«

Die Maori-Frauen in der Küche arbeiteten in aller Ruhe weiter, während Kimi und Raukura sich austauschten. Kimi war das fast etwas unheimlich. Auf Chatham Island war es den Moriori streng verboten, ihre Sprache zu sprechen. Wenn irgendein Maori das mitbekam, strafte er sofort. Hier dagegen kümmerte sich niemand um sie.

»Die Maori in der Missionsstation sind eigentlich alle freundlich«, bestätigte Raukura, als Kimi das anmerkte. »Sie haben mich von Anfang an wie eine der Ihren behandelt. Sie fanden es nur merkwürdig, dass ich nicht tätowiert bin.«

Die Maori-Frauen in der Küche wiesen die traditionellen *moko* rund um ihre Mundpartie auf.

»Wie kommst du überhaupt hierher?«, fragte Kimi und spähte begehrlich in den Suppentopf.

Raukura bemerkte das und füllte sofort und ohne irgendjemanden um Erlaubnis zu bitten eine Schüssel für Kimi. »Haben wir nicht auch noch etwas Brot, Moana?«, wandte sie sich an eine der Maori-Frauen, die daraufhin diensteifrig einen halben Laib Brot aus einem Schrank nahm.

»Frisches ist noch nicht da, Mrs. Peterson«, bemerkte sie. »Die Bäckerei hatte einen großen Auftrag für die Kaserne. Da fällt für die Mission erst abends was ab.«

Raukura nickte. »Ist gut, Moana, ich denke, meine Freundin mag auch das Brot von gestern. Lass es dir schmecken!« Sie lächelte Kimi zu, die aus dem Staunen nicht mehr herauskam.

»Du hast Tom Peterson geheiratet«, stellte sie zwischen zwei Bissen fest.

Raukura nickte. »Ja. Und wir sind beide hier angestellt. Ich leite die Küche zusammen mit einer Missionarsfrau, und Tom hat eine Böttcherwerkstatt. Er leitet die Maori an, die sich in der Umgebung der Station angesiedelt haben. Es läuft sehr gut.«

Kimi hatte schon auf den Chathams gehört, dass zur Te-Waimate-Mission diverse Werkstätten gehörten. An sich war das Konzept ganz ähnlich der Goßner-Mission – nur dass die Maori für die Missionare arbeiteten und nicht umgekehrt.

»Aber nun erzähl von Whangaroa«, forderte Raukura sie jetzt begierig auf. »Wie sieht es da aus? Haben ... Wie viele aus dem Stamm haben überlebt?«

Kimi löffelte zunächst ihre Suppe aus, bevor sie erzählte – von den kannibalistischen Gelagen der ersten Zeit, der Sklaverei, schließlich der Ankunft der Missionare, welche die Lage ein wenig verbessert hatte, wenn auch nicht viel. Zuletzt sprach sie von den Frauen und von ihrer Schwangerschaft – wobei sie Davids mögliche Beteiligung an der Zeugung des Kindes vorerst nicht erwähnte.

»Die Brüder hier scheinen mehr *mana* zu haben als die bei uns«, meinte sie am Ende resignierend. »Wenn die Maori auf sie hören ...«

»Die Maori in Te Waimate sind anders«, bestätigte Raukura die Aussagen der Missionshelferinnen auf Chatham Island. »Längst nicht so ... bösartig. Und du suchst nun Schutz vor diesem Anewa? Du musst dich Reverend Williams vorstellen, aber ich glaube nicht, dass er dir Schwierigkeiten macht. Wenn du willst, können Tom und ich mitgehen und bestätigen, dass du die Wahrheit sagst.«

Kimi war das mehr als recht. Sie fürchtete sich davor, vor dem fremden Kirchenmann die Geschichte ihres Volkes auszubreiten. Die Ignoranz der Priester und Politiker in Waitangi standen ihr noch zu genau vor Augen.

Reverend Williams zweifelte allerdings nicht an ihren Aussagen. Der große, sehr streng wirkende Mann, dessen stechend blaue Augen unter einem Schopf üppiger, früh ergrauter Haare hervorblickten, nickte nur traurig.

»Ich habe davon schon gehört«, meinte er. »Allerdings hoffte ich, es wäre nicht ganz so schlimm. Die drei jungen Frauen, die uns hier ein paar Tage besucht haben, bevor sie als Missionshelferinnen nach Chatham Island gingen, schienen nichts davon zu wissen. Dabei standen sie doch wohl schon in Deutschland in Kontakt mit den Goßner-Brüdern ...«

Kimi fiel der Brief wieder ein, den Ruth ihr mitgegeben hatte. Sie nestelte ihn aus der Tasche, und der Missionar las ihn aufmerksam.

Dann seufzte er. »Ja ... wie ich es mir schon dachte ... Die Schwestern sind überrascht und entsetzt von den Zuständen auf Chatham Island. Aber dich loben sie über alles, Kimi. Sie empfehlen dich wärmstens, vielleicht als Lehrerin für die Maori-Frauen. Du sprichst ja tatsächlich fließend Englisch.«

Die Unterhaltung zwischen ihr, den Petersons und dem Missionar wurde auf Englisch geführt, und Kimi stellte fest, dass Raukura die Sprache inzwischen einigermaßen beherrschte. Von »fließend« war sie allerdings noch weit entfernt.

Kimi senkte den Kopf und errötete. »Ich bemühe mich«, sagte sie.

Der Missionar lächelte. »Dann bleibst du auf jeden Fall vorerst hier. Du kannst dich Mrs. Randolphs vorstellen, das ist die Frau eines unserer Missionare. Sie fungiert als Hebamme und wird dir helfen, dein Kind zur Welt zu bringen. Ansonsten wirst du Mrs. Kimberley in der Schule helfen.«

Die Frauen der Missionare hatten ganz selbstverständlich die gleichen Aufgaben übernommen, für die Pastor Goßner Ruth, Hilde und Wilma nach Chatham Island geschickt hatte. Kimi fragte sich, ob auch sie erst hier verheiratet worden waren oder ob sie ihre Männer schon aus Europa nach Neuseeland begleitet hatten. Später hörte sie, dass Letzteres der Fall war. Die Church of England schickte unverheiratete Missionare ungern aus. Wahrscheinlich wünschte sie keine Verbindungen zwischen ihnen und den Frauen der Einheimischen.

Raukura bot Kimi einen Schlafplatz in dem kleinen Anbau der Böttcherei an, in dem sie mit Tom lebte. Reverend Williams war zwar davon ausgegangen, dass sie im Schlafsaal der Frauen ein Bett oder eine Schlafmatte finden würde – die Maori teilten hier wie bei ihren Heimatstämmen ein Schlafhaus, in der Mission schliefen sie allerdings nach Geschlechtern getrennt –, doch Raukura verstand, dass dies Kimi Angst einjagte.

»Du wirst zwar bald merken, dass dir die Frauen nichts tun«, meinte sie, »aber vorerst kannst du bei uns bleiben.«

Kimi war ihr dafür äußerst dankbar, obwohl der Platz in der Wohnung der Petersons äußerst begrenzt war. Raukura und Tom hatten bereits einen kleinen Sohn, und Raukura war erneut schwanger. Deshalb kannte sie auch bereits Mrs. Randolphs und begleitete Kimi zu einer Untersuchung.

»Du bist sehr zierlich«, meinte die Missionarsfrau, die in ihrem schwarzen Kleid und dem schneeweißen Häubchen, das auf ihrem Kopf zu schweben schien, äußerst respekteinflößend wirkte. »Doch sonst scheint alles in Ordnung zu sein. Weißt du, seit wann du schwanger bist?«

Kimi nickte und nannte den Tag, den sie mit David im Hain der Kopi-Bäume verbracht hatte, als den wahrscheinlichen Zeitpunkt der Zeugung.

»Und der Mann hat dir Gewalt angetan?«, vergewisserte sich

Mrs. Randolphs noch einmal. Sie hatte zunächst sehr ungnädig angemerkt, dass Kimi keinen ihr angetrauten Mann als Vater für das Kind vorweisen konnte.

»Anewa hat mir immer wieder Gewalt angetan«, sagte Kimi. »Seit Jahren. Aber ich habe bisher nie empfangen – oder das Kind ganz früh verloren. Das ist ... das ist bei fast allen Moriori so.«

Mrs. Randolphs blickte sie streng an. »Na, dann ist es ja ein Wunder, dass der Stamm noch nicht ausgestorben ist«, meinte sie und wirkte äußerst betreten, als Kimi ihr bestätigte, dass die Moriori auf dem besten Weg dazu seien. Die Hebamme hatte bisher nie etwas von der Invasion der Maori auf den Chathams gehört. Als Kimi mit leiser Stimme davon berichtete, wie die ungeborenen Kinder der Frauen getötet worden waren, vom Verbot der Ehe unter Moriori und all den anderen Gräueltaten der Eroberer, zeigte sie sich mitfühlend. »Wie schön, dass Gott wenigstens dich sicher hergeleitet hat. Und dein Kind. Gott mag Großes mit euch beiden vorhaben, Kimi. Wir sollten ihm bei der Abendandacht dafür danken.«

Kimi glaubte zwar, dass sie ihre erfolgreiche Flucht eher Ruth Helwig und den anderen Missionshelferinnen verdankte als göttlichen Mächten, sie nickte jedoch brav, und bei der nächsten Messe betete sie tatsächlich inbrünstig zu Gott, Jesus Christus und den anderen an diesem freundlichen Ort möglicherweise anwesenden Geistern. Es mussten welche da sein. Kimi hatte zwei Maori-Frauen beim Ernten von Süßkartoffeln beobachtet und gehört, wie sie rasch und verstohlen *karakia* aufsagten, während sie die Wurzeln aus der Erde zogen. Sie selbst würde sich erst mit diesen Gebeten vertraut machen müssen, doch da war sie guten Mutes. Sie hatte sich schon immer auf Sprachen verstanden. Sie würde auch die der hiesigen Geister erlernen.

Kapitel 2

Irgendwann wagte Ruth Mühlen sich einzugestehen, dass sie Chatham Island hasste. In der ersten Zeit war der Aufenthalt natürlich aufregend und der Aufbau der Mission erhebend gewesen. Das Wiedersehen mit David und die Spannung in Bezug auf seine Werbung hatten sie zusätzlich in Atem gehalten. Dann war die Hochzeit gekommen und das durchaus beglückende Eheleben. David erwies sich als ein rücksichtsvoller, zärtlicher Liebhaber, und Ruth befand sich im Rausch, ihr Ziel wirklich erreicht zu haben. Sie würde ihren Mann bald auch häufiger für sich haben – alle drei Frauen waren sich einig darüber, dass jede ihren eigenen Haushalt wollte, und sie drängten die Männer zum Bau von Einzelhäusern.

Bei einem Spaziergang mit Jonas entdeckte Ruth dann eines Tages eine leer stehende Blockhütte im Wald in der Nähe der Maori-Siedlung. Wie sie bald feststellte, war es das Haus des Walfängers Brandon Halloran gewesen, der Kimi gezeichnet und von dem sie ihr so viel erzählt hatte. Ruth brachte David dazu, es mit ihr zu beziehen, sodass nur zwei neue Häuser zu errichten waren. Hilde und Oskar wollten sich mit einem kleinen Haus zufriedengeben, Heinrich und Wilma planten aufwendiger. Bruder Franz und Bruder Gottfried murrten darüber, dass viel Arbeit anfallen würde, und David merkte an, es sei nicht gerecht gegenüber den anderen, die sich demütig bereit zeigten, mit weniger Wohnraum auszukommen. Zur allseitigen Verwunderung widersprach dem Hilde.

»Ich finde durchaus, dass Wilma und Heinrich ein großes Haus brauchen. Schließlich wollen sie für immer hierbleiben. Wilma wird die Schule nicht aufgeben und Heinrich die Landwirtschaft nicht …«

»Wer redet denn von aufgeben?«, fragte David gekränkt. »Wir wollen doch wohl alle …«

»Ich werde im Sommer nach Neuseeland gehen«, erklärte Bruder Franz überraschend. »Vielleicht als Missionar, vielleicht werde ich auch einfach eine Stelle als Lehrer annehmen. Hier, meine Brüder, kämpfen wir auf aussichtslosem Posten – ob ihr das wahrhaben wollt oder nicht. Anewas Maori sind nicht wirklich zum Christentum zu bekehren. Sie spielen uns etwas vor und nutzen uns aus. Die Moriori mögen Gott eher zugänglich sein, aber es sind nur wenige, und um die geistlich zu betreuen, brauchen wir wirklich keine fünf Missionare und drei Missionshelferinnen.«

»Ich denke, hier ist noch viel zu tun«, widersprach David.

Bruder Heinrich nickte. »Wir wären ja auch immer noch zu viert«, erklärte er. »Unsere tapferen und fleißigen Frauen gar nicht mitgerechnet. Wenn uns Bruder Franz also verlassen will, sollten wir darauf vertrauen, dass er Gott dafür aufrichtig um Beistand gebeten hat, und ihn mit unserem Segen gehen lassen.«

Letztlich bezogen Wilma und Heinrich das alte Missionshaus, Bruder Gottfried gab sich mit dem Anbau zufrieden, in dem bislang die Frauen geschlafen hatten. David und Ruth nahmen die Blockhütte, und für Hilde und Oskar wurde rasch ein kleines Holzhaus erstellt. Ruth fand es mehr als schlicht und primitiv, aber Hilde murrte nicht.

»Mir ist es recht so, ich werde hier sowieso nicht alt«, erklärte sie. »Irgendwann wird auch Oskar von der Insel genug haben. Und mit ein bisschen Glück sogar von der Mission ...«

»Hilde!«, rief Ruth strafend aus, obwohl sie die Freundin gut verstand. Hilde war keine Missionshelferin aus Leidenschaft, genauso wenig wie sie selbst. Sie schien allerdings Chancen zu sehen, langfristig ihren Mann von einer anderen Berufung zu überzeugen.

»Jedenfalls werde ich mich hier gar nicht erst häuslich einrichten. Auf Dauer werden wir nach Neuseeland gehen oder sonst wohin. Wenn Wilma und Heinrich sich auf Chatham Island abarbeiten wollen – bitte, sollen sie. Wenn du mich fragst, hat das keine Zukunft, und Oskar wird das auch einsehen. Er ist auf dem besten Wege dazu. Lass mich erst mal schwanger werden, dann krieg ich ihn schon rum!«

Ruth beneidete sie im Stillen um ihren Optimismus. Oskar war robust und lebenstüchtig. Er war fest im Glauben, aber ewig würde er sich nichts vormachen. David dagegen war hell begeistert von den Fortschritten, die seine Mission seit der Ankunft der Frauen gemacht hatte. Er freute sich täglich über die Schule, lobte Ruth und Hilde für ihren Einsatz auf der Krankenstation, obwohl nach wie vor wenig zu tun war, und hielt sonntags optimistische Predigten über eine christliche Lebensführung. Tadelnde Worte für Anewa und seine Leute fand er nicht. Seit Franz' Weggang redeten den Maori allenfalls Wilma und Heinrich ins Gewissen, wenn auch vergeblich.

Ruth sah sogar Anzeichen dafür, dass auf Wilmas erste Erfolge erneute Rückschritte folgten. Die Schule war hauptsächlich gut besucht, wenn neue Spenden aus Deutschland eingetroffen waren und Wilma etwas zu verteilen hatte. Dann kamen auch Frauen in Ruths und Hildes Krankenstation. Allgemein war der Reiz des Neuen jedoch verflogen, und auf Dauer wurde das Lernen natürlich zur Anstrengung. Viele Maori-Kinder hatten dazu keine Lust, und die eigentlich interessierten Kinder der Moriori blieben der Schule oft einfach aus Erschöpfung und Übermüdung fern.

Doch nicht nur die Misserfolge der Mission zerrten an Ruths Nerven. Hinzu kam das anhaltend schlechte Wetter. Nach einem guten halben Jahr, es war Herbst, regnete und stürmte es immerzu. Die Wege wurden schlammig, alle Verrichtungen außerhalb des Hauses wurden zu einer endlosen Quälerei. Selbst Jonas verließ seine Decke vor dem Ofen nur ungern. Zudem gab es keinerlei Zerstreuungen. Ruth nutzte die Abende, um ihre und Davids Kleider zu flicken und Handarbeiten anzufertigen, während David las. Ruth lechzte so sehr nach Abwechslung, dass sie sogar die drei kitschigen Liebesromane, die Hilde noch von Mrs. Schuman hatte, mehrmals gelesen hatte. Irgendwann griff sie wieder ihren sorglich gehüteten Geldvorrat an, um ein paar Bücher aus Neuseeland kommen zu lassen. Mit sehr schlechtem Gewissen log sie David an, ihre Eltern hätten ihr die Romane geschickt.

»Sie sollten dir lieber warme Kleidung schicken und Kinderkleidung«, bemerkte David säuerlich.

Ruth und Hilde waren noch nicht schwanger, Wilma dagegen hatte vor Kurzem stolz berichtet, gesegneten Leibes zu sein. Ruth freute sich, dass David wenigstens nicht aufgefallen war, dass die bestellten Bücher in englischer Sprache verfasst waren. Ihre Eltern hätten natürlich deutsche geschickt. Ruth wagte allerdings nicht, sie darum zu bitten. Sie hielt ihre Briefe vage. Auf keinen Fall sollten die Helwigs wissen, wie schlecht sie sich auf den Chathams wirklich fühlte. Wäre sie zu sehr ins Detail gegangen, wäre sie womöglich der Versuchung erlegen, ihrer Mutter auch bezüglich der Gefühle ihr Herz auszuschütten, die sie gegenüber Davids »Pfarrkindern« hegte. Dabei fiel es ihr schon schwer genug, sich selbst einzugestehen, wie sehr sie die Leute um Anewa verachtete und fürchtete.

Als der Häuptling Kimis Flucht bemerkt hatte, war er außer sich gewesen. Er hatte mehrere männliche Moriori-Sklaven willkürlich grün und blau geschlagen. Die Leute seien Mitwisser gewesen, hatte er den entsetzten Missionaren gegenüber argumentiert, er werde sie zwingen, ihm Auskunft über Kimis Aufenthaltsort zu geben. Das alles hatte natürlich nichts ergeben, woraufhin Anewa schließlich aufgegeben und sich ein neues Opfer unter den Frauen der Moriori gesucht hatte. Drei Tage nach Kimis Verschwinden hatte sich Whano zur Krankenstation geschleppt. Die Dreizehnjährige war von Anewa brutal vergewaltigt worden.

»Er will jetzt mich als Sklavin haben«, hatte das Mädchen weinend erklärt. »Aber vielleicht nimmt er doch noch eine andere, wenn meine Mutter ihn verflucht.« Die Schändung ihrer Tochter schien die Zauberin in der resignierten Mutter wiederzuerwecken.

»Ich denke, eure Geister sind tot«, hatte Hilde gesagt.

»Die guten«, hatte Whano Auskunft gegeben. »Meine Mutter wird nun die bösen beschwören.«

»Dies zum Erfolg der Christianisierung, auch bei den Moriori«, war Hildes Reaktion gewesen.

Aber nicht nur die aktuellen Exzesse des Häuptlings und seiner Krieger stießen Ruth ab und ängstigten sie, ebenso die Zeugnisse der Vergangenheit, die Chatham immer noch freigab. In den ersten Monaten auf der Insel war Ruth nur selten hinaus in die Natur gegangen, und wenn, dann meist in Kimis Begleitung. Jetzt jedoch wagte sie Exkursionen mit Jonas, der sich zu einem vergnügten und sehr bewegungsfreudigen Hund ausgewachsen hatte. Sie erkundeten erst das Umfeld der Mission und dann den Wald um das Maori-Dorf. Ruth verdrängte die Herkunft der Knochen, die Jonas dabei immer wieder anschleppte. Dabei erinnerte sie sich durchaus an Fakten aus dem Anatomiekurs, die sie daran zweifeln ließen, dass es sich hier um Tierknochen handelte. Als Jonas jedoch eines Tages einen Menschenschädel brachte, war es um ihre Fassung und Fähigkeit zur Selbsttäuschung geschehen. Sie setzte sich zitternd auf einen Baumstamm und vergegenwärtigte sich Kimis Erzählungen über das, was 1835 auf der Insel passiert war.

Ruth wurde die Angst nicht mehr los. Sooft sie sich auch sagte, dass sie eine gute Christin war und dergleichen nicht glaubte, fühlte sie sich doch verfolgt von den Geistern der Toten. War es wirklich im Sinne Gottes, wenn sie den Peinigern der Moriori Gutes taten? War der Ansatz richtig, sie zu bekehren, für sie zu arbeiten und sie zu beschenken, statt ihre Taten im Gegenteil anzuprangern und der ganzen Welt zu verkünden, was auf dieser einsam gelegenen Insel geschehen war? Die Chathams gehörten inzwischen offiziell zu Neuseeland. Vielleicht hätte es ja eine Möglichkeit gegeben, Anewa und seine Helfershelfer vor Gericht zu stellen.

Ruth lag nachts wach und grübelte endlos darüber nach. Sie meinte, die Stimmen der Geister im Wald rund um Brandons Blockhaus wispern zu hören. Sie hatte einen Baum auf der Lichtung entdeckt, in dessen Rinde jemand einen Vogel geschnitzt hatte, und sich zunächst daran erfreut. Als sie jedoch eines Tages den Hain der Kopi-Bäume entdeckte und die tanzenden Geister in ihrer Rinde, wurde ihr klar, dass hier Magie im Spiel gewesen war. Aller Aufklärung und all ihrer christlichen Erziehung zum Trotz geriet sie in Panik. Sie rannte wie gehetzt zurück zur Station und wollte sich auch von Davids gelassenen Erklärungen nicht beruhigen lassen.

Als sie schließlich feststellte, dass sie schwanger war, stand Ruths Entschluss fest. Auf keinen Fall würde ihr Kind auf Chatham Island aufwachsen. Es sollte weder mit den Kindern von Mördern spielen noch Gleichaltrige als Sklaven auf den Feldern der Maori schuften sehen. Ruth wollte weg von der Insel – doch David mochte sein geistliches Amt nicht aufgeben. Er erregte sich jetzt schon maßlos über Bruder Oskar, der sich neuerdings oft kritisch über die Misserfolge in der Mission äußerte. Hilde würde ihn sicher bald dazu überredet haben, mit ihr nach Neuseeland zu gehen und dort in seinem erlernten Beruf zu arbeiten. David dagegen würden keine zehn Pferde dazu bringen, den Schmiedehammer wieder aufzunehmen ...

Ruth schöpfte Hoffnung, als Bruder Heinrich eines Tages erfreut verkündete, Bischof Selwyn habe sich wieder zu einem Besuch der Inseln angesagt. Er wollte sowohl die Missionsstation von Reverend Aldred im Nordosten inspizieren als auch bei den Goßner-Missionaren vorbeischauen. Zwar waren ihm beide Missionen nicht direkt unterstellt, doch als anglikanischer Bischof für Neuseeland empfand er sich allgemein als zuständig für Lutheraner. Die Missionare pflegten seine Besuche zu begrüßen. Er brachte stets Spenden mit, lobte sie für ihre Arbeit und ermutigte sie, nicht aufzugeben. Den Maori bot er Abwechslung, indem er einen besonders feierlichen Gottesdienst hielt, und er drückte seine Anteilnahme gegenüber den Moriori aus. Insgesamt galt er als verbindlicher, umgänglicher Mensch – und für Ruth war er die einzige Hoffnung. Wenn sie es geschickt anstellte, konnte sie mit seiner Hilfe den Chathams entkommen.

Natürlich war es Wilma, die den Bischof in der Missionsstation empfing, ein Gästezimmer für ihn bereitstellte und für ihn kochte. Ruth traf den streng wirkenden Mann erst am Morgen nach seiner Ankunft. Er hielt eine Messe, und sie hatte dabei ausgiebig Zeit, ihn zu mustern. Selwyn, dessen Gesicht von dichten Koteletten beherrscht wurde, die sich ebenso lockten wie ursprünglich wohl sein bereits gelichtetes Haupthaar, hatte schmale Augen, eine spitze Nase und ein kräftiges Kinn. Ruth erschien er der Welt durchaus zugewandt. Über die Zustände auf Chatham Island war er sich weitgehend im Klaren. Er befragte die Missionare eindringlich nach der Lage der Moriori, äußerte sich lobend über die Einrichtung der Armenspeisung für die Sklaven und versprach Spenden.

Hilde und Ruth fragten nach Medikamenten für ihre Krankenstation. Die Goßner-Mission erhielt zwar Spenden aus Deutschland, doch Medizin über so weite Strecken zu transportieren war problematisch. Oft kamen die Salben und Säfte verdorben auf Chatham Island an. Der Bischof erkannte das Problem und versprach Sendungen aus Neuseeland. Nach einem ausführlichen Frühstück und Gespräch mit den Missionaren hatte Ruth genug Vertrauen gefasst, um ihn um ein persönliches Gespräch zu bitten. Die Gelegenheit dafür war günstig – David und die anderen waren im Maori-Dorf und machten »gut Wetter«, wie Hilde das nannte. Sie übernahmen etliche, dort anstehende Arbeiten und konnten somit sicher sein, dass Anewa seine Leute in den Gottesdienst schicken würde, den der Bischof am Abend halten würde. Wilma war mit ihrem Haushalt beschäftigt, und Hilde war eingeweiht. Sie wünschte Ruth viel Glück für ihre Pläne.

»Nun, was liegt an, Mrs. Mühlen?«, fragte der Bischof freundlich. Ruth hatte ihn gebeten, ihn auf einen Spaziergang zu begleiten. Geführt von dem begeisterten Jonas wanderten die beiden durch den Wald und über die Felder. Ausnahmsweise regnete es nicht. »Noch irgendwelche Wünsche bezüglich Ihrer

Krankenstation? Sie ist nicht besonders gut besucht, oder?« Auch das hatte er bereits herausgefunden.

»Nein«, gab sie zu. »Wir haben Patienten, allerdings fast ausschließlich Moriori. Wir müssen sie aufsuchen und uns die Behandlung oft ertrotzen oder erarbeiten. Mitunter ersetzt eine von uns den Sklaven auf dem Feld, während die andere ihn behandelt …«

Der Bischof seufzte. »Es ist ein einziges Elend«, murmelte er.

»Die Maori selbst sind ziemlich gesund«, sprach Ruth weiter. »Sie sind ja auch fast alle jung und gut genährt.« Alte Menschen waren nicht mit auf die Chathams gekommen.

Sie überlegte verzweifelt, wie sie zu ihrem eigentlichen Anliegen kommen sollte, aber der Bischof überraschte sie erneut, indem er sie prüfend ansah und dann seinerseits auf den Punkt kam.

»Sie sind hier nicht sehr glücklich, oder, Mrs. Mühlen?«

Ruth biss sich auf die Lippen. »Ich will«, murmelte sie, »nicht undankbar sein. Gott hat mich hierhergesandt, an die Seite eines wunderbaren Mannes. Ich bin meinem Gatten aus ganzem Herzen zugetan und ich …« Sie errötete.

»Sie werden auch bald ein Kind haben.« Der Bischof lächelte.

Ruth nickte. »Ich sollte also zufrieden sein«, erklärte sie. »Allerdings … Wenn ich offen reden darf, Exzellenz, ich habe das Gefühl, dass mein Gatte und ich … dass wir hier nicht viel ausrichten. Verstehen Sie mich richtig, David und seine Brüder haben Großes geleistet. Was die Entwicklung der Zivilisation angeht, die Landwirtschaft … Inzwischen sind fast alle Maori und Moriori getauft.«

Der Bischof lachte. »Die Reihenfolge, in der Sie das anführen, ist bezeichnend, Mrs. Mühlen. Und ich verstehe durchaus, worauf Sie hinauswollen. Ihr Mann und seine Mitstreiter haben erreicht, was sie erreichen konnten. Mehr ist hier, zumindest vorerst, nicht zu machen. Wie weit man damit zufrieden sein kann … Wir müssen uns dem Willen des Herrn ergeben. Und vielleicht auch abwarten. Mrs. Bauer gibt sich Mühe, wie ich hörte, die Menschen hier zu unterrichten. Die nächste Generation mag gebildeter und damit christlichen Werten gegenüber aufgeschlossener sein.«

Ruth stimmte ihm zu, ohne zu erwähnen, dass sie auch bezüglich der Schule Bedenken hegte. Dann kam sie zur Sache.

»Ich denke nur, dass mein Mann nicht bleiben sollte, bis diese nächste Generation herangewachsen ist. Die Zahl der heranwachsenden Christen ist zudem überschaubar. Für deren christliche Erziehung werden keine vier Missionare und drei Missionshelferinnen gebraucht.«

Der Bischof nickte erneut. »Einer würde reichen«, bemerkte er. »Ich denke, Bruder Heinrich und seine Gattin allein würden die Gemeinde ausreichend betreuen können. Aber die Mission untersteht mir nicht, Mrs. Mühlen. Pastor Goßner hat die Brüder entsandt – eine Umgestaltung müsste also entweder von ihm oder von den Missionaren selbst ausgehen.«

»Sie könnten mir trotzdem helfen«, brach es aus Ruth heraus. »Mein Gatte ... nun, er ist mit Leib und Seele Gottesmann. Und er wird sich an den Posten auf dieser Insel klammern, sofern sich ihm keine Alternative bietet. Wüssten Sie nicht einen neuen Wirkungsbereich? Und ... und könnten Sie dahingehend auf ihn einwirken, dass er den Posten dann auch annimmt? Weil es ... vielleicht Gottes Wille ist?«

Bischof Selwyn bemühte sich, streng dreinzublicken, es gelang ihm jedoch nicht. »Könnte es sein, dass Sie ein wenig intrigant sind, Mrs. Mühlen?«, fragte er. »Wollen Sie wirklich mich – und Gott – dafür benutzen, Ihren Gatten von diesem unwirtlichen Eiland wegzulocken, damit Sie Ihr Kind ein bisschen näher an der Zivilisation zur Welt bringen können?«

Ruth senkte den Kopf. »Ich würde Gottes Willen nie zuwider handeln«, beteuerte sie. »Könnte es nicht eher sein, dass *Er* durch mich wirkt? Und durch Sie, wenn Sie David an einen Platz stellen, an dem er dem Christentum nützlicher ist als hier?«

Bischof Selwyn amüsierte sich jetzt ganz offen. Es machte ihm erkennbar Spaß, mit Ruth die Klingen zu kreuzen. »Welchen

Platz hat sich der liebe Gott denn vorgestellt für Ihren Gatten?«, neckte er die junge Frau. »Soll er weiter Heiden missionieren? Oder wären Sie lieber in einer netten neuseeländischen Landgemeinde?«

Ruth seufzte. »Am liebsten natürlich Letzteres«, gab sie zu. »Ich fürchte allerdings, das scheitert daran, dass David kein wirklicher Priester ist.«

Der Bischof nickte. »Ich weiß. Und das macht die Sache für mich sehr schwierig. Ihr Gatte ist weder Anglikaner – und ich bin nur für anglikanische Gemeinden verantwortlich – noch hat er ein Priesterseminar besucht. Er ist mit Herz und Seele Gottes Diener, wie Sie schon sagten. Nur ordiniert ist er nicht.«

Ruth rieb sich die Stirn. »Er versteht wunderschön zu predigen«, behauptete sie. »Und er hat ein tiefes Verständnis für die Menschen.« Zumindest war er bereit, immer nur das Gute in ihnen zu sehen. »Er ist tiefgläubig«, fuhr sie fort.

Der Bischof machte eine abwehrende Handbewegung. »Das weiß ich alles«, beschied er sie. »Nur ... Also, Mrs. Mühlen, das Einzige, was ich Ihnen anbieten könnte, wäre ein Posten ... an einem ähnlich abgelegenen Ort wie diesem hier. Wir haben durchaus Priestermangel auf Neuseeland. Die ordinierten Geistlichen können sich die Stellen aussuchen, und es gibt Gegenden, da will keiner hin.«

»Also wieder eine Mission?«, fragte Ruth. »Ich dachte, die Maori auf Neuseeland wären inzwischen so ziemlich alle bekehrt.«

»Mehr oder weniger«, schränkte der Bischof ein. »Sagen wir mal, sie sind getauft. Aber ich dachte nicht unbedingt an eine Missionsstation in der Wildnis. Das sind meistens Einzelprojekte. Irgendein charismatischer Priester begibt sich zu einem Stamm und baut dort etwas auf. Ich suche derzeit eher Seelsorger, die bereit wären, sich um neu entstehende Siedlungen zu kümmern ...«

Ruths Herz schlug höher. Das klang nach weißen Einwanderern, nach Siedlern, rechtschaffenen Männern, Frauen und Kindern.

»Das … das wäre …«

»Stellen Sie sich das nicht so einfach vor«, warnte der Bischof. »Ich spreche nicht von bäuerlichen Siedlungen, sondern von Walfangstationen oder Gegenden, in denen Seehundsjäger leben … Die Männer dort sind zweifellos einmal christlich getauft worden, doch oftmals üble Kerle, die sich um Recht und Gesetz nicht kümmern. Die Frauen – so es solche gibt … sind meist von … äh … zweifelhafter Moral …«

»Prostituierte?«, fragte Ruth. Ihre Arbeit in den Elendsvierteln von Berlin hatte sie abgehärtet.

Der Bischof sah sie anerkennend an. »Sie haben zumindest keine Angst, es auszusprechen«, bemerkte er.

»Ich habe auch keine Angst, mich um solche Frauen zu kümmern«, erklärte Ruth. »Und David wird … Nun, für David sind alle Menschen Gottes Kinder …«

Vermutlich würde David Monate brauchen, um überhaupt zu erkennen, welches Gewerbe seine künftigen Pfarrtöchter da ausübten.

»Die Leiter dieser Stationen sind durchaus daran interessiert, einen Geistlichen zu haben, der die Gemeinde … wie soll ich es ausdrücken … der die Männer und Frauen in gewisser Weise … im Zaum hält. Wenn Ihr Mann und Sie sich das zutrauen, dann könnten wir es mit Ihnen versuchen.« Der Bischof wandte sich fröstelnd wieder der Missionsstation zu. Es hatte gerade erneut zu nieseln begonnen. »Aber ich warne Sie. Sie könnten vom Regen in die Traufe kommen.«

Ruth biss sich auf die Lippen. Sehr vielversprechend klang das nicht, sie dachte an Kororareka, das »Höllenloch« der Bay of Islands. Aber wie moralisch verdorben die Prostituierten und Walfänger auch sein mochten – sie würde dort nicht auf Menschenknochen stoßen, wenn sie mit ihrem Hund spazieren ging. Sie würde nicht mehr hilflos zusehen müssen, wie Kinder als Sklaven auf den Feldern schufteten und Schlimmeres erleben mussten, so wie die kleine Whano. Ruth dachte an die Worte, die sie Kimi mit auf den Weg gegeben hatte: *Etwas Besseres als das hier findest du überall.*

»Wenn Gott meinen Gatten auf den Platz des Geistlichen einer solchen Siedlung stellen mag, so will ich ihm selbstverständlich gern folgen«, sagte sie artig. »Wo er hingeht, da will auch ich hingehen.«

Der Bischof widmete ihr einen spöttischen Blick. »Dann schauen wir mal, was wir ausrichten können«, meinte er. »Wie Gott es will.«

Am Nachmittag sprach er mit David, und nachdem dieser sich zwei Tage lang schweigsam gezeigt, viel gebetet und ausführlich in sich gegangen war, eröffnete er Ruth, dass Gott ihn auf einen neuen Platz berufen habe. Er werde den Posten des Seelsorgers auf der Walfangstation Preservation Inlet übernehmen, an der südwestlichen Spitze der Südinsel Neuseelands.

»Uns werden dort sowohl deine Erfahrung als Gemeindeschwester als auch meine Maori-Sprachkenntnisse zugutekommen«, erklärte er. »Im Hinterland der Station liegt ein Maori-Dorf, dessen Bewohner zwar sämtlich getauft, zurzeit jedoch ohne geistigen Beistand sind. Es gehört zu meinem Wirkungsbereich. Ich hoffe, Ruth, dass ich dich mit diesem Entschluss nicht allzu sehr überfalle. Es mag dir schwer werden, das hier Aufgebaute zurückzulassen ...«

Ruth winkte ab. »Wo du hingehst ...«, zitierte sie zum wiederholten Mal, um dann die Frage zu stellen, die ihr vorerst am meisten am Herzen lag: »Wie ist denn da das Wetter?«

Kapitel 3

Kimi verbrachte ein paar unbeschwerte Monate in der Missionsstation Te Waimate. Sie fand mannigfaltige Möglichkeiten, sich nützlich zu machen, und hatte dennoch die Muße, sich selbst weiterzubilden. Nachdem sie längst gut lesen konnte, übte sie sich nun im Schreiben, was ihr ermöglichte, ihre Übersetzerdienste zu intensivieren. Sie übersetzte Gebete, Geschichten, Rezepte und Gebrauchsanweisungen aus dem Englischen ins Maori – und sie tauchte weiter ein in die faszinierende Welt der Bücher. Dabei gab ihr allerdings manches, was sie über die Geschichte der europäischen Einwanderer las, ein Rätsel auf.

»Ich verstehe das nicht«, klagte sie Raukura und Tom gegenüber. »Jesus Christus predigte den Frieden, das Neue Testament liest sich fast wie Nunukus Gesetz. Aber dann gab es diese ... Kreuzzüge.«

Tom lachte. »Und nicht nur das! In Irland schlagen sich Katholiken und Protestanten bis heute die Köpfe ein. Allein wegen der kleinen Unterschiede zwischen Lutheranern und Papisten wurde jahrelang Krieg geführt.«

Kimi nickte. »Die Papisten sind fehlgeleitet, sagt Bruder Heinrich ...«

»Da hast du's«, meinte Tom. »Menschen sind nun mal Streithammel. Ihr Moriori seid die seltene Ausnahme, und man kann nicht sagen, dass der Himmel euch dafür belohnt. Du darfst das alles nicht so verbissen sehen, Kimi! Und nicht alles glauben, was die Pastoren schreiben und predigen.«

»Aber Reverend Williams und Bischof Selwyn, die Missionare auf Rekohu ... sie tun so viel Gutes«, gab Kimi zu bedenken.

Sie war dem Leiter der Missionsstation unendlich dankbar dafür, dass er sie aufgenommen hatte. Bis nach Te Waimate schien Anewas Arm tatsächlich nicht zu reichen. Sie fühlte sich sicher.

»Die haben auch ihre Fehler«, behauptete Tom.

Er stieß mitunter mit den Missionaren zusammen, weil er abends ganz gern in die Schenke ging, statt die Andacht zu besuchen. Als die Kirchenmänner einmal Whiskey bei ihm gefunden hatten, hätten sie ihn fast hinausgeworfen.

»Sie haben ihre Regeln«, begütigte Raukura. »Wie wir die unseren. Und du wärest auch nicht begeistert davon, wenn all die Maori hier jede Nacht betrunken wären.« Im Gegensatz zu Kimi wusste sie genau, worauf ihr Mann anspielte.

»Man kann es bloß übertreiben«, brummte Tom. »Oder, wie meine Mutter selig gern zu sagen pflegte: Gut gemeint ist oft das Gegenteil von gut gemacht.«

Kimi störte sich nicht an der Strenggläubigkeit der Brüder. Sie besuchte brav ihre Andachten, sprach nur sehr leise und im Geheimen mit den Geistern der Pflanzen und Bäume und bemühte sich, die Regeln ihrer Gastgeber zu achten. Derweil wuchs das Kind in ihrem Leib, sie hatte längst keine Angst mehr, es zu verlieren. Sie sprach mit ihm, sang ihm vor und dachte über den Baum nach, den sie für das Kleine pflanzen würde.

Es konnte kein Kopi sein, die wuchsen nicht in der Gegend von Te Waimate. Also würde sie sich für ein neuseeländisches Gewächs entscheiden müssen. Verstohlen prüfte sie die Rinde verschiedener Bäume auf die Möglichkeit, Zeichen hineinzuschnitzen.

Im Winter des Jahres 1843, an einem strahlend schönen Tag in der Bay of Islands, setzten dann die Wehen ein. Raukura, die selbst drei Monate zuvor einem kleinen Mädchen das Leben geschenkt hatte, brachte Kimi zu Mrs. Randolphs, obwohl sie sicher war, dass es bis zur Geburt noch Stunden dauern würde.

»Auf Rekohu arbeiten die Frauen noch bis kurz vorher auf den Feldern«, erklärte sie der Hebamme.

Mrs. Randolphs schlug die Hände über dem Kopf zusammen. »Das ist sicher einer der Gründe für die vielen Totgeburten«, bemerkte sie. »Du legst dich jetzt jedenfalls ins Bett und ruhst dich aus. Es wird noch hart genug, so zierlich, wie du bist.«

Tatsächlich wölbte sich Kimis Babybauch fast grotesk vor ihrem schmalen Körper. Sie hatte zwar zugenommen, seit sie in der Missionsstation lebte, doch klein und zart würde sie immer bleiben.

Die Geburt dauerte dann auch mehr als zwanzig Stunden. Kimi krampfte sich unter einer Wehe nach der anderen zusammen, ohne dass sich wirklich etwas tat. Sicher wäre es schneller gegangen, hätte Mrs. Randolphs ihr erlaubt, im Zimmer herumzugehen und das Kind letztlich in kniender Stellung herauszupressen, wie es bei ihrem Volk üblich war. Kimi vermisste zudem die *karakia,* die bei Moriori-Geburten gesungen wurden, um den Geist des Kindes willkommen zu heißen und zu beruhigen. Stattdessen gab es heißen Tee, freundlichen Zuspruch und immer wieder den Hinweis, Geduld haben zu müssen.

Mrs. Randolphs verwies auf die Sünden Evas, als Kimi vor Schmerzen schrie, und Kimi dachte an David. Sollte das hier wieder eine Strafe für die wenigen glücklichen Stunden im Hain der Kopi-Bäume sein? Andererseits hatte auch Raukura lange gebraucht, um ihr Kind zur Welt zu bringen. Und sie war in christlicher Ehe mit Tom verbunden.

Kimi weinte vor Schmerz, Erschöpfung und Erleichterung, als ihr Kind endlich in die Welt glitt.

»Ein kleines Mädchen«, vermeldete die Hebamme. »Ganz munter und alles dran!«

Sie legte das winzige Wesen auf Kimis Bauch, bevor sie die Nabelschnur durchtrennte. Kimi spürte sein Strampeln.

»Lassen Sie es mir, ich will es halten«, flüsterte sie, als Mrs. Randolph das Kind energisch wieder an sich nahm.

»Erst müssen wir es baden und wickeln«, erklärte sie. »Du erholst dich solange. Gleich kommt noch die Nachgeburt, also sammle deine Kräfte.«

Kimi hätte jetzt vor allem durch den Kontakt mit ihrem Baby Kraft geschöpft, doch sie fügte sich. Raukura hatte ihrem Kind das Willkommenslied auch erst vorsingen können, nachdem die Hebamme sie mit der Kleinen allein gelassen hatte. Die Geister würden das hoffentlich nicht übel nehmen. Aber sie sprach schon mal ein Gebet zu Jesus Christus.

Mrs. Randolphs brummte zunächst etwas, das nach Zustimmung klang. »Obgleich ... ob da Segen drinliegt ...«, murrte sie allerdings, als sie das Kind nun aus der Wanne hob und in saubere Tücher hüllte.

Kimi, die neugierig nach ihrer Tochter ausspähte, stellte fest, dass die Kleine puterrot war. Die meisten Kinder ihres Volkes kamen dunkler auf die Welt.

»Bitte?«, fragte Kimi. Sie verstand nicht, warum die Götter ihr Kind nicht segnen sollten.

»Das ist doch ein kleines Halbblut«, konstatierte Mrs. Randolphs. »Oder wem willst du da etwas vormachen?«

Kimi schüttelte den Kopf. Das Wort Halbblut hatte sie nie gehört. Ob die Hebamme ihr einen Namen vorschlagen wollte?

»Nein. Nein, sie bekommt keinen *pakeha*-Namen«, erklärte sie. »Sie soll Rohana heißen. Das ist ein schöner Name. Ein Moriori-Name ...«

»Ich werde Reverend Williams natürlich darüber Bericht erstatten«, sagte Mrs. Randolphs streng.

Kimi nickte. »Ja, sicher. Vielleicht ... vielleicht mag er sie taufen.«

Raukura und Tom hatten ihre Tochter selbstverständlich in der Missionskirche taufen lassen. Bei den *pakeha,* so hatte Kimi gelernt, taufte man schon ganz kleine Kinder, um ihre Seelen auf jeden Fall zu retten.

»Vielleicht«, meinte die Hebamme schmallippig. »Hier hast du dein Kind.«

Kimi vergaß alles um sich herum, als sie das Baby nun in ihren Armen hielt. Rohana war hellhäutig, es sah so aus, als hätte sie recht behalten – sie war die Frucht ihres glücklichen Nachmittags unter den Kopi-Bäumen. Leise begann sie, für das Mädchen zu singen. Ihr Lied beschwor die Schönheit ihrer Heimat, den

Wind auf den Inseln, den Regen, der die Pflanzen wachsen ließ – Kimi schilderte dem Kind die Welt, die sie ihm eigentlich hätte zu Füßen legen wollen. Sie versuchte, es die Trauer nicht spüren zu lassen, die sie immer noch empfand, wenn sie an Rekohu dachte.

»Ist das ein Wiegenlied?«, fragte Mrs. Randolphs misstrauisch.

Kimi nickte. Was gingen die Hebamme die Geister an, denen sie ihr Kind mit dem Lied ans Herz legte?

»Bald«, flüsterte sie Rohana zu, »bald werden wir dir einen Baum pflanzen.«

Am nächsten Morgen war Rohana noch hübscher als am Tag ihrer Geburt. Sie schrie wenig und trank gut, Kimis Milch war bald nach der Geburt eingeschossen, und sie hatte reichlich davon. Die Maori-Frauen aus der Küche und der Schule, die Kimi und Rohana besuchten, fanden das Kind hinreißend. Lediglich Mrs. Randolphs schien Rohana nicht besonders zu mögen. Kimi wechselte deshalb so schnell wie möglich von der Krankenstation zurück in ihre Kammer bei den Petersons, wo Raukura sich um sie kümmern konnte. Die Freundin bestätigte ihr, dass nichts an dem Kind falsch war. Auch sie konnte sich das Verhalten der Hebamme nicht erklären.

»Zu mir war sie sehr freundlich«, meinte sie. »Aber ich bin ja auch verheiratet. Das macht für *pakeha* irgendwie einen Unterschied.«

Drei Wochen nach der Geburt – vorher fühlte sie sich dazu nicht kräftig genug – trug sie Rohana hinaus. Mit einem Spaten und einem Steckling, den sie schon vor der Geburt des Kindes geschnitten und ins Wasser gestellt hatte, damit er Wurzeln ausbildete, wanderte sie hinaus in die Natur und fand einen schönen Platz zwischen einem Bach und einem Wäldchen. Hier hatte Rohanas Baum genug Platz zum Wachsen, er bekam reichlich Sonne und Feuchtigkeit.

»Der Baum wird noch hier sein, wenn wir schon lange nicht

mehr leben«, flüsterte sie ihrem Kind zu. »Dein Geist kann bei ihm immer Heimat finden, sich erneuern in seinen Blüten und Samen. Vielleicht wird irgendwann jemand ein Bild für dich in seine Rinde schnitzen, um gute Geister zu bannen. Doch ich bin sicher, sie werden sich auch so versammeln, ganz ohne Zwang. Denn welcher Geist würde nicht tanzen wollen mit dem deinen?«

Sie streichelte das Kind, stillte es und verweilte noch ein paar Stunden betend und singend mit Rohana vor ihrem Baum. Als sie schließlich zurückging, fühlte sie sich glücklich und voller Frieden.

Raukura erwartete sie in der Küche der Station mit einem Eintopf.

»Du musst müde sein nach dem Marsch«, meinte sie. Sie wusste, wovon sie sprach, auch sie hatte für die kleine Toha einen Baum außerhalb des Missionsgeländes gepflanzt. »Ach ja, und Reverend Williams hat nach dir gefragt. Ich hab ihm gesagt, du wärest auf den Feldern – was anderes fiel mir gerade nicht ein. Es schien auch nicht dringend zu sein. Allerdings ernst, nach dem, wie er geguckt hat. Du sollst dich morgen nach der Morgenmesse bei ihm im Büro einfinden. Mit Rohana.«

Kimi löffelte hungrig ihre Suppe. »Wahrscheinlich geht's um die Taufe«, vermutete sie. »Vielleicht ist er böse, weil wir das noch nicht gemacht haben …« Sie hatte deshalb selbst ein schlechtes Gewissen. Die christliche Taufe sollte ja so schnell wie möglich erfolgen, damit das Kind nicht am Ende noch in die Hölle kam, wenn es vor der Zeremonie starb. Allerdings war Rohana bei bester Gesundheit, während sich Kimi in den Tagen nach der Geburt schwach und fiebrig gefühlt hatte.

»Wird schon nicht so schlimm sein«, meinte Raukura gelassen. »Aber komm nicht zu spät, er hasst es, wenn die Maori unpünktlich sind.«

Kimi nickte. Zeit hatte für die Stämme keine so große Bedeutung wie für die *pakeha*. Sie hatte sich längst daran gewöhnt, dass in der Missionsstation nicht das Sonnenlicht, sondern die Uhr den Tageslauf bestimmte.

Gleich nach der Frühmesse am kommenden Morgen betrat sie deshalb das Büro des Missionars, das sie schon vom Tag ihrer Ankunft kannte. Er saß hinter seinem Schreibtisch. Kimi grüßte höflich und beruhigte Rohana, die etwas greinte. Reverend Williams blickte sie streng an.

Kimi lächelte ihm zu. »Sie wollten mich sprechen?«, fragte sie freundlich. »Und meine Tochter kennenlernen?«

Williams gab eine Art Schnauben von sich. »Von dem Kind habe ich bereits gehört«, erklärte er. »Mrs. Randolphs hat mich informiert. Ziemlich spät, aber sie wollte sicher sein ...«

Kimi wiegte das Kind in den Armen. »Sicher, ob sie überlebt?«, fragte sie verwundert. Eigentlich hatte die Hebamme da keinerlei Zweifel geäußert.

Der Missionar ging nicht auf ihre Frage ein. Stattdessen fixierte er sie mit kaltem Blick.

»Du sagst, dein Kind sei Maori?«, erkundigte er sich seinerseits, in einem Tonfall, als ob er die Antwort längst kennen würde.

Kimi schüttelte den Kopf. »Sie ist Moriori«, stellte sie richtig und schob die Decke zurecht, in die sie Rohana gewickelt hatte. Sie rutschte dabei von ihrem Köpfchen und enthüllte hellen Flaum.

Williams blitzte Kimi an. »Junge Frau, wem willst du hier etwas vormachen? Mrs. Randolphs ist eine erfahrene Hebamme, sie hat schon Dutzende Mischlingskinder gesehen. Und bei diesem Kind ... Herrgott, das ginge durch als englische Rose.«

Kimi runzelte die Stirn. »Ich verstehe nicht«, gab sie zu. »Wieso Rose?«

Der Reverend machte eine abwehrende Handbewegung. »Vergiss es, das sagt man nur so. Was ich meine, ist: Dein Kind hat europäische Wurzeln, leugne es nicht.«

Kimi sah ihn traurig an. »Nein, Sir, sie hat Neuseeland-Wurzeln. Ich habe hier ihren Baum gepflanzt, weil ... wir können ja nicht zurück nach Rekohu. Und weil hier keine Kopi-Bäume wachsen, habe ich einen der Pohutukawa für sie gewählt. Die blühen wunderschön. Und sie gehen nicht so schnell ein, hat mir der Gärtner gesagt. Sie sind sehr robust. Ich finde, das ist ein guter Baum.«

Williams verzog das Gesicht, erkennbar bemüht um Geduld. »Was haben denn nun wieder Bäume mit all dem zu tun? Egal, wir werden nicht weiter darum herumreden: Deinem Kind, Kimi, ist deutlich anzusehen, dass sein Vater kein Maori ist, wie du sagst, sondern ein Europäer. Ein Engländer oder Ire oder woher die Walfänger und Seehundsjäger kommen, die da auf den Inseln ein und aus gehen. Also: Wer war es, und in welcher Beziehung standest du zu ihm?«

Kimi lächelte und streichelte über Rohanas Köpfchen. »Ach so, das meinen Sie. Ja, sie ist ein *pakeha*-Kind. Ich habe mich sehr gefreut. Ich wollte Anewa kein Kind schenken. Nicht dass es am Ende genauso böse geworden wäre wie er. Doch die Götter haben mich mit dem Samen von David gesegnet. David war gut zu mir.«

Sie erwartete, dass sich ihre Freude in Williams' Gesicht widerspiegeln würde, doch stattdessen zeigte es nur Missbilligung – und Zorn.

»Mädchen, du willst damit nicht sagen, du habest David Mühlen beigelegen? Dem ... dem Missionar?«

Kimi nickte. »Er war gut zu mir«, wiederholte sie. »Ich dachte, er würde mich vielleicht zur Frau nehmen. Aber sein Gott hat ihm eine Frau aus seinem eigenen Land gesandt, und dieses Geschenk konnte er nicht ablehnen. Sie ist auch sehr gut und freundlich. Ohne sie wäre ich nicht hier. Er wird ihr schöne Kinder machen.«

Reverend Williams schien einen Augenblick sprachlos zu sein. Dann jedoch konzentrierte er seinen ganzen Ärger auf Kimi, die unter seinen bösen Worten zusammenzuckte. »Du kleine Hure kreuzt hier auf, schwanger, erzählst wilde Geschichten von bösen Maori-Häuptlingen, um unser Mitleid zu erregen – und tatsächlich bringst du uns ein Halbblut ins Haus, gezeugt von einem Mann Gottes, den du zweifellos verführt hast? Und dessen Gattin du obendrein überredet hast, für deine Flucht von Chatham Island aufzukommen? Damit dein Maori-Liebhaber dich nicht totschlägt, wenn er feststellt, dass sein vermeintliches Kind von einem Weißen ist?«

»Ich bin ... Ich habe ...«

Kimi blickte den Reverend verwirrt an. Sie begriff nur langsam. Zwar hatte sie in den letzten Monaten sehr viel über christliche Moral und Ehrbegriffe gehört, und natürlich kannte sie die Zehn Gebote. Bislang war sie allerdings der Meinung gewesen, die Christen nähmen es mit der Ächtung der Liebe vor der Ehe ebenso wenig genau wie mit dem Verbot zu töten. Tom hatte schließlich auch schon auf Chatham Island mit Raukura gelebt, und etliche Männer auf der Walfangstation, mit deren Betreiber Anewa gehandelt hatte, waren mit Maori-Frauen zusammen.

Williams schien das anders zu sehen. In seinen Augen standen Verachtung und Kälte. »Was noch, Mädchen?«, polterte er weiter. »Hinter welchen von meinen Männern bist du jetzt her? Hat dir vielleicht jemand erzählt, dass hier bald ein Priesterseminar entstehen wird? Hoffst du auf einen neuen jungen Mann, dem du den Kopf verdrehen kannst, damit er dich vielleicht zur Frau nimmt und dein Balg versorgt?«

Kimi suchte nach einer Antwort, konnte sich nur an die letzte Frage erinnern. Sie sah Williams ruhig in die Augen.

»Reverend, ich hoffe gar nichts mehr«, sagte sie leise. »Ich bin ganz zufrieden hier auf der Station mit meinem Kind. Es ist ein wunderschönes Kind, und ich kann es selbst versorgen. Ich habe viel Milch, ich ...«

Der Reverend schlug mit der Hand auf den Tisch. »Genug! Ich will von all dem nichts mehr hören. Wenn du dir so sicher bist, das Kind versorgen zu können – bitte! Ich hätte dir sonst angeboten, es in einem christlichen Waisenhaus unterzubringen und aufziehen zu lassen. Aber wenn du meinst, du kannst es ernähren, nimm es mit.«

Kimi rieb sich die Stirn.

»Mit? Wo ... wohin?«

»Wohin auch immer!«, donnerte der Missionar. »Mir ist es völlig gleichgültig, was du mit dir und deinem Bastard anstellst. Auf jeden Fall wirst du die Missionsstation spätestens morgen früh verlassen. Für gefallene Mädchen, die sich unter falschen Vorzeichen bei uns einschleichen, die lügen, betrügen und verführen, ist kein Platz in Te Waimate. Ich will dich und dein Kind hier nicht mehr sehen. Und nun verschwinde.«

Kapitel 4

Es gab nicht viel, was Kimi zu packen hatte. Für das Kind gab ihr Raukura ein paar Windeln und ein Kleidchen, und sie selbst besaß nach wie vor den dunklen Rock von Hilde, mehrmals ausgelassen und nach der Geburt wieder enger genäht. Ruths Bluse spannte über ihren nun von Muttermilch prallen Brüsten, ließ sich jedoch gerade noch schließen. Außerdem hatte Raukura ihr bei der Ankunft in Te Waimate ein grünes Kleid geschenkt. Es stammte aus einer Spende aus England, und sie passte nach der Geburt ihres zweiten Kindes nicht mehr hinein. Für Kimi war es nun das Sonntagskleid, viel Staat war damit dennoch nicht zu machen. Ihr einziges wirklich gutes Kleidungsstück war Ruths schwarzer Mantel. Raukura drängte sie, ihn auf jeden Fall mitzunehmen, obwohl dieser Winter nicht sehr kalt war.

»Du kannst dich vielleicht nachts damit zudecken, wenn du draußen schlafen musst«, riet die Freundin besorgt. »Falls du nicht sofort Arbeit und Unterkunft findest, da in Kororareka.«

Kimi und die Petersons hatten hin und her überlegt, doch Kororareka war der einzige Ort, zu dem sie sich aufmachen konnte. Eine Alternative wäre ein Maori-Dorf in der Nähe gewesen, eine Lösung, für die Tom Peterson plädiert hatte.

»Du kennst doch inzwischen die hiesigen Maori«, meinte er. »Sie haben mit dem Pack auf den Chathams nichts gemein. Bestimmt würden sie dich aufnehmen mit dem Kind.«

Mit einem Kind im Schlepptau in Kororareka Arbeit zu finden hielt Tom für schlicht unmöglich. Er war ohnehin pessimistisch, was eine ehrliche Arbeit im Höllenloch der Bay of Islands anging. Für Männer gab es immer etwas im Hafen zu tun, aber für junge Frauen ...

»Dieser Moralapostel Williams schickt dich kalt lächelnd in die Prostitution«, wütete Tom. »Und er weiß das sehr wohl! Dabei hast du dir hier nicht das Geringste zuschulden kommen lassen. Glaubt er wirklich, du hättest diesen Missionar vergewaltigt?«

Kimi sah ihn mit großen Augen an. »Ich bin Moriori«, sagte sie schlicht. »Ich tue niemandem Gewalt an. Und ich habe auch nicht gelogen. Ich wusste doch nicht ... ich konnte nicht wissen, dass mein Kind von David ist! Was ist ... Prostitution?«

Tom Peterson seufzte. Er war ernstlich empört über das, was Reverend Williams der jungen Moriori-Frau antat, er dachte ernsthaft daran, die Missionsstation ebenfalls zu verlassen. Dann hätte er jedoch mit zwei Frauen und drei Kindern, zwei davon noch sehr klein, vollständig neu anfangen müssen. Ohne Besitztümer, ohne Ersparnisse. Tom fühlte sich schuldig – auch seinem alten Freund Brandon gegenüber, der Kimi zweifelsfrei geliebt hatte, doch er konnte dieses Wagnis nicht eingehen.

»Willst du nicht wenigstens das Kind hierlassen?«, fragte Tom, ohne auf Kimis Frage einzugehen.

Raukura hatte der Freundin angeboten, Rohana gemeinsam mit ihrer eigenen Tochter aufzuziehen – zumindest so lange, bis Kimi in Kororareka eine Anstellung gefunden hatte, die ihr erlaubte, das Kind zu sich zu nehmen. Kimi hatte das entsetzt abgelehnt und schüttelte auch jetzt wieder entschlossen den Kopf.

»Ohne Rohana kann ich nicht gehen«, erklärte sie. »Sie gehört doch zu mir, sie ist ein Teil von mir. Niemals könnte ich mich von ihr trennen. Ich werde schon etwas finden, Tom. Es werden doch Übersetzer gebraucht ... und ich kann lesen und schreiben.«

Tom seufzte. Es würde nicht viel bringen, der jungen Frau vor Augen zu führen, dass ein männlicher Arbeitgeber – zumal im Hafenviertel von Kororareka – beim Anblick von Kimis schönem Gesicht, ihrem glänzenden hüftlangen Haar und ihren sanften, runden Augen nicht an Lese- und Schreibkenntnisse denken würde.

»Versuch es, Kimi«, sagte er schließlich resigniert. »Ich wünsch dir alles Glück der Welt.«

Raukura und Kimi weinten, als Kimi sich im Morgengrauen des nächsten Tages auf den Weg machte. Tom steckte ihr zum Schluss noch etwas Geld zu, was Kimi ablehnte.

»Ich hab noch was von Schwester Ruth«, erklärte sie. Tatsächlich waren noch ein paar Shilling übrig, mit denen sie hoffte, die ersten Tage überstehen zu können.

»Nimm es trotzdem«, drängte Raukura. »In der Welt der *pakeha* ... Ich denke, man braucht dort sehr viel Geld.«

»So ist es.« Tom seufzte. »Also nimm es, es kommt von Herzen. Und nun geh ... Ich will nicht sagen, mit Gott, denn in dem Rauswurf kann kein Segen liegen. Aber vielleicht mit deinen Geistern.«

Kimi schüttelte traurig den Kopf. »Die kann ich nicht mitnehmen«, erwiderte sie. »Doch in Kororareka wird es andere geben ...«

Tom rieb sich die Stirn. »Wenn das mal nicht ein gottverlassener Flecken ist ...«

Das Herz von Kororareka schlug im Hafen. Rund um die Kais lagen die wenigen Geschäfte und vielen Bars, ein paar Handwerksbetriebe und Garküchen. Kimi war erschöpft, als sie in der Stadt ankam. Sie hatte sich längst noch nicht völlig von der Geburt erholt, und sie trug Rohana nach der Sitte ihres Volkes in einem Tragetuch auf dem Rücken sowie die Tasche mit ihren Habseligkeiten.

»Vielleicht findest du ja ein Zimmer in einem halbwegs ehrbaren Hotel, wenigstens für die erste Nacht«, hatte Tom ihr mit auf den Weg gegeben, doch gleich die Wirtin der ersten Pension, in die sie sich gern geflüchtet hätte, wollte fast ihre gesamte Barschaft für eine Übernachtung. Obendrein betrachtete sie die junge Frau mit Argwohn.

»Eine Maori mit einem weißen Kind? Wo kommst du her, Mädchen, und was willst du hier?« Kimi fragte schüchtern nach Arbeit, worüber die Frau nur lachte. »Wo sollte ich dich denn einsetzen? Als Zimmermädchen? Hast du überhaupt schon mal ein Bett gemacht in einem ordentlichen Haushalt? Und mit dem schreienden Balg am Hals ...«

»Rohana ist sehr ruhig«, erklärte Kimi, doch die Frau winkte ab.

»Zudem würdest du mir die Kerle verrückt machen. Den Knecht zuerst und dann die Gäste. Nee, Mädchen. Du versuchst dein Glück besser am Hafen. Hübsch bist du ja – und offenbar nicht prüde.«

Sie warf einen vielsagenden Blick auf Rohana.

Kimi bedankte sich und ging. In einer Garküche erstand sie eine warme Mahlzeit – der Betreiber briet Langusten auf offenem Feuer, und sie schmeckten köstlich. Sehr teuer waren sie auch nicht, allerdings wurde ihr klar, dass ihre Barschaft schnell zusammenschmelzen würde, wenn sie sich dort jeden Tag versorgen musste. Seufzend machte sie sich auf, nach Arbeit zu fragen, doch in jedem Geschäft, jeder Schenke und jedem Restaurant wurde sie nur abweisend beschieden. Erst als sie in die unmittelbare Umgebung des Hafens kam, wurden die Blicke der Wirte interessierter.

»Du könntest hier schon was verdienen«, meinte ein vierschrötiger, rotgesichtiger Mann, der eine Hafenspelunke nah am Anleger betrieb. »Aber du musst natürlich die Beine breit machen. Vielleicht zeigst du mir einfach mal, was du so zu bieten hast ...« Er machte Anstalten, seinen Hosenbund zu öffnen. »Wenn's mir gefällt, kann ich dir 'nen Schlafplatz bieten. Bei mir im Schuppen schlafen immer drei oder vier Frauen. Darfst auch die Freier mitbringen. Nur ich krieg ein Drittel vom Lohn!«

Kimi lehnte hastig ab und floh, um in der nächsten Schenke mit ähnlichen Avancen bedacht zu werden. Tom hatte recht gehabt. Eine ehrliche Arbeit in Kororareka zu finden war für eine Frau nicht einfach. Und die Geister ... Kimi hatte noch keinen einzigen gespürt, seit sie in der Stadt weilte.

Trotz allem beschloss sie, sich nicht entmutigen zu lassen. Nachdem sie Rohana in einer Ecke zwischen dem Schuppen, einer Schenke und einigen aufgestapelten Fässern, die Whiskey oder Rum enthielten oder enthalten hatten, gestillt hatte, setzte sie ihre Suche nach Arbeit fort. Sie hatte ihr Haar im Nacken zu einem Knoten zusammengefasst, der Wintermantel verbarg ihre prall sitzende Bluse. So wirkte sie nicht zu aufreizend. An den Reaktionen der Schenkenbetreiber änderte das jedoch nichts. Entweder machte man ihr weis, keine Arbeit zu haben, oder man verwies auf einen Schlafplatz, den man den Hafenmädchen gegen ein Entgelt stellte. Es waren in der Regel dreckige Verschläge hinter den Schenken, oft nah am Abtritt. Kimi widerten sie an.

Schließlich wurde es Abend, und sie war von all der Lauferei und all den Absagen erschöpft. Auch die sonst so geduldige Rohana quengelte schon. Kimi dachte erneut an ein Hotelzimmer, doch sie war zu besorgt, um ihr Geld vorschnell auszugeben. Wenn sie am kommenden Morgen keine Arbeit in Kororareka fand, würde sie vielleicht nach Paihia müssen. Der Ort, zu dem das Haus der Busbys gehörte, in dem der Vertrag von Waitangi ausgehandelt worden war, war viel kleiner als Kororareka. Vielleicht waren die Menschen dort ja nicht so verdorben und hatten weniger Vorurteile gegenüber Maori und Moriori. Kimi begriff langsam, dass die Weißen keinen Unterschied zwischen den beiden Völkern erkannten. Sie hatte im Laufe des Tages aufgegeben, die *pakeha* zu berichtigen, die sie Maori nannten.

Nun musste sie jedoch erst mal die Nacht überstehen. Frustriert erinnerte sie sich an die Nische zwischen dem Schuppen und den Fässern, in der sie Rohana mittags gestillt hatte. Wenn sie dort unterkroch, würde sie mit ziemlicher Sicherheit von niemandem entdeckt werden, und es war Platz genug, um eine Decke auszubreiten und sich auszustrecken.

Kimi wanderte also zurück und stellte fest, dass in der Schenke nebenan reger Betrieb herrschte. Sie musste aufpassen, nicht gesehen zu werden, während sie ihr Versteck aufsuchte, und es war dort auch nicht mehr so ruhig wie um die Mittagszeit. Vom Schankraum klang Gesang und Gelächter herüber, aus dem Schuppen hörte man die Stimmen der Huren und Freier sowie das Keuchen und Stöhnen der Männer, nachdem sie mit den

Frauen handelseinig geworden waren. Es mochten tatsächlich drei oder vier Frauen sein, die in der Schenke unter der Ägide des wohlwollenden Wirtes Kontakte knüpften, und das Geschäft lief gut.

Die ganze Nacht hindurch kamen und gingen die Frauen mit ihren Kunden. Kimi fand kaum Schlaf und dachte, während sie die Kleine stillte, wieder einmal verständnislos über die Doppelmoral der Christen nach. Nach dem, was die Missionare erzählt hatten, waren in Europa fast jeder Mann und jede Frau getauft. Die Huren und ihre Freier begingen also eine Sünde nach der anderen, wenn sie hier einander beilagen, und der Wirt machte sich ebenfalls schuldig, wenn er sie dazu ermutigte. Es schien allerdings niemandem etwas auszumachen, sich über Gottes Gesetze hinwegzusetzen – und eine Strafe dafür fürchteten die Menschen anscheinend ebenfalls nicht. Nun mochte es aufseiten der Frauen reine Verzweiflung sein, die sie die Regeln brechen ließ.

Sollte sie auch in Erwägung ziehen, ihren Körper zu verkaufen, wenn sich denn gar keine andere Arbeit fand? Es wäre für sie nicht mal eine Sünde – die Geister der Moriori mischten sich in Liebesdinge nicht ein. Eine Frau konnte sich hingeben, wem sie wollte. Natürlich war sie selbst inzwischen auch getauft, doch sie war immer noch der Meinung, der Christengott und ihre Geister würden sich schon miteinander arrangieren. Jesus Christus, da war sie sich sicher, hatte wohlwollend auf ihre Liebesbegegnung mit David heruntergeblickt – im Hain der Kopi-Bäume waren alle Götter und Geister milde gestimmt.

Kimi seufzte. Schuldig würde sie sich nicht fühlen, wenn sie das Angebot eines der Wirte annahm, doch ihr graute vor dem Gestank der Freier und vor dem Schmerz, wenn sie in sie eindrangen. Es konnte allerdings nicht schlimmer werden als das, was Anewa ihr angetan hatte.

Gegen Morgen wurde es dann ruhiger im Schuppen, und schließlich hörte sie nur noch die erschöpften Stimmen der Frauen, die dort wohl noch eine Whiskeyflasche kreisen ließen, bevor sie sich endlich zur Ruhe begaben. Eine von ihnen kam jetzt erst, zumindest hatte Kimi ihre Stimme in der Nacht nicht gehört. Sie bewegte sich schleppend und ließ sich wohl sofort im Stroh nieder, nachdem sie den Schuppen betreten hatte.

»Da bist du ja, Iris«, wurde sie von einer anderen begrüßt. »War's schlimm? Himmel, du bist ja weiß wie die Wand.«

Die Frauen mussten eine Laterne in ihrem Schuppen haben. Kimi hoffte, dass sie darauf achtgaben und ihn nicht in Brand setzten.

»Nimm erst mal einen Schluck«, bot eine andere an.

Iris bedankte sich mit einer sehr hellen, jungen Stimme. »Es war furchtbar«, sagte sie. »Und ... und ich soll zumindest morgen noch nicht wieder arbeiten. Weiß auch nicht, ob ich's kann ... will nur noch schlafen ...«

Kurz darauf trat im Schuppen wirklich Ruhe ein. Kimi fand noch etwas Schlaf, bevor die Morgensonne sie weckte. Rasch stillte sie Rohana, die an sie geschmiegt ruhig geschlafen hatte, damit sie nicht schrie und die Frauen nebenan weckte. Kimi wollte auf jeden Fall fort sein, bevor sich dort irgendetwas regte. Dabei fühlte sie sich nach der kurzen Nacht auf dem harten Boden wie zerschlagen, und es wurde ihr schwer, sich gleich wieder auf Arbeitssuche zu begeben. Allerdings hatte sie Glück mit dem Frühstück. Die Wirte entsorgten die Essensreste ihrer Gäste in Tonnen in ihren Hinterhöfen, und sie fand eine solche, gleich als sie ihr Versteck verließ. Verschämt nahm sie sich daraus etwas Brot – teilweise getränkt in Bratensaft – und schlang es herunter. Vorerst war sie gesättigt, und später ... Kimi beschloss, sich mit einer Portion gebratener Langusten zu belohnen, wenn sie bei der Arbeitssuche erfolgreich war.

Geduldig arbeitete sie sich weiter von Haus zu Haus vor und fragte schließlich auch die Matrosen der Schiffe, die im Hafen angelegt hatten, nach Arbeit. Warum sollte sie keine Schiffe entladen oder Decks schrubben?

Gegen Mittag war sie dann erfolgreich. Zwei noch junge Seeleute hatten offenbar keine Lust, den Schiffsraum zu putzen, nachdem die Brigg entladen worden war – er hatte es bitter nötig, das Schiff hatte Schafe von Australien nach Neuseeland gebracht. Zweifellos ohne ihren Kapitän vorher zu fragen, versprachen sie Kimi ein paar Shilling, wenn sie die Arbeit für sie übernahm, und verzogen sich selbst in die nächste Schenke. Kimi mistete also zunächst aus und schrubbte dann die Planken. Die Arbeit war schwer, doch immerhin war es ruhig in dem leeren Schiff, und Stallarbeit hatte sie schon auf Chatham Island verrichtet.

Während sie arbeitete, sang sie Schlaflieder für Rohana, und als sie fertig war, kaufte sie sich ein Sandwich mit frischen Krabben und genoss es ohne schlechtes Gewissen. Sie hatte das Geld dafür verdient und brauchte ihre Reserven nicht anzugreifen. Allerdings hatte der Job seinen Preis – während sie bislang noch recht sauber und adrett gewirkt hatte, roch sie nun streng nach Schaf, obwohl sie versuchte, den Saum ihres Rockes mit Meerwasser zu reinigen. Die Arbeitssuche erleichterte das nicht gerade. Insbesondere, wenn Kimi in Wohnhäusern anklopfte, um sich als Magd oder Küchenhilfe anzubieten, rümpften die Frauen gleich die Nase und schickten sie fort.

Am Abend richtete sie sich also wieder in ihrem Versteck neben der Spelunke ein und belauschte erneut ein Gespräch zwischen zwei Frauen im Schuppen nebenan. Iris, die gestern erst so spät zurückgekommen war, schien sich immer noch nicht erholt zu haben. Sie weinte, als eine der anderen sie energisch aufforderte, ihren »Hintern endlich in die Schenke zu bewegen«.

»Ich kann nicht, Molly«, antwortete sie mit schwacher Stimme. »Die Engelmacherin hat auch gesagt, ich soll mindestens zwei Tage ausruhen ...«

Kimi fragte sich, was eine Engelmacherin war. Engel gehörten zu den Geistern der Christen, so weit konnte sie folgen. Aber konnte es sein, dass sie von Weisen Frauen erschaffen wurden? Vielleicht um die spirituelle Welt des »gottlosen Kaffs« wie Tom Kororareka genannt hatte, wieder zu bevölkern?

»Wenn die Alte ihren Job ordentlich gemacht hat, kannst du

auch gleich wieder arbeiten«, erklärte die resolute Molly. »Mensch, Iris, ich sag's dir doch im Guten! Willst du, dass Will herkommt und dich rausprügelt?«

Will musste der Wirt der Schenke sein, zumindest hieß sie Sweet Willie's.

Das Argument zeigte Wirkung. Am Ende verließen beide Frauen den Schuppen, und Kimi und Rohana hatten etwas Ruhe, bis die erste der Prostituierten mit einem Freier zurückkehrte. Danach ging es erneut Schlag auf Schlag. Dieses Mal hörte Kimi auch Schreie – hohe, klagende Schreie. Iris schien Schmerzen zu haben, wenn ihre Freier in sie eindrangen. In der ruhigen Zeit gegen Morgen vernahm Kimi dann ihr Stöhnen. Es dauerte lange, bis sie ein bisschen Schlaf fand.

Der nächste Tag verlief ähnlich wie der vergangene, nur dass Kimi keine arbeitsscheuen Matrosen fand, die ihr heimlich einen Job gaben. Stattdessen erhielt sie nur zweideutige Angebote von den Seeleuten, und obwohl ihr schließlich ein mitleidiger Fischer ein paar Pence dafür gab, dass sie ihm half, seinen Fang auszunehmen und in Kisten zu verpacken, die er gleich am Kai verkaufte, reichte es nicht für ein gutes Essen um die Mittagszeit. Obendrein trug ihr Mantel nun auch noch Spuren von Schleim und Fischschuppen. Kimi wanderte zum Strand, um sich notdürftig zu reinigen, doch sie machte sich nichts vor: Jeder Tag auf der Straße ließ sie verwahrloster wirken und verringerte ihre Chancen auf eine ehrliche Arbeit.

Das Beste war, so schnell wie möglich nach Paihia überzusetzen und es dort zu versuchen.

Für eine letzte Nacht gedachte sie allerdings erneut, in ihrem Versteck neben der Schenke unterzukriechen. Wieder fand sie sich relativ früh dort ein, bevor der Betrieb nebenan einsetzte, und wieder belauschte sie die Frauen, während sie Rohana stillte.

Iris war wohl ernstlich erkrankt. Die anderen Frauen sorgten sich um sie. Nicht einmal Molly forderte sie auf, sich in die Schenke zu begeben und nach Freiern zu suchen.

»Vielleicht hört es auf, wenn du einige Stunden ruhig liegst«, riet sie. »Es kann ja nicht ewig bluten.«

Kimi horchte auf – und erinnerte sich daran, am Morgen neben den Essensresten in den Mülltonnen auch blutige Leinentücher gesehen zu haben. Einer der Freier musste Iris also verletzt haben. Kimi empfand aufrichtiges Mitleid. Sie hatte besonders in der ersten Zeit mit Anewa ebenfalls häufig geblutet.

»Es tut so weh ...«, klagte Iris mit schwacher Stimme. »Könnt ihr nicht ... der Doktor ... Es heißt doch, er käme auch hierher.«

»Bist du von Sinnen?«, unterbrach Molly sie. »Dr. Thompson mag vielleicht hier rauskommen. Aber was willst du ihm sagen? Willst du Teresa verraten, die Engelmacherin? Was machen wir dann, wenn uns einer ein Balg anhängt?«

»Ich will nicht sterben«, flüsterte Iris.

»Wirst du schon nicht«, tröstete eine der anderen Frauen. »Ich hab das schon dreimal durchgemacht. Pass auf, morgen geht's dir besser. Und so lange ... Ich lass dir den Whiskey da. Trink ab und zu einen Schluck, dann kannst du schlafen.«

Kimi wünschte sich in dieser Nacht auch einen Schluck Whiskey. Während es in den letzten Tagen für die Jahreszeit recht warm und trocken gewesen war, hatte es an diesem Tag heftig geregnet. Kimi hatte sich und Rohana nur notdürftig mit Ruths Mantel gegen die Feuchtigkeit schützen können. Sie fror und fand erneut keinen Schlaf, obwohl sie an das Keuchen und Stöhnen der Freier inzwischen gewöhnt war. Heute vermischte es sich mit Iris' leisem Weinen – und schließlich ihren Schreien, die natürlich die Freier vertrieben.

»Ihr könnt das Mädchen nicht so hier liegen lassen«, mahnte schließlich sogar einer der Freier, als Molly ihn in flötendem Tonfall aufforderte, ihr in ein Ausweichquartier zu folgen. »Die Kleine fiebert doch ... und blutet.«

»Wir kümmern uns drum«, besänftigte ihn Molly, aber erst die vierte der Frauen, bisher hatte Kimi ihre Stimme nur selten gehört, ergriff die Initiative.

»Tut mir leid, aber ich kann jetzt nicht«, beschied sie ihren Freier. »Such dir ein anderes Mädchen, ich muss ...«

»Der Doktor ...«, bat Iris mit schwacher Stimme. »Bitte ... so holt doch den Doktor ... Alison ...«

»Molly macht mich kalt«, sagte die Angesprochene seufzend. »Und Will ...«

»Lass mich nicht sterben«, flehte Iris.

Kimi überlegte, sich ihrerseits um Hilfe zu bemühen, doch sie hatte keine Idee, wo sie den Doktor suchen sollte, nach dem Iris verlangte. Allenfalls hätte sie *karakia* für sie singen können. Sie wusste auch um Kräuter, die vielleicht die Blutung gestillt hätten, doch natürlich hatte sie keine bei sich.

»Also gut.« Alison schien einen Entschluss zu fassen. »Ich gehe. Du bleibst liegen und verhältst dich ruhig, hörst du! Schrei nicht rum, sonst laufen den anderen die Freier weg, und dann sagen sie Will womöglich Bescheid. Bisher weiß er von nichts, wir haben ihm gesagt, du hättest einen Freier für die ganze Nacht.«

»Aber ...« Iris' Stimme wollte gequält etwas einwenden.

»Wir zahlen ihn schon, keine Sorge. Wir legen zusammen und geben ihm seinen Anteil. Du darfst uns bloß nicht auch noch das Geschäft verderben ...«

Gleich darauf spähte Kimi hinter den Fässern hervor und sah eine Frau eilig den Schuppen verlassen und der Straße zustreben. Alison holte also tatsächlich einen Arzt – und es musste ein gutherziger Mann sein, wenn er ins Hafenviertel kam und die Huren behandelte. Zudem mitten in der Nacht.

Kimi versuchte, sich zu beruhigen, doch nach wie vor hörte sie Iris' Stöhnen. Sie biss wohl die Zähne zusammen, um nicht zu schreien, doch sie weinte wieder.

Irgendwann hielt Kimi es nicht mehr aus. Was war, wenn dieser Arzt nun doch nicht kam? Womöglich lief Alison von einem *tohunga* zum anderen, um Hilfe zu finden. Kimi packte ihre Sachen zusammen. Sie musste in den Schuppen und sehen, was sie für Iris tun konnte. Natürlich würde man sie dann entdecken, aber eigentlich war das egal. Wenn sie am kommenden Morgen nach Paihia übersetzte, würde sie nie wieder zurückkommen.

Im Schuppen brannte tatsächlich eine Stalllaterne, sie verbreitete funzeliges Licht. Es reichte, um zu erkennen, dass die junge Frau, die auf einem durchgebluteten Strohbett ruhte, dem Tode näher war als dem Leben. Ihr ohnehin schmales Gesicht war eingefallen und blass, sie glühte vom Fieber.

Kimi glaubte nicht, dass irgendjemand, weder eine Heilerin wie Pourou noch ein Arzt, ihr würde helfen können. Sie selbst konnte nur versuchen, das Leid ein wenig zu lindern. Vorsichtig nahm sie die schlafende Rohana aus dem Tragetuch und legte sie neben das Krankenlager ins Stroh. Dann streichelte sie über die Stirn der jungen Frau, flüsterte besänftigende Worte und begann, *karakia* zu singen.

Neben dem Eingang des Schuppens stand ein Eimer mit Wasser. Kimi sah sich nach einem Lappen oder ähnlichem um, mit dem sie das Gesicht der Kranken kühlen konnte. Schließlich nahm sie blutenden Herzens eine der wenigen Windeln, die sie für Rohana besaß, aus ihrer Tasche und tauchte diese ins Wasser. Mit einer Schöpfkelle, die sich im Eimer fand, flößte sie Iris zudem etwas Flüssigkeit ein. Die Kranke trank gierig.

»Wer ... bist du ...?«, fragte sie schwach. »Ma ... Maori? Wir ... Hier sind kaum Maori ...«

Tatsächlich prostituierten sich die Frauen der Eingeborenen wohl nur selten, Kimi hatte auf der Straße keine Maori-Frau auf Freier warten sehen.

»Ich bin Moriori«, sagte sie sanft. »Und ich bin ... ich bin *tohunga.* Ich helfe dir.«

Iris zeigte ein schwaches Lächeln. »Du singst ... schön ...«, flüsterte sie. Dann verlor sie das Bewusstsein.

Kimi fuhr dennoch mit dem Gesang fort und wusch der Kranken den Schweiß und das Blut vom Körper. Sie hatte das Gefühl, dass Stunden vergingen, ohne dass jemand kam – Molly und die andere Frau waren mit ihren Freiern tatsächlich woandershin ausgewichen. Auf einmal hörte sie jedoch Schritte und Stimmen.

»Und wie lange blutet sie schon? Seit ein paar Tagen?« Eine kräftige Männerstimme.

Dann betraten auch schon eine magere, kleine Frau, wahrscheinlich Alison, und ein schwerer, kräftiger Mann in einem förmlichen Dreiteiler, eine Arzttasche unter dem Arm, den Schuppen. Dr. Thompson hatte wirres dunkles Haar – aufs Kämmen hatte er wohl verzichtet, als ihn Alison aus dem Schlaf geholt hatte. Sein Gesicht war rund, und er wirkte gutmütig, jetzt allerdings alarmiert.

»Wer bist du denn?«, fragte er verwundert, als er Kimi neben dem Lager der Kranken sah, immer noch damit beschäftigt, ihren Körper zu waschen.

»Was machst du da?«, fragte Alison argwöhnisch.

Kimi hörte auf zu singen und ließ das Tuch sinken.

»Sie fiebert. Ich hab versucht, sie zu kühlen.«

Der Arzt nickte. »Sehr vernünftig. Und jetzt sorg bitte noch für etwas heißes Wasser. Ich muss vielleicht ...« Er sah sich Iris genauer an, während er sprach, und verhielt resigniert seine Rede. »O Gott, das ... das ist schlimmer, als ich dachte. Ich glaube nicht ... Hol trotzdem heißes Wasser, Mädchen, wir werden es zumindest mit einem Teeaufguss versuchen. Was ist denn das hier?« Er wies auf Rohana. »Hat eine von euch ...?« Er klang ungläubig.

Alison schüttelte den Kopf.

Kimi hob Rohana auf. »Sie gehört zu mir«, sagte sie fest, bereit, das Kind zu beschützen. »Sie ...«

»Die Maori-Frau gehört hier gar nicht hin«, bemerkte Alison anklagend und wies auf Kimi.

Kimi nickte bestätigend. »Ich ... ich kam nur zufällig vorbei. Und ich weiß nicht, wo ich hier Wasser erhitzen soll«, sagte sie demütig. »Tut ... tut mir leid. Ich wollte helfen, ich ...«

Der Arzt sah sie prüfend an. »Mit der Angelegenheit beschäftigen wir uns nachher«, sagte er ruhig. »Jetzt versuchen wir erst mal, ob wir noch irgendetwas für Iris tun können. Leg das Kind wieder schlafen, Mädchen, und hilf mir. Es war richtig, sie zu kühlen. Damit kannst du weitermachen.«

In der nächsten Stunde versuchte Dr. Thompson, unterstützt von Kimi und Alison, alles, um die Blutung zu stillen und Iris' Herzschlag wieder zu kräftigen. Letztendlich bewahrheiteten sich jedoch Kimis Befürchtungen. Mit dem Blut war das Leben aus Iris herausgeflossen. Sie starb gegen Morgen, ohne das Bewusstsein noch einmal wiederzuerlangen.

»Es war zu spät«, sagte Dr. Thompson resigniert. »Mein Gott, Mädchen, warum habt ihr mich nicht früher gerufen? Gestern hätte ich noch etwas tun können – und vielleicht wäre es sogar gut gegangen, wenn sie nicht gleich wieder ... Will, dieser Hundesohn, hat sie wahrscheinlich sofort wieder arbeiten geschickt, oder?«

Alison nickte. »Molly hat sie geschickt«, präzisierte sie.

Der Arzt seufzte. »Das kommt aufs Gleiche heraus. Armes Ding ...« Er zog die fadenscheinige Decke, unter der Iris geschlafen hatte, über ihr Gesicht. »Ich gehe davon aus, Will kümmert sich jetzt wenigstens um das Begräbnis«, sagte er streng. »Hat ja genug an ihr verdient ... und offenbar auch gleich Ersatz.« Sein Blick streifte Kimi – jedoch eher mitleidig als missbilligend.

»Die arbeitet nicht hier«, wiederholte Alison. Sie war eine blasse junge Frau mit blondem Haar, die müde und ausgelaugt wirkte, obwohl sie sicher kaum älter war als Kimi selbst. »Jedenfalls bis jetzt nicht. Und ich glaub auch nicht, dass Will sie haben will. Mit dem Kind ...«

Kimi straffte sich. »Er wollte mich schon«, sagte sie. »Aber ich ... ich will das nicht, ich ...«

Alison lachte auf. »Wer will das schon?«, fragte sie verächtlich. »So 'ne heilige Jungfrau kannst du trotzdem nicht sein, sonst hättste dir nicht schon ein Balg andrehen lassen. Von 'nem Weißen ...«

Kimi drückte Rohana fest an sich. »Ich hab dafür kein Geld bekommen«, erklärte sie würdevoll. »Und ich ... ich geh gleich ...«

Sie warf noch einen bedauernden Blick auf Iris' leblosen Körper und stand dann auf. Unglücklich sah sie an sich hinunter. Ihr ohnehin schon besudelter Rock wies nun auch noch Blutspuren auf.

Dr. Thompson, der eben seine Sachen zurück in seine Tasche räumte, sah auf. »Warte«, sagte er ruhig. »Ich weiß nicht, wo du herkommst, aber wenn du hierbleibst, wirst du so enden wie sie.« Mit einer weiten Handbewegung umfasste er den Schuppen, Alison und Iris' Leiche. »Und der Himmel weiß, was aus dem Kind wird. Jetzt nehme ich dich und das Kleine erst mal mit zu mir nach Hause ...« Als er sah, dass Kimi sich versteifte, fügte er hinzu: »Zu meiner Frau. Du brauchst keine Angst zu haben. Zumal wenn du nichts zu verbergen hast. Was ist denn überhaupt mit deinem Stamm, Mädchen? Du bist doch Maori. Hat man dich verstoßen, weil ...« Er ließ den Blick über Rohana schweifen.

Kimi schüttelte entschieden den Kopf. »Ich bin Moriori«, stellte sie erneut richtig. »Und mein Stamm ... Es ist eine lange Geschichte, aber er hätte mich nie verstoßen!«

Der Arzt seufzte erneut. »Du wirst es uns schon noch erzählen. Komm jetzt, es ist spät. Und du informierst Will von dem Todesfall, Alison. Oder soll ich das machen? Nicht dass er dich noch im Suff zusammenschlägt, weil du schlechte Nachrichten bringst.«

Alison nahm das Angebot dankbar an. Sie fürchtete sich erkennbar vor dem Wirt, womöglich hätte er auch missbilligt, dass sie ihre Arbeit unterbrochen hatte, um den Arzt zu rufen.

Kimi versteckte sich also noch eine Zeit lang hinter ihren Fässern, während der Arzt die Schenke betrat, kurze Zeit später mit dem lamentierenden Wirt wieder herauskam und strenge Worte dafür fand, dass er Iris in den Tod getrieben hatte.

»Die alte Teresa – Gott, ich sollte das nicht sagen, aber sie macht ihre Sache eigentlich gut. Im letzten Jahr ist ihr keine einzige Frau gestorben. Ein paar Tage Ruhe muss man den Frauen dennoch lassen nach so einem Eingriff. Himmel, Will, so nötig hast du es doch weiß Gott nicht, dass du nicht mal eine Woche auf das Geld von dem armen Ding verzichten konntest!«

Kimi fiel auf, dass der Arzt den Wirt und die Huren beim Namen kannte. Teresa war wohl die Engelmacherin. Sie beschloss, ihn später danach zu fragen, woher dieses Wort kam. Iris war doch an den Folgen einer Fehlgeburt gestorben – Kimi hatte das auf den Chathams oft miterlebt. Was also hatten christliche Geister damit zu tun?

Schließlich war der Arzt fertig und sah sich auf dem Hof suchend nach seinen neuen Schützlingen um. Er atmete auf, als er Kimi und ihre Tochter hinter den Fässern entdeckte.

»Ich dachte schon, du wärest weggelaufen«, sagte er mit einem müden Lächeln. »Und das, wo ich doch hoffte, wenigstens eine mal retten zu können. Komm jetzt, bloß weg von hier – dies ist kein Ort für ein Kind.«

Kimi nickte. »Dies ist kein Ort für irgendwen«, bemerkte sie. »Ein gottverlassener Ort, sagte ein Freund von mir. Vielleicht ... vielleicht wollten die Mädchen deshalb Engel machen?«

»Was?« Dr. Thompson sah sie verständnislos an, um dann fast erheitert aufzulachen. »Himmel, du hast wirklich keine Erfahrung mit all dem hier. Du sprichst so gut Englisch, aber das Wort Engelmacher hast du heute erst gelernt, oder? Also woher kommst du?«

Während Kimi ihm hinaus aus dem Hafenviertel, zunächst in eine ruhigere Wohngegend und dann in ein Vorstadtviertel folgte, erzählte sie ihre Geschichte.

Kapitel 5

Dr. Thompson wohnte in einem hell gestrichenen zweistöckigen Holzhaus in einem Außenbezirk von Kororareka, auf die Dauer würde das Viertel sicher zur wachsenden Stadt gehören. Es gab vorwiegend einzeln stehende Häuser mit kleineren oder größeren Gärten. Neben der Tür zu Dr. Thompsons Anwesen befand sich ein Praxisschild. Der Arzt empfing hier also auch seine Patienten. Kimi fragte sich, ob die Kranken den Weg von der Innenstadt hierher nicht scheuten.

»Sie müssen sich herbemühen, ich bin der einzige Arzt in der Stadt«, erklärte Dr. Thompson, als sie das anmerkte. »Und der Vorteil der Gegend ist, dass ich ein großes Haus bauen konnte mit geräumigen Behandlungsräumen. Ich hab sogar zwei Betten, um im Notfall Schwerkranke aufzunehmen und hier intensiv zu versorgen, da es im weiteren Umfeld kein Krankenhaus gibt … Allerdings fehlt eine Schwester. Meiner Frau mute ich die Pflege ungern zu. Manchmal muss man da einfach improvisieren.«

Dr. Thompson schien ein wirklich engagierter Arzt zu sein. Jetzt betätigte er den Türklopfer, um seine Frau auf sich und die Besucherin aufmerksam zu machen – oder er hatte seinen Schlüssel vergessen.

Immerhin hatte er Mrs. Thompson wohl nicht aus dem Bett geholt, dafür öffnete sie zu schnell. Angekleidet war sie noch nicht, sie trug einen flauschigen Morgenmantel über ihrem Nachthemd. Er umspielte ihre füllige Figur. Das Gesicht der kleinen Frau war rund und eingerahmt von kräftigem braunem Haar. Tagsüber trug sie es sicher aufgesteckt. Sie lächelte beim Anblick ihres Mannes.

»Curt, ich hatte dich früher erwartet. Hattest du eine lange Nacht?«, fragte sie mitfühlend.

Dr. Thompson begrüßte sie mit einem flüchtigen Kuss auf die Wange.

»Eine lange und sehr deprimierende Nacht«, antwortete er. »Die junge Frau ist nach einer Abtreibung verblutet. Dieser Mistkerl Will Hughes hat sie gleich danach wieder zum Arbeiten gezwungen ... Die Mädchen können sich ja nicht weigern ...«

Dr. Thompson stellte seine Arzttasche im Eingangsbereich ab. Von hier kam man in einen kleinen Empfangsraum, von dem die Behandlungsräume abgingen. Die Privaträume der Familie lagen im ersten Stock.

»Armes Ding«, bedauerte Mrs. Thompson.

Dann erst bemerkte sie Kimi, die sich schüchtern hinter dem Arzt ins Haus schob.

»Und wen hast du uns da mitgebracht?«, fragte sie freundlich, musterte jedoch nichtsdestotrotz kritisch Kimis schmutzige Kleidung. Erst Rohanas Anblick ließ ihren Blick wieder weich werden.

»Oh, gleich zwei Besucher«, rief sie. »Was für ein niedliches Kind.«

Auch Dr. Thompson erinnerte sich nun wieder an seine Begleitung. »Das ist Kimi«, stellte er sie vor, »vom Stamm der ... Wie hieß das noch gleich, Mädchen? Jedenfalls kommt sie von den Chatham-Inseln, mit einem Umweg über die Missionsstation Te Waimate. Da hat sie das Kind zur Welt gebracht. Unsere ach so christlichen Missionare konnten nicht damit leben, dass wohl einer der Ihrigen der Vater ist ... Jedenfalls war sie jetzt auf dem besten Weg, in den Fängen von Will Hughes oder einem ähnlichen Mistkerl zu enden. Da hab ich sie mitgebracht. Vielleicht lässt sich ja irgendwo eine ehrliche Arbeit für sie finden.«

»Jetzt wäschst du dich vielleicht erst einmal«, wandte Mrs. Thompson sich freundlich an Kimi. »Und du brauchst saubere Windeln für das Kind.« Sie hatte sich der jungen Frau inzwischen genähert, um sich Rohana näher anzusehen, und schnüffelte vielsagend. »Oder etwas zu essen? Bist du sehr hungrig, meine Kleine?«

»Nein …« Kimi erläuterte, dass sie dank Will Hughes' Mülltonnen, ihren Aushilfstätigkeiten und ihrer kleinen verbliebenen Barschaft bislang keinen Hunger hatte leiden müssen. »Es wäre allerdings schön, wenn ich Rohana baden könnte«, fügte sie dann hinzu. »Es war zu kalt in den letzten Tagen, um sie in einem Brunnen zu waschen. Und natürlich braucht sie neue Windeln. Ich habe welche, Madam. Ich hoffe nur, sie sind schon trocken. Ich hab sie mittags an einem Brunnen ausgespült, aber es ist so feucht heute …«

Mrs. Thompson winkte ab. »Ein paar trockene Windeln sollen sich wohl noch finden. Am besten nehme ich euch beide jetzt mit ins Bad – und du, Curt … Wenn du noch einen Wein magst nach der schlimmen Nacht – eine offene Flasche Rotwein ist im Salon. Wenn's allerdings gleich Frühstück sein soll … Kaffee müsstest du dir selbst machen.«

Sie schaute auf eine mit Schnitzereien verzierte Standuhr – es war kurz nach fünf.

Dr. Thompson lächelte. »Ich nehme den Wein«, erklärte er. »Morgen ist ja Sonntag. Vielleicht lassen mich die Patienten ausnahmsweise ausschlafen.«

Kimi folgte der freundlichen Arztfrau in einen warmen Raum, der eine Badewanne und ein Waschbecken enthielt sowie einen Abtritt. Eine große Kanne mit warmem Wasser stand bereits bereit.

»Für meinen Mann«, erklärte Mrs. Thompson. »Nach diesen Besuchen im Hafenviertel verspürt er stets das Bedürfnis, sich zu säubern.«

Kimi hatte sofort ein schlechtes Gewissen. Der Arzt hatte ihr geholfen, und jetzt nahm sie ihm auch noch sein Badewasser weg. Mrs. Thompson gab etwas davon ins Waschbecken, während Kimi ihre Tochter entkleidete. Rohana erwachte und blinzelte.

»Ein süßes, wohlgenährtes Mädchen«, konstatierte Mrs. Thompson. »Ganz entzückend! Und so schöne blaue Augen.« Sie öffnete einen Schrank und suchte saubere Tücher heraus. »Wie alt ist sie? Ein oder zwei Monate?«

»Vier Wochen, Madam«, antwortete Kimi, hob Rohana vorsichtig ins Becken und wusch sie ab.

Mrs. Thompson beobachtete sie wohlgefällig. »Du machst das recht geschickt. Du hast offensichtlich gelernt, wie man ein Kind sauber hält. Und dich selbst? Hältst du dich selbst sauber?«

Kimi biss sich auf die Lippen. Sie schämte sich. »Es tut mir leid, dass ich so schmutzig bin, Madam«, versuchte sie zu erklären. »Ich bin seit Tagen auf der Straße. Und ich ... ich mochte mich nicht ausziehen und im Meer baden in Kororareka. Oder in einem Bach außerhalb der Stadt. Da gibt es sicher Maori. Denen wollte ich nicht begegnen. Rohana habe ich allerdings immer notdürftig gewaschen. Auch wenn sie das nicht mochte, weil es so kalt ist.«

Mrs. Thompson lächelte. »Ich wollte dich nicht für deinen augenblicklichen Zustand rügen«, stellte sie richtig. »Es ging mir nur darum, ob du allgemein reinlich bist und ordentlich. Du erscheinst mir seltsam für eine Frau aus den Stämmen. Schon weil du nicht tätowiert bist ...«

»Ich bin Moriori«, erklärte Kimi zum wiederholten Mal. »Keine Maori. Wir tätowieren uns nicht. Es ... es tut mir leid ...«

»Nein, nein, das ist ja gerade gut«, fiel Mrs. Thompson ihr ins Wort. »Ich hätte da nämlich eine Idee für dich. Du ... stillst die Kleine?« Wie allen *pakeha* fiel es der Arztfrau hörbar schwer, über so natürliche Dinge offen zu reden. Dennoch raffte sie sich zu einer Folgefrage auf. »Hast du viel Milch?«

Kimi nickte. »Ich habe genug Milch, Rohana muss nicht hungern.«

Sie trocknete das propere Baby ab und wickelte es in die sauberen Windeln.

Mrs. Thompson sah ihr zufrieden zu. »Ich muss da selbstverständlich noch mit meinem Mann reden, aber vielleicht wüsste ich eine Stelle für dich. Curt hat eine Patientin, die sich schwer damit tut, ihr Kind zu stillen. Sie hat einfach nicht genug Milch, und Kuhmilch verträgt die Kleine nicht. Nun versuchen sie es mit Stutenmilch, aber erstens ist die schwer zu bekommen, und zweitens gedeiht das Kindchen wohl auch damit nicht allzu gut. Mr. und Mrs. McIntosh sind schon ganz verzweifelt. Sie fürchten, ihr Kind könnte sterben. Wenn wir ihnen dich nun als Amme vermittelten …«

»Was heißt Amme?«, erkundigte sich Kimi und atmete auf, als Mrs. Thompson es ihr erklärte. »Sicher«, sagte sie. »Ich hab bestimmt genug Milch für zwei Babys. Ich will gern helfen. Aber dafür kann ich mich doch nicht bezahlen lassen!«

»Natürlich werden dich die McIntoshs dafür bezahlen«, sagte Dr. Thompson, als seine Frau ihm ein paar Stunden später, bei einem späten Frühstück, von ihrer Idee berichtete.

Kimi und Rohana hatten in einem der für Kranke bestimmten Betten in den Behandlungsräumen wunderbar geschlafen. Auch Kimi hatte sich vorher noch gewaschen und frische Unterwäsche angezogen, dazu Raukuras grünes Kleid. Es war zwar zerknittert und saß nicht besonders gut, doch es war sauber. Sie hatte außerdem ihr Haar gebürstet und aufgesteckt. Sie musste später eine Möglichkeit finden, es zu waschen, vielleicht erlaubte Mrs. Thompson ihr ja, noch einmal Wasser dafür zu erhitzen. Auf jeden Fall fühlte Kimi sich wieder gepflegter und, was noch wichtiger war, sicherer.

»Aber jetzt iss erst mal etwas, Kind«, ermutigte Mrs. Thompson sie.

Kimi war hungrig, bemühte sich jedoch, den Haferbrei, das gebutterte Brot, den Honig und die Marmelade, die Mrs. Thompson auftischte, nicht allzu gierig in sich hineinzuschlingen.

»Das ist eine ganz fabelhafte Idee von dir, Hermine«, lobte der Arzt jetzt seine Frau. »Die McIntoshs werden dir unendlich dankbar sein, Kimi, und sie sind nicht arm. Sie können dir und deinem Kind Kost und Logis stellen und natürlich einen Lohn geben. Sieh es einfach als Anstellung als Kinderfrau. Du wirst dich sicher auch über das Stillen hinaus um die kleine Paula kümmern.«

Mrs. Thompson berichtete, dass Mr. und Mrs. McIntosh,

Einwanderer aus Schottland, in Kororareka eine Bäckerei betrieben. Sie belieferten die Schenken im Hafenviertel mit Brot und buken Zwieback für die Proviantmeister der Schiffe, die in Kororareka anlegten.

»In ihrem Laden bieten sie verschiedene Backwaren feil«, meinte Mrs. Thompson. »Ihre Krapfen sind fabelhaft. Und die Scones, die Muffins ...« Sie lächelte. »Du wirst im Schlaraffenland leben, Kimi. Wetten, dass du so etwas Gutes wie die Krapfen der McIntoshs noch nie gegessen hast? Am besten gehen wir gleich mal hin, nach dem Frühstück. Oder meinst du, sie würden sich gestört fühlen, Curt, weil Sonntag ist?«

Dr. Thompson fand, dass man der kleinen Paula ihre neue Amme gar nicht früh genug vorstellen konnte. Allerdings wollte er Kimi vorher noch untersuchen und sprach sich auch dafür aus, sie rasch ein Vollbad nehmen zu lassen.

»Sie soll doch einen guten Eindruck erwecken«, meinte er. »Und ich muss mir sicher sein, dass sie ganz gesund ist, bevor ich sie empfehle.«

Es wurde also Nachmittag, bis sich die Thompsons mit Kimi auf den Weg machten. Die junge Frau trug ihren notdürftig gereinigten Mantel und hatte ihr frisch gewaschenes, glänzendes Haar zu einem dicken Zopf geflochten. Es duftete nach Mrs. Thompsons Lavendelseife. Kimi hatte zum ersten Mal in ihrem Leben ein heißes Bad genommen und war ganz berauscht davon, wie weich ihre Haut sich nach diesem Genuss anfühlte und wie gut sie roch. Zwar kannte sie Seife schon von den Missionsstationen, aber da hatte man sich zur Körperpflege auf Kernseife beschränkt.

»Ich lasse mir meine Toilettenartikel aus England kommen«, gestand Mrs. Thompson. »So ein bisschen Luxus muss mal sein.«

Kimi lächelte schüchtern. Auch das Wort »Luxus« war ihr fremd.

Die Bäckerei der McIntoshs befand sich auf der Gould Street, und Kimi erinnerte sich daran, sie während ihrer Arbeitssuche bereits gesehen zu haben. Allerdings war sie da gerade geschlossen gewesen. Kimi hatte eigentlich am nächsten Tag noch einmal vorbeischauen wollen, doch dann waren die Aushilfsarbeiten dazwischengekommen, und nach all den Ablehnungen durch die anderen Geschäftsleute in Kororareka hatte sie darauf verzichtet, den Weg erneut zu machen. Jetzt empfand sie das als Glücksfall. Es war sicher gut, dass die McIntoshs sich bei ihrem Anblick nicht an eine müde, ungepflegte Bittstellerin erinnerten, die sie ein paar Tage zuvor abgewiesen hatten.

Die Tür des hellblau und gelb gestrichenen zweigeschossigen Holzhauses, das im Erdgeschoss Backstube und Laden, im ersten Stock die Wohnräume der Familie beherbergte, öffnete sich schnell, nachdem Dr. Thompson geklopft hatte.

»Doktor!« Der große, kräftige Mann in der Tür wirkte überrascht, dennoch erfreut. John McIntosh hatte rotbraunes Haar, ein ovales Gesicht und volle Lippen. Seine braunen, leicht müde wirkenden Augen schauten unter üppigen Brauen hervor. Er trug keinen Bart, aber die bei Europäern wohl unvermeidlichen Koteletten.

»Hat Margaret jetzt doch nach Ihnen geschickt? Wir wollten Sie am Wochenende eigentlich nicht behelligen. Paula hat allerdings schon wieder erbrochen und die ganze Nacht geweint. Sieht aus, als ob sie die Stutenmilch nun doch nicht verträgt. Ich weiß beim besten Willen nicht mehr, was ich machen soll ...« Mr. McIntosh hielt die Tür auf und machte eine einladende Handbewegung. Er sprach so eifrig und verzweifelt auf Dr. Thompson ein, dass er Mrs. Thompson und Kimi zunächst gar nicht bemerkte. Er entdeckte seinen Fauxpas erst, als die Frauen hinter dem Arzt eintraten, und beeilte sich dann, Mrs. Thompson zu begrüßen. »Entschuldigen Sie, Hermine, ich war so mit mir selbst beschäftigt ... es ist einfach nur grauenvoll, wenn man das eigene Kind so ... dahinschwinden sieht ... Und wer ist das hier?« Er schenkte Kimi ein freundliches Lächeln, das noch breiter wurde, als er Rohana in ihrem Tragetuch entdeckte.

Mrs. Thompson zwinkerte ihm zu. »Das sind Kimi, John, eine

junge Moriori von den Chathams, und ihre Tochter Rohana. Und ich glaube, die beiden sind die Antwort auf Ihre Gebete ...«

Kurz darauf saßen alle in einem anheimelnden Wohnzimmer, das von einem Sofa und breiten Sesseln beherrscht und ansonsten mit schlicht gezimmerten Tischen und Schränken aus rotgoldenem Kauri-Holz möbliert war. Mrs. McIntosh servierte Tee und Gebäck. Alles war köstlich, aber Mrs. Thompson konnte ihre Wette, Kimi habe vorher sicher nie etwas so Gutes gegessen wie McIntoshs Krapfen, nicht gewinnen. Tatsächlich hatte sie das Gebäck bereits gekostet – Jahre zuvor am Kai von Kororareka vor der Überfahrt nach Waitangi. Margaret McIntosh war die Frau, die ihr damals einen Krapfen geschenkt hatte. Kimi hatte sie gleich erkannt, während Mrs. McIntosh sich offensichtlich nicht an das Sklavenmädchen erinnerte, dem sie damit Freundlichkeit entgegengebracht hatte. Kimi bewunderte die Weitsicht der Geister, die ihr jetzt die Möglichkeit gaben, Mrs. McIntosh ihre Güte zu vergelten.

»Was Sie brauchen ... was Paula braucht«, dozierte eben Dr. Thompson, »ist eine Amme. Und wie es der Zufall will, habe ich gestern die junge Frau hier kennengelernt. Kimi ist gesund, sie versteht es, für Kinder zu sorgen. Ihre eigene Tochter ist wohlgenährt und gepflegt. Und sie verfügt über ...«, er räusperte sich, » ... äh ... über ausreichende Kapazitäten, ein weiteres Kind zu nähren. Wenn Sie es also versuchen möchten ... Ich kann Kimi nur wärmstens empfehlen.«

Mr. McIntosh musterte Kimi kritisch. Er ließ den Blick über ihr dunkles Gesicht, ihr ordentlich geflochtenes schwarzes Haar und das abgetragene Kleid streifen und wirkte etwas misstrauisch, als er Rohanas helle Hautfarbe und ihren blonden Flaum bemerkte. Mrs. McIntosh dagegen strahlte. Sie hatte blaue Augen und dunkelblondes Haar, das nachlässig aufgesteckt war. Ihre Lippen, Brauen und Wimpern wirkten etwas farblos, doch die Hoffnung, die jetzt in ihrem Gesicht aufleuchtete, ließ ihr abgehärmtes und von Sorgen gezeichnetes Gesicht beinahe schön erscheinen.

»Eine Amme! O mein Gott, Doktor, an so etwas hatte ich gar nicht gedacht. Hier in diesem wilden Land ... an diesem gottverlassenen Ort ...« Mrs. McIntosh schien sich in ihrer neuen Heimat nicht sonderlich wohlzufühlen.

»Es gibt in Kororareka ja auch kaum Frauen«, bemerkte ihr Gatte. »Zumindest keine ehrbaren ...« Wieder blickte er Kimi etwas zweifelnd an.

Seine Frau machte hingegen eine wegwerfende Handbewegung. »Ob ehrbar oder nicht wäre mir völlig egal«, erklärte sie, wandte sich dann jedoch mit einem Lächeln an Kimi. »Womit ich keineswegs sagen wollte, dass ich an deiner Ehrlichkeit zweifle, Mädchen. Wenn der Doktor dich empfiehlt ... Wo kommst du her? Aus einem der Maori-Dörfer? Aus der Mission womöglich?«

Eine Frau aus den Dörfern hätte wahrscheinlich keine *pakeha*-Kleidung getragen. Und auch aus Rohanas Äußerem zog die kluge Schottin wohl die richtigen Schlüsse. »Sprichst du Englisch?«

Kimi nickte und begann, ihre Geschichte kurz zusammenzufassen.

»Ich habe im Ort nach Arbeit gesucht«, endete sie schließlich, »aber nichts gefunden. Wenn ich hier nun helfen kann ... Ich will ... ich will Paula gern nähren. Und dafür müssen Sie mir wirklich kein Geld geben, ich ...«

Dr. Thompson und seine Frau verdrehten gleichzeitig die Augen, Mrs. McIntosch schenkte Kimi jedoch ein warmes Lächeln.

»Wir werden uns da schon einig«, sagte sie. »Soll ich ... kann ich ... Paula jetzt holen?«

Das kleine Mädchen war erst gegen Morgen endlich eingeschlafen, und die McIntoshs hatten es nicht wecken wollen, als die Thompsons gekommen waren. Sie horchten allerdings die ganze Zeit angespannt, um gleich zur Stelle zu sein, wenn Paula einen Ton von sich gab.

»Gehen wir besser zu ihr«, regte Dr. Thompson an. »Kimi, Margaret ... Wir könnten es gleich ... äh ... versuchen ...«

Kimi fand es erneut befremdlich, dass selbst der Arzt Hemmungen hatte, ganz offen über das Stillen zu sprechen.

Mrs. McIntosh sprang sofort auf, und Kimi und der Doktor folgten ihr in ein liebevoll eingerichtetes Kinderzimmer. Die kleine Paula lag in einer weiß gestrichenen, mit Schnitzereien verzierten Wiege, daneben stand ein Schaukelstuhl. Es gab eine Wickelkommode, einen Schrank und sogar schon ein Puppenhaus. An den Wänden hingen bunte, fröhliche Bilder, Stoffpuppen und Holztiere lagen in einem Regal.

»Sie spielt noch gar nicht mit all dem«, sagte Mrs. McIntosh nervös und nahm ein Püppchen vom Schaukelstuhl. »Aber mein Mann ... er war so glücklich, als wir endlich ein Kind bekamen, da hat er sich gleich ans Basteln und Leimen gemacht und ihr Püppchen und Spielzeugtiere gekauft ... Sie sollte doch alles haben. Sie sollte doch glücklich sein.« Sie schniefte.

Kimi und der Doktor beugten sich über die Wiege. Das Kind darin wirkte mager und blass – Kimi erinnerte es an die vielen Babys der Moriori, die sie hatte sterben sehen, weil ihre Mütter nicht ausreichend Milch für sie hatten, unterernährt und überarbeitet, wie sie waren.

»Wie alt ist sie?«, fragte Kimi mitleidig.

Mrs. McIntosh nahm ihre Tochter vorsichtig aus der Wiege. »Drei Monate«, sagte sie unglücklich. Tatsächlich war das Kind kaum größer als die zwei Monate jüngere Rohana. Auf dem Arm seiner Mutter erwachte es und begann sofort, erneut zu wimmern.

»Sie hat Hunger«, meinte Mrs. McIntosh.

Kimi legte die schlafende Rohana auf dem flauschigen Teppich zu ihren Füßen ab, öffnete ohne jede Scham die Knöpfe ihres Kleides und zog es bis zur Taille herunter. Darunter trug sie ein Hemd, das sie jetzt hochzog. Sie entblößte volle Brüste, aus denen bereits bei dem Gedanken, das Kind anzulegen, Milch tropfte.

Mrs. McIntosh blickte sie an, als täte sich ein Wunder vor ihr auf.

»Setz … setz dich doch«, sagte sie atemlos und wies auf den Schaukelstuhl.

Sie ließ Paula in Kimis Arme gleiten, sobald die junge Frau Platz genommen hatte, und sah mit brennenden Augen zu, wie sie das Baby anlegte. Paula wirkte zunächst etwas irritiert, doch dann schmeckte sie die Milch, schloss ihren winzigen, himbeerfarbenen Mund um die Brustwarze und trank.

In den nächsten Minuten war nichts im Zimmer zu hören, außer den leise schmatzenden Geräuschen des saugenden Babys und Mrs. McIntoshs Schluchzen. Dann begann Kimi zu singen. Sie konnte nicht anders, sie musste auch dieses Kind in ihren Armen unter dem Schutz ihrer Geister willkommen heißen. Als Rohana darüber wach wurde, bat sie Mrs. McIntosh kurzerhand, sie ihr an die andere Brust zu legen. Einträchtig tranken die kleinen Mädchen. Mrs. McIntosh liefen die Tränen über die Wangen, doch gleichzeitig strahlte sie über das ganze Gesicht.

»Es ist ein Wunder, ein Gottesgeschenk«, flüsterte sie, als Paula schließlich an Kimis Brust einschlief. »Sie hat noch nie so … so zufrieden ausgesehen. So … satt.«

Kimi lächelte. »Sie ist müde«, sagte sie. »Aber wir sollten sie nachher noch mal wecken. Sie muss jetzt viel trinken.«

Mrs. McIntosh nickte. »Natürlich. Doch erst kümmern wir uns um ein Zimmer für dich, Kimi … Oder willst du hier schlafen? Bei den Kindern?« Sie nahm ihr Paula aus den Armen und bettete sie wieder in die Wiege, gleich darauf legte sie Rohana neben Paula.

»Rohana kann in einem Korb schlafen«, bemerkte Kimi peinlich berührt. Bestimmt stand es dem Kind einer Bediensteten nicht an, in einer so hochherrschaftlichen Wiege zu liegen. »In der Mission haben sie die Kinder in Körbchen gelegt. Oder ich nehme sie mit zu mir. Ich … ich brauche nicht viel. Eine Matte reicht mir …«

Mrs. McIntosh schüttelte energisch den Kopf. »Nichts da, Kimi! Du bekommst selbstverständlich ein schönes eigenes Bett, und wenn deine Tochter ihre Milch mit meiner teilt, dann ist es nur recht und billig, wenn sie für Rohana ein bisschen Platz in ihrer Wiege macht. Es scheint den beiden doch zu gefallen.«

Die Babys kuschelten sich aneinander. Kimi lächelte ihnen zu. »Sie sehen wie Zwillinge aus«, sagte sie und wurde sich schmerzlich bewusst darüber, dass sie in ihrem Volk seit der Invasion durch die Maori keine Zwillinge mehr gesehen hatte.

»Milchschwestern …« Mrs. McIntosh lächelte beglückt. »Dann komm, Kimi. Und Sie, Doktor, verkünden meinem Mann die gute Nachricht.«

Kapitel 6

Ruth und David Mühlen sowie natürlich Jonas, der Hund, verließen die Chathams mit einem Frachtschiff. Es fuhr diverse Walfangstationen an und lud Tran und Fischbein, um die Ware anschließend nach England zu bringen. Auch Preservation Inlet im Süden der Südinsel Neuseelands befand sich auf seiner Route. Die Reise dauerte ein paar Tage, und David nutzte die Zeit zum Bibelstudium, während Ruth den Kapitän und die Schiffsoffiziere, in deren Messe die Missionare ihre Mahlzeiten einnahmen, ausgiebig nach ihrer neuen Heimat befragte. Sie erfuhr, dass es auf der Südinsel Neuseelands zwar fast ebenso regnerisch war wie auf den Chathams, allerdings wärmer.

»Sehr üppige Vegetation«, verriet der Schiffsführer. »Regenwald, etwas ganz Spezielles. So was gibt's in Europa nirgends.«

»Und ... Ansiedlungen?«, fragte Ruth vorsichtig.

Sie hatte die Hoffnung noch nicht aufgegeben, dass sich vielleicht doch auch Farmer oder Viehzüchter in der Gegend der Walfangstation angesiedelt hatten.

Captain Rumsford schüttelte jedoch den Kopf. »Nein, sorry, Mrs. Mühlen. Da gibt's nur Natur. Und die Walfangstation selbstverständlich.«

Immerhin war nicht von Maori die Rede. Ruth hoffte, in Davids neuem Wirkungskreis wenigstens von schwierigen und gewalttätigen Eingeborenen verschont zu bleiben.

Schließlich erreichten sie einen lang gezogenen Fjord, und Ruth war sofort von der Landschaft bezaubert. In der Mündung des Fjords lag eine kleine Insel, üppig grün und offensichtlich bewohnt von Tausenden von Vögeln. Das Schiff glitt durch einen Einschnitt zwischen mehr oder weniger hohen Felsen, die teilweise bizarre Formationen bildeten. Mitunter war die Landschaft jedoch einfach nur hügelig. Ruth konnte sich gut vorstellen, dass hier irgendwann schmucke Dörfer und gepflegte Äcker entstehen würden. Gelegentlich gab es Strände, an denen sich Seehunde rekelten und Seevögel nisteten. Diese Gegend war zu schön, um das Land nicht urbar zu machen. Und David hatte nun ja umfassende Erfahrungen mit der Landwirtschaft. Vielleicht konnte er zumindest einen Teil der Walfänger bekehren und dazu anregen, sich sesshaft zu machen. Bestimmt gab es Siedlungsland im Überfluss ...

Dann jedoch kam die Walfangstation in Sicht, und schon der erste Blick auf die primitiven Hütten und die am Strand arbeitenden Männer ernüchterte Ruth. Beim zweiten Blick drängte sich ihr der Gedanke auf, dass Knochen bei dieser Mission wohl ihren Weg pflasterten – nur dass es dieses Mal keine Menschenknochen waren, sondern die riesigen Skelette der Wale, die man hier an den Strand zerrte, um sie auszuweiden. Das letzte Schlachtfest dieser Art konnte noch nicht lange her sein – die Eingeweide des Tieres, mit denen die Jäger wohl nichts anfangen konnten, verrotteten im Sand und verbreiteten ihren Verwesungsgeruch bis zum Ankerplatz des Schiffes. Er vermischte sich mit dem Gestank von Walfett. Es wurde sofort am Strand ausgekocht. Die Männer waren noch damit beschäftigt, die gelblich durchsichtige Flüssigkeit in Fässer zu füllen.

»Dann werden wir Sie mal an Land rudern«, meinte Captain Rumsford, wobei Ruth der Blick, mit dem er sie streifte, fast etwas mitleidig schien. Die Schiffsoffiziere hatten ihre Gesellschaft offenbar genossen, dass ihnen David mitunter auf die Nerven fiel, hatten sie allerdings kaum verhehlen können. Zu seinem Leidwesen hatten weder Offiziere noch Mannschaftsmitglieder seine Einladungen zu regelmäßigen Gottesdiensten an Deck angenommen – ja, mitunter hatte man ihm sogar sehr deutlich zu verstehen gegeben, dass er im Weg stand, wenn er Gott euphorisch für einen weiteren sicheren Tag auf See dankte. Ruth hatte er dann fast leidgetan, andererseits fror auch sie, wenn er im Nieselregen betete und dabei wieder mal kein Ende fand.

Während Ruth und David ihre wenigen Habseligkeiten zusammensuchten und Jonas aufgeregt bellte, ließen die Mannschaftsmitglieder ein Ruderboot zu Wasser. Die Männer luden ihre Reisetaschen ein und die Truhe, die ihre Mutter ihr gesandt hatte und die glücklicherweise kurz vor ihrer Abreise eingetroffen war. Sie enthielt eine kleine Aussteuer. David und Jonas sprangen ins Boot, und Captain Rumsford reichte Ruth galant die Hand, um ihr beim Einsteigen zu helfen. Sie sollte die Geste lange Zeit nicht vergessen, war es doch die letzte Galanterie, die ihr in den folgenden Monaten zuteilwurde.

Die Männer am Strand jedenfalls machten keine Anstalten, die Neuankömmlinge höflich zu begrüßen. Sie nickten den Matrosen beiläufig zu, musterten David, der seine schwarze Missionarskluft trug, mit einem gewissen Befremden – und Ruth mit kaum verhohlener Lüsternheit.

David registrierte das alles nicht, er schien auch den Gestank am Strand nicht zu bemerken. Wohlgefällig ließ er den Blick über die Landschaft, das Meer, den Walkadaver und die Männer schweifen und erhob dann die Stimme.

»Lasst uns Gott für eine glückliche Ankunft danken«, sagte er, womit er sich zunächst an Ruth und die Matrosen wandte, dann jedoch gleich auch die Walfänger mit einbezog, »und für einen guten Fang. Wann ist euch der Wal ins Netz gegangen, Männer? Gestern?«

Einer der Walfänger runzelte die Stirn. »Die fängt man nicht mit Netzen, Mister, die harpuniert man«, erklärte er.

Ein anderer grinste. »Kannst gern mal mitmachen, Reverend!«

Weder Ruth noch David berichtigten ihn. Ruth empfand es als ermutigend, dass er David als Gottesmann erkannte, doch an Respekt vor dem Amt ließ es der Mann eindeutig missen.

»Wenn der Wal dich dann verschluckt, vergnügen wir uns mit dem hübschen Frauchen.«

Ruth schnappte nach Luft. Sie zog den Schal, den sie sich gegen Wind und Regen um die Schultern gelegt hatte, enger um sich und senkte den Kopf, während David ungerührt sein Gebet sprach.

»Wo finde ich denn Mr. Harrison?«, erkundigte er sich danach bei einem der Männer.

Der Walfänger wies landeinwärts. »Kommt wahrscheinlich gleich«, meinte er.

Allerdings wollten weder der Kapitän noch David am Strand auf den Betreiber der Walfangstation warten. Captain Rumsford machte sich mit seiner Besatzung auf den Weg, nachdem sie ihr Ruderboot sicher an Land gezogen und vertäut hatten. David lief ihnen nach. Ruth folgte den Männern zwischen Walknochen und erkalteten Feuerstellen hindurch, über denen die riesigen Kessel zum Auskochen des Walfetts noch hingen und bestialisch stanken. Lediglich Jonas schien es hier zu gefallen. Ruth konnte ihn kaum daran hindern, sich in den verwesenden Eingeweiden des Wals zu wälzen. Nun rief sie ihn energisch zu sich, leinte ihn an und versuchte dabei zu ignorieren, dass die schamlosen Blicke der Walfänger jeder ihrer Bewegungen folgten. Die Männer machten sich gar keine Mühe, ihre Lüsternheit zu verbergen, und sparten nicht mit anzüglichen Sprüchen, bis Captain Rumsford sie mit ein paar scharfen Worten rügte. Ruth blieb nah bei David und zog den Schal nun auch über ihren Kapotthut. Die Männer sollten so wenig von ihr sehen wie möglich, obwohl sie natürlich wusste, dass dies auf die Dauer unmöglich war. Sie sollte in Zukunft unter diesen Leuten leben. Es würde sich nicht vermeiden lassen, sich ihnen zu zeigen.

Die Hüttensiedlung, aus der die Walfangstation bestand, war schnell erreicht, und Ruth musste entsetzt feststellen, dass die Behausungen der Walfänger kaum mehr waren als Unterstände und dass man Walknochen zum Bau verwandte. Auch Möbel stellte man daraus her. Die Knochen vorher gründlich auszukochen schien man allerdings nicht für nötig zu halten. Es roch hier kaum weniger schlecht als am Strand. Über der gesamten Siedlung lag der Gestank von Tran, Blut und Tod.

Immerhin trafen sie nun den Betreiber der Station. Captain Rumsford begrüßte Peter Harrison, der in schmutzigen Denimhosen, Wachsjacke und breitkrempigem Hut nur geringfügig weniger abgerissen wirkte als seine Männer, deren Arbeitskleidung aus weiten Hemden und Leinenhosen bestand.

»Rumsford!« Harrison grinste über das ganze wettergegerbte Gesicht. Er war ein großer kräftiger Mann, der sein blondes Haar anscheinend nie schnitt, sondern nur nachlässig im Nacken zusammenband. Seine stahlblauen Augen blitzten, die hakenförmige Nase ließ Ruth an Piraten denken. Sein Lächeln entblößte schiefe braune Zähne. »Hat's dich mal wieder hergeschwemmt! Gut für dich, wir haben so viel Tran, wie dein Schiff nur fassen kann. Kannst dann gleich wieder abfahren nach *good old* England.«

Captain Rumsford erwiderte das Grinsen und reichte ihm die Hand. »Gut für dich, Harrison, dass wir dir das Zeug abnehmen. Und Fischbein, so viel du hast. Danach sind sie ja ganz verrückt in Europa ... die Korsetts der Damen ...«

Ruth dachte im Stillen, dass sie nie wieder ein Korsett würde anlegen können, ohne sich an diesen stinkenden Strand zu erinnern. Allerdings wusste sie, dass Fischbein in Europa auch andere Verwendung fand. Die langen, faserigen Platten aus den Barten im Oberkiefer großer Wale wurden zur Federung für Kutschen, zur Herstellung von Angeln und überall sonst verarbeitet, wo leichtes, flexibles und trotzdem festes Material gebraucht wurde.

»Apropros Damen«, sprach der Kapitän inzwischen weiter. »Ich hatte das große Vergnügen, auf der Reise hierher zwei Passagiere befördern zu dürfen. Darf ich vorstellen: Missionar David Mühlen und seine reizende Frau Ruth.«

David trat vor, um den Betreiber der Walfangstation zu begrüßen.

Peter Harrison schaute nicht sehr begeistert. »Das ist nicht dein Ernst«, fuhr er den Kapitän an, ohne Davids ausgestreckte Hand auch nur zu bemerken. »Schleppst mir hier einen Pfaffen an und seine Lady ... Was zum Henker soll ich mit denen anfangen?«

David schob sich nun energisch vor, entschlossen, für sich selbst zu sprechen.

»Sie sollen gar nichts mit uns anfangen«, beschied er den Walfänger würdevoll. »Und wie mir der Bischof versicherte, geschieht unser Eintreffen nicht unangemeldet. Bischof Selwyn hat Ihnen bei seinem letzten Besuch in dieser Gegend avisiert, dass er gedenkt, Ihrer Siedlung einen Geistlichen zuzuweisen. Es sei dringend nötig, sagte er, Ihren Arbeitern Gott wieder näherzubringen. Bischof Selwyn empfand sie wohl als etwas … hm … verwildert.«

Peter Harrison lachte schallend. »Und Sie wollen sie nun zivilisieren? Mit Ihrer Lady zusammen? Im Ernst, Mister, ich habe dem Bischof deutlichst zu verstehen gegeben, dass wir bei uns alles brauchen, nur keinen Gottesmann. Erst recht keinen mit Anhang. Wie soll ich denn auf die kleine Lady aufpassen?« Er wies auf Ruth und musste erneut lachen, als Jonas sich schützend vor ihr aufbaute und begann, ihn anzukläffen. »Bellen wird da nichts nützen«, bemerkte er. »Da werden Sie schon beißen müssen. Mister …«

»Bruder David Mühlen«, verbesserte Ruth. »Und ich erwarte, dass man meinen Mann und mich mit einem Mindestmaß an Respekt behandelt.«

Harrison streifte sie mit einem Blick, verzog den Mund und wandte sich erneut nur an David. »Hören Sie, wir haben hier hundertzwanzig Männer und gerade mal zwei Huren. Und Sie wollen ein Häuschen für Ihre kleine Frau bauen, und die Kerle sollen sich ihr nur nähern, um mit ihr zu beten und vielleicht ihren Garten umzugraben?«

»Das bringt mich zu der Frage, wo wir wohnen sollen«, mischte Ruth sich erneut ein.

Sie sprach mit dem Mut der Verzweiflung. David schien wie vor den Kopf geschlagen, er musste wohl erst mit dem Schock fertigwerden, hier unerwünscht zu sein. Das verwirrte natürlich auch sie. Bischof Selwyn hatte schließlich erwähnt, dass die meisten Betreiber von Walfangstationen die Geistlichen, die zu ihnen entsandt wurden, freudig begrüßten. Hier waren sie wohl auf eine Ausnahme von dieser Regel gestoßen.

Peter Harrison seufzte. »Für heute Nacht werde ich Ihnen meine Hütte abtreten. Sonst geht Ihre Tugend, Ma'am, schneller den Bach runter, als 'ne Harpune 'nen Wal trifft. Wenn die Kerle besoffen sind – und das werden sie heute Nacht sein, sie haben gerade Lohn gekriegt –, dann kennen die keinen Unterschied mehr zwischen Ihrer Lady und den Mädchen vom leichten Gewerbe. Also, Mrs. ... Mühlen? Mein Heim ist Ihr Heim. So lange, bis mein Freund Captain Rumsford absegelt und Sie wieder mitnimmt. Keine Widerrede, Rumsford, du hast mir die Leute angeschleppt, du bringst sie auch wieder weg.«

Ruth atmete erst mal auf. Sie hätte diesen Ort nur zu gern gleich wieder verlassen. Doch da hatte sie nicht mit Davids Sendungsbewusstsein gerechnet.

»Wir werden keineswegs mit Captain Rumsford wieder absegeln«, erklärte der Missionar entschlossen. »Der Bischof hat mir diese Station als Wirkungsfeld zugewiesen, und ich habe den Auftrag akzeptiert. Also werde ich meine Mission erfüllen – ob mit oder ohne Ihre Billigung, Mr. Harrison.«

Peter Harrison verdrehte die Augen. Er hatte jetzt erkennbar genug davon, im Nieselregen über den Verbleib dieses hartnäckigen Missionars auf seiner Station zu diskutieren.

»Darüber sprechen wir noch«, beschied er David kurz. »Jetzt bringen Sie Ihre Lady erst mal in meiner Hütte unter. Ist da oben ...« Er zeigte auf eine Anhöhe über der Siedlung. Wahrscheinlich stank es dort weniger. Eigentlich müsste zumindest gelegentlich ein Wind gehen. »Und wir gehen in die Schenke, Rumsford. Hanks Whiskey ist nicht der beste, dafür hat er einen ordentlichen Rum da ... Kam mit dem letzten Frachtschiff.«

Während sich die Männer in Richtung Strand entfernten – Ruth hatte dort zwar keine Schenke gesehen, aber vielleicht lag die Gastwirtschaft ja in etwas größerer Entfernung von den Walknochen –, trugen zwei von Rumsfords Matrosen Ruths Truhe in die Hütte. Ruth war froh, aus dem Regen und dem Gestank herauszukommen, allerdings erwies sich ihre Unterkunft als nicht allzu wohnlich. Sie war sehr klein und spartanisch möbliert – immerhin besser gereinigt als die Hütten der Arbeiter –, und es gab keinerlei Komfort, nicht einmal einen Abtritt. Ruth war den Tränen nahe, als sie das schmale, mit schmutzigen, stinkenden Laken bedeckte Bett sah. Alles in ihr sträubte sich dagegen, die gepflegte Bettwäsche aus ihrer Aussteuer auf die Matratze zu ziehen. Am besten David und sie schliefen gleich auf dem Boden. Den würde sie vorher jedoch scheuern müssen.

»David, wir können auf keinen Fall hierbleiben«, brach es aus ihr heraus, als sie endlich mit ihrem Mann allein war.

David platzierte eben seine Bibel und seine Gebetbücher auf dem Tisch in der Mitte der Hütte.

»Ruth, natürlich werden wir bleiben«, erklärte er gelassen. »Wir wirken dort, wohin Gott uns bestellt. Wo bleibt dein Vertrauen in unseren Herrn? Er wird alles zum Besten wenden.«

Er hob an, ein weiteres Gebet zu sprechen, während Ruth mit Tränen in den Augen versuchte, die Behausung wenigstens ein bisschen wohnlich zu machen. Dabei war sie sich bewusst darüber, dass sie Arbeit in ein aussichtsloses Unterfangen investierte. Peter Harrison ließ ihnen zwar ein Mindestmaß an Höflichkeit zuteilwerden, doch er würde sie nicht unterstützen, wenn David darauf bestand zu bleiben. Sie würden die Hütte verlassen müssen, sobald Captain Rumsford absegelte. Danach wären sie auf sich allein gestellt.

In dieser Nacht fand Ruth wieder einmal keinen Schlaf. Verzweifelt dachte sie darüber nach, wie sie ihr Leben in diesem unwirtlichen Teil Neuseelands in den Griff bekommen konnte. Am Morgen hatte sie zumindest einen ungefähren Plan.

Bevor sie allerdings irgendetwas unternehmen konnte, um ihn umzusetzen, musste sie David in die Hüttensiedlung folgen. Ihr Mann war fest entschlossen, dort eine Morgenandacht zu halten – egal, wie Harrison dazu stand. Der Betreiber der Walfangstation zeigte sich verkatert und schlecht gelaunt. Er musste die halbe Nacht mit Rumsford gezecht haben, und auch seine Männer hatten ihren Lohn in reichlich Alkohol umgesetzt. Als David Gebete und Lieder intonierte, wurde Unmut laut. Erneut verwies Harrison David der Siedlung.

Ruth beruhigte derweil den kläffenden Jonas und wandte sich an zwei junge Männer, die noch am wenigstens heruntergekommen wirkten. Sie kochten eben Kaffee vor einer der Hütten.

»Mein ... mein Mann und ich gedenken, uns hier anzusiedeln«, sagte sie mit fester Stimme. »Der Bischof hat ihm das Amt des Kirchenvertreters für diese Region übertragen. Wir ... wir stehen sozusagen unter seinem Schutz.«

Die beiden Männer lauschten schweigend. Lediglich der Mundwinkel des einen zuckte ein wenig. Anscheinend fragte er sich, wie Bischof Selwyn sie hier zu schützen gedachte.

»Wir haben's nicht so mit dem Beten, Madam«, erklärte der andere. »Der Boss hat recht. Wäre besser, Sie gingen wieder.«

»Wir können nicht gehen«, bemerkte Ruth. »Der Bischof und ... Gott ... haben uns hierher entsandt. Dem wird sich mein Mann nicht widersetzen. Und deshalb ... wir brauchen dringend Hilfe beim Bau einer Hütte. Einer stabilen Hütte. Könnten Sie sich vorstellen, meinem Mann da ein wenig unter die Arme zu greifen? Ich würde Sie selbstverständlich bezahlen. Hier gibt es doch gerade nichts zu tun, oder?« Zurzeit lag kein Wal am Ufer.

Die beiden jungen Männer – Ruth schätzte sie auf höchstens achtzehn Jahre – schauten einander an.

»Ich bau ganz gern«, meinte der eine, der auch eben schon höflich auf Ruths Ansprache reagiert hatte. »Aber Mr. Harrison wird's nicht gefallen.«

Der andere zuckte mit den Schultern. »Was schert's uns, ob es ihm gefällt?«, sagte er gleichmütig. »Solange wir da sind, wenn der nächste Wal kommt ... Und je mehr Geld wir machen, desto eher können wir aus diesem Dreckloch weg.«

Die zwei waren ganz offensichtlich nicht sehr zufrieden mit der Arbeit, die sie auf der Walfangstation verrichteten.

Ruth nickte ihnen erleichtert zu. »Dann sollten wir beginnen, sobald mein Mann und Mr. Harrison ihre Auseinandersetzung beendet haben ... Hätten Sie irgendwelche Vorschläge bezüglich des Bauplatzes? Es muss einigermaßen nah am Strand sein, aber es sollte nicht so stinken.«

Mit blutendem Herzen trennte sie sich in den nächsten Tagen von einem weiteren Teil des Geldes, das ihre Eltern ihr vor der Abreise auf die Chathams aufgedrängt hatten. Wieder fühlte sie sich schuldig, denn natürlich brach sie damit erneut das Versprechen, das sie ihren Eltern gegeben hatte. Sie gab das Geld nicht in höchster Not für sich selbst aus, um sich von David und seiner Mission zu befreien, sondern sie sicherte erneut ihr Zusammenleben mit dem fanatischen Gottesmann. Andererseits blieb ihr nichts anderes übrig. David würde nicht nachgeben, und sie wollte und konnte sich nicht von ihm trennen. Nach wie vor liebte sie ihn – und bewunderte ihn in gewisser Weise für seine Beharrlichkeit. Dazu musste sie an das Kind denken. In ein paar Monaten würde es geboren werden, und es brauchte ein Dach über dem Kopf.

Kapitel 7

Wenn gerade kein Wal gejagt oder ausgeweidet werden musste, hatten die Männer auf der Walfangstation nichts zu tun – zumindest nichts, wofür sie bezahlt wurden. Meist hingen sie in dem Bretterverschlag am Strand herum, in dem ein schmieriger, rattengesichtiger kleiner Mann namens Hank Rum und Whiskey ausschenkte, und buhlten um die Gunst der beiden Huren Lazy und Jill. Den meisten der Walfänger schien das zu gefallen. Außer den beiden jungen Männern, die Ruth am ersten Tag angesprochen hatte, drängte sich niemand um Mithilfe beim Hüttenbau.

Larry und Fred, wie sich die zwei vorstellten, erwiesen sich allerdings als gute Wahl. Besonders der Jüngere, Larry, war pünktlich, fleißig und respektvoll. Er war höflich Ruth gegenüber und nahm sogar den Hut ab, wenn David die Arbeit unterbrach, um ein Gebet zu sprechen. Weitere Zugeständnisse an den Glauben seines Arbeitgebers machte er nicht. Larry war ein netter Kerl, schien jedoch an nichts mehr zu glauben. Ruth nahm an, dass er irgendwo fortgelaufen war. Er sprach nie von seiner Familie oder auch nur von seinem Herkunftsland. Die Walfangstation war ihm sichtlich zuwider, und er machte sich mit niemandem gemein, außer dem nur wenig älteren und ähnlich desillusionierten Fred, mit dem er seine primitive Behausung teilte. Beide sprachen häufig davon, Preservation Inlet zu verlassen, sahen jedoch keine Alternative. Ruth fragte sich, ob sie sich vor etwas versteckten, doch sie drang nicht in sie und versuchte vor allem nicht, sie zu bekehren. In dieser Beziehung hielt sie auch ein Auge auf David. Auf keinen Fall durfte er ihre zuverlässigen Helfer verprellen, indem er sie zu oft zu Gotteslob und -dank anhielt.

»Sie haben ganz offenbar nicht das Bedürfnis, sich für irgendwas in ihrem Leben zu bedanken«, erklärte sie energisch. »Und ganz ehrlich, ich habe dafür Verständnis. Dieses Drecksloch, in dem sie wohnen, der Gestank ... und wenn man Larry glauben will, ist die Arbeit ein einziger Albtraum. Da kann man sein Gottvertrauen schon mal verlieren. Also gib den beiden Zeit. Wenn Gott sie ruft, werden sie schon kommen ...«

Vorerst rief Harrison. Eine Woche nach Beginn des Hüttenbaus – die Außenwände standen zum Glück bereits und ein Teil des Dachs war fertiggestellt, sodass die Mühlens sich provisorisch einrichten konnten – wurde im Fjord erneut ein Wal gesichtet. Larry und Fred ließen Hämmer und Nägel fallen und folgten dem Hornsignal, das die Sichtung ankündigte. David und Ruth schlossen sich ihnen an. Die Männer am Strand waren bei ihrer Ankunft bereits dabei, lange, stabile Ruderboote ins Wasser zu schieben und zu bemannen. Jedes fasste etwa zehn Ruderer und einen Harpunier, der sich am Bug platzierte. Auch Harrison selbst nahm die Stellung eines solchen ein.

Die Boote entfernten sich schnell vom Ufer. David hatte keine Gelegenheit mehr gehabt, mit den Männern Gebete für ein gutes Gelingen der Jagd zu sprechen, und äußerte seinen Unmut darüber. Ruth rief ihn allerdings energisch zur Ordnung: »David, die Leute haben jetzt anderes zu tun und wir auch. Himmel, wir haben gerade gutes Wetter. Das wird nicht für immer anhalten, und dann werden wir nicht mehr so schnell vorankommen mit dem Hüttenbau. Mal ganz abgesehen davon, dass unsere Helfer nun erst mal mit dem Wal beschäftigt sein werden. Also vergiss jetzt mal das Beten, und mach weiter mit dem Dach! Wir brauchen ein solches über dem Kopf, und du wirst dich deiner Arbeit viel entspannter widmen können, wenn ich in Sicherheit bin.«

Bisher war Ruth ihrem Mann wie ein Schatten gefolgt, wann immer er versucht hatte, sich seinen neuen Pfarrkindern zu nähern. Sie wagte es nicht, allein mit den Helfern auf der Baustelle zu bleiben, wenn er zur Morgen- und Abendandacht an den Strand ging. Er hielt beide Gottesdienste unbeirrt ab, ob die

Walfänger sich ihm nun zugesellten oder nicht. Zwar glaubte sie kaum, dass Larry und Fred ihr zu nahe treten würden, doch mitunter waren andere gelangweilte Männer whiskeytrinkend vorbeigekommen, um beim Hüttenbau zuzuschauen, und hatten Kommentare abgegeben. Spätestens am Nachmittag waren sie angeheitert genug gewesen, um Ruth mit anzüglichen Sprüchen zu verfolgen und sogar Berührungen zu suchen. Ruth war entsetzt gewesen, als einer ihr ins Hinterteil gekniffen hatte, und wütend über sich selbst, weil sie erschrocken aufgeschrien hatte wie ein albernes kleines Mädchen beim Anblick einer Maus. Die Männer hatten sich darüber köstlich amüsiert und verfolgten sie seitdem mit Quietschlauten, sobald sie ihrer ansichtig wurden. Sie empfand es als mehr als dringend, eine Tür zu haben, die sie hinter sich schließen konnte.

Letztlich sah das auch David ein und arbeitete während der Jagd auf der Baustelle, bis am Strand wieder Stimmen zu hören waren. Die Männer verständigten sich mit Zurufen, während sie den erlegten Wal an Land zogen. Die Rufe drangen bis zum Bauplatz. David hatte darauf bestanden, die Hütte unmittelbar hinter dem Hügel, auf dem Harrisons Behausung stand, zu errichten, um seinen Pfarrkindern nahe zu ein. Sehr viel weiter im Inland wäre es auch kompliziert gewesen. Das Land dort gehörte dem örtlichen Maori-Stamm, nur ein paar Hektar am Strand hatte Harrison den Einheimischen abgehandelt.

»Tut mir leid, Ruth, aber ich muss mich jetzt wirklich mal am Strand sehen lassen«, erklärte David nun und legte das Werkzeug zur Seite. »Die Männer müssen wissen, dass ich ihnen zur Seite stehe, und sie sollten daran erinnert werden, dass es Gott war, der ihnen eine erfolgreiche Jagd gewährt hat. Ich werde sie dazu anhalten, ihm dafür zu danken.«

Eifrig warf er seinen schwarzen Missionarsrock über und machte sich auf zum Strand. Ruth folgte ihm unwillig – mitten hinein in einen Albtraum, den sie ihr Leben lang nicht würde vergessen können.

Die Harpunen, die die Männer auf die Wale abschossen, wiesen Widerhaken auf. Wenn sie sich ins Fleisch des Tieres bohrten, war es den Jägern möglich, es daran an Land zu ziehen. Der Wal musste dazu allerdings mehrmals getroffen werden, und er war dann noch längst nicht tot. Das war auch nicht beabsichtigt. Man verletzte den Wal gerade so schwer, dass er keinen Versuch mehr machte zu fliehen, sich aber immerhin noch aus eigener Kraft an der Wasseroberfläche hielt. An Land gezogen wurde er dann mittels Seilwinden. Und immer noch lebte er.

»Er ist nicht tot«, sagte Ruth erschüttert, als das sicherlich fünfzigtausend Kilogramm schwere Tier zuckend auf dem Sand zu liegen kam. »Und was ... was machen sie denn ...?«

Selbst David, der Tieren keine Seele zugestand und selbst Jonas nur als Mäuse- und Rattenfänger duldete, wurde blass, als er sah, dass die Walfänger keine Anstalten machten, ihrem Opfer den Todesstoß zu versetzen, bevor sie begannen, es zu zerlegen.

Es ging vor allem um die Fettschicht unter der Haut, sie wurde in großen Stücken abgelöst.

Ruth versuchte, nicht hinzusehen, schon gar nicht in die Augen des Tieres, das man da bei lebendigem Leibe zerschnitt. Sie hoffte nur, dass das Leiden der gewaltigen Kreatur bald vorbei sein würde. Die Männer verloren keine Zeit. Die Feuer wurden bereits entzündet und die Kessel, in denen das Fett ausgekocht wurde, darüber aufgehängt.

»Wir sollten jetzt vielleicht beten«, meinte David mit schwacher Stimme und straffte sich.

Ruth wandte sich ab, und sie konnte nur hoffen, dass Gott das auch tat. Ansonsten hätte er diese Männer für ihr barbarisches Tun strafen müssen.

Es dauerte Stunden, bis der Wal zerlegt war. Auch noch am nächsten Tag würden die Männer damit beschäftigt sein.

David folgte Ruth schließlich zurück auf ihre Baustelle – ziemlich kleinlaut, wieder hatte niemand auf ihn und seine Aufforderung zum Gebet reagiert. Inzwischen dämmerte es ihm, dass seine Chancen, diese gefühllosen Männer irgendwie ansprechen zu können, sehr schlecht standen. Dennoch schlief er gut, während Ruth sich mit Übelkeit herumplagte. Eigentlich konnte der Gestank nicht bis zu ihrer Behausung dringen, sie fürchtete jedoch, dass er bereits in ihre Kleider gezogen war. Die Walfänger, das hatte sie längst festgestellt, rochen ständig nach Walfett, auch wenn sie sich regelmäßig wuschen wie Larry und Fred. Ruth litt außerdem unter Albträumen – der Anblick des sterbenden Wals ließ sie nicht los –, und zu allem Überfluss drangen Lachen und Gesang vom Strand her bis zu ihrer Hütte. Die Männer feierten ihren Fang.

Ruth fühlte sich wie erschlagen, als sie am Morgen erwachte, und hätte sich gern um die Andacht gedrückt.

»Können wir nicht einfach hier beten, David?«, fragte sie erschöpft. »Von den Männern kommt doch sowieso niemand. Und dieser traurige Anblick am Strand ... dieses arme, ausgeweidete Tier ...«

David warf ihr einen strengen Blick zu. »Gott gab dem Menschen die Erde, auf dass er sie sich untertan mache. Dieses Tier ernährt die Männer auf dieser Station, die Seeleute, die sein Öl nach Europa bringen, viele Handwerker in der Heimat ... Auch uns, Ruth, der Bischof bezahlt uns für die Seelsorge.«

Ruth verursachte allein der Gedanke daran, selbst von diesem Schlachten zu profitieren, erneute Übelkeit, doch allein in der halb fertigen Hütte zu bleiben wagte sie nicht. Also wanderte sie mit David zum Strand – und war überrascht, als sie ihn nicht verwaist fand. Tatsächlich beschäftigten sich etliche Männer mit dem Walkadaver. Ruth gefror fast das Blut in den Adern, als sie erkannte, dass es sich um Maori handelte. Die meisten von ihnen waren Männer – Krieger, wenn man von den Tätowierungen in ihren Gesichtern ausging, obwohl sie sich nicht anders kleideten als die Walfänger in der Station. Arbeiteten sie vielleicht ebenfalls für Harrison? Lediglich zwei ältere Frauen und ein älterer Mann trugen traditionelle Stammeskleidung. Sie standen bei dem toten Tier und schienen eine Art Andacht zu halten.

Ruth hätte sich am liebsten gleich zurückgezogen, doch David kannte keine Berührungsängste.

»*Kia ora*«, begrüßte er die Männer und Frauen und stellte sich auf Maori vor.

Er sprach die Sprache nach den Jahren auf Chatham Island sehr gut, was die Leute am Strand zu erfreuen schien. Da sie keinerlei Aggressionen zeigten, wagte sich auch Ruth näher und bemühte sich, zumindest einen Teil der Unterhaltung zu verstehen. Die Frauen bezogen sie sofort freundlich ein. Eine von ihnen erkannte auf den ersten Blick, dass Ruth gesegneten Leibes war, und zeigte sich erfreut darüber.

»An diesem Ort, an dem es sonst nur Trauer gibt und Tod …«, sagte sie leise. »Es stärkt die guten Geister, wenn hier Kinder geboren werden.«

Ruth senkte verlegen den Kopf und wusste nicht recht, was sie dazu sagen sollte. David dagegen unterhielt sich rege mit den Maori und übersetzte schließlich noch einmal kurz für Ruth.

»Das sind Akona, Harata und Ahuru vom Stamme der Ngai Tahu«, erklärte er. »Ihr Dorf liegt ein wenig landeinwärts, doch es war bis heute verwaist. Sie sind gerade von einer Wanderung zurückgekommen.«

»Sie wandern alle zusammen?«, wunderte sich Ruth.

David zuckte mit den Schultern. »Offensichtlich. Doch jetzt sind sie wieder da, um ihre Felder zu bestellen, und ein Teil ihrer Männer arbeitet für Harrison. Sie sagen, sie hätten an diesem Ort schon immer Wale gejagt, schon vor der Ankunft der Weißen. Doch Harrison fängt mehr. Sie haben Angst, dass es bald gar keine Wale mehr geben wird hier im Fjord.«

Ruth konnte das nachvollziehen – und ihr wurde nun auch klar, was die Frauen und der alte Mann eben neben dem Walkadaver betrieben hatten. Schließlich kannte sie von Kimi den Brauch, ihre Jagdbeute um Verzeihung zu bitten. Bisher hatte sie das allerdings für einen reinen Moriori-Brauch gehalten. Dass Maori ihn ebenfalls betrieben, war ihr neu.

»Und denk dir, sie sind alle Christen«, freute sich David, was

Ruth einigermaßen befremdete. Das Gebet für den Wal war eine heidnische Handlung gewesen. »Es waren mal Missionare in der Gegend, und sie haben alle getauft. Jetzt wollen sie gern an der Morgenandacht teilnehmen, und für heute Abend haben sie uns eingeladen. Zu einem powhiri. Das ist so eine Art Begrüßungszeremonie mit einem Essen ...«

»Dann passt bloß auf, dass ihr da nicht der Hauptgang werdet«, höhnte Peter Harrison. Er war mit seinen Männern dazugekommen, als David und die sehr andächtig wirkenden Maori ihren kleinen Gottesdienst gerade beendet hatten, und schien sich über die Rückkehr des Stammes zu freuen. »Meine besten Jäger«, sagte er anerkennend und wies auf die Maori-Krieger. »Denen liegt der Walfang im Blut, aber zumindest bis vor ein paar Jahren waren sie auch einem netten Grillfest mit dem Nachbarstamm nicht abgeneigt. Sie wissen, was ich meine.«

Er grinste, und Ruth erbleichte. Natürlich war es gut möglich, dass er nur scherzte. Sie hatte gehört, dass die Südinsel-Maori sehr viel friedlicher waren als die aus dem Norden und dass sie praktisch alle zum selben Stamm gehörten. Untereinander würden sie sich kaum etwas antun, und hier sollten sie es ja sogar mit Christen zu tun haben. Trotzdem fürchtete sie sich, als sie sich gegen Abend mit David ins Inland aufmachte – und sie hatte das Gefühl, als ob es ihrem Mann nicht viel anders ging.

Immerhin war der Weg zum Maori-Dorf wunderschön. Zum ersten Mal betrat Ruth den Regenwald und war fasziniert von den vielen Facetten von Grün und der märchenhaften, verträumten Atmosphäre dieser Landschaft, die einen gleich gefangen nahm. Farne wuchsen oft baumhoch, Moose bedeckten die Böden wie ein weicher Teppich, und überall gab es Bäche, Seen und kleine Wasserfälle. Ruth ertappte sich dabei, nach Feen und Trollen Ausschau zu halten, die hier spielen mochten, entdeckte allerdings nur freche grüne Papageien – Keas genannt. Sie waren alles andere als scheu. Ruth erschrak, als sie ihre Tasche anflogen, in der sie kleine Geschenke für den Stamm mit sich führte. Larry hatte sie vor dem Aufbruch gewarnt. Taschen oder Rucksäcke durfte man nicht unbeaufsichtigt lassen. Mit ihren geschickten Schnäbeln öffneten die Vögel sogar Schnallen, um an den Proviant eines Wanderers zu kommen. Jonas kläffte die Keas natürlich an, aber das schien sie kaum zu beeindrucken.

Das Maori-Dorf lag auf einer Lichtung. Es war von einem niedrigen Zaun umgeben, der allerdings nicht sehr martialisch wirkte. Es gab auch keine furchterregenden Göttergestalten, wie Ruth sie auf der Nordinsel gesehen hatte. Lediglich das Versammlungshaus wurde von *tiki* bewacht – und David schnappte nach Luft, als er unter ihnen eine Schnitzerei entdeckte, die Jesus am Kreuz zeigte.

Im Dorf herrschte reges Treiben. Mädchen probten Gesänge, andere stimmten Instrumente, und die Frauen bereiteten das Essen vor. Ruth fiel auf, dass es viel mehr Frauen gab als auf Chatham Island und dass es hier vor Kindern nur so wimmelte. Wie die zahlreichen Hunde waren sie zutraulich und vergnügt, umringten David und Ruth und versuchten ihre paar Worte Englisch an ihnen. Ruth überlegte, dass sie eigentlich eine Schule gründen müsste wie Wilma in Whangaroa.

Eine der drei Stammesältesten, die sie morgens am Strand getroffen hatten, kam gleich auf die Missionare zu, begrüßte sie höflich und bat sie, Platz zu nehmen.

»Sie werden uns zu Ehren ein großes Ritual durchführen«, übersetzte David für Ruth, die zu ihrer Freude ebenfalls das meiste verstanden hatte, was Akona gesagt hatte. »Sie freuen sich, dass Gott uns zu ihnen gesandt hat. Die ersten Missionare haben wohl einen guten Eindruck gemacht. Wenngleich mir scheint, dass sich einiges an Aberglaube unter diesen Menschen gehalten hat. Wir haben sicher noch ein weites Feld zu beackern.«

Ruth hätte beinahe geschmunzelt. Auch sie hatte schließlich verstanden, dass die alte Frau nicht von Gott, sondern von den Göttern gesprochen hatte, die ihren Stamm mit der Ankunft der Missionare gesegnet hatten. Und sie war sich ziemlich sicher, dass Akona nicht nur die Geschichte mit der Heiligen Dreifaltigkeit ein wenig missverstanden hatte. Immerhin schien sich wirklich ein Betätigungsfeld für David aufzutun. Im Gegensatz zu den Walfängern waren die Maori empfänglich für die Gute Botschaft.

Das *powhiri* begann damit, dass die Maori sich David und Ruth gegenübersetzten, was die beiden etwas befremdlich fanden. Wenn sie alle Freunde sein wollten, hätten sie zusammensitzen können. So sah es eher ein wenig nach Konfrontation aus. Das Gebet, das die Maori zu Beginn des Rituals gemeinsam sprachen, klang Ruths Gefühl nach bedrohlich. Die Menschen, so viel verstand sie, beschworen die Macht der Götter. Jesus Christus fand keine Erwähnung.

»Das ist eine heidnische Anrufung«, vermerkte auch David alarmiert.

Er schien nahe daran, aufzustehen und seine künftigen Pfarrkinder dafür zu rügen. Dann schwiegen die Maori jedoch, und der Häuptling trat vor. Er wirkte ähnlich martialisch wie Anewa auf Chatham Island, auch hinter ihm standen bewaffnete, tätowierte und grimmig blickende Krieger.

Ruth griff erschrocken nach Davids Arm, als sich einer dieser Männer auf einen Fingerzeig des *ariki* von der Gruppe löste und zu Trommel- und Flötenklang einen Tanz begann – einen Tanz, der mehr einer Drohung glich als rhythmischer Bewegung. Der Mann schwang seinen Speer und seine Kriegshanteln, er stampfte auf den Boden und machte wilde Sprünge in Davids und Ruths Richtung, als gedächte er, sie anzugreifen und zu durchbohren. Dabei verzog er das Gesicht zu schreckenerregenden Grimassen.

David hielt sich tapfer, doch Ruth spürte, wie er zitterte. Erst recht, als gleich darauf eine ganze Gruppe Krieger vortrat und sich zum Angriff zu formieren schien. Ruth hörte, dass David Gebete murmelte. Sie selbst dachte an Flucht. Aber wo sollten sie hin? Die Männer würden sie leicht einholen, erst recht, wenn die Tore zum Dorf inzwischen geschlossen waren.

Als schließlich auch noch eine der älteren Frauen des Stammes vortrat und markerschütternd schrie, meinte Ruth, mit dem Leben abschließen zu müssen. Sie klammerte sich an David – doch dann formierte sich eine Gruppe Mädchen und Frauen in Tanzröckchen aus Flachs und bunten gewebten Oberteilen in der Mitte, sang ein fröhliches Lied, tanzte und schwang geflochtene Bälle, was schwirrende Töne erzeugte. Die Krieger hatten sich zu ihrem Häuptling zurückgezogen und schauten entspannt zu.

Ruth empfand den Tanz als ziemlich schamlos, obwohl ihr das inzwischen völlig egal war. Sie wollte nur noch weg, solange bei den Maori nicht erneut Unmut aufkam.

Inzwischen erhob sich ein älterer Mann – gekleidet in einen Rock aus gehärtetem Flachs wie die Krieger, einen seltsam gewebten Mantel um die Schultern gelegt – und begann zu reden. Ruth verstand nur die Hälfte von dem, was er sagte. Irgendwie ging es darum, wie der Stamm vor undenklichen Zeiten nach Neuseeland gekommen war, warum er sich gerade hier angesiedelt hatte und was an der Landschaft rund um Preservation Inlet so besonders war.

Als er geendet hatte, sahen die Maori David, der unsicher zurückschaute, erwartungsvoll an. Schließlich kam die alte Akona zu ihnen herüber und drückte David lächelnd einen Farnwedel in die Hand. Dabei erklärte sie etwas und wies ihn mit einer leichten Handbewegung in die Mitte.

»Er euch vorstellen«, wandte sie sich auf Englisch an Ruth.

David hatte wohl verstanden, begab sich vor die Versammlung und begann in salbungsvollen Worten zu beschreiben, wie ihn in einem fernen Ort namens Berlin in Deutschland der Ruf Gottes ereilt hatte, in die Ferne zu ziehen und seine Botschaft zu verkünden.

Ruth hörte kaum zu. »Warum wolltet ihr uns angreifen?«, fragte sie Akona. »Der Mann ... die Krieger ...«

Akona strahlte über ihr ganzes breites Gesicht, als Ruth sie auf Maori ansprach, und antwortete langsam, damit sie verstand.

»Niemand wollte euch angreifen, *wahine.* Der Kriegstanz ist

Teil des Zeremoniells. Wir zeigen den Besuchern, wie stark und mutig unsere Krieger sind. Sie sollen ein bisschen Angst haben, verstehst du? Dann fangen sie keinen Krieg an ...«

Also Abschreckung als Teil einer Begrüßungszeremonie. Ruth verstand. Sympathischer machte es ihr den Stamm allerdings nicht. Im Gegenteil, es bestärkte ihre Einschätzung der Maori als aggressives und misstrauisches Volk.

»Und warum hat die Frau so geschrien?«, fragte Ruth weiter.

Akona lächelte. »Sie hat den *karanga* ausgestoßen. Das ist der heiligste Teil des *powhiri*. Der Schrei knüpft ein Band zwischen dem Stamm und seinen Besuchern. Er beschwört den Frieden zwischen ihnen.«

David war fertig mit seiner Vorstellung und regte an, gemeinsam ein Gebet zu sprechen. Die Maori befremdete das etwas – an dieser Stelle der Zeremonie wurde sonst wohl nicht gebetet. Aber sie machten geduldig mit und bewiesen, dass die ersten Missionare, die sie besucht hatten, zumindest das Vaterunser mit ihnen eingeübt hatten. Mutig geworden, begann David dann auch noch ein Lied zu singen. Ruth stimmte ein, als er *So nimm denn meine Hände* intonierte, und fand damit großen Gefallen bei den Maori.

Anschließend verteilte Ruth die kleinen Geschenke, die sie mitgebracht hatte – neben Süßigkeiten und Saatgut eine Menge hölzerner Kreuze als Anhänger. Die Missionare hatten auf den Chathams so manch müßige Abendstunde damit verbracht, sie zu schnitzen, allerdings waren Anewa und seine Leute nicht sehr darauf erpicht gewesen. Die Ngai Tahu nahmen sie dagegen freudig an und trugen sie zu den Jadeanhängern an Lederbändern um den Hals. David verzog den Mund, als er die Kreuze neben den kleinen Götterfiguren sah, die ihm dämonisch erschienen.

»Das kann ich eigentlich nicht dulden«, raunte er Ruth zu, doch die winkte ab.

»Erklär es ihnen später«, bat sie.

Auf keinen Fall durfte er die Harmonie zwischen ihnen und

dem Stamm jetzt noch gefährden. Während David seine Angst wohl inzwischen überwunden hatte, klopfte Ruths Herz immer noch heftig. Sie konnte sich zehnmal sagen, dass in keiner Sekunde dieses Abends Gefahr für sie bestanden hatte und dass dieser aufgeschlossene, friedfertige Stamm nichts mit Anewa und seinen brutalen Kriegern gemein hatte – sie wurde nicht warm mit den Maori. Abgestoßen sah sie, dass die Stammesmitglieder jetzt Anstalten machten, den hongi mit ihr zu tauschen, den traditionellen Gruß der Einheimischen. Akona legte als Erste Nase und Stirn an Ruths Gesicht – Ruth spürte ihre raue Haut, die schrundigen Kanten der Tätowierungen, die nicht auf die Haut gemalt, sondern in die Haut geschnitzt wurden. Die alte Frau roch nach Kräutern und Rauch ... Eigentlich nicht unangenehm, doch Ruth war trotzdem froh, als sie sich wieder von ihr löste, und sah entsetzt, dass schon die nächste Stammesälteste bereitstand, sie traditionell zu grüßen. Erst als das Essen serviert wurde – Fisch, Vogelfleisch und Süßkartoffeln, alles fein und aromatisch gewürzt –, entspannte sie sich, und am liebsten hätte sie auch einen Schluck aus der Whiskeyflasche genommen, die die Maori nun großzügig kreisen ließen.

»Sie sind sicher noch im Heidentum verankert, doch ihre Seelen schreien nach Gott«, fasste David auf dem Rückweg zur Walfangstation die Erfahrungen des Abends zusammen. »Ich werde hier segensreich tätig werden, gleich morgen den ersten Gottesdienst halten. Und du kannst dich um die Frauen kümmern und die Kinder. Sie brauchen endlich eine christliche Erziehung. Oh, Ruth, ich freue mich so! Diese letzten Tage ... diese gottlosen Menschen auf der Walfangstation ... Ich habe kurz begonnen, mit meiner Mission zu hadern. Doch nun weiß ich, warum Gott uns hierhergesandt hat. Wir sollten ihm noch einmal innig danken ...«

Ruth antwortete nicht, sie konnte auch keinen Dank empfinden. Allenfalls dafür, diesen Abend lebend überstanden zu haben. Nach wie vor liebte sie David von Herzen, aber seine Begeisterung für die Mission, das musste sie sich langsam eingestehen, würde sie niemals teilen. Nicht einmal ihm zuliebe konnte sie all die Heiden auf dieser Welt lieben – und sie vernahm auch nicht den Schrei ihrer Seelen nach Gott.

Ruth wünschte sich eigentlich nur noch weit fort von Neuseeland, von Maori- und Walfangstationen, von Gewalt, Geschrei und Furcht. Während David noch betete, verkroch sie sich unter den Decken auf ihrem noch behelfsmäßigen Lager und schmiegte sich an Jonas, der es genoss, dass seine Menschen hier auf dem Fußboden schliefen. Gelang es ihm so doch jede Nacht, sich wärme- und schutzsuchend unter Ruths Decke zu stehlen, sobald David schlief. Heute wirkte er besonders anlehnungsbedürftig. Anscheinend hatte es auch ihm im Maori-Dorf nicht gefallen.

Kapitel 8

Ruth atmete auf, als die Blockhütte hinter dem Hügel endlich fertiggestellt war. Nach der erfolgreichen Jagd kurz nach ihrem Eintreffen waren zwei Wochen lang keine Wale gesichtet worden, und so war es schnell vorangegangen. Sie setzte durch, dass David einfache Möbel aus Holz zimmerte, statt auf das Mobiliar aus Walknochen zurückzugreifen, das Larry und Fred ihr diensteifrig anboten. Auf keinen Fall wolle sie auf einem Friedhof leben, hielt sie David vor, der dieser seltsamen Sitte gegenüber gar nicht so abgeneigt schien. Er war seit ihrem Besuch im Maori-Dorf erneut beseelt von seiner Aufgabe. Der Hausbau war ihm lästig, er hätte sich am liebsten ganz seinen seelsorgerischen Tätigkeiten gewidmet, zumal sich erste Erfolge einstellten. Die Maori blieben der christlichen Unterweisung gegenüber aufgeschlossen. Das Konzept Goßners schien hier aufzugehen – sie nahmen sowohl Davids praktische Einweisungen in den Gebrauch von Werkzeugen und Neuerungen in der Landwirtschaft bereitwillig an als auch seine Predigten. Zumindest lauschten sie ihnen freundlich und hörten gern zu, wenn er aus der Bibel vorlas. Geschichten wie die von Jonas mit dem Wal fanden reges Interesse, der Stamm war sogar bereit, Jesus Christus und sein Kreuz aus der Gesellschaft der *tiki* vor ihrem Versammlungshaus zu befreien. Auf Davids Anregung hin errichteten sie ihm einen eigenen Altar und ließen schließlich sogar die Götterstatuen verschwinden.

»Sie haben sie tatsächlich verbrannt?«, fragte Ruth verwundert, als David begeistert davon berichtete.

Seit ihre Hütte fertig war, begleitete sie ihn nicht mehr zu seiner Arbeit. Hinter der stabilen abschließbaren Tür ihrer Behausung fühlte sie sich sicher. Sie verbrachte die letzten Monate vor der Geburt ihres Kindes mit dem Nähen von Kleidchen und dem Schreiben von Briefen – wobei sie Wilma und ihren Eltern gegenüber ihr Leben stark beschönigend darstellte. Hilde klagte sie unverhohlen ihr Leid. Hilde und Oskar hatten die Chathams inzwischen ebenfalls verlassen. Sie lebten bei Auckland, und Oskar übte seinen Beruf als Kürschner wieder aus.

»Also verbrannt haben sie sie noch nicht«, schränkte David ein. »Nur weggeräumt. Um unseren Herrn Jesus Christus mit ihrem Anblick nicht zu beleidigen.«

Ruth sollte später feststellen, dass die Götterfiguren nun das Innere des Versammlungshauses bewachten. So leicht trennten sich die Maori nicht von ihren Geistern.

Als die Geburt des Kindes näher rückte, ging Ruth die Aufgabe an, den widerstrebenden David in die Grundlagen der Geburtshilfe einzuweisen. Schließlich würde er der Einzige sein, der ihr in ihrer schweren Stunde zur Seite stehen konnte, und Pastor Goßner hatte seine Missionare in seinen regelmäßigen Rundschreiben ausdrücklich ermahnt, diesen Dienst an ihren Frauen nicht zu scheuen, wenn es sie in die Wildnis verschlagen hatte. Ruth legte also Tücher und Windeln bereit, eine Schüssel zum Waschen des Kindes und eine Schere zum Durchtrennen der Nabelschnur. Sie erklärte dem dabei tief errötenden David, wie eine Geburt gewöhnlich vonstattenging – ohne allzu sehr auf mögliche Komplikationen einzugehen. Wenn irgendetwas schiefging, das wusste sie, war sie ohnehin verloren. Es gab im weiten Umkreis der Walfangstation keinen Arzt.

Eines Tages, Ruth hatte in einem Bach in der Nähe Wäsche gewaschen und hängte sie nun vor der Hütte auf eine Leine, spürte sie, wie ihre Fruchtblase platzte, und gleich darauf setzten die Wehen ein. Es war Frühling, und das Wetter war recht gut. Der Winter im Blockhaus war hart gewesen, Ruth hatte permanent gefroren, egal, wie dick sie sich angezogen hatte. David verbrachte längst nicht so viel Zeit in der Hütte wie sie, doch selbst er sah ein, dass sie ohne einen Ofen keine zweite kalte Jahreszeit überstehen würden. Insofern hatte er schweren Herzens in der nächstgrößeren Stadt eine der schweren gusseisernen Feuerungs- und Kochstellen geordert. Auch an diesem Tag war er nicht zu Hause, sondern wies die Maori im Dorf in den Bau von Pflügen ein, um die Felder auf die Aussaat von Wintergetreide vorzubereiten. Dafür war Larry anwesend.

Ruth hatte die Furcht vor dem jungen Mann vollständig verloren, sie fühlte sich ihm in gewisser Weise seelenverwandt. Larry hasste das Leben auf der Walfangstation ebenso wie sie. Er ängstigte sich vor der Jagd auf die riesigen Tiere – nicht unbegründet, allein seit Ruths und Davids Ankunft waren drei Walfänger bei dem wilden Ritt auf den Wellen im Schlepptau eines verzweifelt kämpfenden Meeressäugers ums Leben gekommen. David hatte sie auf einem Friedhof nicht weit vom Strand beerdigt – für die Totenmessen nahmen Harrison und seine Männer den Missionar gern in Anspruch, und man stellte den Verstorbenen auch Kreuze aus Walknochen auf die Gräber. Larry wollte so auf keinen Fall enden – und eigentlich mochte er auch keine Wale töten. Das Leid der Tiere dauerte ihn ebenso wie Ruth, aber auf Neuseeland fand sich wohl so leicht keine andere Arbeit, wenn man kein Handwerk erlernt hatte. Larry konnte mit keinerlei Schulbildung aufwarten. Er war als Schiffsjunge von London aus nach Neuseeland gekommen. Vorher hatte er dort auf der Straße gelebt.

Als Ruth strauchelte, half er ihr ins Haus und bot sich an, David zu holen. Sie wollte das eigentlich ablehnen – es würde ohnehin Stunden dauern, bis das Kind zur Welt kam. Wenn David am Abend heimkehrte, sollte das genügen. Der Schmerz, der bei der nächsten Wehe durch ihren Körper schoss, war jedoch so stark, dass sie diese vernünftigen Überlegungen verwarf. Sie wollte David an ihrer Seite. Sie brauchte seine Liebe, seinen Trost, und sie wollte nicht allein sein. Selbst die kurze Stunde, die Larry brauchen würde, um ihren Mann zu holen, würde ihr lang werden.

Larry kochte fürsorglich Wasser für einen Tee, während Ruth sich aus der durch das Fruchtwasser durchnässten Kleidung schälte, ein Nachthemd überzog und sich ins Bett legte. Sie war ihm dafür äußerst dankbar, denn bisher kochte sie wie die Maori und die Männer auf der Walfangstation draußen über offenem Feuer. Niemals hätte sie es geschafft, sich jetzt noch einmal dorthin zu schleppen, um Teewasser aufzusetzen.

Larry lächelte ihr schüchtern zu, als er ihr das Getränk ans Bett brachte. »Ich hole jetzt erst mal Ihren Mann«, versprach er tröstend. »Und wer weiß, vielleicht ist das Kindchen ja schon da, wenn er kommt.«

So viel Glück, das wusste Ruth, würde ihr nicht beschieden sein – sofern es überhaupt als Glück zu betrachten wäre, das Kind ohne Hilfe zur Welt zu bringen. Jetzt hätte sie noch die Kraft, es allein abzunabeln, wenn das mit den Schmerzen dagegen so weiterging ... Ruth versuchte, ruhig zu atmen und nicht daran zu denken, wie sie sich die Geburt ihres ersten Kindes früher stets vorgestellt hatte: in einem weichen Bett im Haus ihrer Eltern oder dem der Mühlens, eine erfahrene, bemühte Hebamme in der Nähe und natürlich ihre und Davids Mutter, die ihr zusätzlich Trost und Beistand spendeten. Und nun lag sie allein in einem grob gezimmerten Bett auf einem Strohsack. Statt nach Lavendel zu duften wie im Schlafzimmer ihrer Mutter, stank es nach Tran, und David würde nicht mal ein Feuer anzünden können, um sie zu wärmen.

Vorerst fror Ruth allerdings nicht. Im Gegenteil, der Schmerz trieb ihr den Schweiß auf die Stirn. Wenn es nach der Stärke der Wehen ging, konnte es durchaus schnell gehen mit der Geburt. Sie klammerte sich an die Hoffnung, dass ihr Martyrium nicht allzu lange dauern würde, und versuchte herauszufinden, wie lang die Abstände zwischen zwei Wehen waren, doch sie konnte sich nicht konzentrieren. Immer wieder schweiften ihre Gedanken ab – nach Deutschland ... nach Berlin ... oder ins Missionshaus auf den Chathams, wo Wilma sich um sie hätte kümmern können. Erst jetzt wurde sie sich ganz bewusst über die Konsequenzen ihrer Entscheidung, sich allein mit David auf ein neues Abenteuer eingelassen zu haben. Wenn er nur endlich da wäre ...

David erschien erst nach einer gefühlten Ewigkeit. Er war blass, wirkte nervös und rettete sich zunächst in ein gemeinsames Gebet.

»Gott möge uns Mut und Kraft verleihen in dieser schweren Stunde«, intonierte er und wiederholte seine Fürbitten danach bei jeder Wehe.

Ansonsten schien ihn die Situation zu paralysieren. Zwar gab es nicht viel, was er für seine Frau tun konnte, aber Ruth hätte doch gehofft, dass er ihr Tee bringen würde und vielleicht auch etwas von der Suppe, die sie vorbereitet hatte, um sich zwischen den Wehen, die inzwischen so stark waren, dass sie glaubte zu zerreißen, zu stärken. Sie wünschte sich, dass er ihr auch ohne ausdrückliche Aufforderung den Schweiß vom Körper wusch und die Stirn kühlte, vor allem sehnte sie sich nach seiner Nähe. Sie wollte in seinen Armen gehalten, von ihm gestützt werden, doch David vermied jegliche Berührung. Er hatte erkennbar Angst, und es war ihm peinlich, seine Frau so zu sehen. Ruth hoffte nur, dass er sich wenigstens nicht scheuen würde, das Kind zu berühren, wenn es denn endlich kam.

Nachdem sie fast acht Stunden in den Wehen gelegen hatte, musste Ruth sich eingestehen, dass etwas schieflief. Voller Entsetzen befürchtete sie, dass ihr Kind falsch lag – im besten Fall würde es mit den Füßen zuerst zur Welt kommen, im schlimmsten Fall lag es im Mutterleib quer, sodass sie es gar nicht herauspressen konnte.

»David ... könntest du ... könntest du versuchen ... das Kind liegt vielleicht falsch, könntest du versuchen, es in meinem Bauch ein bisschen zu drehen?«

Eigentlich war das unmöglich. Der Griff, mit dem eine erfahrene Geburtshelferin das Kind in die richtige Lage bringen konnte, wollte geübt sein. Aber vielleicht ... mit Gottes Hilfe ... Ruth war bereit, nach jedem Strohhalm zu greifen. Sie schrie gequält auf, als David sich ungeschickt an ihrem Leib zu schaffen machte. Er zog sich sofort zurück.

»Ich kann das nicht ...«, flüsterte er. »Barmherziger Gott, ich kann das alles nicht. Ich muss ... ich kann ... ich kann nur beten, Ruth. Lass uns noch einmal beten.«

Ruth hatte bis jetzt vor Schmerz geschrien, doch jetzt schrie sie vor Erschöpfung und der zunehmenden Gewissheit, in diesem Bett sterben zu müssen. Es half ihr nicht, dass David sich erneut an seinen Gott wandte – sie empfand inzwischen eher Zorn als Ergebung in den Willen des Herrn. Sie hatten so viel aufgegeben, David hatte so viel gewagt, um Gott zu dienen. Und nun belohnte er ihn mit dem Verlust seiner Frau und seines Kindes? Ließ ihn zusehen, wie sie unter furchtbaren Schmerzen starben?

Ruth ahnte, dass sie Gott verfluchen würde, bevor das hier vorbei war.

Auf einmal jedoch klopfte es an der Tür – erst zaghaft, dann energischer. David blickte Ruth mit schreckgeweiteten Augen an. Wer konnte um diese Zeit kommen? Es war längst tiefste Nacht.

»Nun mach schon auf«, bat Ruth stöhnend.

Wenn es ein Überfall war, wenn irgendjemand sie angreifen wollte ... Es würde auf jeden Fall schneller gehen, durch das Messer oder die Axt eines Räubers oder Maori-Kriegers zu sterben, als elend bei dem Versuch zu verrecken, dieses Kind zur Welt zu bringen.

»Larry?« Davids Stimme klang überrascht. Mit dem jungen Walfänger hatte er nun gar nicht gerechnet. »Was machen Sie denn hier? Und ...«

Ruth richtete sich mit letzter Kraft etwas auf und erkannte Akona auf der Türschwelle ihrer Hütte. Sie trug die traditionelle Kleidung der Stämme und hatte sich eine Decke gegen die nächtliche Kälte über die Schultern gelegt. In der Hand hielt sie ein Bündel.

»Was ... was soll ...« David blickte irritiert auf die alte Maori-Frau, die ihn jetzt ruhig zur Seite schob, eintrat und sich sofort an Ruths Bett begab.

»Ich hab sie geholt«, erklärte Larry. »Sie ... sie ist ... Bruder David, man hört Ihre Frau schreien, seit Stunden. Das dringt fast bis zu unseren Hütten ...« Larry und Fred hatten ihre Hütte etwas abseits der kleinen Siedlung aufgestellt. Gut möglich, dass sie Ruths gequälte Schreie bis dorthin vernommen hatten. »Das kann nicht richtig sein. Und da dachte ich ... und Fred meinte ... Die haben doch da ihre Zauberinnen, bei den Maori. Und so viele Kinder ...«

David blitzte ihn an. »Ich werde keine Zauberei in meinem Haus dulden«, erklärte er.

Ruth stöhnte auf. »David, mir wäre es inzwischen egal, wer das Kind herauszaubert oder ... oder einfach nur dreht ...« Die alte Frau hatte Ruths Nachthemd inzwischen gehoben und blickte besorgt auf die Blutflecke, die sich auf dem Betttuch zwischen ihren Beinen ausgebreitet hatten. »Kannst du ... es drehen?«, wandte Ruth sich auf Maori an die alte Frau.

Akona hatte selbstvergessen *karakia* gesungen. Jetzt lächelte sie tröstend.

»Ja. Aber ich gebe dir zunächst einen Trank ... du musst loslassen, *wahine*. Gib dich in die Hände der Götter ...« Akona holte diverse Gefäße und Kräuter aus ihrem Bündel.

»Sie wird ... ich erlaube es nicht, dass irgendwelche heidnischen Götter in meinem Haus beschworen werden, ich ...« David hatte die Worte der alten Frau natürlich verstanden. Trotz seiner herrschen Entgegnung machte er jedoch keine Anstalten, Akona seiner Hütte zu verweisen. Er war völlig durcheinander, verwirrt, verzweifelt – all das war zu viel für ihn.

Ruth bemühte sich, noch einmal stark zu sein. »Sie meint ...«, flüsterte sie, » ... ich ergebe mich dem Willen Gottes und in die Hände seines Sohnes Jesus Christus ... Du könntest ... auch noch einmal beten ... Aber lass sie um Himmels willen machen. Wenn sie das Kind nicht drehen kann, sterbe ich.«

»Sie könnten jetzt einfach mal mitkommen«, mischte sich Larry ein, als er sah, dass David noch zögerte. »Das hier ist doch Frauensache. Da können Sie gar nichts machen. Wir lassen Ihre Lady und die Zaube ... äh ... die Hebamme ... jetzt einfach allein. Sie kommen zu Fred und mir und trinken einen Schluck

Whiskey ... Doch, das müssen Sie jetzt, das ist wie Medizin. Keine Widerrede, hier stören wir nur.«

Ruth hätte nie geglaubt, dass sie sich jemals wünschen würde, von David in ihrer schwersten Stunde verlassen zu werden, doch als er dem jungen Walfänger tatsächlich folgte, atmete sie auf.

Sie schluckte bereitwillig den Kräutertrank, den Akona ihr einflößte. Er beruhigte sie tatsächlich ein wenig, ebenso wie der monotone Gesang der alten Frau. Die Gebete richteten sich eindeutig nicht an Gott, sondern beschworen eine Göttin namens Hinetaiwaiwa.

Schließlich legte Akona ihre kräftigen, schwieligen Hände auf Ruths Bauch und ertastete die Lage des Kindes. Ruth schrie auf, als das Baby sich drehte. Sie meinte, noch nie einen solchen Schmerz gespürt zu haben, doch Akona hatte ganz eindeutig etwas bewegt. Mit der nächsten Wehe schien es voranzugehen. Ruth wimmerte und krümmte sich zusammen.

»Du musst jetzt aufstehen«, sagte Akona. Ruth glaubte, ihren Ohren nicht zu trauen. Die alte Frau konnte nicht wirklich erwarten, dass sie sich aus dem Bett bewegte. »Doch, du musst!« Akona half ihr entschlossen auf. »Es wird jetzt schnell gehen, und es wird leichter, wenn du auf den Beinen bist. Das Kind will unten aus dir heraus, *wahine*. Hilf ihm ...«

Gestützt von Akona machte Ruth einen schwankenden Schritt nach dem anderen, und tatsächlich waren die Schmerzen so erheblich leichter zu ertragen. Nach einer Weile wies die alte Frau sie an, sich hinzuknien, sich am Bettrahmen festzuhalten und zu pressen. Sie hielt Tücher bereit, um das Kind aufzufangen, und dann war es wirklich so weit. Mit einem Schwall von Blut und einem Rest Fruchtwasser glitt das kleine Wesen aus Ruth heraus. Sie schrie noch einmal auf und empfand dann unendliche Erleichterung. Geschwächt ließ sie sich zu Boden sinken.

Akona sang wieder. Sie begrüßte das Kind, wiegte es in ihren Armen. »Du hast einen Sohn«, sagte sie freundlich. »Ein bisschen angestrengt ist er und ein bisschen rot und zerknittert, aber er atmet. Er ist gesund.«

Ruth nahm nicht wahr, wie die alte Frau die Nabelschnur zerschnitt, sie wandte sich auch nicht nach dem Neugeborenen um. Sie brauchte Zeit, um zu sich zu kommen. Als sie schließlich die Augen öffnete und Akona ihr das Kind zeigte, konnte sie sich von dem Anblick kaum losreißen.

»Ich will ... ihn halten ...«, flüsterte sie und versuchte, sich aufzurichten. Erst jetzt wurde ihr bewusst, dass sie immer noch auf dem Boden hockte ... einem Naturboden. David hatte ihn nicht mit Holzbohlen ausgelegt. Dies war nicht der Ort, um ein Kind willkommen zu heißen. »Ich möchte aber erst zurück ins Bett«, murmelte sie und erschrak, als der erste Schrei des Kleinen erklang.

»Er ist ganz gesund«, sagte die Maori-Frau zufrieden. »Er will zu dir.« Sie half ihr, sich aufzurichten und sich dann hinzulegen.

Ruth fühlte sich schmutzig. Das durchgeschwitzte und blutige Nachthemd klebte an ihrem Körper, doch als sie den kleinen Jungen endlich in den Armen hielt, vergaß sie alles. Sie meinte, nie etwas Schöneres gesehen zu haben.

»Wie willst du ihn nennen?«, fragte Akona.

Ruth dachte kurz nach. »Laurence«, sagte sie dann entschlossen. »Das ist Larrys eigentlicher Name.«

David hatte gänzlich andere Namen für das Kind im Kopf gehabt, doch ihr Sohn verdankte sein Leben nur Larrys beherzter Entscheidung, Hilfe im Maori-Dorf zu suchen.

Akona blickte wohlgefällig auf Mutter und Kind. Doch lange Zeit zum Ausruhen ließ sie den beiden nicht. »Die Nachgeburt«, sagte sie, als Ruth von einer neuen Wehe erfasst wurde. »Du stehst besser auf ...«

Kapitel 9

David war unbändig stolz auf seinen Sohn und konnte Gott nicht genug dafür danken, dass der Kleine letztendlich gesund zur Welt gekommen war und gut gedieh. Die furchtbare Nacht der Geburt und sein völliges Versagen als Geburtshelfer brachten weder er noch Ruth je zur Sprache, ebenso wenig wie Larrys Anteil an Ruths Rettung und Akonas Hilfe während der Geburt. Ruths Namenswahl gefiel David nicht sonderlich, doch da fanden sie einen Kompromiss. Sie nannten den Jungen Laurentius – Laurent. Als Zweitnamen wählte David Theodor, Geschenk Gottes, wogegen Ruth keinen Einspruch erhob.

Akona nahm einen Ballen Stoff aus Ruths Aussteuertruhe dankbar als Vergütung für ihre Hebammendienste an. Sie verlor Mutter und Kind auch nach der Geburt nicht aus den Augen, überwachte zunächst das Einschießen der Milch und Laurents erste Versuche zu saugen und kam später regelmäßig vorbei, um nach ihm zu sehen. All ihre Handlungen bei der Pflege des Säuglings und seiner Mutter begleitete sie mit traditionellen Gebeten. Ruth musste aufpassen, dass dies David nicht zu Ohren kam. Ihr selbst war es egal, welche Götter die alte Frau anrief. Vielleicht hatte Kimi ja recht, und man befahl sich lieber den ortsansässigen Geistern, statt sich auf einen einzigen weit entfernten Gott zu verlassen.

Ruth dachte in diesen Tagen häufig an Kimi. Die Moriori-Frau musste ihr Kind längst zur Welt gebracht haben. Sie hoffte für sie, dass es ihr ähnelte und nicht Anewa – oder gar David.

Larry war hingerissen von seiner Rolle als »Pate« und machte sich in der nächsten Zeit noch bereitwilliger als Helfer beim Hausbau nützlich. Er zimmerte einen Fußboden und installierte den Ofen, der endlich aus Neuseeland eingetroffen war. Er heizte ihn auch gern für Ruth an, sodass ihr das Heranschleppen von Holz erspart blieb.

Nach der Geburt fand Ruth keine Ausrede mehr, um sich ihren Pflichten als Missionshelferin zu entziehen, und sie gab sich in den folgenden Monaten alle Mühe, ihnen gerecht zu werden.

So wanderte sie zunächst mit Laurent im Arm zum Strand, um sich mit den Frauen bekannt zu machen, die sich in Hanks behelfsmäßiger Schenke prostituierten. Wenn sie ehrlich sich selbst gegenüber war, hatte sie hier weniger Berührungsängste als im Umgang mit den Maori. Sie hatte sich ja schon in Berlin, im Rahmen der Goßner-Mission, um Straßenmädchen gekümmert. Lazy und Jill erwiesen sich jedoch als wesentlich resignierter und unzugänglicher als die Frauen in ihrer Heimat. Sie hatten die Hoffnung auf einen Ausstieg aus ihrem Gewerbe längst aufgegeben. Der schmutzige Verschlag hinter der Schenke der Walfänger war für sie die letzte Station auf einem langen, elenden Weg. Die Frauen würden nie wieder aus diesem Leben herauskommen, sie wollten das vielleicht nicht mal. Zumindest fehlte ihnen die Kraft, dazu auch nur die leiseste Anstrengung zu machen. Lazy und Jill besaßen nicht mehr als die Kleider, die sie am Leibe trugen. Sie schienen kaum noch zu bemerken, dass sie vor Schmutz starrten. Ruths Versuch, sie mit Kleiderstoffen als Geschenk aus ihrer Lethargie zu reißen und sie anzuregen, sich mit ihrer Hilfe etwas Neues zu nähen, lehnten sie desinteressiert ab.

»Sieht nach drei Tagen sowieso wieder genauso aus«, murmelte Jill, die immerhin mit Ruth redete. Lazy, eine ältere Brünette, war meist so betrunken, dass sie ihren Besuch kaum wahrnahm. Beide Frauen waren erschreckend unterernährt, besonders Lazy schien nichts anderes zu sich zu nehmen als Whiskey oder Rum. Eine warme Mahlzeit hatte sie sicher seit Wochen nicht bekommen. Ruth versuchte verzweifelt, wenigstens Jill gut zuzureden. Die Frauen hatten ein Feuer vor ihrem Verschlag. Sie hätten etwas kochen können, doch sie brachten die Energie dazu nicht auf. »Schaff ich nicht auch noch, Lady ...« Jill, eine blonde junge Frau, hatte die dreißig sicher noch nicht überschritten, wirkte jedoch verlebt. »Und Geld ist sowieso keins da ... Die Halunken von Maori verlangen ja ’n Vermögen für ’n bisschen Gemüse.«

Die Frauen der Maori verkauften ihre Überschüsse an Süßkartoffeln und anderen landwirtschaftlichen Erzeugnissen in der Walfangstation. Sie verlangten keineswegs Wucherpreise, doch wahrscheinlich war es Jill einfach zu mühsam, den Strand zu verlassen und sich in die Siedlung zu begeben, um dort einzukaufen. Oder sie scheute die Begegnung mit den Walfängern ohne ihren »Beschützer« Hank. Ruth begab sich ebenfalls ungern auf den improvisierten Markt. Es war ein ständiges Spießrutenlaufen zwischen lüsternen Blicken, dreisten Versuchen, sie anzufassen oder zu kneifen, und schamlosen Angeboten, Unzucht mit den Männern zu treiben. Bei Lazy und Jill mochten die Kerle noch darüber hinausgehen und sich umsonst holen, wofür sie gewöhnlich bezahlen mussten.

»Ich kann euch beim nächsten Mal Lebensmittel mitbringen«, schlug Ruth vor, aber Jill schüttelte nur den Kopf.

»Ist ja nett, dass Sie sich um uns kümmern wollen, Lady«, sagte sie. »Nur ... Es ist besser, Sie bleiben weg. Wenn Sie sich öfter hier rumdrücken, dann wird Hank böse. Und das ist ... das ist nicht gut ... Und der Kleine ...«, sie wies auf Laurent, der in dem Körbchen, in dem Ruth ihn beförderte, tief und fest schlief, » ... der soll das auch nicht sehen. Sieht er noch früh genug, wenn er groß ist. Und du ... du hast so große Titten, das wird die Männer anmachen ...«

Sie verlor den Faden, während Ruth verschämt errötete. Natürlich waren ihre Brüste zurzeit so groß, dass sie ihre Kleider und Blusen kaum schließen konnte, sie stillte ja ihren Sohn. Jills Warnung hatte durchaus ihre Berechtigung. Wenn sie allein an den Strand ging, musste sie sich vorsehen. Die Walfänger waren weit davon entfernt, ihre Stellung als Frau des Missionars oder auch nur ihre Mutterschaft zu respektieren.

Ruth musste sich eingestehen, dass Jill recht hatte. Es gab nicht viel, das sie für die Prostituierten am Strand tun konnte. Das wenige, was sie ihnen an Geschenken und Lebensmitteln zukommen lassen konnte, lohnte das Risiko nicht.

So stellte sie ihre Besuche bei den Frauen also schweren Herzens ein und beschränkte sich darauf, David immer mal wieder einen Topf mit warmem Essen für sie mitzugeben, wenn er in die Siedlung ging. Zudem trennte sie sich von einem Stück duftender Seife aus dem letzten Paket ihrer Mutter, was Jill wohl wirklich freute. David berichtete glücklich, dass sich die Prostituierten seitdem gelegentlich zu Davids Gottesdiensten am Strand einfanden. Einen Zusammenhang mit Ruths großzügigem Geschenk sah er da allerdings nicht.

»Sie bereuen ihr schändliches Tun!«, erklärte er. »Und hoffen, Vergebung zu erwirken.«

Ruth glaubte eher an die Hoffnung auf weitere Zuwendungen, doch diese Überlegung behielt sie ebenso für sich wie ihre Zweifel an den Motiven der Maori-Walfänger für ihre regelmäßigen Besuche der Gottesdienste. Ruth ging von purem Pragmatismus aus: Die Arbeit der Walfänger war gefährlich, und gerade die Maori-Männer scheuten kein Risiko. Je mehr Götter und Geister sie an ihrer Seite wussten, desto sicherer fühlten sie sich. Wahrscheinlich wandten sie sich ebenso beflissen an Tangaroa, den Gott des Meeres, und Tawhirimatea, den Gott des Wetters, wie sie zu Jesus Christus beteten.

David wollte das jedoch nicht hören. Er hielt die Männer für bekehrt, und Ruth freute sich, wenn er zufrieden war. Die Geburt ihres Kindes hatte sie in dem Entschluss bestärkt, bei ihm zu bleiben und ihm bei seiner Mission eine gute Gefährtin zu sein. Sie war auch bereit, ihm wieder beizuliegen, doch seit Laurents Geburt hatte er sie nicht mehr angerührt. Ruths Gefühle dabei waren zwiespältig. Einerseits sehnte sie sich nach Davids Berührungen, seiner Zärtlichkeit und der körperlichen Liebe, sie liebte es, David in sich zu spüren, und kam fast jedes Mal zum Höhepunkt. Andererseits fürchtete sie eine weitere Schwangerschaft. Noch ein Kind wollte sie unter den aktuellen Lebensumständen nicht gebären, obwohl sie sich natürlich sagte, dass Akona ihr gern erneut beistehen würde und dass sie dabei in den Händen einer äußerst erfahrenen Geburtshelferin war.

Mehr als alles andere wünschte Ruth sich jedoch eine Freundin. Es reichte ihr nicht, Hilde Briefe zu schreiben, sie sehnte sich nach dem Austausch mit einer Gleichgesinnten und nach ein bisschen Normalität. Sie hätte sich zu gern einmal wieder über Kleider und Mode, über Kochrezepte und Bücher unterhalten, hätte gern ungezwungen mit einer anderen Frau gelacht. Sie sehnte sich nach Zivilisation, nach einem richtigen Herd, nach Geschäften, in denen man Kleidung und Lebensmittel kaufen und dabei mit den Verkäufern und anderen Kunden plaudern konnte. In Preservation Inlet war David ihr einziger Gesprächspartner – und gelegentlich Larry oder Fred. Die beiden jungen Männer waren nun allerdings fest entschlossen, die Walfangstation zu verlassen. Sie warteten nur noch darauf, dass irgendein Skipper bereit war, sie gemeinsam als Hilfsmatrosen anzuheuern und mitzunehmen.

Ruth war nahe daran zu verzweifeln, behielt ihren Kummer allerdings für sich. Nach wie vor schrieb sie euphorische Briefe nach Hause und schwärmte von den Freuden der Mutterschaft. Sie schilderte ihren Eltern und Freunden, wie brav Laurent trank und wie gut er sich entwickelte. Dass sie bei seiner Geburt fast gestorben wäre, teilte sie ihnen nicht mit. Was nützte es, wenn ihre Mutter sich aufregte? Lediglich Hilde gegenüber gestand Ruth die Wahrheit – und sie konnte ihren Neid kaum verhehlen, wenn die Freundin ihrerseits von ihrem Leben berichtete. Hilde erwartete ihr erstes Kind, doch sie besaß die Unterstützung einer blühenden Gemeinde der Church of England, der sie und Oskar sich angeschlossen hatten. Sie erzählte von Kirchenpicknicks, von Basaren für die Armen – und dass sie nach der Geburt des Kindes wieder als Gemeindeschwester zu arbeiten gedachte. Hilde war offenbar glücklich. Mitunter kamen Ruth die Tränen, wenn sie ihr Leben mit dem eigenen verglich.

Nichtsdestotrotz versuchte sie, sich damit zu arrangieren. Sie besuchte das Maori-Dorf, verteilte Spenden, die Bischof Selwyns Gemeinde gelegentlich schickte, zeigte den Frauen, wie man Kinderkleidchen nähte, und versuchte, ihnen Grundkenntnisse über Gesundheitsvorsorge und Hygiene zu vermitteln. Ihre Dienste als Krankenschwester waren jedoch kaum gefragt. Die Frauen hielten sich lieber an Akonas traditionelle Medizin und ihre Zaubersprüche. Ruth konnte ihnen das nicht übel nehmen. Die alte *tohunga* war schließlich erfolgreich in ihrem Tun.

Ruth gab die Krankenpflege also auf und versuchte es mit der Gründung einer Schule, doch sie war keine geborene Lehrerin wie Wilma. Es gelang ihr nicht, die Unterrichtsinhalte so aufzubereiten, dass sie die Kinder fesselten. Sie verlor schnell die Geduld, schalt die Kinder, wenn sie etwas nicht verstanden, und musste erleben, dass ihre Schüler sehr bald wegblieben. Maori-Kinder waren keine strenge Erziehung und Disziplin gewohnt, und niemand im Stamm sah ein, wie nützlich es sein konnte, Lesen und Schreiben zu lernen. Die Kinder schienen den Schulbesuch für eine neue Art des Zeitvertreibs zu halten. Wenn es keinen Spaß machte, kamen sie nicht.

Nach knapp einem Jahr in Preservation Inlet musste Ruth sich eingestehen, dass sie erneut gescheitert waren, und sie vermutete, dass es David ebenso ging. Den jungen Missionar traf es schwer, als er seine eifrigen Anhänger unter den Maori-Walfängern eines Tages dabei ertappte, vor dem Besteigen der Walfangboote auch ihre eigenen Götter um Beistand zu bitten. Er entdeckte, dass sie kleine Götzenfiguren bei sich trugen und Schnitzereien an ihren Kanus, die den Meeresgott darstellten. Zähneknirschend erkannte David, dass die Maori den Gott der Christen nur als eine Randfigur in ihrem Götterhimmel akzeptierten. Das galt auch für die Menschen im Dorf. Die Männer und Frauen lauschten seinen Unterweisungen in Bezug auf Landwirtschaft und Handwerk freundlich und nahmen das Werkzeug gern an, das er ihnen schenkte. Während sie Süßkartoffeln pflanzten und ernteten, sangen sie jedoch *karakia,* und sie baten die Baumgeister um Erlaubnis, bevor sie Rodungen vornahmen, um ihre Äcker zu erweitern. Ruth beobachtete, wie ihr sonst so langmütiger Mann die Geduld zu verlieren begann. In seiner Verzweiflung drohte er mit dem Höllenfeuer. Die Maori reagierten darauf bestürzt und fragten, wie sie Davids Götter besänftigen konnten. Sie waren gutwillig, doch nicht bereit für ein tiefes Verständnis des Christentums.

Eines Sonntags, Ruth war mit Laurent in der Hütte geblieben, weil der Kleine erkältet war und fieberte, kehrte David von der Messe am Strand mit der Nachricht heim, der alten Lazy gehe es nicht gut.

»Jill meinte, sie liege im Sterben, woraufhin ich sie natürlich besucht habe. Und tatsächlich, Ruth, sie scheint ihr Leben auszuhauchen. Ich habe versucht, mit ihr zu beten, die Sterbegebete gesprochen, doch sie ist nicht mehr bei sich. Der Herr sei ihr gnädig. Allerdings sind die Umstände dort ... Himmel, Ruth, kein Mensch sollte unter so unwürdigen Umständen sterben!«

Ruth hatte immer gefunden, dass vor allem niemand unter solchen Umständen leben sollte, doch statt sich dazu zu äußern, packte sie rasch ihre Arzttasche, warf einen Schal über und machte sich auf den Weg zum Strand. Sie glaubte nicht wirklich, Lazy helfen zu können, aber doch, dass es wenigstens die Möglichkeit gab, ihr die letzten Stunden etwas zu erleichtern. David wollte solange bei Laurent bleiben. Ruth überließ ihm das Kind ohne Sorge. Er hatte in der Nacht der Geburt zwar die Nerven verloren, war sonst jedoch ein zärtlicher, bemühter Vater, der nicht einmal davor zurückschreckte, dem Kleinen gelegentlich die Windeln zu wechseln.

Ruth ließ auch Jonas in der Hütte zurück. Gewöhnlich pflegte der Hund sie an den Strand zu begleiten – sie fühlte sich sicherer, wenn er die Walfänger ankläffte, obwohl der kleine Kerl natürlich nichts gegen die Männer ausrichten konnte. Bei der Sorge um Lazy würde er allerdings nur im Weg sein.

Ruth fand Lazy fiebernd auf ihrem verdreckten Strohsack in dem zugigen Verschlag, in dem die Huren ihrem Gewerbe nachgingen. In den nächsten Stunden wusch sie die Kranke und zog ihr eines ihrer eigenen sauberen Nachthemden an. Den Strohsack tauschte sie gegen mitgebrachte Decken aus, flößte Lazy Opiumsirup ein und Hustensaft. Ruth vermutete, dass sie an Lungenbrand litt. All das war jedoch nicht von Erfolg gekrönt. Lazy starb am frühen Abend, und Ruth machte sich erschöpft und aufgewühlt auf, um Hank über ihren Tod in Kenntnis zu setzen. Dazu musste sie sich unweigerlich in den improvisierten Schankraum begeben, in dem die ersten Walfänger bereits zechten. Schon der Weg durch die Schenke war ein erneuter Spießrutenlauf, doch Ruth bemühte sich, über die Pfiffe und unflätigen Sprüche der Männer hinwegzuhören. Schließlich traf sie Hank und sprach ihm ihr Beileid aus. Im Stillen hoffte sie auf ein bisschen Anteilnahme, auch vonseiten der Männer, die Lazy immerhin jahrelang gekannt hatten. Die Reaktion des Wirtes und seiner Kunden traf sie dann jedoch bis ins Mark.

»Echt, sie ist übern Jordan?« Hanks Stimme klang weit mehr verärgert als bekümmert. »Shit, wo krieg ich denn jetzt Ersatz her? Jill kriegt das allein nicht hin – selbst wenn sie Doppelschichten fährt ... Verdammt, ich werd mich irgendwie an der Westküste umhören müssen ...«

Während Ruth ihn entsetzt ansah, umringten die Männer an der Theke sie bereits grinsend.

»Warum nimmste nicht gleich die hier, Hank?«, fragte einer von ihnen. Er kam Ruth so nahe, dass sie seinen Whiskeyatem riechen konnte. »Das ist doch ’ne ganz Süße. Und sagt selbst, Männer: Ist das gerecht, dass unser kleiner Missionar die ganz für sich alleine hat? Kann doch nicht im Sinne seines Glaubens sein. Soll er nicht seinen Nächsten lieben wie sich selbst?«

Die Männer reagierten mit Gelächter, Rufe kamen auf, die zu christlichem oder brüderlichem Teilen aufforderten. Ruth sah sich panisch um, doch Larry und Fred waren nicht in der Nähe, und Hank machte keine Anstalten, sie vor den Übergriffen seiner Gäste zu schützen. Die Männer wurden immer dreister, bis einer ihr sogar den Hut vom Haar riss und ein anderer Anstalten machte, es zu lösen.

»Guckt mal, wie hübsch sie ist! Und sie riecht so gut ...« Jetzt schnupperte ein feister Mann an ihrem Hals, und sie versuchte vergeblich, ihn wegzustoßen.

Doch dann endlich nahte Rettung. Peter Harrison und Captain Rumsford betraten die Schenke und entdeckten Ruth inmitten der johlenden Menge. Sie nutzte die Chance, sich loszureißen und hinauszurennen, als der Kapitän energisch die Stimme erhob und die Männer zur Ordnung rief. Draußen brach sie zusammen. Schluchzend kauerte sie sich neben Hanks Ruderboot, das am Strand lag. Er fuhr damit oft zum Fischen hinaus. Nun bot es Ruth ein Versteck – sie fühlte sich vorerst unfähig, aufzustehen und in ihre Hütte zurückzugehen. Zu leicht konnte ihr jemand folgen, und inzwischen war es dunkel.

»Mrs. Mühlen …?« Ruth hob den Kopf, als sie Captain Rumsfords Stimme hörte. Der alte Seebär hatte den Männern in der Schenke wohl den Kopf gewaschen oder überließ das Peter Harrison, ihrem Arbeitgeber. Nun war er herausgekommen, um nach ihr zu sehen. Ruths Herz flog ihm dafür zu. Sicher würde er sie nach Hause bringen. Langsam begab sie sich aus der Deckung. »Mrs. Mühlen … was für eine unerfreuliche Art, sich wiederzubegegnen. Aber es ist doch weiter nichts passiert, oder?« Besorgt näherte sich der Kapitän.

Ruth schüttelte den Kopf. »Nein«, sagte sie. »Dank Ihres Eingreifens ist weiter nichts geschehen – jedenfalls nicht mehr als sonst, sobald ich mich hier unter Menschen wage.«

Sie brach erneut in Tränen aus. Der Kapitän wartete. Und Ruth ertappte sich dabei, wie sie ihm ihr Herz ausschüttete. Alle Dämme brachen. Sie berichtete schluchzend von ihrer Angst vor den Maori, den Übergriffen der Walfänger, ihrer Einsamkeit und Davids verzweifelten Anstrengungen, die zu nichts führten. Nicht einmal vor der furchtbaren Nacht der Geburt ihres Kindes machte sie halt.

Captain Rumsford seufzte. »Ich hätte Sie damals gleich wieder mitnehmen sollen«, bemerkte er. »Es war doch abzusehen, was passieren würde. Aber Ihr Mann wollte ja partout nicht …«

»Er kann nicht!« Ruth wischte sich die Tränen ab. »Er würde

keine andere Stellung als Seelsorger finden. Dies hier war … war seine einzige Hoffnung.«

Stirnrunzelnd lauschte der Seemann, als sie von Davids seelsorgerischem Werdegang berichtete, der Goßner-Mission und seiner unzureichenden Ausbildung.

»Aber Ihr Mann scheint mir doch ein ganz heller Kopf zu sein«, meinte Rumsford schließlich. »Kann er diese fehlenden Qualifikationen nicht nachholen?«

Ruth seufzte. Sie hatte sich endlich beruhigt und trat nun, begleitet vom Kapitän, den Heimweg an.

»Wo denn?«, fragte sie resigniert. »Irgendwo in der Wildnis? Wo gäbe es denn in dieser einsamen Gegend ein Priesterseminar?«

»Na ja, hier nicht«, erklärte Rumsford. »Die Südinsel ist ja noch nicht so erschlossen. Aber ich meine, gehört zu haben, dass sie gerade eins in Te Waimate eröffnen. Das ist …«

»Ich weiß, wo das ist.« Ruth horchte auf. Die Missionsstation bei Kororareka. Konnte das wahr sein?

»Ich bin mir nur nicht ganz sicher. Schreiben Sie den Bischof doch mal an. Natürlich nur, wenn Ihr Mann Interesse hätte.« Der Kapitän lächelte. »Es wäre mir jedenfalls ein Vergnügen, Sie wieder zu befördern.«

Ruths Herz schlug heftig, als sie sich die Möglichkeiten vor Augen führte. Ein Priesterseminar, ein Studium, ein Leben unter Leuten … Und dann eine sichere, ruhige Pastorenstelle in der Stadt – oder auch in einem Dorf, einer neuen Siedlung auf dem Lande. Farmer, Handwerker, Männer, Frauen und Kinder, die am Sonntag ganz selbstverständlich in die Kirche kamen. Sicher, Kimi war in Te Waimate. Kimi mit ihrem Kind … Ruth sorgte sich ein wenig darum, wie David auf das Wiedersehen mit der jungen Frau reagieren würde – besonders, wenn sich das Kind tatsächlich als das seine entpuppen würde. Dann schob sie den Gedanken jedoch beiseite. Alles, alles war besser als das Leben auf der Walfangstation.

»Mein Mann wird schon wollen«, sagte sie. »Ich … ich danke

Ihnen, Captain. Für die Hilfe heute und … und für Ihre Anregung, nach Te Waimate zu gehen. Das … Himmel, ich weine gleich wieder, aber das ist das erste Mal seit Monaten, dass ich so etwas wie Hoffnung spüre.«

Captain Rumsford begleitete Ruth bis zu ihrer Blockhütte und begutachtete stirnrunzelnd die primitive Behausung.

»Das hier haben Sie nicht verdient, Mrs. Mühlen«, erklärte er, als er sich bald darauf wieder verabschiedete. David hatte ihn zwar zu einem Tee und einem Gebet eingeladen, aber er zog es vor, zurück in die Schenke zu gehen und mit Harrison Whiskey zu trinken.

»Sie müssen dringend fort. Das ist auch kein Platz, an dem ein Kind aufwachsen sollte. Und Sie wollen sicher weitere Kinder.«

Ruth nickte, obwohl David sie noch nicht wieder angerührt hatte.

»Ich werde jedenfalls mein Bestes tun, meinen Mann zu überzeugen«, versprach sie. »Also wünschen Sie mir Glück.«

David davon zu überzeugen, ein Priesterseminar zu besuchen, war nicht schwierig. Er hatte sich das Studium sein Leben lang gewünscht. Dennoch gab es etliche gewichtige Gründe, die für ihn dagegensprachen, Preservation Inlet zu verlassen.

»Der Bischof hat mich an diesen Platz gestellt. Ich darf ihn nicht enttäuschen. Einfach so weglaufen …«

»Du würdest doch nicht weglaufen«, argumentierte Ruth. »Wenn wir gehen, dann nur mit der ausdrücklichen Erlaubnis von Bischof Selwyn. Du musst dich ja sowieso zunächst um Aufnahme bemühen, und da hat der Bischof mitzuentscheiden. Du brauchst ihn als Fürsprecher.«

»Eben«, sorgte sich David. »Vielleicht will er mich gar nicht.«

Ruth schüttelte den Kopf. »Das wird davon abhängen, wie wir die Bitte an ihn formulieren. Ich persönlich finde, er ist es uns schuldig. Wir plagen uns jetzt seit einem Jahr an diesem gottverlassenen Ort herum …«

»Ruth!«, sagte David mahnend. »Es gibt keine gottverlassenen Orte. Der Herr ist immer bei uns, er ...«

»Er mag hier sein, aber er ist hier nicht willkommen«, unterbrach Ruth ihn unerbittlich. »Genauso wenig, wie wir willkommen sind. Wenn der Bischof meint, diese Bande von Wilden, Gaunern und Vergewaltigern brauche einen Seelsorger, dann soll er jemand anderen herschicken. Nur um Himmels willen nicht wieder ein Ehepaar. David, wach auf! Bei Laurents Geburt wäre ich fast gestorben, und heute hätte man mich um ein Haar vergewaltigt! Und nein, guck jetzt nicht schamhaft weg, ich sage es, wie es ist. Ich will weg, David! Ich will so schnell wie möglich weg!«

David rieb sich die Stirn. »Aber ein Studium ... ich würde nichts verdienen ... Wovon sollten wir leben? Natürlich könnte ich versuchen, nebenbei zu arbeiten, doch dann wird es Jahre dauern.«

Ruth biss sich auf die Lippen. Es widerstrebte ihr, das ihren Eltern gegebene Versprechen ein weiteres Mal zu brechen. Wenn sie jetzt von ihrer Rücklage erzählte, war das Geld verloren. Andererseits ...

»Mach dir darüber keine Sorgen«, sagte Ruth fest. »Ich habe etwas Geld ...«

In dieser Nacht schlief David zum ersten Mal seit Laurents Geburt wieder mit seiner Frau. Er umgab Ruth mit der Liebe und Zärtlichkeit, nach der sie sich so lange gesehnt hatte, und sie gab sich furchtlos seiner Umarmung hin. Sie war sicher, wenn sie jetzt ein Kind empfing, würde es nicht in einer nach Tran stinkenden Hütte zur Welt kommen.

Ruth war erneut schwanger, als sie Preservation Inlet einen Monat später mit dem Segen Bischof Selwyns verließen. David war am St. John's College, dem eben gegründeten Priesterseminar in Te Waimate, aufgenommen worden. Die junge Familie würde in der Missionsstation Aufnahme finden.

Ruth atmete tief durch, als das Schiff, das sie mit nach Kororareka nahm, durch den Fjord fuhr. Frische, klare Luft, in der kein Gestank von Walfett lag. Glücklich ließ sie den Blick über unberührte Strände schweifen und freute sich auf die Hunderte von Inseln und die Sonne in der Bay of Islands. Sie tastete nach Davids Hand. Vor ihnen lag ein neues Leben.

Die Flagge von Kororareka

Te Waimate
Kororareka
1844–1845

Kapitel 1

Ruth erzählte David die Geschichte von Kimis Flucht in einer Mußestunde während der Überfahrt zur Nordinsel. Es fiel ihr schwer, denn dazu gehörte, ihm Heimlichkeiten zu gestehen. Die drei Missionshelferinnen waren damals übereingekommen, den Männern ihren eigenen Anteil an Kimis Weggang vorzuenthalten.

»Wir dachten, je weniger Mitwisser es gäbe, desto besser«, rechtfertigte sie sich nun. »Und wir wollten zumindest euch davor bewahren, die Unwahrheit zu sagen, wenn Anewa euch zu der Sache befragt.«

Eine solche Befragung war natürlich erfolgt, und Ruth und die anderen Frauen hatten aufgeatmet, als der Häuptling den Missionaren geglaubt hatte, nichts mit Kimis Flucht zu tun zu haben. Ruth, Wilma und Hilde hatten schamlos gelogen. Selbst Wilma hatte das mit ihrem Glauben vereinbaren können.

Zu Ruths Überraschung nahm David ihre Eröffnung relativ gelassen auf. Zumindest machte er ihr keine Vorwürfe, sondern merkte lediglich an, dass es für Kimi sicher besser gewesen sei, Anewa zu entkommen.

»Ich habe damals oft für sie gebetet«, sagte er versonnen. »Wie sehr sie mich all die Zeit gedauert hat. Es freut mich, sie jetzt in Te Waimate in Sicherheit zu wissen. Wie wohlüberlegt und voll der Gnade sind doch die Wege des Herrn. Wir müssen ihm nur vertrauen, und schon weidet er uns auf grüner Au.«

Ruth ballte im Stillen die Hände zu Fäusten. Sosehr es sie erleichterte, dass David die Sache ruhig aufnahm – diese Lobpreisung hielt sie nun wirklich für überflüssig. Nicht der Herr hatte den Kapitän dafür bezahlt, Kimi heimlich von den Chathams fortzubringen, sondern sie, Ruth. David hätte lange vorher etwas unternehmen können, um die junge Frau zu schützen, egal, ob er nun der Vater ihres Kindes war oder nicht. Stattdessen hatte er sie falsch beraten. Hätten Ruth, Wilma und Hilde nicht eingegriffen, hätte ihre stille Ergebung in Gottes Willen sie womöglich das Leben gekostet.

Ruth hatte nicht übel Lust, ihm das alles entgegenzuschleudern, doch dann atmete sie nur tief durch und mahnte sich zur Ruhe. Sie wusste längst aus eigener Erfahrung, dass Davids Fürsorge niemals über Gebete hinausging. Praktische Lösungen, zumal wenn sie Risiken bargen, waren ihm fremd. Er vertraute auf Gott, darauf angewiesen, dass andere Menschen wie Ruth oder Pastor Goßner ihn auf den richtigen Weg stubsten. Nun würden in Zukunft ja hoffentlich keine lebensbedrohlichen Entscheidungen mehr anstehen. Einer friedlichen Gemeinde vorzustehen dürfte David nicht schwerfallen – und er würde ja weiterhin Ruth haben, die sich der praktischen Probleme seiner Schäfchen annehmen konnte.

Fast vergnügt dachte sie an vertrauliche Gespräche einer eifrigen Pfarrfrau mit verliebten jungen Mädchen oder Frauen, die um Aufklärung baten, oder um Beratung in Lebensfragen wie der, auf welche Weise man den Kindersegen einschränken konnte. Sie hatte gern als Gemeindeschwester gearbeitet. Die Aufgaben einer Pfarrfrau stellte sie sich ähnlich vor.

Erneut schien die Sonne, als das Frachtschiff, das sie mitgenommen hatte – Captain Rumsfords Segler war es dieses Mal zu Ruths Bedauern nicht –, in die Bay of Islands einfuhr. Ruth freute sich an den Delfinen, die ihr Schiff umkreisten, dem satten Grün der Hügel auf den Inseln und den bunten Farben der Bäume und Blumen. Es war Winter in Kororareka, doch recht mild. Die Nordinsel zeigte sich von ihrer schönsten Seite, und nicht einmal der Anblick der Schenken im Hafenviertel, die David zu strengem Tadel bewegten, konnte Ruths Begeisterung trüben. Die kleine Familie fand auch gleich eine Möglichkeit, nach Te Waimate weiterzureisen. Tom Peterson, der in der Station eine Böttcherwerkstatt betrieb, hatte eine Ladung Fässer in den Ort gebracht und nahm sie nun in seinem Fuhrwerk mit. Ruth erzählte ihm während der Fahrt, dass sie vor Jahren, vor ihrer Überfahrt auf die Chathams, schon einmal Zeit in Te Waimate verbracht hatte. Sie schwärmte davon, wie blühend und inspirierend die Missionsstation damals auf sie gewirkt hatte und wie angenehm zivilisiert sich die dort ansässigen Maori verhalten hatten. Sie wunderte sich, dass Tom daraufhin das Gesicht verzog.

»Da hat sich allerdings einiges geändert, Madam«, bemerkte er. »So fügsam wie damals sind die Maori nicht mehr. Um nicht zu sagen, es brodelt ganz schön unter der Oberfläche. Ein hiesiger Häuptling, Hone Heke, macht Stimmung gegen die Weißen. Dabei war er ursprünglich der Erste, der diesen Vertrag unterzeichnet hat in Waitangi.«

»Damit haben die Maori ihr Land den Briten überlassen, oder?«, fragte Ruth.

Sie hatte von Kimi von dem Vertrag von Waitangi gehört, sich allerdings nicht genauer dafür interessiert. David wusste erst recht nichts von dem denkwürdigen Treffen der Häuptlinge auf dem Anwesen der Busbys.

»Nicht so ganz«, antwortete Tom. »Sie haben sich und ihr Land in gewisser Weise unter den Schutz der Krone gestellt. Dass die Briten den Vertrag als Freibrief zur Masseneinwanderung und Annexion des Landes als Kolonie betrachten würden, konnten sie nicht ahnen. Nun betrifft das die meisten Häuptlinge kaum. Wenn sie einigermaßen fair bezahlt werden, verkaufen sie ganz gern Land an die Engländer – sie haben ja genug. Aber dieser Hone Heke ist ein anderes Kaliber. Der hat es faustdick hinter den Ohren. Er wusste immer, wie er an das Geld der *pakeha* kam – weit hinausgehend über schlichten Landverkauf.«

»Was macht er denn?«, erkundigte sich Ruth und dachte an Verkauf von landwirtschaftlichen Erzeugnissen wie auf Chatham Island und Preservation Inlet. Petersons Antwort überraschte sie.

»Der Kerl hat Abgaben erhoben«, erläuterte der Böttcher. »Die Bay of Islands, so argumentierte er, gehöre seinem Stamm, den

Nga Puhi. Jeder Kapitän, dessen Schiff sie durchfuhr, musste deshalb für die Passage zahlen. Fünf Pfund pro Einfahrt in den Hafen von Kororareka.«

»Du sollst deinem Bruder keinen Zins auferlegen, damit der Herr, dein Gott, dich segnet ...«, zitierte David missbilligend.

Tom hob die Schultern. »Wahrscheinlich hat Hone Heke die *pakeha*-Schiffer nicht als Brüder empfunden«, meinte er gelassen.

»Und die fünf Pfund haben sie bestimmt nicht umgebracht«, bemerkte Ruth. »Wenn man bedenkt, was an all den Walerzeugnissen verdient wird ...«

»Genau. Sie haben ganz bereitwillig gezahlt«, berichtete Peterson. »Aber seit Neuseeland offiziell zu England gehört, erhebt der Gouverneur einen Zoll auf Handelswaren, und den zahlen die Walfänger nur ungern. Also fahren sie Kororareka nicht mehr an, sondern versorgen sich anderswo mit Proviant. Dem Ort tut das ganz gut, wenn Sie meine Meinung hören wollen. Weniger Walfänger in den Schenken, weniger Prostitution. Die Flammen im Höllenloch verlöschen. Das kann mal ein ganz nettes Städtchen werden, wenn sich mehr Farmer und Handwerker ansiedeln. Aber Hone Heke ist natürlich verärgert, weil seine Einnahmen sinken. Und außerdem hat es dem Herrn nicht gepasst, dass die Hauptstadt nach Auckland verlegt wurde. Bisher war Kororareka die wichtigste Ansiedlung im Norden. Jetzt verliert es an Bedeutung.«

»Und der Stamm damit an ... *mana*?«, fragte Ruth.

Peterson nickte.

»Was zieht der Häuptling daraus für Konsequenzen?«, erkundigte sich David. »Die Maori werden doch nicht rebellieren?«

Ruth wunderte sich ein wenig über sein Interesse. Wahrscheinlich fürchtete ihr Mann, nun womöglich doch nicht in Ruhe und Frieden studieren zu können.

Peterson zuckte mit den Schultern. »Bisher murren sie nur. Und verweigern sich zusehends der Anpassung an die Weißen.

Für die Missionsstation heißt das, die Leute bleiben weg. Sie interessieren sich nicht mehr dafür, die Schule zu besuchen, ein Handwerk zu erlernen, westliche Kleidung zu schneidern … Lieber erneuern sie alte Traditionen.«

»Sie bleiben aber Christen?«, fragte David. »Sie kommen zu den Gottesdiensten?«

Peterson nickte. »Das scheint kein Problem zu sein. Bekehrt sind sie wohl gründlich. Zumindest die Maori, die rund um die Station leben. Die meisten Werkstätten dürften allerdings bald schließen. Ich trage mich mit dem Gedanken, in den Ort zu ziehen und meinen eigenen Betrieb zu eröffnen. Meine Frau will bisher nicht so recht, sie fühlt sich sicherer in der Missionsstation. Doch wenn Kororareka nun ruhiger wird …«

Ruth überlegte, ob die Gründung des St. John's College wohl mit der Schließung der Werkstätten zusammenhing. Vielleicht hatte der Bischof das Priesterseminar in Te Waimate angesiedelt, weil Räumlichkeiten frei wurden. Für David war das natürlich ein Glücksfall. Ihre eigene Hoffnung, in der Mission als Krankenschwester tätig werden zu können, wie Reverend Williams ihr und Hilde beim ersten Aufenthalt in Te Waimate angeboten hatte, würde sich allerdings zerschlagen. Wenn die Maori sich erneut auf Stammestraditionen besannen, würden sie sich wieder ihren *tohunga* anvertrauen statt der europäischen Medizin.

Erst als sie Te Waimate fast erreicht hatten, kam Ruth der Einfall, Tom Peterson nach Kimi zu fragen. Der Böttcher kannte sicher alle Bewohner der Mission, und er mochte freimütiger Auskunft geben als Reverend Williams, bei dem Ruth obendrein um einen Termin würde bitten müssen.

»Ich habe vor einiger Zeit einer jungen Frau, die auf den Chathams gelebt hat, empfohlen, sich an die Mission zu wenden. Ihr Name ist Kimi«, begann sie betont beiläufig. »Ist sie wohl noch da?«

Wieder überraschte sie Petersons Reaktion. »Sie waren das?«, fragte er. »Sie sind … Schwester Ruth?« Zum ersten Mal musterte er seine Passagiere mit wirklichem Interesse. »Und Sie sind ... der Missionar ... David?« Letzteres klang fast etwas missbilligend.

»Ruth und David Mühlen«, bestätigte Ruth. Bestimmt hatte Kimi ihren Nachnamen selten erwähnt. »Kennen Sie Kimi? Geht es ihr gut?«

Tom Peterson schnaubte. »Ich weiß es nicht«, sagte er in erbittertem Tonfall. »Und meine Frau weiß es auch nicht. Die Moriori schreiben wohl keine Briefe ... Oder unsere ach so christlichen Missionare geben sie nicht weiter, sofern sie von ›gefallenen Mädchen‹ kommen ...«

»Ihre Frau ist Moriori?«, fragte Ruth überrascht. »Und wieso ... wieso ›gefallene Mädchen‹?«

Tom verzog das Gesicht. »Meine Frau, Raukura, ist Moriori, richtig. Ich konnte sie damals vor dem Massaker auf Chatham Island in Sicherheit bringen. Und was Kimi angeht ... Ich denke, Sie fragen am besten Raukura, was mit ihr geschehen ist. Weil ich mich sonst um Kopf und Kragen rede ... Na ja, nicht gleich um Kopf und Kragen, aber doch um meinen Job.«

»Wieso sollten Sie Ihren Job verlieren, weil Sie uns von Kimi erzählen?«, fragte David. »Sie ...«

»Wenn ich Ihnen von Kimi erzähle«, schob Tom zwischen zusammengebissenen Zähnen hervor, »dann könnte meine Wortwahl die Grenzen der Schicklichkeit sprengen – Bruder David ...« Wieder diese seltsame Betonung.

»Hat sie denn ihr Kind geboren?«, erkundigte sich Ruth, begierig, wenigstens ein bisschen von dem zu erfahren, was Kimi widerfahren war.

Tom ließ den Blick wieder über seine Passagiere schweifen und fixierte schließlich David.

»O ja«, sagte er bissig. »Sie hat ... Oder sollte ich sagen ›Sie haben‹ eine bildschöne Tochter.« Er sah David vielsagend an. »Da ist übrigens die Station. Sie sollen sich gleich dem Master vorstellen, Reverend Cutterfield. Und Sie, Mrs. Mühlen ... kommen Sie bei uns vorbei, wann immer Sie mögen. Raukura wird sich freuen, Sie zu sehen.«

Die letzte Viertelmeile vor der Einfahrt in die Station legten sie in eisigem Schweigen zurück. David kaute auf seinen Lippen, Ruth brütete über den Konsequenzen von Petersons Eröffnung. Sie musste so bald wie möglich Genaueres erfahren. Was mit Kimi geschehen war – und ob die Reverends Williams und Cutterfield von Davids Vaterschaft wussten.

Über Kimis Schicksal erhielt sie in Te Waimate sehr schnell weitere Informationen. Nachdem der Leiter des St. John's Colleges den neuen Seminaristen und seine Familie herzlich willkommen geheißen hatte, machte sich David mit den anderen Studenten bekannt, während Mrs. Randolphs, die Frau eines der Missionare, Ruth die Räumlichkeiten zeigte. Für die Mühlens hatte man drei saubere, helle Zimmer vorgesehen, zweckmäßig möbliert. Nicht so willkommen wie die junge Familie war allerdings Jonas. Mrs. Randolphs gestand ihm nur widerwillig zu, in einem Schuppen zu schlafen. Haustiere waren nicht erwünscht.

»So viel Platz«, stellte Ruth nichtsdestotrotz begeistert fest, als sie die Zimmer in Augenschein nahm. Mrs. Randolphs lächelte.

»Es wird sicher nicht bei einem Kind bleiben, und dann werden Sie viel Platz gut gebrauchen können«, sagte sie freundlich. »Oder sind Sie gar schon wieder gesegneten Leibes?« Ruth nickte, und in der Folge verriet Mrs. Randolphs ihr, dass sie in der Missionsstation als Hebamme fungierte.

»Dann ... dann haben Sie auch Kimi kennengelernt?«, fragte Ruth.

Mrs. Randolphs erzählte bereitwillig. »Ja, die Kleine hab ich entbunden. Eigentlich ein nettes Ding. Schade, dass sie sich dann doch als Schwindlerin entpuppt hat. Was die nicht alles erzählt hat von irgendwelchen Maori, die sie vergewaltigt und misshandelt hätten, einem jahrelangen Martyrium. Und dann brachte sie ein Kind zur Welt, weiß wie Schnee und mit blonden Löckchen. Dem Reverend hat sie schließlich gestanden, dass sie auf den Chathams einen Missionar verführt hat. Oder mehrere. Er musste sie daraufhin natürlich wegschicken.«

Ruth schluckte. Das erklärte die Reaktion Tom Petersons. Wenn der Böttcher mit einer Moriori verheiratet war, musste er Kimis Geschichte kennen. Widerstrebend – so hatte sie sich den Beginn ihres neuen Lebens in der Zivilisation nicht vorgestellt – fragte sie die Hebamme nach Raukura und suchte die Petersons noch vor der Abendandacht auf. Dabei erfuhr sie von Kimis Flucht.

»Sie wollte Arbeit suchen in Kororareka«, berichtete Raukura. »Aber was gibt es da schon an Arbeit für eine Frau? Und das kleine Kind ... Tom hat sich im Ort erkundigt, viel hat er allerdings nicht rausbekommen. Ein paar Schankwirte haben ihr wohl angeboten, sich bei ihnen ... bei ihnen ...«

»Ich weiß schon ...« Ruth seufzte. »Und hat sie es getan?«

Raukura schüttelte den Kopf. »Nein, sie war plötzlich verschwunden. Wir nehmen an, sie ist nach Paihia. Vielleicht hat sie da ehrliche Arbeit gefunden. Wir können es nur hoffen.«

Ruth versprach, sich weiter nach der jungen Frau zu erkundigen, und stand dann die Abendmesse durch, bevor sie das Thema bei David zur Sprache brachte.

Inzwischen hatte sich ihre Betroffenheit in Ärger verwandelt. Es fiel ihr nicht leicht, ruhig zu bleiben, zumal David wohl gar nicht weiter über Kimi nachgedacht hatte. Er berichtete begeistert von den anderen Studenten, dem Stundenplan und der großen Bibliothek des Colleges.

»Ich will gar nicht wissen, was da genau zwischen dir und Kimi gewesen ist«, sagte Ruth. »Es war ja vor unserer Ehe – ich hoffe, auch vor meiner Ankunft auf Chatham. Aber wie konntest du Kimi damit allein lassen? Du musst doch gewusst haben, dass das Kind von dir ist.«

David senkte den Kopf. »Ich kann das erklären. Es war ... es war ... ich wollte das gar nicht ...«

»Jetzt sag nicht, Kimi hat dich gezwungen, ihr beizuliegen!« Ruth war noch nie in ihrem Leben so wütend gewesen. Zumindest nicht auf ihren geliebten David.

»Nein ...« David schüttelte den Kopf. »Natürlich nicht. Es

kam so über uns. Es ist einfach passiert. Nur ein Mal, das musst du mir glauben ...«

Ruth wusste nicht, ob sie es glauben konnte. Eigentlich war es ihr gleichgültig.

»Hast du sie geliebt?«, fragte sie.

David verneinte empört. »Was denkst du? Sie ...«

»Sie ist eine Eingeborene, willst du sagen?«, spottete Ruth. »Die deshalb als Ehefrau nicht infrage kam? Himmel, David, was hast du dir nur gedacht? Hat sie dich geliebt?« Er zuckte mit den Schultern. »Wahrscheinlich hat sie gehofft, dass du sie heiratest«, fuhr Ruth fort. »Damit wäre sie Anewa entkommen. Wie auch immer – wir haben das Mädchen in eine furchtbare Situation gebracht. Du mit deiner Vaterschaft und ich ... Ich hätte sie niemals herschicken dürfen oder mir wenigstens eine Geschichte für sie ausdenken müssen, die ein weißes Kind erklärt hätte. Meine Güte, sie hätte ja auch von einem Walfänger vergewaltigt werden können ...«

»Ruth!« David fuhr auf. »Du vergisst dich! Ich verstehe ja, dass du verärgert bist, aber bemüh dich wenigstens um eine angemessene Ausdrucksweise!«

»Ich soll das also beschönigen?« Ruth blitzte ihren Mann an. »Wie spricht man denn angemessen davon, dass man ein Mädchen in die Prostitution getrieben hat? Vielleicht: ›Sie wählte ein Schicksal, schlimmer als der Tod‹?«

»Es ist doch gar nicht sicher, dass sie ... dass sie ...« David druckste herum.

»Wir werden das so schnell wie möglich herausfinden«, sagte Ruth entschlossen. »Du wirst es herausfinden! David, sie hat dir eine Tochter geboren. Und sie ist gemeinsam mit dem Kind verschollen. Also wenn es dir schon egal ist, was mit Kimi geschehen ist, vielleicht interessiert dich ja wenigstens die kleine Rohana.« Ruth wandte sich Laurent zu, der ruhig in seinem neuen Bettchen geschlafen hatte. Eben war er jedoch erwacht und begann nun zu weinen. Sicher hatte er Hunger. Ruth würde Brei für ihn kochen müssen. Die vier Missionarsfamilien, die das hübsche weiße Holzhaus bewohnten, hatten zwar jeweils eigene Räume, teilten sich jedoch eine Küche.

»Ich kann doch nicht noch ein Kind haben«, murmelte David. »Mit … mit einer anderen Frau. Ruth, ich werde … ich werde Geistlicher. Mein Lebenswandel muss untadelig sein …«

»Du brauchst dich ja nicht öffentlich zu dem Kind zu bekennen.« Ruth seufzte. Es würde wieder an ihr sein, Pläne zu schmieden, doch solange sie nicht wussten, wo Kimi sich aufhielt, war das müßig. »Du musst sie nur finden. Danach werden wir uns überlegen, ob wir sie irgendwie unterstützen können. Ihr vielleicht regelmäßig etwas Geld geben …«

»Wo soll das denn herkommen?«, fragte David verzagt. »Das bisschen Geld, das wir haben … das Seminar …«

Er vergrub den Kopf in seinen Händen. Die Studiengebühren und die Miete für die Wohnung in der Mission würden Ruths gesamte Ersparnisse verschlingen. Bei knappem Haushalten konnte das Geld bis zu Davids Priesterweihe reichen. Weitere Ausgaben würden ihr Budget jedoch sprengen.

»Du musst eben nebenbei arbeiten«, beschied Ruth ihn. »Oder ich suche mir eine Anstellung. Aber wir können sie nicht ihrem Schicksal überlassen, David. Was immer ihr geschehen ist, wir sind beide daran schuld.«

Damit nahm Ruth den greinenden Laurent auf, beruhigte ihn und nahm ihn mit in die Küche. Das Herz wurde ihr wieder mal schwer. Was für ein trauriger Beginn für ihr ersehntes neues Leben. Sie war einfach nicht dafür bestimmt, uneingeschränkt glücklich zu sein.

In den nächsten Tagen machte David keine Anstalten, sich nach Kimis Verbleib zu erkundigen. Das Semester begann, er musste sich um Bücher und Stundenpläne kümmern. Ruth fand, dass er das alles viel zu wichtig nahm. Tatsächlich hatte das St. John's College bislang gerade vier Studenten, die Abläufe waren also überschaubar. Im Allgemeinen absolvierten die Studenten vier Schulstunden am Morgen, der Rest des Tages war eigenen Studien gewidmet. Zwar trafen sich die Seminaristen oft zum gemeinsamen Bibelstudium oder zu Diskussionsrunden über das am Morgen Gelernte, aber David hätte sich leicht einen oder zwei Nachmittage in der Woche freihalten, sich ein Pferd leihen und zunächst in Kororareka weitere Nachforschungen anstellen können. Am Wochenende hätte er dann gemeinsam mit Ruth nach Paihia fahren und sich dort nach Kimi erkundigen können. Insbesondere Letzteres lehnte David jedoch vehement ab. Gerade am Sonntag sei er in der Mission stark eingespannt, sagte er. Die Gottesdienste seien vorzubereiten, Bibelkreise zu führen ... Er schlug Ruth vor, die Sonntagsschule für die Kinder der Gemeinde gemeinsam mit ihm zu leiten, damit auch sie sich in die künftigen Aufgaben einer Pfarrfrau einarbeitete.

Bei Ruth traf das nicht auf Gegenliebe. »Ich muss keine Seminare besuchen, um Kindern biblische Geschichten vorlesen zu können«, erklärte sie unwillig.

Zudem gab es genügend Leute, die sich in der Kirche um die wenigen Maori-Kinder kümmerten, die zur Sonntagsschule blieben. Sie selbst traf sich lieber mit Raukura und Tom, um herauszufinden, was genau Tom bisher unternommen hatte, um Kimi zu finden.

»Ich hab rumgefragt«, antwortete der Böttcher gelassen. »Vor allem am Hafen. Und da war sie ja auch gesehen worden. Bis sie verschwand. Ich würde in Paihia suchen, Mrs. Mühlen. Wenn sie überhaupt noch in der Gegend ist ...«

»Wo kann sie denn sonst sein?«, fragte Ruth alarmiert.

Tom Peterson zuckte mit den Schultern. »Na, denken Sie mal nach! Eine junge Frau allein, in einer Gegend wie dieser ... Eigentlich kommt da nur ein Gewerbe infrage, das wissen Sie selbst. Und nicht immer wird die Frau gefragt, ob sie das wirklich will. Was soll sie denn tun, wenn die Kerle einfach über sie herfallen und sie verschleppen? Kimi kann sonst wo sein. In Auckland, Wellington oder auf der Südinsel, an der Westküste oder auf einer Walfangstation ...«

Ruth dachte voller Entsetzen an Lazy und Jill. Sie hatte sich immer gefragt, wie es die beiden nach Preservation Inlet hatte verschlagen können. Aber wahrscheinlich hatte Tom Peterson recht: Hank hatte sie irgendeinem Zuhälter abgekauft – und würde jetzt auf dieselbe Weise einen Ersatz für Lazy besorgen. Für Ruth ergaben seine diesbezüglichen Bemerkungen damit endlich Sinn.

»Das heißt, wir würden sie nie finden«, sagte sie tonlos.

Peterson nickte niedergeschlagen. »Wenn sie nicht in Paihia ist, werden wir uns damit abfinden müssen.«

»Ich werde für sie beten«, sagte David, nachdem er aus Paihia zurückkehrte. Auf Ruths Drängen hin hatte er sich in der zweiten Woche ihres Aufenthalts endlich in den kleinen Ort aufgemacht und dort nach eigenen Angaben gründlich gesucht.

»Da kennt sie keiner«, versicherte er, und Ruth glaubte nicht, dass er log. Er mochte dazu neigen, Kimis und Rohanas Existenz zu verdrängen, aber bewusst im Elend lassen würde er sie nicht.

»Es tut mir leid«, fügte er hinzu. »Doch letzten Endes sind wir alle in Gottes Hand. Bitten wir ihn darum, sie zu schützen und zu leiten.«

Wie er Lazy und Jill beschützt und geleitet hat, dachte Ruth. Es fiel ihr immer schwerer, in Davids Gott den liebenden Vater zu sehen. Und blinder Glaube hatte ihr nie gelegen.

Dennoch betete sie für Kimi – gemeinsam mit Raukura, die sie eines Tages zu dem Baum führte, den Kimi für Rohana gepflanzt hatte.

»Müssen wir ... da nicht etwas hineinschnitzen?«, fragte sie stockend, nachdem Raukura *karakia* gesungen und Ruth Gebete gesprochen hatte. Der Brauch war heidnisch, doch vielleicht hätte Kimi es sich gewünscht.

Raukura schüttelte den Kopf. »Man bannt die Geister erst, wenn jemand tot ist«, sagte sie. »Und ich hoffe ... ich hoffe so sehr, Rohana ist nicht tot!«

Kapitel 2

Seit der Invasion der Chathams durch die Maori hatte sich Kimi nie mehr so sicher und zufrieden gefühlt wie jetzt bei den McIntoshs. Mrs. McIntosh hatte ihr tatsächlich ein Bett in Paulas Kinderzimmer stellen lassen, und sie bewohnte den hellen, warmen Raum seitdem gemeinsam mit den beiden kleinen Mädchen. Zum ersten Mal in ihrem Leben brauchte sie nicht zu arbeiten. Besonders in den ersten Monaten, als sie Paula und Rohana stillte, bestand Mrs. McIntosh darauf, dass sie sich schonte, sogar das Wickeln und Anziehen der Kinder hätte ihr die beflissene Schottin am liebsten abgenommen. Paulas ebenso überglücklicher Vater überhäufte sie mit Leckerbissen aus seiner Backstube. Kimi nahm zu, obwohl sie stillte. Ihre Hüften und ihr Gesicht rundeten sich, ihr Haar glänzte wieder. Sie sang für die Kinder und las ihnen aus Märchenbüchern vor, die Mrs. McIntosh gekauft hatte. Obwohl sie noch nichts von den Geschichten verstanden, war Kimi überzeugt davon, dass es gut war, wenn sie ihre Stimme hörten.

Paulas Mutter versorgte auch Kimi selbst mit Lesestoff, und sie verschlang die Romane, die sie ihr vorlegte, obwohl sie die Geschichten befremdlich fand. Ging es hier doch fast ausschließlich um einen Mann und eine Frau, die sich über Stammesgrenzen hinweg liebten und letztlich zusammenkamen, obwohl ihre Väter und sämtliche Stammesältesten die Verbindung nicht billigten. Für eine Moriori vor der Invasion hätte es diese Beschränkungen nicht gegeben. Bei einer Maori – noch dazu einer Häuptlingstochter, es ging meistens um die Kinder von Adligen –, wäre ein Nachgeben der Eltern unmöglich gewesen. Wahrscheinlich, dachte Kimi, hätte ein Häuptling vom Schlage Anewas einen unpassenden Möchtegernschwiegersohn eher gegessen, als seine Tochter mit ihm zu verheiraten. Immerhin waren die Bücher unterhaltsam – erheblich mehr als die Bibel und die Gebetbücher im Haus der Missionare, wenn auch nicht so spannend wie die Reiseberichte und Geschichtsbücher aus der Bibliothek der Mission.

Was die Kirche anging, so waren die McIntoshs Mitglieder der Church of Scotland. Die Messen der Anglikaner besuchten sie nicht. Solange es noch keinen Seelsorger gab, der ihre Glaubensrichtung vertrat, beschränkten sie sich auf Andachten zu Hause. Besonders gläubig erschienen sie Kimi dennoch nicht – zumindest beteten sie längst nicht so viel wie die Missionare auf Chatham Island. Sie betete einfach mit, wenn die Familie sich zur Andacht versammelte oder Mrs. McIntosh ein Tischgebet sprach, und kümmerte sich sonst nicht viel um spirituelle Dinge. Im Haus der McIntoshs hausten nur freundliche Geister, die nicht befriedet werden mussten.

Als die Kinder schließlich entwöhnt werden konnten, übernahm Kimi mehr Aufgaben im Haushalt. Sie kümmerte sich nach wie vor um die Mädchen, fütterte und badete sie und schob sie in einem seltsamen Gefährt spazieren, das Mrs. McIntosh Kinderwagen nannte und auf das sie überaus stolz war. Zudem half sie gern im Geschäft aus, sowohl in der Backstube als auch im Laden. Die Arbeit dort war leichter als alles, was Kimi sonst getan hatte, doch sie hatte hier zumindest ein bisschen das Gefühl, den McIntoshs etwas für das Geld zurückzugeben, das sie ihr monatlich zahlten. Eine Vergütung für die Kinderpflege anzunehmen empfand Kimi immer noch als beinahe unmoralisch, zumal ihre Arbeitgeber sich mit den Zuwendungen für Kimi und ihre Tochter nicht auf Lohnzahlungen beschränkten. Sie hatten Kimi gleich nach ihrer Ankunft zwei Kleider anmessen lassen – schlichte dunkle Kleider mit Schürzen, wie Mrs. McIntosh sie selbst trug.

Diese Tracht war wohl typisch für Vertreterinnen ihrer Kirche, dazu gehörten schmucke weiße Hauben, unter denen sie ihr Haar verbargen. Kimi trug die ihre mit großem Stolz, wenn sie mit den Kindern spazieren ging. Auch Rohana wurde neu eingekleidet, und wann immer Mr. McIntosh ein Püppchen, eine Tierfigur oder eine Haarschleife für Paula erstand, brachte er auch ein Geschenk für Kimis kleine Tochter mit. Die beiden Mädchen erhielten regelmäßig neue Kleidung. Die meisten Kunden der Bäckerei hielten die blonde Rohana und die braunhaarige Paula für Schwestern.

»Nur lustig, dass die Blonde braune Augen hat und die Brünette blaue«, stellte eine Kundin vergnügt fest.

Tatsächlich hatten Rohanas zunächst blaue Augen die Farbe gewechselt, und Kimi fand, dass auch ihre Form sich jetzt der eines Moriori-Kindes anglich. Den meisten Menschen fiel das jedoch nicht auf. Rohana wurde immer noch als *pakeha*-Mädchen angesehen.

Das Einzige, was Kimis Glück bei den McIntoshs etwas trübte, war der Verlust von Raukuras und Toms Freundschaft. Mrs. McIntosh hatte ihr am Anfang geholfen, zwei Briefe zu verfassen und an die Mission zu schicken, doch es war nie eine Antwort gekommen. Dabei war die Adresse sicher richtig gewesen. Kimi nahm an, dass die Briefe auf dem Schreibtisch Reverend Williams' gelandet waren, der sie weggeworfen hatte, um Raukura vor dem verderblichen Einfluss der Verfemten zu schützen. Kimi machte das traurig. Sie hatte vor, irgendwann erneut zur Station zu wandern und Raukura oder Tom Peterson abzufangen, doch mit dem sperrigen Kinderwagen war das unmöglich, und mit der Zeit geriet ihr Leben in der Station auch etwas in Vergessenheit. Zumal es seit Neuestem etwas anderes gab, das Kimi beunruhigte.

Die McIntoshs bezogen eine Zeitung, den *Auckland Chronicle,* und Kimi las sie pflichtschuldig, nachdem ihr Mr. McIntosh die Notwendigkeit erläutert hatte, stets darüber informiert zu sein, was im Lande vor sich ging. Sie erfuhr so von Parlamentssitzungen und Gesetzesentwürfen, Ortsgründungen und Gerichtsverhandlungen, die sie in aller Regel nicht interessierten. Sie las allerdings auch von Hone Heke, und das machte ihr Angst.

»Gibt es einen Ort, an den wir fliehen können, wenn die Nga Puhi angreifen? Wenn es Krieg gibt?«, fragte sie Mr. McIntosh. Der Bäcker hatte am Frühstückstisch gerade von Hone Hekes neuester Provokation gegenüber der britischen Krone berichtet. »Der Kerl war mit ein paar Kumpanen unterwegs, und sie haben in der Stadt herumgepöbelt – betrunken wahrscheinlich. Sie sollen sich entblößt und Frauen belästigt haben. Und dann sind sie weiter zum Flagstaff Hill gezogen …« Der Hügel, auf dem der Union Jack, die britische Fahne, über Kororareka im Wind wehte, lag am Nordende der Siedlung. » … Und haben den Fahnenmast gefällt. Heke soll's nicht selbst gemacht haben, sondern ein Te Haratua – angeblich auch ein Häuptling. Der Gouverneur ist äußerst erbost.«

»Also ich halte das für Dumme-Jungen-Streiche«, meinte Mrs. McIntosh und fütterte die kleine Paula mit einem Stück Honigbrötchen. »Mit Krieg hat das nichts zu tun, Kimi. Das muss man nicht ernst nehmen.«

Kimi biss sich auf die Lippen. Ihr war der Appetit vergangen. Marodierende Maori-Horden machten ihr Angst. Auch die Moriori hatten Anewas herrisches Auftreten zunächst für Angeberei gehalten.

»Es ist aber sicher sinnvoll, dem Einhalt zu gebieten, bevor sie sich noch weitere Frechheiten herausnehmen«, bemerkte Mr. McIntosh. »Der *Chronicle* schreibt, der Gouverneur will Truppen schicken. Und sich vielleicht sogar selbst herbemühen. Das erscheint mir eine recht gute Strategie: Stärke zeigen und trotzdem Gesprächsbereitschaft. Gouverneur FitzRoy scheint mir ein fähiger Mann zu sein.«

Kimi hoffte, dass er recht hatte, machte sich jedoch keine Illusionen bezüglich Hone Hekes Verhandlungsbereitschaft. Sie hatte den Häuptling in Waitangi gesehen. Er hatte zu den schillerndsten Figuren der Versammlung gehört, und schon damals hatte er sie an Anewa erinnert: ein Mann, der sich nahm, was er wollte, impulsiv, schnell beleidigt – und klug genug, Schwächen seiner Gegner zu erkennen und für sich auszunutzen. Er konnte sich heute als Freund der *pakeha* bezeichnen und ihnen morgen mit der Kriegsaxt in der Hand entgegentreten. Kimi sah noch die freundlichen Gesichter Anewas und seiner Freunde vor sich, in der Nacht, als Pourou den *karanga* ausgestoßen hatte, den Schrei, der die Stämme der Ngati Tama und der Moriori vor den Göttern miteinander verband. Und ebenso deutlich standen ihr ihre Grimassen des Hasses und des Blutdurstes vor Augen, als sie kurz danach über ihre Gastgeber hergefallen waren.

»Du musst jedenfalls keine Angst haben, Kimi«, meinte Mrs. McIntosh. »Wir stehen unter dem Schutz der britischen Krone. Uns wird schon kein Unheil geschehen.«

Tatsächlich sah es zunächst so aus, als käme Kororareka wieder zur Ruhe. Im August 1844 segelte die Bark *Sydney* in den Hafen der Stadt ein, und mit ihr kamen hundertsechzig Offiziere und Mannschaften des 99. Regiments, eigentlich stationiert in Australien. Sie bezogen Polack's Palisade, einen frühen Handelsposten, und begannen, ihn in Kasernen umzuwandeln. Kurz darauf erschien der Gouverneur FitzRoy, begleitet von weiteren Truppen. Er bestellte die unzufriedenen Maori-Häuptlinge unverzüglich zu einem Treffen in der Te-Waimate-Mission ein, hörte sich ihre Beschwerden an und rückte ihnen die Köpfe zurecht. Das schien die Lage zu entspannen. Hone Heke selbst entzog sich allerdings dem Treffen. Er sandte nur einen Entschuldigungsbrief und bot darin an, den Flaggenmast zu ersetzen.

»Sag ich doch, Dumme-Jungen-Streiche«, erklärte Mrs. McIntosh. »Wenn man sie erwischt, werden sie rot und wollen das alles nicht so gemeint haben.«

Kimi äußerte sich nicht dazu. Sie hielt es für einen Fehler, dass der Gouverneur die australischen Truppen nach der vermeintlichen Einigung mit den Maori zurück nach Sydney schickte. Und tatsächlich hielt der Frieden nicht an. Zwar sahen die Maori vorerst davon ab, die Krone direkt herauszufordern, sie terrorisierten lediglich die Einwohner von Kororareka. Die Geschäftsleute des Ortes waren davon besonders betroffen. John McIntosh war ernstlich beunruhigt, als eine Metzgerei überfallen wurde, deren Besitzer eine frühere Sklavin Hone Hekes geheiratet hatte. Es gab zwar keine Verletzten, doch das Geschäft wurde geplündert.

»Mit uns machen sie das nicht«, erklärte Mr. McIntosh erbost und legte zu Kimis Erschrecken einen Revolver auf den Ladentisch. »Ja, nun guckt das Ding nicht an wie das Kaninchen die Schlange«, wies er seine Frau und Kimi an. »Ihr solltet euch besser damit vertraut machen. Ihr müsst euch wehren können, falls die Kerle hier das Gleiche versuchen wie bei den Lords.« Lord hieß der Fleischer, dessen Laden den Plünderern zum Opfer gefallen war.

»Aber John ... die Kinder ...« Mrs. McIntosh näherte sich der Waffe nur zögernd. Paula und Rohana waren oft mit im Laden, wenn Kimi oder Mrs. McIntosh dort bedienten.

»Also, Margaret, ihr werdet es doch wohl schaffen, die Kinder von der Waffe fernzuhalten«, polterte Mr. McIntosh. »Wir legen sie in die Lade unter den Ladentisch. Da kommen sie noch gar nicht ran, aber für euch bleibt sie griffbereit. Im Ernst, Margaret, ich lasse nicht zu, dass ihr diesen Räubern hilflos gegenübersteht. Ihr habt gehört, dass sie bereits Frauen belästigt haben – bisher nur auf der Straße, da blieb es bei zotigen Sprüchen und ... äh ... Exhibitionismus. Doch wenn sie eine Frau allein in ihrer Gewalt haben ...«

Mrs. McIntosh schien diese Argumentation zu überzeugen. Entschlossen, wenn auch sehr vorsichtig, nahm sie die Waffe und ließ sich von ihrem Mann erklären, wie man sie lud und abfeuerte.

»Das müssten wir eigentlich mal üben«, meinte der Bäcker. »Aber ich hoffe, es wird genügen, mit der Waffe zu drohen, wenn die Kerle hier reinkommen, um zu randalieren. Kimi, was ist mit dir? Nimm das Ding jetzt auch mal und tu so, als ob du zielen würdest.«

Kimi wurde allein bei dem Gedanken übel, den Revolver zu berühren. Nunukus Gesetz erschien vor ihrem inneren Auge, als wäre es an die Wand der Bäckerei geschrieben wie einst das Menetekel an die des Festsaals König Belsazars. Sie war Moriori, jede Gewaltausübung war ihr verboten. Niemals würde sie ein solch todbringendes Ding auf einen Menschen richten.

»Nun lass ihr mal Zeit, sie kennt das wahrscheinlich gar nicht von ihrem Stamm«, begütigte Mrs. McIntosh. »Die haben sicher noch recht primitiv auf den Chathams gelebt, und in der Missionsstation wurde auch nicht geschossen. Womöglich hat sie noch nie eine Schusswaffe von Nahem gesehen.«

Das war zwar nicht zutreffend – Anewa hatte diverse Feuerwaffen besessen –, doch Kimi widersprach ihr nicht.

»Du … du sollst nicht töten …«, zitierte sie mit zittriger Stimme die Bibel der Christen.

Mr. McIntosh runzelte die Stirn. »Was soll das denn jetzt? Kimi, es ist ja schön, dass du eine so gute Christin bist, doch leider leben wir in unsicheren Zeiten. Natürlich sollten wir unter dem Schutz der Krone stehen, wir sollten es nicht nötig haben, uns selbst zu verteidigen. Der Gouverneur kann nur nicht vor jedem Laden eine Wache aufstellen lassen. Also ist es unser gutes Recht, selbst auf uns aufzupassen. Guck dir die Waffe an und merk dir, wie man sie bedient. Sie kann töten. Ja. Aber sie kann dir auch das Leben retten.«

Kimi hatte es eigentlich immer gefallen, im Laden zu bedienen, doch nach den letzten Übergriffen Hone Hekes fühlte sie sich unbehaglich. Sie erinnerte sich nur zu genau daran, wie schnell Gewalt in ein Leben eindringen und es zerstören konnte. Als immer wieder Maori im Ort gesehen wurden – manche pöbelten nur herum, andere standen feixend und provokant auf der Straße und zeigten ihre Waffen –, wäre sie am liebsten mit Rohana geflohen.

Mr. McIntosh war jedoch nach wie vor nicht allzu beunruhigt. »Das sind nur ein paar versprengte Gauner«, erklärte er. »Es heißt, es wären nicht mal alles Nga Puhi, sie kommen anscheinend von unterschiedlichen Stämmen. Denen geht's nur darum, Ärger zu machen. Organisiert sind die nicht.«

»Und die Überfälle?«, fragte Kimi verzagt.

Es hatte weitere Diebstähle in Läden gegeben. Immer wieder betraten bewaffnete Maori in Kriegerkluft Geschäfte und zeigten auf Waren, die ihnen die verängstigten Ladeninhaber umgehend aushändigten. Statt Geld auf den Tisch zu legen, zogen die Krieger Grimassen und fuchtelten mit ihren Äxten herum. Die Geschäftsleute verzichteten gern auf die Bezahlung, wenn sich die Maori endlich zurückzogen.

»Bislang ist hier in der Gegend noch nie was passiert«, begütigte Mrs. McIntosh. Das stimmte, die meisten ausgeraubten Läden befanden sich näher am Hafen.

»Und wenn sie's doch versuchen ... Also bei uns gibt's nichts umsonst«, erklärte ihr Gatte entschieden. »Wenn hier einer reinkommt und mit seinen Waffen rumfuchtelt, wisst ihr, wo der Revolver liegt.«

Kimi versuchte seitdem, sich wann immer es möglich war, vor der Arbeit im Laden zu drücken, aber eines Tages war sie doch ganz allein im Geschäft, als sich ihre Befürchtungen bewahrheiteten. Mr. McIntosh arbeitete hinten in der Backstube. Seine Frau war mit Paula und Rohana bei Dr. Thompson.

Kimi stellte eben eine Auswahl kleiner, mit buntem Zuckerguss dekorierter Kuchen zusammen, um sie auf dem Ladentisch zu platzieren, wo sie Kunden, die eigentlich nur ein Brot wollten, Appetit auf eine besondere Leckerei machen sollten. Sie sah erst von der Arbeit auf, als die Klingel ertönte, die Kunden ankündigte – und duckte sich instinktiv, als sie erkannte, wer da auf sie zukam.

Zwei Maori betraten das Geschäft mit federnden Schritten, dem selbstbewussten Gang des Kriegers, den Kimi nur zu gut kannte. Die Männer trugen traditionelle Kleidung. Ihr Oberkörper war nackt, ihre Scham bedeckten Röcke aus gehärteten Flachsfasern. Natürlich waren sie bewaffnet. Kimi wollte in Richtung Backstube flüchten, doch dann ließ eine bekannte Stimme sie erstarren.

»Wusste ich es doch!« Anewa lachte sein hässliches Lachen. »Wie's aussieht, sammeln sich die entflohenen Sklavinnen nur so in Kororareka. Hone hat sich seine schon zurückgeholt ...« Das stimmte nicht. Die ehemalige Sklavin Kotiro, die Gattin des Fleischers Lord, lebte nach wie vor mit ihrem *pakeha*-Mann zusammen. Hone Heke und seine Männer hatten ein paar Tage Ärger gemacht, sich jedoch zurückgezogen, als das Schiff mit den Truppen aus Australien eingetroffen war. Der Häuptling wog offensichtlich ab, was er riskieren konnte und was er besser ließ. Anewa, das wusste sie, war anders. »Und nun bist du dran, *wahine* ... ich hab dich vermisst. Die kleine Whano heult mir zu viel ...«

»Was ... was machst du hier?«, brach es aus Kimi heraus.

Sie fuhr zusammen, als ihr bewusst wurde, dass sie ihn damit unterbrochen hatte. Er schien das jedoch nicht sofort ahnden zu wollen.

»Siehst du doch!« Anewa griff lässig nach einem der Kuchen, die Kimi eben arrangiert hatte. »Ich leiste meinem Freund Hone ein bisschen Waffenhilfe. Die Nga Puhi und die Ngati Tama haben nämlich die gleichen Probleme ...«

Kimi wusste, dass es um Steuereinnahmen ging oder eher um illegale Schutzzölle. Auch die Maori auf Chatham Island forderten fünf Pfund von jedem Walfänger, der in ihre Häfen einfuhr. Seit der Gouverneur einen ganz legalen Zoll auf alltägliche Handelswaren eingeführt hatte, mochten die Kapitäne allerdings nicht zweimal zahlen und die Einnahmen stagnierten – genau wie die der Nga Puhi in Kororareka. Für Hone Heke war das offenbar ein Grund, einen Krieg anzufangen.

Anewa und sein Freund kauten gelassen an ihrem Gebäck, während es in Kimis Kopf arbeitete. Die Waffe lag griffbereit unter dem Ladentisch. Sie hätte leicht danach greifen und sie auf die Männer richten können. Kimi erinnerte sich noch daran, wie John McIntosh seiner Frau gezeigt hatte, wie man den Revolver entsicherte. Sie müsste es eigentlich schaffen. Und wahrscheinlich würde die Drohung wirklich reichen, die Männer abzuschrecken. Sie würde sicher niemanden töten oder verletzen müssen. Kimi kämpfte mit sich, doch sie war wie erstarrt.

»Wir werden den Weißen etwas Dampf unter dem Hintern machen«, tönte Anewa. »Wie die Kerle da in Amerika. Die haben den Engländern auch die Meinung gesagt zu ihren Steuern …« Hone Heke berief sich neuerdings auf die Rebellion der amerikanischen Siedler in Boston gegen die Besteuerung von Teelieferungen.

»Aber erst mal hole ich mir meine hübsche Sklavin zurück. Du kommst mit, Kimi!«

Anewa griff blitzschnell nach Kimis Arm und zog sie hinter dem Verkaufstisch vor. Kimi klammerte sich an der Theke fest. Sie wehrte sich nicht, aber sie schrie wie von Sinnen. Fieberhaft dachte sie an Rohana, die jetzt allein sein würde. Hoffentlich würden die McIntoshs sie behalten – der Gedanke an ein *pakeha*-Waisenhaus brach Kimi fast das Herz. Jetzt griff auch noch der andere Krieger nach ihrem Arm.

»Die Sklavin wirst du teilen müssen, Anewa«, sagte er mit bösem Grinsen. »Unter Waffenbrüdern …«

Die Männer zerrten Kimi zur Tür, doch dann ertönte aus Richtung Backstube John McIntoshs Donnerstimme.

»Ihr Kerle lasst das Mädchen augenblicklich los und nehmt die Hände hoch!«, befahl der Bäcker. Er richtete eine doppelläufige Flinte auf die Krieger, und seine Miene machte klar, dass er keinen Spaß verstand. »Und dann verschwindet ihr. Sofort und ohne vor meinem Laden herumzutanzen oder zu pinkeln und die Röcke zu heben wie bei den Lords.«

Anewa blitzte McIntosh an und verzog das Gesicht, wie die Maori es zu tun pflegten, wenn sie einen Kampf begannen. »Diese Frau ist meine Sklavin!«, stieß er hervor. »Sie ist entlaufen. Ich hole mir nur, was mir gehört. Oder soll ich sie töten?« Er griff nach seinem Messer.

Im nächsten Moment knallte ein Schuss. McIntosh traf nicht. Die Kugeln, mit denen er auf Anewas Arm gezielt hatte, schlugen in der Holzwand des Hauses ein. Die Krieger erschraken jedoch derart, dass sie Kimi tatsächlich losließen. Sie stürzte zu ihrem Arbeitgeber, und da hörte man auch schon von draußen aufgeregte Stimmen.

»Sklaverei ist nach hier geltendem Recht verboten«, sagte McIntosh, während er nachlud. »Das Erschießen von Gaunern nicht. Also packt euch jetzt, bevor es ernst wird. Und wagt ja nicht, hier noch einmal aufzukreuzen!«

Kimi, die sich unter dem Verkaufstisch versteckt hatte, sah nur aus den Augenwinkeln, wie Anewa und sein Kumpan tatsächlich den Laden verließen. Sie schluchzte hysterisch, als ihr bewusst wurde, dass die Gefahr gebannt war.

Wenig später war Margaret McIntosh bei ihr. Sie hatte das Haus durch den Hintereingang betreten, die Kinder, die beide erkältet waren, ins Bett gebracht und war von dem Schuss aufgeschreckt worden. Als sie Kimi unter dem Tresen sah und ihr Mann ihr kurz von dem Vorfall berichtet hatte, holte sie eine Flasche aus der Backstube, führte ein Glas Whiskey an Kimis Lippen und sprach beruhigend auf sie ein.

»Kindchen, warum hast du dich denn nicht gewehrt?«, fragte sie freundlich, aber mit sanftem Tadel. »Du wusstest doch, wo der Revolver ist. Es kann nicht sein, dass du nicht daran gedacht hast ...«

Kimi schüttelte den Kopf. »Ich bin doch Moriori. Ich darf nicht kämpfen. Nunukus Gesetz verbietet es ...« Immer wieder von Schluchzern unterbrochen berichtete sie Margaret von dem alten Dilemma ihres Volkes.

Die Schottin lauschte ungläubig. »Aber Liebes, man muss sich doch wehren«, sagte sie dann. »Man darf nicht alles mit sich machen lassen. So ein Gesetz ... das ist gut und schön bei einem dummen Krieg zwischen zwei Clans. Es gilt jedoch nicht, wenn wilde Kerle kommen, um dir Haus und Hof zu rauben!«

»Doch, das gilt!«, beharrte Kimi. »Unsere Ältesten haben es gesagt. Es steht über allem. Und ... und Jesus Christus sagt es auch, dass man dem, der einen auf die eine Wange schlägt, die andere hinhalten soll ...«

»Und ein paar Tage danach hat er die Händler aus dem Tempel verbannt«, bemerkte Margaret. »Das sind alles sehr schöne Worte, Kimi. Und weiß Gott, ich bin eine gute Christin. Aber wenn einer Paula etwas antun wollte oder John, dann würde ich zur Löwin, Kimi. Allen Gesetzen und Bibelworten zum Trotz.«

Kimi wusste nicht, was sie darauf antworten sollte. Sie hätte Margaret McIntosh nur allzu gern recht gegeben. Wenn Anewa nun nicht sie bedroht hätte, sondern Rohana ... Andererseits hatten die Frauen ihres Volkes damals tatenlos zugesehen, wie man ihre Kinder tötete. Ohne gegen das Gesetz zu verstoßen ...

»Ich ... kann nicht ...«, flüsterte sie und fuhr erneut zusammen, als John McIntoshs Donnerstimme ertönte.

»Und ob du kannst!«, erklärte der Schotte. »Ab morgen wird das Schießen geübt. Du wirst lernen, diese Waffe abzufeuern, Kimi. Wenn du erst mal weißt, wie es geht und wie leicht das ist, wirst du dein Gesetz vergessen. Wir sind nicht sechstausend Meilen aus Schottland hierhergereist, um uns kampflos zu ergeben. Und du, Kimi ... Wie lange hat dein Volk existiert? Fünfhundert Jahre? Und jetzt sterbt ihr aus wegen einiger zugegebenermaßen sehr kluger Worte eines lange verstorbenen Mannes? Das ist Unsinn, Mädchen. Ab morgen lernst du, dich zu wehren!«

Kimi hasste jeden Augenblick der erzwungenen Stunden am Schießstand. Aber sie fügte sich. Gemeinsam mit Margaret folgte sie John McIntosh an jedem zweiten Abend zur Kaserne, wo die Offiziere einen Schießstand aufgebaut hatten. Sie waren nicht die einzigen besorgten Bürger, die hier auf Flaschen oder Schießscheiben anlegten. Dabei entwickelten die beteiligten Männer und Frauen sehr unterschiedliches Geschick. Margaret McIntosh zum Beispiel widmete sich der Sache beherzt und fast begeistert, traf jedoch nur selten. Kimi dagegen, so widerwillig sie anlegte, und sosehr sie immer noch zusammenzuckte beim Rückstoß der Waffe, zeigte sich treffsicher. Mindestens zwei von drei Glasflaschen gingen zu Bruch, wenn Kimi schoss. Stolz darauf vermochte sie allerdings nicht zu empfinden. Sie fügte sich den McIntoshs, aber ihren Glauben verriet sie nicht. Sie konnte nicht an Nunukus Gesetz zweifeln, sie durfte es nicht. Denn sonst wäre alles sinnlos gewesen.

Ihr Volk wäre vergeblich gestorben.

Kapitel 3

David ging ganz in seinen Studien auf. Er verlor sich so vollkommen in Fächern wie Ethik, Kirchengeschichte und Exegese, dass Reverend Cutterfield ihn mitunter ermahnen musste, seine sonstigen Pflichten nicht zu vernachlässigen. Genau wie die Goßner-Mission verfolgte die Station Te Waimate das Konzept, die Maori nicht nur für das Christentum zu gewinnen, sondern allgemein zu zivilisieren, ihren Lebensstil also möglichst dem der *pakeha*-Christen anzugleichen. Dazu gehörte die Ausbildung in Handwerksberufen – und David sah sich plötzlich wieder mit der Aufgabe konfrontiert, Maori-Jungen in die Schmiedekunst einzuweisen. Freude fand er daran nicht, und er reagierte entsprechend ablehnend, als Ruth ihm vorschlug, neben dem Studium noch Pferde gegen Geld zu beschlagen. Geld wurde nämlich zusehends knapp in ihrem Haushalt.

Ruths Hoffnung, bis zu Davids Ordination von dem Geld ihrer Eltern leben zu können, erwies sich als trügerisch. Tatsächlich verschlang sein Studium deutlich mehr, als sie veranschlagt hatte. Die Bücher, die David dringend brauchte – und die später in der Bibliothek eines jeden Pfarramts stehen sollten, sodass es nicht ausreichte, sie sich jetzt erst einmal zu leihen –, waren teuer. Und auch Ruth selbst brauchte ein wenig Geld. Auf Chatham Island und Preservation Inlet war es egal gewesen, wie sie sich gekleidet hatte. Sie hatte dort gar nicht abgerissen genug aussehen können, um die Blicke der Männer nicht auf sich zu lenken. Während ihrer ersten Schwangerschaft hatte sie also keine Umstandskleider gekauft oder genäht, sondern nur alte Röcke geändert. Hier in Te Waimate ging das nicht. Man erwartete von den Missionarsfrauen und ihren Kindern adrettes Aussehen. Ruth musste sich also ein neues Kleid schneidern lassen und würde ihre Garderobe nach der Schwangerschaft erneuern müssen. Die Sachen für Laurent nähte sie selbst, doch natürlich war auch der Stoff nicht umsonst. Bei aller Sparsamkeit gingen ihre Rechnungen nicht auf – bis sie im Lokalteil der *Auckland Gazette* die Anzeige eines in Kororareka ansässigen Mediziners fand.

Kororareka
Arztpraxis mit angeschlossenem Hospital sucht dringend Hilfskraft mit Erfahrung in Krankenpflege
Dr. Curtis Thompson, Hazard Street 53

»Da sucht ein Arzt eine Krankenschwester«, interpretierte Ruth die vorsichtige Formulierung. Sie hatte David in der Pause zwischen zwei Seminaren im College aufgesucht und ihm die Anzeige vorgelesen. »Er kann nur kaum glauben, dass sich hier eine finden lässt. Wenn ich mich bewerbe, wird er mich sicher einstellen.«

David konnte ihre Begeisterung nicht teilen. »Du bist verheiratet«, gab er missmutig zu bedenken, »und schwanger. Es ist nicht üblich, dass Ehefrauen außer Haus arbeiten. Wenn ich erst einmal eine Gemeinde habe, darfst du deine medizinischen Kenntnisse gern einbringen. Doch jetzt …«

Ruth seufzte. »David, ich bin nicht erpicht darauf, meine medizinischen Kenntnisse irgendwo einzubringen. Ich muss nur Geld verdienen. Und dieser Arzt scheint händeringend jemanden zu brauchen, der über meine Fähigkeiten verfügt. Da mag er darüber hinwegsehen, dass ich verheiratet bin und schwanger …«

»Und was ist mit Laurent?«, fragte David vorwurfsvoll. »Willst du den mitnehmen? Und den Köter? Der jault doch den ganzen Tag, wenn du weg bist.«

Jonas' Anwesenheit in Te Waimate war David ein Dorn im Auge. In den Hütten auf Chatham Island und Preservation Inlet hatte ihn das Tier nicht gestört, aber in Te Waimate hielt sonst niemand Haustiere, und ein Teil der Missionare äußerte sich missbilligend über den kleinen Kläffer, der lauthals jeden Besucher ankündigte. Obendrein war Jonas weit davon entfernt, sich mit seiner Verbannung in den Gartenschuppen abzufinden. Sofern es ihm eben gelang, stahl er sich in die Wohnung der Mühlens, und wenn ihn ein anderer Hausbewohner entdeckte, musste David sich Vorwürfe anhören.

Ruth zuckte mit den Schultern. »Das wird sich finden«, meinte sie. »Im Zweifelsfall könnte Raukura auf sie beide aufpassen. Die mag den Hund. Und ob sie nun drei Kinder hütet oder vier ...«

Raukura und Tom hatten inzwischen noch einen Sohn bekommen.

»Du würdest deinen Sohn fremden Leuten anvertrauen?«, fragte David ungläubig.

Ruth wurde langsam ärgerlich. »Du kannst ihn auch gern mit in dein Seminar nehmen«, schlug sie vor. »Wenn du es denn nicht erträgst, dass sich eine Eingeborene um ihn kümmert.«

Das war provokant, doch in der letzten Zeit war ihr mehrmals aufgefallen, dass David Ressentiments gegenüber den »Heiden« entwickelte, für deren Rettung er noch einige Jahre zuvor ans andere Ende der Welt gesegelt war. Vielleicht waren es die vielen schlechten Erfahrungen mit den Maori auf Chatham Island gewesen und die Misserfolge bei der Christianisierung der Menschen in Preservation Inlet, die seine Einstellung geändert hatten. Mitunter befürchtete Ruth allerdings, dass die Ursachen tiefer lagen. Sie fragte sich immer häufiger, ob David das Amt des Seelsorgers wirklich lag. Er liebte Gott mehr als die Menschen, und er verstand nicht, dass die meisten seiner Schäfchen diese tiefe Spiritualität nicht teilen konnten. Zudem war er Fremdem gegenüber nie aufgeschlossen gewesen. Ruth erinnerte sich daran, wie knapp seine Schilderungen der Reise nach Neuseeland ausgefallen waren und wie wenig er sich für Flora und Fauna der Orte interessiert hatte, an denen sie gelebt hatten. Seine Aufgabe als Missionar hatte er wohl immer darin gesehen, »die Wilden zu zivilisieren«, sich also das Fremde vertraut zu machen. Das sture Festhalten der Menschen an ihren eigenen Traditionen verunsicherte ihn zutiefst.

»Ich finde einfach, ein Kind gehört zur Mutter«, erklärte David nun, ohne auf Ruths Provokation einzugehen. »Als künftige Pfarrfrau musst du den Menschen das vorleben.«

Ruth zuckte mit den Schultern. »Pfarrer und Pfarrfrau müssen erst mal *von* etwas leben. Wenn du also kein Geld verdienst, muss ich es tun. Und ich werde mich morgen bei diesem Dr. Thompson vorstellen, wobei ich es begrüßen würde, wenn du mich zu diesem ersten Gespräch begleiten würdest. Wenn nicht, frage ich im Stall, ob mir jemand ein Pferd anspannt. Die paar Meilen kann ich sicher auch allein fahren.«

Ruth hatte das zwar noch nie gemacht, hielt Kutschieren allerdings für nicht sehr schwierig.

»Ein weiteres Problem«, sagte David. »Wie willst du da jeden Tag hin- und zurückkommen?«

»Das wird sich ebenfalls lösen lassen«, erwiderte Ruth gereizt. »Wo ein Wille ist, ist auch ein Weg. Also, fährst du mich jetzt hin?«

Dr. Thompson konnte sein Glück kaum fassen, als sich ihm Ruth am nächsten Tag als eine in Berlin ausgebildete Krankenschwester mit Berufserfahrung vorstellte. Da sein Wartezimmer voll war, schlug sie ihm vor, zwecks Probearbeit gleich ein paar Stunden zu bleiben. Seine Frau – heilfroh, der ungeliebten Arbeit als Sprechstundenhilfe zu entkommen – kümmerte sich derweil gern um den kleinen Laurent und legte Jonas bereitwillig eine Decke vor ihren Kamin. Als sie ihm auch noch ein Stück Wurst ins Maul steckte, hatte sie sein Herz gewonnen. Laurent verwöhnte sie mit Scones.

»Die zwei können Sie gern öfter bei mir lassen«, bot sie sich an. »Wenn sich in der Mission keine Betreuung findet. Der Hund macht ja keine Arbeit, und ich passe viel lieber auf Kinder auf, als Wunden zu verbinden oder Salben anzurühren.«

Ruth dagegen tat das gern. Sie hatte die Arbeit im Krankenhaus vermisst und fand sich schnell wieder in alle Tätigkeiten hinein, die Dr. Thompson von ihr verlangte. Als sich das Wartezimmer endlich geleert hatte, waren beide vollends zufrieden und freuten sich auf die künftige Zusammenarbeit.

Auch die Frage, wie Ruth ihren neuen Arbeitsplatz erreichen konnte, hatte sie bereits klären können. Tatsächlich arbeiteten mehrere junge Maori, die in der Missionsstation aufgewachsen waren und ein Handwerk erlernt hatten, in Kororareka. Sie legten die Strecke täglich gemeinsam in einem Fuhrwerk zurück, mit dem Waren von der Missionsstation in den Ort gebracht wurden und umgekehrt. David hatte zwar zunächst Bedenken, Ruth gemeinsam mit einer Gruppe junger Männer fahren zu lassen. Doch erstens legte Reverend Williams für seine Zöglinge die Hand ins Feuer, und zweitens waren unter ihnen auch zwei Frauen. Pai und Marama arbeiteten als Zimmermädchen in einem Hotel. Die Schicklichkeit blieb also gewahrt, und der Anstellung bei Dr. Thompson stand nichts im Wege.

Zu Ruths großer Freude bot der Arzt ihr ein recht ordentliches Gehalt – sie besprachen Arbeitszeiten und Vergütung bei einer Tasse Tee und Gebäck zusammen mit Mrs. Thompson, die sie äußerst sympathisch fand. Die drei plauderten angeregt miteinander – wie bei fast allen zurzeit in Kororareka geführten Gesprächen ging es um Hone Heke und seine halbherzige Rebellion, bis David zurückkehrte, um Ruth abzuholen. Er hatte die freie Zeit genutzt, um der katholischen Mission in Kororareka einen Besuch abzustatten. Seit er Kirchengeschichte studierte, interessierte er sich für die vielen Facetten des christlichen Glaubens, und im Gegensatz zu etlichen anderen lutherischen Missionaren hatte er keine Ressentiments gegenüber Katholiken. Sein Mentor Pastor Goßner war schließlich selbst zunächst katholischer Priester gewesen, bevor er konvertiert war.

David zeigte sich unerwartet begeistert von seinem Tag mit den Maristenbrüdern.

»Eine wirklich inspirierende Erfahrung«, schwärmte er. »Die Gemeinschaft, in der die Brüder leben, erscheint mir sehr viel inniger, spiritueller als mein Zusammenleben mit den anderen Missionaren auf Chatham Island. Allein der durch Gebete strukturierte Tageslauf …«

»Den haben wir in der Mission doch auch«, erinnerte ihn

Ruth, die das Morgengebet und die Abendmesse mitunter ganz gern geschwänzt hätte.

»Sicher, aber die Mönche leben das viel intensiver«, behauptete David. »Natürlich haben sie den Grundsatz ›Beten und Arbeiten‹, das Gebet scheint mir hier allerdings übergeordnet, wobei ihre Arbeit enger mit der direkten Mission verknüpft ist …«

Die Maristenbrüder in Kororareka legten den Schwerpunkt ihrer Mission auf die Übersetzung christlicher Texte in die Sprache der Maori und betrieben zudem ihre eigene Druckerei. Die Verteilung der Gebet- und Gesangsbücher an die Einheimischen übernahmen andere Priester oder Mönche. Es gab mehrere katholische Missionsstationen in Neuseeland.

Ruth überlegte, als David davon berichtete. »Als direkte Mission würde ich aber eher die Arbeit mit den Menschen bezeichnen als das Drucken von Büchern«, wandte sie ein. »Können die sich überhaupt Missionare nennen, wo sie mit den Maori selbst gar nicht in Berührung kommen?«

»Das kann man sicher so oder so sehen«, erwiderte David. »Vielleicht habe ich mich da falsch ausgedrückt. Was ich meinte, war … Also … die Arbeit der Maristenbrüder … sie hat einfach mehr mit Gott zu tun als mit … Na ja, wenn ich den Maori beibringe, wie man ein Pferd beschlägt, dann hat das keinen besonderen spirituellen Aspekt …«

Ruth seufzte. Also ging es wieder um sein ungeliebtes Handwerk. Dabei musste er doch nur noch ein paar Jahre durchhalten, bis er Hammer und Hufnägel für immer beiseite legen konnte. Überall in Neuseeland wurden Priester gebraucht. Wenn David erst ordiniert war, würde er nicht in der Mission bleiben müssen. Erneut träumte sie von einem ruhigen erfüllten Leben als Pfarrfrau auf dem Lande. Sie war bereit, einen großen Teil der dann anfallenden seelsorgerischen Betätigungen auf sich zu nehmen, damit David sich vermehrt dem Bibelstudium und dem Predigen widmen konnte.

Vorerst richtete Ruth sich jedoch auch in ihrem Leben in Kororareka ein. Sie fühlte sich halbwegs wohl in Te Waimate.

Ein eigener Haushalt wäre ihr zwar lieber gewesen, aber verglichen mit den Lebensumständen auf den Chathams und in Preservation Inlet war die gelegentliche Bigotterie der Missionare und ihrer Frauen leicht auszuhalten. Seit sie bei Dr. Thompson arbeitete, verbrachte sie ohnehin nur noch wenig Zeit in der Gesellschaft der Christen. Die Arbeit bei Dr. Thompson machte Ruth großen Spaß, und auch in ihren Aufgaben als Mutter fand sie Erfüllung. Die täglichen Fahrten mit den Maori nach Kororareka machten ihr nichts aus – sie hatte nur das Gefühl, als hätte David seinen Frieden damit noch nicht vollständig gemacht. Es kam immer öfter vor, dass er sich anbot, sie selbst nach Kororareka zu fahren oder von dort abzuholen, und er war dabei stets guter Stimmung.

Eines Tages schlug er vor, anschließend gemeinsam einen Gottesdienst bei den Maristenbrüdern zu besuchen.

»Jetzt noch?« Ruth war völlig erschöpft. Sie war inzwischen im sechsten Monat, und die Schwangerschaft begann, ihr zu schaffen zu machen. Zudem musste sie noch Laurent aus Raukuras Obhut abholen. Die Kinderbetreuung war so geregelt, dass der Kleine drei Tage in der Woche bei ihrer Moriori-Freundin blieb. Während der restlichen drei Arbeitstage passte Mrs. Thompson voller Freude auf ihn auf. »Wir werden erst im Dunkeln nach Hause kommen.«

»Ich würde diese Erfahrung sehr gern einmal mit dir teilen«, erklärte er und lenkte das Pferd ohne ihre Zustimmung nach Süden, in Richtung der Station der Katholiken. »Es ist sehr festlich.«

Ruth schloss daraus, dass er früher schon einmal die Messen der Brüder besucht hatte. Sie fand das befremdlich, aber was das Beten anging, konnte er ja nie genug bekommen. Nun beugte sie sich seufzend seinem Willen und betrat zum ersten Mal eine Kirche der Papisten, wie ihr Vater die Katholiken respektlos zu nennen pflegte. Dabei zeigte sie sich zunächst ein wenig irritiert von der dunklen, durch Kerzen jedoch stimmungsvoll erhellten Kirche, dem Glanz der Altäre und den vielfältigen bunten Heiligenstatuen und -bildern. Protestantische Gotteshäuser hielt man im Gegensatz dazu eher schlicht.

Auf die Dauer vermochte sie sich der Atmosphäre dieses Gottesdienstes jedoch nicht zu entziehen. Die Gesänge der Mönche, der Duft nach Weihrauch, das Latein, in dem die Messe gehalten wurde, was die eigentlich vertrauten Worte und Gesten des Priesters wie magische Handlungen und Zaubersprüche wirken ließ – Ruth war beeindruckt und David beinahe dankbar für die spirituelle Erfahrung. Er freute sich sichtlich, als sie ihm das sagte.

»Genau so empfinde ich es auch«, erklärte er enthusiastisch. »Es ist ein wenig ... ein wenig, als öffnete sich einem der Himmel, als erhaschte man einen Hauch von Gottes Herrlichkeit!«

Ruth runzelte die Stirn. »Also so weit würde ich nun nicht gehen«, meinte sie. »Eher ... also, so schön das ist, ein bisschen Aberglaube scheint mir da doch mitzuschwingen. Wieso zum Beispiel muss die Messe auf Latein gefeiert werden? Sollten die Gläubigen nicht verstehen, was der Priester in ihrem Namen mit Gott verhandelt?«

David half ihr auf den Bock des kleinen zweirädrigen Wagens, mit dem sie unterwegs waren. Er schien nachzudenken.

»Das ist eine Sicht der Dinge«, meinte er dann. »Andererseits ... die Mysterien des Glaubens ... Es bedarf einiger Anstrengungen, sie zu verstehen. Vielleicht sollten wir den Menschen nicht vorgaukeln, das wäre so einfach ...«

Ruth fand eigentlich nicht, dass der Protestantismus den Gläubigen irgendetwas vorgaukelte. Allerdings hatte sie sich auch nie bemüßigt gefühlt, hinter besagte Mysterien zu kommen. Auf jeden Fall fehlte ihr die Lust, das jetzt mit David zu diskutieren. Wenn die Maristenbrüder ihn derart faszinierten, war gegen einen Austausch mit ihnen ja nichts einzuwenden. Sie hoffte bloß, dass die Seminarleitung des St. John's College das nicht anders sah. Es gab viele Protestanten, die den Katholizismus immer noch vehement ablehnten und seine Vertreter als Feinde empfanden statt als Brüder in Christus.

Kapitel 4

In den nächsten Tagen beschäftigten Ruth die Unruhen in Kororareka allerdings mehr als Davids spirituelle Auseinandersetzung mit dem Katholizismus. Immer wieder kamen Menschen in Dr. Thompsons Praxis, die von Übergriffen durch Maori-Krieger berichteten. Eine Frau hatte sich auf der Flucht vor ihnen verletzt, in einem Laden war es zu einer Schlägerei gekommen. All das war nichts Ernstes, aber die Lage spitzte sich unzweifelhaft zu. Ruth und die Thompsons beobachteten besorgt die Strategie des Gouverneurs, Hone Heke und seinen Leuten zwar einerseits mit Verständnis zu begegnen, andererseits jedoch Stärke zu zeigen, indem er Truppen aus Australien kommen ließ.

Am Tag nach dem erneuten Eintreffen der Bark *Sydney* in Kororareka fanden sich vier Offiziere in der Praxis von Dr. Thompson ein. Ruth schaute verwundert auf die jungen Männer in roten Uniformröcken. Einer von ihnen hatte sich die Jacke allerdings nur über die Schulter gehängt, sein Hemd war blutbesudelt.

»Hat es Kämpfe gegeben?«, fragte sie, bevor sie den ersten Patienten hereinbat. »Ich dachte, der Gouverneur verhandelt.«

Gouverneur FitzRoy sowie etliche Vertreter der aufständischen Maori-Stämme hatten sich in Te Waimate eingefunden, um miteinander zu reden.

»Keine Kämpfe, nur eine Magenverstimmung«, erklärte einer der jungen Männer.

»Und eine Entzündung am Fuß«, meldete sich ein zweiter. »Hab ich schon länger …«

»Aber das hier …« Ruth wies auf den Mann mit dem blutbesudelten Hemd. Seinen linken Arm hielt er unnatürlich abgespreizt, und um seinen Hinterkopf war ein durchgebluteter Verband gewickelt. »Das scheint mir doch auf direkte Gewalteinwirkung hinzudeuten.«

Der vierte Soldat schien nicht krank zu sein, er hatte die Verletzten nur begleitet.

»Er ist vom Mast gefallen«, meldete er sich jetzt für seinen Freund.

Ruth warf den Männern einen verwunderten Blick zu. Der begleitende Soldat war blond und hatte ein längliches Gesicht mit einer spitzen Nase. Der am Kopf Verletzte war gut aussehend – oder wäre es, wenn sein Gesicht nicht so blass und schmerzverzerrt gewesen wäre wie zurzeit. Er hatte lockiges braunes Haar und nussbraune Augen, ein ovales, kluges Gesicht und volle Lippen, die sich jetzt, aller Unbill zum Trotz, zu einem Lächeln verzogen.

»Sergeant Cooper Leighton«, stellte er sich vor.

»Wenn du nach der Sache mal nicht degradiert wirst«, bemerkte sein Freund. »Herumklettern in der Takelage ...«

»Gehört eigentlich nicht zu den Aufgaben der königlichen Artillerie, oder?«, fragte Ruth.

Leighton schüttelte den Kopf und verzog das Gesicht. Die Bewegung schien ihm Schmerzen zu bereiten.

»Es war eine Wette«, erklärte er. »Mit einem der Matrosen. Wer schneller rauf- und runterkommt ...«

Ruth verdrehte die Augen. »Und Sie haben verloren? Dabei hätten Sie sich den Hals brechen können!«

»Ich hab gewonnen«, bemerkte Leighton. »Indem ich die Angelegenheit durch einen Sprung abgekürzt hab. Allerdings hatte ich die Höhe nicht korrekt kalkuliert ...«

»Er ist etwas unsanft gelandet«, erklärte sein Freund.

Ruth fasste sich an die Stirn. Sie schien es hier mit einem tollkühnen jungen Mann zu tun zu haben.

»Na, dann kommen Sie mal rein«, meinte sie. »Ich denke, Sie sind der schwerste Fall, die anderen können noch etwas warten. Ihr Arm scheint mir ... also die Schulter ist ausgekugelt, wenn nicht gebrochen.«

Dr. Thompson hörte sich die Geschichte mit unbewegtem Gesicht an, obwohl sie ihn sicher belustigte.

»Um was hatten Sie denn gewettet?«, erkundigte er sich schließlich. Leightons Begleiter zog eine Flasche Whisky aus der Tasche. »Single Malt«, erklärte er. »Kriegt man bei der Armee nicht so oft. Deshalb hab ich die Flasche mal in Sicherheit gebracht. Nicht dass die Jungs von der Marine noch befinden, eine horizontale Landung am Boden gälte nicht.«

Ruth konnte sich ein Lächeln jetzt kaum verbeißen, Dr. Thompson dagegen beherrschte sich.

»Nun, jetzt könnten Sie einen Schluck brauchen gegen den Schmerz«, erklärte er. »Ich muss die Schulter nämlich erst mal wieder einrenken. Und dann schienen. Sieht zwar nicht so aus, aber es könnte eine Fissur vorliegen, ein Riss im Knochen. Die Schulter wird auf jeden Fall für zwei bis drei Wochen ruhiggestellt. Und nun legen Sie sich hin, versuchen Sie, sich zu entspannen, und wappnen Sie sich gegen einen kurzen, heftigen Schmerz.«

Leighton zögerte. »Ich denke, ich sollte zuerst einen Schluck Whiskey ...« Er streckte die Hand nach der Flasche aus.

Dr. Thompson schüttelte den Kopf. »Sonst gern, nur nicht in Zusammenhang mit der Kopfverletzung«, erklärte er. »Das müssen wir uns gleich erst mal näher ansehen. Waren Sie bewusstlos?«

»Nur ganz kurz«, erläuterte Leightons Begleiter, der sich inzwischen als Will McDougal vorgestellt hatte. »Drei Minuten ...«

»Also wahrscheinlich eine Gehirnerschütterung«, konstatierte Thompson. »Ist Ihnen übel?«

»Nur vom Schmerz«, behauptete Leighton.

Dr. Thompson schüttelte den Kopf. »Bereiten Sie mal ein Bett vor, Schwester Ruth, ich glaube, unser verhinderter Seemann sollte vorerst hierbleiben. Sicherheitshalber, ein, zwei Tage zur Beobachtung, ich möchte einen Schädelbruch ausschließen können, bevor ich Sie zu Ihrer Einheit zurückschicke, Sergeant. Und jetzt ... wie gesagt ...«

Ruth ging nach nebenan, um eines der zwei Krankenbetten zu beziehen, und hörte gleich darauf einen kurzen Schrei. Das Einrenken der Schulter war äußerst schmerzhaft, aber immerhin ging es schnell. Als sie zurückkehrte, war Dr. Thompson bereits damit beschäftigt, Leightons linken Arm am Körper zu fixieren. Ruth half ihm dabei und säuberte die Kopfwunde, nachdem der Arzt den provisorischen Verband entfernt hatte.

»Platzwunde«, sagte Thompson. »Sollten wir nähen. Da können Sie heute mal richtig Ihre Tapferkeit beweisen, Sergeant ...«

»Noch mal schreie ich nicht«, beteuerte der junge Mann, der nach der Prozedur des Einrenkens noch blasser und mitgenommener wirkte. »Das ... das kam eben nur so überraschend ...«

Dr. Thompson winkte ab, ließ sich von Ruth Nadel und Catgut reichen und begann, die Wunde zu schließen. Leighton ballte die Fäuste und biss die Zähne zusammen. Tatsächlich überstand er die vier Stiche, ohne einen Laut von sich zu geben.

»Sehr schön«, sagte der Arzt. »Dann verbinden Sie das jetzt mal, Schwester Ruth, und zeigen dem jungen Mann sein Bett. Ganz still liegen, Sergeant Leighton. Ihr Kopf braucht absolute Ruhe, und der Schulter schadet's auch nicht. Geben Sie ihm etwas Laudanum, Schwester Ruth, dann wird er schlafen.«

Ruth führte Leighton ins Nebenzimmer, wobei er es mannhaft ablehnte, sich auf sie zu stützen. Er schien allerdings ziemlich erleichtert, als er endlich im Bett lag. Ruth nahm an, dass die ausgerenkte Schulter und die Platzwunde nur die schlimmsten seiner Blessuren waren. Sicher hatte er sich bei dem Sturz noch etliche Blutergüsse am ganzen Körper zugezogen.

Nichtsdestotrotz konnte er schon wieder lächeln, diesmal etwas weniger gequält. Seine Lippen entblößten weiße, gesunde Zähne.

»Ich weiß nicht, ob ich Laudanum will«, bemerkte er, als sie die Flüssigkeit in einen Becher füllte und ihm reichte. »Das würde mir schließlich den Blick vernebeln, wo ich doch selten einen so hübschen Anblick genossen habe wie den Ihren, Miss ... Ruth?«

Ruth war alarmiert. Einerseits fühlte sie sich geschmeichelt. Es hatte so lange niemand mehr mit ihr geflirtet, und der junge Mann war sympathisch. Andererseits hatte sie noch die zotigen Annäherungsversuche der Walfänger in Preservation Inlet im Ohr – und sie erinnerte sich zu gut an die Hände, die nach ihr gegriffen hatten.

»Schwester Ruth«, sagte sie steif, während Cooper Leighton die bittere Medizin nun trotzdem schluckte. Dabei zog sie sich etwas zurück. »Oder Mrs. Mühlen. Sie sollten eigentlich sehen, dass ich kein junges Mädchen bin.« Ihre Schwangerschaft war inzwischen deutlich zu erkennen.

»Das macht Sie nur schöner«, behauptete Leighton. »Ihr Mann jedenfalls kann sich glücklich schätzen. Was tut er hier, im ›Höllenloch der Bay of Islands‹? Nach dem, was ich über Kororareka gehört habe, hätte ich an diesem Ort gar keine Frauen vermutet, die sich nicht ... äh ...« Er hielt inne.

» ... die sich nicht im Hafen verkaufen«, vervollständigte Ruth nüchtern. »Es wird allerdings besser mit Kororareka. Auch dank der Bemühungen der Geistlichkeit. Mein Mann ist Seminarist in Te Waimate, er wird Pastor.«

»Oh ...« Leighton schien es kurz die Sprache zu verschlagen. »Das hätte ich jetzt nicht vermutet. Aber gut. Warum nicht? Sind Sie ... sind Sie gemeinsam nach Neuseeland gekommen, oder haben Sie sich hier erst kennengelernt? Entschuldigen Sie, dass ich so neugierig bin. Bei uns in Australien muss man immer damit rechnen, dass die Leute sich auf den Schlips getreten fühlen, weil die Vorfahren der meisten, wenn mal nicht gleich sie selbst, als Sträflinge kamen.«

Ruth musste lachen. »Mein Mann und ich kamen zum Missionieren nach Neuseeland«, erklärte sie. »Ursprünglich auf die Chatham Islands. Um die Maori zu christianisieren.«

Leighton verzog sein Gesicht zu einer lustigen Grimasse. »Lassen Sie mich raten, bei Ihrem Anblick haben sich die Kerle in Scharen bekehren lassen«, bemerkte er. »Eine so hübsche Missionarin. Da fällt es gleich leichter, an Engel zu glauben ...«

Ruth bemühte sich um einen missbilligenden Ausdruck. »Wir haben uns eher bemüht, ihnen Gottvater und Sohn näherzubringen. Geister ... Geister haben sie ja selbst genug ...«

Ruth hatte, wenn sie ehrlich sein sollte, nie wirklich an Engel geglaubt – jedenfalls nicht mehr, seit ihr Schutzengel kläglich versagt hatte, als sie mit acht Jahren beim Eislaufen gefallen war und sich den Arm gebrochen hatte.

Sergeant Leighton lachte. »Sie sind eine seltsame Missionarin«, neckte er sie. »Aber eine gute Krankenschwester – von Ihnen lässt man sich gern verbinden.«

Ruth verzog den Mund. »Danke«, sagte sie spröde. »Das ist allerdings keine persönliche Begabung. Es wird uns während der Schwesternausbildung beigebracht.«

Leighton schüttelte den Kopf und verzog wieder das Gesicht. Er musste noch Kopfschmerzen haben. »Es gibt Schwestern, die sind wahre Drachen«, behauptete er. »Ich hab mir als Kind mal den Arm gebrochen, und ...«

»Ich auch«, brach es aus Ruth heraus.

Leighton sah sie prüfend an. »Und seitdem glauben Sie nicht mehr an Schutzengel?« Ruth blickte ihn verblüfft an. Konnte er Gedanken lesen? »Meiner hat mich angeblich vor Schlimmerem bewahrt, als ich vom Baum fiel«, erklärte er gelassen. »So sah das jedenfalls meine Mutter. Aber vor den eiskalten und behaarten Händen von Schwester Mary Jane hat er mich nicht gerettet ... Nun hat er das ja heute wiedergutgemacht.«

»Ach?«, bemerkte Ruth. »Hätte er Sie beim Sprung vom Mast nicht auffangen müssen?«

Leighton grinste. »Hätte er. Doch andererseits hat er mir Sie geschickt. Also hatte das womöglich seinen Sinn. Die Wege des Herrn sind bekanntlich unergründlich.«

Ruth fasste sich an die Stirn. »Also entweder wirkt das Laudanum schon, oder Ihr Gehirn ist stärker erschüttert, als Dr. Thompson annimmt. Jetzt hören Sie auf mit dem Unsinn. Ich werde nebenan gebraucht, und Sie schlafen ein bisschen. Wenn sie aufwachen, sind Sie hoffentlich wieder klar. Sergeant Leighton …« Sie wandte sich zum Gehen.

»Nennen Sie mich Cooper«, bat er. »Und glauben Sie mir: Ich war nie so klar wie heute.«

Cooper Leighton blieb fast eine Woche in Dr. Thompsons kleinem Hospital. Er entwickelte am zweiten Tag leichtes Fieber, und der Arzt entschied, dass es fahrlässig wäre, ihn so zurück in die Kaserne zu schicken – zumal es aussah, als würde die *Sydney* sehr bald nach Australien zurücksegeln. Der Gouverneur war zufrieden mit den Ergebnissen seiner Verhandlungen mit den Maori und hielt eine dauerhafte Verstärkung der Militärpräsenz für unnötig.

»Eine Schiffsreise können Sie sich in Ihrem augenblicklichen Zustand noch nicht zumuten, Sergeant Leighton«, erklärte Dr. Thompson. »Ebenso wenig wie Sie, Colonel Brouse.« Der Arzt hatte auch den Offizier mit der Fußverletzung dabehalten, die sich entzündet hatte. Brouse teilte das Zimmer mit Cooper Leighton, was Ruth sehr recht war. Schließlich ließ sich der junge Mann trotz des Fiebers nicht davon abhalten, mit ihr zu flirten. Es war eine freundliche, bewundernde Tändelei, oft neckte er sie nur und brachte sie zum Lachen. Wäre sie allein mit ihm gewesen, hätte sie sich trotzdem peinlich berührt gefühlt. Da Brouse nun aber mithörte und sich gespielt missbilligend an die Stirn fasste, wenn Cooper ihr fantasievolle Komplimente machte, konnte sie die Schwärmereien unbeschwert genießen.

»Meinen Engel habe ich mir immer mit wehendem, offenem Haar vorgestellt …«, bemerkte Leighton zum Beispiel. »So wie dem Ihren, Schwester Ruth. Es ist viel zu schön, um unter diesem Häubchen versteckt zu werden. Es könnte heilsam auf mich wirken, würden Sie es lösen, und …«

»Und vielleicht die Füße Ihres Kameraden damit trocknen?«, gab Ruth zurück. Sie war gerade dabei, Brouse' Wunde zu reinigen.

Leighton hob mit gespieltem Entsetzen die gesunde Hand.

»Ein Engel, der fremdgeht? Um Himmels willen! Vor mir muss sich auch niemand hinknien. Ich mag keine devoten Frauen ...«

»Du magst anscheinend überhaupt keine Frauen«, frotzelte Brouse. »Bei all dem Gerede über Engel. Oder hat dir noch nie jemand gesagt, dass die Engel in der Bibel alle männlich sind?«

Ruth musste wieder mal lachen. Sie fand das Geplänkel der Männer, Coopers Frechheit und die Leichtigkeit, mit der er sich über sich selbst und andere lustig machte, erfrischend. Gerade im Verhältnis zu der Ernsthaftigkeit, die David und die anderen Seminaristen und Missionare wie einen Schild vor sich hertrugen.

»Und wehrhaft«, fügte sie vergnügt hinzu. »In der Bibel ist nicht die Rede von sanften Händen und süßen Stimmen. Die Engel da sind eher so etwas wie eine himmlische Leibgarde der Israeliten.«

Gleich darauf biss sie sich auf die Lippen. Wie hatte sie es so ausdrücken können? David hätte sie zweifellos scharf dafür gerügt.

Cooper und Brouse dagegen lachten mal wieder.

»Und trotzdem tragen sie ihr Haar wie junge Mädchen«, bemerkte Cooper, was Brouse zu der Überlegung anregte, ob der Erzengel Michael seine Haartracht im Ernstfall vielleicht zum Maori-Kriegerknoten winden würde. Spätestens jetzt hätte David von Blasphemie gesprochen.

Ruth war fast etwas traurig, als Dr. Thompson die beiden jungen Männer schließlich in ihre Kaserne entließ. Brouse ging allerdings noch an Krücken, und Cooper würde seine Bandage noch ein paar Wochen tragen müssen.

»Wir sehen uns also wieder«, sagte er vergnügt, als er sich von Ruth verabschiedete. »Spätestens, wenn die Bandage abgenommen wird. Und wer weiß, vielleicht läuft man sich ja auch sonst mal über den Weg. Sie wissen, dass ich in Kororareka bleibe?«

Die *Sydney* war inzwischen wieder abgesegelt. Cooper und Brouse hatte man kurzerhand abkommandiert und der Garnison von Kororareka zugeteilt.

»Wir müssen den Fahnenmast bewachen.« Cooper lachte. »Ernsthaft, rund um die Uhr! Damit dieser verrückte Maori-Häuptling ihn nicht wieder fällt. Ein bisschen seltsam ... aber es gibt schlimmere Einsätze.«

Ruth wusste inzwischen, dass Cooper Leighton einer Farmerfamilie entstammte. Er war das zweitjüngste von acht Kindern. Den Hof würde er also nicht erben, und so hatten ihn sowohl die Not als auch die Abenteuerlust dazu bewogen, sich der Armee anzuschließen.

»Dabei liegt mir das Schießen gar nicht«, vertraute er Ruth an. »Ich rede lieber.« Er grinste. »Ich bin sehr gut darin, Leute zu allem und jedem zu überreden.«

Ruth lächelte. »Dann hätten Sie Handelsvertreter werden sollen«, neckte sie.

Sein Grinsen wurde noch breiter. »Bibelverkäufer?«, fragte er.

»Also, um Sie zu überreden, vielleicht mal einen Kaffee mit mir zu trinken, würde ich den Maori sogar den Koran auf Lateinisch verkaufen.«

Ruth sagte natürlich Nein und berief sich auf ihre Ehe. Es war gänzlich ausgeschlossen, sich als künftige Pfarrfrau mit einem Fremden in einer Teestube oder einem Café sehen zu lassen. Dennoch schmeichelten ihr Coopers Reden. Sie hatte sich seit Jahren nicht mehr so jung, unbeschwert und lebendig gefühlt.

Kapitel 5

Während Cooper und seine Kameraden den Fahnenmast von Kororareka bewachten und Ruth der Geburt ihres zweiten Kindes entgegensah, wurde David immer stiller und grüblerischer.

Er holte Ruth jetzt fast jeden Abend bei Dr. Thompson ab oder fuhr sie am Morgen nach Kororareka. Im Seminar führte man das auf seine Sorge um seine hochschwangere Frau zurück, aber Ruth argwöhnte, er nutzte die Fahrten, um bei seinen katholischen Freunden vorbeizuschauen. Sie selbst hatte er nicht erneut gebeten, ihn zu einem Gottesdienst der Maristenbrüder zu begleiten. Ob er die Messen allein besuchte, wusste Ruth nicht. Sie hoffte jedoch, dass er sich zurückhielt. Inzwischen schien ihr sein Kontakt zu den Katholiken so eng geworden, dass Reverend Williams den künftigen Pastor sicher dafür gerügt hätte.

Schließlich war die Geburt des Kindes nur noch eine Frage von Tagen, und Ruth verabschiedete sich unglücklich von den Thompsons. Nun, da sie es wieder gewohnt war, nützliche Arbeit zu leisten, würde ihr die Zeit in der Missionsstation lang werden. Dort gab es tatsächlich immer weniger zu tun. Wie Tom Peterson schon bei Ruths und Davids Ankunft bemerkt hatte, blieben die Maori weg. Die Schule war kaum noch besucht, die Handwerksbetriebe schlossen. Tom Peterson plante nun ernsthaft die Gründung seines eigenen Betriebes in Kororareka, und Ruth fand es jetzt schon traurig, dass sie dann mit Raukura ihre einzige Freundin in der Missionsstation verlieren würde. Sie selbst würde noch zwei Jahre in Kororareka ausharren müssen, bis David seine Studien beendet haben würde.

Nun beschäftigte sie sich erst einmal damit, Laurents bescheidene Babyausstattung für ihr zweites Kind instand zu setzen. Hoffnungsvoll verzierte sie die Ausschnitte der Hemdchen mit

Stickereien – sie wünschte sich, dass das Baby ein Mädchen war, und sie hätte ihre Wünsche und Hoffnungen für das Kind gern mit David geteilt. Als sie mit Laurent schwanger gewesen war, hatten sie viel über das Wunder des Lebens gesprochen, das da in ihr wuchs. Er hatte der Geburt zwar mit Bangen entgegengesehen, doch er hatte Anteil genommen und sich auf das Kind gefreut. Jetzt sprach er kaum mit ihr. Er wirkte abwesend, verbrachte die Tage im Seminar oder in der Bibliothek und vertiefte sich abends in dicke Bücher, die zu Ruths Verwirrung meist in Latein verfasst waren. David widmete sich dem Studium der Kirchensprache mit einem Eifer, den sie bei den anderen Seminaristen nicht erkennen konnte. Dieses improvisierte Priesterseminar am Ende der Welt lehrte zwar etwas Latein, doch brauchen würden es die künftigen Pastoren kaum. Es wäre sehr viel wichtiger gewesen, sich weiter im Englischen und in der Sprache der Maori zu üben.

Ruth verzichtete darauf, ihrem Mann das vorzuhalten. Sollte er studieren, was er wollte. Hauptsache, er brachte das Studium in absehbarer Zeit zu Ende, sodass ihr richtiges Leben endlich beginnen konnte.

Etwa eine Woche vor dem errechneten Geburtstermin bat David seine Frau dann förmlich um ein Gespräch.

»Vielleicht … gehen wir in den Garten?«, schlug er nervös vor. »Ich … ich hätte ungern Zuhörer.«

Ruth nickte. Das Haus der Missionare war hellhörig, was ihr anfänglich nicht aufgefallen war. Nun, da es weniger zu tun gab, ihre Nachbarn sich häufiger in ihren Wohnungen aufhielten und dort oft stritten, wurde es mitunter peinlich.

»Was gibt's denn?«, fragte sie, als sie ihm schließlich nach draußen gefolgt war, begleitet von Jonas. Laurent war bei Raukura und spielte mit deren Kindern.

»Es ist so, dass ich … dass ich dir was sagen muss«, begann David. »Setz dich doch.« Er wies auf eine Bank unter einer Nicau-Palme. Ruth ließ sich besorgt darauf nieder, während

David unruhig davor hin- und herwanderte. »Du ... du weißt ja, dass ich in der letzten Zeit häufig in Kororareka war, in der Mission der Maristenbrüder.« David sprach rasch, eine Eigenart von ihm, wenn es galt, schlechte oder schwierige Nachrichten zu überbringen.

»Bei den Katholiken«, präzisierte Ruth.

Er nickte. »Ja, und ... also, ich ... ich habe mich da sehr wohlgefühlt. Angekommen in gewisser Weise. Die Spiritualität der Brüder ... kommt mir sehr entgegen. Es scheint mir ... ein mir gemäßer Weg, mich Gott zu nähern.«

»Und?«, fragte Ruth. »Willst du jetzt konvertieren? Gibst du dein Studium auf? Möchtest du nicht mehr Pastor werden?«

Bei dem Gedanken daran erschrak sie, doch die Idee ließ auch Hoffnung in ihr aufkeimen. Vielleicht kam das »normale Leben« für ihre Familie damit ja früher als erwartet. Ruth war es eigentlich egal, ob sie als Frau eines evangelischen Pastors oder eines katholischen Hufschmieds ein nettes Haus auf dem Land bezog.

David schüttelte entschieden den Kopf. »Im Gegenteil, ich empfinde meine Berufung als stärker denn je, nun, da ich meine, den Platz gefunden zu haben, an den Gott mich von Anfang an stellen wollte. Ich werde zum Katholizismus übertreten, ja. Und ich will nach wie vor Priester werden. Nur eben katholischer Priester. Wie damals Pastor Goßner. Ich gehe ... sozusagen ... den umgekehrten Weg.«

Ruth seufzte. »Also noch mal studieren? An einem anderen Seminar? Gibt es das hier überhaupt?«

David rieb sich die Stirn. »Bischof Pompallier plant, eines zu gründen, und ich habe auch schon mit ihm gesprochen. Ich wäre willkommen, ihm beizutreten. Und bis dahin ... bis dahin werde ich dem Maristenorden als Laienbruder beitreten. Ich ziehe in sein Missionshaus.« Er sah Ruth Verständnis heischend an.

Ruth wurde gleichzeitig heiß und kalt. Die Sache erschien ihr plötzlich weitaus ernster als alles, was sie bisher mit David erlebt hatte.

»Und was ist mit mir?«, fragte sie alarmiert. »Mit mir und den Kindern? Können wir auch in dieser Mission unterkommen?«

Katholische Priester blieben unverheiratet. Oder war das ein Irrtum? Es musste ein Irrtum sein!

David biss sich auf die Lippen. »Na ja, ich … Also du könntest natürlich auch übertreten … Eine katholische Erziehung für die Kinder wäre schon …«

»Das habe ich nicht gefragt«, unterbrach ihn Ruth barsch. »Ich habe gefragt, wie du dir das mit unserer Unterkunft vorstellst. Wir haben ein Kind, David, und ein weiteres ist unterwegs. Wenn du jetzt noch einmal mit einem Studium anfängst …«

David rang die Hände und blieb vor ihr stehen. »Ruth … Also … wenn ich in die Bruderschaft eintrete und später vielleicht sogar zum Priester geweiht werde, da kann ich … da kann ich keine Frau haben.«

Er blieb stehen und blickte sie an. In seinen Augen stand Bedauern, Schuldbewusstsein, doch feste Entschlossenheit.

Ruths Erschrecken wich jäh einer großen Wut. Sie funkelte David an. »Die hast du allerdings«, erklärte sie. »Das kann man nicht ändern. Oder erlauben deine neuen Brüder eine Scheidung?«

David schüttelte den Kopf. »Nein. Nein, selbstverständlich nicht. Aber, weißt du … eigentlich, also eigentlich waren wir ja nie richtig verheiratet.«

»Was?« Ruth meinte, nicht recht zu hören. »Erinnerst du dich nicht an die Hochzeit auf den Chathams? Bruder Gottfried hat uns getraut!«

»Eben«, sagte David gequält. »Gottfried Stute hat uns getraut. Nur war er … ist er … kein Reverend. Keiner von uns war ordiniert, wir durften gar keine Trauungen durchführen.«

»Und taufen?«, höhnte Ruth. Sie konnte das nicht ernst nehmen. »Taufen durftet ihr auch nicht? Na, da werden die Maori und Moriori ja schön dumm gucken, wenn sie nun doch nicht in den Himmel kommen …«

»Die Taufe ist etwas anderes«, dozierte David. »Das Taufsakrament kann jeder spenden, man braucht nicht einmal christlichen Glaubens zu sein. Im Mittelalter ...«

»Jetzt hör auf mit diesem Unsinn!«, fuhr Ruth ihn an, doch in ihren Ärger mischte sich Angst. Es durfte nicht sein, dass die Maristenbrüder ihn mit diesen scheinheiligen Argumenten durchkommen ließen. »Du hast mich geheiratet, vor Gott und den Menschen, du hast Kinder mit mir gezeugt.«

David senkte den Kopf. »Ruth, das musst du verstehen. Der Drang, mein Leben ganz und vollständig Gott zu weihen, ist stärker als alles andere. Und Gott hat es so gefügt ... Das ist doch ein Zeichen, dass diese Ehe nie ... nie wirklich geschlossen wurde ...«

»Sie wurde aber vollzogen«, empörte sich Ruth. »Oder willst du deine Kinder verleugnen?«

David begann erneut, unruhig hin und her zu gehen. Er wirkte unglücklich und verloren wie ein gescholtenes Kind, aber zum ersten Mal konnte Ruth keine Nachsicht für ihn empfinden.

»Nein, ich ... Also ich kann einfach nicht, Ruth. Ich kann das alles nicht mehr. Ich muss meinem Herzen folgen, dem Ruf ... Und die Brüder brauchen mich. Meine Sprachkenntnisse ... ich kann da sofort segensreich tätig werden ... Und ich ... also vielleicht finden sich im weltlichen Bereich ein paar Übersetzungsaufträge. Dann könnte ich dir Geld geben.«

Ruth fühlte sich plötzlich völlig erschöpft. Langsam begriff sie, was auf sie zukam. David war im Begriff, sie und ihre Kinder genauso bedenkenlos aufzugeben, wie er das mit Kimi und ihrem Kind getan hatte. Womöglich hatte er der jungen Frau gegenüber sogar ganz ähnlich argumentiert. Auf einmal verstand sie Kimis Andeutungen. Hatte David ihr vielleicht gesagt, seine Ehe mit Ruth erfolge auf göttlichen Ratschluss? Und sie müsse ihr Schicksal eben annehmen, egal, was es für sie bereithielt?

»Behalt dein Geld«, sagte sie tonlos und stand auf. »Hast du der Seminarleitung hier in Te Waimate deinen Entschluss schon mitgeteilt?«, fragte sie dann.

David nickte. »Heute Morgen«, sagte er. »Und sie ... sie wollen, dass wir ausziehen. Du kannst sicher trotzdem noch ... Also, ich denke, sie werden dich nicht auf die Straße setzen. Es ist ja ... es ist ja nicht deine Schuld.«

»Es war auch nicht Kimis Schuld, dass ihr Kind den Erwartungen nicht entsprach«, bemerkte Ruth. »Trotzdem musste sie gehen. Und ich ... ich nehme jetzt meinen Sohn und ... und ... gehe.« Sie war den Tränen nah, aber David sollte sie nicht weinen sehen. Sie wandte sich ab.

»Ruth ... Ruth, du kannst doch nicht ... Wo willst du denn hin?«

Ruth sah sich noch einmal um. »Jedenfalls nicht dahin, wo du hingehst, David«, sagte sie mit fester Stimme. »Selbst wenn du noch mal zur Vernunft kommen solltest. Ich bin dir schon zu oft gefolgt, ich habe deinen Wahn immer entschuldigt, habe immer gehofft, wir würden einen Platz finden, der Raum bietet für mich und deinen Gott. Du dagegen denkst nur an dich! An dich und deine angebliche Berufung – als bräuchte Gott einen schwärmerischen Wunderling wie dich. David, Gott braucht Menschen, die etwas aufbauen. Du kannst nur zerstören. Also geh in dein Kloster, mauere dich ein. Dann machst du wenigstens nichts mehr kaputt.«

Ruth wusste nicht, wie sie die Kraft dazu fand, aber sie ließ ihren Mann stehen und rannte davon, geradewegs zu Raukura.

»Ich muss fort, Raukura. Ich muss weg, sonst werde ich verrückt«, stieß sie aus und nahm Laurent auf den Arm. »Bitte ... bitte hab ein Auge auf meine Sachen. Ich hole sie ab oder lasse sie holen ... Ich weiß nicht, ich ...«

Sie ließ auch ihre Freundin stehen. Dabei hätte Raukura sicher helfen können. Tom hätte sie mit dem Wagen nach Kororareka bringen können. Doch Ruth konnte und wollte nicht mehr denken. Sie folgte der Straße in die Stadt wie im Rausch, das Kind auf dem Arm, den eifrigen Jonas neben sich. Erst nachdem sie eine Stunde gelaufen und völlig erschöpft war, hielt sie ein Fuhrwerk an. Sie kannte den Fahrer, er belieferte die Mission mit

Milch- und Käseprodukten. Neugierig sah er sie an, stellte jedoch keine Fragen.

»Richtung Kororareka?«, erkundigte er sich nur. Sein Hof lag in der Nähe des Ortes.

Ruth nickte. »Bis zu Ihrem Hof, danach kann ich laufen.«

Sie zog sich mühsam hoch und hockte sich mit dem Kind auf die Ladefläche. Auf dem Bock wäre es bequemer gewesen, aber da hätte sie reden müssen. Jetzt lehnte sie sich an ein paar leere Milchkannen und versuchte, über ihre Zukunft nachzudenken. Ihr fiel nur nichts ein. Sie fühlte sich leer. Leer und ausgebrannt und hilflos. Schließlich nickte sie ein und erwachte erst, als der Wagen anhielt. Der Milchbauer ließ sie an der Einmündung zu seinem Hof aussteigen.

»Wollen Sie mit zu mir?«, fragte er. Es klang wenig begeistert, doch mitfühlend. »Meine Frau könnte sich um Sie kümmern.«

Ruth schüttelte den Kopf. »Es geht schon«, sagte sie und bedankte sich für die Hilfe. Die letzten Meilen würde sie nun auch noch schaffen. Eine Stunde später hatte sie das Haus der Thompsons erreicht. Ihr Mund war trocken, und ihr Rücken schmerzte unerträglich. Als Mrs. Thompson öffnete, fiel sie in ihre Arme.

»Schwester Ruth!« Die Arztfrau fing sie auf und stützte sie. »Um Himmels willen, wo kommen Sie denn her? Sind Sie etwa zu Fuß ... von der Station ...?«

»Ich kann nicht mehr zurück«, flüsterte Ruth. »Und ich fürchte, das Kind kommt.«

In der Nacht entband Dr. Thompson Ruth von einem gesunden kleinen Mädchen. Sie war völlig entkräftet, aber das Kind lag richtig, und der Arzt war ein geschickter Geburtshelfer. Ruth nahm es zwar nur schemenhaft wahr, doch dieses Mal entsprach alles ihren Vorstellungen von einer »richtigen« Geburt. Sie lag in einem ordentlichen Bett, trug ein sauberes Nachthemd von Mrs. Thompson und wurde von freundlichen Menschen umsorgt, deren Sprache sie verstand. Nur dass David nicht bei ihr war, dass es keinen stolzen Vater gab, der dem Kind schließlich seinen Namen gab.

»Wie soll sie denn heißen?«, fragte Dr. Thompson freundlich, als er Ruth das kleine Mädchen in die Arme legte.

Ruth zuckte mit den Schultern. »Sie soll keinen Namen tragen, der mit Gott zu tun hat …«, flüsterte sie. »Sie soll … sie soll glücklich sein …«

»Vielleicht Felicity?«, schlug Mrs. Thompson vor. »Das wäre ein hübscher Name für so ein schönes Kind, oder? Aber nun schlafen Sie erst mal, Ruth. Und morgen erzählen Sie uns, was passiert ist.«

Kapitel 6

Die Thompsons reagierten erwartungsgemäß schockiert auf Ruths Bericht.

»Das ist absolut unhaltbar«, polterte der Doktor. »Und unglaublich, dass die Missionare da mitspielen! Sowohl die Protestanten als auch die Katholiken hätten ihm den Kopf zurechtsetzen müssen. Wie kann er eine Ehe plötzlich für ungültig erklären?«

Ruth hatte sich inzwischen an den Gedanken gewöhnt, David verloren zu haben – sofern ihr sein Herz überhaupt jemals gehört hatte. »Die Katholiken scheinen sich über jede Seele zu freuen, die sie den Protestanten entreißen können. Und die Missionare in Te Waimate ... Es ist ja richtig, dass die Goßner-Missionare keine wirklichen Priester waren. Wir hätten das Ehegelübde in Te Waimate erneuern müssen. Da hat nur niemand dran gedacht. Und jetzt ... Was sollen sie tun? Sie können ihn nicht zwingen.«

»Aber sie könnten wenigstens Sie und Ihre Kinder unter ihren Schutz nehmen«, meinte Mrs. Thompson. »Sie einfach fortzuschicken ...«

»Das ist fast wie ein Déjà-vu, Hermine, nicht?«, bemerkte Dr. Thompson. »Kimi hat man auch nicht nach Schuld gefragt.«

»Kimi?« Ruth fuhr auf. »Wissen Sie irgendetwas über Kimi? Eine junge Moriori-Frau mit einem offenbar sehr hellhäutigen Kind? Sie ist irgendwann im letzten Jahr in Kororareka verschollen.« Aufgeregt versuchte sie, sich im Bett aufzusetzen. »Mein Mann hat sie gesucht.«

»Liegen bleiben«, befahl Dr. Thompson. »Sie müssen sich ein paar Tage schonen. Nicht dass Sie noch mehr Blut verlieren.«

Seine Frau antwortete dagegen gern auf Ruths Frage. »Ihr Mann hat Kimi und Rohana gesucht?«, erkundigte sie sich. »Erfolglos? Dann hat er wohl nicht allzu viel Energie investiert. Kimi arbeitet bei den Bäckerleuten McIntosh als Kinderfrau. Sie wohnen gleich um die Ecke.«

»Wir haben sie dorthin als Amme vermittelt«, erklärte nun auch Dr. Thompson. »Mrs. McIntosh konnte ihre kleine Paula nicht nähren, und Kimi hatte Milch im Überfluss. Soweit ich weiß, ist sie immer noch da.«

Seine Frau nickte. »Sicher. In den letzten Wochen traut sie sich bloß kaum auf die Straße, sagt Margaret McIntosh. Es hat da einen Vorfall im Laden gegeben. Einige verrückte Maori aus dem Gefolge von Hone Heke haben sie bedroht. Kimi war wohl sehr verstört.«

Hone Heke sorgte weiterhin für Unruhen in Kororareka. Trotz aller Bemühungen des Gouverneurs hatte er den Flaggenmast zwei weitere Male gefällt. Man hatte den Mast mittlerweile verstärkt und ließ ihn bewachen.

»Kimi hat panische Angst vor den Maori«, sagte Ruth. »Aber sie wird Ihnen ja ihre Geschichte erzählt haben.«

»Sie berichtete von einer Invasion der Chatham-Inseln«, bestätigte Mrs. Thompson. »Und von Missionaren aus Deutschland. Einer davon ist der Vater ihres Kindes. Seine spätere Frau half ihr zu entkommen. Nicht ganz uneigennützig, habe ich mir immer gedacht. Kimi ist ihr allerdings sehr dankbar. Und nun sagen Sie mir nicht, das waren Sie, Schwester Ruth!«

Ruth nickte schuldbewusst. »Ich war mir nicht sicher, dass das Kind von David war. Doch ich gebe zu, ich habe es befürchtet. Ihr zur Flucht zu verhelfen war ihre einzige Chance.«

»Ihr großartiger Gatte hätte sie auch heiraten können«, bemerkte Dr. Thompson trocken. »Aber er hat sich wohl lieber eine Frau aus Deutschland kommen lassen. Von seinem Gott gesandt. Das hat er zumindest Kimi erzählt. Ein kluges Kind, nur etwas naiv.«

Ruth seufzte. »Gott hatte mit der Sache nichts zu tun«, gestand sie. »Tatsächlich hatte ich das alles arrangiert. Die Idee, den Missionaren Frauen hinterherzuschicken ... darauf habe ich

Pastor Goßner gebracht. Weil ich David unbedingt wollte. Ich habe versucht, das Schicksal zu bezwingen. Und das ist nun dabei herausgekommen.« Sie fuhr sich über die Augen, aber dann lächelte sie. »Immerhin hätte es schlimmer kommen können«, sagte sie tapfer. »Kimi ist in Sicherheit, und ich habe zwei wunderbare Kinder. Und einen Beruf, mit dem ich sie ernähren kann. Was ich wiederum Goßner und seiner Mission verdanke. Von selbst wäre ich nicht auf die Idee gekommen, Krankenpflege zu erlernen. Wir werden schon durchkommen. Und ich werde Kontakt zu Kimi aufnehmen. Ich denke, ich habe ihr einiges zu erklären.«

Gegen Abend, Ruth hatte die kleine Felicity gerade zum zweiten Mal gestillt, klopften Tom und Raukura Peterson an die Tür der Thompsons. Ruth war am Vortag zwar kopflos fortgelaufen, ohne Raukura über ihr Ziel in Kenntnis zu setzen, aber die beiden hatten sich gedacht, dass sie zu ihrem Arbeitgeber in die Stadt geflüchtet war. Nun brachten sie Ruths Habseligkeiten, Laurents Kleidung, sein Spielzeug und die Babyausstattung für Felicity.

»Wahrscheinlich hätte Bruder David es dir auch selbst gebracht«, sagte Raukura, als sich ihre Überraschung darüber, ihre Freundin bereits im Wochenbett anzutreffen, gelegt und sie Felicity ausgiebig bewundert hatte. »Er war ganz aufgewühlt nach eurem ... Streit. Allerdings meinte er, du wolltest ihn vielleicht nicht sehen. Was ist denn passiert, Ruth? Er selbst ist auch weg. Hat er sein Studium aufgegeben? Und warst du deshalb böse?«

Ruth erzählte ihre Geschichte ein weiteres Mal und erntete erneutes Kopfschütteln. Raukura freute sich allerdings unbändig, als sie von Kimi berichtete.

»Wir gehen gleich hin, Tom, ja?«, fragte sie ihren Mann eifrig. »Oh, ich wusste, die Götter haben sie beschützt! Ich konnte nicht glauben, dass sie tot ist, oder ... oder fort. Nur seltsam, dass du sie damals nicht gefunden hast.«

Tom zuckte mit den Schultern. »Als ich sie suchte, war sie wohl gerade vom Hafen weg – und ich hätte nicht im Traum daran gedacht, sie irgendwo in den besseren Vierteln aufzutreiben. Natürlich habe ich in ein paar Läden nach ihr gefragt und rausbekommen, dass sie sich erfolglos nach Arbeit erkundigt hatte. Aber bei Dr. Thompson hätte ich sie nicht vermutet.«

»David hätte sie finden müssen«, sagte Ruth leise. »Wenn er sich ein bisschen mehr angestrengt hätte. Die Thompsons meinen, halb Kororareka kennt die Bäckerei McIntosh und die Maori-Kinderfrau, die für die Familie arbeitet ...«

»Moriori«, verbesserte Raukura. »Oh, es wird so schön sein, wieder einmal meine Sprache zu sprechen.«

»Bruder David hatte wohl kein größeres Interesse daran, sein Kind kennenzulernen«, brummte Tom. »Kimi war ihm einfach egal. Genau wie Sie, Mrs. Mühlen, nehmen Sie's nicht übel, aber ich sag nur die Wahrheit. Einer hochschwangeren Frau mit der Nachricht zu kommen, ihre Ehe sei ungültig, und ihr dann nur traurig hinterherzublicken, wenn sie kopflos auf die Straße rennt, das ist schlichtweg unverantwortlich. Er hätte Ihnen sofort folgen müssen, er hätte ...«

Ruth schüttelte den Kopf. »Er wähnte mich in Gottes Hand«, sagte sie müde. »Genau wie Kimi. Und würde sich jetzt auch noch bestätigt darin fühlen. Schließlich ist alles gut gegangen. Also danken wir dem Herrn.« Sie lachte bitter, als sie die verblüfften Gesichter ihrer Freunde sah. »Genau das habe ich immer und immer wieder gehört – meistens, nachdem ich mühsam irgendwas arrangiert hatte, um David aus dem Schlamassel zu holen. Bitte grüßt Kimi ganz herzlich von mir. Ich werde sie besuchen, sobald ich mich in Kororareka eingerichtet habe.«

Der nächste Besucher – Felicity war gerade eine Woche alt und Ruth hatte sich schon recht gut von der Geburt erholt – war Cooper Leighton. Der Sergeant war vorbeigekommen, um die Thompsons von den neuesten Entwicklungen im Kampf um den Flaggenmast zu informieren, und war äußerst überrascht, in ihrem Salon Ruth, ihren Sohn und ihre kleine Tochter anzutreffen.

»Es ist eigentlich nicht möglich, aber ich glaube, Sie sind noch schöner geworden«, begrüßte er die junge Frau. »Die erneute Mutterschaft steht Ihnen. Sie scheinen von innen zu leuchten.«

Ruth lachte verlegen und strich ihren abgetragenen, dunklen Rock glatt. Hätte sie gewusst, dass er zu Besuch kam, hätte sie mehr Mühe darauf verwendet, sich herzurichten. Vielleicht hätte sie sogar versucht, sich in ein Kleid zu zwängen, das ihr eigentlich noch nicht wieder passte.

»So viel Grund zum Leuchten habe ich gar nicht«, erwiderte sie. »Und ich bin nicht schön, sondern unförmig nach der Geburt. Aber Sie, Sergeant, sehen schneidig aus in Ihrer Uniform. Und ohne den Arm in der Schlinge.«

Es war Sommer, und Cooper war braun gebrannt. Seine Augen blitzten übermütig, sein Gesicht verzog sich auf drollige Art und Weise, wenn er lächelte. Coopers Lächeln steckte unweigerlich an. Sogar Laurent, sonst eher schüchtern, ließ sich von ihm auf den Schoß nehmen, um mit den glänzenden Knöpfen seines roten Uniformrocks zu spielen.

Cooper griff nach einer auf dem Tisch liegenden Zeitung und begann, daraus eine Schwalbe für ihn zu falten. Der Kleine schaute fasziniert zu, als er sie durch die Luft segeln ließ, und lief ihr dann hinterher, um das Fliegenlassen seinerseits zu versuchen. Cooper wandte sich Ruth wieder zu.

»Ich mag es, wenn Engel etwas fülliger sind«, bemerkte er spitzbübisch lächelnd. »Dann fliegen sie nicht so schnell weg.«

Ruth runzelte die Stirn. »Hatten wir die Engelfrage nicht eigentlich schon geklärt?«, bemerkte sie.

Cooper grinste vergnügt. »Nur in Bezug auf den christlichen Geisterbereich. In anderen Kulturen dagegen ... Elfen ... Ja, jetzt habe ich es! In Irland glaubt man an Elfen. Die sind ebenfalls geflügelt und wunderschön ... Vielleicht nicht ganz so heilig. Aber das sind Sie ja auch nicht, Schwester Ruth, selbst wenn Sie immer so tun. Was führt Sie überhaupt her? Hat Dr. Thompson Sie nun doch entbunden?«

Ruth hatte ihm bei ihrem letzten Treffen gesagt, dass sie in der Mission entbinden und sich dort erholen wolle, bevor sie in die Praxis zurückkam.

»Eine lange Geschichte«, sagte Mrs. Thompson, die eben mit einer Kanne Tee und einem Teller Gebäck hereinkam. »Und ich bin mir nicht sicher, ob Schwester Ruth sie erzählen möchte. Also berichten lieber Sie, Sergeant. Mein Mann muss jeden Augenblick kommen.« Dr. Thompson behandelte eben noch den letzten Patienten des Tages. »Sie sagen, es hat wieder Ausschreitungen gegeben?«

Cooper wartete noch, bis der Arzt zu ihnen stieß, und informierte sie dann über die neuesten Entwicklungen. »Ich denke mir, es wäre gut, wenn die Bürger davon wüssten, bevor es in der Zeitung steht«, erklärte er. »Einfach, um wachsam zu bleiben. Es hat Überfälle auf Farmen rund um Kororareka gegeben. Keine Toten bislang, zum Glück, aber Häuser wurden geplündert, Vieh wurde gestohlen. Die Täter waren Krieger der Nga Puhi. Hone Heke war wohl nicht direkt beteiligt, sondern ein anderer Häuptling, Te Ruki Kawiti. Jedenfalls sieht es aus, als ob der Streit eskalieren würde. Während wir einen Fahnenmast bewachen ...«

»Jede einzeln liegende Farm können Sie kaum schützen«, meinte Dr. Thompson. »Und ich dachte, der Mast wäre mal wieder gefallen.«

Cooper verdrehte die Augen. »Die Regierung hat ihn umgehend provisorisch ersetzt – durch den Hauptmast einer Brigg, die im Hafen lag. Einer ausländischen obendrein, man hat ihn dem Kapitän abgekauft. Schließlich darf es ja nicht sein, dass mal drei Tage lang kein Union Jack über Kororareka weht! Und es ist auch schon ein neuer, großer Mast unterwegs. Er kommt per Schiff aus Auckland. Daneben soll ein Blockhaus entstehen. Wenn Sie meine Meinung dazu hören wollen ...«

»Es wäre sinnvoller, die Soldaten würden in der Stadt auf

Streife gehen«, meinte Ruth. »Oder die Farmen bewachen. Die Krieger würden schön dumm gucken, wenn ihnen statt eines eingeschüchterten Farmers bewaffnete Rotröcke gegenüberstünden.«

»Aber es geht um's Prinzip«, erklärte Dr. Thompson. »Den Gouverneur wurmt es, dass ganz Kororareka über ihn lacht – dieses Duell um den Mast hat ja durchaus einen komischen Aspekt. Solange die Beteiligten es nicht übertreiben.«

Cooper nickte. Er schien durchaus besorgt, lächelte allerdings schon wieder, als er sich erneut an Ruth wandte.

»Sie sind jedenfalls nicht in Gefahr, Schwester Ruth ... Die Missionsstation ist sicher. Hone Heke und Reverend Williams sind beste Freunde. Wussten Sie, dass Williams Missionare in die Lager und Dörfer der Maori schickt, um die Messe mit ihnen zu feiern?«

Ruth wusste das natürlich. Seit die Maori nicht mehr wie früher in die Missionsstation strömten, um von den kulturellen Errungenschaften der *pakeha* zu profitieren, gingen die Missionare zu ihnen. David hatte mehrfach bei den Gottesdiensten in den Dörfern assistieren müssen und sich immer etwas davor gefürchtet. Jetzt wollte sie das Verhältnis zwischen der Kirche und den Maori jedoch nicht diskutieren. Es war an der Zeit, Cooper Leighton von ihren veränderten Lebensumständen zu erzählen.

»Ich wohne nicht mehr auf der Station«, sagte sie leise. »Ich ... mein Mann ...«

Cooper lauschte ihrem Bericht ohne zu unterbrechen. Ruth war ihm dankbar dafür, dass er keine schmähenden Worte für David fand.

»Dann suchen Sie also eine neue Bleibe für sich und die Kinder?«, fragte er nur mitfühlend.

Ruth nickte. »Sobald ich mich etwas erholt habe. Dr. Thompson weiß sicher, wer hier ein Zimmer vermietet. Es wird nur nicht leicht werden, den Vermieter von meiner Ehrbarkeit zu überzeugen. Eine alleinstehende Frau mit zwei Kindern ... Wie führt man sich da ein?«

In Coopers Gesicht blitzte umgehend der Schalk auf. »Das ist doch letztlich nur eine Frage der guten Geschichte«, bemerkte er. »Lassen Sie mich mal nachdenken …«

Dr. Thompson fand zwei Zimmer für Ruth und die Kinder im Haus einer Witwe. Mrs. Roades war vor Jahren mit ihrem Mann, dem Kapitän eines kleinen Walfängers, aus England nach Neuseeland gekommen. Er hatte ihr von seinen Ersparnissen ein Haus in einem Vorort von Kororareka gebaut, wo sie auf ihn warten sollte, wenn er ausfuhr. Leider war er gleich auf seiner ersten Reise auf die Chatham-Inseln umgekommen. Mrs. Roades hatte sein Schiff verkauft und lebte nun mehr schlecht als recht von den Resten des Erlöses sowie von Zimmervermietungen. Ruth stellte sich ihr als die Gattin eines Missionars vor, den seine Kirche nach Indien geschickt hatte. Irgendwann würde er wahrscheinlich zurückkommen, aber gerade Mrs. Roades wusste natürlich, wie leicht man seinen Gatten auf solchen Reisen verlieren konnte …

Die Geschichte, die Cooper sich für Ruth ausgedacht hatte, war ganz auf sie abgestimmt, und die Witwe hegte keinerlei Zweifel an ihrem Wahrheitsgehalt. Ruths schlechtes Gewissen hielt sich in Grenzen, obwohl sie ihre neue Vermieterin durchaus sympathisch fand.

Mrs. Roades war um die siebzig Jahre alt, verständnisvoll, freundlich und kinderlieb. Auch Jonas war willkommen, nachdem er bewiesen hatte, dass Mrs. Roades' Katze nichts von ihm zu befürchten hatte. Die alte Dame war gern bereit, an ein paar Tagen in der Woche auf die Kinder und den Hund aufzupassen, wenn Ruth wieder zur Arbeit ging. An den anderen würde Mrs. Thompson einspringen.

»Mit der Geschichte rund um den indischen Missionar könnten Sie allerdings auch nach Auckland gehen«, gab Dr. Thompson ihr zu bedenken. »Dort wird gerade ein Krankenhaus gegründet. Wenn Sie also lieber alles hinter sich lassen wollen … Ich würde Ihnen eine Empfehlung schreiben. So ungern ich Sie verlieren würde.«

Gerührt über sein Verständnis dankte ihm Ruth, lehnte jedoch ab. Weitere Abenteuer lockten sie derzeit nicht.

»Ich bleibe lieber in Kororareka bei den Menschen, die mir vertraut sind«, erklärte sie. »Die Petersons ziehen ja ebenfalls in den Ort. Und David … Vielleicht werde ich ihm gelegentlich über den Weg laufen, aber wahrscheinlich verlässt er sein Kloster eher selten. Es wird auch Zeit, Kimi zu besuchen. Hoffentlich verzeiht sie mir.«

Kapitel 7

Der junge Sergeant Cooper Leighton fand wehrhafte Bürger wichtiger als wehende Fahnen und widmete besorgten Bürgern aus Kororareka gern einen Teil seiner Freizeit, indem er mit ihnen am Schießstand der Kaserne den Umgang mit Waffen übte. Einen weiteren Teil hoffte er in Zukunft mit Ruth verbringen zu können, und so freute er sich wie ein Kind, als sie seine Einladung, einen Kaffee mit ihm zu trinken, endlich annahm. Dabei berichtete er von den Schießübungen – und sie war überrascht, als er Kimi erwähnte.

»Ihr Stamm lehnt Waffen eigentlich ab«, meinte sie verwunden und erzählte von der Misere der Moriori.

Cooper nickte. »Ja, sie hasst den Schießstand«, bestätigte er. »Sie kommt nur, weil ihr Arbeitgeber sie dazu zwingt. Dabei ist sie ungemein begabt. Kaum jemand trifft so häufig wie sie. Aber es belastet sie, ich glaube, sie unterzieht sich anschließend jedes Mal einem Ritual, um ihre Geister zu befrieden.« Er setzte sein ulkiges Lächeln auf. »Da waren Sie auch nicht besonders erfolgreich mit Ihrer Mission, Schwester Ruth.«

Ruth lachte mit und berichtete von ihren Überlegungen zur Akzeptanz lokaler Geister. »Sie können mich übrigens einfach ›Ruth‹ nennen«, erlaubte sie dann. »Wir sind ja hier weder in der Klinik noch in einem Missionshaus, und Mrs. Mühlen bin ich wohl auch nicht mehr. Wahrscheinlich werde ich meinen Mädchennamen wieder annehmen, jetzt, da meine Ehe ungültig sein soll. Wie heißen dann nur die Kinder?«

Cooper sah sie ungewohnt ernst an. »Ruth«, sagte er einfühlsam, »vorerst würde ich einfach abwarten, ob Ihr Mann die Initiative ergreift und die Eheurkunde zurückfordert. Und in absehbarer Zeit ... wird sich alles regeln. Sie wissen, dass ich Sie verehre, Ruth ... Ich ... ich habe mich in Sie verliebt. Und ich denke,

Sie erlauben mir von jetzt an, ganz offiziell um Sie zu werben. Wenn Sie mich dann irgendwann erhören, werden Sie Ruth Leighton heißen. Und ich will Ihren Kindern gern ein Vater sein.«

Ruth biss sich gerührt auf die Lippen. Cooper war großzügig, er war freundlich, er brachte sie zum Lachen ... Und trotzdem ... Sie schüttelte den Kopf.

»Cooper«, setzte sie an, »Ihr ... Vertrauen und Ihre ... Ihre Liebe ehren mich. Aber Sie kennen mich doch gar nicht. Sie lieben mich so, wie ich David einmal geliebt habe. Er gefiel mir, ich mochte seine Stimme, seine zurückhaltende Art, seine Ernsthaftigkeit ...«

Cooper fiel ihr ins Wort. »Und ich liebe Ihre Tatkraft, Ihre Schlagfertigkeit, Ihren Humor ...«

»Aber die Frau dahinter, die kennen Sie nicht«, erklärte Ruth. »Die kenne ich ja selbst kaum, ich war bislang nur ein Anhängsel von David. Und, Cooper, ich mag Sie, ich mag Ihr Lachen und Ihre unbekümmerte Art, sogar Ihre Verwegenheit. Doch ich weiß nicht, was sich womöglich dahinter versteckt, was ich entdecken werde, wenn ich Ihnen nahekomme ...«

Cooper hob gelassen die Arme. »Finde es heraus!«, sagte er vergnügt und ging unkompliziert, wie er war, zum Du über. »Nimm dir Zeit, ich habe nichts zu verbergen. Und ich meinerseits werde versuchen, die Frau hinter dem Engel zu entdecken ... Verzeihung, hinter der Elfe. Oder dem geflügelten Geist.«

Ruth lächelte, blieb jedoch ernst. »Haben wir diese Zeit, Cooper?«, fragte sie. »Du bist bei der Army. Zurzeit in Neuseeland stationiert, aber eigentlich gehörst du nach Sydney. Was wird, wenn sie dich wieder nach Australien beordern?«

Cooper wehrte unbekümmert ab. »Ach, erst mal ist hier kein Ende in Sicht. Wer weiß, ob das nicht in einen Feldzug ausartet. Jedenfalls kann es Monate dauern, bis sie mich zurückschicken – die Truppe wird eher vergrößert. Und wenn es so weit ist ... Australien ist schön, Ruth! Dort ist es viel wärmer als in Neuseeland, ganz anders von der Vegetation her, von der Tierwelt ... Du wirst das Land mögen. Und Arbeit als Krankenschwester findest du da überall. Für die Kinder gibt es richtige Schulen … Hier gibt es bislang nur die Missionsschulen, Ruth, das ist dir doch klar, oder? Willst du Laurent und Feli nach Te Waimate schicken oder zu den Maristenbrüdern?«

Ruth schüttelte den Kopf. »Bis Laurent und Feli größer sind, mag sich einiges geändert haben«, erwiderte sie. »Darüber mache ich mir vorerst keine Gedanken. Dagegen Australien … Ich will nicht, Cooper! Ich werde keinem Mann mehr ans andere Ende der Welt folgen. Das habe ich einmal getan, und es war falsch. Die Chathams, Neuseeland … jetzt Australien … Ich will mich nicht mehr ins Ungewisse begeben, nur weil ich einen Mann liebe oder glaube, ihn zu lieben. Ich danke dir für dein Angebot, Cooper, und ich weiß noch nicht, wie es weitergehen soll. Aber vorerst bleibe ich allein.«

Cooper verzog das Gesicht. »Ich akzeptiere das«, sagte er nachdenklich, »wenn es wirklich nur darum geht, deine Wunden zu lecken. Aber bist du dir sicher, dass es nicht wegen David ist? Hoffst du nicht doch noch, dass er vernünftig wird? Dass er zurückkommt? Ruth, ich will … ich kann dir so viel mehr bieten als er.«

Ruth sah ihn traurig an. »Du hast nichts verstanden«, sagte sie. »Oder du willst nichts verstehen. Es geht nicht um dich, Cooper, und erst recht nicht um David! Es geht um mich, und ich bin nicht meistbietend zu verkaufen. Ich will keinem Mann gehören, und ich will nicht dahin gehen, wohin jemand anders geht. Ich muss meinen eigenen Weg finden, Cooper. Das heißt ja nicht, dass wir uns aus den Augen verlieren müssen …«

»Ich soll dir also nachlaufen?«, fragte er beleidigt. »Willst du das?«

Ruth seufzte. »Ich will im Moment nur meine Ruhe«, sagte sie. »Ich brauche Zeit. Zeit für mich.«

Cooper stand auf. »Dann nimm sie dir«, erklärte er ungewohnt heftig. »Wenn du meinst, dass du mich nicht brauchst, mich nicht willst … Ich renne dir nicht hinterher, Ruth. Du kannst dich ja melden, wenn es dir eines Tages leidtut.«

Entschlossen hob er die Hand zu einem kurzen Gruß und hatte die Teestube verlassen, bevor Ruth noch etwas erwidern konnte.

Verwirrt und traurig blieb sie zurück, doch sie bereute nichts von dem, was sie gesagt hatte. Sosehr sie Cooper mochte – für eine erneute Bindung war es zu früh. Es gab noch viel zu viel zu regeln, das mit ihrem alten Leben zusammenhing. An ein neues war vorerst nicht zu denken.

Am nächsten Tag machte Ruth sich endlich auf zu den McIntoshs, um Kimi zu sehen. Sie nahm die Kinder mit, was das Unterfangen etwas schwierig machte. Laurent konnte noch nicht allzu gut laufen, Ruth musste also beide Kinder tragen und war ziemlich erschöpft, als sie in der Gould Street ankam, in der die McIntoshs wohnten. Von ihrer neuen Wohnung im Norden Kororarekas aus zog sich der Weg in das aufstrebende Viertel im Süden der Stadt lange hin, während es vom Haus der Thompsons aus nur ein Katzensprung war. Es war kaum zu glauben, dass Ruth Kimi in all den Monaten, in denen sie für Dr. Thompson gearbeitet hatte, nie über den Weg gelaufen war.

Klopfenden Herzens betrat sie die Bäckerei und stellte sich Mrs. McIntosh vor. Die Bäckersfrau kam sofort hinter dem Tresen hervor und begrüßte sie herzlich. Kimi musste von ihr erzählt haben.

»Sie wird sich bestimmt freuen, Sie zu sehen«, erklärte Margaret. »Als Raukura Peterson erzählt hat, dass Sie in der Stadt sind, konnte sie es kaum erwarten. Normalerweise wäre sie gleich zu den Thompsons gegangen, um Sie zu besuchen. Aber seit diesem Überfall wagt sie sich kaum noch aus dem Haus. Ich hoffe bloß, dass sich das bald regelt mit diesen aufmüpfigen Maori. Das ist ja kein Zustand ... Und das sind Ihre Kinder?« Sie streichelte Laurent über den Kopf und spähte in die Trage, in der Felicity schlief. Die aus Schilf geflochtene Babytrage war ein Geschenk von Raukura. Ruth hatte darin schon Laurent herumgetragen, als er kleiner gewesen war. »Sie sieht ... entschuldigen Sie, aber sie erinnert mich sehr an Rohana, als Kimi mit ihr zu uns kam.«

Ruth seufzte und verzichtete darauf, die Bemerkung zu kommentieren. Sie wusste nicht, ob Mrs. McIntosh darüber informiert war, dass die Mädchen Halbschwestern waren – eine Ahnung hatte sie sicherlich. Vielleicht hatte Kimi sogar von David und seiner Rolle in ihrem Leben gesprochen. Die Moriori schämten sich vorehelicher Beziehungen nicht.

Jetzt wies ihr Mrs. McIntosh erst einmal den Weg durch die Backstube ins Treppenhaus.

»Kimi ist mit den Kindern oben, klopfen Sie einfach an«, sagte sie freundlich. »Ach ja, und nehmen Sie gleich ein paar Scones mit. Hat mein Mann gerade frisch gebacken. Paula und Rohana lieben sie. Und Sie wollen doch sicher mit Kimi Tee trinken.«

Auch Laurent schaute gleich begehrlich auf die Küchlein, die Mrs. McIntosh freigiebig auf eine Platte gab. An Ruths Hand tapperte er allein die Treppe hinauf.

Kimi öffnete sofort auf ihr Klopfen, und Ruth war überrascht, wie gut sie aussah. Sie musste sich eingestehen, dass sie die junge Frau auf der Straße kaum erkannt hätte, so sehr hatte sich das magere, eingeschüchterte Sklavenmädchen verändert. Kimis hübsches Gesicht war voller geworden, ihr prächtiges Haar im Nacken zu einem schweren Knoten gewunden, und unter dem dunklen Kleid und der weißen Schürze war eine schlanke, jedoch frauliche Figur zu erkennen. Kimi hatte große Brüste und wohlgerundete Hüften. Sie war immer hübsch gewesen, doch nun hatte sie sich zu einer exotischen Schönheit entwickelt. In der traditionellen Kleidung der Moriori hätte sie sicher atemberaubend ausgesehen.

»Schwester Ruth!« Kimi strahlte, als sie Ruth erkannte. »Oh, wie schön, Sie wiederzutreffen! Und danke, vielen Dank dafür, dass Sie Raukura von mir erzählt haben. Es war so wunder-, wunder-, wunderbar, sie wiederzusehen.«

Überschwänglich näherte sie sich Ruth, um den hongi mit ihr zu tauschen, nahm sich dann jedoch im letzten Moment zurück. Die Missionare hatten die traditionelle Begrüßung der Maori und Moriori nie gemocht.

Ruth legte den Arm um Kimi. »Ich bin auch sehr glücklich«, sagte sie. »Und überaus erleichtert, dich wohlbehalten wiedergefunden zu haben. Die Sache mit der Mission ... es gibt so viele Dinge, die ich dir abzubitten habe, Kimi. Ich hatte ein schlechtes Gewissen, seit ich davon hörte, dass ... dass deine Tochter hellhäutig ist.«

Kimi versteifte sich. »Das ist sie zwar«, stellte sie richtig, »doch sie ist Moriori wie ich. Und ich habe mich gefreut, als sich herausstellte, dass Anewa nicht ihr Vater ist. Ich meine ... ich hätte sie auf jeden Fall geliebt, aber ... aber wenn ich immer wieder in seine Augen hätte sehen müssen ...« Sie rieb sich die Stirn. »Jetzt kommen Sie erst mal herein, Schwester Ruth – und die Kinder ... Raukura hat mir erzählt, dass Sie einen kleinen Sohn haben. Und jetzt noch eine Tochter ...« Kimi wies Ruth und Laurent den Weg in die Wohnung und spähte in Felicitys Trage, wobei sie allerdings nicht halb so neugierig wirkte wie ihre Arbeitgeberin.

»Gehen wir ins Kinderzimmer. Dann können die Mädchen weiterspielen, und Ihren kleinen Jungen kriegen wir dort auch beschäftigt.«

Ruth folgte ihr durch die geschmackvoll eingerichtete hübsche Wohnung in das helle Kinderzimmer, in dem offenbar auch Kimi schlief. Neben zwei Kinderbettchen stand darin ein großes, mit einem schottischen Quilt abgedecktes Bett, über dem ein Bild hing, das Ruth noch von Chatham Island kannte: Das Porträt von Kimi, gezeichnet von Brandon, ihrem Jugendfreund. Auf einem weichen Teppich hockten zwei kleine Mädchen und spielten mit einem Puppenhaus. Ruth erkannte Rohana sofort. Die Kleine konnte ihren Vater nicht verleugnen, obwohl ihre Augen rund waren wie die ihrer Mutter und ihre vollen Lippen denen Kimis glichen. Sie war blond wie David. Laurent kam in Bezug auf seine Haarfarbe mehr nach Ruth, er ähnelte auch sonst eher seiner Mutter als seinem Vater.

Kimi gab ihm jetzt ein Holzpferdchen und einen Kreisel zum Spielen und holte dann Gläser und eine Kanne Eistee aus der

Küche. Gleich darauf knabberten die Kinder einträchtig Scones, und Kimi bat Ruth in den Salon. Sie ließen die Tür offen, um die Kinder nebenan im Auge zu behalten.

Kimi erzählte von ihrer Zeit in der Mission, Ruth von Preservation Inlet, bis sie vertraut genug miteinander waren, um heißere Eisen anzufassen.

»Ich muss mich bei dir entschuldigen«, sagte Ruth ehrlich. »Damals, mit David auf Chatham Island ... Du warst doch mit ihm zusammen, oder? Und ich habe dich verdrängt.«

Kimi schüttelte den Kopf. »Ich habe niemals mit David zusammengelebt«, stellte sie richtig. »Das hätte Anewa nicht geduldet. Sie wissen doch, wie ... wie streng er mit mir war. Den Missionaren habe ich nur den Haushalt geführt. Und das mit David ... dass wir uns geliebt haben ... Das war nur einmal. David fand es nicht gottwohlgefällig, trotzdem ist es passiert. Einfach so. Ich meine ... ich wollte es schon lange, nur er ... Wie gesagt, vor der Ehe kam es für ihn nicht infrage, und ich war noch nicht mal getauft. Als er es dann doch getan hat, dachte ich natürlich, er liebte mich. Wenn er mich geheiratet hätte ... vielleicht hätte Anewa es akzeptiert ... Vielleicht hätte er mich freigegeben.«

»Und wenn nicht, dann hätte David ihn zwingen müssen, es zu akzeptieren«, fuhr Ruth auf. »Oder mit dir fortgehen. Warum hast du nicht versucht, ihn dazu zu bringen? Eine Frau hat doch da Möglichkeiten ...« Sie hielt inne, als sie an das scheue, misshandelte junge Mädchen dachte, das Kimi damals gewesen war. Undenkbar, dass sie die Waffen einer Frau ausgespielt hätte. Ruth tat es heute noch leid, ihr damals Raffinesse und Intriganz zugeschrieben zu haben. »Als ich dann ankam ...«, sprach sie weiter, »war ich irritiert. Ich spürte, dass da etwas zwischen euch war, und ich hatte erwartet ... ich hatte erwartet, dass ich mit dir um David würde kämpfen müssen. Aber du hast nicht mal versucht, ihn zu halten, du hast ihn einfach aufgegeben.«

Kimi hatte das Wiedersehen mit Ruth ersehnt, doch jetzt verspürte sie fast etwas wie Wut auf die junge Frau. Warum musste sie immer und immer wieder betonen, was doch eigentlich selbstverständlich war? Gerade Ruth, die auf den Chathams gelebt hatte und die Moriori kannte, sollte wissen, wie es damals in ihr ausgesehen hatte. Natürlich hatte sie Eifersucht verspürt. Ruth war so plötzlich aufgetaucht und hatte all ihre Hoffnungen zunichte gemacht. Aber wie hätte sie sich mit ihr anlegen sollen?

»Ich bin Moriori«, sagte sie nachdrücklich. »Ich kämpfe nicht.«

»Du solltest mir ja auch nicht mit der Kriegskeule auf den Kopf hauen«, erklärte Ruth. »Wenn zwei Frauen um einen Mann kämpfen, dann tun sie das eher mit Worten, mit Intrigen ... So wie ich, als ich dich überredet habe, Anewa zu verlassen. Das war egoistisch, ich habe es getan, um dich loszuwerden und von David zu trennen. Ich wollte ihn für mich allein haben. Du warst eine Versuchung für ihn.«

»Sie hatten vielleicht nicht die besten Absichten, aber für mich war es gut, von Anewa wegzukommen«, bemerkte Kimi. »Und David, der wollte mich sowieso nicht. Er wollte Sie. Schon weil es da weniger Widerstände gab. David hätte sich nicht mit Anewa angelegt. Er kämpft auch nicht gern.«

Ruth seufzte. »Nur wenige kämpfen gern«, sagte sie. »Die allermeisten Menschen greifen nur zur Waffe, weil ihnen sonst nichts anderes übrig bleibt. Außer vielleicht zu sterben.«

»Es gibt Schlimmeres, als zu sterben«, behauptete Kimi. »Wenn wir unser *mana* verlieren ... unsere Ehre ... unsere Würde ...«

Ruth sog scharf die Luft ein. »Dann müssen wir sie eben wieder aufbauen«, erklärte sie mit fester Stimme. »David hat sich entschlossen, mir meinen Namen und meinen Stand zu nehmen. Er hat meine Kinder zu Bastarden erklärt. Deines natürlich auch, wenn er sich auch zunächst noch eingeredet hat, es wäre von Anewa. Das ändert allerdings nichts daran, dass wir beide in der pakeha-Gesellschaft entehrt sind. Ich muss lügen, damit meine Kinder ein Dach über dem Kopf haben. Das gefällt mir nicht, so bin ich nicht erzogen, manchmal muss man dennoch Regeln brechen. Bis die Zeiten besser werden. Solange wir leben, Kimi, können wir kämpfen. Müssen wir kämpfen.«

Kimi spürte, dass Ruths Worte etwas in ihr berührten. Wenn sie ehrlich zu sich selbst war, musste sie zugeben, dass sie Gefühle wie Leidenschaft und Verzweiflung kannte. Sie hatte Anewa nicht nur Furcht entgegengebracht, sondern ebenso Wut, sie hatte Gewaltfantasien niederkämpfen müssen, als sie gesehen hatte, wie die Maori ihre Freunde töteten. War es also wirklich nur Ergebung in Nunukus Gesetz gewesen, die sie daran gehindert hatte, nach der Waffe unter dem Ladentisch zu greifen, oder auch fehlender Mut?

»Ich kann es nicht«, sagte sie trotzdem und dachte dabei an das Gefühl der Waffe in ihrer Hand, den Triumph, wenn eine der Flaschen auf dem Schießstand zersprang, nachdem sie abgedrückt hatte. Es wäre nicht allzu schwer, sich dabei Anewas Gesicht vorzustellen, das in einer Fontäne von Blut explodierte.

»Dann sieh zu, dass du jemanden findest, der es für dich tut«, erwiderte Ruth. »Und so gesehen kannst du froh sein, dass David sich nicht für dich entschieden hat. Der hat immer nur für sich selbst gekämpft. Aber ergib dich nicht in deine Hilflosigkeit! Auch wenn man dir gesagt hat, dass die Götter das von dir verlangen. Die Götter beschützen dich nicht, das musst du schon selbst tun. Also, lass dir keine Angst machen. Lass das Böse nicht gewinnen!«

Feuer und Schwert

Chatham Island
Kororareka
Auckland
1845

Kapitel 1

Brandon Halloran hatte ein interessantes Leben geführt, seit er Kimi in Waitangi verlassen hatte. Zunächst hatte er Ernst Dieffenbach auf seinen Expeditionen durch Neuseeland begleitet, mit ihm Berge bestiegen und Wälder durchquert, um alles zeichnerisch zu dokumentieren, was der Naturforscher bemerkenswert fand. Dieffenbach hatte Polynesien schließlich mit einem ganzen Koffer voller Bilder verlassen, die Flora und Fauna des Landes zeigten sowie die geologischen Besonderheiten der Landschaft. Brandon hätte mit ihm nach England oder Deutschland zurückgehen können. Auch dort hätten sich Aufträge als Zeichner gefunden. Es zog ihn jedoch nichts zurück nach Europa. Im Gegenteil, das Einzige, woran ihm wirklich lag, war die Erinnerung an Kimi, seine lebhafte Freundin von den Chathams, aus der die resignierte Sklavin des gewalttätigen Häuptlings Anewa geworden war.

Brandon konnte Kimi nicht vergessen, obwohl Dieffenbach ihn an einen anderen Wissenschaftler vermittelt hatte, der für eigene Expeditionen einen guten Zeichner brauchte. Ludwig Leichhardt war ebenfalls Deutscher, und seine Leidenschaft war die Erforschung Australiens. Brandon traf ihn schließlich in Sydney und folgte ihm nach Newcastle am Hunter River, von wo aus sie die Liverpool Range, den Mount Royal und die Moreton Bay erforschten. Leichhardt beschrieb die Besonderheiten von Landschaft und Klima und schilderte Tiere und Pflanzen in seinem Tagebuch. Brandon sorgte für die Bebilderung. Fasziniert zeichnete er Koalabären und Kängurus und dachte erneut wehmütig an Kimi, als er die Delfine und Wale in der Moreton Bay porträtierte.

Auch von den Ureinwohnern des Landes, den Aborigines, fertigte er Bilder an, hörte auf ihre seltsame Musik und ihre klickende Sprache. Bei aller Faszination sah Brandon jedoch auch die Gefahren, die Australien barg – im Gegensatz zu Neuseeland gab es dort Giftschlangen und andere gefährliche Tiere, und die Eingeborenen standen den Weißen nicht so aufgeschlossen gegenüber wie die Maori. Ludwig Leichhardt erschien ihm mitunter etwas naiv. Der Forscher plante seine Expeditionen längst nicht so akribisch wie Dieffenbach. Insofern lehnte Brandon auch ab, als er ihn zur Teilnahme an einer längeren Entdeckungsreise von Queensland ins Northern Territory einlud. Sie sollte in Gegenden führen, die vorher nie ein Weißer bereist hatte. Leichhardt schilderte ihm die von ihm erhofften Erfahrungen und Entdeckungen in leuchtenden Farben.

»Sie könnten Teil von etwas Großem werden«, erklärte er euphorisch, aber Brandon schüttelte den Kopf.

»Ich hab in Neuseeland noch etwas zu erledigen«, behauptete er, obwohl ihm eigentlich die Erwiderung »Oder ich könnte umkommen« auf der Zunge gelegen hatte. »Es tut mir leid, aber ich muss zurück.«

Auf dem Schiff nach Auckland wurde ihm dann klar, dass er mit seiner Ausrede nicht einmal gelogen hatte. Er hatte eine Aufgabe in Neuseeland oder besser auf den Chatham-Inseln. Der Gedanke an Kimis Schicksal nagte an ihm, er hatte den Wunsch nie aufgegeben, ihr zu helfen, und nun sah er endlich eine Gelegenheit dazu. Er hatte in den letzten Jahren gutes Geld verdient und fast nichts davon ausgegeben. Er hätte sich damit irgendwo auf der Welt eine Existenz aufbauen können, er konnte jedoch auch auf die Chathams zurückkehren und versuchen, Anewa seine Sklavin Kimi abzukaufen. Brandon hielt den Maori-Häuptling für durchaus aufgeschlossen für einen solchen Handel. Wahrscheinlich war er Kimis nach so vielen Jahren ohnehin längst überdrüssig, und ganz sicher konnte er nicht genug Geld einnehmen, schon um sein nach Waitangi angeschlagenes *mana* zu mehren. Natürlich war die Angelegenheit mit einem gewissen Risiko verbunden und konnte mit einer Enttäuschung enden. Vielleicht hatte Anewa die Häuptlingstochter Kimi ja doch noch geheiratet und würde sie dann nicht hergeben. Er konnte sie auch umgebracht haben, und womöglich reagierte er feindselig auf Brandons erneutes Auftauchen.

Captain Rumsford, der Eigner des Frachtschiffes, auf dem Brandon sich einschiffte, hielt diese Befürchtungen für übertrieben.

»Die sind jetzt eigentlich ganz friedlich, die Maori auf Chatham Island«, meinte er. »Auch sämtlich getauft. Es gibt zwei Missionsstationen, eine anglikanische und eine deutsche. Die deutsche ist bei Whangaroa, da, wo Sie hinwollen. Sie wurde ursprünglich betrieben von fünf frommen Brüdern. Dieser Häuptling Anewa hat sie weidlich ausgenutzt. Seine Leute haben ein paar fromme Liedchen gesungen, dafür haben die Missionare ihnen Häuser gebaut und Farmen angelegt. Der Stamm hat ein Vermögen verdient. Aber ob man die Seelen der Kerle nun als gerettet betrachten kann ...«

Brandon rieb sich die Stirn. »Da müsste Gott ihnen erst mal vergeben, was sie den Moriori angetan haben«, sagte er. »Aber Sie scheinen sich dort ja auszukennen, Captain. Haben Sie mal was von einem Mädchen namens Kimi gehört?«

Aufgeregt lauschte er Rumsfords Bericht über Kimi und ihre Übersetzertätigkeit für die Missionare. Der Kapitän meinte sich zu erinnern, dass die Deutschen sich der jungen Frau angenommen hatten. Nach ihrer Ankunft war sie ihm etwas glücklicher erschienen. Von einer Eheschließung zwischen Kimi und Anewa hatte er nichts gehört.

»In der letzten Zeit war ich allerdings nicht mehr auf Chatham Island«, endete er schließlich. »Hab geheiratet.« Er grinste und wies auf das Heck seines Schiffes, das neuerdings den Namen *Katie Sue* trug. »Und eine Pause eingelegt. Aber jetzt muss ich mal wieder rausfahren, wenn auch nicht gleich nach Europa. Ich hol nur Ware aus den Walfangstationen auf Chatham Island nach Kororareka. Nach England geht's dann mit größeren Schiffen.«

Brandon fand, dass sich die Berichte über die Maori, die Missionare und Kimi recht ermutigend anhörten. Trotzdem konnte er sich auf der mehrtägigen Reise, die wie immer über stürmische See führte, vor Aufregung kaum halten. Als die Katie Sue endlich in der Bucht vor Whangaroa ankerte, ließ er sich sofort an Land rudern, bat allerdings Captain Rumsford, sein Geld sicher auf dem Schiff zu verwahren. Dem Kapitän konnte man zweifellos trauen, und so lief er nicht Gefahr, von Anewa und seinen Kumpanen ausgeraubt zu werden.

Mit klopfendem Herzen folgte Brandon dem alten Pfad vom Strand zu dem ehemaligen Dorf der Moriori, doch dort erwartete ihn eine Enttäuschung. Die Ansiedlung, in der sich nach der Invasion die Ngati Tama eingenistet hatten, war zwar nach wie vor vorhanden und in deutlich besserem Zustand als früher. Sie wies stabilere Häuser und gepflegte Gärten auf, und die Bewohner begrüßten ihn höflich und wirkten durchaus zivilisiert. Die marodierenden Horden schienen gezähmt. Allerdings traf er weder Kimi noch Anewa auf Chatham Island an.

»Anewa ist auf Neuseeland«, erklärte der Mann, der dem Dorf an seiner Stelle vorstand. Er war westlich gekleidet und sprach gut Englisch, wies jedoch Krieger-Tattoos auf. Sicher hatte er bei der Invasion zu Anewas Mordkumpanen gehört. »Waffenhilfe leisten. Hone Heke, der Häuptling der Nga Puhi, rebelliert gegen die Zölle der *pakeha.* Das betrifft auch uns, meint Anewa. Und es verspricht gute Kämpfe!«

Wahrscheinlich waren es vor allem Letztere, die den Krieger Anewa nach Neuseeland gelockt hatten. Brandon nahm an, dass der streitbare Häuptling sich auf Chatham Island seit Jahren gelangweilt hatte.

»Und ... Kimi?«, fragte er herzklopfend. »Seine ... Sklavin?«

Der Dorfvorsteher lachte dröhnend. »Die ist ihm weggelaufen«, verriet er. »Bei Nacht und Nebel. Anewa hat getobt. Der Walfänger, der sie mitgenommen hat, hat sich nie wieder hergetraut.«

Brandon hatte das Gefühl, als bräche die Welt für ihn zusammen. Natürlich gönnte er Kimi die Freiheit, aber wo konnte sie untergekommen sein?

»Ihr habt keine Vorstellung, wo sie sein könnte?«, fragte er mutlos.

Der Krieger zuckte mit den Schultern. »Frag mal Bruder Heinrich«, meinte er. »Wir hatten die Kerle von der Mission immer im Verdacht, dass sie da was gedreht haben. Allein hätte die das nie gewagt, die Kimi. Die wusste doch, was ihr blühen würde, wenn Anewa sie zu fassen bekommen hätte. Wir haben die Brüder auch befragt, aber gesagt haben sie nichts ...«

Brandon musste sich zusammennehmen, um sich halbwegs höflich zu bedanken, bevor er sich auf den Weg zum Missionshaus machte. Von den ursprünglich fünf Missionaren war nur noch ein Heinrich Bauer auf Chatham Island ansässig. Er führte die Mission gemeinsam mit seiner Frau Wilma, und alles schien wohlgeordnet. Um das recht große Missionshaus herum lag ein gepflegter Garten, über einem Seiteneingang hing ein Schild mit der Aufschrift SCHULE, ein anderes wies den Weg in eine Kapelle und ein drittes in eine Krankenstation. In einem Baum vor dem Haus hing eine Schaukel, eine Wippe wartete auf spielende Kinder.

Heinrich Bauer wirkte allerdings ein wenig ruppig. Sein kräftiger Bart hätte eine Rasur vertragen können, statt Priesterkleidung trug er Denimhosen und Wachsjacke, der breite Missionarshut war alt und verschlissen. Brandon hätte den Mann eher für einen Bauern als für einen Prediger gehalten, aber wie er bald von der überaus tüchtigen Wilma Bauer erfuhr, gehörte es zur Philosophie der Goßner-Mission, gemeinsam mit den zu bekehrenden Eingeborenen zu arbeiten und ihnen damit zu einer zivilisierten Lebensweise zu verhelfen. Bruder Heinrich war somit häufiger auf den Feldern als in der Kirche anzutreffen, während die eigentliche Missionsarbeit in den Händen seiner Frau zu liegen schien.

Die hochgewachsene blonde Schwester Wilma trug ein zwar oft geflicktes, aber dennoch adrett wirkendes schwarzes Kleid. Den Besucher hieß sie herzlich willkommen und führte ihn als Erstes stolz durch das Missionshaus. Zu seiner Verwunderung entdeckte Brandon einige seiner Zeichnungen an den Wänden. Kimi musste sie in seiner Hütte gefunden und den Missionaren geschenkt haben. Über die Bilder ließ sich die Sprache zwanglos auf das Schicksal der jungen Frau bringen. Wilma Bauer hörte sich Brandons Anliegen an und gestand sofort.

»Natürlich haben wir Kimi geholfen. Also nicht die Männer, wir drei Missionshelferinnen haben die Flucht organisiert. Hauptsächlich Ruth, Ruth Mühlen. Sie war von uns allen am meisten mit Kimi vertraut, und als wir dann erfuhren, dass das Mädchen schwanger war ... Ich bin mir nicht ganz sicher, aber ich glaube, Ruth hegte den Verdacht, es käme bei dem Kind auch ein anderer Vater als Anewa infrage. Ein Weißer ... Vielleicht jemand von der Walfangstation oder irgendein Skipper ... Ruth war sehr diskret. Sie hat nichts von dem weitererzählt, was Kimi ihr anvertraut hat. Und sie wollte Kimi vor Anewa retten. Also haben wir dem Mädchen Kleidung geschenkt, einen windigen Kapitän fürstlich dafür entlohnt, es nach Kororareka zu bringen, und ihm ein Empfehlungsschreiben für die dortige Mission mitgegeben.«

Brandon fühlte, wie ihm ein Stein vom Herzen fiel. Wenn Kimi in der Mission untergekommen war, konnte sie noch dort sein.

»Sie ist also in Te Waimate?«, erkundigte er sich hoffnungsvoll.

»Nicht mehr.« Wilma Bauer biss sich auf die Lippen. »Das Ganze verlief ein bisschen unglücklich. Kimi ist wohl dort angekommen, hat eine Weile in der Mission gelebt und ihr Kind bekommen. Eine Tochter. Allerdings haben sich Ruths Befürchtungen leider bestätigt. Das Kind war hellhäutig, woraufhin die Missionare Kimi der Hurerei beschuldigten und sie wegschickten. Seitdem ist sie verschollen. Meine Familie und ich schließen sie jeden Tag in unsere Gebete ein.«

Wilma Bauer bekreuzigte sich, während in Brandon Wut aufloderte. Wie konnten diese frommen Brüder eine junge Mutter einfach auf die Straße schicken?

»Woher wissen Sie das alles?«, fragte er die Missionarin. Für die weite Entfernung zwischen Chatham und Neuseeland erschienen ihm die Bauers erstaunlich gut informiert.

»Von Ruth Mühlen«, erklärte Wilma Bauer. »Sie lebt neuerdings in Te Waimate, ihr Mann studiert am dortigen Priesterseminar. Vorher war er Seelsorger auf einer Walfangstation. Jedenfalls schreibt Ruth gelegentlich, und sie war sehr betrübt über die Sache mit Kimi. Bruder David hat sich zwar auf die Suche nach ihr gemacht, war jedoch nicht erfolgreich. Wir können da nur beten.«

Sie schlug erneut das Kreuz, um sich dann allerdings wieder praktischen Überlegungen zuzuwenden und Brandon zum Essen mit ihrer Familie einzuladen. Natürlich nahm er gern an und willigte ein, auch die Nacht in der Missionsstation zu verbringen. Am nächsten Tag wollte er dann gleich mit Captain Rumsford nach Kororareka zurückkehren, um Kimi zu suchen. So schnell würde er nicht aufgeben. Vielleicht erfuhr er als ehemaliger Walfänger und Abenteurer ja mehr von den Leuten im Hafen als der fromme Missionar.

Zunächst aber nutzte er die Gelegenheit, von den Bauers so viel wie möglich über die Mission auf Chatham Island und Kimis Rolle als Vermittlerin zwischen den Maori und den Missionaren zu erfahren.

»Sie sprach ja sehr gut Englisch«, meinte Bruder Heinrich. »Das war hilfreich. Und Bruder David hatte einen Narren an ihr gefressen. Hat ihr das Lesen und Schreiben beigebracht. Und dann hat sie uns hier den Haushalt gemacht, bis schließlich die Frauen eintrafen.«

Wilma berichtete detailliert bezüglich des Schicksals der anderen Moriori. Nach wie vor waren sie versklavt und schufteten auf den Feldern der Maori. Zum Teil überlebten sie nur, weil Wilma Bauer sich unermüdlich für sie einsetzte, Nahrungsmittel verteilte und darauf achtete, dass Kleider- und sonstige Sachspenden aus Neuseeland und Europa nicht allein den Maori zugutekamen, sondern auch unter den Moriori-Sklaven verteilt wurden. Sie betonte allerdings, dass ihre Arbeit nur ein Tropfen auf dem heißen Stein war.

»Als wir noch zu dritt waren, konnten wir mehr tun, da haben wir Missionshelferinnen jeden Tag für die Feldarbeiter gekocht. Ruth und Hilde haben sich zudem um die Kranken gekümmert, und ich habe unterrichtet. Allein schaffe ich es nicht jeden Tag in ihre Siedlung. Und die Maori lassen ihre Sklaven nicht weg, also können sie sich nicht selbst um Hilfe bemühen. Immerhin werden sie nicht mehr umgebracht. So weit zivilisiert haben wir die Maori, dass sie keinen mehr totprügeln oder gar Menschenfleisch essen.«

Brandon konnte sich vorstellen, dass die Annexion der Chathams durch Neuseeland, die zweifellos mit der Durchsetzung eines Mindestmaßes von Gesetzen der Krone verbunden gewesen war, Anewa eher gemäßigt hatte als die Christianisierung.

Am nächsten Tag bedankte er sich herzlich, ließ einen Teil seiner Ersparnisse als Spende für die notleidenden Moriori bei den Bauers und war froh, die Insel wieder verlassen zu dürfen. Die Atmosphäre auf Chatham Island bedrückte ihn. Er musste an die Toten denken, die Kochgruben am Strand – und Kimis ausgezehrtes, verzweifeltes Gesicht, als er sie in Waitangi wiedergesehen hatte. Wenn es ihm nur gelingen würde, sie zu finden! Allerdings waren seit dem letzten Brief dieser Ruth Mühlen an die Bauers sicher schon wieder ein paar Monate verstrichen. Vielleicht gab es ja neue Entwicklungen. Brandon vertrieb sich die Zeit an Bord der *Katie Sue* damit, Delfine und Wale zu zeichnen. Kimi hatte geglaubt, dass ihre Geister Glück brachten, und das konnte er zweifellos brauchen.

Kapitel 2

Als Brandon Kororareka erreichte, war er verwundert darüber, wie sehr die Stadt sich verändert hatte. Natürlich gab es immer noch Schenken und leichte Mädchen am Hafen, doch es hatten sich auch ehrbare Kaufleute und Handwerker angesiedelt. Inzwischen prägten deren Frauen und Kinder das Stadtbild. Brandon fiel außerdem eine erstaunlich hohe Militärpräsenz auf. Im Hafen lagen gleich vier Kriegsschiffe der Briten vor Anker. Die Gründe dafür sowie für die allgemein angespannte Stimmung in der Stadt erfuhr er gleich bei einem Bier in einer Schenke am Hafen. Die Stadt rechnete mit einem Angriff der Maori um Hone Heke. Der Flaggenmast, der mehrmals von dem Häuptling gefällt worden war, wurde streng bewacht. Trotzdem hatte es gerade an diesem Tag noch Scharmützel zwischen den Engländern und einigen Maori-Kriegern gegeben. Im Hafenviertel hatten sich viele Bürger bewaffnet.

»Aber für die Brüder in Te Waimate besteht keine Gefahr«, erklärte der Wirt, nachdem Brandon erwähnt hatte, er wolle die Missionsstation aufsuchen. »Die kommen immer noch ganz gut mit den Maori aus, halten Messen ab und versuchen zu vermitteln. Morgen soll es eine Waffenruhe geben, da wird dann wieder viel gebetet – auch bei den Papisten. Die beten ja alle um die Wette. Ich frage mich immer, ob die Maori da irgendeinen Unterschied sehen. Aber ich glaub denen die Bekehrung sowieso nicht. Das ganze Gerede bringt nichts. Dieser Hone Heke kennt nur eine Sprache: Gewehre und Kanonen. Also seien Sie wachsam. Ich würd mich nicht wundern, wenn die Situation hier demnächst eskaliert.«

Brandon bedankte sich für die Auskünfte und fragte nach Kimi, doch an die erinnerte der Wirt sich nicht. Überhaupt schien es keine gute Idee zu sein, sich gleich im Hafenviertel nach ihr umzuhören. Kororareka kannte zurzeit nur ein Thema – Hone Heke und seine Krieger. Die Schenken waren gut besucht, nicht nur von Seeleuten, auch vom Militär. Die Wirte hatten Besseres zu tun, als sich mit Brandon über eine vor einer Ewigkeit verschollene junge Frau zu unterhalten. Er wandte sich deshalb zunächst der katholischen Missionsstation zu, in der Hoffnung, dort ein Bett für die Nacht zu bekommen. So brauchte er kein Geld für eine Pension auszugeben. Tatsächlich nahm man ihn gastlich auf. Ein Mönch öffnete ihm, lud ihn zur Teilnahme am Gottesdienst ein und wies ihm eine Schlafstatt zu.

»Vielen Dank, Father«, sagte Brandon und legte seinen Seesack in der einfachen, aber sauberen Herberge ab. Er hoffte, mit dem blonden jungen Mann ins Gespräch zu kommen und vielleicht etwas mehr über die Rolle der Missionen in dem Konflikt um Hone Heke zu erfahren.

»Nicht ›Father‹, noch nicht«, antwortete der Mann. »Ich hoffe zwar, eines Tages Priester zu werden, doch vorerst lebe ich hier nur als Laienbruder. Also Bruder. Bruder David.«

Brandon lächelte. »Komisch«, bemerkte er. »Einen Bruder David suche ich gerade. Allerdings ist er Seminarist bei den Lutheranern. David Mühlen. Sie kennen ihn nicht zufällig?«

Er wunderte sich, als eine tiefe Röte über das Gesicht des Maristenbruders zog. »Wer ... wer schickt Sie?«, fragte Bruder David verwirrt. »Ruth? Aber das ... das kann doch nicht sein ... Ich ...«

»Ruth Mühlen ist die Gattin, richtig. Die beiden leben doch immer noch in Te Waimate, oder?«

So langsam fand Brandon den Mann befremdlich. Erst recht, als er sich jetzt die Schläfen rieb und die Lippen befeuchtete, bevor er weitersprach.

»Das mit Ruth war ein Irrweg«, erklärte Bruder David. »Ich bedauere ihn sehr. Ich schließe sie und ihre Kinder in meine Gebete ein. Gott wird sicher alles richten. Schließlich ... schließlich war er es, der mich hierherführte.«

Brandon runzelte die Stirn. »Sie sind David Mühlen?«, erkundigte er sich.

»Das war zumindest mein weltlicher Name«, gab Bruder David zu. »Doch jetzt will ich nur noch Teil meines Ordens sein. Ich will all das hinter mir lassen, die Welt mit ihren Irrungen und Versuchungen und Ängsten …« Brandon fragte sich, wie er sich das vorstellte. Nach dem, was Wilma Bauer erzählt hatte, war er definitiv mit Ruth Mühlen vermählt. Alle drei Missionshelferinnen hatten Goßner-Missionare zum Mann genommen. Von Kindern war ebenfalls die Rede gewesen. Was also dachte sich dieser Mann? »Was auch immer Ruth meint …«, fuhr Bruder David jetzt eifrig fort, » … unsere Ehe ist ungültig. Bischof Pompellier hat das bestätigt. Ich habe in Sünde mit ihr gelebt, ja, und ich werde lange dafür Buße tun. Doch eine rechtmäßige Ehe wurde nie geschlossen.«

Brandon verstand nicht wirklich, was er meinte, aber eigentlich war ihm das gleichgültig. Wichtiger war, was dieser Mann womöglich über Kimi wusste – oder was vielleicht zwischen ihm und Kimi gewesen war. Brandon meinte noch, Heinrich Bauers brummige Stimme zu hören: *Bruder David hatte einen Narren an ihr gefressen.*

»Und ebenso wenig haben Sie eine rechtmäßige Ehe mit einer jungen Moriori-Frau namens Kimi geschlossen?«, fragte er, schärfer, als er eigentlich wollte.

David errötete erneut. »Ich weiß nichts von Kimi«, erklärte er. »Ruth wünschte, dass ich mich nach ihr umhörte, als wir nach Te Waimate kamen, doch ich konnte nichts herausfinden. Nun, wir sind alle in den Händen Gottes …«

David bekreuzigte sich. Brandon fiel auf, dass er nicht beteuerte, die junge Frau in seine Gebete einzuschließen. Anscheinend wollte er Gott nicht mit allzu vielen Frauen in seiner Vergangenheit überfordern.

»Es kann also nicht sein, dass die Tochter, die Kimi zur Welt gebracht hat, von Ihnen ist?«

Brandon konnte es nicht lassen, dem Mann ein paar inquisitorische Fragen zu stellen. Fasziniert beobachtete er, wie David daraufhin blass wurde.

»Ich verbitte mir derartige Unterstellungen«, sagte er scharf. »Ich ... ich habe Kimis Kind nie gesehen ...«

Brandon hob die Augenbrauen. »Das schließt eine Vaterschaft nicht aus«, bemerkte er trocken. »Wo kann ich denn wohl Ihre Frau finden? Also die Frau, mit der Sie niemals ...«

»Ich weiß es nicht!« David Mühlen wandte sich ab. Das Gespräch wurde ihm erkennbar zu viel, es fiel ihm wohl jetzt erst auf, dass er es ebenso gut beenden konnte. »Ich wünsche Ihnen eine gute Nacht, Mr. Halloran, und Erfolg bei Ihrer Suche. Allerdings ist es sehr unwahrscheinlich, dass Kimi sich hier noch irgendwo aufhält. Tom Peterson hat sie auch gesucht ... Es ist hoffnungslos.«

Brandon war zu aufgeregt, als er den Namen Tom Peterson, hörte, um sich weiter mit David Mühlen auseinanderzusetzen. Sein alter Freund war also immer noch in Kororareka – vielleicht wusste er ja inzwischen mehr. Brandon erinnerte sich jetzt auch daran, dass Tom eine Stellung in der Mission in Aussicht gehabt hatte. Möglicherweise wusste er mehr über Kimi. David Mühlen hatte sicher nicht allzu intensiv nach der jungen Frau gesucht. Seiner Reaktion war deutlich zu entnehmen gewesen, wie schuldig er sich fühlte. Brandon hegte kaum Zweifel daran, dass er den Vater von Kimis Kind vor sich hatte. Kimi hatte zweifellos nicht herumgehurt. Brandon konnte sich vorstellen, dass sie diesen Mann geliebt hatte.

Der nächste Tag war ein Sonntag, aber Brandon besuchte die Messe bei den Maristenbrüdern nicht. Das war zwar unhöflich, nachdem er kostenlos bei ihnen genächtigt hatte, doch David Mühlen legte sicher keinen Wert darauf, ihn zu sehen. Stattdessen machte Brandon sich schon früh nach Te Waimate auf, traf Reverend Williams allerdings nicht an. Der Reverend hielt, wie man ihm sagte, einen Gottesdienst für die Maori um Hone Heke in dessen Lager. Die anderen Missionare, die Brandon befragte, reagierten abweisend, als er sie auf Ruth und David Mühlen ansprach. Die Sache mit David war ihnen erkennbar peinlich. Erst die Gattin eines der Reverends gab schließlich zögernd Auskunft über Ruth.

»Die arme Frau konnte ja nichts dazu«, sagte sie. »Im Gegenteil, sie hat nun wirklich alles getan, um ihrem Mann das Studium hier zu ermöglichen. Sie hatte Ersparnisse, und als die nicht reichten, hat sie sich eine Arbeit gesucht, in der Stadt. Mein Mann hätte mir das nie gestattet. Jeden Tag ist sie allein nach Kororareka gefahren, dazu schwanger ... Es war rücksichtslos, das von ihr zu verlangen. Aber nun ... Sie konnte natürlich nicht hierbleiben nach Bruder Davids ... Abfall vom Glauben. Ich hoffe, dieser Dr. Thompson hat ihr geholfen.«

Brandon erfuhr von Ruths Stellung als Krankenschwester, merkte sich den Namen ihres Arbeitgebers und fragte gleich noch nach Tom und Raukura Peterson. Die beiden stellten für die Mission zum Glück kein so heißes Eisen dar. Die Frau des Reverends berichtete freimütig über Toms Arbeit als Böttcher in der Mission und Raukuras Hilfe bei den Frauen und Kindern. Allerdings wusste sie nicht, wo die Werkstatt genau lag, die er nun in Kororareka eröffnet hatte – die Petersons hatten die Missionsstation verlassen.

Brandon war jedoch guten Mutes. So viele Böttcher konnte es in Kororareka kaum geben. Die Adresse würde sich schnell herausfinden lassen. Er machte sich also auf den langen Rückweg in die Stadt, wobei er zweimal Maori-Kriegern begegnete, die in der Umgebung patrouillierten. Sie waren bewaffnet, zeigten sich jedoch nicht aggressiv. Brandon trafen argwöhnische Blicke, und einer der jungen Männer versuchte sich an einer beängstigenden Grimasse, doch sonst geschah nichts. Brandon war die Sache trotzdem nicht geheuer. Er überlegte, ob er für die Nacht zurück zur katholischen Mission gehen sollte, entschied sich dann jedoch für eine Pension im Ort. Die Betreiberin konnte ihm sofort die Adresse des Arztes Dr. Thompson nennen, nicht jedoch die der Petersons. Für Fässer, so entschuldigte sie sich lächelnd, habe sie keine Verwendung.

Brandon bezog sein Zimmer und trank später ein paar Bier in einer Schenke. Zu schade, dass er das nicht mit Tom zusammen tun konnte – es würde schön sein, den Freund wiederzutreffen.

Am nächsten Morgen wirkte die Atmosphäre in der Stadt noch angespannter, und die Angst der Menschen war nicht grundlos. Schon beim Frühstück berichtete Brandons Pensionswirtin von weiteren Attacken. Hone Hekes Männer hatten im Morgengrauen halbherzige Angriffe auf die Stadt versucht, waren jedoch zurückgeschlagen worden.

»Wenn es bloß keinen Krieg gibt«, sorgte sich die Frau, eine ältere Irin, die bewaffnete Konflikte sicher noch aus ihrer alten Heimat kannte und fürchtete. »Und dabei sind die Maori sonst so friedlich. Nur dieser Hone Heke ...«

Brandon erzählte ihr lieber nichts von den Ausschreitungen der Stämme auf Chatham Island, sondern machte sich gleich auf den Weg zu Dr. Thompsons Praxis. Die Straßen waren voller besorgter Bürger und bewaffneter Soldaten. Brandon fragte sich, ob es Befestigungen gab oder wie die Stadt sonst verteidigt werden sollte, falls die Maori wirklich angriffen.

Das Wartezimmer Dr. Thompsons war voll – Angst und Sorge schien die Menschen krank zu machen. Brandon hoffte, gleich hier auf Ruth Mühlen zu treffen, doch die freundliche Frau, die ihn schließlich einließ, war zu alt, um David Mühlens Gattin zu sein. Sie stellte sich als Mrs. Thompson vor, die Frau des Arztes. Für ein ausführliches Gespräch hatte sie bei dem Andrang keine Zeit, konnte jedoch rasch Auskunft über Ruths Verbleib geben.

»Schwester Ruth ist derzeit beurlaubt, sie kommt erst morgen wieder zum Dienst. Eigentlich wollte sie nach der Geburt so schnell wie möglich wieder arbeiten, aber mein Mann meinte, sie brauche noch Ruhe. Zumal nach all den anderen Aufregungen, dem Umzug ... Sie haben das gehört mit ihrem Mann?«

Brandon bejahte, äußerte sein Befremden – das sich noch steigerte, als er erfuhr, dass Ruth Mühlen ihrem Mann wohl gerade erst ein Kind geboren hatte – und erhielt einen Zettel mit Ruths neuer Adresse.

»Sagen Sie der Wirtin aber nichts von dem entlaufenen Missionar«, wies Mrs. Thompson ihn noch an. »Die glaubt, David Mühlen sei für seinen Orden in Indien. Die Sache mit der angeblich nicht korrekt geschlossenen Ehe kompromittiert Mrs. Mühlen ja sehr. Obwohl sie natürlich nichts dafür kann. Wer denkt denn an solche Winkelzüge, wenn er sich trauen lässt? Nun ... das ändert nichts daran, dass sie jetzt allein ist mit zwei Kindern ohne Vater ...«

Brandon hätte gern nach den genauen Umständen dieser seltsamen Annullierung einer Ehe gefragt – ihm war nach wie vor schleierhaft, wie David Mühlen aus der Sache herausgekommen war. Mrs. Thompson war allerdings wirklich sehr beschäftigt, und so verabschiedete er sich rasch. Vielleicht mochte die verlassene Ehefrau ihm ja selbst etwas erzählen. Jedenfalls lenkte er seine Schritte sofort in den Norden von Kororareka. Ruths neue Adresse lag in der Nähe der Kasernen, recht weit von Dr. Thompsons Praxis im Süden der Stadt entfernt. Ruth würde einen langen Weg zur Arbeit haben – andererseits war sie bisher von Te Waimate aus hergekommen. Sie musste es schon als Erleichterung empfinden, nun in derselben Stadt zu wohnen wie ihr Arbeitgeber.

Das Haus der Witwe Mrs. Roades, Ruths Vermieterin, machte einen gepflegten und anheimelnden Eindruck. Es lag an einer eigentlich ruhigen Straße, in der an diesem Tag allerdings viel Militär unterwegs war sowie die Fahrzeuge von Handwerkern und Zulieferern auf dem Weg zu Polack's Palisade. Wahrscheinlich sollte die Kaserne besser gesichert werden.

Die alte Dame, die Brandon auf sein Klopfen hin öffnete, wirkte sympathisch, wenn auch etwas besorgt. Auf seine Frage nach Ruth Mühlen nickte sie, antwortete jedoch sehr bestimmt.

»Doch, Mrs. Mühlen ist zu Hause. Allerdings ... verstehen Sie mich richtig, ich vermiete ausschließlich an Damen, und ich erlaube keinen Herrenbesuch in den Wohnungen. Ich könnte Sie Mrs. Mühlen höchstens avisieren und Ihnen eventuell mein Wohnzimmer zu einem Gespräch zur Verfügung stellen ...«

Brandon winkte ab. »Ich kann mich in einem Teehaus mit ihr treffen«, meinte er. »Das Dumme ist nur, dass sie mich nicht kennt ... Wenn Sie ihr bitte sagen würden, ich sei wegen Kimi hier? Brandon Halloran ... Ach ja, vielleicht ... sagen Sie ihr einfach, ich sei der Mann, der die Bilder gezeichnet hat, die im Missionshaus auf Chatham Island hängen ...«

Mrs. Roades wirkte etwas verwirrt, wandte sich dann jedoch ab, um mit Ruth zu reden. Binnen kürzester Zeit war sie mit einer jungen Frau wieder da. Ruth Mühlen hatte ein hübsches, herzförmiges Gesicht, einen hellen Teint und rotbraunes Haar, das sie zu einem dicken Knoten im Nacken zusammengefasst hatte. Sie hielt ein Baby im Arm, und ein kleiner Junge tappte hinter ihr her.

»Sie sind Kimis Freund von Chatham Island?«, fragte sie aufgeregt, als Brandon sich vorgestellt hatte. »Und Sie sind auf der Suche nach ihr?«

Brandon nickte – und konnte sich gleich darauf über Neuigkeiten freuen, die besser waren, als er je gehofft hätte. Da Mrs. Roades neugierig lauschte, schlug er vor, das Gespräch tatsächlich in eine nahe gelegene Teestube zu verlegen. Er war bereit, Ruths Vermieterin einiges abzubitten, als sie sich erbot, in der Zeit auf die Kinder und den Hund aufzupassen.

»Da übe ich dann gleich mal für morgen«, erklärte sie, nahm Ruth das Baby ab und lockte den kleinen Laurent mit dem Versprechen in ihre Wohnung, Kakao zu kochen und die Keksdose zu öffnen.

»Sie ist ein bisschen prüde, aber sie ist ein Segen für mich«, erklärte Ruth, als sie neben Brandon auf die Straße trat, nachdem sie Hut und Mantel geholt hatte. »Sie liebt Kinder und brennt darauf, auf Laurent und Felicity aufzupassen, wenn ich wieder arbeite. Das ist wirklich hilfreich. Obwohl ich die zwei auch bei meiner Freundin Raukura lassen könnte oder sie einfach mitnehmen. Mrs. Thompson hütet sie auch schon mal. Ich habe da wirklich Glück.«

Brandon nickte, erfreut, dass Ruth Raukura erwähnte. Sie schien also zu wissen, wo die Petersons wohnten. Dann lauschten sie jedoch beide auf Schüsse aus Richtung der Kaserne.

»Es ist beängstigend mit den Maori«, sagte Brandon.

Ruth nickte. »Vor allem, wenn man weiß, was auf Chatham Island vorgefallen ist. Sie waren damals dort?«

Ruth und Brandon verbrachten eine für beide gleichermaßen interessante Stunde, in der sie einander von der Invasion der Chathams und ihren Folgen berichteten, von Waitangi und Anewas Scheitern vor dem Rat der Häuptlinge, von Kimis Leben als seine Sklavin und ihrer kurzen Beziehung zu David.

»Ihr Mann ist also wirklich der Vater ihres Kindes?«, vergewisserte sich Brandon und erzählte von seiner Begegnung mit David Mühlen.

Ruth bestätigte das und sprach freimütig von ihrer gescheiterten Ehe. »Ich hätte mich niemals zwischen ihn und seinen Gott drängen dürfen«, meinte sie resigniert. »Und Kimi wird auch geglaubt haben, er liebte sie. Sie ... nehmen es ihr doch nicht übel?« Die letzte Frage klang vorsichtig.

Brandon schüttelte den Kopf. »Wie könnte ich? Ich habe keinerlei Rechte an ihr, schließlich habe ich auch nichts getan, um sie zu retten. Wir ... wir hatten damals keine ... keine Liebesbeziehung. Sie war ja noch so jung, gerade vierzehn Jahre alt. Wir waren Freunde. Was sich später daraus entwickelt hätte ... was sich jetzt vielleicht entwickeln kann ... man wird sehen. Ich bin erst einmal froh, dass sie am Leben ist und dass es ihr gut geht. Ich denke, ich gehe gleich zu ihr. Wo wohnen diese McIntoshs?«

Brandon änderte seine Pläne dann doch, als er hörte, dass Kimi in der Nachbarschaft der Thompsons lebte. Bevor er den gleichen Weg noch einmal zurückging, suchte er erst mal die Petersons auf. Ruth wusste natürlich, wo die Familie lebte – Tom Peterson hatte seine Böttcherwerkstatt in Hafennähe angesiedelt, und bislang wohnte er mit Raukura und den Kindern im hinteren Bereich des Handwerksbetriebs.

»Es ist nicht besonders komfortabel«, meinte Ruth, »aber in der Mission hatten sie auch nicht viel Platz. Auf die Dauer werden sie sicher ein Haus bauen. Die Werkstatt läuft ja gut, Fässer braucht man hier immer.«

Tom Peterson freute sich unbändig, als Brandon kurz darauf mit einer Flasche Whiskey als Gastgeschenk in seiner Werkstatt auftauchte. Gemeinsam verbrachten die alten Freunde einen fröhlichen Nachmittag und Abend – nur gestört von dem gelegentlichen Geschützlärm, der vom Flagstaff Hill zum Hafen herüberschallte. Raukura zuckte jedes Mal zusammen – selbst das jahrelange Zusammenleben mit Maori-Familien in Te Waimate hatte die Erinnerung an die Chathams nicht verblassen lassen.

»Bei Kimi ist das noch schlimmer«, erklärte Tom besorgt. »Dabei hat John McIntosh sogar dafür gesorgt, dass sie schießen lernt, um sich im Zweifelsfall verteidigen zu können. Aber du kennst ja die Moriori ... Seit diesem Überfall auf die Bäckerei stirbt Kimi fast vor Angst.«

Brandon war sofort besorgt. Ruth hatte von Anewas Übergriff auf die Bäckerei der McIntoshs nichts erzählt – hätte sie es getan, hätte er sich vielleicht doch an diesem Tag schon auf den Weg zu Kimi gemacht. Nun hielt Tom Peterson Kororareka nicht für allzu gefährdet, und besonders nicht den südlichen Teil der Stadt.

»Wenn es zu Kämpfen kommt, dann am Flagstaff Hill und bei den Kasernen«, meinte er. »Und eigentlich haben wir genügend Truppen hier, um die Kerle zurückzuschlagen. Womöglich ist Hone Hekes Aufstand sowieso nur Schaumschlägerei. Der Mann ist verrückt, zumindest größenwahnsinnig, aber Selbstmordabsichten hat er sicher keine. Er mag die britische Krone ein bisschen ärgern wollen, bis aufs Letzte herausfordern wird er sie nicht.«

Brandon hoffte, dass er recht behalten würde, ließ den Abend aber nicht zu lang werden. Auf keinen Fall wollte er einen schweren Kopf haben, wenn er Kimi am kommenden Morgen wiedertraf. Er war gut gelaunt, als er in seine Pension zurückkehrte. Der nächste Tag würde ein guter Tag werden – mit dem Gedanken an Kimis sanfte braune Augen, ihr ausdrucksvolles Gesicht und das lange schwarze Haar schlief er ein. Er sah sie immer noch so genau vor sich, dass er sie hätte malen können.

Kapitel 3

Am Morgen des folgenden Tages, dem 11. März 1845, verhängte die Armee eine Ausgangssperre für die Bürger. Brandon erfuhr von seiner aufgeregten Wirtin, dass Hone Hekes Krieger die Verteidiger des Flagstaff Hills getötet und den Mast ein weiteres Mal gefällt hatten. Nun zog der Maori-Häuptling mit sechshundert Kriegern gegen Kororareka, dazu kam ein weiteres Truppenkontingent unter dem Befehl des Unterhäuptlings Te Ruki Kawiti. Die Kanonen und Musketen wurden jetzt nicht mehr nur vereinzelt abgefeuert wie am Tag zuvor. Kampflärm erschütterte die Stadt.

Brandon war allerdings fest entschlossen, sich davon nicht aufhalten zu lassen. Er wollte Kimi jetzt endlich treffen, und obwohl seine Wirtin ihn eindringlich bat, in der Pension zu bleiben, beschloss er gegen Mittag, die Ausgangssperre zu ignorieren. Wahrscheinlich würde sie nicht kontrolliert, die Soldaten hatten zweifellos Wichtigeres zu tun. Außerdem hatte Tom von geplanten Bürgerwehren berichtet, deren Mitglieder sich bestimmt nicht in ihren Häusern verschanzten, sondern sich ebenfalls formierten. Im Zweifelsfall konnte er behaupten, sich einer solchen anschließen zu wollen. Toms Bemerkung, dass Kimi vor Angst fast starb, ging ihm nicht aus dem Kopf. Jetzt, da es tatsächlich zu einem Angriff der Maori-Krieger gekommen war, wollte er bei ihr sein.

Brandon eilte durch die gespenstisch menschenleeren Straßen. Nur gelegentlich waren Boten unterwegs, oder es holperte ein Fuhrwerk vorbei, das irgendetwas zu den Kasernen brachte. Maori waren nicht zu sehen. Er war überzeugt, sich nicht in Gefahr zu befinden.

Kimi war an diesem Nachmittag allein mit den Kindern im Haus der McIntoshs. John und Margaret hatten sich zu einer Bürgerversammlung aufgemacht, die der Kaufmann Gilbert

Mair einberufen hatte. Mair belieferte die Missionsstation Te Waimate mit Waren, kannte etliche der dort ansässigen Maori und hatte bereits von massiven Angriffsplänen der Stämme erfahren. Natürlich hatte er sich sofort an die Behörden gewandt, und Lieutenant Phillpotts, der Kommandeur eines der Kriegsschiffe im Hafen, war informiert worden. Mair fühlte sich von ihm jedoch nicht ernst genommen. Seiner Ansicht nach unterschätzte das Militär die Gefahr. Der Kaufmann hatte sich deshalb entschlossen, die Sache selbst in die Hand zu nehmen, und plante die Organisation einer Bürgerwehr. Wer immer ein Gewehr abfeuern konnte, war aufgerufen, sich zu melden. John McIntosh wollte sich nicht ausschließen. Margaret war ebenso mit Feuereifer dabei, während Kimi eine Teilnahme entschlossen von sich wies.

»Es muss ja auch jemand auf die Kinder aufpassen«, argumentierte sie, was die McIntoshs einsahen. »Und ich kann ... ich kann den Laden offen lassen.«

Bei diesem Angebot schluckte sie. Eigentlich hätte sie sich am liebsten im Haus verschanzt und unter ihrem Bett versteckt, erst recht, als der Gefechtslärm immer lauter wurde. Ihr Instinkt sagte ihr, es sei das Beste, die Stadt zu verlassen, und sie gehorchte ihm insofern, dass sie stets eine Tasche mit ihren und Rohanas wichtigsten Besitztümern gepackt hielt. Margaret McIntosh hatte über ihre unsinnigen Ängste den Kopf geschüttelt, als sie einige Tage zuvor sogar die Zeichnung abgenommen und eingepackt hatte, die stets über ihrem Bett gehangen hatte. Seit der Geschützlärm näher kam, trug Kimi die Tasche immer bei sich.

Sie platzierte sie unter dem Ladentisch, als sie jetzt ins Geschäft hinunterging. Die Bäckerleute erwarteten nicht allzu viele Kunden an diesem Tag. Die meisten Bürger würden zu Hause bleiben – sofern sie sich nicht der Verteidigung ihres Viertels zu widmen gedachten wie sie selbst. Allerdings belieferte John McIntosh auch die Garnison in Polack's Palisade. Er nahm an, dass die Brote für die Militärangehörigen später abgeholt werden würden.

»Die Jungs müssen ja was essen, gerade wenn es zum Kampf kommt«, sagte er. »Nachschub an Verpflegung ist da wichtig, und solange hier weiter nichts passiert, gibt es keinen Grund, den Laden zu schließen.«

Kimi beschäftigte sich also in der Bäckerei, nachdem die McIntoshs gegangen waren. Sie hatte die Tür abgeschlossen. Wenn jemand kam, sollte er klopfen. Sie blieb versteckt hinter dem Ladentisch und hatte die Kinder angewiesen, auf jeden Fall in der Backstube zu bleiben. Die Straße vor dem Laden war menschenleer, doch Kimi empfand die Ruhe als trügerisch. In anderen Teilen der Stadt wurde geschossen, und sie konnte der Überlegenheit der Weißen über die Maori nicht so felsenfest vertrauen wie ihr Arbeitgeber. Auf Chatham Island hatten die Engländer schließlich nie etwas getan, um die Moriori zu schützen, Kimi führte ihre Untätigkeit darauf zurück, dass sie die Auseinandersetzung mit Anewa und seinen Kriegern fürchteten.

Sie versuchte, sich mit der Lektüre der gestrigen Zeitung abzulenken, obwohl sie eigentlich vorgehabt hatte, die Straße im Auge zu behalten. So fuhr sie überrascht zusammen, als sie ein Klopfen an der Tür hörte, und zitterte am ganzen Körper, als sie ihr Versteck hinter der Ladentheke verließ, um nachzusehen, wer dort Einlass begehrte. Ein hochgewachsener, schlanker Mann … honigblondes Haar … ganz sicher kein Maori. Kimi beruhigte sich ein wenig, schloss die Tür auf – und glaubte an ein Trugbild, als sie den Besucher erkannte. Es konnte nicht sein! Brandon war mit diesem deutschen Forscher unterwegs, womöglich war er ihm in seine Heimat gefolgt … Unmöglich, dass er vor ihrer Tür stand. Dennoch … Da waren seine freundlichen blauen Augen und die Grübchen, die sich stets zeigten, wenn er lächelte wie jetzt.

Kimi öffnete die Tür. »Brandon …«, flüsterte sie. »Bist du Brandon oder sein Geist?«

Brandon schaute zu ihr herunter. Er war viel größer als sie, vielleicht hatte sie sich bei ihm auch deshalb immer so sicher gefühlt. Allerdings erschien ihr der Unterschied an diesem Tag nicht mehr so groß wie damals auf Chatham Island. Natürlich, sie war gewachsen. Brandon kam herein, schloss die Tür und blickte wohlgefällig auf ihre weiblicher gewordene Figur, ihr dunkles, gut sitzendes Kleid und ihr unter der Haube aufgestecktes Haar.

»Ich denke, ich bin noch ziemlich lebendig«, sagte er, und nun erkannte sie auch seine freundliche Stimme. »Eigentlich bin ich jetzt erst wieder ganz ich selbst – bisher war immer ein Stück von mir bei dir, Kimi. Ich hab jeden Tag an dich gedacht.«

Kimi nickte. »Dann war das Stück von dir in dem Bild, das du von mir gemalt hast. Ich hab's noch, es ... es beschützt mich.«

»Und mich haben die Delfine beschützt, deren Geister du gebannt hast«, sagte er sanft. »Wenngleich du nicht aussiehst, als würdest du heute noch Geister beschwören. Eigentlich siehst du aus wie eine brave Gläubige der Church of Scotland.«

Kimi zog die Schultern hoch. »Die McIntoshs sind gläubig«, erwiderte sie. »Und ihr Gott scheint mir friedlich zu sein, wenn auch fern. Die Geister, die ich hier spüre, sind nicht leicht zu bannen. Dort draußen ... dort draußen tobt der Kriegsgott der Maori, Brandon – Tumatauenga. Er macht mir Angst.«

Brandon hätte sie gern in den Arm genommen, aber er wusste, dass das nicht üblich war bei den Moriori. So streckte er nur die Arme aus und griff nach ihren Händen. Kimi reichte sie ihm vertrauensvoll.

»Er macht mir auch Angst«, bekannte Brandon. »Ich war nie ein Krieger.«

Kimi lächelte. »Du musst dich nicht dafür entschuldigen, Nunukus Gesetz zu achten.« Dabei trat sie näher an ihn heran, stellte sich auf die Zehenspitzen und bot ihm das Gesicht zum hongi. Brandon legte seine Nase und seine Stirn an ihre und atmete tief ein.

Plötzlich durchbrach ohrenbetäubender Lärm die Stille der Straße. Irgendetwas explodierte.

Kimi und Brandon fuhren auseinander.

»Was war das?«, fragte Kimi tonlos.

Brandon blickte in Richtung der Explosion und sah Rauch aufsteigen.

»Die Kaserne«, sagte Brandon. »Das war Polack's Palisade. Irgendwas muss in die Luft geflogen sein – womöglich das Munitionsdepot.«

Nach der Explosion verstummte der Gefechtslärm in den Stadtvierteln kurz, um sich dann zu intensivieren.

»Es brennt ...«, rief Kimi. Ihre Stimme wurde höher. »Es ... es brennt!«

Brandon nickte. Über dem Norden der Stadt stand eine Rauchsäule.

»Kimi, wir sollten hier weg«, sagte er. »Vielleicht in Richtung Hafen.«

Kimi schüttelte heftig den Kopf. »Ich kann nicht weg«, flüsterte sie. »Das ... das Haus ... Jemand muss darauf aufpassen. Meine kleine Rohana und Paula, sie sind in der Backstube ... Wenn wir Paula mitnehmen, und die McIntoshs kommen zurück ... Sie ... sie würden sich zu Tode fürchten ...«

Ihr Atem wurde schneller, ihre Augen weiteten sich und aus ihrem Gesicht wich jede Farbe, als jetzt Flammen am Himmel zu sehen waren. Die Kasernen mussten lichterloh brennen, und höchstwahrscheinlich breitete das Feuer sich aus. Man hörte weitere Schüsse, dann auch Schreie. Die Straßen vor dem Geschäft belebten sich, Menschen eilten zum Hafen.

Brandon hätte sich ihnen gern angeschlossen, doch Kimi zitterte am ganzen Körper. Sie rannte in die Backstube, wo sie die weinenden Kinder in die Arme schloss und sich in der äußersten Ecke verkroch. Rohana und Paula klammerten sich an ihren Rock.

In diesem Moment riss einer der Passanten die Ladentür auf. »Die Maori sind durchgebrochen!«, brüllte er. »Und die Nordstadt brennt ...«

»Wir kommen gleich!« Brandon rief dem Mann einen Dank zu, bevor auch er in die Backstube trat.

»Es ist ... es ist wieder wie auf Rekohu.« Kimis Stimme überschlug sich. »Sie kommen ... Ich ... ich ... sie ... sie werden alle töten ... sie haben alle getötet ... wir müssen uns verstecken, Brandon, schnell, wir ... Aber sie finden uns, sie haben uns damals auch gefunden ... Anewa ...«

Kimi schien nicht mehr zwischen heute und damals unterscheiden zu können und zitterte unkontrolliert, zwei kleine schluchzende Mädchen klammerten sich an sie und sahen ihn mit schreckgeweiteten Augen an. Brandon nahm sie alle drei hilflos in die Arme.

»Nun beruhige dich doch, Kimi«, sagte er verzweifelt. »Bislang ist niemand hier. Noch besteht keine Gefahr. Aber wenn die Maori wirklich die Stadt stürmen, wird sich das Militär in Richtung Hafen zurückziehen. Dahin sollten wir auch gehen, irgendwo unter Leute. Die Kinder nehmen wir mit.«

»Nicht unter Leute ...«, wimmerte Kimi. »Sie erschlagen die Leute, das weißt du doch. Das Dorf ... das Dorf ... all das Blut ... Wir müssen ... wir müssen ...«

Kimis Herz raste. Brandon schüttelte sie. Er wollte sie ohrfeigen, um sie wieder zu sich zu bringen, doch das brachte er nicht übers Herz.

»Mommy«, wimmerte das blonde der Mädchen. Brandon sah die Verwirrung in seinem Blick. Die Kleine, es musste Rohana sein, schaute fassungslos auf ihre schluchzende, zitternde Mutter. »Mommy aua?«

Brandon ergriff die Initiative. Kimi war völlig handlungsunfähig, die Entscheidungen hier musste er treffen. Er lächelte dem kleinen Mädchen zu.

»Nein, Kleines, keine Angst. Deiner Mommy fehlt nichts, die hat sich nur erschrocken. Und jetzt gehen wir alle zum Hafen. Vielleicht fahren wir sogar mit dem Schiff. Würde euch beiden das gefallen?« Er wusste nicht, wie viel ein Kind in diesem Alter schon verstand, hoffte jedoch, dass allein seine gelassene Stimme ausreichen würde, die Mädchen zu beruhigen.

»Immi ...«, murmelte die andere Kleine, Paula.

Kimi schienen die Kinder in die Wirklichkeit zurückzubringen, und Brandon beschloss, die Gunst der Stunde zu nutzen. »Kimi, Kinder, wir gehen jetzt zum Kai!«, bestimmte er und zog sie alle drei hoch und in den Laden zurück. »Wir müssen erfahren, was in der Stadt vorgeht.«

»Aber wenn sie ... wenn sie das Dorf stürmen ...«, rief Kimi hysterisch. »Dann töten sie alle ...«

Brandon schüttelte entschieden den Kopf. »Kimi, das hier ist kein Moriori-Dorf. Das ist Kororareka – und das Hafenviertel ist voller Militär, Walfänger und Seehundsjäger. Die sind alle schwer bewaffnet. Glaubst du im Ernst, sie ließen sich abschlachten? Die wehren sich, Kimi. Und das ist auch richtig so!«

Kimi kam nicht mehr dazu, etwas zu erwidern. Der Gefechtslärm war noch lauter geworden, ebenso die Schreie – und nun klirrte Glas. Das Fenster des Ladenlokals barst unter dem Schlag einer Streitaxt. Die Kinder schrien, und Kimi und Brandon blickten entsetzt in die tätowierten Gesichter dreier Krieger.

Plötzlich blieb auch für Brandon die Zeit stehen. Im Geiste war er wieder auf den Chathams. Vor ihm stand Anewa wie so viele Jahre zuvor. Unfähig zu irgendeiner Handlung starrte Brandon ihn an – bis ihn der Maori erkannte.

»Dich hab ich schon mal getötet«, bemerkte er mit einem Grinsen. Absurderweise vermerkte Brandon, dass sich sein Englisch seit der Invasion entschieden gebessert hatte. »Und ein zweites Mal hätt ich's fast versucht. Kriegst du nie genug?«

Brandon schob sich zwischen ihn, Kimi und die Kinder.

»Du kannst es versuchen, sooft du willst«, sagte er, bemüht, seine Stimme ruhig klingen zu lassen. »Es wird dir nicht gelingen.«

Er überlegte fieberhaft, was er dem Krieger anbieten konnte. An Kämpfen war nicht zu denken. Bis auf ein kleines Taschenmesser war er unbewaffnet.

»Und jetzt machst du dich wieder an meine Sklavin ran?«, fragte Anewa. »Du wolltest sie damals schon für dich, richtig? Dann noch mal in Waitangi ... Und sie wollte dich. Aber sie hat nichts zu wollen. Sie gehört mir. Ich nehm sie wieder an mich – oder vielleicht esse ich sie auch. Sie ist renitent, da nehme ich mir lieber eine andere. Die Auswahl wird ja groß sein heute.« Mit einer Handbewegung umfasste er Kororareka.

Die anderen Krieger begannen, die Brote und anderen Waren der McIntoshs in Säcke zu verstauen.

»Dann lass mir Kimi doch da!« Brandon kämpfte seine Angst und seinen Schrecken nieder. Er wusste, dass Gelassenheit und Verhandlungsgeschick das Einzige war, was ihn und Kimi noch retten konnte. »Schau, Anewa, ich will sie dir ja nicht rauben. Oder zum Weglaufen anstiften. Was ich eigentlich vorhatte, und da kannst du alle fragen in deinem Stamm auf den Chathams, was ich eigentlich wollte, war, sie dir abzukaufen. Für viel Geld, Anewa. Ich hab gut verdient in diesen Jahren. Was meinst du, hundert Pfund? Wäre das ein fairer Handel?« Er war bereit, noch weit mehr zu bieten. Doch erst mal kam es darauf an, dass Anewa sich überhaupt auf einen Handel einließ.

Anewa lachte. »Weißer Mann, großer Freund von schwarzer Frau – ich muss nicht mit dir feilschen. Ich muss dir auch die Frau nicht geben. Ich nehme mir einfach deinen Kopf und dein Geld. Und die Frau. Ich geb ihr deinen Schwanz zu essen. Na, was sagst du? Ist das ein fairer Handel?«

Er hob seine Kriegsaxt und zielte auf Brandons Schläfe.

Kimi hatte sich wieder hinter den Ladentisch geduckt, auch um die weinenden Kinder zu schützen, die der Tresen bislang vor den Blicken der Männer verbarg.

Sie wusste natürlich, dass das nichts nützen würde. Die Männer würden die Mädchen hinter dem Tisch hervorziehen, würden sie mit ihren Kriegskeulen erschlagen oder mit ihren Messern erstechen. Vor Kimis Augen standen die entsetzlichen Bilder aus ihrem Dorf. Und Brandon ... sie sah ihn wieder fallen, wie damals. Sie spürte wieder ihre hilflose Wut, gab sich erneut die Schuld an seinem Tod ... alles würde von vorn beginnen ... Sie sah sich Bilder in die Rinde der Bäume schnitzen, um an die Toten zu erinnern, und dachte an Rohanas Pohutukawa-Baum, ein Baum, der überall überlebte. Ein Baum, der ein Kämpfer war …

Und dann verschwand das alles. Jeder Gedanke, jedes Gefühl war aus ihr gewichen, als sie nach der geladenen Waffe griff, die hier in der Lade versteckt war. Sie bat die Götter nicht um Verzeihung für das, was sie tun würde, sie vergaß Nunukus Gesetz.

Kimi feuerte in genau dem Moment, in dem Anewa Anstalten machte zuzuschlagen, und ihr Schuss traf ihn mitten ins Gesicht. Sie sah seinen Kopf zerspringen – die Kugel war genau zwischen den Augen eingedrungen –, und sie sah ihn fallen.

Die beiden anderen Krieger, beim Plündern natürlich nicht kampfbereit, blickten ungläubig auf ihren Anführer, der tot am Boden lag. Brandon entriss ihm die Streitaxt und stieß sie einem der Männer in die Brust. Er wollte herumwirbeln, um auch den zweiten zu attackieren, doch da knallte schon der nächste Schuss. Eine rote Blume breitete sich auf der Brust des Mannes aus.

Kimi hielt die noch rauchende Waffe in der Hand. Ihr Blick war ausdruckslos.

Brandon ging langsam auf sie zu. »Kimi?«, fragte er. »Alles … alles in Ordnung, Kimi?«

Kimi wandte ihm ihr totenblasses Gesicht zu. »Die Kinder …«, flüsterte sie. »Die Tasche …«

Brandon fiel ein Stein vom Herzen. Immerhin konnte sie Freund und Feind noch unterscheiden. Eben hatte sie fast irre gewirkt.

»Ich nehme die Kinder«, sagte er. Kimi legte die Waffe auf den Ladentisch. Dann schob sie Rohana und Paula auf ihn zu. Beide wimmerten. Brandon versuchte, sie so an sich zu ziehen, dass sie das Blutbad im Laden nicht ansehen mussten. »Und du behältst den Revolver«, wies er Kimi an.

Sie schüttelte angeekelt den Kopf. »Nein, ich … der ist … das ist doch tapu, nicht? Ist das nicht tapu, so ein … ein Werkzeug zum Töten?«

»Aber ein sehr nützliches *tapu.*« Brandon steckte die Waffe in seine Tasche und nahm die Kinder auf den Arm. Sein Blick fiel auf Kimis Fluchtgepäck. »Ist das deine Tasche?«, fragte er. »Dann nimm die mit. Und komm jetzt!«

Entschlossen verließ er den Laden. Kimi folgte ihm, und Brandon erkannte bald, dass sie keine Sekunde zu früh waren. Die Straßen waren voll von plündernden Maori-Horden und Soldaten, die sich den Rückzug zum Hafen erkämpften. Sie versuchten, so viele Zivilisten wie möglich zu sammeln und zu schützen. Brandon schloss sich mit Kimi und den Kindern einer Gruppe an und erfuhr, dass Hone Hekes und Te Ruki Kawitis Krieger an drei Stellen in die Stadt eingebrochen waren. Den Ausschlag dazu hatte die Explosion im Pulvermagazin bei Polack's Palisade gegeben. Die umliegenden Gebäude hatten Feuer gefangen, und das allgemein herrschende Chaos hatte die Verteidigungslinien der Briten geschwächt. Nun schien die Strategie darin zu bestehen, die Bürger der Stadt auf die im Hafen liegenden Kriegsschiffe zu evakuieren und Kororareka vom Meer aus mit Kanonen zu beschießen.

»Aber nicht, solange noch Zivilisten hier sind«, beruhigte einer der Rotröcke seine verängstigten Schützlinge. »Wir geleiten Sie alle sicher zum Hafen, keine Angst.«

Brandon versuchte, den schluchzenden kleinen Mädchen beruhigende Worte zuzuraunen, während Kimi auf dem ganzen Weg kein einziges Wort sprach. Sie blieb auch stumm, als sie ihm endlich über die Landungsbrücke der Brigg *Victoria* folgte, wo Soldaten und ein paar couragierte Bürgerfrauen die Flüchtigen in Empfang nahmen. Sie boten ihnen Decken, Wasser und Tee an.

»Hier sind Sie in Sicherheit!«, erklärte eine der Matronen beruhigend und nahm die kleinen Mädchen aus Brandons Armen. »Kommt, ihr zwei Süßen, für euch und eure Mommy finden wir eine ruhige Ecke. Mögt ihr einen Becher Tee mit ganz viel Zucker? Und Sie, Missis?« Sie wandte sich freundlich an Kimi, verstummte jedoch, als sie ihren starren Blick sah. »Sie sollten sich um Ihre Frau kümmern, Mister«, sagte sie besorgt zu Brandon.

»Sie scheint völlig verstört … Kommen Sie, Missis, setzen Sie sich erst mal!«

Kimi folgte der Anweisung mechanisch. Sie ließ sich auf einer Bank nieder, nahm den Becher Tee, den die Frau ihr reichte, schien aber nicht mehr zu wissen, wie man ihn zum Munde führte. Brandon verstaute den Revolver in ihrer Tasche. Die Helferin betrachtete die Waffe misstrauisch.

»Was … was ist das?«, fragte sie unsicher.

»Wir mussten uns verteidigen«, erklärte Brandon kurz. »Das hat meine Frau sehr mitgenommen. Danke … vielen Dank für Ihre Hilfe, aber ich glaube, sie braucht jetzt einfach nur Ruhe.«

Er legte den Arm um Kimi und versuchte, den Becher an ihre Lippen zu führen. Schließlich trank sie, und Brandon atmete auf. Sie würde sich beruhigen, sie musste nur wieder zu sich selbst finden.

Kapitel 4

Ruth hatte ihre Arbeit bei Dr. Thompson an diesem Tag wieder aufgenommen, allerdings war nicht viel zu tun. Sowohl Dr. Thompson als auch sie selbst wunderten sich über das fast leere Wartezimmer. Lediglich zwei Patienten, die in unmittelbarer Umgebung wohnten, waren gekommen.

»In etlichen Bereichen der Stadt herrscht Ausgangssperre«, wusste einer von ihnen. »Es hat am Flagstaff Hill Maori-Angriffe gegeben, anscheinend wird in anderen Stadtvierteln ebenfalls gekämpft.«

Ruth runzelte die Stirn. »Ich wohne im Norden. Muss ich mir da Sorgen machen? Meine Vermieterin passt auf meine Kinder auf.«

»Ich glaube nicht, dass sie die Sperren durchbrechen«, erwiderte Dr. Thompson. »Bei dem Aufgebot an Militär, das der Gouverneur geschickt hat. Die sollten doch wohl fähig sein, die Stadt zu verteidigen.«

Ruth konnte das nur hoffen, sie fragte sich allerdings, wie es praktisch aussehen sollte. Kororareka besaß schließlich keine Stadtmauer mit Zugbrücken, die man hochziehen, und Toren, die man schließen konnte. Theoretisch konnten die Maori von allen Seiten versuchen, in die Stadt einzudringen. Bis die Soldaten vor Ort waren, konnten sie einiges anrichten.

Trotzdem hielt sie die Stellung in der Praxis, zumal gegen Mittag weitere Patienten kamen. Darunter waren auch Verletzte aus den Reihen diverser Bürgerwehren, die an der Seite der Soldaten gekämpft oder ihre Stadtviertel gegen einzelne marodierende Kriegergruppen geschützt hatten. Thompson rechnete zudem mit Verwundeten vom Kampf um den Flagstaff Hill, doch dann berichtete einer der Männer aus dem Hafenviertel, dass dort die gesamte Schutztruppe getötet worden war.

»Die Kerle haben sie gnadenlos abgeschlachtet, bevor sie den Fahnenmast erneut fällten«, erklärte der Patient, ein älterer Fischer. »Das ist jetzt kein Spaß mehr. Das ist Krieg!«

Wie um seine Worte zu bestätigen, verstärkte sich der Kampflärm. Offensichtlich wurde inzwischen auch im Süden der Stadt geschossen. Dr. Thompson überlegte, die Praxis zu schließen und sich eventuell in die Kasernen zu begeben, um sich dem Militär als Arzt zur Verfügung zu stellen. Zwar hatten die Rotröcke sicher eigene Ärzte, aber bestimmt war jede Hilfe willkommen.

In seine diesbezüglichen Überlegungen brach die Explosion in Polack's Palisade. Ruth sah erschrocken aus dem Fenster, als sie den infernalischen Lärm hörten, konnte allerdings nichts erkennen. Gleich darauf eilte Mrs. Thompson die Treppen herunter zu den Praxisräumen. Sie hatte sich im ersten Stock in den Wohnräumen der Familie aufgehalten, und die dortigen Fenster boten bessere Sicht.

»Es brennt!«, rief die Arztfrau aufgeregt. »Es brennt bei den Kasernen, und es muss ein großes Feuer sein. Die Rauchsäule ist himmelhoch! Vielleicht ... vielleicht sollten wir hier weg ... falls die Maori ...«

Dr. Thompson nickte. »In dem Fall würde die Bevölkerung sicher evakuiert. Wahrscheinlich per Schiff. Wir sollten zum Hafen ... Vorsichtshalber.«

Seine Frau hatte ihren Mantel bereits übergeworfen. Dr. Thompson griff nach seiner Arzttasche.

»Kommen Sie, Ruth«, forderte er seine Assistentin freundlich auf, die Mrs. Thompson bisher nur erschrocken anstarrte. »Wir gehen einfach alle zu den Kais ...«

»Zum Hafen?«, fragte Ruth schrill. »Ich ... ich kann doch jetzt nicht zum Hafen. Ich muss zu Mrs. Roades. Die Kinder ... Falls das Feuer sich ausbreitet ...«

Die meisten Häuser in Kororareka waren Holzbauten. Wenn das Feuer von der Kaserne auf sie übergriff, konnte es die ganze Stadt verwüsten. Und ob Mrs. Roades den Ernst der Lage begreifen würde, bevor es zu spät war? Sie war noch recht rüstig, aber ohne Hilfe würde sie es kaum schaffen, die Kinder in Sicherheit zu bringen. Undenkbar, dass die alte Frau mit einem Säugling und einem Kleinkind über die Straßen floh. Sie brauchte Hilfe. Doch würde sie sich rechtzeitig darum bemühen? Würde sie bereit sein, ihr Haus zu verlassen, das immerhin ihren einzigen Besitz darstellte?

Ruth griff nach ihrem Schultertuch. »Ich gehe in die Tapeka Road«, sagte sie heiser. »Ich muss die Kinder holen ... ich ...« Sie lief hinaus und fand die Straßen bereits voller Leute.

»Die Maori sind durchgebrochen!«, rief ein Mann ihr zu, den sie aus der Praxis kannte. »Bei Polack's Palisade, aber auch hier im Süden. Sie stürmen die Stadt. Laufen Sie zum Hafen, Schwester Ruth!«

Ruth rannte nach Norden, dem Rauch entgegen, der aus Richtung der Kasernen kam. Ihre Befürchtungen schienen sich zu bestätigen – das Feuer breitete sich rasend schnell aus. Verzweifelt sah sie sich um. Sie musste zu ihren Kindern – aber zu Fuß war der Weg kaum zu schaffen, bevor die Flammen ihre Wohnstraße erreichten.

Cooper Leighton war mit anderen Rotröcken an der Südseite der Stadt stationiert gewesen. Sie hatten einen losen Ring um Kororareka gebildet, sich aber nicht lange halten können, als die Maori angriffen. Te Ruki Kawiti führte eine Streitmacht von vierhundert Eingeborenen gegen die Stadt, keineswegs nur traditionell bewaffnet, sondern ausgerüstet mit Musketen und anderen Feuerwaffen. Anfangs kam es zu Schusswechseln, doch dann wurde die Auseinandersetzung zum Straßenkampf mit Kriegsbeilen und Bajonetten. Cooper merkte schnell, dass die Verteidiger auf verlorenem Posten kämpften. Es gab einfach zu viele Möglichkeiten, in die Stadt einzudringen, und dazu kam noch die zunehmende Konfusion durch den Brand. Nach der Explosion des Munitionsdepots füllten sich die Straßen mit verängstigten Zivilisten, die in Richtung Hafen strebten. Pferdefuhrwerke, Reiter und natürlich unzählige Menschen, die zu Fuß unterwegs waren. Schusswechsel waren nicht mehr möglich, die Maori trieben die Bevölkerung und ebenso die Soldaten vor sich her.

Cooper und seine Kameraden konnten nur noch für einen halbwegs geordneten Rückzug sorgen, indem sie schwächeren Flüchtlingen halfen, darauf achteten, dass keine Kinder oder alte Menschen in den Häusern zurückblieben oder bei der hektischen Flucht durch die Straßen niedergetrampelt wurden.

Cooper sicherte eben den Abzug einer ganzen Gruppe Zivilisten, als er eine Frau sah, die entschlossen den Verkehr Richtung Hafen blockierte. Sie klammerte sich an die Zügel eines braunen, vor einen Einspänner gespannten Pferdes und redete verzweifelt auf den Mann auf dem Bock ein.

»Bitte! Sie müssen mir helfen, bitte! Ich muss in die Tapeka Road. Mit dem Wagen ist es ganz schnell zu schaffen.« Die Frau hielt die Zügel des Pferdes eisern fest, während der Fahrer versuchte, es anzutreiben.

»Lass los!«, brüllte der Mann. »Lass sofort los! Wir werden noch beide hier umkommen!«

Cooper sah, wie er nach der Peitsche griff, um die Frau zu schlagen, und ging schnell dazwischen. »Hey, Mister! Nun übertreiben Sie es mal nicht!« Er erkannte im selben Moment die junge Frau, die das Fuhrwerk aufhielt. »Ruth! Was …?«

Ruth ließ ihn nicht aussprechen. Sie entriss ihm blitzschnell sein Gewehr und richtete es auf den Lenker des Fuhrwerks, ohne die Zügel loszulassen.

»Sie fahren mich jetzt in die Tapeka Road! Augenblicklich!«, schrie sie den Fahrer an, der sie ungläubig anstarrte.

»Ruth …« Cooper wollte ihr die Hand auf die Schulter legen, aber sie schüttelte sie ab. »Ruth, du kannst doch nicht …«

»Und ob ich kann!« Ruth ließ den Fahrer nicht aus den Augen. »Meine Kinder sind bei Mrs. Roades, Cooper … ich muss sie holen, bevor das Feuer das Haus erreicht. Mrs. Roades wird es niemals aufgeben, sie wird nicht fliehen, sie …«

»Sie kennen diese Irre?«, wandte sich der Mann auf dem Bock

an Cooper. »Sie verlangt tatsächlich, dass ich Richtung Kaserne …«

Cooper nickte. »Und an Ihrer Stelle würde ich nicht wagen, mich ihr zu widersetzen«, fiel er ihm ins Wort. »Ich komme mit, Ruth. Du musst dich nur jetzt beruhigen. Du weißt doch gar nicht, wie so ein Gewehr funktioniert …«

»Ich denke, ich weiß, wie man ein Gewehr abfeuert«, behauptete Ruth. »Wenigstens so ungefähr. Aber wenn du mitkommen willst, umso besser. Setz dich auf den Bock. Ich setze mich nach hinten. Und Sie machen keine Dummheiten, Mister! Ich hab Sie die ganze Zeit im Visier. Wenn Sie zum Hafen abbiegen, erschieße ich Sie und fahre den Wagen selbst in die Tapeka Road.«

Cooper war erschrocken ob Ruths Grobheit, verspürte jedoch auch Bewunderung für ihren Mut und ihre Entschlossenheit. Er hielt sich am Bock fest, während der Fahrer sein Pferd nun mit halsbrecherischer Geschwindigkeit nach Norden trieb. Wenn er schon dorthin musste, so wollte er es wenigstens schnell hinter sich bringen. Das Pferd sträubte sich. Der Braune wäre sicher lieber zum Hafen getrabt.

»Das Nachbarhaus brennt schon!«, schrie Ruth, als das Haus der Witwe Roades endlich in Sicht kam. »O mein Gott, das wird …«

»Wer weiß, ob sie überhaupt noch drin ist«, rief Cooper, aber da hörte man von drinnen schon aufgeregtes Hundegebell.

Ruth sprang vom Wagen und hielt das nervöse Pferd am Zügel, sobald sie vor dem Haus hielten. Dabei richtete sie das Gewehr auf den Fahrer.

»Geh du rein und hol die Kinder!«, befahl sie Cooper.

Das Pferd mochte nicht ruhig stehen, es scheute vor dem Funkenflug und dem Rauch, der die Straße bereits einhüllte.

»Wär's nicht besser, wenn du gingest?«, fragte Cooper. »Zu dir hat Mrs. Roades mehr Vertrauen. Sie …«

Ruth schüttelte den Kopf. »Ich kann nicht riskieren, dass du den Kerl abhauen lässt«, sagte sie und wies auf den Mann auf dem Bock. »Außerdem hast du mehr Kraft, du kriegst die Kinder und Mrs. Roades schnell da raus.«

»Aber sie kennt mich nicht«, argumentierte Cooper. »Was ist, wenn sie nicht mitwill?«

Ruth blitzte ihn an. »Du bist Soldat, sie wird schon auf dich hören. Und wenn nicht: Schmeiß sie dir über die Schulter, wenn's sein muss. Nur geh jetzt endlich da rein!«

Cooper tat, was von ihm erwartet wurde, und Ruths Befürchtungen erwiesen sich als richtig. Sie kamen im letzten Moment. Das Untergeschoss des Hauses war bereits mit Rauch gefüllt, von oben hörte man Laurents verängstigtes Weinen, Felicitys Schreien und Jonas' warnendes Gebell. Mrs. Roades versuchte gerade, die Kinder aus ihrer Wohnung heraus ins Treppenhaus zu bringen, aber Laurent wehrte sich, und Felicity zappelte in den Armen der alten Frau.

Cooper hastete die Treppen hinauf, um ihr die Kinder abzunehmen. Jonas begrüßte ihn euphorisch.

»Ich hab die zwei«, rief er ihr zu. »Und jetzt gehen Sie die Treppe hinunter – langsam, damit Sie nicht noch fallen ... Stolpern Sie ja nicht über den Hund.« Sorgsam geleitete er die Witwe und die Kinder nach draußen.

Ruth sah aus, als fiele ihr ein ganzes Gebirge vom Herzen, als sie die vier sah. Cooper half Mrs. Roades in den Wagen und reichte ihr die Kinder hinauf. Erst als auch er wieder auf dem Bock saß, ließ Ruth die Zügel los und das Gewehr sinken, um sich selbst und Jonas auf dem Wagen in Sicherheit zu bringen. Der Fahrer wendete in atemberaubender Geschwindigkeit und ließ das Pferd nach Süden galoppieren. Ruth weinte vor Erleichterung, als sie die Kinder in die Arme schloss.

Doch anscheinend war die Gefahr noch nicht gebannt.

Bevor sie zum Hafen abbiegen konnten, fanden sie die Straße erneut blockiert. Ein Fuhrwerk war ins Schleudern geraten und umgefallen. Der Fahrer hatte die Pferde ausgespannt und schien drauf und dran, sich einfach auf eins davon zu setzen und zu fliehen. Cooper hielt ihn auf.

»Mister, so geht das nicht! Sie können den Wagen hier nicht einfach liegen lassen, da kommt doch niemand anderes mehr durch. Jetzt binden Sie die Pferde irgendwo an und helfen mir, das Ding aufzurichten.«

Neben dem unwilligen Kutscher rekrutierte er rasch noch ein paar weitere flüchtende Männer und setzte selbst sein Gewehr als Hebel ein, um Bewegung in die Sache zu bekommen. Er schrie auf, als er dabei abrutschte.

»Verdammt!« Cooper hielt sich die Schulter. »Verdammt, tut das weh, ich glaube, sie ist wieder ausgekugelt.«

Ruth hielt das für sehr wahrscheinlich. Coopers frühere Verletzung war schließlich gerade erst ausgeheilt. Da war das Gelenk noch anfällig.

Zum Glück erwiesen sich die anderen Männer als äußerst kräftig und geschickt. Auf Coopers Ansage hin schafften sie es ohne seine Mithilfe, den Wagen hochzustemmen und zur Seite zu schieben. Ein Rad war havariert, anspannen konnte man die Pferde nicht mehr. Ihr erleichterter Besitzer bedankte sich, schwang sich auf einen der schweren Kaltblüter und ritt in raschem Trab Richtung Hafen, den anderen führte er als Handpferd mit.

Cooper zog sich mühsam auf den Bock des von Ruth requirierten Wagens.

»Ich kann die Schulter wieder einrenken«, rief Ruth ihm zu. »Ich kenne den Griff. Aber wir müssen erst in Sicherheit sein.«

Cooper ertrug die Fahrt über die teils ziemlich holprigen Straßen bis zum Kai, wo die Kriegsschiffe der Engländer tatsächlich Flüchtlinge aufnahmen. Ruth wies auf die Brigg *Victoria,* das nächstliegende Schiff, dessen Landungssteg einladend offen, allerdings schon mit Flüchtlingen überfüllt war.

»Wir nehmen gleich das«, bestimmte sie und sprang vom Wagen. Sie hob die Kinder herunter und half Mrs. Roades. Dann liefen sie alle auf das Schiff zu.

»Ihnen vielen Dank, Mister!«, rief sie ihrem unwilligen Kutscher noch zu, der weiterfuhr, um sich nach einer Gelegenheit umzusehen, auch sein Pferd auf eines der Schiffe zu verladen.

Auf Ruths Gruß antwortete er nicht.

Auf dem Schiff herrschte großes Gedränge. Cooper sah, dass die Matrosen sowie einige entschlossene Matronen aus dem Ort auf Ordnung achteten. Unter ihnen erkannten sie erleichtert Mrs. Thompson. Dr. Thompson musste also auch auf dem Schiff sein. Ruth versorgte die aufgeregte und völlig demoralisierte Mrs. Roades mit heißem Tee und ließ sie und die Kinder unter Coopers Schutz zurück, um nach dem Arzt zu suchen. Sie hatte seinen Arm mit ihrem Schultertuch provisorisch vor der Brust fixiert.

»Rührt euch alle nicht vom Fleck, ich bin gleich zurück!«, erklärte sie.

Cooper sah ihr mit einer Mischung aus Faszination und Bewunderung nach. Er hatte auch vor diesem Tag schon gewusst, dass Ruth Mühlen eine couragierte Frau war, doch erst jetzt ging ihm auf, wie viel Kraft sie aufbringen konnte, wenn es notwendig war. Bisher hatte er es immer für ein bisschen übertrieben gehalten, wenn sie erzählt hatte, wie sie ihr Leben mit David Mühlen gesteuert hatte. Wie hätte eine so zarte und weiblich wirkende Frau es schaffen sollen, einen Pastor in Deutschland zu manipulieren, um Frauen nach Neuseeland zu schicken, und dann einen Bischof zu überreden, ihren reichlich unfähigen Mann zunächst von den Chathams wegzubringen und ihn danach ohne jegliche Qualifikation in sein Priesterseminar aufzunehmen? Ruths Vorgehen an diesem Tag hatte ihn allerdings davon überzeugt, dass sie alles konnte, was sie wollte – und auch, wie müde sie ob all dieser Anstrengungen sein musste.

Plötzlich sah er ihre Ablehnung seiner Werbung um sie in einem anderen Licht. Ruth befürchtete, sich erneut mit einem Mann zu belasten, der sie brauchte, um zu überleben. Sie konnte sich offensichtlich nicht mehr vorstellen, dass ein Mann ihr seinerseits Schutz bieten konnte und wollte. Dass er sie entlastete, statt sie zu immer neuen Anstrengungen und Winkelzügen zu zwingen, um ein einigermaßen erträgliches Leben zu führen. Cooper nahm sich vor, seine Werbung um Ruth Mühlen in Zukunft anders anzugehen. Er durfte nichts von ihr verlangen, nichts fordern – schon gar nicht einen Umzug nach Australien. Ruth brauchte ihre Selbstständigkeit, zumindest vorerst. Sie musste lernen, sich sicher zu fühlen. Wenn sie dann eines Tages bereit sein würde, sich wieder zu binden, wollte er da sein.

Kapitel 5

Als Ruth über die Decks eilte, um sich nach Dr. Thompson umzusehen, wuselte Rohana ihr vor die Füße.

»Nanu, was machst du denn hier so allein?«, fragte sie, nahm das Kind auf den Arm und entdeckte gleich darauf auch Paula McIntosh sowie Brandon, der sich in einer halbwegs ruhigen Ecke um Kimi bemühte. Ruth erschrak, als sie ihre Moriori-Freundin sah. Kimi blickte ins Leere, ihre Lippen waren leicht geöffnet, ihr Körper wirkte wie erstarrt.

»Mrs. Mühlen!« Brandon schien aufzuatmen, als er sie erkannte. »Wie gut, dass Sie da sind. Sie sind doch Krankenschwester. Können ... können Sie mir sagen, was sie hat?« Er wies auf Kimi.

Ruth reichte ihm Rohana und näherte sich Kimi, um sie zu untersuchen. Ihre Haut war kühl und dennoch mit einem leichten Schweißfilm überzogen. Sie rührte sich nicht, auch als Ruth sie leicht kniff, um zu sehen, ob sie dehydriert war. Ruth bewegte ihre Hand vor ihren Augen, doch Kimi folgte ihr nicht.

»Ich würde sagen, sie steht unter Schock«, erklärte Ruth. »Was ist denn geschehen?«

Kimi reagierte nicht, als Brandon die Geschichte kurz umriss.

Ruth seufzte. »Das muss sie völlig erschüttert haben«, sagte sie. »Ich weiß jetzt nicht, was wir da machen können. Ich werde versuchen, Dr. Thompson zu finden, doch ich denke, der hat vorerst dringendere Fälle. In Lebensgefahr ist sie meiner Ansicht nach nicht. Halten Sie sie einfach warm und geben Sie ihr viel zu trinken. Trinkt sie denn?«

Brandon führte es ihr schulterzuckend vor. Er hielt Kimi einen Becher Wasser an die Lippen, flößte es ihr ein, als sie keine Anstalten machte, von selbst zu trinken, und forderte sie dann auf zu schlucken. Kimi schluckte gehorsam.

Ruth nickte. »Geben Sie ihr Zeit«, riet sie. »Und passen Sie auf die Kinder auf. Ich komme nachher wieder und sehe nach ihr. Aber erst muss ich los. Mein Freund ist verletzt, er braucht einen Arzt.«

Ruth fand Dr. Thompson schließlich auf dem untersten Deck, wo er verletzte Bürger der Stadt und Militärangehörige behandelte. Die Verwundungen waren meist nicht schwer. Nur wenige der Leute auf der *Victoria* waren direkt mit Maori-Kriegern in Berührung gekommen. Lediglich einige der Soldaten hatten schwerere Schussverletzungen erlitten. Die meisten Patienten waren auf der Flucht gefallen oder hatten leichte Verbrennungen bei dem Versuch erlitten, Wertsachen aus ihren brennenden Häusern zu retten.

Natürlich zeigte der Arzt sich hocherfreut über Ruths Kommen. Nachdem er Cooper behandelt hatte, half sie ihm, Verbände anzubringen, aufgeregte Frauen und Kinder mit Laudanum ruhigzustellen und die Menschen zu trösten, die in den Flammen in der Südstadt alles verloren hatten. Inzwischen hatte das Feuer auch andere Stadtviertel erreicht. Als Ruth gegen Abend endlich wieder in Brandons und Kimis ziemlich ruhige Ecke des Schiffes zurückkehrte, in der inzwischen auch Cooper, Laurent, Felicity und Mrs. Roades Unterkunft gefunden hatten, brannte halb Kororareka.

Sie erfuhr, dass nur die Stadtteile im äußersten Norden verschont geblieben waren sowie das Haus und die Kirche der Maristenbrüder.

»Hone Heke scheint die Missionen zu schonen«, erklärte Ruth niedergeschlagen.

»Er ist halt ein guter Christ«, bemerkte Cooper mit schiefem Lächeln. »Ob die Missionare geblieben sind?«

Von den Anglikanern in Te Waimate nahm Ruth das an. Die Katholiken waren vom Militär evakuiert worden, wie einer der Soldaten erzählt hatte. Sie befanden sich auf einem der anderen Schiffe.

»Wir sehen sie dann in Auckland.« Ruth seufzte.

Wahrscheinlich würden die Schiffe am kommenden Tag dorthin absegeln. Vorerst versuchte Lieutenant Phillpotts, der Befehlshaber der *HMS Hazard* noch, das Blatt zu wenden, indem er Kororareka mit Feuer aus den Schiffskanonen belegte. Ob er den plündernden und feiernden Maori-Kriegern damit allerdings nennenswerten Schaden zufügte, war fraglich.

»Eher legt er noch den Rest der Stadt in Schutt und Asche«, bemerkte Dr. Thompson. Auf Ruths Wunsch hin war er gekommen, um sich Kimi anzusehen, seine Frau befand sich schon in einer der wenigen Kabinen des Schiffes, die man der Arztfamilie zugeteilt hatte. »Was das Feuer nicht zerstört hat, wird jetzt zerbombt.«

Dr. Thompson rieb sich die Stirn, nachdem er Kimi noch einmal ähnlichen Untersuchungen unterworfen hatte wie Ruth zuvor.

»Ein Schock«, konstatierte auch er. »Sie wurde nicht mehr fertig mit all dem, was da auf sie einströmte, und da hat sie sich … sozusagen in sich selbst zurückgezogen. Ich denke, das wird sich von selbst geben, wenn sie erst zur Ruhe kommt …«

»Sie scheint mir ziemlich ruhig«, meinte Brandon.

Der Arzt nickte. »Sie ist erstarrt. Schwester Ruth, geben wir ihr doch ein bisschen Laudanum. Und ansonsten können wir nur abwarten …«

Die Flüchtlinge verbrachten eine unruhige Nacht auf den Schiffen, starrten schweigend oder weinend hinüber auf die brennende Stadt. Sie lauschten auf die Kakophonie aus prasselndem Feuer, den Rufen und Gesängen der betrunkenen Maori, die im Hafenviertel ihren Sieg feierten, und den gelegentlichen Einschlägen von Kanonenkugeln.

Gegen Morgen gab Lieutenant Phillpotts den Kampf verloren und erteilte den Befehl zum Auslaufen. Der letzte Blick auf Kororareka zeigte johlende, begeisterte Stammeskrieger, die ihnen vom Kai aus nachwinkten.

»Sieg auf der ganzen Linie für die Kerle«, bemerkte Cooper verdrossen. »Das hätte nicht passieren dürfen.«

Brandon legte tröstend den Arm um Kimi. Er befürchtete, dass die Triumphschreie der Krieger ihr erneut Angst einjagten. Kimi reagierte allerdings nicht darauf. Sie saß weiter apathisch auf ihrem Platz, bis sie schließlich einschlief und gegen seine Schulter sackte. Das Laudanum, das Ruth ihr am Morgen ein zweites Mal verabreicht hatte, wirkte. Brandon bettete sie vorsichtig auf die Bank und hielt ihren Kopf in seinem Schoß. Er hatte lange keine Gebete mehr gesprochen, doch jetzt bat er seinen Gott und ihre Geister, dass sie wieder normal sein würde, wenn sie später erwachte.

Auckland war eine geschäftige Stadt, größer als Kororareka und immer noch im Wachstum. In der bislang größten Siedlung Neuseelands wurde viel gebaut. Dr. Thompson sprach von einem Hospital, als er Kimi nach deren Erwachen noch einmal untersuchte. Der mehrstündige ruhige Schlaf hatte nichts gebracht – die junge Frau wirkte nach wie vor völlig teilnahmslos und schaute starr vor sich hin.

»Sie sollten sie ins Krankenhaus bringen, junger Mann«, schlug der Arzt Brandon vor. »In Auckland. Ich weiß allerdings nicht, ob es schon eröffnet ist. Ich glaube, sie bauen noch.«

»Ein Militärhospital gibt es auf jeden Fall«, erklärte Cooper. »Also eine Krankenstation in der örtlichen Kaserne. Ich werde sie gleich aufsuchen. Es muss ja ein Militärarzt bestätigen, dass ich vorerst nicht einsatzfähig bin.« Nachdem Dr. Thompson seinen Arm wieder eingerenkt hatte, ging es ihm zwar besser, aber daran, sich normal zu bewegen, war in den nächsten Wochen sicher nicht zu denken.

Ruth ertappte sich dabei, Erleichterung zu empfinden. Schließlich standen in der nächsten Zeit sicher Vergeltungsschläge gegen Hone Heke und seine Kumpane an, und sie war froh, wenn Cooper nicht ins Feld geschickt wurde.

Die vier Kriegsschiffe mit den evakuierten Bürgern Kororarekas erreichten den Hafen von Auckland fast gleichzeitig, und kurz darauf spielten sich am Kai zum Teil erschütternde Szenen ab.

Viele Familien und Freunde waren während der Kämpfe und auf der Flucht getrennt worden, hatten auf unterschiedlichen Schiffen Zuflucht gefunden und sich dann die ganze Nacht hindurch um die Angehörigen gesorgt.

Als Brandon mit Rohana und Paula an der Hand sicheren Boden betrat – Kimi folgte ihm auf seinen Ruf hin wie ein Hündchen, allerdings mit langsamen, mechanischen Bewegungen –, stürzte Margaret McIntosh ihnen schon entgegen. Gleichzeitig lachend und weinend brach sie vor ihrer Tochter zusammen und zog sie in die Arme.

»Wir dachten, sie wäre tot«, brachte sie schluchzend hervor. »O mein Gott, o mein Gott, ich hatte solche Angst, ich ...« Sie konnte nicht aufhören, Paula zu streicheln und zu küssen.

»Wir haben natürlich nicht wirklich angenommen, sie wäre tot«, relativierte ihr Gatte, dem zwar ebenfalls die Tränen in den Augen standen, der sich allerdings besser beherrschte. »Zumindest hofften wir, dass Kimi mit den Kindern geflohen ist. Wir haben die Leichen von drei Maori gefunden, als wir zurückkamen. Das Haus stand schon in Flammen, aber in den Laden konnte man noch hineinschauen, und Kimi war fort.«

»Aber sie hätte sich mit den Kindern nach oben flüchten können«, wiederholte Mrs. McIntosh die Befürchtungen, die sie die ganze Nacht gequält hatten. »Du weißt doch, wie panisch sie war. Und dann hätte das Feuer sie vielleicht überrascht ...«

»Ich konnte meine Frau nur mühsam daran hindern, in das brennende Haus zu laufen und nachzusehen«, erklärte John McIntosh. »Das wäre Selbstmord gewesen. Aber so ... Wer sind Sie denn überhaupt?« Er wandte sich an Brandon, der Rohana immer noch an der Hand hielt. »Haben Sie die Maori getötet?«

Brandon schüttelte den Kopf. »Kimi hat zwei getötet«, sagte er dann. »Als sie die Kinder bedrohten ... Ich habe nur den letzten ...«

»Kimi!« Margaret McIntosh ließ ihre Tochter endlich los und machte Anstalten, Kimi zu umarmen. »Danke, Kimi, danke! Du hast uns schon einmal gerettet, und jetzt wieder. Du bist unser

Engel, Kimi, danke.« Sie hielt verwirrt inne, als sie Kimis teilnahmslosen Ausdruck und ihre resignierte Haltung bemerkte. »Was ... was hast du denn, Kimi?«

»Wenn ihr ... wenn ihr dem Gesetz zuwiderhandelt, sollen eure Därme verfaulen ...« Kimi sprach mit leiernder, tonloser Stimme. Dabei griff sie sich an den Unterbauch, als erwartete sie einen Schmerz.

»Sie ist nicht bei sich«, erklärte Brandon. »Ich glaube, sie macht sich entsetzliche Vorwürfe. Dabei hat sie in Notwehr gehandelt. Sie hat mir das Leben gerettet, den Kindern und natürlich sich selbst.«

» ... Därme verfaulen«, wiederholte Kimi monoton.

Aus Brandons Gesicht wich jede Farbe. »Nunukus Gesetz«, sagte er.

Margaret McIntosh verstand. »Dieses verrückte Gesetz«, murmelte sie. »Das ist dieses verrückte Gesetz, aufgrund dessen sich ihr ganzes Volk hat ausrotten lassen. Was machen wir denn jetzt mit ihr?«

»Wir nehmen sie erst mal mit zu den Ärzten in der Kaserne«, erwiderte Cooper tröstend.

Er hatte in dieser Nacht vor Schmerzen kaum schlafen können, und dabei Brandon im Umgang mit Kimi beobachtet. Der junge Mann liebte sie. Wie immer ihre gemeinsame Geschichte ausgesehen hatte, wann und warum sie einander aus den Augen verloren hatten ... sie gehörten auf jeden Fall zusammen. Wenn Kimi jetzt an ihrem Verstoß gegen Nunukus Gesetz zerbrach, so konnte ihr erneuter Verlust auch Brandon zerstören.

Ruth musste ebenso empfinden. Sanft legte sie Brandon die Hand auf die Schulter.

»Kimi hat überlebt«, sagte sie mit fester Stimme. »Damals vielleicht durch Zufall, aber jetzt hat sie gekämpft. Sie ist eine starke Frau, Brandon. Sie wird darüber hinwegkommen.«

Brandon nickte und schöpfte ein bisschen neue Hoffnung, als er gleich darauf Tom und seine Familie entdeckte. Sie waren mit der *Hazard* aus Kororareka geflohen und erst recht spät aufs

Schiff gekommen, da auch Tom die Bürgerwehr unterstützt hatte. Raukura hatte sich derweil zu Tode gefürchtet, hin- und hergerissen zwischen dem Wunsch, die Siedlung zu verteidigen, und der Angst vor den Folgen von Nunukus Gesetz, wenn ihr Mann zu den Waffen griff. Andererseits, plapperte sie, noch bevor sie Kimis Zustand gewahr wurde, sei Tom natürlich kein Moriori. Niemand verlange von ihm, dass er sich an die Stammesbräuche hielt.

»Wenn ihr dem Gesetz nicht folgt, mögen eure Därme verfaulen.« Kimi reagierte nicht auf Raukuras Wortschwall. Sie zitierte nur erneut monoton die Worte des alten Häuptlings.

Ruth entdeckte David in einem Grüppchen von Maristenbrüdern, die ebenfalls der *Hazard* entstiegen. Anscheinend beteten sie mal wieder gemeinsam und dankten Gott für die sichere Überfahrt.

»Die können Gott auch danken«, brummte Tom. »Die Maori haben ihre Mission nicht angerührt. Wenn das Militär sie nicht gezwungen hätte, wären sie gar nicht aufs Schiff gekommen. Sie wussten, dass ihnen nichts geschieht – und garantiert haben sie auch gewusst, dass ein Angriff bevorstand. Die haben den Kriegern doch noch die Beichte abgenommen am Tag zuvor. Oder mit ihnen gebetet. Genau wie die protestantischen Missionare in Te Waimate. Wahrscheinlich fanden sie, dass es den Bürgern von Kororareka recht geschah. Immerhin haben die Maori das Höllenloch der Bay of Islands endlich dem Erdboden gleichgemacht.«

Ruth empfand plötzlich Wut. David hatte also gewusst, was der Stadt bevorstand und dass er in Sicherheit war. Hätte er nicht auf die Idee kommen müssen, seine Frau und seine Kinder zu retten? Kurz entschlossen ging sie auf die Brüder zu und hielt David Felicity entgegen.

»Wie nett, dich mal wieder zu treffen, Bruder David«, sagte sie mit schneidender Stimme. »Da kannst du bei der Gelegenheit einen Blick auf deine Tochter werfen. Die gestern übrigens beinahe umgekommen wäre. Ich habe sie im letzten Moment aus einem brennenden Haus geholt!«

David schenkte ihr sein typisches nachsichtiges Lächeln, in das sie sich damals verliebt und das sie später zu hassen gelernt hatte.

»Gott hat die Hand über sie gehalten«, sagte er freundlich und machte eine segnende Handbewegung. Das war neu, es schien ein papistischer Brauch zu sein. »Wir sollten ihm danken, dass er auch dich und ... Laurent ... beschützt hat.«

»Deinen Sohn, wolltest du sagen«, fuhr Ruth ihn an. »Ach ja, auch deine erstgeborene Tochter hat übrigens überlebt. Ebenfalls dank ihrer Mutter, die damit gegen alle Gesetze ihres Volkes verstoßen hat. Während du in der Sicherheit deiner Kirche gehockt und am Tag vorher womöglich mit den Mördern gebetet hast! Bist du auch nur einen Augenblick auf den Gedanken gekommen, uns in die Mission zu holen, David? Oder mich wenigstens zu warnen?«

David sah sie verständnislos an. »Es ist ein Mönchskloster, Ruth«, sagte er dann. »Da konnte ich euch nicht unterbringen. Aber ich habe natürlich für euch gebetet. Ich schließe dich nach wie vor in meine Gebete ein ...«

Ruth verzog das Gesicht. »Ich dich nicht, David«, sagte sie heftig. »Aber ich gebe zu, dass ich ohnehin nicht mehr allzu oft bete. Dafür fluche ich gelegentlich ...«

»Ruth!« David klang entsetzt. »Du willst nicht sagen, dass du den Teufel anrufst, um ...«

» ... um dich in die Hölle zu wünschen?«, fragte Ruth höhnisch. »Nein, keine Sorge, so viel Anstrengung bist du mir nicht wert. Es gibt da einen sehr schönen Spruch bei den Maori, David: *Du bist es nicht wert, gegessen zu werden.* Er stammt aus den Zeiten, in denen man feindlichen Häuptlingen die Köpfe abtrennte und ihr Herz aß, um an ihrem Mut und ihrer Kraft teilzuhaben. Dich, David, hätte man sicher verschont.«

Damit wandte sie sich um und ließ ihn stehen.

Cooper, der Ruth langsam gefolgt war und die Auseinandersetzung mit angehört hatte, musste lachen, als er Davids verwirrtes Gesicht sah. Dabei empfand er Erleichterung: Um David Mühlen brauchte er sich keine Gedanken mehr zu machen. Er schalt sich erneut der Eifersucht, die er beim letzten Gespräch mit Ruth noch geäußert hatte. Seiner Liebe drohte sicher keine Gefahr. Ruth Mühlen war mit ihrem Gatten fertig – ein für alle Mal.

Kapitel 6

Die Bürger von Auckland öffneten bereitwillig ihre Häuser für die Flüchtlinge aus Kororareka – allerdings hofften die meisten, bald in ihre Stadt zurückkehren zu können. Hone Heke und seine Krieger hatten den Ort nicht besetzt, nur geplündert, um sich anschließend wieder in ihre Verstecke in den Wäldern zurückzuziehen. Das Militär plante, ihnen dabei sehr bald nachzusetzen. Die Oberhoheit über die Bay of Islands sollte möglichst schnell wiedererlangt werden.

Vorerst verteilte das Militär die Evakuierten jedoch auf aufnahmewillige Haushalte – zum Teil fanden sich auch Bekannte oder Angehörige in Auckland. Dr. Thompson und seine Frau kamen bei einem befreundeten Kollegen unter. Sie boten Ruth an, sie mitzunehmen. Sicher konnte sie sich in der Praxis des Arztes nützlich machen und später mit den Thompsons nach Kororareka zurückkehren, sofern deren Haus nicht zerstört worden war.

Ruth lehnte das allerdings ab. Sie befand die Zerstörung Kororarekas als Fügung des Schicksals. Sie würde in Auckland bleiben und sich um eine Stellung in dem im Bau befindlichen Krankenhaus bewerben. Nun kümmerte sie sich erst mal darum, eine Familie zu finden, bei der Mrs. Roades unterkommen konnte, und begleitete anschließend Cooper, Brandon und Kimi zu den Kasernen. In Auckland waren etliche Garnisonen stationiert. Es gab eine Krankenstation, in der sich drei Ärzte um kranke und verletzte Rotröcke kümmerten. An diesem Tag öffnete man sie natürlich auch für die Evakuierten aus Kororareka. Cooper wurde untersucht und sein Arm neu bandagiert. Für die nächsten vier Wochen war er vom Dienst freigestellt.

»Wir stellen die Schulter drei Wochen ganz ruhig, danach beginnen Sie vorsichtig, sie wieder zu bewegen. Am Ende wird nichts zurückbleiben, aber die Sehnen sind überdehnt und Sie haben etliche Blutergüsse, also sehen Sie sich vor.«

Was Kimi anging, so war die Diagnose nicht so einfach. Lediglich einer der Ärzte, ein Veteran diverser Kriege, hatte schon dergleichen gesehen.

»Bei Soldaten nach der Schlacht. Meist ganz jungen, die zum ersten Mal mit Blut und Tod konfrontiert wurden. Zum Teil fangen sie sich wieder, wenn ihnen ihr Vorgesetzter kräftig ins Gesicht schlägt – das ist jedenfalls das übliche Vorgehen bei der Armee, die sind da nicht zimperlich. Aber manche bleiben auch so. Die landen dann irgendwann beim Feldarzt. Sie gelten schnell als Simulanten.«

»Kimi macht uns doch nichts vor«, wandte Brandon ein.

Der Arzt schüttelte den Kopf. »Die Soldaten auch nicht. In denen ... in denen ist einfach irgendwas kaputtgegangen ...«

»Und heilt das wieder?«, fragte Ruth.

Dr. Walton zuckte mit den Schultern. »Manche waren irgendwann wieder ansprechbar, wenn man sie aus dem Frontgeschehen herausholte. Sie blieben in der Regel etwas dumpf, starrten immer wieder einfach vor sich hin – aber zu einfachen Arbeiten konnte man sie einsetzen. Sie waren auch sonst lebensfähig, aßen und tranken selbstständig. Die anderen, die in ihrer Starre verblieben, haben wir nach einiger Zeit zu ihren Familien zurückgeschickt. Wie sie sich da entwickelt haben, entzieht sich meiner Kenntnis.«

»Und was machen wir jetzt mit Kimi?«, fragte Brandon. »Kann sie ... kann sie hierbleiben? Oder ... ich meine ... Ich kann mich um sie kümmern, aber ...« Er fühlte sich sichtlich überfordert.

Dr. Walton sah ihn mitleidig an. »Lassen Sie sie da. Wir werden noch weitere Untersuchungen vornehmen, wenn hier wieder Ruhe einkehrt, vielleicht ergibt sich ja noch etwas. Und da wir nun die Pflege durch eine weibliche Hilfskraft anbieten können ...« Er lächelte Ruth zu, die sich gleich als Krankenschwester vorgestellt und ihre Dienste angeboten hatte. Der Oberarzt hatte ihr direkt eine Anstellung in Aussicht gestellt. »Es wird kein Problem mit der Schicklichkeit geben.«

Ruth erwiderte das Lächeln. »Ich werde alles für sie tun«, erklärte sie. »Allerdings brauche ich eine Unterkunft, wenn ich in Auckland bleibe. Wissen Sie vielleicht von einer freien Wohnung in der Nähe?«

Tatsächlich war es wieder Dr. Thompson, oder besser dessen Aucklander Kollege, der bei der Wohnungssuche behilflich sein konnte. Er wusste von einem kleinen Haus, das zu vermieten war, und Ruth teilte es sich mit Tom Peterson und Raukura. Toms Werkstatt in Kororareka war den Flammen zum Opfer gefallen. Auch er dachte daran, in Auckland neu anzufangen. Das Haus, das in Hafennähe lag, kam für eine neue Werkstatt durchaus infrage. Obendrein störte sich hier niemand an Jonas, und vor allem war die Versorgung der Kinder sichergestellt. Raukura kümmerte sich um Laurent und Felicity, wenn Ruth arbeitete, und selbstverständlich um Rohana. Natürlich boten auch die McIntoshs an, die Kleine vorerst zu sich zu nehmen, aber sie wohnten beengt bei einer Gastfamilie und wollten so bald wie möglich zurück nach Kororareka, um die Bäckerei neu aufzubauen. Außerdem, so nahm Ruth an, hätte Kimi die Betreuung durch die Moriori-Freundin sicher vorgezogen. Dazu befragt, äußerte die junge Frau sich allerdings nicht.

»Nicht dem Gesetz zuwiderhandeln«, murmelte sie nur, als das Wort Moriori fiel, »sonst werden eure Därme verfaulen.« Dabei griff sie sich an den Unterbauch und schaukelte hin und her.

Brandon hätte ebenfalls bei den Petersons unterkommen können. Er mochte Kimi jedoch nicht allein lassen und zog deshalb einen Schlafplatz im Bereich der Kasernen vor. Die Ärzte im Militärhospital duldeten ihn, zumal er sich nützlich machte und Reparaturarbeiten und andere Hilfsdienste verrichtete. Zudem zeichnete er gegen Geld Porträts der Soldaten, die sie an ihre Familien und ihre Liebsten in Australien schicken konnten, und verdiente damit recht gut.

So vergingen die Wochen. Im April hieß es, ein Vergeltungsschlag gegen Hone Heke sei geplant. Direkt nach den Angriffen hatte es dazu zwar auch schon Anstrengungen gegeben, allerdings waren sie nicht sehr rühmlich verlaufen. Tatsächlich hatte sich die Gegenoffensive nicht direkt gegen Hone Heke und seine Verbündeten gerichtet, sondern gegen die Festung eines Häuptlings namens Pomare, der sich bislang neutral verhalten hatte. An einem Streit mit den Weißen war er nie interessiert gewesen, stattdessen führte er zwei Schenken für Seeleute, Siedler und Walfänger, die ihm alle wohlgesinnt waren. Die Regierungstruppen griffen sein Wehrdorf nun vom Meer aus an, indem sie es mit Kanonen beschossen. Die Maori räumten es sofort, es wurde ohne Widerstand eingenommen. Pomare selbst wurde gefangen genommen, aber bald wieder freigelassen. Er betrauerte nur den Verlust seiner Schenken – die hatten die Rotröcke niedergebrannt.

»Aber jetzt gehen sie angeblich ernsthaft gegen Hone Heke vor«, berichtete Cooper. Er war zu einer abschließenden Untersuchung seiner Schulter in die Krankenstation gekommen und unterhielt sich mit Ruth und Brandon. Kimi war ebenfalls anwesend, sie saß an einem Tisch in der Medikamentenausgabe und schob Pillendosen hin und her. Nach wie vor folgte sie Brandon oder Ruth, wenn sie dazu aufgefordert wurde, setzte sich, stand auf, legte sich schlafen, aß und trank. Allerdings tat sie nichts von sich aus, und wenn sie überhaupt einmal sprach, dann zitierte sie Nunukus Gesetz. »Sie haben die Krieger am Lake Omapere ausfindig gemacht. Das ist nicht weit von der Te-Waimate-Mission entfernt. Hone Heke baut da ein *pa* am Seeufer.«

»Besonders widerstandsfähig kann es kaum sein, wenn er es in weniger als einem Monat hochgezogen hat«, bemerkte Brandon.

»Immerhin besser befestigt als Kororareka«, bemerkte Ruth verärgert. »Da wäre eine Palisade hilfreicher gewesen als ein Fahnenmast.«

Cooper grinste. »Eine gute Palisade ziert immer ein Fahnenmast«, neckte er sie. »Ein bisschen mehr Patriotismus bitte, Schwester Ruth! Wir repräsentieren hier immerhin die britische Krone!«

»Ich denke mir, die meisten Siedler wollen einfach in Frieden leben«, meinte Ruth. »Unter welcher Flagge auch immer. Wirst du ... wirst du mitmüssen, wenn die Armee gegen die Maori zieht?«

Sie klang besorgt. In den letzten Wochen hatte sich ihre Beziehung zu ihm vertieft. Sie hatten sich zu Spaziergängen getroffen und eine Theateraufführung besucht – in Auckland entwickelten sich die ersten kulturellen Angebote, mitunter gastierten Tanzkompanien und Sänger.

Bevor Cooper antworten konnte, meldete sich Kimi. »Frieden ...«, murmelte sie. »In Frieden leben ... befiehlt das Gesetz. Sonst ... sonst sollen eure Därme verfaulen ...«

Wieder legte sie dabei ihre Hand auf den Bauch und führte ihren Oberkörper in eine schaukelnde Bewegung.

Cooper, der das zum ersten Mal sah, wandte sich irritiert an Brandon und Ruth. »Hat sie Bauchschmerzen?«

»Es sieht fast so aus«, klagte Brandon. Er schrubbte den Boden der Medikamentenausgabe, während Ruth eine neue Lieferung einräumte.

»Aber sie ist körperlich gesund«, erklärte Ruth. »Die Ärzte haben sie mehrmals untersucht. Mit ihren Därmen ist alles in Ordnung. Sie nehmen inzwischen eine ernsthafte geistige Störung an. Wobei sich Dr. Miller dazu versteigt zu behaupten, das sei bei Moriori angeboren. Er hat mal irgendetwas über den Stamm gelesen und hält sich jetzt für einen Experten. Dr. Walton und besonders Dr. Thompson, der Kimi ja schon lange kennt, hat dem energisch widersprochen, aber tun kann er auch nichts für sie. Die Köchin – sie ist Maori – meint, sie sei von bösen Geistern besessen ...«

»Blödsinn«, ereiferte sich Brandon. »So etwas gibt es nicht.«

Cooper runzelte die Stirn. »Für Kimi scheint dieser Häuptling Nunuku ganz gegenwärtig zu sein«, bemerkte er schließlich. »Und du sagst doch, Ruth, sie hätte immer mit den Geistern ihres Volkes gesprochen.«

»Sie war so eine Art Weise Frau«, bestätigte Brandon. »Jedenfalls auf dem Wege dahin. Sie ging sozusagen bei der Zauberin des Ortes in die Lehre.«

Cooper nickte. »Insofern erscheint mir eine Geisteraustreibung gar keine so schlechte Idee«, sagte er. »Du musst das ja nicht glauben, Brandon. Hauptsache sie glaubt daran.«

»Oder vielleicht eine Beichte?«, überlegte Ruth. »Sie hat eine Sünde begangen, da könnte ihr vergeben werden. Wenn es ...« Sie seufzte. Ihre nächsten Worte verlangten größte Selbstüberwindung. »Wenn es auch nur den kleinsten Erfolg versprechen würde, würde ich mit David reden ... Ich glaube, die Papisten machen eine große Sache aus so einer Zeremonie.«

»Es war keine Sünde«, widersprach Brandon. »Es war Notwehr. Jedes Gericht der Welt würde sie freisprechen.«

»Außer es bestünde aus Moriori«, gab Cooper erneut zu bedenken. »Die sind ja wohl konsequent bis ins Letzte. Aber im Prinzip hast du recht. Zuständig wäre ein Gericht, kein Priester. Kimi hat gegen kein göttliches Gesetz verstoßen, das könnten ihr nicht mal ihre eigenen Leute wirklich vorwerfen. Wenn ich das richtig in Erinnerung habe, dann war Nunuku ein Mensch, ein Häuptling. Er gab seinem Stamm ein Gesetz, ohne dass irgendein Gott ihn dabei anleitete. Und was Kimi befürchtet, ist auch kein Urteil, es ist ein Fluch.«

Das war natürlich richtig: *Wenn ihr zuwiderhandelt, sollen eure Därme verfaulen.* Der Häuptling hatte keine weltliche Strafe festgesetzt. Er hatte ungehorsame Stammesmitglieder verwünscht.

»Für Flüche sind aber wieder die Götter verantwortlich«, überlegte Ruth. »Oder die Geister. Oder irgendein Zauberer. Es müsste jemanden geben, der den Fluch von ihr nehmen kann. Wenn sie daran glaubt. Ich meine ... das spielt sich doch alles in ihrem Kopf ab. Es kann nicht wirklich sein, dass sie der Fluch eines längst verstorbenen Häuptlings getroffen hat?«

»Nein«, sagte Cooper. »Sieht man ja schon daran, dass ihre Därme keineswegs verfault sind ...« Er versuchte ein schiefes Grinsen.

Ruth blieb ernst. »Und damit hat sie noch Glück«, bemerkte

sie. »Es kann nämlich viel schlimmer kommen. Wir hatten da mal einen Fall in Dr. Thompsons Praxis – einen Seemann aus der Karibik. Eine … hm …«, sie errötete, » … eine Männererkrankung. Seine Geschlechtsteile … äh … Jedenfalls hatte er große Schmerzen, er konnte kaum laufen und an andere Dinge …«, sie senkte schamhaft den Kopf, während die Männer eher vielsagend grinsten, » … war gar nicht mehr zu denken. Dr. Thompson hat ihn gründlich untersucht, aber er fand gar nichts Schlimmes. Der Mann selbst sagte, eine Hexe auf Haiti habe ihn verflucht. Seine Männlichkeit sollte verdorren. Dr. Thompson hat dann etwas darüber gelesen, und er sagte, man nenne das Voodoo. Es sei in der Karibik sehr verbreitet. Wenn der verfluchte Mensch wirklich daran glaubt, dann geht das so weit, dass er an den Folgen des Fluchs sterben kann. Obwohl er eigentlich gesund ist. Vielleicht sollten wir die Köchin ernst nehmen. Kennt sie denn vielleicht jemanden? Irgendeine *tohunga*, die sich um Kimi kümmern könnte?«

Brandon schüttelte den Kopf. »Die Köchin ist Maori, Ruth«, sagte er unglücklich. »Kimi wird nie und nimmer daran glauben, dass eine Maori-Zauberin sie von ihrem Fluch befreien kann. Sie traut keinem Maori, ihre Erfahrungen sind einfach zu schlecht. Wenn überhaupt, dann müsste man sich an einen Moriori-Priester wenden.«

Cooper hob die Schultern. »Und was hindert dich daran?«, fragte er. »Ich meine, es gehen alle paar Tage Schiffe auf die Chatham-Inseln. Nimm Kimi und bring sie in ihr Heimatdorf. Vielleicht nützt es, vielleicht nicht. Zu verlieren hast du jedenfalls nichts.«

Brandon überlegte. »Zu verlieren haben wir nichts«, wiederholte er dann. »So gesehen habt ihr recht. Einen Versuch ist es wert. Ich rede morgen noch mal mit den Ärzten, aber egal, was sie sagen. Ich bringe sie auf die Chathams.«

Raukura hielt eine Fahrt auf die Chathams für eine gute Idee. Eine *tohunga* wie die alte Pourou, da war sie sich sicher, würde Kimi heilen können. Andererseits würde die junge Frau dort wieder mit ihren Maori-Peinigern konfrontiert. Das könnte ihren Zustand auch verschlimmern.

»Anewa ist doch tot«, erinnerte sie allerdings Brandon. »Und die anderen haben sich beruhigt. Das letzte Mal, als ich da war, erschienen sie ziemlich friedfertig. Eher geschäftstüchtig als gewalttätig. Sie machen gutes Geld mit der Verpflegung für all die Walfangstationen, die da inzwischen eröffnet haben. Es sind auch noch Missionare da. Vielleicht könnten wir bei denen unterkommen …«

Tom Peterson schüttelte den Kopf. »Mit der Absicht, eine heidnische Zauberin zu konsultieren? Vergiss es, Junge! Schau lieber nach, ob deine alte Hütte noch steht. Ruth und ihr Mann haben sie ja wohl eine Zeit lang bewohnt, sie dürfte also noch nicht verfallen sein. Meine könnte es auch noch geben. Jedenfalls spricht nichts dagegen, dass du dein Glück versuchst. Ich würd's euch beiden wünschen.«

Die Ärzte im Militärkrankenhaus rieten eher ab. Die Heilmethoden der Eingeborenen waren ihnen suspekt und erst recht der Gedanke an Zauberei.

»Da wird sie womöglich noch vergiftet«, unkte Dr. Miller, der selbst ernannte Moriori-Kenner. »Diese Heiler haben von jeher mehr Leute umgebracht als gesund gemacht. Wissen Sie, wie da die Lebenserwartung vor dem Eintreffen der weißen Siedler war?«

Brandon wusste das nicht, kannte jedoch die Lebensbedingungen, unter denen die Moriori ihr Dasein gefristet hatten. Das Wetter und das schlechte Nahrungsangebot auf den Chathams hatten Langlebigkeit nicht gerade gefördert.

Dr. Walton war ebenfalls skeptisch. Bei seinen Patienten bei der Army, meinte er, habe die Zusprache der Militärseelsorger nichts genützt.

»Die waren ja auch nicht verflucht«, wendete Dr. Thompson ein, der Einzige, der dem Unternehmen aufgeschlossen gegenüberstand. »Vielleicht hilft allein die Konfrontation mit der alten Heimat, das muss einen Menschen doch aufwühlen. Probieren

Sie es. Und nehmen Sie das Kind mit. Wenn Kimi ins Leben zurückfinden will, dann sicher vor allem für ihre Kleine. Vielleicht hat sie da oben ja sogar noch Verwandte. Ich glaube, dem Stamm war Ahnenverehrung sehr wichtig. Sie mag da irgendeinen Halt finden.«

Kimi folgte Brandon teilnahmslos auf eines der Frachtschiffe, die die Chathams nach wie vor häufig anfuhren. Er mietete eine Kabine, in der sie vor den neugierigen Blicken der Seeleute geschützt war, doch er führte sie und die kleine Rohana jeden Tag ein paar Stunden an Deck – und freute sich, als er ein Aufblitzen ihrer Augen zu bemerken meinte, als die ersten Delfine neben dem Schiff aufsprangen.

»Deine Schutzgeister, Kimi! Erinnerst du dich? Unsere Schutzgeister. Schau, wie lebhaft sie sind, wie sie springen! Willst du sie Rohana nicht zeigen? Komm, sag ihr, wie ihr sie auf Moriori nennt. Erzähl ihr die alten Geschichten.«

Kimi schwieg. Sie starrte lediglich aufs Meer hinaus, aber Brandon verspürte trotzdem etwas wie Hoffnung – meinte er doch, in ihrem Blick jetzt mehr zu sehen als Teilnahmslosigkeit. In Kimis Ausdruck spiegelte sich Trauer.

Kapitel 7

Am Strand von Whangaroa befand sich inzwischen eine florierende Walfangstation. Brandon rümpfte die Nase, als er den charakteristischen Gestank wahrnahm und die Gerippe der großen Tiere im Sand liegen sah.

Kimi verkrampfte sich, als sie die primitiven Gebäude und Feuerstellen, die stinkenden Rückstände der Beute und die Fässer mit Tran sah, die am Strand auf das Verladen in den Frachter warteten. Die Moriori, so erinnerte sich Brandon, hatten hier ihre Toten bestattet, und die Maori hatten ihren Brauch nach der Invasion verhöhnt, indem sie die Ermordeten dort zur Verwesung unter freiem Himmel abgelegt hatten. Der Gestank mochte damals nicht unähnlich dem von heute gewesen sein.

Kimi zeigte allerdings keine Reaktion, sie machte auch keine Anstalten, Rohanas Hand zu nehmen, um sie über den Strand zu führen. Die Kleine wollte unbedingt laufen, und so nahm Brandon ihr Händchen. Kimi folgte ihnen mit den ihm nun schon vertrauten mechanischen Bewegungen.

Brandon überlegte, wie er die Sache nun angehen wollte. Das Dorf war in den Händen der Eroberer, bei seinem letzten Besuch hatte er keine Moriori mehr dort gesehen. Sie mussten jedoch noch da sein, sowohl Wilma und Heinrich Bauer als auch der Forscher Dieffenbach hatten sie erwähnt. Sie seien schlecht ernährt und würden schlecht behandelt, hatten sie gesagt, doch sie hatten hier irgendwo ihre Behausungen. Schließlich wandte er sich mit der Frage an einen Arbeiter der Walfangstation.

»Moriori?«, fragte der junge Mann misstrauisch. »Es gibt nur Maori ... Oder meinen Sie die Sklaven? Die nennen sie *blackfellas.* Ich seh zwar keinen großen Unterschied zu den Maori, soll aber eine andere Rasse sein.«

»Paraiwhara«, flüsterte Kimi. Wieder flog ein Ausdruck von Trauer über ihr Gesicht. Brandons Herz schlug höher.

»Genau die meine ich«, erklärte er. »Wo finde ich sie? Haben sie irgendwo ein Dorf?«

Der Walfänger zuckte mit den Schultern. »Wahrscheinlich im Inland bei den Feldern«, mutmaßte er. »Wir sehen sie nur, wenn sie Waren anliefern. Die Maori lassen sie für sich schuften. Wir fragen uns immer, warum sie das mitmachen. Zumindest die Männer könnten doch abhauen. Jede Walfangstation auf dem verdammten Kontinent braucht Leute. Und das hier ist zwar nicht das Paradies«, er wies auf den stinkenden Strand, »aber besser, als halb verhungert Kartoffeln anzubauen, ist es allemal.«

Brandon verzichtete darauf, den Mann mit Nunukus Gesetz vertraut zu machen und ihm dann etwas über Verantwortungsgefühl zu erzählen. Natürlich hätten die Moriori-Männer fliehen können – sogar ohne Gewalt anzuwenden. Nur hätten die Sklavenhalter ihre Frauen und Kinder dafür büßen lassen.

Er bedankte sich, nahm Rohana auf den Arm und Kimi an die Hand und schlug den Weg ins Inland ein. Man brauchte nur den ausgetretenen Pfaden zu folgen, die nicht ins Maori-Dorf oder zur Missionsstation führten. Kimi wäre ihm sicher auch ohne Führung gefolgt, aber er hatte das Bedürfnis, ihr nahe zu sein. Sie musste diese Pfade kennen, die durch den typischen, windgebeutelten Wald von Chatham führten. Früher hatte sie hier Karaka-Früchte gesammelt, Beeren und Adlerfarn. Er erinnerte sich an die Vogelfallen und Reusen zum Fischen, die sie mit ihm gebaut hatte. Seine alte Hütte lag ganz in der Nähe.

Kimi blieb plötzlich stehen, als sie Bienen sah, die in einem Loch in einem Baum verschwanden. Tonlos summte sie ein paar Worte in ihrer Sprache. *Karakia?* An jenem Tag, an dem die Maori angelandet waren, hatte sie Honig gesammelt. Brandon meinte, den Geschmack noch auf der Zunge zu spüren.

Schließlich wich der Wald weiten Feldern, Wind kam auf, und im nächsten Moment wagte sich die Sonne hinter den Wolken hervor. Es blieb allerdings kalt. Brandon empfand Mitleid mit den

Arbeitern, die langsam auf den Feldern in Sicht kamen. Die Männer und Frauen waren viel zu leicht bekleidet, nur Flachsumhänge und nicht zu identifizierende, notdürftig zusammengenähte Felle von Kleintieren waren um Schultern und Hüften geschlungen. Früher hatten sich die Moriori mit Seehundfellen gewärmt.

Die Leute blickten kaum auf, als Brandon und Kimi vorbeikamen. Wenn überhaupt jemand den Kopf hob, so kurz und verstohlen. Wahrscheinlich war ihnen von ihren Herren verboten worden, die Augen von ihrer Arbeit zu wenden. Erst nach längerer Wanderung kam ein Dorf in Sicht, eine Ansammlung primitiver Hütten neben einem Kopi-Baum-Hain. Die Siedlung erschien verwaist. Brandon nahm an, dass ihre Bewohner bis Sonnenuntergang arbeiteten, sie würden warten müssen. Er seufzte und schalt sich für seine Gedankenlosigkeit. Sie hätten in der Walfangstation bleiben und Gastgeschenke für die Moriori kaufen können. Bestimmt hätten sie sich über Whiskey gefreut und mehr noch über ein paar Laibe Brot oder Getreide, um selbst welches zu backen.

Brandon dachte darüber nach, noch einmal zurückzugehen oder in der Missionsstation vorbeizuschauen. Er musste ja keine Einzelheiten darüber verraten, was ihn herführte. Er konnte einfach behaupten, die Moriori mit Kimi besuchen zu wollen. Wilma Bauer würde ihm sicher mit Lebensmittelvorräten aushelfen.

Dann jedoch spürte er, wie ihm Kimis Hand entglitt. Die junge Frau machte sich los und ging zielstrebig auf die Kopi-Bäume zu. Brandon folgte ihr aufgeregt – es war das erste Mal seit der Plünderung von Kororareka, dass sie aus eigenem Antrieb handelte. Langsam ging sie von einem Baum zum anderen, Brandon sah, dass Zeichen in die Rinden geritzt waren. Fische, Vögel – sehr oft auch menschenähnliche Figuren oder Pflanzensymbole. Und dann ließ sich Kimi an einem der Bäume zu Boden sinken. Sie ertastete die Narben des Baumes und begann zu weinen. Zuerst lautlos, langsam, eine Träne nach der anderen rann über ihre Wangen. Dann wurde ihr Weinen stärker. Sie schluchzte, krümmte sich zusammen, zitterte, weinte und weinte.

Brandon versuchte, sie zu trösten, aber sie reagierte nicht. Dafür wurde Rohana unruhig.

»Mami traurig?«, fragte sie. »Bilder gucken!« Brandon stellte die Kleine auf den mit hellgrünen Flechten bedeckten Waldboden und sah zu, wie sie von einem Baum zum anderen lief und die eingeritzten Zeichen bewunderte. »Tanzen«, rief sie und wies auf ein geschnitztes Männchen, das tatsächlich in Bewegung zu sein schien. Die Sonne und der Wind ließen Schatten darüberwirbeln, das Bild wurde lebendig.

Brandon kam das fast etwas beängstigend vor. Die Symbole wirkten zwar in keiner Weise bedrohlich, die Stimmung war dennoch seltsam. Der Wind spielte mit den dicken, lederigen Blättern der Bäume und brachte sie zum Wispern.

Er setzte sich auf einen halbwegs trockenen, sonnenbeschienenen Platz unter einem der Bäume, holte das Skizzenbuch, das er immer bei sich trug, aus der Tasche und begann, die Bäume mit den Schnitzereien zu zeichnen. Dabei hielt er ein Auge auf Rohana, die vergnügt um die Bäume herumsprang und versuchte, das Spiel der Schatten zu imitieren, und auf Kimi, die noch immer weinte. Mitunter erhob sie sich und ging zu einem der Bäume, umarmte ihn und schluchzte, den Kopf an die Rinde geschmiegt. Oder sie kauerte sich in ihrem Schatten nieder, legte ihre Hände an den Stamm, und ihre Tränen benetzten den Waldboden.

Irgendwann lag sie still da, als ob sie alle Tränen geweint hätte. Brandon überlegte, ob er noch einmal versuchen sollte, sie anzusprechen, entschied sich jedoch dagegen. Er wartete und zeichnete, bis er Geräusche aus dem Dorf der Moriori hörte. Die Menschen kamen zurück von den Feldern. Wenn er wollte, konnte er jetzt mit ihnen sprechen.

Langsam, um sie nicht zu erschrecken, ging er auf Kimi zu und legte ihr die Hand auf die Schulter.

»Wir müssen jetzt gehen, Kimi. Komm. Es wird hier zu kalt für Rohana.«

Rohana hatte schon seit einer Weile die Lust am Spiel mit den

Schatten verloren. Sie hatte sich neben Brandon gesetzt und auf ein Blatt Papier gekritzelt.

Kimi erhob sich gehorsam. Sie wirkte erschöpft, allerdings nicht mehr so steif. Brandon nahm Rohana wieder auf den Arm und führte Kimi zum Dorf, wo ihr Erscheinen zunächst Erschrecken auslöste. Man war hier keinen Besuch gewohnt und erst recht keinen, der aus dem Kopi-Hain kam.

Die Menschen sprachen aufgeregt miteinander, wichen in die Eingänge ihrer Häuser zurück – doch dann kam eine ältere Frau auf sie zu.

»Kimi!«, rief sie. »Kimi!«

Sie sagte etwas zu den anderen Moriori, das deren Interesse erregte. Sie schoben sich näher, einen Ausdruck von Spannung und Hoffnung im Gesicht. Kimi reagierte nicht.

»Spricht hier jemand Englisch?«, fragte Brandon nervös und stellte sich vor. »Ich verstehe leider kaum ein Wort von eurer Sprache.« In dem Wortschwall der Frau hatte er eben nur gemeint, das Wort *tohunga* gehört zu haben.

Ein Mann trat vor. »Ich spreche die Sprache der pakeha«, erklärte er. »Mein Name ist Kananpaua.«

Brandon nickte ihm zu, unschlüssig, welcher Gruß angebracht war. Inzwischen hatten sich wohl sämtliche Bewohner des Dorfes um ihn versammelt – ein trauriges Grüppchen von vielleicht zwanzig Menschen, alle ausgemergelt, schmutzig und zerlumpt. Ihre Gesichter wirkten jedoch freundlich. Eine Frau ging auf Kimi zu und zog sie an sich, um den hongi mit ihr zu tauschen. Kimi ließ es mit sich geschehen, ohne ihrerseits eine Regung zu zeigen.

»Ich ... ich bringe euch Kimi – von eurem Stamm«, begann Brandon unsicher.

Kananpaua nickte. »Ja, wir erinnern uns an sie. Sie war Anewas Sklavin und davor die Schülerin von Pourou. Sie hat mit den Brüdern geredet, die uns ihre Götter brachten, und mit den Geistern. Sie war *tohunga* ...« Er musterte Kimi mit forschendem Blick und schien zu verstehen. Dieses Volk hatte entsetzliche

Dinge erlebt. Gut möglich, dass einige andere ganz ähnlich auf das Grauen reagiert hatten wie Kimi und wie die Soldaten, von denen Dr. Walton in Auckland gesprochen hatte. »Was ist geschehen?«, fragte der Moriori.

Brandon berichtete ihm kurz von den Ereignissen in Kororareka. »Sie hat gegen Nunukus Gesetz verstoßen. Aber es war Notwehr. Sie ... sie hat nur ihr Kind beschützt ...«, schloss er.

Kananpaua hob die Hände. »Das entschuldigt sie nicht. Wir alle hätten gute Gründe gehabt, gegen das Gesetz zu verstoßen. Dennoch haben wir es nicht getan.«

Brandon blitzte ihn an. Er bemühte sich um Ruhe, doch er fühlte Ärger in sich aufsteigen. Dabei hätte er die Leute eher bewundern müssen. Was sie erlitten hatten, was sie immer noch täglich auf sich nahmen, um ein uraltes Gesetz zu achten, war unglaublich.

»Immerhin ist das, was geschehen ist, schon fast zwei Monate her, und bisher sind ihre Därme nicht verfault«, erklärte er bissig. »Sie ist nur ... sie ist völlig erstarrt ...«

»Ihre Seele ist gefangen«, bestätigte Kananpaua, der Brandons Erzählung inzwischen für die ältere Frau und ein paar weitere Stammesälteste übersetzt hatte.

»Und?«, fragte Brandon. »Kann man sie befreien?«

Die Frau sagte etwas. Es klang wie hirihiri, aber der Tonfall war bedauernd.

Kananpaua sah Kimi wieder an. »Panna sagt, es gebe eine Zeremonie, die erkennen lässt, was einem Menschen fehlt. Ob es eine Krankheit ist oder ein Fluch oder ein böser Geist, der in ihn gefahren ist. Nur ...« Sein mitleidiger Blick wanderte zu Brandon. »Freund, so gern wir dir helfen würden, aber wir haben keine *tohunga* mehr, die für Kimi die hirihiri-Zeremonie durchführen könnte. Niemand kennt die *karakia,* die gesprochen werden müssen, um sie zu heilen. Pourou war unsere letzte *tohunga ahurawa.* Sie starb vor fünf Jahren. Die erste ihrer Töchter wurde bei der Invasion getötet, und die zweite, Whano, die noch ein wenig vom Wissen ihrer Mutter bewahrt hatte, verließ uns im letzten

Jahr. Es tut mir leid, Freund, doch Pourous einzige noch lebende Schülerin ist Kimi selbst. Allein sie kann mit den Geistern dieser Insel sprechen. Sofern sie es schafft, die Stimme zu erheben. Wenn sie schweigt, ist sie verloren, wie wir alle verloren sind. Die Götter hören uns nicht mehr.«

Die Menschen reagierten mit Wehklagen auf die Worte ihres Ältesten. Einige näherten sich Kimi, berührten sie, aber sie zeigte kein Lebenszeichen. Immerhin starrte sie nicht mehr vor sich hin, sondern richtete ihren Blick auf den Kopi-Baum-Hain.

»Was ist mit diesem Hain?«, fragte Brandon heiser. »Was bedeuten die Zeichen?«

»In diesen Bäumen leben die Geister unserer Ahnen«, sagte Kananpaua. »Und unserer Freunde, unserer Brüder und Schwestern, die von den Maori getötet wurden. Sie sind dort sicher, sie wachen über uns. Kimi hat sie gebannt. Wir verdanken ihr viel.« Er verbeugte sich leicht vor der bewegungslosen jungen Frau.

Brandon runzelte die Stirn. »Kimi hat ... Kimi hat diese Zeichen in die Bäume geritzt?«

Der Älteste nickte. »Die meisten«, sagte er.

Brandon erinnerte sich an die Figuren, die fast lebendig gewirkt hatten. Sie alle waren im selben Stil gehalten. »Das muss Jahre gedauert haben«, überlegte er.

Kananpaua bestätigte das. »All die Zeit, die sie hier lebte nach dem Überfall. Sie muss immer wieder hergekommen sein ...«

»Ihr wisst das nicht?«, fragte Brandon. »Aber ihr habt doch hier in der Nähe gelebt. Und ihr habt sie ganz allein arbeiten lassen?«

»Wir sind erst später hierhergezogen. Als Kimi schon fort war. Vorher haben wir in ... also bei ... unserem alten Dorf gelebt, neben den Räubern. Sie wollten ihre Sklaven bei sich haben. Aufpassen, dass wir nicht fliehen oder doch noch kämpfen. Anewa ... Er und die anderen Maori hatten Freude daran, uns zu quälen, sie holten unsere Frauen in ihre Hütten ...«

»Und jetzt tun sie das nicht mehr?«, fragte Brandon. Zumindest ein wenig schien sich das Leben der Moriori in den letzten Jahren verbessert zu haben.

»Jetzt haben sie mehr eigene Frauen. Der Stamm ist reich, es sind Frauen gekommen aus Aotearoa. Und die Missionare haben geholfen. Sie haben sie getauft. Die Maori töten uns nicht mehr. Es sind ja auch nicht mehr viele von uns übrig ...« Kananpaua ging auf Kimi zu und sprach ein paar Worte zu ihr in ihrer Sprache. Brandon meinte, dass es ihm gelang, ihren Blick dabei einen Herzschlag lang zu fesseln, bevor sie wieder zu den Bäumen hinübersah. »Was auch immer war oder ist, Freund«, sagte er dann zu Brandon, »Kimi gehört zu uns. Sie ist mehr als willkommen – ob ihr Geist frei ist oder gefesselt. Du kannst sie bei uns lassen, wenn du willst.«

Brandon schüttelte den Kopf. »Nein«, sagte er entschieden. »Ich würde sie niemals hierlassen, ich ... Ich habe sie gesucht, und nun, da ich sie gefunden habe«, er legte den Arm um Kimi, »lasse ich sie nicht mehr los.«

Der Stammesälteste lächelte. »Vielleicht wirst du ja der Mittler sein zwischen ihr und den Geistern«, meinte er. »Vorerst ... Wir haben nicht viel, doch wir möchten euch einladen, mit uns zu essen, an unserer Gemeinschaft teilzuhaben. Früher hätten wir dazu den Segen der Götter auf uns alle herabbeschworen, aber diese Kraft hat niemand mehr. Seid trotzdem willkommen.« Er bot Brandon das Gesicht zum hongi, und nacheinander taten das alle anderen verbliebenen Mitglieder von Kimis Stamm. Scheu näherten sie sich auch Kimi selbst, zogen sie sanft an sich und legten ihre Stirnen und Nasen an ihr Gesicht. Kimi wehrte sich nicht. Sie atmete tief und ruhig, wenn sie sie berührten.

Brandon war natürlich enttäuscht. Dennoch genoss er in gewisser Weise den Abend mit den Moriori. Sie teilten ihre kargen Speisen mit ihm und Kimi, die bereitwillig von dem Fladenbrot und dem Gemüse nahm. Brandon hatte den Eindruck, dass sie etwas mehr aß als sonst, aber er war sich nicht sicher. Sie gab nicht zu erkennen, ob sie die Gewürze ihrer Heimat wiedererkannte, ob es ihr schmeckte und ob sie die Lieder kannte, die später von den Frauen gesungen wurden. Immerhin saß sie ruhig da, sie zitierte weder Nunukus Gesetz noch wiegte sie sich hin und her. Brandon nahm an, dass sie müde war von all dem Weinen. Und er selbst empfand plötzlich tiefen Frieden. Er saß neben ihr, den Arm um sie gelegt, und meinte, ihr näher zu sein als in den Wochen zuvor. Um Rohana musste er sich an diesem Abend nicht kümmern. Sie wurde von den Frauen des Stammes weidlich verwöhnt. Eigene Kinder hatten die letzten Moriori kaum noch. Brandon registrierte lediglich ein Mädchen von vielleicht acht und einen Jungen von vielleicht zehn Jahren.

Die Moriori boten Brandon schließlich an, mit Kimi und Rohana in einer ihrer Hütten zu schlafen, aber er zog es vor, sein altes Blockhaus aufzusuchen. Es bot sicher mehr Schutz vor dem kalten Wind als die primitiven Behausungen der Sklaven.

»Komm, Kimi«, sagte er sanft, als es Zeit wurde, sich zurückzuziehen.

Er war überrascht, dass sie ihre Hand in seine schob. Sie sagte zwar immer noch nichts, doch sie folgte ihm wie ein Kind – nicht mehr wie ein lebloser Gegenstand, der herumgeschoben wurde.

Brandon wagte noch nicht, allzu große Hoffnungen zu hegen. Die Moriori hatten schließlich keinen Zweifel daran gelassen, dass sie Kimi nicht helfen konnten. Dennoch hatte sich etwas verändert. Kimi vermochte noch nicht, ihre Stimme zu erheben, aber etwas in ihr war geweckt worden. Brandon beschloss, am kommenden Tag noch einmal mit ihr in den Hain der Kopi-Bäume zu gehen. Natürlich glaubte er nicht an Geister, doch der Ort hatte etwas Magisches. Kimi hatte dort ihre Tränen wiedergefunden, ihre Trauer. Und sie würde vielleicht ihr Lächeln wiederfinden, ihre Freude. Brandon küsste sie vorsichtig auf die Stirn, nachdem er ihr auf seiner alten Pritsche in dem tatsächlich völlig intakten Blockhaus ein Deckenlager gerichtet hatte.

»Schlaf, Kimi«, sagte er sanft. »Ich bleibe bei dir. Und ich lasse nur gute Geister in deine Träume.«

Kapitel 8

Ruth hatte gewusst, dass es passieren würde. Als Cooper sie eines Abends nach Dienstschluss vor den Toren des Militärhospitals erwartete, ahnte sie, dass er schlechte Nachrichten brachte.

»Ich habe meinen Marschbefehl«, sagte er leise. »Sie bringen uns morgen in die Bay of Islands. Lieutenant Colonel Holme will Hone Hekes *pa* angreifen.«

»Diese Siedlung bei der Waimate-Mission?«, fragte Ruth.

Cooper zuckte mit den Schultern. »Wahrscheinlich, ich kenne mich da nicht so aus. Ich habe nur gehört, dass sich die Maori zurzeit gegenseitig bekämpfen. Regierungsfreundliche Truppen unter Tamati Waka Nene und die Aufrührer unter Hone Heke. Angeblich liefern sie sich regelrechte Schlachten. Ich frage mich eigentlich, warum man sie nicht sich selbst überlässt. Sollte Heke gewinnen, könnten wir immer noch eingreifen. Aber die Heeresleitung will jetzt Blut sehen. Es tut mir leid. Morgen muss ich gehen.«

Er hob hilflos die Hände, als wollte er sie umarmen. Bislang hatte er das nicht gewagt. Sie war in den letzten Wochen zwar zugänglicher geworden, doch nach seinem missglückten Antrag hielt er sich strikt an seine Regeln. Er würde sie auf keinen Fall drängen, das wusste sie. Sie konnte das Tempo vorgeben, in dem sich ihre Beziehung entwickelte. Heute schien ihm das allerdings schwerzufallen. Sie würden sich wochenlang nicht wiedersehen.

Traurig sah sie ihn an. Dann traf sie eine Entscheidung. »Komm mit zu mir«, sagte sie. »Wir ... wir werden reden und ... Was meinst du, könnten wir eine Flasche Wein kaufen? Ich habe so lange keinen Wein getrunken.« Tatsächlich war das noch in Berlin gewesen. Ihre Eltern hatten zum Abschied ihrer Tochter eine Flasche geöffnet. Bei den Missionaren war Alkohol in jeder Form verpönt gewesen, und Tom und Raukura kauften höchstens mal Whiskey oder Bier. Ruth biss sich auf die Lippen. Sie wusste nicht, ob es klug war, den Gedanken auszusprechen, aber dann tat sie es einfach. »Mit David habe ich niemals Wein getrunken«, erklärte sie.

Über Coopers Gesicht zog ein Strahlen. »Dann kann ich dir ja mal etwas Neues bieten«, bemerkte er, und sie lächelte zurück, ohne zu erwähnen, wie viel Neues er ihr schon geboten hatte, seit sie in Auckland waren. Mit David war sie nie in einem Theater gewesen, nie in einem Konzert. Sie hatten niemals getanzt.

»Ich würde gern einmal mit dir tanzen«, sagte sie unvermittelt.

Cooper legte ihr den Arm um die Schultern. »Wenn's weiter nichts ist«, erwiderte er. »Aber ich fürchte, es ist mehr Squaredance als Walzer, was ich dir da bieten kann ...«

Aufgeregt und in seltsam überdrehter Stimmung folgte ihm Ruth ins Hafenviertel, in einen irischen Pub. Schon draußen hörten sie Musik, Fiedeln, Harmonikas, Flöten ... und drinnen drehten sich junge Männer und Frauen zu fröhlichen Melodien. Die Mädchen wirkten flatterhaft und nicht besonders ehrbar. Ruth nahm an, dass man hier für einen Tanz mit einer Frau bezahlen musste – und mehr von ihr bekommen konnte, wenn man später noch ein paar Shilling drauflegte. Die meisten Tänzer schienen auch schon ziemlich beschwipst zu sein. Es roch nach Whiskey, Bier und Zigarrenrauch.

Cooper ließ sich davon nicht schrecken. Förmlich verbeugte er sich vor ihr und führte sie auf die Tanzfläche. Ruth dachte flüchtig daran, was für einen seltsamen Eindruck sie in ihrem dunklen Schwesternkleid und ihrem schwarzen Umhang, dem braven Kapotthütchen und den praktischen Schnürschuhen auf die anderen machen musste. Dann vergaß sie jedoch alles um sich her. Cooper begann, sie zur Musik herumzuwirbeln. Sie folgte ihm, ließ sich von der unbeschwerten Stimmung anstecken. Sie lachte, während er sie im Takt durch die Luft fliegen ließ, und schmiegte sich danach ganz selbstverständlich in seine Arme. Für kurze Zeit war die drohende Trennung, waren David und die freudlose Zeit in der Mission vergessen. Dies war Leben, Leben pur! Ruth war selten so glücklich gewesen.

Nach einigen Tänzen holte Cooper sie zurück in die Wirklichkeit. »Komm«, sagte er. »Wenn du Wein trinken willst, müssen wir gehen. Hier bekommen wir nur Whiskey und Bier, und wir müssten bald mal was bestellen, der Wirt guckt schon ganz komisch. Man kann nicht nur zum Tanzen herkommen, verstehst du? Man muss schon was verzehren. Also wollen wir uns dem Schnaps ergeben oder …?«

»Ich will Wein«, bestimmte Ruth, obwohl sie sich jetzt schon fast etwas trunken fühlte. »Und ich will dich …«

Coopers Herz schlug höher bei ihren letzten Worten. Ein paar Straßen weiter fanden sie ein Geschäft, das Spirituosen verkaufte. Cooper trat ein und kam kurz darauf mit zwei Flaschen wieder heraus. »Milady, ich habe mir erlaubt, nicht nur Wein zu kaufen, sondern auch Champagner. Ich denke, dieser Abend verlangt nach Champagner. Aber wenn du den nicht magst …«

»Ich hab noch nie Champagner getrunken«, gestand Ruth. »Und ich will es gern versuchen … heute … an unserem letzten Tag …«

Cooper legte den Finger an die Lippen. »Psst! Sprich nicht vom letzten Tag … Lass uns den Abend lieber … zu unserem ersten machen.«

Sie erlaubte ihm, den Arm um sie zu legen, und sie gingen eng umschlungen zu dem Haus, das Ruth mit den Petersons teilte. Ruth dankte im Stillen allen Göttern und Geistern, dass sie nicht mehr bei Mrs. Roades oder einer anderen Wirtin lebte. Eine anständige Frau erlaubte ihren Mieterinnen keinen Herrenbesuch.

Raukura dagegen lächelte, als sie Cooper mit hereinbrachte, und lud die beiden ein, das Abendessen mit ihnen zu teilen.

»Nur ein bisschen Eintopf, Brot und Käse«, entschuldigte sie sich. »Ich wusste ja nicht, dass Besuch kommt.«

»Wir wollten auch eigentlich nicht … Es ist nur, dass … Cooper muss morgen weg. Mit den Truppen zur Bay of Islands.« Ruth war hin- und hergerissen. Einerseits wollte sie mit Cooper allein sein, andererseits hatte sie seit Stunden nichts gegessen, und es war sicher nicht gut, Champagner auf nüchternen Magen zu trinken.

Raukura schaute sie betroffen an. »Morgen schon? Zum Kampf mit Hone Heke?« Dann verzog sich ihr breites Gesicht zu einem nachsichtigen Lächeln, und sie zwinkerte den beiden zu. »Also ein Abschied. Wie wär's, wenn ihr euch das Essen mit in deine Räume nehmt, Ruth? Und ich versorge deine Kinder.«

Ruth wäre ihr vor Dankbarkeit fast um den Hals gefallen. Aber dann versuchte sie doch, Gleichmut vorzugeben. Sie küsste Laurent und Felicity, füllte einen Korb mit dem angebotenen Essen – und hätte ihn fast fallen lassen, als Cooper sie in die Arme zog und küsste, kaum dass sich die Tür zu ihrer Wohnung hinter ihnen geschlossen hatte.

»Willst du erst mich, den Champagner oder das Essen?«, fragte er mit spitzbübischem Ausdruck.

Ruth zog die Stirn kraus. »Den Champagner«, bestimmte sie. »Oder kann ich dich und den Champagner vielleicht gleichzeitig haben?«

Cooper und Ruth liebten sich wild und leidenschaftlich. Ruth war zunächst verblüfft, als Cooper fantasievoll mit ihr spielte, bevor er in sie eindrang, statt den Akt mit heiligem Ernst zu vollziehen, wie David es getan hatte. Dann ließ sie sich jedoch von seiner Freude anstecken, begann ihn zu necken und zu reizen und gelangte schließlich zu völliger Ekstase, als er sie auf seinen Schoß hob und sich von ihr reiten ließ. Sie tranken Champagner, aßen Brot und Käse – und schliefen irgendwann völlig erschöpft ein. Kurz vor dem Morgengrauen war es dann Zeit für Cooper zu gehen. Ernüchtert schmiegten sie sich noch einmal aneinander. Ihr Übermut war verflogen.

Ruth gab sich einen Ruck. Sie musste wieder einmal die Initiative ergreifen. Es konnte nicht sein, dass Cooper nach dieser

Nacht einfach fortging, ohne dass sie darüber sprachen, wie es weitergehen würde.

»Ich weiß natürlich, dass ich das nicht fragen sollte«, begann Ruth. »Du müsstest mich fragen. Aber ... ich hab dich so oft abgewiesen, deshalb ... Also wenn du mich heute fragen würdest ...« Sie rieb sich verlegen die Stirn.

Cooper sah ihr belustigt zu. »Du möchtest gefragt werden, ob du mich heiraten würdest?«, fragte er. »Oder eigentlich möchtest du fragen, ob ich dich heiraten würde?«

Ruth errötete. »Ich möchte, dass du bleibst«, sagte sie. »Du darfst mich nicht verlassen.«

Cooper schüttelte bedauernd den Kopf. »Ruth, ich kann nicht bleiben. Was nicht heißt, dass ich dich nicht heiraten will. Ganz im Gegenteil, nichts täte ich lieber, egal, wer von uns wen danach fragt. Aber ich habe mich der Armee verpflichtet, Ruth, für sieben Jahre. Und erst sechs davon sind um. Würde ich jetzt bleiben, dann würde ich fahnenflüchtig. Und da versteht die britische Krone keinen Spaß. Wenn sie mich erwischten, würden sie mich hängen.« Er wollte den Arm um sie legen, aber Ruth drehte sich weg.

»Warum sind die Männer meines Lebens alle einer höheren Macht verpflichtet?«, fragte sie traurig.

Cooper küsste ihren Nacken. »Bei mir ist es immerhin zeitlich befristet«, bemerkte er. »Ich bin nicht David, Ruth. Ich habe keine verrückten Träume, ich will die Welt nicht verändern. Ich will nur dich.«

Ruth sah ein, dass er recht hatte. Sie konnte nicht weiter in ihn dringen, bei ihr zu bleiben. Wenn er dem Marschbefehl nicht folgte, geriet er in Lebensgefahr. Der Vorstoß war eine verrückte Idee gewesen. Doch sie konnte nichts dagegen tun, dass Tränen in ihren Augen aufstiegen.

»Aber du wirst mir schreiben, ja?«, fragte sie. »Und ... und du versprichst mir, dass du wiederkommst?« Sie wandte sich ihm wieder zu.

Cooper nahm sie in den Arm. »Natürlich schreibe ich dir«,

versprach er. »Jeden Tag, wenn ich kann. Und ich komme zurück. Selbstverständlich komme ich zurück. Wenn ich nicht falle.«

Ruth schmiegte sich noch einmal an ihn, sie liebten sich ein letztes kurzes Mal, bevor er sie endgültig verlassen musste.

Sie sah ihm vom Fenster aus nach, als er den Weg zu den Kasernen einschlug. Wieder ein Mann, der sie allein ließ.

Tohunga Makutu

Chatham
Auckland, Nordinsel Neuseeland
Bay of Islands
1845–1846

Kapitel 1

Kimi war gefangen gewesen in einem langen, dumpfen Traum. Sie hatte ein Meer von Trauer und Schuld durchschwommen, hatte die Stimmen der Ahnen gehört, den Fluch des Häuptlings Nunuku. In diesem Traum hatte sie alles nur durch einen Schleier aus Blut gesehen, jeder Ton war verhallt gewesen, jeder Duft verweht.

In ihrer ersten Nacht auf Rekohu wich dieser wirre Traum allerdings einem anderen, einem, der ihr klare Bilder zeigte. Bilder von längst vergessenen, unbeschwerten Tagen, die ihr plötzlich wirklicher erschienen als alle anderen Erinnerungen, seit sie den Honig der Flachsblüten gesammelt hatte. In ihrem Traum befand sich Kimi mit Pourou und deren Töchtern am Ufer eines Baches. Vorher hatten sie Honig geerntet, jetzt zog Pourou Reusen aus dem Bach, tötete die Fische, die sich darin verfangen hatten, und legte sie in einen Korb. Kimi erinnerte sich daran, dass die Kinder kurze Zeit zuvor gestritten hatten. Sie wusste nicht mehr, worum es eigentlich gegangen war, doch Whano, die Jüngere, war wütend geworden, und Pourou hatte sie gerügt, weil sie ihre Schwester gekratzt hatte. Ein Verstoß gegen Nunukus Gesetz, Pourou hatte Whano eine Reinigungszeremonie avisiert. Außerdem hatte sie ihrer Schwester all ihren Honig geben müssen, um Entschädigung zu leisten. Die Kleine zeigte sich jedoch alles andere als reuig. Trotzig starrte sie auf die glänzenden Fische im Korb. Auch hier war Blut geflossen.

»Aber Tiere dürfen wir töten?«, fragte Whano provokant. Kimi sah das runde, noch verweinte Gesicht des kleinen Mädchens vor sich, als wäre es gestern gewesen. Und sie hörte Pourous Seufzen.

»Tiere müssen wir töten, Tochter«, durchdrang die Stimme der Weisen Frau Raum und Zeit. »Sonst könnten wir selbst nicht überleben. Genau wie wir der Flachspflanze ihre Wurzeln rauben müssen und die Sprossen des Adlerfarns schneiden und den Vögeln ihre Eier stehlen.«

An dieser Stelle brach der Traum ab, und Kimi schlug die Augen auf. Sie sah die Welt wieder klar, fast wie in ihrem Traum, und hörte den Nachklang der Worte Pourous. Langsam setzte sie sich auf und schaute sich in der Hütte um. Sie hatte nur vage Erinnerungen an den gestrigen Tag, wie auch an all die Zeit vorher, seit ... Sie erschauerte, als die Bilder aus Kororareka wieder in ihr aufstiegen. Die Waffe, Anewas explodierendes Gesicht, all das Blut, die Schuld ... Kimi hätte sie ausblenden können, hätte sich hinter den roten Schleier zurückziehen können, unter dem sie sich so lange versteckt hatte. Aber sie kämpfte dagegen an. Sie wollte nicht zurück in den dumpfen Traum, sie konzentrierte sich lieber auf ihre Umgebung. Brandon ... Brandon war bei ihr gewesen ... immer, seit jenem Tag ... Sie sah ihn in einer Ecke des Raumes zusammengerollt unter einer Decke liegen, unter der auch Rohanas blonder Schopf hervorlugte. Kimi erinnerte sich daran, dass sie in seiner Hütte waren – auf den Chathams. Und am Tag zuvor hatte sie in den Armen der Geister ihrer Ahnen geweint ...

Sie stand leise auf, schlich auf nackten Füßen zur Tür und verließ die Hütte. Die Luft war feucht, regen- und meerwassergeschwängert wie fast immer auf Rekohu. Auch der Boden war durchweicht, doch es regnete nicht. Kimi ging in den Wald, lauschte auf die Stimmen der Geister, ohne eine Antwort zu erhalten. So einfach war es nicht. So einfach konnte es nicht sein. Rekohu verschloss sich ihr, der Abtrünnigen. Der Frau, die Nunukus Gesetz verletzt hatte – die zwar schwer an ihrer Schuld trug, doch keine Reue spürte

Kimi dachte an die Reinigungszeremonie, die Pourou mit Whano hatte durchführen wollen. Die Frau im Dorf hatte von *hirihiri* gesprochen ... Kimi überlegte. Hirihiri-Zeremonien wirkten gegen verschiedene Krankheiten, gegen Dämonen, gegen Flüche und Hexerei. In friedlichen Gesellschaften wie denen ihres Dorfes wurden sie selten durchgeführt, sie hatte ihnen lediglich zweimal beigewohnt. Einmal war es um eine Frau mit starken Leibschmerzen gegangen und das zweite Mal um ein Kind, das immer wieder von Kopfschmerzen geplagt wurde. Pourou hatte die Krankheiten aus ihren Körpern verbannt. Kimi erinnerte sich nur noch vage daran, wie die *tohunga* dabei vorgegangen war. Sie wusste noch, dass man einen Platz brauchte, der *tapu* war, und ein fließendes Gewässer, bewohnt von hilfsbereiten Geistern. So etwas auf Rekohu zu finden war heute nicht schwer – jeder Platz war verwünscht, an dem Menschen getötet worden waren. Nach altem Gesetz war die halbe Insel *tapu.* Aber Kimi dachte an einen speziellen Ort ...

Ihr Herz klopfte heftig, sie wollte nicht dorthin gehen, aber sie lenkte ihre Schritte in Richtung des alten Moriori-Dorfes, in dem nun die Eroberer lebten. Nicht weit davon, am Ufer eines kleinen Flusses, hatten Anewa und seine Leute ihre grausigen Gelage gefeiert. Dort lagen die Kochgruben, die ihre Opfer hatten ausheben müssen, bevor man sie getötet hatte. Kimi erinnerte sich daran, dass Ruth Mühlen dort noch Jahre später die Knochen der Menschen gefunden hatte. Jetzt erschien der Ort allerdings ruhig, fast friedlich. Die Geister der Opfer schliefen in den Kopi-Bäumen, in die Kimi sie geleitet hatte. Es war auch fast noch Nacht. Ein fahler Himmel wie fast immer auf Chatham Island.

Kimi kniete am Ufer nieder und schöpfte Wasser aus dem Fluss. Pourou hatte die Kranken mit dem Zweig einer Pflanze berührt und ihren Körper mit Wasser benetzt, in das sie den Zweig getaucht hatte. Kimi erinnerte sich allerdings nicht mehr daran, welche Pflanze zu welcher Erkrankung gehörte ... War es ein Karamu-Zweig gewesen? Oder gehörte der zum Austreiben von Dämonen? Sie fand einen der kleinen Bäume am Ufer und brach einen Zweig ab. Nunukus Fluch war Schmerz und Besessenheit gleichermaßen, sie konnte nicht viel falsch machen.

Fröstelnd zog sie ihr Kleid und ihr Unterzeug aus, tauchte den Zweig ins Wasser und spritzte es über ihren Körper. Pourou hatte dabei die Geister der Ahnen angerufen – oder man sprach mit dem Dämon und befahl ihm zu gehen. Kimi versuchte, Nunuku zu beschwören, aber sie hatte nicht das Gefühl, zu ihm durchzudringen. Dafür schienen sich jedoch Dutzende anderer Geister um sie zu versammeln. All die Menschen, die getötet worden waren, ihr Vater, ihre Brüder … Pourous Tochter Nakahu … Kimi spürte ihre Präsenz. Sie mussten den Kopi-Hain verlassen haben, um sie zu trösten, sie abzuschirmen gegen jeden Fluch.

Einem Impuls folgend ließ Kimi sich in den Fluss gleiten. Das Wasser war eiskalt, doch es schien die Schuld und die Angst von ihr abzuspülen. Sie ließ sich darin treiben, tauchte dann ganz unter, bevor sie hinausstieg. Nackt erwartete sie den Aufgang der Sonne. Sie war halb erfroren, doch sie fühlte sich leicht und sicher und fast geheilt, als sie zurück zur Hütte wanderte. Um die Zeremonie abzuschließen, musste sie ein Feuer entzünden und etwas kochen – am besten Puha-Blätter. Kimi machte sich auf die Suche nach dieser auf Rekohu eher seltenen Pflanze. Schließlich fand sie eine und erntete ein paar Blätter, genug für ein Stew für sich und Brandon. Eigentlich kochte man Puha mit Fleisch, das Aroma war ein wenig bitter. Rohana würde es nicht schmecken …

Kimi lächelte in Gedanken daran, wie gut Rohana und Paula das süße Gebäck der McIntoshs gemundet hatte und wie sich Whano und Nakahu um die Honigwaben gestritten hatten. Sie dachte an ihren ersten Krapfen, damals am Kai von Kororareka. Es wurde Zeit für schöne Erinnerungen. Kimi summte *karakia,* dankte den Göttern für ihre Ernte und war fast glücklich, als sie die Hütte wieder erreichte. Brandon hatte damals Holz hinter dem Haus gestapelt. Vielleicht hatten die Missionare, die hier einmal gelebt hatten, es ja genauso gehalten.

Tatsächlich fand sie trockenes Feuerholz in dem kleinen angebauten Schuppen, sammelte etwas Reisig und entzündete ein Feuer, indem sie einen Zweig aus weichem Holz auf einem Stück härteren Holzes drehte. Brandon besaß zwar sicher Zündhölzer, aber sie wollte alles richtig machen. Genau so, wie es all die *tohunga* vor ihr getan hatten, um die Menschen vom Bösen zu befreien. Zum Schluss kochte sie die Puha Blätter in einem alten Topf, der sich ebenfalls im Schuppen gefunden hatte, und beendete dann die Heilungszeremonie, indem sie ein Stück abgekühlter Glut aus dem Feuer nahm und einige der gekochten Blätter einmal um ihren linken Oberschenkel herumführte. Anschließend hob sie beides zum Himmel. Der Wind wehte Krankheit und Unbill hinweg.

Als Brandon mit Rohana aus dem Haus kam – er war besorgt, da er Kimi beim Aufwachen nicht vorgefunden hatte –, saß sie ruhig am Feuer vor der Hütte und kaute an den Blättern. Sie lächelte ihm und ihrem Kind zu. Einladend wies sie auf den Topf, der über der Feuerstelle hing.

»Es ist wahrscheinlich nicht das beste Frühstück, das ihr je genossen habt«, hob sie an. »Aber …«

Brandon sah sie ungläubig an. »Du bist wieder da, Kimi«, sagte er bewegt. »O mein Gott, du bist wieder da!«

Er zog sie vorsichtig an sich, berührte ihr Gesicht nach Art des hongi und küsste sie dann einfach. Kimi erwiderte den Kuss.

Sie ließen erst wieder voneinander ab, als sie Rohanas empörtes Stimmchen hörten.

»Ihhhh. Schmeckt gar nicht«, erklärte die Kleine und machte putzige Versuche auszuspucken, was sie eben unternehmungslustig in ihren kleinen Mund gestopft hatte.

Brandon lächelte. »Im Gegenteil«, behauptete er und nahm tapfer einen Bissen von dem bitteren Stew. »Das ist das beste Frühstück auf der ganzen Welt!«

Rohana erhielt kurz darauf ein ihr deutlich genehmeres Frühstück im Missionshaus. Weder Brandon noch Kimi waren schon bereit, sich der Freude der Moriori über ihre wundersame Heilung zu stellen, doch sie hatten keine eigenen Vorräte. So folgten sie schließlich Brandons Einfall, Wilma und Heinrich Bauer zu besuchen.

»Mrs. Bauer freut sich bestimmt, dich zu sehen«, sagte Brandon zu Kimi. »Wir sagen, dass ich dich hergebracht habe, damit du deine Leute besuchen kannst. Von ... deiner gefangenen Seele müssen wir ja nichts erzählen.«

Kimi nickte. Ihr war immer noch kalt nach dem nächtlichen Bad, und nach dem ersten Hochgefühl empfand sie jetzt Leere und Müdigkeit. Der Ofen im Missionshaus – auch die davor mit Lesen und Lernen verbrachten Stunden gehörten zu ihren guten Erinnerungen – erschien ihr da wie eine himmlische Zuflucht.

Tatsächlich war es warm in Wilma Bauers Küche, und der Empfang erwartungsgemäß herzlich. Natürlich musste ein Dankgebet gesprochen werden, bevor es Tee gab, und Heinrich Bauers Einladung zur Morgenandacht konnten die Gäste ebenfalls nicht ausschlagen. Am Ende knabberte Rohana jedoch Honigbrot und Kimi wärmte ihre Hände an einem Becher Tee. Brandon erzählte von ihren Erlebnissen in Kororareka.

Bruder Heinrich schlug die Hände über dem Kopf zusammen, als er von David hörte. Er war immer derjenige unter den Missionaren gewesen, der die Papisten am meisten abgelehnt hatte. Davids Konvertierung empörte ihn ebenso wie die unverkennbare Vaterschaft seines ehemaligen Mitbruders an Kimis Kind.

»So leid es mir für ihn tut, doch er ist verdammt«, urteilte er. »Auch für den Bruch des Ehegelöbnisses. Bruder Gottfried hat uns damals alle getraut – und gut, er war vielleicht nicht ordiniert, aber Gott hat uns gesegnet. Gott hat uns zusammengeführt – Wilma und mich, Oskar und Hilde und David und Ruth. Und was er zusammengeführt hat, das soll der Mensch nicht trennen.« Wie um das zu unterstreichen, griff der Missionar nach der Hand seiner Frau.

Brandon nickte zustimmend, während Kimi hoffte, dass David dafür nicht gleich in die Hölle kam – und erst recht nicht Ruth, wenn sie Coopers Werben doch einmal nachgeben würde. Vielleicht sollte sie ein Trennungsritual für die beiden durchführen – sie erinnerte sich noch dunkel daran, welche Worte Pourou dabei gesprochen hatte. Die Geister der Moriori verdammten es nicht, wenn ein Paar auseinandergehen wollte. Kimi lächelte. Es war seltsam, wie sich ihr Geist immer mehr mit Pourous Weisheiten füllte. Dabei hatte sie jahrelang nicht mehr an all die Zeremonien und *karakia* gedacht, die ihre Ziehmutter sie damals gelehrt hatte.

»Und ihr seid nun also hier zu Besuch?«, fragte Wilma Bauer, vielleicht um das Thema zu wechseln. Ihr schienen die Ansichten ihres Gatten vielleicht allzu streng. »Wie lange werdet ihr bleiben?«

Brandon sah Kimi fragend an. Wenn es nach ihm gegangen wäre, hätten sie gleich wieder abreisen können. Sosehr er sich über Kimis Heilung freute – im Grunde war ihm die Insel unheimlich.

»Einige Tage«, bestimmte dagegen Kimi. »Jetzt, da ich einmal hier bin, möchte ich … Ich möchte einige Plätze auf der Insel aufsuchen. Plätze, die den Moriori …«, sie hätte beinahe »heilig sind« gesagt, hielt sich aber gerade noch zurück, » … die den Moriori etwas bedeuten. Mein Volk stirbt aus, fürchte ich, und jemand muss etwas von seiner Geschichte bewahren.«

Wilma nickte. »Dafür bist du zweifellos die Richtige. Seid nur vorsichtig, wenn ihr auf der Insel herumreist. Die Maori sind inzwischen zwar fast alle getauft und weitgehend befriedet, streitlustig sind sie nach wie vor. Der Stamm hier hat sich beruhigt, seit Anewa verschwunden ist. Er ist in den Wirren um Kororareka umgekommen, sagt ihr? Heinrich, du musst eine Messe für ihn lesen.« Kimi und Brandon hatten die Bauers nicht über die näheren Umstände von Anewas Ableben in Kenntnis gesetzt. »Viele Stämme haben allerdings noch dieselben Häuptlinge wie damals. Mit Leuten wie den Ngati Wai in Waitangi ist nicht zu spaßen.« Wilma schenkte Tee nach.

»Die meiste Zeit werde ich in der Nähe bleiben«, erklärte Kimi. »Nur einmal muss ich weiter weg. Nach Moreroa zur Te-Whanga-Lagune.«

»Was ist denn in dieser Lagune?«, fragte Brandon, als sie die Mission schließlich verließen und zur Walfangstation hinuntergingen. Er hoffte, dort Lebensmittel einkaufen zu können.

»*Te ana a* Nunuku«, sagte Kimi leise. »Nunukus Höhle.«

»Schon wieder Nunuku?«, fragte Brandon unglücklich. »Ich denke, du bist drüber hinweg? Über seinen ... Fluch oder was auch immer. Glaubst du, es ist gut, all das wieder aufzuwühlen?«

Kimi zuckte mit den Schultern. »Ich muss meinen Frieden mit ihm machen. Es gibt ... es gibt offene Fragen. Ich weiß nicht, was ich glauben, was ich denken soll. Was ich den Menschen sagen soll, wenn ich ... wenn ich wieder zu meinem Stamm gehe.«

»Warum solltest du ihnen irgendetwas sagen müssen?«, fragte Brandon, erneut besorgt. »Du hast doch gehört, sie vergessen ihre Bräuche. Und sie glauben, ihre Götter seien tot.«

»Sie haben mich als *tohunga makutu* begrüßt«, sagte Kimi. »Die letzte Schülerin Pourous. Sie werden erwarten, dass ich Antworten bringe.«

»Wenn du nicht willst, brauchen wir gar nicht mehr hinzugehen«, meinte Brandon. »Du bist zu nichts verpflichtet. Sei mir nicht böse, aber Tom und ich fanden immer, dass die Männer in eurem Stamm euch Frauen und Mädchen erbärmlich im Stich gelassen haben. Sie hätten damals allen Gesetzen und Flüchen zum Trotz kämpfen müssen. Wenn nicht für sich selbst, dann für ihre Frauen und Kinder. Himmel, Kimi, wenn ich mit irgendjemandem kämpfen müsste, um dich zu retten, dann wäre es mir doch egal, ob meine Därme verfaulten!«

Kimi lächelte. »Ich liebe dich, Brandon Halloran«, sagte sie sanft. »Aber die Moriori wirst du nie verstehen.«

Kimi ließ sich Zeit, wieder Teil von Rekohu zu werden. Sie streifte durch die Wälder, stellte Fallen auf wie damals und fing Vögel, die sie am Feuer vor Brandons Hütte briet. Sie sammelte essbare Pflanzen und fischte, und wenn sie *karakia* sprach für die Geister der Pflanzen und Tiere, die sie verletzte und tötete, hatte sie stets den Nachklang von Pourous Worten im Ohr. *Tiere müssen wir töten, Tochter. Sonst könnten wir selbst nicht überleben.*

Langsam begann sie, die Götter und Geister der Orte, die sie besuchte, wieder zu spüren. Erneut hörte sie ihre Stimmen, so selbstverständlich wie damals, als Pourou sie als Schülerin ausgewählt hatte, weil es ihr leichtfiel, Sprachen zu lernen. Sie verbrachte viel Zeit im Kopi-Hain mit den Geistern ihrer Freunde und Ahnen, stellte ihnen Rohana vor und spielte mit dem Kind im Moos zu Füßen der Bäume.

Nach ein paar Tagen kam Wilma Bauer vorbei und lud Kimi und Brandon zur Totenmesse für Anewa ein.

»Ich weiß, er hat dir Böses angetan«, erklärte sie. »Er war kein guter Mensch. Doch wer sind wir, um zu richten? Letztlich war er Christ. Seine Seele muss zur Ruhe geführt werden.«

Brandon wunderte sich darüber, dass Kimi die Einladung annahm. Mit stoischem Gesichtsausdruck verfolgte sie die Zeremonie in der kleinen Missionskirche, ohne die Gebete mitzusprechen. Gemeinsam mit Brandon stand sie etwas abseits von den Maori, die ihrem Häuptling die letzte Ehre erwiesen. Von den Moriori war niemand gekommen. Vielleicht hatten die Sklavenhalter es einfach nicht erlaubt. Es war Herbst, auf den Feldern erntete man Kartoffeln.

An Nachmittag bat Kimi Brandon, sie in den Wald nahe der Maori-Siedlung zu begleiten.

»Allein mag ich nicht hingehen«, gestand sie. »Ich habe Angst. Wenn jemand kommt ...«

Die Maori wussten natürlich von Brandons und Kimis Anwesenheit auf der Insel, akzeptierten sie jedoch stillschweigend. Niemand wollte sich mit einem *pakeha* anlegen, um Anewas entlaufene Sklavin zurückzuholen.

»Was hast du denn dort zu tun?«, fragte Brandon, ergab sich aber in Schweigen, als Kimi nicht antwortete. Umso verblüffter war er, als sie einen Kopi-Baum in der Umgebung des Dorfes ausfindig machte und begann, Symbole hineinzuschnitzen.

Schließlich verstand er. »Du widmest Anewa einen Baum?«, fragte er. »Kimi, das hat er nicht verdient! Man muss es doch nicht übertreiben mit dem Vergeben und Verzeihen.«

Kimi warf ihm einen Blick zu, der von allem anderen kündete als von Vergeben und Verzeihen. Tatsächlich loderte Wut aus ihren Augen.

»Dies ist kein Baum für Anewa«, sagte sie. »Es ist ein Baum für mich. Und für Whano und all seine anderen Opfer. Ja, ich banne seinen Geist. Aber nicht an einem friedlichen Ort. Dieser Ort ist *tapu* – hier wurden die ersten Leute meines Volkes getötet. Wer hier gefangen ist, der ist verdammt. Und dieser Baum wird keine Wohnstatt sein, er wird ein Kerker.« Kimi sang immer wieder *karakia,* um den Dämon zu bannen, als den sie Anewas Geist sah, und sie fühlte dabei die Kraft all der guten Geister ihrer Insel. Brandon verfolgte die Zeremonien mit Geduld, wenn auch Unverständnis. Letztlich kehrte sie zufrieden mit ihrer Beschwörung in die Hütte zurück. »Er wird niemandem mehr etwas antun«, sagte sie kurz.

In der folgenden Nacht, als Rohana tief schlief, schlich sie sich zu Brandons Schlaflager.

»Hast du Platz für mich?«, fragte sie leise, schlüpfte unter seine Decke und schmiegte sich an ihn. »In ... in deinem Bett und in deinem Leben?«

Brandon zog sie an sich. Er küsste sie zärtlich, liebte sie langsam, vorsichtig, um nicht an alte Narben zu rühren. Dabei versicherte er sie seiner Liebe und seiner Treue ... Er würde sie nicht quälen wie Anewa und nicht verraten wie David. Kimi ergab sich seinen Liebkosungen zunächst zögernd. Sie schien nicht zu wissen, was sie davon halten sollte. Ein zärtliches Vorspiel war ihr fremd. Anewa war brutal, David verzweifelt und hungrig in sie eingedrungen. Dann jedoch genoss sie das Liebesspiel, wand sich vor Lust, als seine Zunge über ihren Körper fuhr und seine Finger ihre Scham streichelten, um zu fühlen, ob sie feucht war, bevor er sie nahm. Schließlich wiegten sie sich gemeinsam wie im Tanz, und Kimi weinte vor Glück, als sie den Höhepunkt der Erregung teilten.

Am folgenden Tag brachen sie auf nach Moreroa. Die nächste Station auf Kimis Reise war Nunuku selbst.

Kapitel 2

Eine gut vierstündige Wanderung trennte Whangaroa von der Te-Whanga-Lagune, an deren Westseite die Höhlen lagen, die nach dem berühmten Häuptling benannt waren. Irgendwo hier hatte er seine legendären Worte gesprochen. In der Nähe musste der Baum stehen, der seiner Seele Heimat bot, wenn sie nicht in der Höhle verankert war, die Kimi zu besuchen plante. Die Klippen bestanden hier aus Kalkstein, weich genug, um Zeichen hineinzuritzen, die die Geister bannten.

Brandon und Kimi traten den Ausflug mit viel Gepäck an. Kimi wäre wohl einfach losgezogen und hätte die Frage nach Verpflegung und Schlafplatz auf sich zukommen lassen, aber sie hatten Rohana bei sich, und die war nicht als Moriori-Kind erzogen. Die Unbilden des Wetters auszuhalten war sie nicht gewohnt – sie quengelte immer wieder, weil es so oft regnete. Dabei musste sie kaum selbst laufen, Brandon und Kimi trugen sie abwechselnd, oder sie durfte auf dem stämmigen kleinen Pferd reiten, das Brandon in der Walfangstation geliehen hatte. Es trug ihre Vorräte sowie Zeltstangen und Planen, Decken und Kleidung zum Wechseln. Brandon wollte, dass sie es bei Nacht warm und trocken hatten, selbst wenn es zu regnerisch sein sollte, um ein Feuer zu entzünden.

Brandon und Kimi machte der lange Marsch durch die Wälder nichts aus. Kimi war es von klein auf gewohnt, weite Strecken zu laufen, und Brandon hatte auf den Expeditionen mit Dieffenbach und Leichhardt weitaus Schlimmeres mitgemacht. Zu seiner Überraschung mussten sie sich den Weg durch die Wildnis nicht mal selbst bahnen. Es gab ausgetretene Pfade. Kimi beunruhigte das nicht, aber Brandon machte sich darüber Sorgen.

»Mein Volk hat die Höhlen immer besucht«, erklärte Kimi die

Existenz der Wege, wurde jedoch nachdenklich, als Brandon ihr vorhielt, dass die Moriori in den letzten zehn Jahren nicht mehr gewandert waren.

»Die Wege müssten längst zugewuchert sein«, meinte er. »Wenn sie es nicht sind, kann das nur bedeuten, dass sie von Maori begangen werden.«

»Du meinst, die Maori wandern zu Nunukus Höhlen?«, fragte Kimi zweifelnd. »Kaum. Allerdings … Anewa hatte immer Kontakte zu den Ngati Wai. Er hat sie mitunter besucht, und dieser Weg führt ja ebenfalls nach Waitangi.«

Brandon seufzte. »Na, hoffentlich kommen da keine Überraschungen auf uns zu«, unkte er. »Nach Ansicht von Wilma Bauer ist mit dem Stamm ja eher nicht gut auszukommen.«

Als sie die Lagune erreichten – es hatte endlich aufgehört zu regnen und der See lag strahlend schön im letzten Tageslicht –, holte Brandon den Revolver der McIntoshs aus seinem Rucksack und legte ihn griffbereit neben den Platz, an dem er das Zelt aufbaute. Kimi beobachtete das misstrauisch. Sie hatte nicht gewusst, dass er die Waffe mit nach Chatham Island gebracht hatte, doch immerhin rügte sie ihn nicht dafür.

»Hast du kein … wie sagt man das … Holster?«, fragte sie angespannt mit einem Blick auf Rohana, die in der Nähe spielte. Sie würden gut aufpassen müssen, dass die Kleine die Waffe nicht in die Hand bekam. »Man … trägt die Dinger doch am Gürtel.«

Brandon schüttelte den Kopf. »Nein. Aber du hast recht, ich sollte mir eins zulegen, wenn wir solche Abenteuer öfter unternehmen. Allerdings hoffe ich, dass wir demnächst in friedlichen Regionen leben. Ich halte zwar nicht viel von Nunukus Gesetz, Blutvergießen ist mir trotzdem genauso zuwider wie dir. Wenn es nicht notwendig wäre, würde ich keine Waffe bei mir tragen.«

In dieser Nacht würde der Revolver jedoch neben ihm liegen, da war Brandon fest entschlossen.

Das Ufer der Te-Whanga-Lagune war größtenteils von kleinen Stränden umgeben, die fast nahtlos in bewaldete Ebenen übergingen. An der Westseite fiel das Hügelland jedoch abrupt zum Strand ab. Kimi und Brandon wählten eine der Anhöhen nicht weit von den Höhlen, um ihr Zeit aufzuschlagen. Brandon hoffte, dass sie gleich den Rückweg antreten konnten, wenn Kimi sie am nächsten Morgen besucht hatte, aber Kimi erklärte, es könne länger dauern, ihren Geist mit dem Ort zu verbinden und Nunukus Präsenz nachzuspüren.

Die hier angesiedelten Geister erschienen Brandon allerdings recht gesprächig. Die ganze Nacht über pfiff der Wind über das Hochland, schien mit dem Gras zu wispern oder gespenstisch zu hallen. Brandon machte kaum ein Auge zu, und auch Kimi schlief unruhig. Entsprechend früh waren sie am nächsten Morgen auf den Beinen, erfreut, dass es nicht regnete und dass der Wind etwas nachgelassen hatte. Brandon entzündete ein Feuer, kochte Tee und bot Kimi etwas zu essen an. Sie trank jedoch nur ein paar Schlucke Tee und machte sich dann auf den Weg zu den Höhlen.

»Soll ich nicht doch mitkommen?«, fragte Brandon besorgt.

Kimi schüttelte den Kopf. Sie hatten die Frage bereits mehrmals erörtert, und sie hatte immer abgelehnt. Die Höhlen galten zwar nicht als *tapu* – zumindest hatte sie nie davon gehört, dass es Zugangsbeschränkungen für nicht eingeweihte Personen gab –, allein würde es ihr allerdings leichterfallen, sich zu konzentrieren und die Stimmen der Geister zu hören.

»Du sollst nicht mitkommen, und du sollst mich nicht drängen«, beschied sie Brandon zum wiederholten Mal. »Ich gehe allein, und ich nehme mir die Zeit, die ich brauche. Es kann nicht gefährlich sein. Wahrscheinlich wissen die Maori noch nicht mal von der Existenz der Höhlen. Also, mach dich nicht verrückt. Zeichne ein bisschen, oder geh mit Rohana an den Strand. Da drüben kann man leicht über die Felssteine hinunterklettern. Früher gab es hier Seehunde. Vielleicht seht ihr welche …«

Damit wandte sie sich ab und ließ Brandon mit neuen Sorgen zurück. Die Höhlen mochten keine Maori-Jäger anlocken – ganz im Gegensatz zu einer Seehundskolonie! Brandon hoffte, dass Kimi und ihre Geister sich beeilten.

Nunukus Höhle führte nicht weit in den Berg. Kimi hatte auf Brandons Drängen hin eine Fackel mitgenommen, war sich jedoch sicher, sie nicht zu brauchen. Ihre Vorfahren hatten Fackeln schließlich gar nicht gekannt, es musste also genügend natürliches Licht in die Höhle fallen, um sich orientieren zu können.

Tatsächlich war die Grotte klein, und es war auch nicht sehr dunkel. In die Wände rundum waren Zeichen geschnitzt – weit mehr, als Kimi erwartet hatte. Seehunde, erkannte sie. Vielleicht hatten Jäger hier die Seelen ihrer Beutetiere befriedet. Die Bilder an den Wänden wirkten, als hätten sie den Tieren neues Leben eingehaucht. Sie schienen zu schwimmen, im Wasser zu tanzen. Kimi ließ sich in der Mitte der Höhle nieder und versuchte, sich mit den Geistern zu verbinden und den Menschen nachzuspüren, die sie gebannt hatten. Etwas von ihnen musste an diesem Ort verblieben sein – genau wie etwas von ihr selbst immer im Kopi-Hain bei Whangaroa verweilen würde. Vielleicht hatte Nunuku selbst in der Nähe gejagt und seine Zeichen hinterlassen.

Kimi leerte ihren Geist, wie Pourou es sie gelehrt hatte, und wartete auf einen Nachklang der Stimmen ihrer Ahnen. Sie hörte jedoch nichts. Nicht einmal Nunukus Gesetz stieg in ihrem Kopf auf – dabei hatte sie in jenem dumpfen Traum oft gemeint, den Häuptling sprechen zu hören. An diesem Tag empfand sie allerdings nur tiefen Frieden, Wohlwollen, Wärme ... sie schien mit den Seehunden zu schwimmen, driftete durch warme Wellen. Wenn dies Nunukus Geist war, der sie trug, dann gehörte die strenge Stimme nicht dazu, die sie meinte, gehört zu haben. Dieser Geist war nicht erzürnt, er war heiter, er hatte sein Volk geliebt.

Und plötzlich sah sie das vor sich, was Nunuku damals gesehen hatte: Krieger zweier Stämme hatten einander bekämpft. Es war um nichtige Dinge gegangen, kaum wichtigere Fragen als Jagdgebiete, die man nicht teilen mochte. Aber die Männer waren jung gewesen und ungezügelt. Sie waren über das Meer gefahren, besiedelten nun ein hartes, kaltes Land und kannten nichts anderes als das Recht des Stärkeren. Kimi sah ihre kämpfenden Leiber, die Opfer, die ihre Auseinandersetzungen forderten, die Frauen und Kinder, die hungerten, weil die Männer stritten, statt zu jagen. Wäre das so weitergegangen, hätten die Moriori auf Rekohu niemals überleben können. Natürlich hätte man grausige Gelage feiern und eine Zeit lang überleben können, indem man seine Feinde tötete und aß. Doch besser war es, sich auf die Jagd zu konzentrieren und essbare Pflanzen zu sammeln. Nunuku in seiner Weisheit hatte das erkannt. Und er hatte es den Männern in einem Ausbruch von Zorn entgegengeschleudert. Kimi meinte, ihn vor den Kämpfenden stehen zu sehen und vor den Frauen, die schon die Kochgruben aushuben, um das Fleisch der Gefallenen zu garen. Nunukus Bart war geschmückt mit den Federn des Albatros, sein langes Haar und sein Häuptlingsmantel wehten im Wind. Er trug einen Speer und stampfte damit wütend auf, als er die Männer beschimpfte: »Hört auf euch abzuschlachten! Vergesst den Geschmack von Menschenfleisch! Seid ihr Fische, die ihre Jungen fressen? Ihr legt jetzt die Waffen nieder! Nie wieder soll es hier Krieg geben wie am heutigen Tag. Dies ist mein Wille. Mögen eure Därme verfaulen, wenn ihr dem zuwiderhandelt.«

Kimis Herz klopfte heftig, als die Szene vor ihr ablief – und sie spürte den Worten nach, jedem einzelnen, bis sie sicher war, was der Häuptling gemeint hatte. Nunuku hatte den Moriori verboten, einen Krieg anzufangen – von Verteidigung gegen Aggressoren von außen war nie die Rede gewesen.

Tiere müssen wir töten, Tochter. Sonst könnten wir selbst nicht überleben. Erneut hörte Kimi Pourous Stimme und wusste jetzt auch, warum ihr diese Sätze nicht aus dem Kopf wollten. »Überleben« war das Schlüsselwort. Nunuku hatte befürchtet, sein Volk könnte sich selbst auslöschen. Und nun hatte sein Gesetz eben dies bewirkt: Die Moriori hatten sich aus lauter Liebe zum Frieden beinahe ausrotten lassen. Sie selbst wäre fast daran zerbrochen.

Kimi ließ die Erkenntnis noch etwas auf sich wirken, bevor sie aufstand, um die Höhle zu verlassen. Sie sang *karakia* für die Geister, die hier heimisch waren, dankte den Seehunden für das Privileg, dass sie mit ihnen hatte schwimmen dürfen, und ließ einen Farnzweig für sie zurück. Ihre Mission war erfüllt. Sie würde nie wieder an diesen Ort zurückkommen.

Kimi kletterte vom Höhlenausgang hinauf auf die Klippen und strebte ihrem Lager zu. Brandon und Rohana waren nicht dort, sie nahm an, dass sie zum Meer hinuntergegangen waren. Die Bucht, die sie Brandon am Morgen gezeigt hatte, war sicher geschützter. Hier oben blies schon wieder ein eiskalter Wind, und unten brandete das Meer gegen die Felsen. Kimi würde froh sein, wegzukommen. Aber erst musste sie Brandon und Rohana finden. Sie warf einen Blick ins Zelt. Der Revolver lag neben ihrem Lager, Brandon hatte vergessen, ihn mitzunehmen. Kimi lächelte. Brandon war kein Friedensfanatiker, aber er war auch kein Krieger. Anewa wäre so etwas nie passiert.

Sie warf eine Decke über die Waffe und ging dann zum Meer hinunter. Am Strand erwartete sie eine friedliche Szene – Rohana spielte im Sand, Brandon zeichnete. Tatsächlich ging dort unten jedoch noch etwas anderes vor sich. Kimi erschrak zutiefst, als sie das Kanu entdeckte, das seitlich der Bucht an Land gezogen worden war. Vier Männer in Denimhosen, gegen Wind und Wetter durch Wachsjacken geschützt, bewegten sich auf Brandon und Rohana zu. Kimi hoffte einen Herzschlag lang, es könnte sich um pakeha-Seehundsjäger handeln, doch dann sah sie die tätowierten Gesichter. Dies waren Männer der Ngati Wai. Und sie kamen sicher nicht in friedlicher Absicht.

Kimi dachte fieberhaft nach. Es war eher unwahrscheinlich, dass die Krieger Brandon und Rohana töten würden. Brandon war *pakeha,* und dem Kind sah man nicht gleich an, dass es Moriori-Wurzeln hatte. Wenn die Männer den beiden etwas antaten, riskierten sie eine Untersuchung durch den Gouverneur. Wahrscheinlich würden sie Brandon also nur ausfragen, vielleicht ein bisschen herumstoßen und ihm Pferd und Zelt stehlen. Später mochten sie das als Wegezoll ausgeben, schließlich hatte Brandon ungefragt ihr Revier betreten. Kimi brauchte im Grunde nur abzuwarten, aber sie empfand plötzlich brennende Wut. Nein, sie würde nicht zulassen, dass diese Kerle ihren Mann und ihr Kind bedrohten. Sie drehte auf dem Absatz um, rannte ins Zelt und nahm den Revolver. Er war geladen. Gut so, wenn es sein musste, würde sie alle vier Männer zu ihren Ahnen schicken. Entschlossen lief sie den Hügel hinunter zum Strand, versuchte immer wieder, Deckung hinter einem Felsen zu finden, doch die Männer schauten nicht in ihre Richtung. Sie waren zu sehr damit beschäftigt, Brandon und Rohana mit ihren Speeren zu bedrohen, Grimassen zu schneiden und laut auf sie einzureden.

Brandon wirkte verängstigt. Er nahm Rohana auf den Arm, und sie drückte ihr Gesicht gegen seine Brust. Das Kind musste sich zu Tode fürchten. Kimi vergaß den Gedanken an Deckung. Sie rannte zum Strand, jede Vorsicht außer Acht lassend. Gewöhnlich hätten die Krieger sie kommen hören, doch jedes Geräusch wurde vom Brausen des Windes und der Brandung geschluckt. Kimi hatte das Überraschungsmoment auf ihrer Seite, als sie den Strand erreichte.

Sie stand immer noch etwas erhöht, als sie die Männer auf sich aufmerksam machte. »Aufhören, runter mit den Waffen!«, brüllte sie. Die Männer sahen zu ihr auf. Einer griff nach seinem Gürtel, wahrscheinlich trug er eine Waffe. Kimi feuerte einen Schuss ab. Die Kugel peitschte in den Sand vor seinen Füßen. »Speere fallen lassen! Hände hoch!«

Die Männer wirkten fassungslos, kamen der Anweisung aber nach.

»Und jetzt geht zu eurem Kanu. Langsam, mit erhobenen Händen. Brandon, bring Rohana in Sicherheit!«

Brandon wirkte beinahe so verblüfft wie die Maori-Krieger, machte sich jedoch gehorsam mit Rohana an den Aufstieg.

»Ich beaufsichtige die Kerle, bis sie ablegen«, erklärte Kimi. Sie betrat den Strand, bereit, den Kriegern zur Nachbarbucht zu folgen.

»Wir können nicht ablegen«, rief einer der Männer. »Der Seegang ist zu stark. Deshalb haben wir ja hier angelegt, wir ...«

»Ich will das nicht hören«, erklärte Kimi. »Ich will nur, dass ihr verschwindet. Paddelt zur nächsten Bucht, das solltet ihr schaffen. Oder ich werde euch auf der Stelle erschießen.«

»Nun mach aber mal halblang!« Ein anderer Krieger schien seine Fassung wiederzuerlangen. »Du bist doch selbst Maori ...«

»Ich bin Moriori«, stellte Kimi richtig. »Und ich bin sehr wütend. Also werdet ihr euch jetzt davonmachen und keine harmlosen Leute mehr behelligen ... oder eure Därme werden verfaulen!«

Der Krieger lachte. »He, ist das nicht euer komisches Gesetz? Also für uns gilt das nicht. Ich hab hier viele Leute ›behelligt‹, wie du das nennst, und meine Därme sind noch ganz.«

Kimi feuerte erneut. Diesmal traf sie einen Felsen in der Nähe der Männer. Die Kugel prallte ab, ließ den Stein aber splittern. Und die Splitter trafen den Krieger. Er sah ungläubig auf das Blut an seinem Arm.

»Deine Därme sind nicht das Einzige an dir, was verrotten wird, wenn ich noch mal schieße«, rief Kimi. »Also packt euch jetzt!«

Die Männer gaben keine weiteren Widerworte. Kimi hielt besonders den Krieger mit der Waffe am Gürtel im Auge, während sie das Kanu ins Wasser schoben. Es war nicht einfach. Die Wellen überrollten sie dabei, sie würden all ihre Kraft einsetzen müssen, um das Boot über die Brandungszone hinauszubringen.

Kimi atmete auf, als die Männer sich endlich wieder ins Boot hievten und versuchten, es vom Ufer wegzulavieren. Ihre Feuerwaffen würden nach dem ausgiebigen Bad im Salzwasser nicht mehr funktionieren.

Sie fand Brandon auf halber Höhe zwischen dem Strand und ihrem Rastplatz. Er tröstete die schluchzende Rohana, während er die Abfahrt der Maori verfolgte.

»Du hättest es wieder getan«, konstatierte er, als Kimi zu ihm kam, die Waffe sicherte und einsteckte und die Arme um ihn und Rohana legte.

Sie nickte. »Ja. Ich habe wieder Blut vergossen, und ich hätte erneut getötet, wenn es nötig gewesen wäre. Ich weiß jetzt, was ich meinem Volk zu sagen habe. Kommt, lasst uns keine Zeit verlieren. Wir sollten weit weg sein, bevor die Kerle ihren Stamm erreichen und womöglich mit Verstärkung wiederkommen.«

Brandon und Kimi bauten ihr Zelt ab, beluden das Pferd und machten sich auf den Weg. Sie erreichten ihre Hütte in Whangaroa am späten Nachmittag.

»Soll ich mich dann morgen um die Rückreise nach Neuseeland kümmern?«, fragte Brandon hoffnungsvoll.

Kimi schüttelte den Kopf. »Übermorgen. Morgen müssen wir den Stamm noch einmal besuchen. Kananpaua und Panna waren freundlich. Und wir haben ihnen noch nicht mal Gastgeschenke mitgebracht ... Wir sollten das nachholen. Geh morgen zur Walfangstation und kauf ein. Ich brauche den Tag für mich. Wir sehen uns abends im Dorf der Moriori.«

Brandon lieh sich das kleine Pferd für einen weiteren Tag und kaufte in dem winzigen Kramladen bei der Walfangstation alles, womit man den Moriori Freude machen konnte: Lebensmittel, Decken und Kochgeschirre. Kimi hatte den Tag noch einmal im Hain der Kopi-Bäume verbracht, und er holte sie dort ab, bevor sie die Moriori besuchten. Staunend ging er von einem Baum zum anderen und bewunderte erneut die Schnitzereien.

»Sie wirken so lebendig«, meinte er.

»Dahinter leben die Geister«, behauptete Kimi. »Sie sind damit zufrieden, sie finden hier Ruhe. Dennoch ist es traurig ... Es bleibt ein trauriger Ort.«

Brandon nahm sie in die Arme. »In dem Land, aus dem ich komme«, sagte er, »ritzt man auch manchmal etwas in die Rinde der Bäume. Allerdings nicht, weil man traurig ist. Im Gegenteil ...« Er lächelte. »Man tut es aus Liebe.«

Kimi sah ihn fragend an. »Wir bannen die Geister ebenfalls aus Liebe«, erklärte sie. »Jedenfalls meistens ...« Offenbar dachte sie an Anewa.

»Bei uns ist es trotzdem etwas anderes«, sagte Brandon. »Schau mal ...« Er zog sein Taschenmesser und suchte nach einem geeigneten Baum. Es durfte kein Kopi-Baum sein, den hätte er womöglich entweiht. Es war schließlich möglich, dass er auf den Geist eines noch lebenden Moriori wartete. Zwischen den heiligen Bäumen des Stammes fand sich dann ein Baum, den ihm Kimi damals als *tarahinau* vorgestellt hatte. Er meinte, dass man ihn auf Englisch Grass Tree nannte. Brandon ritzte rasch mit der Messerspitze ein Herz in den Stamm. Hinein schrieb er ihre Namen: Kimi und Brandon.

Kimi schaute ihn verwirrt an. »Soll das ... unsere Geister verbinden?«, fragte sie. »Macht man es, um sie zu fesseln?«

Brandon lachte. »Eigentlich will ein Mann, der ein Herz in einen Baum ritzt, nur alle Welt zu allen Zeiten wissen lassen, wie sehr er sein Mädchen liebt. Aber als Verbindung kannst du's auch sehen. Kimi und Brandon – Brandon und Kimi – für immer!«

Kimi lächelte. »Für immer«, bestätigte sie.

Kimi war dieses Mal im Hain gesehen worden. Die Moriori wussten von ihrem Kommen und empfingen ihre Besucher in allen Ehren, festlich geschmückt.

»*Tohunga!*« Wieder war es Panna, die Kimi als Erste entgegentrat, und diesmal sprach nicht nur Freude, sondern vor allem Ehrfurcht aus ihrer Stimme. »*Tohunga makutu!* Du erweist uns Ehre.«

Kimi bot ihr das Gesicht zum hongi. »Ihr habt gehört, dass sich ... meine Seele befreit hat?«, fragte sie.

»Die Götter haben dir vergeben«, fügte Kananpaua hinzu. »Du hast die Höhle Nunukus besucht ...«

Kimi nickte. »Da war nichts zu vergeben«, sagte sie kurz.

Eine andere Frau näherte sich ihr und überreichte ihr einen Farnzweig. »Kimi, *tohunga,* wir wollen ein *powhiri* abhalten, für euch, zum ersten Mal seit ... seit ...« Sie sprach nicht weiter. Ihr Gesicht verzog sich bei der Erinnerung an die letzte förmliche Begrüßung, mit der ihr Stamm einen anderen willkommen geheißen hatte. »Wir wollen deinen Mann zum Teil unseres Stammes machen.«

»Das ist er bereits«, sagte Kimi. »Er war dabei, als Pourou das letzte Mal den *karanga* ausstieß. Die Ältesten erinnern sich vielleicht noch. Es war der Tag ...« Sie fürchtete sich nicht, es auszusprechen, doch die Frau unterbrach sie.

»Wir möchten es trotzdem«, beharrte sie. »Jetzt, da wir wieder eine Weise Frau haben, eine Mittlerin zwischen uns und den Göttern ...«

»Die Götter sind tot«, wandte ein Mann ein.

»Vielleicht nicht«, hoffte die Frau. »Bitte, Kimi, du wirst doch jetzt bei uns bleiben? Du wirst die Geister unserer Toten wieder befrieden. Es sind so viele Kopi-Bäume da, die noch auf ein Zeichen warten. Du wirst den *karanga* ausstoßen, du wirst ...«

Kimi schüttelte den Kopf. »Ich werde gehen«, erklärte sie. »Zurück nach Aotearoa. Sosehr mich euer Vertrauen ehrt, aber ich lasse mich nicht wieder versklaven, und darauf liefe es hinaus, wenn ich bliebe. Außerdem kann ich an euren Bräuchen nicht festhalten. Ich kann euch nicht stützen und trösten und Nunukus Gesetz verkünden, weil ich nicht mehr daran glaube. Ich habe den Fluch nicht überwunden. Das brauchte ich nicht, denn da ist nie ein Fluch gewesen. Nunuku hat uns niemals Böses gewollt. Niemand, der sich ausbeuten und misshandeln lässt, handelt in seinem Namen. Solange ihr daran festhaltet, euch niemals zu wehren – um eines Gesetzes willen, das nicht mal von den

Göttern stammt, um eines Fluches willen, den ein alter Mann aussprach, um seinen Stamm vor sich selbst zu schützen –, so lange werden die Geister nicht zu euch sprechen. Weder durch mich noch durch andere. Unsere Götter und Geister sind dennoch nicht tot. Sie warten. Sie warten darauf, dass ihr frei werdet, dass ihr eure Stimme erhebt und Gerechtigkeit fordert. Erst dann wird hier wieder der *karanga* erschallen, und die Stämme werden neu erstarken. Es kommt auf euch an. Schiebt die Verantwortung nicht auf die Götter.«

Die Frau sah sie traurig an. »Du wirst den *karanga* nicht ausstoßen?«, fragte sie enttäuscht.

Kimi schüttelte den Kopf. »Nicht hier«, sagte sie mit fester Stimme. »Nicht zwischen den Hütten von Sklaven.«

Demonstrativ begann sie, das Pferd zu entladen, das ihre Gastgeschenke trug. Sie würde ihre Heilung gern gemeinsam mit ihrem Stamm feiern, doch seine Priesterin konnte sie nicht sein.

Brandon war erleichtert. Er wäre nicht gern mit Kimi auf Chatham Island geblieben. Allerdings taten ihm die Menschen leid, die nun zwar dankend die Geschenke entgegennahmen, aber doch traurig und enttäuscht wirkten. Kimis Kommen hatte ihnen endlich wieder Hoffnung geschenkt, und nun wurden sie erneut verlassen. Dann jedoch hatte er einen Einfall. Während die Moriori-Frauen mit der Zubereitung des Essens begannen, nahm er Kimi beiseite.

»Kimi ... deine Leute ... sie sind so ... so unglücklich, dich zu verlieren. Ich würde ihnen gern etwas schenken. Etwas von dir ...«

Kimi sah ihn verständnislos an. »Wir haben ihnen doch gerade was geschenkt. Und von mir ... Wie kann ich ihnen etwas von mir dalassen, ich kann mich doch nicht teilen.«

Brandon lächelte. »Ich dachte an ein Bild. Die alte Zeichnung, die ich von dir gemacht habe. Ich habe sie mitgebracht. Sie ist in der Hütte.«

Kimi runzelte die Stirn. »Das wäre sehr viel von mir«, sagte sie ernst. »All die Jahre, in denen die Zeichnung bei mir war ... Sie ist wie ein Stück von mir ...«

Brandon zog sie sanft an sich. »Sie hält deine Seele nicht gefangen«, erinnerte er sie an die Befürchtungen ihrer Stammesgenossen, Brandon könnte den Menschen die Seele rauben, indem er sie zeichnete. »Weißt du noch, was eure Zauberin damals gesagt hat? Zu meinen Zeichnungen?«

Kimi nickte. »Pourou entschied, dass du damit Erinnerungen lebendig hältst. Eine seltene Gabe ...«

»Die ich immer noch habe«, erinnerte Brandon sie lächelnd. »Ich könnte dich jederzeit erneut zeichnen. Tatsächlich habe ich das sogar schon getan, nachdem wir uns in Waitangi wiedergesehen hatten. Dein Bild hat mich all die Jahre begleitet. Wenn du den Moriori nun deine alte Zeichnung schenkst, wird die neuere uns beiden gehören. Und die Menschen hier haben eine Erinnerung an dich – an das Mädchen, das du warst, bevor du all das Leid gesehen hast. Dein Bild mag ein bisschen davon auslöschen ...«

Kimi biss sich auf die Lippen. Die Entscheidung fiel ihr sichtlich schwer, doch dann bat sie Brandon, die Zeichnung zu holen.

»Ich will euch mit meinen Erinnerungen beschenken«, sagte Kimi schließlich zu ihrem Volk, nachdem sie Kananpauas Bitte, die alten Gebete mit dem Stamm zu sprechen, noch einmal abgelehnt hatte. »Mit meinen Hoffnungen, mit meinem Bild. Ich werde an euch denken, und ihr werdet an mich denken. Wir bleiben verbunden.«

Die alte Panna nahm Kimis Bild voller Ehrfurcht und Dankbarkeit entgegen.

Kananpaua senkte den Kopf. »Es wird ein Band zwischen uns sein«, stimmte er zu, wirkte jedoch nicht völlig getröstet. »Wenn auch nicht das des *karanga* ... Die Götter werden weiterhin fort sein.«

»Was hat dieser *karanga* eigentlich für eine Bedeutung?«, fragte Brandon, als sie in der Dunkelheit zur Hütte zurückgingen. Kimi schritt hoch erhobenen Hauptes neben ihm, Rohana thronte vergnügt auf seinen Schultern.

»Der *karanga* ist ein Ruf«, antwortete Kimi. »Er knüpft ein spirituelles Band zwischen Göttern und Menschen. Oder zwischen Menschen und Menschen. Er ist Teil der Begrüßungszeremonie, wenn sich zwei Stämme in Frieden treffen. Das letzte Mal wurde er hier ausgestoßen, als die Maori kamen. Damals, als wir den Honig der Flachsblüten tranken ... Kurz darauf zerrissen die Ngati Tama das Band. Seitdem schweigen die Geister für mein Volk.«

Brandon überlegte. »Vielleicht solltest du es doch neu knüpfen«, sagte er dann. »Was ist falsch daran, die Moriori ihren Göttern wieder näherzubringen? Und bei der Gelegenheit verbindest du auch dich und mich.«

Kimi lächelte. »Es ist keine Hochzeitszeremonie«, erklärte sie. »Und zudem besteht längst ein Band zwischen uns. Man nennt es *aka*. Es ist dehnbar, aber es zerreißt niemals, solange einer der beiden Menschen lebt, die es verbindet. Du und ich, wir waren niemals ganz allein.«

»Doch dein Volk ist allein«, gab Brandon zu bedenken. »Ohne seine Götter. Diese Menschen ... Ich hatte gedacht, die Zeichnung tröstet sie, aber sie erscheinen mir immer noch so verzweifelt. So ohne jede Hoffnung.«

Kimi seufzte. »Selbst wenn ich wollte, ich könnte den *karanga* gar nicht in Whangaroa ausstoßen«, sagte sie. »Nicht da, wo unser Blut vergossen wurde. Es sollte dort ohnehin niemand mehr leben. Die ganze Gegend ist tapu, sie sollten die Dörfer niederreißen.«

»Und woanders?«, fragte Brandon und wies auf einen spitzen Berg, der in vielleicht zwei Meilen Entfernung über das Land wachte. »Hören dich die Götter nicht überall? Vielleicht von einem Berg aus? Von dem dort? Er sieht aus, als wohnten dort freundliche Geister.«

Am Abend, bevor Kimi Rekohu für immer verließ, erklang der rituelle Schrei der *tohunga* vom Gipfel des Berges Hemokawa über die Insel. Die letzte Priesterin der Moriori stieß ihn kraftvoll und sicher aus: ein Ruf, eine Mahnung – vielleicht auch eine Drohung an alle, die ihr Volk vernichten wollten.

Kimi hatte überlebt, und sie hoffte, dass ihr Stamm es ebenso tun würde.

Kapitel 3

Kororareka, im Mai 1845

Meine über alles geliebte Ruth,

zunächst musst du mir verzeihen, dass ich jetzt erst von mir hören lasse. Dabei hätte ich mein Versprechen gern gehalten. Ich hätte voller Freude jeden Tag an dich geschrieben, und glaub mir, in meinem Kopf habe ich ständig Zwiesprache mit dir gehalten, habe jeden Gedanken, jeden Traum, jede Beobachtung mit dir geteilt.

Leider fanden wir während des Feldzugs keine Zeit zum Schreiben – es wäre auch gar nicht möglich gewesen. Das Briefpapier wäre genauso schnell völlig aufgeweicht gewesen wie unsere Uniformen, unsere Zelte und Decken. Dieser Feldzug im Spätherbst ist eine Strapaze. Die Maori wissen schon, warum sie, wenn sie unter sich kämpfen, die Waffen im Winter ruhen lassen. Doch Lieutenant Colonel Holme, unser Oberbefehlshaber, kennt da keine Nachsicht. Gleich nachdem man uns bei Kororareka gesammelt hatte, führte er uns ins Inland – tatsächlich in die Gegend, in der die Mission liegt, von der du so oft gesprochen hast. Für unsere Offensive hätten breite, gut ausgebaute Straßen zur Verfügung gestanden, doch die Heeresleitung verfügte, dass wir durch die Wildnis zu Hone Hekes pa vorstoßen sollten. Vielleicht sollten die Missionare ja nichts von unserem Angriff erfahren – ich weiß es nicht.

Ich kann nur sagen, dass wir uns zwar zum Teil durch wunderschöne Landschaften bewegten, sie allerdings nur durch einen Regenschleier schemenhaft wahrnahmen. Wir kämpften uns durch Schlamm und Dickicht und dankten dem Himmel, dass die Heeresleitung wenigstens darauf verzichtet hatte, Kanonen mitzunehmen. Zumindest taten das wir Neulinge – ein paar Veteranen, die Maori-Festungen kannten, hätten die schweren Waffen ganz gern mitgeschleppt, um gegen alle Überraschungen gewappnet zu sein. Lieute-

nant Colonel Holme setzte diesmal jedoch auf eine neue Technik: Wir führten zwölf sogenannte Congreve'sche Raketen mit uns. Mit denen beschossen wir dann das pa, das einen recht robusten, gut ausgebauten Eindruck machte. Es war sicher ein Wagnis, es frontal anzugreifen, aber an Mut hat es dem britischen Heer ja nie gemangelt.

Ruth verfolgte mit klopfendem Herzen Coopers farbig ausgeschmückten Bericht über die Schlacht von Puketutu. Sie hatte gehört, dass es dabei Tote gegeben hatte, und sich um Cooper gesorgt, doch fast gleichzeitig mit den Nachrichten über den Ausgang der Schlacht war sein Brief eingetroffen.

Der Abschuss der Raketen war tatsächlich sehr eindrucksvoll. Ehrlich gesagt war ich froh, diesen feuerspeienden Ungeheuern nicht zu nahe kommen zu müssen. Was die Wirkung angeht, so erwies sich der Tiger allerdings als zahnlos. Entweder trafen die Raketen gar nicht erst, oder sie prallten an der Palisade der Festung ab. Die Maori bauen diese Wehranlagen aus Flachs oder anderen flexiblen Pflanzen. Leichtere Geschütze durchschlagen sie nicht, sie werden einfach abgefedert.

Die Palisade war also noch intakt, als wir am nächsten Tag frontal angriffen, was sich als schwierig erwies. Die Festung lag ja am See und obendrein an einer Schlucht – bei dem Versuch, die zu durchqueren, wurden wir von den Maori mit Feuer belegt. Hinzu kam, dass uns Krieger aus dem Busch angriffen. Hone Hekes Verbündeter Kawiti kam ihm mit seinen Truppen zu Hilfe. Es war ein ziemliches Inferno. Wir wussten oft nicht, in welche Richtung wir schießen sollten, es kam zu teils heftigen Nahkämpfen, aber letztlich konnten wir die Angreifer von außen in Richtung der Festung treiben. Als sie sich da hineingeflüchtet hatten, wurde es ruhiger, und unsere Heeresleitung feierte den Sieg. Hone Heke sitzt allerdings immer noch in seiner Festung und lacht sich ins Fäustchen, während wir in Kororareka unsere Wunden lecken und unsere Kleider trocknen.

Laut Heeresbericht verlief unser Rückzug zur Bay of Islands ohne Zwischenfälle. Leider nicht ohne Regenfälle. Es schüttet anhaltend, und ich hoffe, dass sich Lieutenant Colonel Holme zu keinen weiteren Angriffen entschließt, bevor sich das Wetter bessert.

Ruth musste lächeln ob Coopers lebendiger Schilderung. Es war so typisch für ihn, selbst noch das größte Desaster als launiges Abenteuer zu schildern. Mit glühenden Wangen las sie zudem die zärtlichen Worte, mit denen er seinen Brief beendete. Er versicherte sie seiner Liebe und Sehnsucht, sandte ihr Küsse und schmeichelte ihr, indem er sich an ihr Haar im Mondlicht und das Streicheln ihrer sanften Hände erinnerte.

Ich hoffe so sehr, dass ich bald zu dir zurückkehren kann, meine wunderschöne Geliebte, und dass ich dann Ja sagen oder es von dir hören kann – egal, wer von uns wen danach fragt, ob er dem anderen für immer gehören will.

Ruth lächelte geschmeichelt. Cooper verstand es, sich auszudrücken, sein Schreibstil war so ganz anders als Davids spröde Briefe. Sie machte sich sofort daran zu antworten. Allerdings gab es in Auckland nicht viel Neues, außer dass der Bau des Krankenhauses zügig voranging. Auf Ruths Frage nach einer möglichen Anstellung hatte die künftige Klinikleitung enthusiastisch reagiert. Wahrscheinlich würde sie gleich als Oberschwester anfangen können. Ruth berichtete Cooper all das, fragte sich dabei allerdings, ob er ihre Freude darüber wirklich teilen konnte. Denn auch, wenn sie einander nun das Jawort geben wollten – wo sie anschließend leben würden, war bisher nicht angesprochen worden. Ruth wollte nach wie vor nicht nach Australien. Aber würde Cooper mit ihr in Auckland bleiben?

»Nun lassen Sie ihn erst mal diesen Krieg überstehen«, meinte Dr. Thompson, als sie ihm gegenüber von ihren Zweifeln sprach. Sie hatte dem Arzt Felicity vorgestellt, die an einer hartnäckigen

Erkältung litt. Nachdem er das Kind untersucht und Medikamente verschrieben hatte, berichtete Ruth von ihrer Korrespondenz mit Cooper. Ihr Freund war nun einige Zeit fort und noch nicht wieder in ernste Kampfhandlungen verwickelt worden. Ruth beruhigte das – es gab ihr Zeit, ihre Sorgen auf ihre gemeinsame Zukunft zu konzentrieren. Dr. Thompson schien ihre Gelassenheit jedoch nicht zu teilen.

»Das Ganze entwickelt sich nicht sehr erfreulich, wenn Sie mich fragen«, meinte er. »Der letzte Vorstoß unserer Truppen war ja eher blamabel.«

Ruth nickte. Cooper hatte in seiner gewohnt lakonischen Art davon berichtet, wie die Briten mit drei Kompanien und etlichen Maori-Hilfstruppen gegen ein *pa* am Meer gezogen waren, das sie dann jedoch verlassen aufgefunden hatten. Die Verteidiger waren abgerückt, bevor es zum Angriff hatte kommen können. Nach wie vor, hatte Cooper geschrieben, *kämpfen wir schwerpunktmäßig mit Kälte und Nässe.*

Er schien die Sache mit Humor zu nehmen, doch Dr. Thompson wirkte besorgt.

»Zurzeit bekämpfen sich die Maori wieder untereinander, oder?«, fragte Ruth. »Cooper schrieb, es sei zu einer regelrechten Schlacht gekommen bei Te Ahuahu. Weiß der Himmel, wo das liegt. Und Hone Heke sei vielleicht verwundet.«

»Ich weiß nur, dass sie diesen Lieutenant Colonel Holme nun abgezogen haben und durch einen Lieutenant Colonel Despard ersetzt haben. Dr. Haimon ...«, die Thompsons wohnten nach wie vor bei dem befreundeten Kollegen, die Lage in Kororareka schien dem Arzt noch nicht sicher genug, um zurückzukehren, » ... kennt ihn, und er ist nicht sehr erbaut von ihm. Ein Heißsporn und Choleriker, urteilt er. Es wäre besser gewesen, einen besonneneren Mann zu wählen. Despard will jetzt jedenfalls durchgreifen. Er hat bereits weitere Truppen angefordert und Ausrüstung für ein Feldlazarett. Was auch immer er plant, er rechnet mit großen Verlusten. Wenn ich bedenke, dass das alles mit einem gefällten Fahnenmast angefangen hat ...«

Ruth nickte, erneut beunruhigt. Mitte Juni bestätigte Coopers nächster Brief dann die Befürchtungen der Ärzte.

Meine wunderschöne, schmerzlich vermisste Ruth!

Ruth strahlte wie immer, wenn Cooper sich eine neue, wundervolle Anrede für sie einfallen ließ.

Wie es aussieht, wird dies vorerst der letzte Brief, den ich dir schreiben kann, denn morgen rücken wir wieder aus. Dieses Mal soll es per Schiff zur Mündung des Kerikeri River gehen und dann zu einem pa im Inland, das einem Verbündeten von Hone Heke gehört. Lieutenant Colonel Despard will es unbedingt angreifen, obwohl jetzt wirklich tiefster Winter herrscht und schon der Anmarsch sicher mehr als beschwerlich sein wird. Was unseren neuen Befehlshaber angeht, bin ich recht beunruhigt. Ihm geht der Ruf voraus, schwierig und jähzornig zu sein, und gestern hatte er einen Zusammenstoß mit Tamati Waka Nene – unserem wichtigsten Maori-Verbündeten –, der diese Einschätzung wohl bestätigt. Ich traf seinen Übersetzer, einen Schotten, der ein sehr netter Kerl ist, in einer Schenke, und er berichtete mir über sehr vielen Whiskeys – ich sehe dich schon die Stirn runzeln, meine süße frühere Missionarin, aber mitunter muss man mit den Leuten trinken, wenn man etwas von ihnen erfahren will –, dass Despard Waka Nene schwer brüskiert hat. Dabei kam der Häuptling mit über zweihundert erfahrenen Kriegern zu uns, um uns gegen Hone Heke zu unterstützen. Und statt ihn freudig willkommen zu heißen, beschied Despard ihn, er habe nicht um den Beistand von Wilden gebeten. Der Übersetzer hat das stark abgeschwächt, um nicht zu sagen verfälscht. Er dankte Nene für die Verstärkung, die Despard angeblich umso höher schätzte, da sie ungebeten eintraf. Nicht auszudenken, dass der Mann seine Worte korrekt übersetzt hätte. Ohne die Hilfe der Eingeborenen sind wir doch blind und taub im Gelände. Wir würden es gar nicht merken, wenn uns die Maori in einen Hinterhalt lockten! Immerhin werden wir dieses

Mal von schwerer Artillerie begleitet. Despard will vier Kanonen mitnehmen, damit sollte er uns den Weg freischießen, um das pa zu stürmen. Aber gefährlich wird der Einsatz sicher trotzdem. Vielleicht betest du für mich, meine geliebte Ruth. Bei diesem Unternehmen kann ich jede himmlische Unterstützung brauchen.

Ruth biss sich auf die Lippen. Nach ihren bisherigen Erfahrungen hatte Beten nie viel genützt. Eher dachte sie daran, sich freiwillig für die Arbeit in dem Frontlazarett zu melden, das Despard angefordert hatte. Allerdings wurde bislang noch keine diesbezügliche Expedition zusammengestellt, und obendrein war sie hin- und hergerissen. Verfiel sie nicht wieder in alte Fehler, wenn sie erneut einem Mann hinterherlief? Cooper war anders als David, er brauchte ihre Hilfe nicht. Wahrscheinlich hätte er sogar mit ihr geschimpft, wenn sie ihre Überlegungen mit ihm geteilt hätte. Sicher wollte er nicht, dass sie sich in Gefahr brachte, nur um ihm nahe zu sein.

Sie tat also vorerst nichts und wartete auf weitere Nachrichten. Durch ihre Arbeit auf der Krankenstation der Kaserne war sie stets gut informiert. Auch wenn Cooper gerade nicht schreiben konnte, erfuhr sie, was vorging. So hörte sie von einem Gewaltmarsch der britischen Truppen bei extrem schlechtem Wetter über schlammigen Boden. Es dauerte tagelang, dem *pa* der Aufrührer auch nur nahe zu kommen.

»Ich dachte, die Truppen würden per Schiff zu diesem *pa* gebracht«, erkundigte sie sich bei Dr. Walton. Der Stabsarzt war mit dem Oberkommandierenden der Kasernen von Auckland bekannt und hörte von ihm stets das Neueste über die Bewegungen an der Front.

Dr. Walton nickte. »Bis an eine Flussmündung, ja. Aber das *pa* liegt nicht am Wasser, sie müssen ins Landesinnere. Ohaeawai heißt der Ort, falls Ihnen das was sagt. Jedenfalls liegt er mitten in der Wildnis. Da führen keine Straßen hin, nur Maori-Pattwege. Keine Ahnung, wie sie die Kanonen dahin transportieren wollen. Wahrscheinlich müssen sie den Weg erst roden. Die Männer werden am Ende ihrer Kräfte sein, noch bevor der erste Schuss fällt.«

Weder die Ärzte noch der Stabschef in Auckland hielten viel von Despards Winterfeldzug. Natürlich war Hone Heke ihnen allen ein Stachel im Fleisch, aber er triumphierte jetzt schon so lange, dass man ihn ebenso gut bis zum Frühjahr hätte gewähren lassen können. Verschanzt in irgendwelchen abgelegenen Festungen stellte er schließlich nichts an.

In den nächsten Tagen blieben die Nachrichten aus. Despard und seine Truppen kämpften sich wohl durch den Regenwald und hatten keine Zeit, Boten zu schicken. Erst Anfang Juli gab es Neuigkeiten. Ruth traf die Ärzte in hektischer Aktivität an, als sie zur Arbeit kam. Dr. Miller und Dr. Walton suchten Verbände und Medikamente zusammen. Vor dem Eingang zur Krankenstation wartete ein Wagen darauf, beladen zu werden. Besorgt beobachtete Ruth die Vorbereitungen.

»Wird das ... das Feldlazarett?«, fragte sie mit trockenem Mund.

Dr. Miller nickte ernst. »Wir brechen morgen auf«, erklärte er. »Es geht mit dem Schiff bis zum Kerikeri River und dann so schnell wie möglich über Land weiter. Wir werden dringend gebraucht, Despard hatte schwere Verluste. Über dreißig Tote heißt es, sehr viele Verletzte.«

Ruths Herz begann, heftig zu klopfen. »Sie gehen beide?«, fragte sie die Ärzte.

Dr. Walton schüttelte den Kopf. »Nein, nur Dr. Miller und zwei Krankenpfleger.« Er sah sie forschend an. »Falls Sie Interesse haben sollten, sich anzuschließen, Schwester Ruth ... Sie sind unsere erfahrenste Kraft. Wir würden es sehr begrüßen, wenn Sie Dr. Miller begleiten könnten. Aber Sie haben zwei Kinder ... Man kann Ihnen das nicht zumuten ...«

Ruth schluckte. Wie es aussah, brauchte sie niemanden zu überreden, sie mit an die Front zu schicken. Dr. Walton bot es ihr ganz freiwillig an. Die Verlockung wurde übermächtig. Ruth war fürs Abwarten und Beten einfach nicht geschaffen.

Sie holte tief Luft. »Ich habe einen ...« Sie wollte »Liebsten« sagen, hielt jedoch gerade noch rechtzeitig inne. »Der Mann, den ich heiraten werde, ist an der Front«, hob sie erneut an. »Und seit Beginn der neuen Offensive habe ich nichts mehr von ihm gehört. Sie können sich vorstellen, dass ich mich sehr um ihn sorge. Insofern ...«

Dr. Miller, der sich bislang nicht geäußert hatte, schürzte die Lippen. »Ich weiß nicht, ob ich einem solchen Einsatz aus persönlichen Gründen zustimmen kann«, bemerkte er. »Nicht dass Sie mir zusammenbrechen, falls Ihrem künftigen Gatten etwas passiert ist. Zudem ist die Anreise sicher mit großen Strapazen verbunden. Sie als Frau ... Mal ganz abgesehen von den moralischen Bedenken ...«

Dr. Miller schätzte Ruths Arbeit als Krankenschwester, mochte es allerdings nicht, wenn sie zu selbstständig war. Auch ihre Stellung als berufstätige Mutter fand er fragwürdig, er sah Frauen lieber in der Küche als im Hospital.

Ruth blitzte ihn an. »Ich bin ziemlich zäh«, brach es aus ihr heraus. »Ich habe jahrelang auf den Chathams gelebt. Ein bisschen Regen und Schlamm schrecken mich nicht. Und ich breche auch nicht so schnell zusammen. Ich habe schon einiges mitgemacht, sogar schon Männer nackt gesehen, falls Sie darauf anspielen mit Ihren moralischen Bedenken. Aber bitte, wenn Sie auf mich verzichten können ... Wie viele Verwundete wird Lieutenant Colonel Despard jetzt schon haben? Fünfzig? Sechzig? Und damit wollen Sie ganz allein zurechtkommen, lediglich mit zwei eher unerfahrenen Pflegern? Nun sind Sie natürlich ein Mann ...« Sie verdrehte die Augen. »Ach ja«, fügte sie dann noch hinzu. »Ich spreche übrigens ganz gut Maori ...«

Dr. Walton, er war sehr viel liberaler als sein konservativer Kollege, lachte. »Da hören Sie es, Miller!«, sagte er. »Die Dame hat mehr Mumm als mancher unserer Rekruten. Und Sprachkenntnisse – was nützlich sein kann. Sie werden ja auch Verletzte der Maori-Hilfstruppen behandeln. Von mir aus spricht nichts gegen ihren Einsatz. Finden Sie denn Betreuung für Ihre Kinder,

Schwester Ruth? Sie werden sicher ein paar Wochen unterwegs sein.«

Ruth atmete auf. Dr. Walton war Oberstabsarzt, er war Dr. Miller rangmäßig übergeordnet. Sein Kollege würde sich also fügen müssen. Ruth versicherte, dass sich Raukura zweifellos um die Kinder kümmern würde. Eine zwei- oder dreiwöchige Abwesenheit war kein Problem.

»Wir werden ja nicht allzu lange an der Front sein, denke ich«, überlegte sie. »Sicher bringen wir die Verwundeten bald nach Kororareka oder vielleicht sogar nach Auckland.«

Gleich darauf machte sie sich an die Arbeit, Verbände zu wickeln und die medizinische Ausstattung für das Lazarett zusammenzustellen. Innerlich war sie nicht ganz so gefasst. Dreißig Tote und viele Verwundete ... Sie konnte nur hoffen, dass Cooper nicht darunter war, oder dass sie zumindest früh genug eintrafen, um ihn zu retten. Zudem war sie keineswegs so furchtlos, wie sie sich gab. Diese Exkursion würde gefährlich werden – eigentlich war es unverantwortlich, sich so unvermittelt ins Abenteuer zu stürzen. Dr. Miller hatte allen Grund, sie zu warnen, auch wenn seine frauenfeindlichen Motive sie ärgerten. Aber alles war besser, als untätig auf einen Brief von Cooper zu warten. Sie musste wissen, dass es ihm gut ging – und sie wollte da sein, sollte ihm wirklich etwas zustoßen. Zurzeit mussten die Verhältnisse an der Front katastrophal sein. Die zum Teil schwer verletzten Männer waren fast gänzlich ohne medizinische Versorgung, ohne robuste Hospitalzelte, ohne ausreichendes Verbandsmaterial. Natürlich würde Lieutenant Despard einen oder zwei Stabsärzte in seiner Truppe haben. Bei Einsätzen gegen die Eingeborenen ging man jedoch eher von geringen Verlusten aus. Auf einen solchen Ansturm von Verletzten waren die Ärzte sicher nicht eingerichtet.

Ruth meldete sich also am nächsten Tag herzklopfend zum Dienst, wieder ähnlich ausgestattet wie damals, als sie als Missionshelferin auf die Chathams gezogen war. Sie trug dunkle Kleidung, feste Stiefel, einen dicken Mantel und ihren Kapotthut –

Ruth dachte schmerzlich an die lustigen, blumenbesetzten Hutkreationen aus leichten Stoffen, die sie vor so vielen Jahren in Berlin getragen hatte. Dazu die luftigen bunten Kleider ... Sie sehnte sich danach, irgendwann einmal wieder unbeschwert hübsch aussehen zu dürfen, statt matronenhaft seriös.

Raukura begleitete sie mit den Kindern bis zum Hafen, wo sie sich mit Dr. Miller und den Pflegern treffen wollte. Die Moriori stand Ruths Absichten, in den Krieg zu ziehen, eher skeptisch gegenüber. Wie Kimi fürchtete sie die Maori und war keineswegs von der Überlegenheit der britischen Truppen überzeugt.

»Ihr begebt euch da mitten in feindliches Gebiet«, gab Raukura ängstlich zu bedenken. »Die Maori werden wissen, wo ihr seid. Sie haben das immer gewusst, selbst damals auf Rekohu. Sie haben uns alle gefunden, egal, wo wir uns versteckt hatten. Und nun wollt ihr mit einem Wagen voller Dinge, die sie vielleicht brauchen können, durch eine Gegend fahren, die sie ganz genau kennen?«

»Wir werden von Schutztruppen begleitet«, versuchte Ruth, sie zu beruhigen. »Die lassen uns nicht unbewacht in die Wildnis. Und wir sind Ärzte. Eigentlich sollten wir nicht angegriffen werden.«

Raukura seufzte. »Hat sich Anewa je an Regeln gehalten? Ich ginge da jedenfalls nicht hin. Selbst wenn sie mir eine ganze Garnison an Schutztruppen stellen würden.«

Ruth winkte ab. Sie hatten den Hafen inzwischen erreicht, und Raukura betrachtete misstrauisch, wie nur das Feldlazarett – und keinesfalls weitere Truppen – in den bauchigen Zweimaster verladen wurde, der die Ärzte und Pfleger zum Kerikeri River bringen sollte. Mühelos fasste das Schiff den Wagen mit dem Material sowie die zwei stämmigen fuchsfarbenen Pferde, die ihn später nach Ohaeawai ziehen sollten.

Ruth küsste die Kinder zum Abschied und umarmte Raukura.

»Die Heeresleitung wird schon wissen, was sie tut«, erwiderte sie. »Man braucht uns schließlich. Also mach den Kindern keine Angst.«

Laurent weinte. Vielleicht hatte er Raukuras Einwände nicht alle verstanden, aber er spürte ihre Besorgnis.

»Ich bin bald zurück«, versprach Ruth dem kleinen Jungen und hoffte, das Versprechen halten zu können. Laurent war ein sanftes, gehorsames Kind, aber in den letzten Monaten hatte es in seinem Leben zu viele Veränderungen gegeben. Jetzt auch noch seine Mutter ziehen zu lassen war zu viel. Ruth brach es das Herz, als er sich schluchzend an sie klammerte.

»Nicht weggehen, Mommy, nicht weggehen!«

Ruth zögerte. Doch dann sah sie Dr. Millers spöttischen Blick. Der Arzt betrat eben die Gangway zum Schiff.

»Na, Schwester Ruth? Überlegen Sie jetzt, doch noch einen Rückzieher zu machen? Von mir aus können Sie gerne bleiben. Sie sind eine Frau, eine Mutter. Benehmen Sie sich auch so!«

Ruth blitzte ihn an. »Ich bin Krankenschwester«, sagte sie steif. »Und so benehme ich mich.«

Entschlossen löste sie Laurents Händchen von ihrem Rock, küsste ihn noch einmal und schob ihn dann Raukura zu.

Raukura zog Ruth noch einmal an sich und bot ihr das Gesicht zum *hongi*.

»Hör nicht auf meine Unkerei«, flüsterte sie. »Du tust, was du tun musst. Die Geister leiten dich.«

Ruth seufzte, betrat dann aber entschlossen die Gangway. Sie glaubte nicht an leitende Geister. Und sie war sich nur zu bewusst darüber, was sie tat: Nicht das, was sie musste, sondern das, was sie wollte. Wie sie es immer getan hatte. Glücklich hatte es sie bislang nie gemacht. Aber dieses Mal musste es anders enden. Sie würde Cooper finden und zurückbringen. Und dann würde endlich alles gut.

Kapitel 4

Das Schiff brachte die Besatzung des Feldlazaretts zunächst nach Kororareka, und Ruth staunte, wie beherzt die Menschen dort den Wiederaufbau betrieben.

»Wir nennen die Stadt übrigens nicht mehr Kororareka«, erläuterte ihr die Inhaberin der Pension, in der sie unterkam. Die Männer schliefen in den behelfsmäßigen Unterkünften, die seit dem Fall von Polack's Palisade die Armeeangehörigen beherbergten, aber Ruth gönnte sich noch eine Nacht in einem richtigen Bett. »Sie heißt jetzt Russell nach Lord John Russell, dem Staatssekretär für die Kolonien. An den Maori-Namen wollen wir uns nicht mehr erinnern!«

Ruth hatte den Namen Kororareka, was »süßer blauer Pinguin« bedeutete, eigentlich sehr hübsch gefunden, brachte allerdings ein gewisses Verständnis für die Bewohner auf. Als es am nächsten Tag weiterging, schwelgte sie erneut in der Schönheit der Bay of Islands und freute sich an den Sprüngen der Delfine, die das Schiff begleiteten. Dieses Mal schien allerdings nicht die Sonne, sondern der Wind trieb einen leichten Sprühregen vor sich her. Ruth ließ sich davon nicht schrecken. Sie blieb an Deck und schaute zurück auf die Stadt, die langsam am Horizont verschwand. Ob David und die anderen Maristenbrüder inzwischen zurückgekehrt waren? Te Waimate hatte man nicht evakuiert, aber der Kontakt zu Hone Heke und seinen Maori war wohl abgebrochen worden. Despard hatte zuletzt Truppen in der Mission gesammelt. Ruth fragte sich, ob das den Reverends recht war. Bislang hatten sie wohl eher auf der Seite der Maori gestanden.

Der Kerikeri River war breit und reißend – weiter oben sollte es spektakuläre Wasserfälle geben – aber nicht schiffbar, dafür war er zu flach. Die Mündung erreichte man von Russell aus recht schnell, doch dann musste das Schiff entladen werden. Weiter ging es zu Fuß, zu Pferd oder per Wagen ins Inland. Dr. Miller und seine Leute verbrachten allerdings noch eine Nacht in der kleinen Missionsstation am Flussufer. Einige Missionare hielten dort die Stellung. Sie hatten sich um einen ansässigen Maori-Stamm gekümmert, der inzwischen jedoch weitergezogen war – vermutlich auf den Spuren von Hone Heke. Hier wurden die Sanitäter von sechs berittenen Soldaten erwartet, die sie zu ihrem Einsatzort eskortieren sollten. Gleich am nächsten Morgen brachen sie auf und folgten dem Pfad, den Lieutenant Colonel Despard mit seinem Heer genommen hatte. Er war nicht zu verfehlen. Wie Dr. Miller schon angenommen hatte, war er für den Transport der Truppen und Kanonen verbreitert worden. Ruth tat es etwas leid um die Natur, die hier zerstört worden war. Die Soldaten hatten rücksichtslos gerodet und die Stämme der Bäume einfach am Wegrand liegen gelassen. Eine feste, gut befahrbare Piste war dabei allerdings nicht entstanden. Der Wagen blieb ständig entweder im Schlamm stecken oder fuhr sich an Baumstümpfen fest, die unter Matsch und Pfützen nicht zu erkennen gewesen waren. Ruth, die eigentlich im Wagen mitfahren sollte, verbrachte die meiste Zeit damit, das Gefährt anzuschieben, ebenso wie die Soldaten, der Arzt und die Pfleger. Am Abend waren sie nicht weit gekommen, dafür zu Tode erschöpft. Dr. Miller ließ Zelte aufbauen und Feuer entzünden.

»Ob das wohl eine gute Idee ist?«, fragte einer der Pfleger, Australier wie die meisten Soldaten, und ein Veteran aus diversen Kämpfen mit den Aborigines in seinem Land. »Wenn's in der Gegend Eingeborene gibt, machen wir sie damit auf uns aufmerksam.«

»Die hätten uns sowieso schon gesehen«, bemerkte Ruth und dachte an Raukuras Warnung. »So wie wir durch die Gegend tappen, und so langsam, wie wir vorankommen ... Das entgeht den Kriegern nicht. Wir hätten das Material besser auf Pferde verladen und reiten sollen.«

Dr. Miller verzog das Gesicht. »Schön, dass Sie das so viel besser beurteilen können als die Heeresleitung, Schwester Ruth«, höhnte er. »Jetzt heißt es einfach, die Zähne zusammenbeißen. Wenn Despard hier mit sechs Kanonen durchgekommen ist, dann schaffen wir es doch wohl mit einem Wagen.«

»Mit einer Zweiunddreißig-Pfund-Kanone zuletzt noch«, fügte der Pfleger hinzu. »Die armen Kerle, die das Ding durch die Wildnis geschleift haben, tun mir jetzt noch leid.«

In der Missionsstation hatten sie etwas mehr über den bisherigen Feldzug des Lieutenant Colonel Despard erfahren. Dort trafen jeden Tag Boten ein. Wie es aussah, hatten die Männer das Ohaeawai-*pa* in der letzten Juniwoche erreicht, ihr Lager davor aufgeschlagen und mit dem Beschuss begonnen. Die Palisade des Forts hatte allerdings standgehalten, weshalb eine noch schwerere Kanone angefordert und auf den Weg gebracht worden war. Despards Offiziere rieten ihm, mit einem Frontalangriff zu warten, bis die Waffe eintraf, und zunächst erklärte er sich auch dazu bereit. Dann machten die Maori jedoch einen Ausfall und stürmten das Lager der Hilfstruppen. Tamati Waka Nene hatte dort patriotisch den Union Jack gehisst – den die Aufständischen prompt stahlen und in ihrem eigenen Fort verkehrt herum auf halbmast aufhängten. Despard geriet über diese Blasphemie dermaßen in Wut, dass er einen Angriff befahl, mit dem er eine Katastrophe auslöste. Innerhalb weniger Minuten waren dreiunddreißig Briten gefallen und über sechzig verletzt. Die Maori, die vom sicheren *pa* aus geschossen hatten, verzeichneten keine Verluste.

Ruth wurde allein bei dem Gedanken daran zornig. Ein einziger Choleriker, der Dutzende von Menschen in den Tod schickte, nur weil er sich beleidigt fühlte. Nun war dies natürlich charakteristisch für den ganzen Krieg. Schon jetzt sprach man vom Flagstaff War, dem Krieg um den Fahnenmast.

Nach einer unruhigen Nacht in einem feuchten Zelt, umgeben von den Nachtgeräuschen des neuseeländischen Regenwaldes, in dem fast alle tierischen Bewohner nachtaktiv waren, ging es genauso schleppend weiter wie am Tag zuvor. Ruth fühlte sich zusehends mulmig – sie steckten tief in Feindesland, und die Soldaten, die sie eigentlich bewachen sollten, waren so mit dem Schieben und Ziehen des Wagens beschäftigt, dass sie kaum Zeit hatten, sich umzusehen und die Umgebung zu sichern.

Am Abend wärmte sie sich zwar dankbar die Hände an einem Feuer und trank heißen Tee, aber die Bedenken des australischen Veterans wollten ihr nicht aus dem Kopf, ebenso wenig die Worte Raukuras. Gingen sie hier vielleicht wirklich ein unkontrolliertes Risiko ein, indem sie ein Feuer entzündeten, oder wurden sie tatsächlich schon während der ganzen Reise beobachtet? Nervös starrte sie in die Dunkelheit des Regenwaldes. Wenn sie das Lager der Briten nur bald erreichten! Es waren nicht mehr als dreizehn Meilen bis dorthin, zurzeit hatte jedoch keiner von ihnen eine Ahnung, wie weit sie bisher gekommen waren und wie viele Meilen noch vor ihnen lagen. Ruth graute es vor der Weiterreise. Sie war jetzt schon völlig verspannt. Vom Schieben und Ziehen taten ihr alle Muskeln weh, und die Feuchtigkeit war längst durch ihre Stiefel gedrungen. Das Einzige, was sie aufrecht hielt, war die Hoffnung, Cooper bald wiederzusehen. Es durfte einfach nicht sein, dass er bei jenem unsinnigen Angriff umgekommen war.

Immerhin ließ die Erschöpfung sie in dieser Nacht schlafen, egal, wie viele Kiwis um sie herum ihre unmelodischen Rufe hören ließen. Am nächsten Morgen regnete es heftig. Schweigend nahmen Ruth und die Männer ihre beschwerliche Wanderung wieder auf.

»Wir sollten heute eigentlich ankommen«, erklärte Dr. Miller optimistisch, doch auch an diesem Nachmittag wurde es dämmerig, bevor eine Ansiedlung, ein Lager oder die Festung in Sicht kamen.

Ruth hoffte, dass sie bald rasten würden. Sie wollte sich nur noch in einem halbwegs trockenen Zelt ausstrecken und nichts mehr hören und sehen. Die Männer stemmten sich mit aller

Kraft gegen den Wagen, um ihn voranzuschieben, sie waren alles andere als verteidigungsbereit. Die Gewehre der Schutztruppe steckten in den Satteltaschen der Pferde, die müde hinter ihren Herren hertappten, wenn man sie nicht gerade zur Unterstützung der Fahrpferde mit vor den Wagen gespannt hatte.

Niemand war vorbereitet, als plötzlich Schüsse über den Weg peitschten und eine Gruppe Maori-Krieger schreiend aus dem Wald brach. Ruth ließ sich einem Impuls gehorchend unter den Wagen in den Schlamm fallen. Sie sah den Kutscher und drei der Soldaten fallen, bevor an Gegenwehr auch nur zu denken war. Der Erste, der eine Muskete zutage förderte, war Dr. Miller – doch da waren die Maori schon bis zum Wagen vorgedrungen. Bevor er schießen konnte, traf ihn ein Schlag mit einer Kriegskeule. Die Rotröcke, die noch nicht getroffen worden waren, zogen ihre Säbel und stellten sich den Kriegern entgegen. Deren Übermacht erwies sich jedoch als erdrückend. Ruth beobachtete fassungslos, wie ein Mann nach dem anderen fiel. Sie hoffte, dass sie nicht alle tödlich verletzt waren. Ziel des Angriffs war wohl nicht, die *pakeha* umzubringen. Eher ging es darum, den Wagen zu plündern. Einer der Krieger hielt die Pferde fest. Die anderen sprangen auf den Wagen, nachdem der letzte Rotrock gefallen war.

»Hori hatte recht, es ist wirklich Medizin!«

Ruth vernahm die Freudenbekundung des Maori, der die Ladung inspizierte. Die anderen fielen in seinen Jubel ein.

»Aber wo ist die *tohunga?*«, fragte ein weiterer Krieger. Er ging von einem der gefallenen Männer zum anderen und sah ihnen in die Gesichter. Er schien etwas oder jemanden zu suchen.

»Hori sagte, sie hätten eine Frau dabei …«

Ruth verzog das Gesicht. Hori war ein älterer Maori, der in der Missionsstation an der Mündung des Flusses Dienst tat. Er hatte Dr. Miller wegen eines Furunkels um Hilfe gebeten, als sie dort durchgekommen waren, und der Arzt hatte ihn an Ruth verwiesen. Sie hatte das Furunkel geöffnet, die Wunde gereinigt und verbunden. Dabei war ihr Horis extreme Unterwürfigkeit aufgefallen … Und nun sah es aus, als hätte er sie an diese Männer verraten.

»Da ist sie, ich hab sie!«, hörte Ruth. Jemand packte ihren Rocksaum und zerrte sie ins Freie. »Hat sich versteckt!« Er lachte. Ruth sah erneut die Tätowierungen, die sie bei Anewa und seinen Leuten so abgestoßen hatten. »Hast du gedacht, wir finden dich nicht?«, fragte der Mann und zwinkerte ihr lüstern zu. »Oder hast du dich schon bereitgelegt, für …« Er machte eine obszöne Geste.

Ruth setzte sich auf und bemühte sich, ihre Angst nicht zu zeigen. »Ich habe unter dem Wagen Deckung gesucht, als geschossen wurde«, sagte sie in ihrem langsamen, doch weitgehend korrekten Maori. »Ich bin nicht feige.«

»Ich mach's auch gern mit mutigen Weibern«, bemerkte der Krieger und wollte nach ihr greifen. Doch dann flog ein Speer durch die Luft. Ruth erschrak zu Tode, als er zwischen ihr und dem Krieger landete.

»Lass sie in Ruhe, Aketu, sie ist *tohunga!* Sie gehört zur Beute. Der *ariki* will sie. Und er braucht ihr Wohlwollen. Wer weiß, was die Weißen für Zauber kennen. Sie könnte ihn verfluchen, statt ihn zu heilen …«

Ein großer, breitgesichtiger Mann mit runden Augen, dichtem dunklem Haar und imponierendem Kriegerknoten trat auf sie zu. Anscheinend der Anführer des Trupps. Auch sein Gesicht war tätowiert, doch es wirkte nicht so bedrohlich.

»Du sprichst unsere Sprache?«, fragte er Ruth.

Sie nickte. »Ich war als … als Krankenschwester auf Wharekauri …« Sie nannte den Maori-Namen der Chathams – und war sich selbst nicht ganz klar darüber, warum sie Krankenschwester sagte und nicht Missionshelferin.

»Da hört ihr es«, sagte der Krieger triumphierend. »Sie ist *tohunga makutu.*«

Ruth runzelte die Stirn. Mit dem Wort bezeichneten die Maori und die Moriori eine Weise Frau, die heilen, aber auch verfluchen konnte. Der Mann schien das für die adäquate Übersetzung des Wortes Krankenschwester zu halten.

»Ich kann nicht zaubern«, sagte sie.

»Aber du weißt mit all dem da ...«, mit einer Handbewegung umfasste der Krieger den Wagen und die medizinische Ausrüstung, » ... was anzufangen?«

»Das schon«, gab Ruth zu. »Ich bin Schwester, wie gesagt ... Pflegerin ... ich kümmere mich um Kranke und Verletzte.«

»Tohunga makutu«, freute sich der Krieger. »Du wirst mitkommen.«

»Mitkommen?«, fragte Ruth verwirrt. Doch dann erinnerte sie sich an Anewa und dass die Maori Sklaven nahmen. »Als ... Sklavin?«

»Als Gefangene«, erklärte der Mann. »Später wird man sehen ...«

Eine Zauberin, dachte Ruth, ist wahrscheinlich nicht so leicht zu versklaven. Wenn die Männer wirklich befürchteten, von ihr verflucht zu werden, verzichteten sie vielleicht darauf, ihr etwas anzutun. Sie begann, neuen Mut zu schöpfen.

»Wo wollt ihr denn hin?«, fragte sie. Die Maori hatten inzwischen begonnen, den Wagen zu leeren und die Medikamente, Verbände und Zeltplanen auf die Pferde zu laden. Ohne den Wagen würden sie sehr viel schneller vorankommen. »Nach Ohaeawai?«

Vielleicht brauchten ja auch die Maori ein Feldlazarett – obwohl es bisher hieß, dass sie keine Verluste gehabt hatten.

»Nein. Nach Ruapekapeka. Du wirst dich um den Häuptling kümmern. Komm jetzt, es ist weit bis dorthin.«

Inzwischen war es dunkel geworden, aber die Maori zögerten nicht, gleich loszugehen.

»Was ist mit ... mit meinen Begleitern?«, fragte Ruth und wies auf die Männer, die regungslos im Schlamm lagen. Dr. Miller und drei der Offiziere waren zweifellos tot. Bei den anderen war sie sich nicht so sicher.

Der Anführer der Krieger winkte ab. »Tot oder nicht. Ist egal, vielleicht findet sie ja morgen jemand. Es sind weitere Lieferungen unterwegs, sagt Hori ...«

Ruth widerstrebte es, die Männer einfach liegen zu lassen, doch ihr blieb keine Wahl. Die Maori eskortierten sie in den Wald, wo sie über fast unkenntliche Pattwege wanderten. Ihr Trupp blieb zusammen. Überfälle auf weitere Wagen waren also offensichtlich nicht geplant. Die Männer schienen es ganz gezielt auf des Feldlazarett abgesehen zu haben – und auf die heilkundige Frau, die es begleitete. Ruth dachte daran, dass Dr. Millers Überheblichkeit ihn heute wahrscheinlich das Leben gekostet hatte. Hätte er die Versorgung von Horis Furunkel nicht Ruth aufgedrückt, wäre er als *tohunga* avisiert worden, und die Maori hätten ihn verschont.

Dann verlor sie jedoch die Kraft zu solchen tiefschürfenden Überlegungen. Sie war müde gewesen, der Marsch brachte sie endgültig ans Ende ihrer Kräfte. Immerhin brauchte sie jetzt keinen Karren mehr zu schieben, und der Boden war auch nicht schlammig. Die Pfade waren nicht allzu ausgetreten. Die Flechten und Moosteppiche, die hier den Boden bedeckten, hielten sie griffig. Dafür war das Marschtempo der Krieger außerordentlich schnell. Die Männer rannten fast, Ruth hatte das Gefühl, dass sie sich nur um der Pferde willen mäßigten, die auf dem unebenen Boden ebenso häufig stolperten wie Ruth. Ruth trieben sie zwar zur Eile an, ergriffen jedoch keine Zwangsmaßnahmen, als sie sich gegen Morgen einfach zu Boden fallen ließ.

»Ich kann nicht mehr«, sagte sie. »Lasst mich liegen oder bringt mich um ... Macht, was ihr wollt. Aber ich kann keinen Schritt weitergehen.«

Sie hörte nicht hin, als die Männer kurz beratschlagten, sie war auch dazu zu müde. Schließlich spürte sie, wie man ihr eine Kalebasse in die Hand drückte.

»Trinken!«, sagte einer der Krieger. Ruth nahm einen Schluck und schmeckte Whiskey. »Macht stark!«, behauptete der Mann.

Ruth schüttelte den Kopf. »Mich macht heute nichts mehr stark. Ich muss mich ausruhen.«

Die Männer diskutierten erneut und schlugen dann zu Ruths Verwunderung ein Lager auf. Sie blieb bewegungslos liegen, während sie Feuer machten, ein paar der erbeuteten Planen ausbreiteten und ein behelfsmäßiges Zelt für ihre Gefangene errichteten. Ruth setzte sich auf, als sie ihr erneut Whiskey brachten sowie Fladenbrot und getrocknetes Fleisch und Fisch.

»Iss das und dann schlaf. Aber nicht zu lange. Es ist eilig. Der Häuptling erwartet uns. Und niemand weiß, wie viel Zeit ihm die Geister noch geben …« Der Anführer nahm einen tiefen Schluck aus der Kalebasse.

»Der Häuptling ist … krank?«, fragte Ruth vorsichtig.

»Verletzt«, gab der Krieger Auskunft. »Er braucht einen Heiler, und er meint, die Heiler der Weißen wären besser als unsere. Du wirst das unter Beweis stellen müssen. Und wehe dir, wenn du versagst!«

Kapitel 5

Obwohl ihr die Drohung Angst machte, schlief Ruth in den nächsten Stunden tief und traumlos. Als sie erwachte, erwartete sie ein Frühstück aus Fladenbrot und gebratenem Geflügel. Die Männer mussten auf die Jagd gegangen sein, während sie geschlafen hatte.

Ruth fiel hungrig über das Essen her, doch dann trieben die Maori sie weiter. Erneut ging es stundenlang durch mal dichten Wald, mal niedriges Gestrüpp, an Bächen entlang oder durch einen Fluss. Ruth hatte keinen trockenen Faden mehr am Leib, ihre Füße waren voller Blasen und schmerzten bei jedem Schritt. Sie fror, und ihr war übel. Als sie das *pa* Ruapekapeka endlich erreichten, hatte sie keine Kraft mehr, den Wehrbau zu bewundern, den die Maori in den letzten Wochen errichtet haben mussten. Die Eingeborenen waren dafür bekannt, ihre Festungen schnell zu erstellen und ebenso schnell wieder aufzugeben, wenn es ihnen strategisch sinnvoll erschien. Das Hauptaugenmerk legten sie dabei auf die Palisaden. Die Wohnhäuser im Inneren des *pa* waren in der Regel primitiv zusammengezimmert. Die Maoris schliefen auf engstem Raum.

Ruth registrierte nur am Rande die etwa drei Meter hohen Zäune aus Stämmen des Puriri-Baumes, die mit etlichen Flachsblätterschichten umwickelt und damit gegen Musketenkugeln geschützt waren. Zwischen den zwei bis drei Reihen von Palisaden verliefen Gräben, in denen sich die Krieger ungefährdet voranbewegen konnten. Es gab Schießscharten und einen Aussichtsturm, den Ruth nur schemenhaft erkennen konnte, denn es war längst wieder Nacht.

Das *pa* war gut bewacht. Die Besatzung der Palisaden entdeckte die herankommenden Krieger gleich, rief sie an, öffnete die Tore jedoch erst, als sie sich zu erkennen gaben. Die Ankunft des Feldlazaretts wurde begeistert begrüßt. Scheu blickten die Männer auf Ruth.

»Gleich zum Häuptling?«, fragte der Anführer der Entführer. »Wir können schnell abladen und …«

»Der Häuptling schläft.«

Ruth sah auf und erkannte eine hochgewachsene, schlanke Maori-Frau, die ein Häuptlingsmantel aus Kiwifedern vor Kälte und Nässe schützte. Die Frau bemerkte sie nun ebenfalls.

»Ist das der Doktor?«, fragte sie verwundert. »Warum ist es kein Mann?«

Der Anführer rieb sich die tätowierte Stirn und begann, sich zu rechtfertigen. »Sie ist *tohunga makutu.* Das sagte Hori, und sie hat's zugegeben. Sie …«

»Du bist eine Zauberin?«, wandte die Frau sich in spöttischem Ton an Ruth. Sie sprach Englisch.

Ruth schüttelte den Kopf. »Ich bin Krankenschwester«, erklärte sie, ebenfalls auf Englisch. »Den Arzt haben deine Leute getötet.«

Das Gesicht der Frau verzog sich vor Ärger. Sie war um den Mund herum leicht tätowiert, was ihr erstaunlich gut stand. Eine außergewöhnlich schöne Frau, registrierte Ruth.

»Na, das habt ihr ja gut gemacht, Paora«, richtete sie das Wort spöttisch an den Anführer der Maori. »Könnt ihr denn nicht einmal etwas richtig machen? Du warst in der Mission, du bist getauft. Hast du bei den *pakeha* jemals eine weibliche *tohunga* gesehen, außer vielleicht als Köchin? Das ist *tikanga* bei ihnen – Brauch. Sie gestehen Frauen kein *mana* zu. Oder ihre Frauen sind dümmer als unsere …«

Ruth richtete sich auf. Bei aller Erschöpfung konnte sie das nicht auf sich sitzen lassen. »*Pakeha*-Frauen sind keineswegs dümmer als Maori«, sagte sie in der Sprache der Einheimischen. »Wenn sie trotzdem nicht Medizin studieren dürfen, so ist das nur ein Brauch – ein dummer Brauch. Die Männer verbieten uns, ihre … äh …« Soweit sie wusste, gab es auf Maori kein Wort für Universität. » … ihre Schulen zu besuchen. Nun kann man auch außerhalb der Schulen einiges lernen. Ich weiß zum Beispiel viel über die Heilkunst. Ich bin eine gute Krankenschwester, eine *tohunga.* Allerdings nicht *makutu.* Ich kann nicht zaubern, und ich verfluche niemanden. Zumindest zeigen meine Flüche keine Wirkung …«

Die Maori-Frau unterdrückte ein Lächeln. »So wie die meinen«, gab sie zu. »Ich bin Hariata, die Frau des Häuptlings …«

Ruth nickte. »Ruth Mühlen«, stellte sie sich vor. »Schwester Ruth. Von … von welchem Häuptling sprichst du? Die Männer sagten nur *ariki.* Ich …«

Hariata straffte sich. »Ich spreche von Hone Heke«, bestätigte sie die Vermutung, die Ruth schon lange hegte. »Er wurde bei der Schlacht von Ahuahu verwundet. Und die Wunde heilt nicht, sie bricht immer wieder auf. Unsere Heiler haben alles versucht. Heilmittel und Zauber. Dennoch wird es nicht besser.«

Ruth rieb sich die Stirn. »Ist die Wunde brandig?«

Sie hoffte es nicht, denn dann würde sie kaum etwas für den Häuptling tun können. Allerdings war die Schlacht von Ahuahu schon Wochen her. Britische Truppen waren nicht beteiligt gewesen. Die Maori hatten unter sich gekämpft. Regierungstreue Stämme unter Tamati Waka Nene gegen die Aufrührer. Seitdem war viel Zeit vergangen. An Wundbrand wäre Hone Heke längst gestorben.

Hariata schüttelte denn auch den Kopf. »Nein. Das haben unsere *tohunga* zu verhindern gewusst. Sie sind nicht dumm …«

»Das hat keiner behauptet«, beeilte sich Ruth zu versichern. Sie brauchte da gar nicht zu lügen, bei den Maori auf Chatham Island und in Preservation Inlet hatte sie genügend erfolgreiche Maori-Heiler beobachtet. »Trotzdem mag die Medizin der *pakeha* mehr ausrichten. Hör zu, Hariata, ich sehe mir deinen Mann morgen an. Aber heute … Ich bin völlig erschöpft, ich bin durchnässt und hungrig, und ich friere entsetzlich. Wenn der Häuptling jetzt schläft …«

Hariata nickte verständnisvoll. »Komm mit«, sagte sie und ging Ruth voraus. »Du kannst essen und schlafen. In meinem *rua* …«

»In deinem … Nest?«, fragte Ruth verwirrt.

Hariata lächelte. »So nennen wir unser *pa*: Fledermausnest. Du siehst gleich, warum.« Sie führte Ruth ins Innere der Festung, wo sich zu ihrer Verwunderung keine Hütten zeigten, sondern nur Hügel mit Eingängen.

»Bunker«, erkannte sie.

»Wir haben unsere Häuser vergraben«, bestätigte Hariata. »Um vor euren Kanonen geschützt zu sein. Dort drüben ist meins.«

Ruth hoffte, dass sie es nicht mit Hone Heke teilte und dass der keine sofortige Untersuchung erzwang, falls er in der Nacht erwachte. Sie hatte allerdings gehört, dass Maori-*ariki*, die mehr Wert auf Brauchtum legten als Anewa, nicht mit ihren Frauen und Kindern in einem Haus wohnten. *Tikanga* zwangen sie, allein zu leben. Der Hügel, zu dem Hariata sie nun führte, schien auch nicht für die Unterbringung einer Familie ausgelegt zu sein. Im Gegenteil, er war etwas kleiner als die umliegenden, es mochte sich also um eine Einzelunterkunft handeln. Hariata wies Ruth an, über eine Holzleiter einzusteigen, und Ruth erkannte fasziniert, dass sich der Eingang nach unten erweiterte. Die Höhle hatte die Form einer vergrabenen Kalebasse. Unten war es trocken und warm.

»Kann ich mich ausziehen?«, fragte Ruth.

Ihre Gastgeberin nickte. »Ich finde ein Kleid für dich«, sagte sie. Sie selbst trug traditionelle Kleidung, ein gewebtes Oberteil und einen halblangen Rock unter dem warmen Häuptlingsmantel. Allerdings mochte sie *pakeha*-Kleider besitzen. Ihr perfektes Englisch sprach dafür, dass sie unter Weißen gelebt hatte. »Hier hast du erst mal eine trockene Decke …«

Ruth hatte selten eine größere Wohltat empfunden als die Befreiung von ihrer völlig durchnässten Kleidung. Sie zog alles aus, kuschelte sich in die Decke, die Hariata ihr reichte, und nahm dankbar einen heißen Kräuteraufguss entgegen. In einer Ecke der Höhle brannte ein Feuer, an dem sie sich wärmen konnte. Hariata erhitzte ihr gleich darauf auch noch einen Rest Eintopf aus Süßkartoffeln und Fleisch. Dann wies sie auf ein Lager aus Flachsmatten und Decken.

»Dort kannst du schlafen. Du wirst nicht versuchen zu fliehen?«, fragte sie. »Ich habe keine Wachen bestellt.«

Ruth schüttelte den Kopf. »Ich wäre viel zu erschöpft, um zu fliehen«, erklärte sie. »Wohin auch? Ich habe keine Ahnung, wo ich hier bin. Ich bin gekommen, um zu helfen, Hariata. Das gebietet mir mein Beruf. Egal, ob die Kranken Maori sind oder pakeha, Häuptlinge oder Bettler. Ich verspreche dir, dass ich mein Bestes tun werde, deinen Mann zu heilen.« Sie sah der Maori-Frau fest in die Augen.

»Enttäusch mich nicht«, sagte Hariata.

Ruth schlief wie tot und schreckte hoch, als Hariata sie weckte. Sie brauchte ein paar Herzschläge, um sich zu orientieren. Die Erdhöhle, die Maori-Frau ... Erst jetzt fiel ihr wieder ein, in welcher Lage sie sich befand – und welche Aufgabe vor ihr lag.

»Der Häuptling ist wach«, erklärte Hariata. »Zieh dich an, und komm dann rauf. Du kannst noch etwas essen, dann gehst du zu ihm. Die Männer haben die Medikamente und Verbände schon entladen, sie sind in einem der rua. Wenn du weißt, was du brauchst, führt dich jemand hin.«

»Ich werde mir die Wunde erst einmal ansehen«, erwiderte Ruth.

Sie vermerkte erfreut, dass tatsächlich ein *pakeha*-Kleid für sie bereitlag. Es war verschlissen und entsprach nicht der neuesten Mode, doch es war sauber und trocken. Ihre eigenen Sachen waren sicher noch feucht und brauchten dringend eine Wäsche. Das Unterzeug, das sie ans Feuer gehängt hatte, war immerhin halbwegs trocken. Ruth zog es an und darüber das neue Kleid. Es war ein bisschen zu groß, aber es ging. Mit Todesverachtung schlüpfte sie erneut in ihre nassen Stiefel – es nützte nicht viel, dass die Strümpfe getrocknet waren – und kletterte die Leiter hinauf ins Freie. Sie wusste nicht, wie spät es war. Die Sonne versteckte sich hinter Wolkenbergen, doch es war hell. Zwischen den Erdwohnstätten brannten offene Feuer, an einigen wurde gekocht. Hariata, die sie an einem davon erwartete, gab Ruth einen Kräuteraufguss, Brot und Honig. Ruth aß hungrig und fühlte sich dann wirklich bereit, den Häuptling zu untersuchen.

»Habt ihr eine Art ... Krankenstation, auf der er liegt?«, fragte sie Hariata.

Die schüttelte den Kopf. »Nein. Das alles ist ein bisschen kompliziert. Man kann einen Häuptling nicht einfach mit anderen Männern in einen Raum betten. Er ist ... in vielerlei Hinsicht *tapu.*«

Ruth überlegte. Natürlich hätte ein verwundeter Heerführer auch in einem englischen Feldhospital einen abgeschiedenen Raum gehabt. Aber was sonst konnte rund um den *ariki* verboten sein?

Hariata führte sie zum Eingang einer Erdhöhle, die der ihren sehr ähnlich war. »Ich kann hineingehen«, sagte sie. »Und du ... Na ja, ich denke, dass unsere Gesetze für dich nicht gelten. Falls du dich allerdings sicherer fühlst, wenn wir hinterher eine Reinigungszeremonie durchführen ...«

Ruth verstand nicht, was sie meinte, wollte das jetzt allerdings nicht diskutieren. Entschlossen kletterte sie die Leiter hinunter und sah einen Mann auf einer aus Flachs geflochtenen Matte liegen, wie die Maori sie als Schlafplatz nutzten. Es roch nach ungewaschenem Körper und Urin, ein Topf mit Essensresten stand auf dem Boden, daneben ein seltsames, hornartiges Gerät. Die Decken auf dem Lager waren zerwühlt. Der Mann, der darauf lag und sich jetzt mühsam aufzurichten versuchte, erschien ihr ungepflegt. Trotz der Tätowierungen wirkte Hone Hekes kantiges, klar geschnittenes Gesicht jedoch anziehend. Sein Haar war voll und lockig, wenn auch verfilzt. Zu Ruths Verwunderung trug er es kurz, statt zum Kriegerknoten gewunden. Der nackte Oberkörper des Mannes war ungewaschen. Ruth fühlte sich an die obdachlosen Bettlerinnen erinnert, um die sich die Schwestern und Ärzte in Berlin mitunter hatten kümmern müssen. Sie hatten ähnliche Zeichen der Verwahrlosung aufgewiesen. Aber sie lebten auf der Straße, und dies war ein mächtiger Kriegshäuptling. Ruth verbot sich die Frage, wer ihn pflegte. Sie überwand ihren Ekel, trat an das Bett heran und grüßte ehrerbietig.

»*Ariki*, die *tohunga*«, stellte Hariata vor. Sie hielt sich im Hintergrund.

»Ruth Mühlen«, stellte Ruth sich vor. »Schwester Ruth. Deine Frau und deine Männer ... baten mich, mir deine Wunde einmal anzusehen.«

Der Mund des Häuptlings verzog sich zu einem Grinsen. »Ich hoffe, sie haben höflich gebeten«, bemerkte er wie seine Frau in fließendem Englisch.

Ruth blitzte ihn an. »Nachdem sie alle meine Begleiter umgebracht hatten, waren sie sehr zuvorkommend. Danke. Wenn du dich nun einmal frei machen würdest? Wo bist du verwundet?«

Sie kniete neben dem Lager nieder und hob die Decke an, unter der Hone Heke lag. Dabei bestätigte sich ihr Eindruck von schlechter Pflege. Der Kranke war nicht gewaschen worden, er wies wunde Stellen vom Liegen auf – und obendrein gab es hier Ungeziefer. Ruth musste sich überwinden, den Verband aus Blättern zu lösen, der eine Wunde an Hone Hekes Hüfte bedeckte. Die Kugel oder ein Speer war unterhalb der Rippen in seine Seite eingedrungen. Innere Organe schienen nicht verletzt, nur das Muskelgewebe war zerfetzt. Die Wunde war offen und nässte.

»Sie ist schon mal zugeheilt«, erklärte der Häuptling. »Aber sie öffnet sich immer wieder. Sie schmerzt und scheint mir alle Kraft zu rauben. Unsere *tohunga* haben bereits Austreibungsrituale durchgeführt. Sie meinen, böse Geister hätten sich in mir eingenistet und rissen mich von innen immer wieder auf.«

Ruth betastete die Wunde vorsichtig. Das Gewebe war geschwollen, aber nicht brandig.

»Das ist keine Schussverletzung«, konstatierte sie.

Der Häuptling schüttelte den Kopf. »Nein, ein Speer. Tamati Waka Nenes Speer ... Es mag ein Fluch darauf gelegen haben«, sagte er, schien es jedoch selbst nicht zu glauben.

Ruth zuckte mit den Schultern. »Ein Segen lag sicher nicht drauf«, bemerkte sie sarkastisch. »Dennoch ist nichts Geheimnisvolles dabei. Ich vermute, dass der Speer bei der Verletzung zu Bruch gegangen ist. Vielleicht hat er eine Rippe gestreift, und dabei sind ein paar Splitter abgesprungen. Diese Speere sind doch aus Holz, oder?« Der Häuptling nickte. »Jedenfalls stecken mit ziemlicher Sicherheit Splitter in der Wunde, und sie wandern. Die Verletzung heilt zwar oberflächlich, im Inneren kommt sie jedoch nicht zur Ruhe. In deinem Körper tobt ständig ein Kampf, *ariki.* Du kämpfst gegen die Entzündung an. Das verursacht deine Schwäche.«

Hone Heke verzog das Gesicht. »Was kann man dagegen tun?«, fragte er.

Ruth überlegte kurz. »Das kann ich erst sagen, wenn ich die Wunde gründlich gereinigt habe«, erwiderte sie dann. »Wir können es mit einer Zugsalbe versuchen, aber viel Hoffnung habe ich da nicht. Ich fürchte ... ich fürchte, wir müssen die Wunde aufschneiden, nach den Splittern suchen und sie entfernen.«

»Du willst an mir herumschneiden?«, fragte Hone Heke.

»Das ist *tapu!*«, warf Hariata ein. »Du müsstest den Häuptling nicht nur berühren, sondern obendrein verletzen.«

Ruth seufzte. »Das Berühren lässt sich bei der Krankenpflege und Behandlung nicht vermeiden. Ich habe ihn doch eben schon abgetastet. Und das Schneiden ... wäre die einzige Möglichkeit, die Splitter zu entfernen. Ansonsten ... Es tut mir leid, Häuptling, aber wahrscheinlich würdest du über kurz oder lang sterben. Obwohl die Verletzung eigentlich nicht gravierend ist. Wenn die Wunde sauber wäre, würde sie schnell heilen, mit dem Fremdkörper darin kommt es irgendwann zur Blutvergiftung.«

»An dieser ... Operation ...«, das Wort war dem Maori erkennbar ungewohnt, » ... würde ich nicht sterben?«

Ruth hob die Hände. »Wahrscheinlich nicht«, antwortete sie. »Es würde allerdings sehr wehtun, trotz Laudanum. Mitunter sterben die Patienten dann an Herzversagen. Dein Herz erscheint mir allerdings kräftig, du bist jung und stark. Ein gewisses Risiko besteht natürlich immer ...«

Hone Heke schenkte ihr ein grimmiges Lächeln. »Du siehst mein Gesicht. Glaubst du wirklich, ich könnte keinen Schmerz ertragen?«

Hone Hekes Antlitz war tätowiert, und die traditionellen *moko* der Maori wurden nicht einfach gestochen und gefärbt, sondern in die Haut eingeschnitzt, sodass sich eine reliefartige Struktur ergab. Die Schmerzen dabei mussten immens sein.

»Ich halte dich für außerordentlich stark«, erklärte Ruth.

Hone Heke nickte, er schien unter ihrem Lob zu wachsen. »Dann tu es«, sagte er. »Gleich.«

Ruth schüttelte den Kopf. »Nicht gleich«, bestimmte sie. »Erst muss ich hier sauber machen und dich auf den Eingriff vorbereiten. Ich werde dich waschen müssen, *ariki.* Das scheint seit der Verletzung niemand mehr getan zu haben.«

Hariata mischte sich ein. »Selbstverständlich nicht. Wie ich schon sagte, es ist *tapu*, den Häuptling zu berühren. Ich habe ihn ein paarmal abgewischt ...« Es klang nicht begeistert. Als Häuptlingsfrau nahm Hariata in ihrem Stamm einen hohen Rang ein, wahrscheinlich war sie auch als Häuptlingstochter aufgewachsen. Niedere Arbeiten hatte sie bestimmt nie verrichtet, sie schien sich nicht dazu berufen zu fühlen, jemanden zu pflegen. Ruth fragte sich, ob sie Hone Heke liebte.

»Für mich ist es nicht *tapu*«, erklärte sie. »Es ist einfach Teil meiner Arbeit. Also bitte, besorg mir reichlich heißes Wasser und einen Besen. Der ganze Unrat muss hier rausgeschafft werden. Und jemand soll mich zu den Medikamenten führen. Ich brauche Seife, ein Skalpell, Laudanum – und Alkohol. Viel Whiskey oder Gin, oder was ihr habt, und Verbände ... Es war alles in unserem Wagen, also macht euch keine Sorgen. Ach ja, und für die Operation müssen wir ihn vielleicht hinauftragen. Ich brauche Licht, hier unten ist es zu dämmerig. Da kann ich die Splitter im Fleisch nicht erkennen.«

Ruth verbrachte den halben Tag damit, Hone Hekes Wohnhöhle gründlich zu säubern, zuletzt wusch sie den Häuptling selbst. Hone Heke war das sichtlich unangenehm, Hariata nicht minder, aber Ruth verrichtete ihre Arbeit routiniert. Schließlich reinigte sie die Wunde, konnte die Holzsplitter allerdings nicht ausmachen. Sie saßen tief im Fleisch, eine Operation war unumgänglich. Ruth fühlte sich nicht halb so sicher, wie sie sich Hone Heke und Hariata gegenüber gezeigt hatte. Sie hatte zwar bereits bei ähnlichen Eingriffen assistiert, sie jedoch niemals selbst durchgeführt. Da es keine andere Möglichkeit gab, den Häuptling zu retten, grübelte sie allerdings nicht weiter, sondern bat Hariata am frühen Nachmittag, ihren Mann nach draußen tragen zu lassen. Der Winterhimmel war grau und bedeckt, doch immerhin regnete es nicht. Ruth hoffte, dass das natürliche Licht ausreichte.

»Ich kann selbst gehen«, behauptete Hone Heke. »Wenn ich mich auf euch beide stütze und mich an einem Tau hinaufziehen lasse ...«

»Das ist Vergeudung an Kraft«, protestierte Ruth, während Hariata willig schien, den Wunsch ihres Mannes zu erfüllen. Schließlich schaffte er die paar Schritte von seinem Lager zur Leiter tatsächlich, und zwei kräftige Maori-Krieger zogen ihn hinauf. Er ächzte vor Schmerz, beherrschte sich jedoch eisern. Auch auf das unter freiem Himmel bereitete Deckenlager schleppte er sich, gestützt auf Ruth und Hariata, aus eigener Kraft.

Ruth blickte besorgt in sein von der Anstrengung graues Gesicht. »Ruh dich erst ein bisschen aus, bevor wir anfangen«, sagte sie und hielt ihm einen Becher Wasser an die Lippen, dem sie einige Tropfen Opium beigefügt hatte. Er trank bereitwillig, verzog aber das Gesicht, als er die bittere Tinktur schmeckte.

»Das wird den Schmerz lindern, doch es braucht etwas Zeit, um zu wirken«, erklärte Ruth. »Und dann ... Es tut mir leid, *ariki*, aber wir werden zwei Männer benötigen, die dich festhalten, während ich schneide. Wir können nicht riskieren, dass du zuckst oder dich gar windest, ich muss das Messer sicher und ruhig führen können.«

»Ich winde mich nicht«, sagte Hone Heke tapfer. »Ich werde still halten, ich ...«

»Du kannst das vielleicht nicht kontrollieren«, wandte Ruth ein. »Und das steht auch nicht zur Debatte. Wir machen es richtig, oder wir machen es gar nicht.«

Der Häuptling blickte sie an, in seinem Gesicht kämpften Ärger und Bewunderung gegeneinander.

»Du bist sehr ausfallend für eine Gefangene!«, konstatierte er.

Ruth nickte. »Ich bin die *tohunga*«, erinnerte sie ihn. »Da wirst du mir schon einiges an ... wie heißt es noch ... *mana* ... zugestehen müssen. Hast du Whiskey, Hariata? Dann gib ihm bitte noch einige Schluck. Auch das betäubt den Schmerz, *ariki*.«

Ruth wartete, bis ihr Patient von Opium und Alkohol benebelt war, und bat dann energisch zwei unwillige Krieger, Hone Heke an seinen Schultern und seinen Beinen festzuhalten.

Hariata stellte ihnen eine Reinigungszeremonie in Aussicht. Es sollte keine weitreichenden Folgen für ihr *mana* oder ihre Seelen haben, den Häuptling an diesem Tag zu berühren.

Ruth achtete darauf, dass sie Hone Heke wirklich gut festhielten, bevor sie das Skalpell ansetzte. Operationsinstrumente hatte das Feldhospital in ausreichender Menge enthalten. Ruth hielt Pinzetten und Wundhaken bereit, in deren Gebrauch sie Hariata vorher kurz eingewiesen hatte. Hone Hekes Gattin würde assistieren müssen. Hoffentlich konnte sie Blut sehen.

Der Eingriff verlief dann erstaunlich reibungslos. Der Häuptling gab keinen Laut von sich, obwohl sich sein Körper verspannte, als Ruth die Wunde mit zwei raschen Schnitten vergrößerte. Sie tupfte das Blut ab und rief nach Hariata, die ihre Aufgabe stoisch erledigte. Sie zog die Wundränder auseinander, und Ruth sondierte sie geschickt, wobei sie schnell auf den ersten Fremdkörper stieß. Sie musste noch einmal kurz schneiden, bevor sie den Splitter mit der Pinzette fassen konnte, fand einen zweiten und schließlich einen dritten, die sie entfernte. Zum

Schluss reinigte sie die Wunde gründlich mit Whiskey, eine Methode, die nicht allgemein gebräuchlich war, auf die Dr. Thompson allerdings schwor. Er pflegte zwar Gin zu bevorzugen, doch mit Whiskey musste es auch gehen. Oder besser verdünnte Karbolsäure, wie Dr. Miller sie verwendet hatte? Ruth überlegte kurz und gab dann beides in die Wunde. Hone Heke zuckte zusammen. Natürlich brannten die Flüssigkeiten wie Feuer. Der Häuptling hielt sich allerdings tapfer, auch als sie die Wunde dann mit ein paar Stichen nähte.

»Schon fertig«, meinte Ruth tröstlich, nachdem sie das Blut abgetupft hatte. Sie war überzeugt, dass die Verletzung nun heilen würde. »Ich lege noch einen Verband an, danach kannst du ausruhen. Tut mir leid, dass ich dir wehtun musste.«

Hone Hekes Körper war schweißüberströmt, als sie die Wunde versorgt hatte. An eine Rückkehr in die Wohnhöhle, erst recht auf eigenen Beinen, war nicht zu denken. Ruth überlegte, ob sie den Häuptling tragen lassen sollte, doch die beiden Krieger hatten sich bereits davongemacht.

»Zur Reinigung«, sagte Hariata. »Die *tohunga makutu* führen schon den ganzen Tag Zeremonien durch, um die Geister freundlich zu stimmen.«

Das erklärte, warum keiner der Maori-Heiler gekommen war, um Ruth über die Schulter zu blicken. Aber vielleicht hatte der Häuptling das ja verboten. Er schien zwischen Maori-Bräuchen und westlicher Kultur hin- und hergerissen zu sein.

Ruth hatte jetzt jedenfalls die rettende Idee. »Können wir ein Zelt aufbauen?«, fragte sie. »Es waren Zelte in unserer Ausrüstung. Größere und kleinere. Man könnte es über ihm aufrichten, er brauchte gar nicht bewegt zu werden.«

Hariata gab bereitwillig die nötigen Anweisungen. Nach der Operation wirkte sie etwas blass, hatte sich jedoch gut geschlagen. Sie lächelte, als Ruth ihre Anerkennung aussprach.

»Maori-Frauen sind nicht zimperlich«, erklärte sie. »Wenn es sein muss, kämpfen wir an der Seite unserer Männer. Ich vermag die Kriegskeule zu führen. Ich hätte mich auch besser um Hone gekümmert, wenn all diese *tapu* nicht wären …«

»Seid ihr nicht getauft?«, fragte Ruth. »Ich hörte, in Kororareka hätten die Missionare mit Hone Hekes Stamm gebetet. Und du und dein Mann, ihr sprecht ein so gutes Englisch. Ihr müsst eine Missionsschule besucht haben.«

Hariata nickte. »Church Missionary Society in Kerikeri«, gab sie bereitwillig Auskunft. »Wir wurden sogar kirchlich verheiratet. Aber das heißt ja nicht, dass wir mit allen Traditionen brechen.« Sie lächelte. »Man sollte die Geister nicht grundlos erzürnen.«

Ruth schwieg. Ihre Zeit als Missionarin war vorbei.

Kapitel 6

Hone Heke verbrachte die Nacht geschützt vor Regen und Kälte in einem Armeezelt. Ruth und Hariata wachten gemeinschaftlich über ihn, Letztere besorgt, da er gegen Morgen zu fiebern begann.

»Das kann schon mal passieren«, meinte Ruth beruhigend und verabreichte eine Tinktur aus Weidenrinde sowie erneut Laudanum. Die Wundränder waren zum Glück nicht entzündet. Ruth wechselte die Verbände und brachte eine Salbe auf. Hone Heke war wach und ansprechbar, allerdings immer noch sehr schwach – und verkatert nach all dem Whiskey.

Nichtsdestotrotz beriet er sich mit einigen seiner Krieger – er wirkte dabei seltsam ausgelassen. Schließlich führten die Krieger eine Art Pantomime auf, die den Häuptling noch mehr erheiterte. Anscheinend stellten sie die Demütigung eines Feindes dar.

Gegen Abend trafen etliche Krieger im *pa* ein, die von den anderen johlend begrüßt wurden. In der Nacht saßen sie an offenen Feuern, ließen sich das Fleisch und die Süßkartoffeln schmecken, die von den Frauen in Erdöfen zubereitet worden waren, und leerten Whiskeyflaschen.

»Stellt der Häuptling neue Truppen zusammen?«, fragte Ruth Hariata nervös. Sie saß mit ihr vor Hone Hekes Zelt. Die Häuptlingsfrau beobachtete gelassen das Treiben der Männer. »Denkt er, dass eine Schlacht bevorsteht?«

Hariata schüttelte den Kopf. »Nein, vorerst nicht. Das sind die Krieger aus Ohaeawai. Sie haben das *pa* geräumt und sind jetzt hier.«

Ruths Herz schlug höher. Der Kampf um Ohaeawai war also zu Ende. Wenn Cooper noch lebte, war er außer Gefahr.

»Die Briten haben gewonnen?«, erkundigte sie sich.

Die Maori-Frau zuckte mit den Schultern. »Sie haben ein Drittel ihrer Leute verloren, um ein leeres *pa* einzunehmen. Dieser Despard hat das noch tagelang beschossen und belagert, als unsere Leute längst weg waren. Wenn du das als Sieg bezeichnen willst ...«

Ruth seufzte. »Kann diesen Krieg überhaupt jemand gewinnen?«, fragte sie. »Mir erscheint das alles so ... so kindisch. Ist es das wirklich wert, Hariata? All die Schlachten, die Toten ... wegen einer Flagge in Kororareka?«

»Es geht ja nicht um die Flagge oder den Mast«, meinte Hariata. »Es geht darum, dass mein Volk in Waitangi betrogen worden ist. Und mein Mann ... Nun, er ist sehr leicht entflammbar für neue Ideen. Zuerst war er ganz begeistert von den *pakeha* – auch von eurem Glauben. Er war überzeugter Christ, sogar Prediger, er hat ganze Stämme bekehrt. Dann kam Waitangi, und er hat den Vertrag als einer der Ersten unterzeichnet. Wir alle erhofften uns davon Vorteile für unser Volk. Doch dann wurden Zölle erhoben, die Hauptstadt wurde nach Auckland verlegt ... Das war alles nicht in unserem Sinne. Hinzu kam die Hinrichtung von Wiremu Kingi Maketu ...«

»War der nicht ein Mörder?«, fragte Ruth.

Sie hatte von Maketus Verhaftung und Verurteilung gehört. Der Mann hatte die Familie seines englischen Arbeitgebers ausgelöscht und war dafür gehängt worden.

»Er war einer von uns«, erwiderte Hariata. »Er gehörte zu Hones Stamm – und mein Mann hat sich sehr darüber erregt, dass die Briten sich anmaßten, über ihn zu richten. Tja, und dann hörte er von den Amerikanern und ihrem Unabhängigkeitskrieg ...« Sie lächelte nachlässig. »Und prompt besorgte er sich eine von ihren Fahnen und hängte sie an einen Mast seines Kriegskanus. Darüber regte sich allerdings noch niemand sehr auf. Kurz darauf fiel der Mast in Kororareka, was die Weißen dann wirklich in Rage brachte. Du hast schon recht, es ist ein bisschen kindisch. Hast du einen Mann?«

Etwas verwundert über den plötzlichen Themenwechsel dachte Ruth kurz nach, bevor sie von David erzählte.

»Er zeigt auch viel Leidenschaft für seine Sache«, endete sie schließlich.

»Und handelt ein bisschen kindisch«, fügte Hariata hinzu, und beide lächelten. »Aber jetzt bist du wegen eines anderen mit an die Front gegangen, oder?«, fragte sie scharfsinnig. »Du magst ja sagen, du hättest nur allgemein helfen wollen, deine Augen sprachen jedoch eine andere Sprache, als du nach dem Ausgang der Kämpfe in Ohaeawai fragtest.«

Ruth nickte und berichtete von Cooper. »Ich liebe ihn«, gestand sie. »Ich wollte es nicht, aber es ist einfach passiert. Und ich wünschte, dieser unselige Krieg wäre endlich zu Ende.«

Hariata nickte. »Warten wir ab, wie es weitergeht«, räumte sie ein. »Wenn mein Mann überlebt, werden wir dir etwas schuldig sein, Ruth Mühlen. Und ich denke, auch Hone ist die Sache langsam leid. Diese Verwundung ... sie hat ihn zermürbt. Und die Männer drohen ihm wegzulaufen. Wir Maori haben keinen Sinn für jahrelange Kriege. Wir bedrohen einander, provozieren einander, schlagen mal eine Schlacht. Aber dann ist es gut, und wir machen uns wieder daran, unsere Felder zu bestellen. Dieser Krieg mit den Engländern geht schon viel zu lange. Vielleicht kann ich Hone ja überzeugen, endlich Frieden zu schließen.«

In den nächsten Tagen erholte der Häuptling sich langsam. Das Fieber ging zurück, die Wunde begann zu heilen. Hone Heke war allerdings noch sehr schwach. Ruth pflegte ihn und behandelte die Blessuren weiterer Krieger mit den Medikamenten aus dem Feldlazarett. Inzwischen waren noch mehr Männer eingetroffen. Die Engländer hatten das *pa* eines Verbündeten Hone Hekes in Pakaraka zerstört, und die Besatzung war nach Ruapekapeka geflohen. Auch hier hatten die Maori ihre Festung aufgegeben, bevor es zu schweren Verlusten kommen konnte. Despard hatte erneut ein verlassenes *pa* gestürmt.

Zur allgemeinen Überraschung sprach Hone Heke kurz nach diesem Ereignis zum ersten Mal seit seiner Verletzung zu seinen

Kriegern. Er kündigte an, dass er den Engländern ein Friedensangebot zu unterbreiten gedachte.

»Wir müssen den Tatsachen ins Gesicht sehen, wir werden die *pakeha* nicht in ihre Heimat zurückschicken können«, erklärte er ernst. »Sie sind hier, und sie werden bleiben. Wir müssen sie allerdings zwingen, unsere Rechte zu respektieren. Wir müssen ihnen unsere Stärke zeigen und unsere Entschlossenheit. In den letzten Monaten haben wir das getan. Wir haben sie erzürnt, wir haben ihnen beträchtliche Verluste zugefügt, und wir wurden nicht ein einziges Mal geschlagen!« Die Krieger stampften zustimmend mit ihren Speeren auf. »Doch nun soll es genug sein«, fuhr Hone Heke fort. »Sofern sie ihre Lektion gelernt haben. Ich bin entschlossen, Gouverneur FitzRoy ein Friedensangebot zukommen zu lassen. Wenn er annimmt, werden wir in unsere Dörfer zurückkehren und das Land bestellen. Es wird bald Frühling, die Männer werden gebraucht. Sollte er allerdings ablehnen, geht der Kampf weiter. Dann werden ihre Soldaten vor Ruapekapeka verbluten wie zuvor vor Ohaeawai.«

Hone Heke hatte mit kräftiger Stimme gesprochen, sank nun jedoch zurück in den Sessel, den er sich für die Rede hatte hinstellen lassen. Er war nicht gänzlich genesen, doch immerhin war die Wunde nach der Operation nicht mehr aufgebrochen. Ruth war überzeugt davon, dass er seine Kräfte bald zurückerlangen würde. Er gedachte, zu Friedensverhandlungen nach Auckland oder Kororareka zu reisen, und Ruth hoffte, dass er sie dann mitnehmen und freilassen würde.

Bis die Entscheidung des Gouverneurs eintraf, vergingen allerdings Wochen, und Ruth wurde die Zeit dabei lang. Dabei fühlte sie sich nicht wie eine Gefangene im *pa*, sie konnte sich frei bewegen, und Hariata wurde ihr immer mehr zu einer Freundin. Soweit sie konnte, machte sie sich nützlich, indem sie den Frauen beim Kochen und anderen häuslichen Verrichtungen half, und natürlich stand sie für medizinische Hilfe zur Verfügung. Allerdings war kaum jemand krank im *pa.* Die Besatzung bestand vorwiegend aus gesunden, kampftauglichen Männern – jeweils fünfzehn von ihnen bewohnten eine der Erdhöhlen. Frauen und Kinder sah man nur vereinzelt. Vor allem die Häuptlinge brachten ihre Familien mit, den gemeinen Kriegern folgten die Frauen eher selten. Ruth gegenüber waren sie alle freundlich. Sie luden sie sogar ein, sie in die Umgebung des *pa* zu begleiten, um Fallen zu stellen, zu fischen oder essbare Pflanzen zu sammeln. Eine von ihnen, die ein bisschen heilkundig war, wies Ruth gern in die medizinische Nutzung von Wurzeln und Beeren ein. Theoretisch hätte sie bei diesen Ausflügen leicht fliehen können, doch nach wie vor hatte sie keine Vorstellung davon, wo genau sie sich befand, und einen Gewaltmarsch allein durch die Wälder traute sie sich nicht zu. Also bemühte sie sich um Geduld – was ihr sehr viel leichter gefallen wäre, hätte sie gewusst, dass Cooper am Leben war. Zudem vermisste sie die Kinder und fürchtete, dass die beiden sie schon vergessen hatten. Manchmal musste sie sich zwingen, positiv zu denken. Sie fieberte der Entscheidung des Gouverneurs entgegen und fiel aus allen Wolken, als der Bote endlich eintraf. Gouverneur FitzRoy, so verkündete er, lehne den Friedensschluss ab.

»Er sagte«, so berichtete der Mann, ein hochgewachsener Krieger, der sein Englisch in der Missionsstation Te Waimate gelernt hatte, »es gebe keinen Frieden, solange wir unsere Lektion nicht gelernt hätten. Er könne nicht dulden, dass wir aufbegehren. Wir hätten uns in Waitangi unter die Herrschaft der Krone begeben, und die Entscheidungen ihrer Vertreter müssten wir nun ohne Widerrede akzeptieren.«

»Hone war sehr aufgebracht«, erklärte Hariata, die Ruth von der Unterredung des Häuptlings und der hochrangigsten Krieger mit dem Boten berichtete. Sie hatte daran teilnehmen dürfen. Die anderen Bewohner des *pa* würde der Häuptling wohl erst am nächsten Tag informieren. »Er hat Anweisungen gegeben, die Verteidigungsanlagen weiter zu verstärken. Wir werden alle unsere Kräfte hier konzentrieren und ihnen einen Kampf liefern, wie sie ihn nie zuvor erlebt haben!«

»Es geht also weiter«, sagte Ruth mutlos. »Was denkt sich nur dieser FitzRoy? Was hofft er, zu gewinnen?«

»Für dich habe ich allerdings gute Nachrichten«, unterbrach Hariata ihre Überlegungen mit verschmitztem Lächeln. »Ich hatte dem Boten Anweisung gegeben, sich nach deinem Cooper Leighton umzuhören.«

»Und?« Ruth fuhr auf. »Ist er ... ist er ...« Ihr Herz klopfte heftig, ihre Hände verkrampften sich um die Verbände, die sie gerade aufwickelte.

»Es war ihm möglich.« Hariata machte es spannend. »Die Truppen der Engländer lagern bei Te Waimate, sie sammeln sich für die nächsten Angriffe. Unser Bote hat die Missionsstation besucht, und wie es aussieht, hat dein Cooper die Schlacht von Ohaeawai ebenso unbeschadet überlebt wie die Kämpfe in Pakaraka.«

»Hat euer Mann mit ihm gesprochen?«, fragte Ruth aufgeregt. »Weiß er ... weiß er von mir?«

»Du giltst als vermisst«, erklärte Hariata. »Unser Mann hat auch diesbezüglich vorsichtig Erkundigungen angestellt. Aber er konnte natürlich niemandem sagen, dass du hier bist. Wäre dem Gouverneur zu Ohren gekommen, dass wir eine *pakeha*-Krankenschwester gefangen halten, hätte das unsere Position bei den Friedensverhandlungen geschwächt.«

»Zu denen es jetzt ja sowieso nicht kommen wird ...« Ruth seufzte. »Trotzdem vielen Dank. Ich bin mehr als erleichtert, auch wenn es wehtut, dass Cooper denken muss, ich wäre tot.«

Hariata hob die Hände. »Ich habe getan, was ich konnte, und ich wünsche dir sehr, dass du ihn bald wiedersiehst.«

»Ich weiß nicht, ob ich mir das auch wünsche«, sagte Ruth leise. »Nicht, wenn es bedeutet, dass ich zusehen muss, wie er gegen dieses *pa* anrennt und womöglich vor seinen Palisaden verblutet ...«

Ruth schöpfte erst wieder Hoffnung, als sie ein paar Wochen später von der Wahl eines neuen Gouverneurs hörten. FitzRoy musste sein Amt an George Edward Grey, der angeblich ein besonnener Mann war, abgeben. Tatsächlich trafen bald darauf Unterhändler in Ruapekapeka ein. Grey versuchte, Frieden zu schließen.

Ruth bekam von den Verhandlungen nicht viel mit, doch sie sah ein, dass die Maori darauf bestanden, sie einzusperren, solange die Boten in den Mauern des *pa* weilten. Die Existenz einer weißen Gefangenen hätte die *pakeha*-Unterhändler erbost und die Verhandlungen beeinflusst. Als sie dann aber vom Ausgang der Unterredung zwischen den Boten des Gouverneurs und den Häuptlingen der Maori hörte, platzte sie fast vor Wut.

»Sie haben abgelehnt?«, fragte sie Hariata, die wieder einmal die Hiobsbotschaften verkündete. »Auf einmal wollen sie keinen Frieden mehr?«

Hariata zuckte mit den Schultern. »Sie wollen auf jeden Fall noch eine Schlacht«, erklärte sie. »Jetzt, nachdem sie Ruapekapeka weiter befestigt haben. Te Ruki Kawiti will unbedingt herausfinden, ob und wie lange die Konstruktion den Kanonen der Engländer standhält.«

»Was?« Ruth blitzte die Maori-Frau an. »Sie wollen die Stärke ihrer Palisaden testen und dafür das Leben ihrer Männer riskieren? Es ist für sie so etwas wie ein Spiel?«

Hariata verzog den Mund. »Etwas kindisch, wie wir schon einmal anmerkten. Aber ja, der Häuptling argumentierte, dass die ganze Arbeit der letzten Wochen umsonst gewesen wäre, wenn wir jetzt nicht noch eine Schlacht schlügen. Mein Mann sieht das ähnlich – und ihm geht es obendrein darum, dem Gouverneur seine Demütigung heimzuzahlen. FitzRoys Ablehnung seiner Friedensvorschläge hat ihn sehr gekränkt.«

Ruth rieb sich die Stirn. Für sie war das alles unglaublich, und Hariata senkte den Blick. Sie schien ebenfalls nicht allzu glücklich mit den Entscheidungen der Heeresleitung.

»Und was ist mit mir?«, fragte Ruth. »Könnt ihr mich nicht

mit den Engländern zurückschicken? Ich meine ... jetzt sind die sowieso verärgert, da können sie auch noch von der weißen Gefangenen erfahren. Zumal wenn sie freigelassen wird ... Ich bin jetzt monatelang hier, Hariata. Ich will zurück zu meinen Kindern.«

Hariata biss sich auf die Lippen. »Ich habe Hone das vorgeschlagen«, erklärte sie. »Aber er ... er lehnt es ab.«

Ruth fuhr auf. »Er lehnt es ab? Mit welcher Begründung? Ich ... ich habe ihn geheilt, er schuldet mir etwas, er sollte ...«

Hariata hob resigniert die Hände. »Er kann mit seinen Gefangenen machen, was er will«, sagte sie. »Und du ...«

Sie schwieg, doch Ruth schaffte es auch allein, ihre Schlüsse zu ziehen.

»Er will mich gar nicht freilassen«, begriff sie. »Nicht, bevor der Krieg gänzlich zu Ende ist. Er hat jetzt ein schönes Feldlazarett, aber ohne mich ist es weitgehend nutzlos. Also wird er mich hierbehalten, damit ich im Zweifelsfall verwundete Krieger verarzten kann. Und wer weiß, was ihm hinterher einfällt. Er mag ja noch weitere Kriege planen.«

Hariata wirkte schuldbewusst. »Du könntest viel Gutes tun«, meinte sie dann, ihren Gatten verteidigen zu müssen. »Wenn wir zurück zu unserem Stamm gehen ... könntest du unsere Weise Frau sein. Dich um Frauen und Kinder kümmern ...«

Ruth schüttelte den Kopf. »Ich habe selbst zwei Kinder, die mich brauchen«, erklärte sie aufgebracht. »Ich will sie endlich wiedersehen. Ich will Cooper heiraten und im Krankenhaus von Auckland arbeiten. Ganz sicher führe ich keine Krankenstation mehr, fernab von jeder Zivilisation. Sucht euch eine andere *tohunga!* Es gibt genügend Missionsstationen. Die werden euch gern jemanden schicken, der sich auf Krankenpflege versteht.«

Hariata seufzte. »Wir wollen geheilt werden, nicht bekehrt«, sagte sie. »Der Häuptling will zurück zu alten Bräuchen und nur das von den *pakeha* übernehmen, das wirklich gut für uns ist. Gerade im Bereich der Medizin lässt sich vieles verbinden. Du lernst doch jetzt schon von unseren *tohunga,* und sie werden von dir lernen. Wir …«

»Ich bleibe auf keinen Fall!«, sagte Ruth bestimmt. »Ich gehe, sobald ich kann. Und wenn ich mich allein durch die Wälder schlagen muss. Das lasse ich nicht mit mir machen, ich …«

Hariata blickte sie unglücklich an. »Dann müssen wir dich von jetzt an bewachen«, erklärte sie. »Es tut mir leid, Ruth, ich hätte anders entschieden, aber Hone Heke macht, was er will. Und in diesem Fall … Von unserer Warte aus gesehen ist seine Entscheidung durchaus weise.«

Ruth wandte sich ab. Sie war tief enttäuscht, doch weit entfernt davon aufzugeben. Die britischen Truppen würden sehr bald kommen – und dieses Mal würden sie nichts dem Zufall überlassen. Wirklich schwerer Artillerie konnte Ruapekapeka nicht standhalten. Despard würde das *pa* stürmen, egal, wie viele Verluste es ihn kostete. Ruth musste es dann nur schaffen, sich im allgemeinen Durcheinander der Kämpfe abzusetzen und zu verstecken, bevor die Maori abzogen und sie mitschleppten, um den Engländern erneut ein leeres *pa* zu überlassen. Ruth war fest entschlossen. Auf keinen Fall würde sie sich so leicht versklaven lassen wie damals die Moriori. Hone Heke würde seinen Willen nicht bekommen.

Kapitel 7

Es wurde Sommer, bis die Truppen der Krone bereit waren, sich der Herausforderung Hone Hekes zu stellen. Im Dezember berichteten die Späher der Maori, dass sich das Heer näherte. Ruth grauste es bei dem Gedanken an das unwegsame Gelände, das die Männer zu durchqueren hatten. Sie erinnerte sich noch zu genau an den Gewaltmarsch mit den Kriegern. Im Gegensatz zu Dr. Millers Feldlazarett wurden die schweren Wagen, mit denen gewaltige Kanonen durch die Wälder transportiert wurden, allerdings sehr gut bewacht. Jeder Versuch übermütiger Maori-Krieger, das Heer schon auf dem Weg nach Ruapekapeka anzugreifen und die Männer zu verunsichern, scheiterte.

Schließlich lagerten die Engländer in den Hügeln vor dem *pa*. Ruth, der es trotz ihrer Bewacher gelang, von einer der Palisaden aus einen Blick auf die Belagerer zu werfen, staunte über die Größe der Streitmacht, die man aufgebracht hatte. Neben britischen Truppen kämpften erneut Maori unter dem Befehl von Tamati Waka Nene, dem Mann, der Hone Heke in der Schlacht von Ahuahu geschlagen und fast getötet hätte.

Gleich am nächsten Tag begann dann der Beschuss. Despard belegte das *pa* der Maori gnadenlos mit Bombardement. Schon nach wenigen Stunden war Ruth völlig zermürbt von dem Krach und den Bodenvibrationen nach den Einschlägen. Für die Frauen und Kinder war es unmöglich, die Erdhöhlen zu verlassen. Immer wieder gelang es den Engländern, die Barrikaden zu überschießen, und dann schlugen die Kugeln im Inneren der Festung ein. Die Krieger verschanzten sich hinter den Barrikaden – gut geschützt durch Erdwälle und unterirdische Gänge, die schnelle Stellungswechsel ermöglichten.

Nach zwei Tagen meinte Ruth, es nicht länger aushalten zu können. Hariata dagegen blieb stoisch. Die beiden Frauen teilten eine Erdhöhle, und Ruth war hin- und hergerissen, ob sie die Frau des Häuptlings als Leidensgefährtin oder Kerkermeisterin sehen wollte. Sie war ihr noch böse, allerdings hatte sich ihr Verhältnis in den letzten Wochen wieder verbessert. Es gab einfach zu wenig weibliche Gesellschaft im *pa*, und Hariata war ihr eigentlich zu sympathisch, um eine Feindschaft aufrechtzuerhalten.

Zwischen den Kanoneneinschlägen hörte man immer mal wieder Schusswechsel.

»Hone macht Ausfälle«, nahm Hariata an.

Das wäre im Grunde nicht nötig gewesen. Es hätte gereicht, das *pa* einfach zu halten. Der Häuptling war jedoch nicht sehr geduldig.

Despard zeigte sich genauso tollkühn. Immer wieder sandte er Patrouillen aus, die prompt mit Maori-Spähern zusammenstießen, sodass es neben der Belagerung täglich zu kleineren Scharmützeln kam. Immerhin gab es auf beiden Seiten bislang keine Toten. Ruth verarztete ein paar verletzte Krieger, aber ihre Blessuren waren unbedeutend.

Als die Belagerung in die dritte Woche ging, waren die Bewohner des *pa* durch Schlafmangel völlig erschöpft. Auch die Verpflegung war schlecht, da keiner es wagte, außerhalb der Erdhöhlen offene Feuer zu entzünden, um warme Mahlzeiten zuzubereiten.

Ruth registrierte, dass sich die Stimmung zusehends verschlechterte. In den ersten Tagen hatten die Krieger gefeiert, dass die Mauern ihrer Festung den Kanonen der Engländer trotzten, doch jetzt schienen sie die Lust zu verlieren.

Schließlich erschien ein Bote der Heeresleitung in Hariatas Höhle und verhandelte in raschem Maori mit der Häuptlingsfrau. Ruth hörte nicht zu. Sie kämpfte seit Tagen mit bohrenden Kopfschmerzen, und sie fürchtete sich vor der Zukunft. Was würde geschehen, wenn es den Maori wirklich gelang, die Festung zu halten? Was, wenn Despard abzog? Würde sie weitere

Monate hier festsitzen, bis die Briten es noch einmal versuchten? Oder würde es Friedensverhandlungen geben, die Ruths Freilassung jedoch nicht einschlossen? Wenn der Häuptling sie als Gefangene verschleppte, würde Cooper nie erfahren, dass sie am Leben war.

Als der Bote ging, wandte sich Hariata ihr zu. »Der Häuptling lässt das *pa* räumen«, erklärte sie überraschend. »Ich gehe gleich heute Nacht mit den anderen Frauen und Kindern. Du sollst noch dableiben. Falls es Kämpfe gibt. Es soll wohl erste Schäden an den Palisaden geben, womöglich werden die *pakeha* eindringen. Du sollst dich dann um die Verwundeten kümmern. Aber morgen, spätestens übermorgen bringen sie dich auch hinaus.«

»Wo geht ihr denn hin?«, fragte Ruth verwirrt. »Wie kommt ihr überhaupt hinaus?«

Hariata lächelte. »Es gibt immer Fluchtwege. Wir gehen nach Waiomio, das ist ein Stammsitz der Ngati Hine. Ein paar Meilen entfernt. Wir werden uns dort sehr bald wiedersehen.«

Nicht, wenn ich es verhindern kann, dachte Ruth, die auf einmal hellwach war. Wenn sie überhaupt eine Chance haben sollte, sich abzusetzen, dann in diesen nächsten Tagen. Vorerst jedoch blieb ihr nur zu warten, während die Engländer weiter bombardierten und sich das *pa* zusehends leerte. Hone Heke zog sich mit seinen Truppen zurück, Te Ruki Kawiti hielt das Fort weiter besetzt.

Am übernächsten Tag, einem Sonntag, stoppte endlich der Kanonenbeschuss. Stattdessen waren Musketenschüsse zu hören und Schreie. Der Krieger, der seit Hariatas Fortgang den Einstieg zu Hariatas Erdhöhle bewacht hatte, bedeutete Ruth, ihm nach draußen zu folgen.

»Sie sind eingebrochen«, berichtete er kurz. »Es wird Verletzte geben. Wir haben dir im hinteren Bereich des *pa* ein Zelt aufgebaut. Du findest da alles, was du brauchst. Und es ist nah genug für die Verwundeten von Kawiti und von Hone Heke.«

»Von Hone Heke?«, fragte Ruth verwundert. »Ich denke, der ist weg.«

Der Krieger grinste. »Das denken die Rotröcke auch«, bemerkte er. »Beeil dich! Hier wird womöglich gleich gekämpft.«

Ruth hastete mit ihm durch die Gräben, die den Wohnbereich des *pa* und die Verteidigungsanlagen miteinander verbanden. Sie konnte nichts sehen, aber sie hörte tatsächlich bereits Kampflärm. Den Engländern musste es endlich gelungen sein, eine Bresche in die Palisaden zu schießen, und nun strömten sie in die Festung. Kawitis Männer mussten ihnen zahlenmäßig weit unterlegen sein. Aber wie es aussah, plante Hone Heke ja noch einen Angriff. Oder einen Hinterhalt?

Ruth dachte fieberhaft nach, während sie das Zelt inspizierte, in dem die Maori tatsächlich ein regelrechtes Feldhospital aufgebaut hatten. Sie erkannte die Liegen und die Medikamente, das Verbandmaterial und die Instrumente – alles, was sie in Auckland eingepackt hatte, um in der Schlacht Erste Hilfe leisten zu können. Kurz darauf wurde der erste Verwundete gebracht.

»Nahkampf?«, fragte Ruth, als sie die Verletzung eines jungen Kriegers verband, die offenbar von einem Bajonett stammte.

Der Mann nickte. »Ja, doch es wird auch geschossen. Es gab Tote. Diese Briten ... Es sind einfach zu viele. Wir wollten uns schnell zurückziehen, aber sie ... sie reiben uns auf ... wir müssen hier weg ...«

Ruth wollte den Mann eigentlich im Hospital behalten, doch er verließ das Zelt, kaum dass sie ihn verbunden hatte. Es wurden keine weiteren Verletzten gebracht, die Maori schienen sich auf der Flucht zu befinden. Irgendetwas war ganz offensichtlich schiefgegangen oder lief zumindest nicht ganz nach Plan.

Ruth wusste, dass es riskant war, aber sie musste hinausgehen, um sich einen Überblick zu verschaffen. Ihr Herz klopfte heftig, als sie das Zelt verließ, doch was sie sah, stimmte sie optimistisch.

Im *pa* wimmelte es von britischen Soldaten – wohl auf der Suche nach Gegnern. Die wenigen Maori, die man noch sah, waren im Abwehrkampf oder schon auf der Flucht. Die Engländer trieben die Verteidiger vor sich her. Sie schienen wie berauscht von dem mühelosen Sieg.

Ruth dagegen erkannte, wohin die Maori-Krieger flohen. Im hinteren Bereich des *pa*, in dem die Festung an dichten Wald grenzte – war die Palisade niedergetrampelt. Es sah nach einem Verzweiflungsakt auf der Flucht aus, aber Ruth wusste, dass es dort ein Tor gegeben hatte. Als die Männer sie damals hergebracht hatten, hatte man sie dadurch eingelassen. Ein verstecktes Tor ... jetzt getarnt als Fluchtweg. Nicht weit vom Hospitalzelt. ... *nah genug für die Verwundeten von Kawiti und von Hone Heke* ... Die Worte des Maori-Kriegers hallten in ihrem Kopf wider.

Ruth stürzte auf den Anführer eines Trupps Rotröcke zu, die eben Anstalten machten, den flüchtenden Feinden über den niedergetretenen Zaun nachzusetzen.

»Nicht!«, schrie sie. »Nicht in den Wald! Das ist eine Falle! Das ...«

Der Sergeant sah sie irritiert an. »Nanu, eine Weiße? Wo kommen Sie denn her? Egal, lassen Sie uns vorbei, die Kerle sind gleich weg. Gewehr angelegt, Männer! Lasst sie nicht entkommen!«

Damit stürmte er weiter. Seine Männer folgten ihm.

Ruth sah ihnen entsetzt nach und erkannte gleich einen weiteren Trupp, der wohl Anweisungen hatte, die Maori zu verfolgen. Andere Gruppen von Soldaten durchsuchten inzwischen das Fort. Despard schien anzunehmen, dass sich in den Erdhöhlen noch Krieger versteckten.

Ruth stellte sich den nächsten Kämpfern entschlossen in den Weg, und dann meinte sie ihren Augen nicht zu trauen. An ihrer Spitze, den Säbel gezückt, lief Cooper Leighton!

»Cooper!« Sie rannte auf ihn zu.

Cooper verhielt, völlig verblüfft. »Ruth! O mein Gott, Ruth ... du ... du bist am Leben, du ...«

Er ließ die Waffe sinken und machte Anstalten, sie in die Arme zu schließen. »Ich hatte gehofft, dass sie dich gefangen genommen haben, als ich hörte, dass sie das ganze Lazarett geplündert hatten ... Aber dann ... all die Monate, in denen wir nichts von dir hörten ... die Boten des Gouverneurs ...«

»Sergeant!« Einer der Soldaten hinter ihm wandte sich sehr bestimmt an Cooper, der diesen Trupp wohl anführte. »Sergeant, es ... es ist ja schön, dass Sie die Lady wiedergefunden haben, aber wir ... wir haben Befehl, Sergeant Lacy zu unterstützen. Die Maori dürfen nicht entkommen.«

Ruth sah ihn an. »Sergeant Lacy ist der Mann, der eben dort hinaus ist mit seinen Leuten?«, vergewisserte sie sich und wies auf die am Boden liegende Eingrenzung. Aus dem Wald dahinter waren Schüsse zu hören. »Ich wollte ihn aufhalten, er hat jedoch nicht auf mich gehört. Ich ...«

Cooper ließ sichtlich unwillig von ihr ab. »Wir haben klare Anweisungen, Liebste«, sagte er. »Wir sollen den flüchtenden Kriegern nachsetzen und sie aufreiben ... Wir müssen da raus. Also kommt, Männer!« Er hob erneut die Waffe.

Ruth fiel ihm in den Arm. »Himmel, Cooper, so hör mich doch an!«, flehte sie. »Die fliehen nicht. Hörst du nicht die Schüsse? Die locken euch in einen Hinterhalt. Hone Hekes Männer sitzen in den Bäumen und schießen. Der Plan ist, euch so viele Verluste zuzufügen wie möglich, bevor sie sich absetzen ...«

»Absetzen?«, fragte Cooper unschlüssig. »Woher weißt du ...?«

Ruth griff nach seinem Arm. »Natürlich absetzen!«, schrie sie ihn an. »Das machen sie doch immer so! Das ist hier keine belagerte Stadt mit Frauen und Kindern, die verteidigt werden muss. Ein *pa* ist nur für den Kampf gebaut, für einen einzigen Kampf. Sobald einmal Blut darin vergossen wurde, ist es tapu, es muss aufgegeben werden. Denk doch mal nach, Cooper! Wie oft seid ihr in diesem Krieg schon ›siegreich‹ in ein verlassenes *pa* einmarschiert?«

Cooper blickte auf die andere Seite der niedergetrampelten Palisade. Er sah Mündungsfeuer aufblitzen und hörte Schüsse. Ruth hatte recht: Vor ihm stürzte sich die erste Angriffswelle in einen Kugelhagel, den sie kaum erwidern konnte. Die Maori waren Meister der Tarnung. Hekes Männer verschmolzen mit dem Wald und schossen aus sicherer Deckung.

Seine Männer warteten auf Anweisungen. Cooper straffte sich.

»Bemannt die noch stehende Palisade!«, befahl er. »Bereit, den Rückzug unserer Leute zu decken, oder die Anlage zu verteidigen, falls die Maori angreifen. Aber wir gehen da nicht hinaus!«

Tatsächlich flohen die ersten Soldaten von Lacys Trupp bereits wieder in Richtung Fort. Coopers Männer beschossen die Maori, die ihnen folgten. Sobald die Krieger der Gegenwehr gewahr wurden, zogen sie sich zurück. Ruth beobachtete das aufatmend. Sie hatte sich hinter Cooper in den Schatten einer Wachhütte geduckt.

Schließlich verstummten die Schüsse. Wie Ruth vorausgesagt hatte, waren die Maori in den Wäldern verschwunden.

Cooper befahl, vorsichtig herauszugehen und die Verwundeten und Toten zu bergen. Er zählte zwölf Leichen, Dutzende Männer waren verwundet. Ruth begann, sich um sie zu kümmern. Das Feldlazarett kam endlich zum Einsatz.

Stunden später, als Ruth und die zwei Militärärzte, die Despards Heer begleitet hatten, über dreißig mehr oder weniger schwer verletzte Soldaten versorgt hatten, stieß Cooper wieder zu ihr. Die Kämpfe waren beendet. Der Hinterhalt war Hone Hekes letzter Versuch gewesen, die *pakeha* doch noch zu schlagen. Er war nicht allzu erfolgreich gewesen. Die Briten verzeichneten insgesamt vierzehn Tote.

»Ohne deine Warnung wären es erheblich mehr gewesen«, meinte Cooper. »Wir wären blind da hinausgestürmt.«

»Wie sieht's denn auf der anderen Seite aus?«, fragte einer der Ärzte. »Uns wurde kein einziger verwundeter Maori gebracht.« Die Mediziner wären bereit gewesen, sich auch um Kriegsgefangene zu kümmern.

»Die haben sie mitgenommen«, sagte Cooper. »Auch die Toten. Das war ein ziemlich geordneter Rückzug.«

»Trotzdem muss irgendwas nicht nach Plan gelaufen sein«, wandte Ruth ein. »Sonst ... sonst wäre ich nicht hier. Kawitis

Männer hatten den Befehl, mich mitzubringen – Hone Heke wollte seine private Krankenschwester behalten.«

»Wir sind zu früh durchgebrochen«, meinte einer der verwundeten Soldaten. »Die Maori-Hilfstruppen haben schon gestern gemeldet, das *pa* würde geräumt. Daraufhin hat Despard noch mal alle Kanonen auf die schwächste Stelle der Palisaden gerichtet und endlich eine Bresche hineingeschossen. Da sind wir dann durch und haben die letzten Krieger erwischt, die noch nicht unterwegs waren.«

Ruth überlegte. »Der Plan sah wahrscheinlich so aus, dass die Krieger sich in der Nähe des Hospitalzelts sammeln sollten, beim Eintreffen der Engländer noch ein bisschen so tun, als würden sie kämpfen, und dann in Richtung Hinterhalt fliehen. Die Häuptlinge müssen geglaubt haben, das Fort nach der Schlacht im Busch wieder in Besitz nehmen zu können. Sonst hätten sie das Zelt nicht drinnen aufgebaut.«

»Wie auch immer, nun sind sie weg«, sagte Cooper zwischen Aufatmen und Resignation. »Zumindest vorerst. Wahrscheinlich ziehen sie schon in ein neues *pa* ... das kann endlos so weitergehen.«

Ruth schüttelte den Kopf. »Glaube ich nicht. Die haben genug. Sie werden jetzt in Friedensverhandlungen einwilligen. Das hier war die letzte Schlacht.«

»Und wer hat sie nun letztlich gewonnen?«, fragte ein junger Sergeant, der nach einer Schussverletzung den Arm in der Schlinge trug.

Ruth zuckte mit den Schultern. »Wahrscheinlich wird jeder den Sieg für sich reklamieren.«

Cooper blickte resigniert auf die Toten, die vor dem Zelt aufgebahrt worden waren. Er hörte das Stöhnen der verwundeten Männer und die Hochrufe aus dem Zentrum des *pa*, wo Despard den Sieg feierte.

»Wie immer, wenn die Waffen sprechen, haben alle verloren«, sagte er leise. »Es gab wohl nie etwas Klügeres als Nunukus Gesetz ...«

Sehr viel später, als alle schliefen, spazierten Ruth und Cooper Arm in Arm durch die verlassene Festung.

Cooper küsste sie. »O mein Gott, Ruth, du glaubst nicht, wie froh ich bin, dich wiederzuhaben. Ich wollte immer daran glauben, dass du lebst, aber manchmal ... manchmal war ich nahe daran, den Mut zu verlieren.«

»Ich hätte dir nicht nachreisen dürfen«, erklärte Ruth reumütig.

Cooper lächelte. »Ich muss zugeben, dass ich ein bisschen irritiert war, als ich davon hörte«, behauptete er. »Erst willst du auf gar keinen Fall mit mir nach Australien, obwohl da nun wirklich keine Gefahr für dich bestünde, und dann wirfst du dich Hals über Kopf ins Abenteuer, um mich wiederzusehen.«

»Ich wollte dich beschützen«, sagte Ruth. »Als ich hörte, wie gefährlich es wird ...«

Cooper verdrehte die Augen. »Du traust mir wohl gar nichts zu, oder? Ruth, ich hab's dir schon so oft gesagt: Ich bin nicht David. Ich kann auf mich selbst aufpassen. Ich bin ein Mann, ich will dich verwöhnen, dich umwerben. Zum Teufel, Ruth, lass mich doch zur Abwechslung mal dir hinterherlaufen!«

Ruth lächelte. »Muss denn immer einer dem anderen hinterherlaufen?«, fragte sie. »Können wir ... nicht einfach nebeneinandergehen?«

Cooper nahm ihre Hand. »Für immer«, sagte er.

Kapitel 8

Mit der Schlacht von Ruapekapeka endeten tatsächlich die Kämpfe, die als Flagstaff War in die Geschichte eingehen sollten.

Hone Heke und sein Mitstreiter Kawiki erklärten, sie würden die Rebellion beenden, sobald sich die Streitkräfte der Briten aus dem Land der Nga Puhi zurückgezogen hatten, und der Gouverneur stimmte förmlich zu. Das Heer war ohnehin schon wieder auf dem Weg nach Auckland, und so wahrten beide Seiten das Gesicht. Tamati Waka Nene bot sich weiterhin an, beim Gouverneur zu vermitteln, und letztlich endete alles glimpflich für Hone Heke und seine Männer. Die Häuptlinge wurden amnestiert. Auf Strafmaßnahmen wie etwa die Beschlagnahmung ihres Landes, verzichtete die Krone.

»Hone Heke hat auf ganzer Linie gesiegt«, bemerkte Dr. Thompson. Die Thompsons waren inzwischen nach Kororareka zurückgekehrt. Ihr Haus war geplündert, allerdings nicht zerstört worden, und er konnte seine Praxis gleich wieder eröffnen. Cooper und Ruth besuchten das Ehepaar vor ihrer Weiterreise nach Auckland. »Der berühmte Fahnenmast wird nicht wieder aufgebaut.«

»Außerdem hat er sein *mana* kräftig gemehrt«, bemerkte Ruth. Sie hatte den Transport der Verwundeten zurück zur Bay of Islands begleitet und dabei auch Mitglieder der Maori-Hilfstruppen versorgt. »Selbst die Krieger um Tamati Wake Nene sprechen in höchsten Tönen von ihm. Bei den Maori wird er zum Volkshelden.«

»Sein Stamm hat allerdings gelitten, heißt es«, meinte Mrs. Thompson. »In Te Waimate sammeln sie schon für Bedürftige. Unter den Nga Puhi hat es Seuchen gegeben und Missernten, während die Männer im Feld waren.«

»Aber Kororareka – nein, ich muss ja jetzt Russell sagen –

scheint eher profitiert zu haben«, überlegte Cooper. »Aus den Flammen des Höllenlochs der Bay of Islands erhebt sich ein richtig schmuckes Städtchen.«

Das konnten die Thompsons nur bestätigen. Viele Schankwirte und Huren waren nach dem Brand nicht zurückgekehrt, und anstelle der eilig zusammengezimmerten Unterkünfte im Hafenviertel entstanden nun ordentliche, solide Häuser, bewohnt von Handwerkern und Geschäftsleuten.

»Vielleicht wollen Sie ja doch zu uns zurückkommen, Ruth«, sagte Dr. Thompson hoffnungsvoll. »Was planen Sie überhaupt für die Zukunft?«

Er sah Ruth und Cooper vielsagend an. Natürlich war ihm aufgefallen, dass beiden das Glück nur so aus den Augen strahlte. Ihre Zukunft würde auf jeden Fall eine gemeinsame sein.

»Ich hoffe, meine restliche Dienstzeit in Auckland ableisten zu dürfen«, meinte Cooper. »Es gibt zwar schon wieder Unruhen oben bei Wellington, zu denen Truppen geschickt werden sollen, aber für die paar Wochen, die ich noch vor mir habe, lohnt es sich kaum, mich zu versetzen.«

»Verlängern wollen Sie nicht?«, fragte der Arzt.

Cooper schüttelte entschieden den Kopf. »Nein, ich suche mir etwas, das dem Leben dient, nicht dem Sterben. Kimi würde sagen: Etwas, das den Göttern wohlgefälliger ist.«

»Solange du nicht anfängst, zu predigen, ist mir alles recht«, neckte ihn Ruth. »Ich heirate dich nur, wenn deine Arbeit mir wohlgefällig ist und die Kinder ernährt.«

Brandon und Kimi waren nach ihrem Aufenthalt auf Chatham Island nach Auckland zurückgekehrt – auch sie über Russell. Brandon hatte ein Zimmer in einer der hübschen neuen Pensionen im Ort für sie genommen und die Sprache gleich auf ein heikles Thema gebracht, als die Vermieterin nach ihrem Trauschein fragte. Da sie bislang keinen hatten, brachte sie die junge Familie in getrennten Zimmern unter.

»Ich würde dich sehr gern heiraten«, sagte Brandon. »Ich weiß, du bist längst meine Frau, aber so eine Urkunde macht alles einfacher. Was meinst du, willst du mir das Jawort geben? In einer *pakeha*-Kirche?«

Kimi lächelte. »Meine Götter haben uns längst gesegnet, warum sollten es deine nicht auch tun? Von mir aus können wir in der nächstbesten Kirche heiraten, nur nicht so gern in Te Waimate.« Die Behandlung durch die dortige Geistlichkeit konnte sie wohl nicht vergessen.

Brandon biss sich auf die Lippen. »Ganz sicher nicht in Te Waimate«, erklärte er. »Kimi, ich ... Ich bin Ire, das weißt du ja. Und wir ... wir Iren sind römisch-katholisch. Also brauchen wir eine katholische Kirche – und eine solche ... gibt es noch nicht in Auckland.«

Er wurde nervös, doch zu seiner Verwunderung blieb Kimi völlig gelassen. »Hier gibt es eine«, erwiderte sie. »Da, wo David jetzt ist.«

Brandon seufzte. »Ich weiß, aber ich möchte dir nicht zumuten, David wiederzusehen. Nach all dem, was er dir und Ruth angetan hat ...«

Kimi schüttelte den Kopf. »Ich habe keinen Streit mit David«, stellte sie klar. »Das mit Ruth, das war natürlich schäbig. Aber mir hat er kein Leid angetan. Im Gegenteil, ich habe ein wunderschönes Kind von ihm, und er war immer gut zu mir auf Rekohu.«

Brandon verzog das Gesicht. »Er hat dich missbraucht, Kimi! Und er hätte dich Anewas Zorn überlassen, wäre Ruth nicht eingeschritten. Du ... du liebst ihn doch nicht etwa noch?«

Kimi lachte über seinen besorgten Gesichtsausdruck. »Ich liebe nur dich«, erklärte sie. »Und Rohana. Aber ich kann David nichts übel nehmen. Er war immer beherrscht von seinen eigenen Geistern, und er wird nie lernen, sie zu bannen. Vielleicht wird er glücklich unter seinen neuen Brüdern, vielleicht auch nicht. Vielleicht wird er seinen Gott sein Leben lang suchen, doch es gibt keinen *karanga* für ihn ...«

Brandon lächelte. »Den muss ja auch eine Frau ausstoßen«, bemerkte er. »Und die soll laut Bibel in der Kirche schweigen.«

Kimi runzelte die Stirn. »Ich denke, ich muss Ja sagen ... Das musst du mir noch mal erklären. Jedenfalls hätte ich nichts dagegen, dass David uns traut.«

David Mühlen konnte die beiden natürlich nicht trauen, er hatte sein Studium der katholischen Theologie ja gerade erst aufgenommen. Er stellte sich auch nicht der Begegnung mit Kimi oder gar Rohana. Der Priester, der schließlich den Segen über Kimi und Brandon sprach, erklärte, Bruder David habe sich zu Exerzitien zurückgezogen.

»Er war und ist ein Feigling«, konstatierte Ruth, als Brandon ihr in Auckland empört davon erzählte. »Oder zumindest ein Ignorant. Wahrscheinlich hat er Kimi genauso einfach weggedacht wie meine Kinder und mich.«

Sie wiegte Felicity im Arm. Die Kleine hatte sie zu ihrem Leidwesen kaum wiedererkannt, sie musste erneut eine Beziehung zu ihr aufbauen. Dafür mochte Laurent seine Mutter gar nicht mehr loslassen, seit sie endlich wieder da war. Raukura erklärte, sie habe ihm täglich von seiner Mutter erzählt und jede Nacht mit ihm in die Sterne gesehen.

»Der hellste Stern war für ihn dein Auge, das über ihn wacht«, sagte sie lächelnd. »Du hattest starke Geister an deiner Seite.«

Ruth hatte erneut das Haus bezogen, das sie mit den Petersons teilte, während Cooper für die letzten Wochen seiner Dienstzeit in die Kaserne zurückkehrte. Man setzte ihn bei der Rekrutenausbildung ein, was ihm gut gefiel. Er hatte schon immer gern unterrichtet. Ruth konnte ihre Arbeit im neu eröffneten Stadtkrankenhaus jederzeit antreten. Sie wollte sich in Zukunft vor allem der Ausbildung junger Schwestern widmen.

Kimi zuckte zu Ruths Schmähungen ihres ehemaligen Mannes nur die Schultern. »David mag seine Kinder vielleicht nicht. Aber es sind durchweg sehr schöne Kinder.« Sie ließ den Blick zufrieden über Rohana, Laurent und Felicity schweifen. »Das hat er gut gemacht.«

Brandon und Cooper sahen sich an.

»Also los, Kumpel«, meinte Brandon trocken. »Machen wir's besser!«

Dann lachten sie.

Cooper und Ruth heirateten an einem sonnigen Sommertag in Auckland, gleich nach Coopers Entlassung aus dem Dienst bei der Army. Er half vorerst in Tom Petersons florierender Böttcherwerkstatt, wobei er sich auf die geschäftliche Seite besser verstand als auf das Handwerk. Seine aufgeschlossene Art und seine mathematischen Stärken prädestinierten ihn zum Kaufmann. Auf die Dauer plante er, ein Geschäft zu eröffnen.

»Vielleicht einen Landhandel«, überlegte er bei einem Umtrunk nach der Trauung. Sie feierten in einem hübschen Restaurant mit Blick auf den Aucklander Hafen. »Ich versteh mich auf Farmarbeit. Wir könnten etwas Land kaufen, aber Ruth will lieber in der Stadt leben.«

Er streifte seine Frau mit einem bewundernden Blick. Ruth war eine wunderschöne Braut. Sie trug ein helles Kleid, bedruckt mit bunten Blüten, ihr Haar krönte eine gewagte Hutkreation mit einem kleinen Schleier. Neuerdings gab es eine Hutmacherin in Auckland, und Ruth hatte dem kleinen Kunstwerk nicht widerstehen können.

Brandon und Tom nickten. Rund um Auckland gab es viele Farmer. Ein Geschäft mit Sämereien, Dünger und Landmaschinen würde bestimmt gut laufen.

»Und ihr geht sicher nicht nach Australien?«, fragte Kimi. Ruth wunderte sich, dass es traurig klang.

»Sicher nicht«, erklärte sie. »Keine weiteren Abenteuer! Uns gefällt es in Auckland. Ich werde im Krankenhaus gebraucht, und Coopers Geschäftsidee klingt vielversprechend. Mit seinem Sold von der Army und meinem Gehalt schaffen wir es. Wir müssen natürlich sparen.«

Wehmütig dachte sie an das Geld ihrer Eltern. Jetzt hätte sie es wirklich in die eigene Zukunft investieren können. Aber vielleicht würde es ja einen weiteren Vorschuss auf ihr Erbe geben. Sie hatten ihren Eltern geschrieben, und Cooper hatte nachträglich in dem Brief um ihre Hand angehalten. Ruth hoffte, dass sie freundlich reagieren würden. Cooper musste ihnen besser gefallen als David.

Kimi spielte mit einer Haarlocke, die sich aus der Flechtfrisur gelöst hatte, zu der sie ihre Haarpracht zusammengefasst hatte. Auch sie war festlich gekleidet. Sie musste keine abgetragenen *pakeha*-Kleider mehr tragen, keine adrette schottische Dienstmädchentracht. Das rote, mit farnartigen Ornamenten bedruckte Kleid mit dem weiten Rock betonte ihre schlanke Taille. Die neueste Mode stand der jungen Moriori-Frau außerordentlich gut. Dazu schien Kimi seit der Reise auf die Chathams gewachsen zu sein. Ihre Haltung war aufrechter, ihr Auftreten sicherer, ihre Stimme fester – Ruth fand, dass sie endlich richtig erwachsen geworden war.

»Wir werden wahrscheinlich nach Australien gehen«, sagte Kimi jetzt. »Brandon hat einen Brief erhalten, von dem Mann, mit dem er früher gereist ist, Ludwig Leichhardt. Er will eine weitere Expedition organisieren, zu irgendeinem Fluss. Und er hat Brandon gefragt, ob er nicht mitreisen will. Er ist anscheinend der beste Zeichner, den er je gehabt hat. Brandon ist ein wenig skeptisch, der Mann ist recht wagemutig. Aber wenn er noch einmal mitginge, hätten wir genug Geld für eine Farm.«

»Eine Farm würde dir gefallen?«, fragte Ruth.

Kimi nickte. »Land, das mir gehört«, meinte sie. »Land, das mir niemand wegnehmen kann, von dem man mich nicht vertreiben kann …«

»Aber es wird ein völlig anderes Land sein«, gab Ruth ihrer Freundin zu bedenken. »Ein neues Land, ein anderes Klima, andere Tiere, andere Pflanzen, andere Geister … Wird das nicht zu viel für dich?«

Kimi schüttelte den Kopf. »Die Menschen werden so anders nicht sein«, meinte sie. »Die Geister fürchte ich nicht. Und die Götter hinter den Göttern bleiben immer gleich …« Sie blickte durch die großen Fenster des Restaurants hinaus aufs Meer. Eines der Schiffe, die hier im Hafen lagen, würde sie bald fortführen. Weit, weit weg von ihrer Heimat und all den Schrecken, die sie dort erlebt hatte. Ihr eigener Geist sollte endlich Ruhe finden. »Irgendwann kommen wir vielleicht zurück«, erklärte sie. »Wir oder unsere Kinder. Der Baum, der bei meiner Geburt gepflanzt wurde, steht auf Rekohu und Rohanas in Russell. Wenn sie uns eines Tages rufen ... Ich bin und bleibe Moriori.«

Ruth umarmte ihre Freundin. »Deine Geister werden da sein«, sagte sie mitfühlend.

Erwachen im Kopi-Hain

Chatham Island
Gegenwart

Epilog

»Und, hast du etwas gespürt?«

Norman löste seine Hände behutsam von Sophies. Sie schien wie aus einem Traum zu erwachen. Langsam öffnete sie die Augen und blinzelte in das fahle Sonnenlicht. Die Baumrinde war rau und hatte sich in ihre Haut eingedrückt.

»Etwas wie Wärme«, erwiderte sie. »Etwas wie ... Nachhausekommen. Aber das ist natürlich Unsinn, reine Selbsthypnose.«

Norman lachte. »Oder ein Gruß deiner Ahnen, ein Willkommen über Raum und Zeit. Berühr doch auch mal die Schnitzerei mit dem tanzenden Geist!«

Sophie legte ihre Hand widerstrebend auf die Rinde des Karaka-Baumes, den sie zuvor bewundert hatten. »Er wirkt lebendig. Und es ist, als strahlte der Hain Heiterkeit aus«, bemerkte sie. »Obwohl hier so viel Trauriges passiert ist. Wenn es wirklich ein Totenkult war ...«

» ... dann hat es der Schnitzer erfolgreich geschafft, die Geister zu befrieden«, meinte Norman. »Diese Erkenntnisse können wir gleich der Gruppe mitteilen. Wir müssen langsam zurück, Sophie, sonst kommst du zu spät zu deinem Meeting.«

Sophie nickte und folgte ihm aus dem Hain. Beim Verlassen des Waldes blickte man auf eine begrünte Ebene, dahinter lagen Felder. Ein großer Teil von Chatham Island wurde landwirtschaftlich genutzt.

»Hier könnte früher ein Dorf gewesen sein«, überlegte Sophie. »Für die Arbeiter, die die Felder bestellt haben.«

Norman überlegte. »Müsste man da nicht noch mehr Spuren sehen? Die Dörfer dürften in hundertfünfzig Jahren doch nicht vollständig verrottet sein.«

Sophie zuckte mit den Schultern. »Die Moriori haben wohl

sehr einfach gebaut«, erklärte sie. »Und ... wir sprechen nicht von schmucken *marae*. Eher von Sklavenquartieren.«

Norman schaute verwundert. »Die Geschichte musst du mir mal ausführlich erzählen«, sagte er dann, nahm Sophies Hand und stemmte sich beim Gehen gegen den Wind, der immer stärker zu werden schien. Trotz der atemberaubenden Ausblicke, ihrer Bewunderung für die Wasservögel, die geschickt Fische fingen, obwohl sie dabei fast weggeweht wurden, und der belebenden Meeresluft waren sie froh, als sie das Kopinga Marae endlich erreichten. Mit geröteten Wangen und wirrem Haar betraten sie das weitläufige Foyer des Zentrums. Der Holzfußboden wirkte glatt und gepflegt. In der Mitte des Raumes stand eine aus hellem Holz gefertigte Säule, in die Namen eingeritzt waren. Darum herum lagen Federn und Jadeartifakte wie Opfergaben.

»Willkommen im Kopinga Marae«, begrüßte sie eine junge Frau, die an einer Art Rezeption auf Besucher wartete. »Kann ich Ihnen irgendwie helfen? Wünschen Sie eine Führung? Ich will Ihnen gern alles zeigen.« Die junge Frau war dunkelhäutig und hatte langes schwarzes Haar. Auch ihre Züge wiesen klar auf Maori- oder Moriori-Abstammung hin.

Sophie lächelte ihr zu. »Wir gehören zu der Forschungsgruppe der Victoria-Universität. Wir wollten uns hier um elf Uhr treffen ...«

Hiko – auch sie trug ein Namensschild – nickte. »Ja, das ist in Sitzungssaal 2. Sie sind die Ersten. Wollen Sie vielleicht doch eine Führung?«

Sophie und Norman blickten einander an. »Warum nicht?«, meinte Norman. »Wenn wir noch Zeit haben ... Was bedeutet denn diese Säule?« Neugierig wandte er sich der Holzsteele im Mittelpunkt des Raumes zu.

»Eine Erinnerung«, erklärte Hiko. »Das sind die Namen von tausendfünfhundert unserer Vorfahren, die im Jahre 1835 bei der Invasion der Chathams durch die Maori ihr Leben ließen. Die Liste wurde 1862 von ihren Nachfahren zusammengestellt. In diesem Jahr haben wir die erste Petition an den Gouverneur gesandt, um unsere Rechte anzumahnen ...«

»›Wir‹ sind die Moriori?«, fragte Norman.

Hiko nickte. »Ja. Alles hier erinnert an die Moriori. Es ist dennoch kein Museum, obwohl wir eine Ausstellung zeigen, die das Leben unserer Vorfahren dokumentiert. Eher ist es unser spirituelles Zentrum. Wir haben an diesem Ort unsere Zusammenkünfte, die wir *hui* nennen. Wir feiern Feste, und wir erinnern uns …«

»Sie bieten aber auch Kurse an«, erinnerte sich Sophie an Kirstys Erzählung. »Seminare, in denen es um Konfliktforschung geht …«

»Friedensforschung«, berichtigte Hiko sanft. »Ja. Wobei das alles zusammengehört. Wir sind dem Frieden verpflichtet. Nach wie vor achten wir Nunukus Gesetz.«

»Das bezieht sich auf totale Gewaltfreiheit im Zusammenleben«, erklärte Sophie ihrem Freund.

»Dies alles hier ist ihm gewidmet«, fuhr Hiko fort. »Und all den Menschen, die dafür gestorben sind. Aber lassen Sie mich zuerst ein bisschen von dem Haus erzählen. Es wurde 2005 eröffnet, nachdem wir Moriori endlich Recht bekommen hatten vor dem Waitangi-Tribunal. Wir erhielten beträchtliche Ausgleichszahlungen, davon konnten wir es bauen. Die beiden Flügel des Gebäudes sollen ausgestreckte Arme versinnbildlichen wie die der Figuren, die unsere Vorfahren in die Rinde der Kopi-Bäume eingeschnitten haben. Oder die Flügel des Albatros. Seine Federn sind für uns Symbole des Friedens …«

Die junge Frau führte ihre Besucher zu einem Modell des Hauses, um die Architektur zu erklären. Dann gingen sie weiter in den Museumsbereich, in dem Werkzeuge und Gewänder ausgestellt waren.

»Hier sehen Sie die typische Kleidung unserer Vorfahren«, erläuterte sie und zeigte auf eine Art Rock aus gehärtetem Flachs, gewebte Flachsgürtel und Felle. »Vielleicht fällt Ihnen auf, dass sie im Verhältnis zu den Webarbeiten der Maori primitiv wirkt – das liegt daran, dass der Flachs auf den Chathams nicht so gedeiht wie auf Neuseeland. Die Fasern sind kürzer, sehr viel schwerer zu verarbeiten. Die Menschen halfen sich da mit Seehundsfellen, aber sie brauchten nicht viel, sie waren nicht sehr kälteempfindlich. Selbst das kalte Meer schreckte sie nicht. Die Männer waren hervorragende Schwimmer und Taucher …«

Sophie und Norman bewunderten Werkzeuge, die aus Holz oder Knochen hergestellt waren. Wie die Maori hatten die Moriori vor der Ankunft der Weißen keine Metallverarbeitung gekannt.

Hiko erläuterte den Schiffsbau der Moriori – ihre *korari* unterschieden sich erheblich von den Kanus der Maori und hielten rauer See besser stand – und berichtete von Initiationsritualen.

»Bei den Maori erwarb man sich *mana* durch Tapferkeit im Kampf«, erklärte sie. »Wir dagegen maßen uns in friedlichen Wettkämpfen.« Sie lächelte. »Navigieren bei rauer See, Werkzeugherstellung und Tauchkünste. Unsere Männer tauchten bei stürmischer See nach Langusten, und die Besten kamen mit je einer in jeder Hand und einer weiteren im Mund wieder an die Oberfläche! Oder man segelte zu den Klippen und stahl den Albatrossen ihre Eier – auch das erforderte Mut und Geschicklichkeit. Wir wählten unsere Häuptlinge – wir nennen sie *ieriki* – aufgrund ihrer Weisheit und Geschicklichkeit. Es gab keine Erbfolge. Frauen waren gleichberechtigt …«

Sophies Aufmerksamkeit schweifte ein wenig ab. Bei vergleichbaren Vorträgen hörte man immer wieder von der Gleichberechtigung der Frauen bei indigenen Völkern, doch wenn man genauer nachforschte, hielten die Geschichten der Wirklichkeit meist nicht stand. Sie ließ ihren Blick über die Wände des Ausstellungsbereichs schweifen, an denen hauptsächlich Fotografien zu sehen waren. Schwarz-weiß, in der Regel aus den ersten Jahren des 20. Jahrhunderts. Dann entdeckte sie Zeichnungen. Hauptsächlich Bilder von Tieren und Pflanzen, die ihr vage vertraut vorkamen. Sie trat näher heran.

»Die Bilder stammen aus dem Missionarshaus«, gab Hiko bereitwillig Auskunft. »Mitte des 19. Jahrhunderts, ein paar Jahre nach der Invasion, lebten hier deutsche Missionare. Sie bauten ein recht großes Haus, man kann's sich immer noch ansehen.«

»Und einer von ihnen war künstlerisch begabt«, urteilte Norman. »Diese Delfine … sehr lebendig … Der Mann hat seinen Beruf verfehlt. Er war ein hervorragender Zeichner.«

»Das ist sie!« Sophies aufgeregte Stimme riss ihn aus seinen Gedanken bei der Betrachtung der Exponate. »Norman, das ist sie, die Frau auf meinem Bild!«

Sie war in einen Nebenraum gegangen und hatte dort die Zeichnung entdeckt. Ein schmales, schönes Mädchen mit weichen Zügen, seelenvollen Augen – jünger als auf der Zeichnung in Sophies Büro, aber unzweifelhaft dieselbe Frau.

»Wer ist das?«, fragte sie ergriffen. »Kennt man ihren Namen? Ich glaube, ich weiß, wer das gezeichnet hat …«

Hiko blieb gelassen. »Oh, das wissen wir auch«, erklärte sie stolz. »Das Bild ist von Brandon Halloran, einem Landschaftsmaler aus dem 19. Jahrhundert. Er zeichnete für diverse Naturforscher, unter anderem Dieffenbach und Leichhardt – hauptsächlich in Australien.«

Sophie hing an ihren Lippen. »Ich glaube, er ist ein Vorfahr von mir«, sagte sie. »Und … und die Frau?«

»Die Frau ist Kimi te Whangaroa«, enthüllte Hiko. »Sie war *tohunga makutu* – die letzte der Moriori. Sie hat das Massaker überlebt, ging dann aber fort und kehrte irgendwann wieder zurück. Sie gab unseren Vorfahren Mut zu kämpfen. Mit friedlichen Mitteln natürlich. Sie hat die Leute aufgerüttelt, sie an ihre Bräuche und ihre spirituelle Kraft erinnert. Weil sie nicht bleiben konnte, hat sie den Menschen in ihrer Heimat diese Zeichnung geschenkt. Sie haben sie immer in Ehren gehalten. Als das Kopinga Marae gegründet wurde, haben sie das Porträt uns überlassen. Damit … damit Kimi sozusagen sieht, was wir erreicht haben, als wir endlich begannen aufzubegehren. Es gab zwar etliche Rückschritte, die Geschichte der Moriori war niemals glücklich, aber letztlich haben wir gesiegt.« Sie strahlte. »Das Tribunal von Waitangi hat uns unser Erbe zurückgegeben. Rekohu gehört wieder uns, und die Welt hört uns zu, wenn wir vom Frieden sprechen.«

Norman betrachtete die Zeichnung. »Sie war eine sehr schöne Frau«, sagte er. »Wie du!« Er lächelte Sophie zu.

Sophie erkannte keine Ähnlichkeit, aber vielleicht war es ja Kimis Wärme, Kimis Vermächtnis, das sie im Hain der Kopi-Bäume gespürt hatte.

»Es hieß ›Kim und Brandon‹«, erkannte sie plötzlich. »›Kimi und Brandon‹. Der Landschaftsmaler und die *tohunga.* Er hat das Herz für sie in die Rinde geschnitzt. Er muss sie geliebt haben.«

»Natürlich«, bemerkte Norman. »Kimi war mit ziemlicher Sicherheit deine Vorfahrin. Von ihr stammt das Moriori-Blut. Sie verließ ihren Stamm, um mit Brandon nach Australien zu gehen. Und wie es aussieht, kannst du stolz auf sie sein ...«

Sie hörten Stimmen im Foyer. Jenna und die anderen Mitglieder der Forschungsgruppe waren eingetroffen.

Benommen wandte Sophie sich von der Zeichnung ihrer Ahnin ab. »Ich möchte mehr von ihr wissen«, sagte sie versonnen. »Von ihr und ihrem ... meinem Volk.«

Norman lächelte. »Dafür bist du ja hier. Ich bin gespannt auf diese Höhlen. Aber jetzt hätte ich erst mal gern einen Kaffee.«

Sophie runzelte die Stirn. »Wir haben eben festgestellt, dass ich von der letzten Zauberin dieser Inseln abstamme, und du denkst an Kaffee? Wo bleibt deine berühmte Spiritualität?«

»Sind wir nicht auf dieser Insel, um deine zu entdecken?«, neckte er sie. »Vielleicht nehmen wir morgen Opfergaben mit in die Höhlen ... Die Geister mögen bestimmt ...«

»Kaffee!«, rief Jenna ihnen zu, als sie den Museumsbereich verließen und dem Seminarraum zustrebten, in dem eine Mitarbeiterin des Zentrums eben Kaffeetassen und Gebäck bereitstellte. »Es gibt Kaffee und Croissants.« Sie warf einen fragenden Blick auf Sophie und Norman. Anscheinend wirkten sie sehr aufgewühlt. »Ihr seht aus, als könntet ihr eine Stärkung vertragen. Was habt ihr denn heute schon erlebt?«

Während Sophie zu einer Erklärung anhob, verabschiedete sich Norman, nicht ohne vorher rasch ein paar Schluck Kaffee zu nehmen.

»Ihr braucht mich ja hier nicht«, sagte er mit einem Blick auf die Gruppe der Forscher, die eifrig Laptops und Papiere auf dem Tisch platzierten, um sich an die Planung der nächsten Tage zu machen.

Sophie warf ihm eine Kusshand zu und machte sich an die Arbeit.

Am Nachmittag besuchte sie zusammen mit den anderen noch einmal den Kopi-Hain – und errötete, als sie den Grass Tree wiederfand. Unterhalb des Herzens, das Brandon für Kimi in die Rinde geschnitzt hatte, fand sich ein neues Motiv. Zwei glückliche Strichmännchen bewegten sich auf eine Sonne zu, und darunter standen ihre Namen.

FÜR IMMER – SOPHIE UND NORMAN

Nachwort

Die Invasion der Moriori-Dörfer auf den Chatham Islands und die anschließende Versklavung der Bevölkerung gehören zu den dunkelsten Kapiteln der Geschichte Neuseelands. Man hört wenig darüber, was eigentlich kein Wunder ist. Die Geschichte ist schließlich äußerst kompromittierend für die Maori, die allgemein den Ruf genießen, friedliebend und kooperativ anderen Völkern gegenüber zu sein. Auch die weißen Bewohner der Chathams sowie später die Gerichte Neuseelands haben versagt. Die Moriori mussten erleben, dass man ihren Stamm fast ausrottete, ohne dass ihre weißen Mitbürger einen Finger für sie rührten. Obendrein sprach der Native Court, den sie in den 1860er-Jahren endlich anriefen, um ihre Rechte zu wahren, ihr Land den Invasoren zu. Damit folgten die Richter dem Argument der Maori, sie hätten es gemäß ihrer angestammten Bräuche rechtmäßig in Besitz genommen. Gegen die Moriori sprach, dass sie weder versucht hatten, sich zu wehren, noch später irgendwelche Ansprüche geltend zu machen. Ihre eigenen angestammten Bräuche wie das strikte Festhalten an Nunukus Gesetz, interessierten niemanden.

Erst 1994 kam es dann zu einem weiteren Vorstoß der Moriori beim Waitangi-Tribunal – einer neuseeländischen Gerichtsbarkeit, die die Rechte der Einheimischen wahren soll. Die Moriori klagten gegen die Krone, die sie nicht beschützt und ihre Interessen nicht vertreten hatte, nachdem die Chathams Teil Neuseelands geworden waren. Die Regierung habe damit gegen den Slavery Abolition Act von 1833 gehandelt, argumentierten sie. Sie hätte die Moriori-Sklaven sofort befreien müssen.

Die Nachfahren der Moriori prangerten zudem die Fehlentscheidungen des Native Court an und forderten Entschädigung. 2001 wurde endlich für sie entschieden. Seitdem arbeiten sie erfolgreich an ihrer Rehabilitierung. Aus dem häufig als primitiv, faul und heimtückisch geschmähten Volk wurden anerkannte Botschafter des Friedens.

Ich habe die Geschichte der Moriori in diesem Roman äußerst faktengetreu wiedergegeben. Die Beschreibung ihrer Bräuche, der Vorgänge bei der Invasion und ihrer Leidensgeschichte als Sklaven sind historisch korrekt, ebenso die Stellungnahmen von Zeitzeugen wie Ernst Dieffenbach und Bischof Selwyn. Um das Ganze allerdings in eine stimmige Romanhandlung einbetten zu können, musste ich mit Schauplätzen und Jahreszahlen ein wenig tricksen.

So fand die Invasion der Chathams zwar tatsächlich im November 1835 statt. Die fünf Männer der Goßner-Mission, denen mein David und seine Mitbrüder nachempfunden sind, trafen allerdings erst 1843 auf Chatham Island ein, nicht wie in meiner Geschichte 1840, im Jahr des Treaty of Waitangi. Sie errichteten ihr Missionshaus auch nicht in Whangaroa, sondern betraten Chatham Island im Osten der Insel, bei Point Manning. Die drei Krankenschwestern, die ihnen als potenzielle Gattinnen hinterhergeschickt wurden, kamen 1846. Wie im Roman gesagt, hatten die Frauen ihre Ausbildung in den von Pastor Goßner gegründeten Krankenanstalten unter der Schirmherrschaft Elisabeth von Preußens erhalten. Die förmliche Einweihung des nach der Königin benannten Hospitals erfolgte allerdings erst 1847. Vorher wurden die Kranken in dafür angemieteten Wohnungen versorgt.

Auf Chatham Island fanden die drei jungen Frauen tatsächlich ihre Partner unter den Missionaren, allerdings blieb nur eines der Ehepaare auf Dauer: Heinrich Baucke und seine Gattin, Letztere das Vorbild für meine Wilma. Auch sie gründete eine Schule und unterstützte ihren Mann tatkräftig in der Mission. Die anderen Missionare verließen die Insel nach wenigen Jahren – zweifellos aus den gleichen Motiven wie meine Romanfiguren. Ich habe die Geschichte der Goßner-Mission ziemlich authentisch geschildert. Die Männer wurden von der Maori-Bevölkerung ausgenutzt und konnten trotz beeindruckender Anzahl von Taufen nur wenige Maori und Moriori bekehren.

Ernst Dieffenbach besuchte die Chathams 1840, was in meine Geschichte leider gar nicht passte. Ich habe seinen Besuch deshalb vorverlegt und seine Erkenntnisse über die Moriori in den Roman einfließen lassen. Er fand die Sklaven in einem sehr schlechten Zustand vor – unterernährt, die Rücken mit Geschwüren bedeckt. Außerdem attestierte er ihnen Gelenk- und Lungenprobleme.

Sehr mitfühlend den Moriori gegenüber äußerte sich auch Bischof Selwyn, der die Chathams allerdings erst 1848 inspizierte. Seinen Besuch habe ich vorverlegt, um Ruth ihren Vorstoß bezüglich der Versetzung ihres Gatten zu ermöglichen.

Als äußerst schwierig erwies es sich, die diversen Dörfer der Moriori zu lokalisieren und insofern eine geografisch genaue Schilderung der Invasion zu gewährleisten. Zwar sind die Bewegungen der Maori auf Chatham Island belegt, Michael King listet sie in seinem Buch *Moriori – a People Rediscovered* (erschienen bei Penguin Books, Auckland 2000, heute allerdings nur noch als E-Book erhältlich) akribisch auf, allerdings fand ich im Internet keine einzige Karte, in der die dort genannten Schauplätze der Invasion eingezeichnet sind, zumindest nicht unter ihren Namen in der Sprache der Moriori. Die meisten Karten der Chathams beschränken sich auf die englischen Bezeichnungen der Orte, die wiederum King nicht nennt. Allen Bemühungen um Authentizität zum Trotz ist es also möglich, dass ich mich in Bezug auf die Namen der Maori-Stämme, deren Mitglieder verschiedene Teile der Chathams in Besitz nahmen, mitunter geirrt habe. Ich finde es allerdings nicht so wichtig, ob nun Vertreter der Ngati Mutunga oder Ngati Tama im Norden oder Osten der Insel wüteten. Es ist ohnehin äußerst unwahrscheinlich, dass sie das im Auftrag oder mit dem Segen ihrer Stammesältesten taten.

Vieles spricht dafür, dass es sich bei den Invasoren der Chathams eher um versprengte oder ausgestoßene Mitglieder verschiedener Nordinselstämme handelte.

Keiner weiß, wie es diese neunhundert Maori – der größte Teil davon jung und männlich – nach Port Nicholson verschlagen hatte. Bekannt ist nur, dass sie sich dort sammelten und die Invasion der Chathams planten. In meiner Geschichte gehe ich davon aus, dass sie schon in ihren ursprünglichen Stammesgebieten in der Taranaki-Region durch unsoziales Verhalten aufgefallen waren und deshalb gehen mussten. Belege dafür gibt es allerdings nicht, auch der Zusammenstoß zwischen meinem fiktiven Anewa und den Nordinselhäuptlingen bei den Verhandlungen zum Vertrag von Waitangi hat nicht stattgefunden. Die Maori von Chatham Island entsandten keine Häuptlinge zu dem Treffen – auch dies ein Indiz dafür, dass es sich um versprengte Abenteurer handelte und nicht um einen Stamm mit den üblichen Strukturen.

Ernst Dieffenbach hat das Treffen in Waitangi übrigens auch nicht besucht – allerdings wurde es von diversen Zeichnern ausreichend dokumentiert.

Nicht gänzlich korrekt sind weiterhin meine Angaben zu der Missionsstation Te Waimate. Ich habe das Konzept der Mission und das Leben dort zwar authentisch geschildert und auch die Rolle, die die Missionare und der Ort in den Wirren des Flagstaff War spielten. Es stimmt auch, dass die Station offiziell zu der Ansiedlung Kororareka gehörte. Sie lag allerdings nicht im Hinterland des heutigen Russell, wie mein Roman suggeriert, sondern westlich von Paihia – das damals als Ort noch keine Rolle spielte. Um meiner Ruth die Möglichkeit zu geben, täglich von dort aus zur Arbeit nach Kororareka zu gelangen, habe ich sie kurzerhand verlegt.

Te Waimate ist bis heute in den Karten Neuseelands verzeichnet und kann besichtigt werden: http://www.heritage.org.nz/places/places-to-visit/northland-region/te-waimate-mission.

Die Gebräuche und Regeln der Moriori habe ich so authentisch wie möglich geschildert – es ist da jedoch einiges an Kenntnissen verloren gegangen. So weiß zum Beispiel niemand mehr, was die berühmten Baumschnitzereien wirklich bedeuten sollten beziehungsweise welche Funktion sie erfüllten. In diesem Buch gehe ich davon aus, dass sie im Rahmen eines Ahnenkultes angefertigt wurden, wofür es einige Indizien gibt. Sicher ist, dass bei der Geburt eines jeden Moriori ein Baum gepflanzt wurde – vielleicht, damit er nach seinem Tod Heimat seines Geistes werden konnte. Dafür spricht auch, dass die letzte belegte Baumschnitzerei von einem Mann angefertigt wurde, der kurz vorher seine Familie verloren hatte. Man nimmt an, dass er damit an sie erinnern wollte. Eine hundertprozentige Sicherheit gibt es jedoch nicht, möglicherweise wurden die Schnitzereien und Höhlenmalereien aus ganz anderen Gründen vorgenommen.

Das Kopinga Marae ist tatsächlich auf Chatham Island zu besuchen und liegt auch, wie beschrieben, nah am Flughafen. Allerdings befindet es sich nicht in der Nähe von Whangaroa, wo ich Kimis weitgehend fiktive Geschichte angesiedelt habe. Die Moriori-Siedlung Whangaroa lag wahrscheinlich in der Gegend des heutigen Port Hutt. Auch Kopi-Bäume und die berühmten Schnitzereien der Moriori sind weder in der Nähe des Kopinga Marae noch bei Port Hutt anzutreffen. Besichtigt werden können sie nur noch in einem Nationalpark, dem J. M. Barker National Historic Reserve im Westen von Chatham Island. Das heißt selbstverständlich nicht, dass es zu Kimis Zeiten nicht auch bei Whangaroa Kopi-Haine gegeben haben kann. Im Zuge der Erschließung der Insel für die Landwirtschaft wurden auf den Chathams viele Wälder abgeholzt. Auch die natürliche Überalterung der Bäume sowie Verbiss durch Weidetiere und Vandalismus – Besucher der Chathams fanden nichts dabei, die mit Schnitzereien verzierte Baumrinde abzulösen und als Souvernir mitzunehmen – haben dem Baumbestand geschadet. Inzwischen gibt es nur noch um die achtzig Bäume auf Chatham Island, die Dendroglyphen aufweisen.

Neben der Invasion der Chathams bildet der sogenannte Flagstaff War den Hintergrund meiner Geschichte. Hier habe ich zeitlich nichts verändert, auch das Verhalten der Häuptlinge auf der einen und der britischen Befehlshaber auf der anderen Seite ist möglichst genau wiedergegeben. Ebenso ihre Strategien, die Bauweisen der *pa* und alle anderen Kriegsabläufe. Hone Heke wurde tatsächlich bei der Schlacht bei Ahuahu verwundet, aber es wurde keine britische Krankenschwester entführt, um ihn zu behandeln.

Tatsächlich gab es um die Zeit, in der der Roman spielt, offiziell noch keine weiblichen Pflegerinnen bei den britischen Truppen. Ich kann mir dennoch nicht vorstellen, dass die wenigen Stabsärzte einer so kleinen und abgelegenen Garnison wie der auf Neuseeland auf die Zusammenarbeit mit einer ausgebildeten Fachkraft wie Ruth verzichtet hätten.

Einen ganz klaren Fehler bei der Wiedergabe historischer Gegebenheiten muss ich allerdings in Bezug auf Cooper und die British Army zugeben. Cooper verlässt in meinem Roman die Armee nach dem Ende seiner Dienstzeit – als ich die Geschichte schrieb, hatte ich angenommen, dass eine befristete Verpflichtung von sieben Jahren möglich war. Tatsächlich war diese Regelung 1829 aufgehoben worden. Zu Coopers Zeiten verpflichtete man sich bei der British Army entweder auf Lebenszeit oder für zwanzig Jahre, was meistens auf das Gleiche hinauslief. Meine Testleserin Klara Decker wies mich freundlicherweise auf den Irrtum hin, und natürlich wäre es möglich gewesen, die Geschichte noch dahingehend zu ändern, dass Cooper zum Beispiel durch eine erneute Verwundung dienstuntauglich geworden wäre. Im Rahmen der Romanhandlung hätte das jedoch keinerlei Funktion gehabt, und so habe ich einfach darauf verzichtet.

Ruth und ihre Mitstreiterinnen sind zwar den Goßner-Missionshelferinnen nachempfunden, ansonsten jedoch rein fiktive Persönlichkeiten. Das gilt auch für Kimi und Brandon. Es gibt kein Bild der letzten *tohunga makutu* der Moriori im Museum des

Kopinga Marae auf Chatham Island. Der *karanga* wird in Rekohu jedoch wieder ausgestoßen. Betty Urutahi ehrte damit den letzten reinblütigen Moriori, Tame Horomona Rehe, bei seinem letzten Besuch in Waitangi im Dezember 1931.

Tame Horomona Rehe, genannt Tommy Solomon, genoss große Achtung bei seinem Volk. Er starb am 19.3.1933.

Danksagung

Am Anfang eines jeden Buches steht eine zündende Idee – und im Falle dieser Geschichte stammte die entscheidende Anregung von meiner Lektorin Melanie Blank-Schröder. Sie war durch eine Dokumentation auf das Schicksal der Moriori gestoßen und machte mich darauf aufmerksam. Vielen Dank dafür! Danke auch an meine Textredakteurin Margit von Cossart, die alle Angaben zur Geschichte und Geografie Neuseelands akribisch nachkontrolliert. Sie hat einen großen Anteil daran, dass meine Neuseelandgeschichten nicht nur dem Genre »Landscape« entsprechen, sondern auch als gut recherchierte historische Romane gelesen werden können.

Vielen Dank an meine Testleserinnen, die zum Teil außergewöhnliche Kenntnisse einbringen – wie etwa das Wissen um Dienstzeiten in der Royal Army im 19. Jahrhundert. Und natürlich haben sich alle um dieses Buch verdient gemacht, die vom Satz bis zur Umschlaggestaltung* dazu beigetragen haben, es in die Buchhandlungen zu bringen. Auch dafür ein besonderes Dankeschön.

Es freut mich übrigens besonders, dass meine Bücher in anderen Ländern ebenfalls sehr erfolgreich sind – vor allem in meiner Wahlheimat Spanien. Dafür habe ich nicht nur meinem wundertätigen Agenten Bastian Schluck zu danken, sondern besonders Christian Stüwe von der Lizenzabteilung bei Lübbe. Und auch die vielen Mitarbeiterinnen bei meinem spanischen Verlag Penguin Randomhouse sollen hier einmal erwähnt werden. Die Betreuung auf den diversen Buchmessen und Festivals, zu denen ich hier immer wieder eingeladen werde, ist einfach fantastisch.

* Anm. der Redaktion: Dieser Satz bezieht sich auf die bei der Bastei Lübbe AG erschienene Originalausgabe.

Last but not least möchte ich den Buchhändlern überall in der Welt danken, die meine Bücher empfehlen – und natürlich meinen treuen Leserinnen und Lesern, die mir immer wieder gern nach Neuseeland folgen.